JAKTEN PÅ DEN SISTA ÄLSKAREN

Jakten på den sista älskaren

Copyright © Ariana Damon och Dani Dawoodson Razmgah

Ansvarig utgivare: Dani Dawoodson Razmgah

Andra utgåvan

ISBN 979-83-00996-67-3

JAKTEN PÅ DEN SISTA ÄLSKAREN

ARIANA DAMON

DANI DAWOODSON RAZMGAH

INNEHÅLL

V

Tack till vår svenska redaktör

Innan denna berättelse tar sin början vill vi rikta vårt djupaste tack till Kristina Suomela – författare, lektör och redaktör, som har varit en ovärderlig del av den här bokens resa. Kristina, ditt skarpa öga för detaljer, din känsla för språkets rytm och din förmåga att lyfta fram berättelsens kärna har lärt oss mer än vi någonsin kunnat föreställa oss.

Din vägledning har inte bara stärkt denna bok utan också oss som författare. Det är ett privilegium att ha fått arbeta med dig, och vi bär med oss lärdomarna från vårt samarbete in i allt vi gör framöver.

Vi är också stolta över att få dela Kristinas egna ord om Jakten på den siste älskaren:

"Jakten på den siste älskaren är en fartfylld och underhållande berättelse där absurditeter och allvar möts på ett unikt sätt. Det är en bok som inte bara lockar till skratt utan också ställer frågor om vår samtid och våra relationer. Den har en speciell förmåga att vara både lekfull och tankeväckande. Jakten på den siste älskaren kan jag varmt rekommendera för de som vill ha bra underhållning med en gnutta allvar och jag skulle faktiskt vilja se den som film!"

Tack, Kristina, för att du har varit en del av denna resa. Ditt engagemang och din insats har gjort denna bok till vad den är idag.

Med tacksamhet,

Ariana Damon

1

Förord av Abbey Decker – Litterär redaktör

Mitt namn är Abbey Decker, och jag har arbetat som redaktör och författarcoach för hundratals unika röster sedan 2018. När jag lämnade mitt tråkiga korrekturläsarjobb inom migrationsrätt bestämde jag mig för att ägna mitt liv åt att hitta och utveckla nästa stora berättelse. Och när Ariana Damon kontaktade mig i september 2024 med idén om en episk historia fylld av mörk humor, politiska grodor och stjärnkorsade äventyr, var jag genast nyfiken.

Berättelsen de presenterade för mig var något jag aldrig tidigare hade stött på: en global impotenspandemi som råkade placera en svensk manusförfattare, Cyrus Danielsson, i ett "sista mannen på jorden"-scenario. Med en blandning av absurditet, action och oväntade kulturella kommentarer lyckades berättelsen fånga mig från första stund.

Cyrus är omöjlig att inte tycka om – en klumpig, men samtidigt charmig huvudkaraktär som drömmer stort trots att han inte alltid vet hur han ska nå dit. Hans resa är både rörande och full av överraskningar, och hans mänskliga brister gör honom bara mer älskvärd. Runt honom vävs ett nät av excentriska karaktärer och sammanflätade handlingar, alla styrda av en ödes ironi som är både hjärtevärmande och brutalt rolig.

Ariana Damons berättelse är en storslagen äventyrsresa som utmanar normer, överraskar vid varje sväng och ofta bryter den fjärde väggen för att påminna läsaren om livets absurditet. Den är på en gång surrealistisk, tänkvärd och oemotståndligt underhållande.

Jag kan ärligt säga att "Jakten på den sista älskaren" är en av de mest originella berättelser jag någonsin haft nöjet att arbeta med. Jag hoppas att du njuter av denna bok lika mycket som jag gjorde.

– Abbey Decker

Förord till den andra utgåvan

Innan vi tar det första klivet in i denna värld av fantasier, absurditeter och helt osannolika äventyr, vill vi klargöra en sak. Om du snubblar över några välkända ansikten – exempelvis Mikael Persbrandt, som verkar alldeles tillfreds med att jonglera laxmackor och sina tankar på Görvälns slott, eller Barack Obama, som glatt föreslår lösningar på huvudkaraktärens inte helt världsomspännande problem – då ska du veta att de är lika förbluffade som du.

Nej, vare sig Persbrandt, Obama, eller någon annan av de olyckligt utvalda kändisarna, har givit sitt medgivande till detta. Vi misstänker att de inte ens vet att de är med. Deras närvaro här är frukten av vår, låt oss kalla det, gemensamma fantasi. Om någon av dem skulle få för sig att bli förolämpad (vi ser det som högst osannolikt, men man vet ju aldrig), vill vi härmed framföra våra ursäkter i förväg. Men ärligt talat, om man är kändis får man tåla att dyka upp i oväntade sammanhang – särskilt i en bok som denna.

Nu till saken: *Jakten på den sista älskaren* är inte bara en parad av kändisar som fastnat i absurda situationer. Den gräver djupare. Här handlar det om oss människor och vår ständiga jakt på kärlek, tillhörighet och kanske, om vi har tur, lite värdighet.

Men låt oss ställa en fråga: Vad skulle hända om nästan alla män på jorden vaknade en morgon och upptäckte att de inte längre kunde ... ja, ni vet. Hela tanken låter orimlig, eller hur? Men det är just därför det är så intressant. I den här berättelsen får vi följa några som försöker hitta mening och riktning när världen plötsligt inte är sig lik.

Och ja, vi erkänner. Det finns scener i boken som kanske känns något detaljerade. Men det är ingen slump. Dessa scener finns där för att skapa kontrast – för att visa vad som faktiskt förloras när något så grundläggande plötsligt inte längre är en självklarhet.

Men var förberedd. Allt i den här boken kommer inte att ge mening. Vissa delar är direkt ologiska. Ibland kanske du till och med sätter dig upp och utbrister: "Vad i hela friden har de hittat på nu?" Och det är precis som det ska vara. *Jakten på den sista älskaren* är ingen realistisk roman. Det är en resa till en värld där allt är möjligt, och där Barack Obama mycket väl kan dyka upp för att bjuda på en anekdot eller två.

3

Så varför en andra utgåva? Vi har lyssnat på våra läsare, tagit till oss feedback och lagt tid på att finslipa detaljerna. Detta är vår chans att ge berättelsen den extra glans som den förtjänar och skapa en ännu mer engagerande upplevelse för dig som läsare.

Så välkommen till en plats där verklighet och fantasi möts, dansar en stund och sedan försvinner i motsatta riktningar. Vi hoppas att du ska njuta av den här berättelsen, även när den tar ut svängarna lite extra.

Och för att förtydliga: denna bok är ett samarbete mellan oss, Ariana Damon (en pseudonym som vi använder av olika skäl) och Dani Dawoodson Razmgah. Vi skriver i vi-form, eftersom *Jakten på den sista älskaren* är lika mycket vår gemensamma skapelse som den är din läsupplevelse.

Detta är andra utgåvan av Jakten på den sista älskaren, där vi har justerat tidigare fel och finslipat detaljer för att göra berättelsen ännu mer njutbar.

Välkommen, och tack för att du följer med oss på den här resan.

Med värme och skratt,

Ariana Damon

Kapitel 1 – Flykten

20 juli 2012, Stockholm

Cyrus slängde sig ur taxin och rusade mot lägenheten. Regnet piskade honom som om vädergudarna hade ett personligt agg, och åskan mullrade som en operasångare med en överdriven förkärlek för dramatik. Hans blöta hår klistrade sig mot pannan, och den dyblöta skjortan förvandlades snabbt till en kylande rustning. Men inget av detta spelade någon roll. Han hade två miljoner på kontot och en plan som – om han fick säga det själv – var briljant. Frankfurt först, Teheran sedan. Han hade ju läst att det gick flyg till Teheran dagligen från Frankfurt, så hur svårt kunde det vara?

Med passet i ena handen och en kabinväska som klumpigt studsade efter honom som en otämjd hund, tog han sig tillbaka till taxin. Han hann knappt sätta sig innan världen exploderade – eller åtminstone bakrutan. Det där glasregnet följdes av en märklig visslande ton i öronen och en mycket obehaglig insikt: någon sköt mot honom.

– Kör! Fort! Tjugotusen i dricks bara jag kommer till Arlanda levande! skrek Cyrus så högt att han nästan överröstade åskan.

Taxichauffören, en man med lika delar självbevarelsedrift och nyfikenhet, tryckte gasen i botten. Han verkade inte behöva mycket mer motivation än löftet om en dricks som kunde betala av en månadshyra, men han kunde inte låta bli att kasta en orolig blick i backspegeln.

– Vad är det som händer? frågade han med rösten på gränsen till falsett, vilket knappast gjorde något för att lugna Cyrus redan överhettade nerver.

– Kör bara! Jag vet inte! Galningar! De skjuter! fräste Cyrus, medan han vek sig dubbel som om det skulle hjälpa mot kulorna som förföljde dem.

– Du vet inte? Du måste ha gjort något. Ingen skjuter utan anledning, kontrade chauffören, som uppenbarligen hade missuppfattat sin roll som räddare i nöden och nu snarare verkade vilja spela privatdetektiv.

Cyrus blängde på honom, samtidigt som han försökte ducka och hålla koll på om någon följde efter dem.

– Lyssna, jag vet inte vilka de är, okej? Snälla bara kör! Annars dör jag, och då blir det inga tjugotusen till dig.

5

Det blev tyst i några sekunder, förutom ljudet av regnet som smattrade mot vindrutan. Chauffören, som verkade överväga sina livsval, muttrade till slut:

– Jävla skit. Du får betala för rutan också.

– Självklart! Bara kör mig till Arlanda levande! svarade Cyrus, medan han mentalt började räkna om han skulle behöva lägga till en ny ruta i sin budget.

Volvon rusade fram genom den blöta natten, och Cyrus försökte ignorera det faktum att hans liv just nu hängde på en chaufför som verkade lika intresserad av att överleva som att hålla sin bil i perfekt skick.

Taxichauffören tryckte gaspedalen i botten, och Volvon rusade fram längs E18 som om den hade en egen vilja. Vid Stäket tog de en snabb avfart in på Rotebroleden, en genväg till E4:an som ibland kändes som Stockholms bäst bevarade flyktväg. Vägen låg rak och bred framför dem, som en välvillig inbjudan bort från kaoset. Snart skulle de vara ute på E4:an – den mest direkta och förhoppningsvis skottsäkra vägen till Arlanda.

Cyrus vred sig i sätet och kikade bakåt. Där var den – bilen som hade förstört hans kväll och nu hotade att göra samma sak med hans framtid. Den höll sig envist bakom dem, som en svartsjuk älskare som inte tänkte ge upp.

– Varför ringer du inte polisen? fräste Cyrus, rösten fylld av desperation och irritation i lika delar.

– Jag har försökt! svarade chauffören och viftade irriterat med sin mobil, som visade en ensam cirkel av dödsdömt buffrande.

– Ingen täckning. Förbannade teknik.

Men mannen hade inte kört taxi i tjugo år för att ge upp vid första motgången. Med en självsäker rörelse greppade han sin COM-radio och började bolla med växeln som om det vore en vanlig torsdag.

– Akut situation! Vi har ett galet bilföljande och skjutande på E4:an! skrek han i mikrofonen, medan han samtidigt försökte undvika en lastbil som verkade ha sina egna existentiella kriser. Personalen på växeln reagerade genast och lovade att polisen var på väg. Cyrus önskade att de kunde skynda sig – han kände att hans nerver redan hade hunnit före till Arlanda och väntade otåligt på honom där.

Regnet piskade framrutan, och Volvons torkare kämpade tappert mot elementen. Bilen skakade till av vinden, som om den försökte delta i dramat. Chauffören greppade ratten så hårt att knogarna vitnade, och Cyrus kunde inte låta bli att undra om hans eget grepp om dörrhandtaget kunde räknas som en ny sorts styrketräning. Han kastade en blick bakåt igen och såg förföljande bilen närma sig som ett rovdjur som hade fått vittring på sitt byte.

– Ta det lugnt, sa chauffören med en förvånansvärt mjuk ton mitt i kaoset. – Vi ska nog hinna fram. Polisen är på väg.

Cyrus nickade stelt men kände att hans förtroende för både chauffören och polisen låg farligt nära nollpunkten. Han höll andan när Volvon svängde av vid Arlandastad. Det var då det hände – en smäll som Cyrus trodde kom från himlen själv. Framrutan exploderade i ett regn av glas, och chauffören tvingades kisa genom öppningen som om han försökte se världen genom ett smalt brevinkast.

– Herregud! ropade chauffören och tryckte gaspedalen ännu djupare, som om han försökte få Volvon att lämna både vägen och verkligheten bakom sig.

Ett skarpt knallande ljud ekade genom bilen, följt av ett metalliskt kras som fick Cyrus att rycka till som om själva ljudet kunde träffa honom. Ett plötsligt ryck i bilen fick honom att inse att något var fel där bak. Genom den trasiga bakrutan såg han glimten av ett glödande fragment snurra ut i regnet – resterna av baklyktan som nu hängde i sorglig tystnad.

.Cyrus kände paniken växa som en illvillig svamp. Han kunde knappt ta in allt som hände – blixtrar, regn, glassplitter, och nu en plötsligt haltande bil.

Ett nytt ljud nådde Cyrus genom åskan och regnet, ett plötsligt, hårt knall som inte passade in bland vindens ylande och bilens motor. Innan han hann förstå vad det betydde, såg han chauffören rycka till som om något osynligt hade slagit honom. Mannens hand for upp mot axeln, där ett mörkt märke snabbt bredde ut sig på skjortan. Han skrek till, kort och skärande, och Cyrus kände hur bilen började svaja, som en drucken dansare på väg att falla. Volvon svajade till, som om den också hade drabbats av smärtan.

Cyrus pressade sig bakåt i sätet, som om han försökte smälta samman med det. Varje dunkande slag från hans hjärta ekade i hans öron, så starkt att det kändes som om det skulle överrösta både regnet och bilens motor. Han sneglade på chauffören, osäker på om mannen hörde det också, eller om det bara var Cyrus egen rädsla som fick världen att darra i takt med hans puls.

Sedan blev allt en enda röra. Ljudet av däck som förlorade grepp, metall som gnisslade mot asfalt, och en skarp lukt av bränt gummi som blandades med något metalliskt – blod, insåg Cyrus med en ilning. Trädtopparna snurrade utanför fönstret som ett surrealistiskt fyrverkeri, och varje gång bilen voltade tänkte Cyrus att detta nog var slutet.

När allt stannade upp var världen stilla. Cyrus låg ihopkrupen i sätet, hans hand fortfarande hårt om dörrhandtaget.

– Lever du? mumlade han, utan att titta på chauffören. Hans egen röst lät främmande, som om den kom från en annan dimension.

– Jag tror det, svarade chauffören, andfådd men vid liv. – Tacka Volvon. Den här bilen är ett under av svensk ingenjörskonst.

Cyrus sneglade mot honom, såg det blodiga kaoset, och tänkte att han aldrig skulle se en Volvo-reklam på samma sätt igen.

Cyrus sträckte sig efter sin plånbok, men chauffören skakade på huvudet och viftade avvärjande med sin fria hand, trots att hans andra pressades mot den blodiga axeln.

– Lägg ner det där, sa han med sammanbitna tänder. – Du måste springa innan de kommer i kapp dig.

Cyrus tvekade, regnet föll tungt över bilen och fick världen att kännas overklig. Han såg på mannen framför sig, som trots allt fortfarande kämpade för att hålla sig vid medvetande.

– Vad heter du? frågade han hastigt.

Chauffören andades tungt innan han svarade.

– Hamid. Hamid Rezapour.

Cyrus stirrade på honom ett ögonblick.

– Är du från Iran?

Hamid nickade svagt och drog efter andan.

– Jo ... det är jag.

– Min mamma är också från Iran, sa Cyrus snabbt, rösten nästan kvävd av både stress och regnet som forsade ner. Det kändes märkligt att säga det, men orden kom ändå.

Hamid svarade med ett nästan obefintligt leende, trots smärtan.

– Vi tar det en annan gång, okej? Just nu borde du tänka på att komma undan.

– Tack, Hamid. Jag kommer aldrig att glömma det här, sa Cyrus och tog ett steg ut ur bilen.

Innan han hann stänga dörren hörde han Hamid ropa efter honom, med samma trötthet och skärpa som innan:

– Tack själv. Och glöm inte: inget av det här hade hänt om jag inte plockat upp dig. Jävla skit.

Cyrus sneglade bakåt ett ögonblick, skakade på huvudet åt kommentarens mörka humor, och kastade sig sedan ut i regnet som föll tungt under den gråa himlen. Hamids ord hängde kvar i luften, lika verkliga som hotet bakom honom.

Cyrus sprang så snabbt hans kropp tillät, även om varje steg påminde honom om vad den där förbannade bilvolten hade gjort med honom. Hans revben kändes som om de vore på väg att sticka ut och protestera, och knäna verkade överväga att gå i pension. Framför sig såg han en viadukt som ledde till något han först inte kunde placera. Sedan såg han det – ett flygplan som långsamt rullade över viadukten till andra sidan. Det gick upp för honom att det inte var vilken viadukt som helst, utan en som tillhörde flygbanan.

Regnet föll som en ilsken monsun, och vinden kastade dropparna mot honom med kirurgisk precision. Han kisade genom ovädret och försökte ignorera den isande känslan som spred sig under de genomblöta kläderna. Luften var varm, men regnet stal värmen från varje centimeter av kroppen.

Smärtan från hans mörbultade kropp var konstant, som en dålig vän som vägrade gå hem. Varje blåmärke och skrapsår skrek åt honom att stanna, men hans hjärna skrek högre: om du stannar, dör du. Han fokuserade på viadukten och en idé började formas i huvudet. Om han kunde klättra över stängslet vid sidan av viadukten, kanske han kunde ta sig in på flygbanan. Där skulle någon säkert reagera, kanske slå larm.

Med varje rörelse som ett smärtsamt projekt tog han sig fram till stängslet. Taggtråden ovanpå verkade hånle åt honom, men han hade inget val. Han tog ett djupt andetag, grep tag i metallnätet och började klättra. Tråden skar genom hans kläder som om den var specialdesignad för att

9

göra precis det, och huden under kläderna fick ta resten av smällen. Blod droppade från hans händer, men han fortsatte, för han visste att alternativet var värre.

När han kom över på andra sidan kastade han sig ner på marken. En snabb blick bortåt visade några fraktplan som stod parkerade längre fram, deras massiva kroppar som tysta vakter i regnet. Han skyndade sig dit, hukande som om det skulle göra honom osynlig. När han nådde ett av planen gömde han sig bakom det stora framhjulet. Hjärtat dunkade som en förbannad trumma, och han försökte lugna sig tillräckligt för att tänka.

Hans blick svepte över området. Ingenting. Inget larm, inga blinkande lampor, ingen polis som rusade till hans räddning. Åskan måste ha slagit ut systemet. Han svalde sin besvikelse och drog sig närmare hjulskyddet. Genom regnet såg han männen som jagade honom. De rörde sig framåt som rovdjur som letade efter en doft i luften. Men de såg honom inte. Inte än.

Cyrus blundade ett ögonblick och tänkte på Hamid och bilen som nu stod kvar där de hade lämnat den. Han önskade att han hade haft tid att säga något bättre än "tack". Men han var fortfarande vid liv, och just nu var det, det enda som räknades.

Han smög närmare det öppna lastutrymmet, hjärtat bultande som en hammare i bröstet. Männen som lastade planet verkade upptagna med att rulla in pallar fyllda av konservburkar och flaskor med mineralvatten, vilket gav honom en chans. Han gjorde en snabb bedömning: om han skulle bli upptäckt skulle han låtsas att han var en desperat lagerarbetare som tappat bort sig – en lögn som antagligen inte skulle hålla mer än tre sekunder. Men det var bättre än ingenting.

Med en snabb rörelse klättrade han upp och smet in bakom en enorm pall märkt med det tydliga gula och röda Bullens Pilsnerkorv-emblemet. Doften av metall och konserver var inte direkt hemtrevlig, men det var bättre än regnet och kulorna utanför. Han hukade sig så lågt att han kände varje öm punkt på kroppen, medan han gjorde sitt bästa för att hålla sig orörlig och tyst.

Markpersonalen verkade inte märka honom. De rullade in pall efter pall, medan någon ropade order som ekade genom lastutrymmet. Cyrus kunde bara hoppas att han inte låg på någons lista för ovälkomna fripassagerare. När de till slut stängde luckan kände han en våg av lättnad. Han var inne. Och de var ute.

Med sin andhämtning något mer kontrollerad insåg han att han fortfarande hade sin plånbok, mobilen och passet med sig – en tillfällig vinst i ett kaotiskt spel. Han föreställde sig hur han, när planet landade, skulle stiga fram, förklara allt för polisen och förhoppningsvis tas emot som en oskyldig man på flykt snarare än en idiot som gömt sig bakom pilsnerkorv.

Tankarna vandrade när han sneglade mot konservpallarna omkring sig. Griskött. Bullens. Smörgåskorv. Bacon. Han rynkade pannan och började spekulera. Det här var knappast en last på väg till ett muslimskt land. Och Israel? Knappast. För mycket gris. Hans gissning? Spanien. Svenskar där nere älskade sitt Bullens och sitt knäckebröd. Det kändes rimligt. Och dessutom skulle en flygning till Spanien inte vara särskilt lång, vilket betydde att han snart skulle vara i säkerhet.

Planet mullrade till, och hans hjärta hoppade över ett slag när han kände den lätta krängningen av maskinen som började röra sig. Han tryckte sig längre in bakom pallen, kände det grova skyddsnätet mot sin handflata och höll sig fast. Den första tyngdlösheten när hjulen lämnade marken fick honom att släppa ut en skakig andning. Han var på väg bort.

Med mobilen i handen skickade han snabbt ett meddelande till Linda. *På ett plan. Ingen aning vart. Men jag tror jag är säker nu.*

Orden var knapphändiga, men hans hjärna kunde inte prestera mer. Bara sekunder senare försvann täckningen, och han stirrade på skärmen. Inget kvitto, inget svar. Bara tystnad.

Hans kläder var fortfarande genomblöta, och kylan började leta sig in i benen. Med flygplanet stabilt reste han sig långsamt upp, benen protesterade med en svag darrning, och han tittade försiktigt omkring sig. Det såg ut precis som han hade föreställt sig – konservparadis. Här fanns allt: Bullens Pilsnerkorv, köttbullar, fiskkonserver, tuber med ost, knäckebröd. Mineralvattenflaskor i mängder, och till och med läsk.

Cyrus såg sig omkring och kunde inte låta bli att tänka att han hade hamnat i något slags surrealistiskt IKEA-matskafferi. Vem skulle tro att hans liv skulle räddas av konserver och mineralvatten?

Han kikade försiktigt framåt genom kabinen. Cockpiten stod öppen, och han ansträngde sig för att få en skymt av någon där inne. Han såg inga rörelser, men motorernas dånande och planetets stadiga muller avslöjade att någon måste vara där, även om han inte kunde se dem – troligen djupt koncentrerade på att flyga. Ljudnivån var så bedövande att han knappt hörde sina egna fotsteg, vilket gav honom en känsla av att vara osynlig. Förutom piloterna verkade planet tomt. Ingen personal syntes till bland lasten, och det enda ljudet var bullret från motorerna och de tillfälliga skramlanden från lasten.

Hans tankar återvände till hans genomblöta kläder, som nu började kännas som kalla, våta omslagspapper mot huden. Han behövde hitta något torrt, annars skulle kylan snart bli hans största problem. Han reste sig försiktigt, steg för steg, och började röra sig genom kabinen. Motorernas höga ljudnivå gav honom ett slags trygghet – om han rörde sig tyst nog skulle ingen höra honom.

Efter några minuter snubblade han över en oväntad syn: en hel pall fylld med påsar märkta "Fjällräven." Han höjde ögonbrynen. Det svenska märket hade han alltid trott importerades nu för tiden, så varför skulle de lastas ut ur landet? Det här planet verkade inte följa någon logik som han förstod. Men just nu brydde han sig inte om varför. Han drog snabbt fram några påsar och fann ett underställ, ett par byxor och en tunn jacka – allt han behövde för att slippa frysa.

Han bytte kläder så snabbt hans mörbultade kropp tillät, varje rörelse påminde om bilvolten och allt som följt. Den torra jackan var som en omfamning från någon han inte visste att han saknade. För första gången på timmar kände han sig något så när som människa igen.

När han sjönk ner på golvet bredvid pallen, med ryggen mot det grova skyddsnätet som höll lasten på plats, lät han tröttheten skölja över sig. Ögonen började sluta sig av sig själva, och han insåg att kroppen tagit beslutet åt honom. Efter allt han varit med om hade han inget val – han behövde vila. Innan han hann tänka mer på saken hade han redan somnat.

Han vaknade med ett ryck av att planet började skaka. För ett ögonblick trodde han att han drömde, men då såg han konservburkarna hoppa till som om de försökte dansa. Det var turbulens, insåg han. Han reste sig försiktigt, huvudet kändes tungt, och benen darrade fortfarande efter bilvolten och alla påfrestningar. På högra sidan av kabinen såg han fem fällbara bänkar – troop seats, som han kände igen från någon gammal dokumentär han sett. Han stapplade dit, satte sig försiktigt och spände fast sig med det grova säkerhetsbältet.

Kabinen var helt utan fönster, och den tryckande känslan av instängdhet började göra sig påmind. Han försökte slappna av, men hans mage protesterade. Smärtorna från hans kropp och de plötsliga rörelserna i planet gjorde illamåendet värre. Han försökte hålla huvudet stilla och stirrade på ett fast föremål – en låda märkt "Knäckebröd". Men inte ens den stabiliteten hjälpte.

Efter vad som kändes som en evighet började planet skaka allt värre. Det var som om kabinen hade förvandlats till en gigantisk torktumlare. Konservburkar kastades runt och slog mot väggarna med ett öronbedövande buller. Cyrus grep desperat om sitt säkerhetsbälte, som om det var hans sista förbindelse med livet, men det kändes ändå som om han när som helst skulle slungas runt som en av konserverna.

Hans huvud snurrade, magen vände sig ut och in, och varje ny skakning fick honom att undra om detta var slutet. Han knep ihop ögonen och försökte fokusera på något annat – vad som helst. "Det är bara turbulens", sa han till sig själv, men det var som om orden inte riktigt nådde fram.

Cyrus kände hur världen började snurra runt honom, som om någon lekte med en gigantisk karusell där han var den ofrivillige passageraren. Han försökte andas lugnt, fokusera på något – vad som helst – men ögonen verkade ha egna idéer och vägrade samarbeta. Magen gjorde uppror med varje ny skakning, som om den var arg över att befinna sig i detta flygande kaos.

Han stirrade på en punkt på väggen, en suddig skylt som han knappt kunde läsa, och försökte hålla blicken stilla. Men så fort han trodde att han hade funnit något slags balans kom en ny skakning som slog hans försök i spillror. Magen vände sig, och han visste att katastrofen var oundviklig. Med en kväljning som inte lämnade några tvivel kräktes han rakt ner på golvet. Det luktade metall och svett, och han kunde inte avgöra vad som var värst – illamåendet eller skammen över sin egen kroppsliga förödelse.

Turbulensen avtog till slut, men bara för att komma tillbaka med ännu större kraft. Planet skakade nu som om det försökte bryta sig loss från sig självt, och konservburkarna som tidigare bara hade rullat lite nonchalant började nu flyga runt som små missiler.

En burk med Bullens Pilsnerkorv studsade mot väggen innan den landade farligt nära Cyrus. Han kände sig lika hjälplös som burken – kastad runt av krafter han inte kunde kontrollera.

Plötsligt hörde han röster från cockpit. Först var de bara ett dämpat mummel över motorernas dån, men snart blev de alltmer upphetsade. Han spetsade öronen och försökte förstå vad som sades. Ordet "mayday" trängde igenom som en kall kniv i hans medvetande. Piloten skrek på radion, och Cyrus kunde inte ignorera tonfallet – panik, ren panik.

Cyrus kände hur hjärtat började slå snabbare, som om det försökte hinna före honom till vad som än väntade på marken. Han hörde bitar av kommunikationen: "motorproblem ... nödlandning ... position ... höjd ... hastighet." Ingenting av det gav honom någon tröst. Flygledningen svarade inte, och det kändes som om han var fast i ett scenario där ingen hörde hans nödrop – förutom hans egna tankar, som var allt annat än hjälpsamma.

Marken kändes plötsligt alldeles för nära och alldeles för långt borta på samma gång. Cyrus försökte minnas något användbart från en dokumentär eller kanske en instruktionsvideo om flygkrascher, men allt han kunde tänka på var flygvärdinnans monotona röst från hans barndom: "Luta dig framåt och placera huvudet mellan knäna." Han gjorde precis det, även om hans kropp protesterade med smärta och stelhet.

Händerna greppade huvudet, och han försökte blunda bort skriken från motorerna och metallens protester.

Planet började sjunka snabbt, och varje meter kändes som en ny törn mot hans redan bräckliga nerver. Cyrus höll fast vid säkerhetsbältet, som om hans grepp kunde hålla planet i luften. Skriken från metallen blev högre, vinden utanför lät som en arg best, och sedan – tystnad. En mörk, förlamande tystnad.

Kapitel 2 – Övervinna motgångar

Fredag 1 juni 2012, Stockholm

Cyrus Danielsson var en ung man på 25 år som hade fler idéer än vad världen någonsin bett om – och färre anställningar än han själv tyckte var rimligt. Han hade vuxit upp i Järfälla, en plats som han ibland beskrev som "Stockholms bästa bakgård" och ibland bara som "hemma." Med en examen i både litteratur- och filmvetenskap var han en stolt medlem av den akademiska klubben som visste mycket om kultur men mindre om hur man tjänade pengar på det.

För tillfället hankade han sig fram med uppdrag via bemanningsfirman Scholarly Source. Uppdrag som oftast innebar att han gjorde saker som ingen annan på kontoret orkade ta itu med. Cyrus trivdes egentligen med att flyga under radarn – det minskade risken för att hamna i komplicerade sociala situationer, som han alltid fann aningen besvärliga. Han var inte asocial, nej då. Han kunde småprata om väder, vägar och senaste säsongen av *På spåret*. Det var bara det att han behövde arbeta dubbelt så hårt som andra för att hålla konversationen flytande.

Hans utseende var en annan historia. Cyrus hade drag som kunde beskrivas som imponerande om man var på gott humör och åtminstone hade två glas vin i kroppen. Hans mörka, vågiga hår hade en tendens att ge honom en aura av mystik, vilket var olyckligt eftersom han helst ville hålla sig så ospännande som möjligt.

Han brukade inte lägga mycket tid på sin stil – ostrukna skjortor och skrynkliga jeans var mer regel än undantag. Men de gånger han faktiskt ansträngde sig, och till exempel satte på sig en välsittande kavaj, såg han ut som någon som borde sälja dyra viner i Provence.

Det var inte bara utseendet som hade potential. Cyrus hade också en idé – en idé som han var övertygad om skulle förändra svensk tv för alltid. En komediserie, men inte vilken som helst. Den skulle vara roligare än allt som tidigare sänts. Roa folket mer än *Svensson, Svensson*. Få dem att skratta högre än åt *Solsidans* mest absurda ögonblick. Serien var en revolution, och den fanns, komplett och färdig. Det enda som saknades var att någon faktiskt lyssnade på honom.

Problemet var bara att tv-chefer inte växte på träd, och om de gjorde det skulle Cyrus troligen inte känna igen dem. Han hade skickat otaliga mejl, knackat på några dörrar och till och med försökt sig på att mingla vid ett kulturseminarium – en händelse som han helst inte ville prata om igen. Varför ingen ville lyssna på honom förstod han inte. Han hade ju briljanta idéer. Han var övertygad om det. Frågan var bara när resten av världen skulle inse det.

Han hade inte bara försökt sälja sin idé till tv-bolag, utan också till ett antal bokförlag. Där hade han mötts av samma nedslående tystnad. Ingen lyssnade. Hur gjorde andra förstagångsförfattare? Han hade hört historier om debutanter som skrivit sina böcker på caféservetter och ändå blivit hyllade. Cyrus tyckte att de flesta av dem måste ha haft tur eller mutat någon. Han var trots allt övertygad om att han var mer begåvad än de flesta manusförfattare som Sverige producerat. Problemet var bara att ingen annan hade förstått det ännu.

Cyrus hade fått känslan av att Anders, konsultchefen på bemanningsfirman, såg honom som en sorts universallösning. Så fort ett jobb dök upp som ingen annan ville ta, ringde Anders. Måsskit på taket i Norrtälje? Cyrus. Inventering i ett kylrum mitt i vintern? Cyrus. För det mesta sa han ja, inte för att han älskade jobbet, utan för att det kändes bättre än att sitta sysslolös i sin lägenhet och tänka på allt han inte hade uppnått.

Anders hade en gång klappat honom på axeln och sagt: "Du är en räddare i nöden, grabben." Det hade varit avsett som en komplimang, men för Cyrus lät det mest som en påminnelse om att han var den som fick ta uppdragen ingen annan ville ha.

Denna fredag låg Cyrus utsträckt på sängen i sin tvåa på Sångvägen 46 i Jakobsberg. Lägenheten var funktionell, men knappast inspirerande. Området hade en historia lika varierad som vädret på midsommarafton. Miljonprogrammet från 70-talet hade gått från att vara ett trevligt familjeområde till en ganska rörig plats under 80- och 90-talen, med en ökning av grannar som hade en tydlig preferens för narkotika och alkohol. Nu hade fastighetsföretaget Järfälla Hus rustat upp allt, och området kryllade av invandrarfamiljer, barn i lekparker och människor som älskade att grilla på innergårdarna.

Cyrus trivdes inte. Han hade inget emot invandrarfamiljerna – han var ju själv halviranier – men han avskydde allt liv och rörelse. Det var som en karneval som aldrig tog slut. Han längtade tillbaka till Berghem i norra Jakobsberg, där han hade vuxit upp. Där fanns det villor med tyst gräsmatteklipparidyll, och ingen barnfamilj spelade fotboll utanför ens sovrumsfönster klockan sju på morgonen.

Just denna morgon, fem på en fredag i juni, låg han vaken och stirrade i taket. Han hade inte haft något uppdrag på tre dagar och kände sig som en oskriven bok – full av potential men utan en förläggare. Tankarna snurrade runt hans tv-serie, som alltid.

Hade han tänkt fel? Var det hans taktik som var problemet? Han hade försökt allt: ringt, mejlat, knackat på dörrar. Ändå var han lika långt ifrån sitt mål som en mötesbokare på semestern.

Cyrus suckade djupt och satte sig upp i sängen. Han kunde inte förstå varför ingen ville lyssna på honom. Tv-serien var ju genialisk. Problemet låg uppenbarligen inte hos idén. Det låg hos världen.

Ett av tv-bolagen hade faktiskt gått så långt som att be sina vakter att hålla utkik efter Cyrus. Så fort han närmade sig byggnaden, skulle han eskorteras därifrån. Det var en erfarenhet han helst försökte lägga bakom sig, även om han ibland vaknade mitt i natten och undrade hur länge han faktiskt var portad.

Trots detta hade han inte gett upp. En dag hade han sett sin chans när den kvinnliga tv-chefen Marie, som han hade försökt nå i månader, oväntat dök upp i receptionen på tv-bolaget. Det här var hans ögonblick! Hans genombrott! Hans fem minuter av briljans som skulle förändra allt!

Utan att tänka sprang Cyrus fram till henne. Han grep tag i hennes arm, ett grepp som han tänkte skulle uppfattas som artigt men som i verkligheten var något mer ... målmedvetet.

– Bara fem minuter, snälla! Bara fem minuter, sa han med rösten full av desperation och entusiasm, samtidigt som han styrde henne mot soffgruppen i lobbyn. Här, tänkte han, skulle han övertyga henne om sin geniala idé.

Marie, som inte hade läst manuskriptet där detta var en planerad scen, reagerade med chock. Hon skrek till och försökte dra sig loss. Receptionisten, som hittills mest hade suttit och funderat på vilken sushi hon skulle beställa till lunch, blev som förstenad. Vakten däremot, en man som inte behövde någon ursäkt för att visa sina färdigheter, kastade sig över Cyrus och drog ner honom på golvet med en sådan entusiasm att även Marie blev imponerad.

Med vakten sittande på hans rygg och ansiktet pressat mot den något smutsiga heltäckningsmattan, försökte Cyrus förklara sig. Men att mumla om "tv-serier som förändrar allt" gjorde inte mycket för hans sak. Receptionisten, som nu hade hittat telefonen, ringde polisen. Marie, som försökte samla sig, beslutade efter en stund att inte väcka åtal – så länge Cyrus lovade att aldrig sätta sin fot på bolagets mark igen.

Cyrus, som nu låg i en polisbil och stirrade på taket, lovade. Han hade trots allt lärt sig att det fanns andra sätt att nå tv-chefer. Han behövde bara tänka lite mer ... strategiskt.

Denna Fredagsmorgon låg Cyrus vaken i sin lägenhet och funderade. Hans tvåa på Sångvägen 46 hade inte mycket att erbjuda i form av inspiration, men han hade sin säng, sitt tak att stirra på och sina tankar som snurrade likt ett obalanserat cykelhjul. Hur skulle han få kontakt med en tv-chef? Han hade övervägt allt – att charma en assistent, att smyga sig in på en filmpremiär, till och med att försöka bli vän med en kändis. Men allt kändes lika osannolikt som att vinna på Triss.

Det fanns ett annat problem. Cyrus var inte särskilt bra på att prata med folk, framför allt kvinnor. Det fanns kvinnor i hans liv som han kunde tala med utan att snubbla på orden – hans mamma, mormor och ett par kusiner. Men där tog det stopp. Att prata med en okänd kvinna, särskilt en som han var intresserad av eller som hade makt, var som att försöka gå på lina över ett stup. Han hade alltid varit lite osäker i sociala sammanhang, även om han kunde klara av dem när han var tvungen. Men han trivdes bäst ensam.

Det var ironiskt, tänkte han, att han hade en sådan utstrålning som ibland kunde få människor att vända sig om efter honom. Han hade hört att tjejer tyckte han var charmig, och han visste att han kunde vara vältalig när det gällde. Men när det kom till att ta första steget, särskilt i kärlek eller med en potentiell tv-chef, blev han som förlamad. Det var som om han hade en inre vägg som han aldrig lyckades klättra över.

Cyrus kände en viss osäkerhet när han umgicks med personer av det motsatta könet. Han kunde prata med dem, javisst, men bara så länge samtalet var strikt arbetsrelaterat och hade en tydlig början och slut. I fritidssammanhang, däremot, kändes det som om varje mening han yttrade var en audition han inte hade övat inför. Det var därför han föredrog sina virtuella vänner. På Xbox och Playstation hade han massor av dem – spridda över hela världen – och deras konversationer var både enkla och bekväma. Ingen krävde ögonkontakt. Ingen förväntade sig att han skulle vara charmig.

Men Cyrus var medveten om att hans sociala förmågor lämnade en del att önska, och han hade börjat fundera på hur han kunde förbättra sig. Han hade hört att det handlade om att använda fantasin och hitta nya sätt att ta sig förbi sina osäkerheter. Om han kunde skriva ett manus som var briljant nog att övertyga en tv-chef, borde han väl kunna komma på något sätt att övertyga en vanlig människa om att han var socialt kompetent. Eller?

Han hann inte tänka färdigt när mobilen plötsligt ringde. Han kastade en blick på displayen. Anders. Chefen på bemanningsfirman. Cyrus svarade direkt.

– Jag har ett sommarvikariat till dig, sa Anders med sin vanliga, rakt-på-sak-ton. – Det börjar idag och pågår fram till slutet av augusti. Du får två veckor att gå bredvid några kollegor, sen är det upp till dig att klara dig själv. Om du gör ett bra jobb kan det bli en förlängning till slutet av året. Föräldraledighet, du vet.

Cyrus lyssnade artigt, men han kunde inte låta bli att känna en gnista av hopp. Kanske det här var något mer spännande än att inventera i ett kylrum? Han försökte låta neutral när han frågade:

– Vad är det för jobb?

Anders tog en paus, som om han visste att hans svar inte skulle imponera.

– Kallskänka. Personalrestaurangen på TV5 i city.

Cyrus stelnade till. Hjärnan satte genast i gång att processa: TV5. Byggnaden. Möjligheterna. Tv-cheferna. Nej, vänta ... en kallskänka? Det tog några sekunder innan orden bara föll ur honom:

– Finns det inget annat på TV5?

Anders tystnade förvånat. Cyrus hade aldrig förr ifrågasatt ett jobb. Faktum var att han tidigare hade sagt ja till uppdrag som ingen annan ens vågade överväga.

– Jo ... det gör det, sa Anders till slut, men det är nog inget för dig.

– Vad är det? frågade Cyrus, med en desperation han inte ens försökte dölja.

– Sekreterare åt Sören Jonasson, vd:n för TV5.

– Jag tar det! sa Cyrus direkt, utan att blinka.

Anders var tyst i andra änden av luren. Cyrus hörde hur han harklade sig, som om han behövde lite extra tid för att förstå vad som just hade hänt.

– Sekreterare, alltså, sa Anders till slut. – Är du säker på det här? Det är inte riktigt ... vad ska man säga ... din grej, kanske?

– Absolut säker, svarade Cyrus utan att tveka. – När börjar jag?

En kort paus följde, och Cyrus föreställde sig Anders vid sitt skrivbord, troligen kliande sig i huvudet medan han funderade över vad som fått Cyrus att ändra på sitt vanliga "jag kan göra vad som helst"-svar.

– Okej då. Jag fixar det. Men det krävs lite pappersarbete, och jag behöver ringa några samtal först. Om allt går vägen börjar du på måndag.

– Perfekt, sa Cyrus, och han la på innan Anders kunde ångra sig.

Han stirrade på mobilen. Sekreterare? Det var inte precis vad han hade tänkt sig. Men han skulle arbeta nära en tv-vd. Det var hans biljett in. Om bara Sören Jonasson kunde stå ut med honom i några veckor, kanske han äntligen kunde få någon att lyssna på hans briljanta idé.

Kapitel 3 – Brunos oväntade arv

Januari 2008, Tyskland

På en annan plats, flera år innan Cyrus Danielsson ens hört talas om TV5, hände något märkligt. Den ekonomiska krisen hade slagit hårt mot Europa, men som alltid fanns det vissa som gick segrande ur katastrofen. En av dem var Bruno Schön, en man som tills nyligen inte hade haft mycket annat än sitt förnamn och en slitstark McDonalds-uniform.

Bruno, vid 41 års ålder, hade spenderat större delen av sitt vuxna liv bakom snabbmatsdisken på Frankfurts flygplats. Han hade inget emot det, egentligen. Jobbet var förutsägbart, och Bruno gillade rutiner. Varje dag var en enkel ekvation av Big Mac-menyer och läskfyllda pappersmuggar.

Men den här dagen, i januari 2008, skulle allt förändras. En man i kostym, med en blick som verkade kunna väga guld, ställde sig i kön. Han beställde en Big Mac-meny men verkade mer intresserad av Brunos namnskylt än av hamburgaren.

– Ursäkta, har herrn någon relation till den nyligen bortgångne dr Erich Schön? frågade mannen, som om det vore en fullständigt normal sak att fråga en McDonalds-anställd.

Bruno rynkade pannan. Det var en fråga han aldrig hört förut, men han hade ett svar redo – samma svar han brukade ge när någon frågade om hans efternamn.

– Den enda Schön jag känner till var min far, Helmut Schön. Han gick bort för nästan tio år sedan. Jag har aldrig träffat min fars släkt. Han flydde från Östtyskland när jag var liten, och min mor gick bort under flykten.

Kostymmannen höjde på ögonbrynen och rättade till sin slips. Han såg ut som någon som just löst ett mysterium.

– Mitt namn är Fritz Geitner, och jag är dr Erich Schöns advokat, sa mannen. Så din far var Helmut Schön, ursprungligen från Östtyskland?

– Ja, det stämmer, svarade Bruno, och hans fåniga leende avslöjade att han inte hade en aning om vad som skulle komma härnäst.

Det var då advokaten började skratta. Inte ett artigt skratt eller ett nervöst fniss, utan ett djupt, hjärtligt skratt som fick honom att sjunka ner på en närliggande stol och hålla om magen. Bruno stod kvar bakom disken, lika förvirrad som en turist i en bilkö.

– Kan du föreställa dig? flämtade advokaten mellan skrattanfallen. – Jag har letat efter dig länge! Du är den enda arvtagaren till dr Erich Schön! Nu är du en av Tysklands rikaste män. Ändå står du här och serverar Big Macs. Livet, alltså!

Det tog en stund innan orden sjönk in. Bruno blinkade, först långsamt, sedan snabbt, som om han försökte uppdatera sin verklighetsuppfattning. Arvtagare? Rik? Han? Någon måste ha gjort ett misstag

Men Fritz Geitner gjorde inga misstag. Efter fyrtio minuters diskussion, fylld av frågor från Bruno som "Får jag avsluta mitt skift först?" och "Kan jag ta med en cheeseburgare till resan?", lyckades advokaten övertala honom att lämna sin arbetsplats. Kollegorna applåderade, chefen grät och kön skrek lyckönskningar. Det var som om Bruno hade vunnit på lotto – fast bättre.

Resan till New York var lika surrealistisk som en dröm han inte vågat drömma. När Bruno anlände till bankens huvudkontor möttes han av män i kostymer som talade med ord som kunde ha varit hämtade ur en främmande ordbok. De pratade om aktieportföljer, hävstångseffekter och derivat. Bruno förstod inte ett ord, men nickade ändå, som om han var en del av samtalet.

Efter att ha blivit förd genom en labyrint av blanka glasväggar och dunkande skrivare hamnade han i ett konferensrum där en hög med papper väntade på hans signatur. Fritz Geitner förklarade tålmodigt varje dokument, men Bruno var mer upptagen med att försöka förstå hur han skulle kunna betala tillbaka kaffet han just hade spillt på den blänkande bordsskivan.

När han skrivit på de sista papperna blev det officiellt: Bruno Schön, tidigare McDonalds-anställd, var nu en av de rikaste männen i Tyskland – och världen. Dr Erich Schön, hans farbror som han aldrig hade träffat, hade varit huvudägare i en stor investmentbank med betydande kopplingar till Lehman Brothers. Arvet innefattade en herrgård i Frankfurt och en summa på över en biljon euro.

Men lugnet varade inte länge. När Bruno väl satt i ordförandestolen, omgavs av människor som förväntade sig beslut och strategi, insåg han att han inte hade en aning om vad han höll på med. Vid det första styrelsemötet, där han tillfrågades om bankens framtida väg, var hans svar:

– Kan vi börja med att inte servera kaffe i glas? Det blir alltid spill.

Styrelsen stirrade på honom, och Bruno insåg att han kanske inte riktigt passade in.

Efter två veckor som bankens ordförande – två veckor fyllda av långa samtal om siffror han inte förstod och människor som verkade tala i gåtor – tog Bruno ett beslut. Han samlade aktieägarna och meddelade.

– Jag vet inte vad jag gör här, men jag vet att ni gör det. Om någon vill köpa mina andelar, varsågod. Jag går tillbaka till något jag förstår – som att hålla ordning på en kassaapparat.

Förvånansvärt nog var intresset för hans andelar stort. Inom loppet av en vecka hade Bruno sålt hela sitt ägande och lämnat banken. Pengarna han fick loss var nästan overkliga – över en biljon euro, en summa som fick hans bankkonto att se ut som något från en science fiction-film. Bruno hade ingen aning om vad en biljon euro egentligen betydde, men när Fritz förklarade att pengarna räckte för att täcka kostnaderna för den herrgård han också ärvt i Frankfurt i över 750 000 år, tänkte han att han inte hade planerat att leva så länge.

Kort efter hans försäljning gick banken i konkurs. Nyheten om Lehman Brothers kollaps spreds som en löpeld, och de tidigare aktieägarna stirrade misstroget på den före detta McDonalds-anställde som hade lämnat skeppet precis innan det sjönk.

Bruno, däremot, satt bekvämt i sin nyvunna herrgård i Frankfurt och försökte bestämma sig för vad han skulle göra med sitt liv. Det var dags att fundera på vad han verkligen ville göra – nu när han kunde göra vad som helst.

För många verkade det helt osannolikt att Brunos framgångar kunde vara en ren slump. Hur kunde en före detta McDonalds-anställd lyckas sälja sina andelar i precis rätt ögonblick – innan banken kollapsade? Rykten om insideraffärer började snabbt spridas som löpeld i finanskretsar. Vissa spekulerade i att Bruno måste ha haft någon sorts hemlig mentor, andra hävdade att han hade mutat sig fram. Det dröjde inte länge innan finansmyndigheterna inledde en omfattande granskning av hans affärer.

Det blev en av de mest uppmärksammade utredningarna i Europas finanshistoria. Men trots noggrant genomgångna transaktioner, granskningar av mejl och intervjuer med Bruno själv, där han vid ett tillfälle frågade utredarna om kaffeautomaten fungerade, hittades inte ett enda bevis på olagligheter. När dammet väl lagt sig var sanningen tydlig: Bruno Schön var, enligt de flesta, ett ekonomiskt geni.

Snart började Bruno kallas "oraklet från Frankfurt" i internationella finanskretsar. Hans förmåga att förutse marknadens rörelser hyllades som legendarisk. Ekonomiska experter analyserade varje uttalande han gjort, och vissa påstod att han hade en "unik förståelse för ekonomins flöden". I verkligheten var Brunos hemlighet betydligt enklare – han gissade. Alltid. Och på något magiskt sätt slog hans gissningar in, gång på gång.

Bruno själv var smärtsamt medveten om detta. Han kunde inte förstå varför hans förslag – som ibland baserades på hans favoritnummer eller vilken färg han tyckte bäst om för dagen – togs på så stort allvar. Men om världen ville tro att han var ett geni, så var han inte den som skulle rätta dem. När en journalist frågade honom om hans strategi för att hantera ekonomiska bubblor, svarade Bruno:

– Om bubblor är problemet, kanske vi borde satsa på rektanglar i stället?

Uttalandet analyserades i veckor, och finansmarknader runt om i världen reagerade med spänning.

Världsekonomin befann sig vid en brytpunkt, och varje ord från Bruno blev som en profetia. Journalister flockades kring honom vid hans offentliga framträdanden, ivriga att fånga upp hans nästa "vision". Till och med hans minsta harkling eller blinkning tolkades som en ledtråd om framtidens marknadsrörelser. Bruno började till slut njuta av det hela – inte för att han förstod vad som hände, utan för att folk behandlade honom som en kung. Och att ha journalister som springpojkar var inte det sämsta.

Men med framgång kom också ansvar, och Bruno insåg snart att han behövde hjälp med den ökande uppmärksamheten. Han behövde någon som kunde hantera alla intervjuförfrågningar, konferenser och den ständiga strömmen av mejl från desperata ekonomer som ville veta om de borde sälja sina aktier eller köpa guldtackor.

På en välgörenhetsgala i Frankfurt mötte han Claudia Klump. Claudia var en karismatisk och elegant kvinna, med en charm som kunde få folk att lyssna även om hon läste upp innehållsförteckningen på en konservburk. Bruno var genast betagen. Under kvällen pratade de om allt från vädret till varför tyska korvar aldrig borde exporteras. Han lutade sig framåt och försökte hitta rätt ord. Han var inte van vid galor eller människor som Claudia, men han visste att han behövde någon som henne.

– Vill du bli min assistent? sa han till slut, utan att riktigt tänka igenom vad han sa.

Claudia blinkade till, som om hon trodde att hon hört fel.

– Din assistent? För vad, exakt? frågade hon och lät både roat och förvirrat.

– För allt det där jag inte kan, svarade Bruno och ryckte lite hjälplöst på axlarna. – Och för att du verkar kunna allt.

Claudia såg på honom, som om hon försökte läsa hans tankar. Bruno kände att han nog borde säga något mer, men orden fastnade någonstans på vägen.

– Så vad säger du? fortsatte han till slut. – Det kan inte bli värre än att jobba för Lehman Brothers, eller hur?

Claudia skrattade till, ett kort men äkta skratt, och lade huvudet på sned.

– Du är ärlig, det måste jag ge dig, sa hon. – Okej då. Varför inte? Jag antar att det inte kan bli mer galet än det här.

Bruno drog en lättnadens suck och nickade ivrigt.

– Perfekt! Börjar vi imorgon, eller behöver du mer tid?

Claudia skrattade igen och skakade på huvudet.

– Vi börjar på måndag. Du får stå ut på egen hand i helgen.

Bruno log brett. Det här kanske skulle fungera trots allt.

* * *

Bruno satt i sitt arbetsrum med Claudia mittemot sig, omgiven av högar av papper och mappar. Hon såg orimligt elegant ut för någon som arbetade i ett så stressigt tempo.

Det hade gått några månader sedan han spontant erbjudit henne jobbet, och han kunde inte låta bli att undra varför någon som hon hade tackat ja.

– Claudi, hur kommer det sig egentligen att du jobbar här? frågade han plötsligt, med samma raka ton han brukade reservera för frågor om börsen.

Claudia tittade upp från datorn och lade huvudet på sned, som om hon funderade på hur mycket hon skulle säga.

– Är du seriös? Det är ju 7 500 euro i månaden, sa hon och log.

– Jo, men ... du kunde väl göra vad som helst? Med din bakgrund och allt? Jag menar, catwalken, Paris, allt det där?

Claudia fnissade och skakade på huvudet.

– Bruno, vet du hur det är att vara fyrtiotvå och försöka få ett jobb i den här världen? Catwalken är som högstadiet – när du fyller trettio är du redan passé. Vid fyrtio är du ... jag vet inte ... som en utdaterad kollektion.

Bruno blinkade och försökte förstå metaforen.

– Så du menar att jag borde sluta med ekonomi när jag fyller femtio?

Claudia skrattade högt och viftade med handen.

– Du är speciell, Bruno. Du skulle kunna sälja rektanglar som lyxkonst och folk skulle tro att det var genialiskt.

Han log, lite generat. Hon hade en märklig förmåga att få honom att känna sig både löjlig och uppskattad på samma gång.

– Så, vad tycker du om det här med Genève? sa han och pekade på en inbjudan.

Claudia plockade upp pappret, och hennes ögon smalnade när hon försökte tyda texten.

– "Dynamiska makroekonomiska synergier," mumlade hon och rynkade pannan. – Låter som något en pasta borde heta, inte en konferens.

Bruno fnissade.

– Så vi ska inte gå?

– Definitivt inte. Jag mejlar dem och säger att du är ... upptagen med dynamiska rektanglar. Det borde räcka.

Bruno skrattade och slog ut med händerna.

– Varför inte? Dynamiska rektanglar låter som något folk faktiskt skulle köpa. Skriv det.

Claudia började knappa på tangentbordet och suckade lätt.

26

– Allt det här skrivandet och organiserandet är nog enklare än att göra piruetter i högklackat, men bara knappt, sa hon.

Bruno betraktade henne medan hon arbetade. Hon var effektiv, även när hon inte helt förstod vad hon gjorde, och hennes vänliga sätt verkade charma precis alla. Trots hennes bakgrund som supermodell och en viss naivitet hade hon blivit en ovärderlig del av hans liv. Och även om han inte helt kunde sätta fingret på varför, kände han att världen såg honom på ett annat sätt tack vare henne.

Maj 2012 – Tyskland

Det var en sen kväll i Brunos herrgård, och Claudia satt mittemot honom vid matsalsbordet. Båda hade ett glas vin framför sig, men Bruno hade knappt rört sitt. Han var för upptagen med att försöka förklara något som han själv knappt förstod.

– Du vet, Claudi, det här med att ge råd till förbundskanslern ... Jag tror faktiskt att jag är klokare än henne. Inte för att skryta, men jag har en känsla för sånt här. Ekonomi, fred, hela baletten.

Claudia höjde på ögonbrynen och lutade sig framåt.

– Så varför blir du inte själv förbundskansler då? sa hon med en ton som både var uppmuntrande och lite utmanande.

Bruno skrattade till.

– Tyskarna skulle aldrig välja en som jag. Jag har för mycket pengar. Folk gillar inte det.

Claudia nickade fundersamt och snurrade sitt glas mellan fingrarna.

– Nä, kanske inte. Men tänk om man kunde få dem att tänka annorlunda? Att se dig som du verkligen är? En snäll kille som kan fixa ekonomin och världen på samma gång.

Bruno log brett och tog en klunk av sitt vin.

– Och kanske fixa fred också, bara för att visa att jag kan.

De skrattade båda två, men Claudias blick blev snabbt allvarlig.

– Men tänk om det fanns ett sätt, liksom ... en drog eller nåt, som gjorde att folk såg dig för den du verkligen är? sa hon och lutade sig framåt, nu tydligt engagerad.

Bruno stirrade på henne, osäker på om hon skämtade.

– Du menar som knark? frågade han och såg genuint förbryllad ut.

– Nej, nej! Något ofarligt. Som gör folk ... jag vet inte, öppnare, mer mottagliga. Eller kanske ... impotenta? sa Claudia och log snett.

Bruno ryckte till.

– Impotenta? Vad betyder det ens?

Claudia skrattade, lutade sig tillbaka i stolen och tog en klunk av sitt vin.

– Okej, jag förklarar. När jag jobbade som modell kände jag en fotograf som var helt fantastisk. En riktig gentleman. Jag blev lite förälskad i honom, men han var inte intresserad. Först trodde jag att han var gay, men sen berättade han att han var impotent.

– Snuskvarning? sa Bruno med ett småleende.

– Nej, det är inte snusk, Bruno. Han sa att han kunde se mig för den jag verkligen var, inte som ett objekt eller något ytligt. Han såg personen Claudia, inte bara modellen. Det var fint. Och det är ungefär vad jag menar med impotent.

Bruno nickade långsamt, som om han funderade på något djupt.

– Så du menar att om alla tyskar blev impotenta, skulle de se mig för den jag verkligen är?

Han log snett, och Claudia slog ut med händerna.

– Exakt! Fast inte på riktigt. Det var ett skämt, Bruno.

De skrattade båda, men Claudia fortsatte efter en paus.

– Fast ... jag känner faktiskt någon som kanske kan hjälpa dig. Chuck Tyler, en kemist jag jobbade med en gång i tiden. Han brukade fixa uppiggande medel åt oss modeller. En gång råkade han göra en blandning som, ja ... gjorde män impotenta. Jag minns det för att jag tänkte att det lät som något jag borde testa på vissa män.

Bruno tittade på henne, nu mer förvirrad än tidigare.

– Så ... du föreslår att jag ska ge tyskarna en drog som gör dem impotenta? sa han långsamt.

– Inte på riktigt! Men om du skulle vilja – Chuck är din man. Han kan skapa vad som helst. Och jag lovar, det är helt lagligt. Tror jag.

Bruno skakade på huvudet och skrattade. Han kunde inte avgöra om hon skämtade eller menade allvar, men det spelade ingen roll. Claudia hade en förmåga att säga de mest absurda saker och ändå få dem att låta rimliga.

Han tog en klunk av sitt vin och log mot henne, en liten tanke gnagande i bakhuvudet. Hon är verkligen en pärla, tänkte han. Även om hon är galen.

Claudia satt tyst en stund och snurrade sitt vinglas mellan fingrarna. Bruno såg att hon funderade på något – hennes ögon smalnade först, sedan öppnades de på vid gavel som om hon just hade fått en lysande idé. Hon lutade sig framåt över bordet, med en intensitet i blicken som Bruno visste kunde betyda både bra och farliga saker.

– Lyssna nu, Bruno, sa hon och sänkte rösten som om någon kunde tjuvlyssna. – Jag kan ringa Chuck.

– Chuck? Vem är det? svarade Bruno, lika delar nyfiken och förvirrad.

– Chuck Tyler! Han jag berättade om. Kemisten från New York som brukade fixa uppiggande medel åt oss modeller.

Bruno nickade långsamt, även om namnet inte ringde några klockor. Claudia fortsatte innan han hann fråga mer.

– Han är briljant. Han kan skapa precis vad du vill. Jag berättade ju om hans misstag. När han råkade göra män impotenta du vet...

Bruno rynkade pannan och lutade sig bakåt i stolen.

– Vänta lite ... det där med impotent. Betyder det fortfarande det där du sa tidigare? Att folk ser saker klart?

– Exakt! sa Claudia, hennes ögon glittrande. – Om Chuck kan fixa en sån drog igen, då kan vi blanda den i vattnet här i Tyskland. Föreställ dig det, Bruno! Alla blir impotenta – mentalt sett alltså – och då ser de dig för den du verkligen är.

Bruno lutade sig tillbaka i stolen och försökte smälta Claudias plan. Hennes ögon glittrade av entusiasm, och hon såg ut som om hon just hade räddat världen – eller åtminstone Tyskland.

– Du vill alltså blanda en drog i vattnet ... som gör folk impotenta? frågade han, fortfarande tveksam men märkligt fascinerad.

– Precis, sa Claudia och nickade. – Inte för att skada dem, utan för att hjälpa dem se klart. Och när de ser klart, Bruno, kommer de att inse att du är den enda som kan fixa saker.

Bruno höjde på ögonbrynen och lutade sig framåt igen.

– Men ... är det verkligen rätt att göra så?

Claudia slog ut med armarna.

– Rätt? Bruno, världen är inte rättvis. Politiken är inte rättvis. Du försöker göra något bra. Det är bättre än vad de flesta politiker gor.

Han skrattade till, men skakade ändå på huvudet.

– Du är galen, Claudi.

– Ja, kanske det, men det är jag som håller ditt schema i ordning, eller hur? sa hon och log.

Bruno betraktade henne en stund, fortfarande med ett snett leende på läpparna. Hennes sätt att tänka var både skrämmande och imponerande. Hon såg saker han själv aldrig skulle ha tänkt på – och trots att hennes idé var vansinnig, kunde han inte låta bli att beundra henne.

– Du är otrolig, Claudi, sa han till slut, nästan mer för sig själv än till henne.

– Ja, jag vet, sa hon med ett självsäkert leende. – Men det är du också.

Det var då tanken slog honom. Han satt där, med Claudia framför sig, hennes intensiva blick och leende som fyllde rummet. Han insåg att han aldrig hade träffat någon som henne tidigare – och förmodligen aldrig skulle göra det igen.

– Claudia, sa han plötsligt. – Vill du gifta dig med mig?

Claudia stelnade till. Hennes ögon vidgades, och för en gångs skull verkade hon inte veta vad hon skulle säga.

– Är du ... allvarlig? frågade hon, nästan andlöst.

Bruno log bredare.

– Självklart. Ingen annan skulle komma på en idé som din. Och ingen annan skulle få mig att tänka att den kanske inte är så galen trots allt.

Claudia skrattade till, ett kort, nervöst skratt, men det var tydligt att hon var rörd.

– Jag ... jag trodde aldrig att du skulle fråga, sa hon och lutade sig framåt. – Men ... ja, Bruno. Jag vill.

Han kunde inte hålla tillbaka ett skratt av lättnad. De kysste varandra, och för en gångs skull kände Bruno att allt kanske ändå skulle ordna sig.

Efter ett ögonblick lutade Claudia sig tillbaka med ett listigt leende.

– Men vi måste fortfarande ringa Chuck. Eller hur?

Bruno skrattade och nickade.

– Absolut. Ring Chuck. Vi har en plan.

* * *

Nästa dag satt Chuck Tyler vid ett hörnbord på ett kafé i Frankfurt och rörde om i sitt kaffe med skeden så frenetiskt att en liten pöl hade bildats runt koppen. När Claudia svepte in genom dörren stelnade han till och reste sig halvhjärtat, men hennes korta, avmätta nick fick honom att sjunka tillbaka i stolen.

– Chuck, sa hon och slog sig ner mitt emot honom med en rörelse så kontrollerad att den kunde ha varit koreograferad. – Har du tänkt på vad jag sa sist?

Hon tog fram ett hopvikt papper ur handväskan och lade det mitt på bordet. Chuck kastade en blick på lappen men tvekade att röra vid den, som om den var täckt av gift. Till slut tog han ett djupt andetag och vecklade upp den. Hans ögon svepte snabbt över siffrorna, och hans ansikte blev märkbart stelare.

– Claudia ... det här går inte, sa han och sköt ifrån sig lappen. – Det är inte möjligt. Det är vansinnigt.

Claudia höjde ett ögonbryn och lade armbågarna på bordet. Hennes läppar drogs ihop till en linje som inte antydde något tålamod.

– Du har gjort det förut, Chuck. Jag vet vad du kan.

Han viftade bort hennes ord, som om han försökte få bort en irriterande fluga.

31

– Visst, jag gjorde det en gång av misstag! En gång! Och inte i sån här skala. Det här är galet, och jag tänker inte ens ...

Claudia lutade sig tillbaka och drog långsamt fram ett nytt papper ur väskan. Hon vek upp det med en rörelse som verkade noggrant koreograferad för att maximera dramatiken och sköt det över bordet.

Chucks protester dog ut i ett konstigt halvkvävt ljud när han stirrade på siffrorna. Han blinkade flera gånger, som om han försökte försäkra sig om att ögonen inte lurade honom. Han tog upp servetten bredvid sin kopp och duttade mekaniskt pannan, trots att ingen svett syntes.

– Det här ... är ... sa han och stammade som en repig skiva. Han försökte säga något mer men orden fastnade.

Claudia lutade sig fram och log, ett leende som verkade lika delar triumf och löfte.

– Så, vad säger du? sa hon med en röst som var silkeslen men hård som stål.

Chuck drog ett djupt andetag och vecklade försiktigt ihop papperet igen. Han strök handen över det en gång innan han lade det i sin bröstficka och slog ner blicken i kaffet framför sig.

– Mitten av juni, sa han lågt. Jag kan leverera till dig då.

Claudia reste sig, rättade till kappan och svepte med handen över bordet för att sopa undan de sista resterna av hans tvekan.

– Perfekt. Jag meddelar dig var och när. Och Chuck? Gör mig inte besviken.

Hon lutade sig framåt, placerade en snabb puss på hans kind och gled sedan mot dörren. Chuck satt kvar med blicken fäst på dörren, hans fingrar knutna runt kaffekoppen som han höll så hårt att knogarna vitnade.

Vid dörren stannade Claudia till och vände sig om. Hon mötte Chucks blick och log. Inte varmt, men med en sådan självklar överlägsenhet att det inte fanns utrymme för tvekan.

– Det var trevligt att ses, Chuck. Vi hörs snart.

Hon gick ut i Frankfurts glittrande eftermiddagsljus med en elegant självklarhet som hörde hemma på catwalken. Chuck, kvar vid sitt bord, tog fram papperet igen och stirrade på siffrorna, som om de höll både löftet om hans framtid och vikten av hans samvete.

Kapitel 4 – Drömmar som blir …

4 juni 2012, Stockholm

Måndagen den fjärde juni klockan tio i åtta gick Cyrus med bestämda steg mot TV5-huset på Rådmansgatan, klädd i sin enda kostym som fortfarande passade. Byggnaden reste sig över honom med en modern glasfasad som speglade den mulna junihimlen. Glaset fick huset att se ut som om det försökte imitera en skyskrapa i New York, trots att det bara hade sju våningar. Cyrus höll ett öga på sin spegelbild när han närmade sig entrén, för att försäkra sig om att han såg tillräckligt självsäker ut. I huvudet ekade mantrat: *Du är Cyrus Danielsson. Du är här för att briljera.*

Han steg in genom de automatiska glasdörrarna och blev genast omsluten av lobbyns luftiga elegans. Till vänster såg han receptionen – en polerad stendisk som var så blank att han kunde spegla sig i den. Till höger en halvhög glasvägg som skilde lobbyn från det populära kaféet. Doften av kaffe och kanelbullar låg i luften och väckte en längtan i Cyrus som han snabbt tryckte undan. Han var inte här för fika. Han var här för att ta ett steg närmare sitt livs mål.

Han gick fram mot säkerhetsgrinden och kastade en snabb blick mot receptionisten, en brunbränd blondin med en aura av självklarhet som fick Cyrus att undra om hon var modell på fritiden. Hjärtat slog snabbare. Han hade varit här tidigare – på jakt efter tv-chefen – och varje gång hade slutat med att han blev utkörd. Hennes leende fick hans nerver att dansa breakdance.

– Hur kan jag hjälpa till? frågade hon, med en röst så vänlig att Cyrus nästan misstänkte en dold sarkasm.

Han svalde hårt och försökte hålla rösten stadig.

– Annika Karlsson, sa han och lade till ett "ja" mitt i meningen utan att riktigt förstå varför.

– Hon heter så … den jag ska träffa idag.

Receptionistens blåa ögon mötte hans, och för ett ögonblick glömde Cyrus hur man andades. *Nu känner hon igen mig*, tänkte han panikslaget. *Hon kommer ringa vakterna och jag blir utslängd igen.*

Men i stället nickade hon artigt och pekade mot säkerhetsgrinden.

– Hissen ligger där borta. Annika möter dig högst upp på sjunde våningen.

Hennes leende var bländande, som om det var standardutrustning för alla som jobbade där. Cyrus lyckades få fram ett tacksamt "tack" innan han styrde stegen mot hissen, samtidigt som han försökte ignorera hur has handflatorna blev fuktigare för varje steg.

Han tog ett djupt andetag och började gå mot hissarna, när en röst bakom honom fick honom att stelna till.

– Har inte vi träffats förut?

Han vände sig långsamt om. Receptionisten tittade på honom med huvudet lutat på sned, och i hennes ögon fanns en frågande blick som fick Cyrus att känna sig som en brottsling på väg att bli avslöjad. Hjärtat pumpade ännu hårdare. *Nu är det kört. Hon känner igen mig. Vakterna är väl redan på väg.*

– Jag tror inte det, sa han, med en osäkerhet som han förgäves försökte dölja.

Orden smakade metalliskt i munnen. Han försökte analysera hennes min, men det vänliga leendet var fortfarande där. Det borde väl vara ett gott tecken? Han lade snabbt till, med ett försiktigt leende:

– Jag hade nog definitivt kommit ihåg dig. Du är inte någon jag skulle glömma i första taget.

Hon skrattade till och lutade sig tillbaka i stolen, men leendet blev bredare, som om något precis hade fallit på plats i hennes minne.

– Men nu vet jag ... det är jag, Linda Lindrot. Gick inte du och jag gymnasiet ihop i Jakobsberg? Det är väl du, Cyrus – Cyrus Danielsson från Jakan?

Cyrus kände marken under sig gunga. Hans namn i hennes mun lät märkligt bekant, men hans minne vägrade samarbeta. Han stirrade på henne, försökte desperat hitta någon ledtråd i hennes ansikte, men det var som att leta efter en nål i en höstack som någon just hade tänt eld på. Hon såg ut som en modell som glidit ut ur en tidningssida, men gymnasiet? Jakobsberg? Hon måste ha fel.

– Jo, det är jag, sa han till slut, och tvingade fram ett leende som han hoppades såg naturligt ut. Samtidigt rörde sig tankarna som ett upprört hav. Varför minns jag inte henne? Hur kan jag ha glömt någon som ser ut så här?

Men innan han hann säga något mer, fortsatte Linda med en lätt ton som om de pratade om vädret:

– Jag var korthårig och mycket blekare i hyn i skolan, så det är inte så konstigt om du inte känner igen mig. När jag kom hem från USA med det här långa håret och den brunbrända hyn, kände knappt mina päron igen mig.

Hon skrattade, ett mjukt och självsäkert skratt som fyllde rummet på ett sätt som fick Cyrus att känna sig ännu mindre. Han nickade stelt och mumlade ett halvdant "jaha", medan han försökte få ihop pusselbitarna. Hennes förklaring gjorde det hela lite rimligare, men hans minne fortsatte att strejka. Hur många andra Linda från Jakan har jag glömt? tänkte han bittert.

– Kul att ses, men jag har lite bråttom nu, sa han till slut, och pekade mot hissen som om den var en livboj i stormen. Han hoppades att hon inte skulle märka hur illa till mods han kände sig.

– Ja, javisst, du har ditt möte att gå till. Men kan vi luncha ihop idag vid halv tolv? Då har jag rast. Kanske kan vi prata lite om gamla tider och vad som har hänt sedan dess? sa Linda med ett skratt som kändes lika varmt som oväntat.

Cyrus öppnade munnen för att svara men fick inget ljud fram. Han stirrade på henne som om hon just hade frågat om han ville följa med på en rymdresa. Hon vill luncha med mig? En del av honom var övertygad om att hon skämtade, medan en annan, mer desperat del, redan såg sig själv sitta mittemot henne med en bricka och låtsas vara världsvan.

– Då har vi en dejt då, sa han till slut och höjde tummen, som om det var hans sätt att signalera "helt lugn och avslappnad". Men innan han ens hunnit dra ner handen kände han hur kinderna hettade. Han hade precis kallat det en dejt – och dessutom höjt tummen som en riktig tönt.

När han vände sig om för att gå mot hissarna himlade han med ögonen åt sig själv, besvärad över sitt eget beteende. Vad håller jag på med? tänkte han medan stegen ekade över lobbyns marmorgolv. När hissdörrarna stängdes, andades han äntligen ut och lutade sig mot väggen. Men lättnaden varade bara en sekund innan paniken började krypa på som ett irriterande myggbett.

Vad skulle jag säga till henne? Vad skulle vi prata om? tankarna malde. Han förbannade sig själv för alla timmar han hade lagt på FIFA 12 i stället för att förbereda sig på sådana här stunder. Här var han, i sitt livs chans – ett jobb på TV5 och en lunch med en kvinna som såg ut som en filmstjärna – och han kände sig helt oförberedd.

Han försökte lugna sig genom att fokusera på något konkret och började läsa hissens våningsöversikt som om det var en karta över hans egen framtid. Övre våningarna: kontorslandskap, ledningsutrymmen, inspelningsstudior. Nedre våningarna: garage, förråd, arkiv. Allt var välordnat och förutsägbart – raka motsatsen till hans egen situation.

Hissen plingade till och dörrarna gled upp på sjunde våningen. Cyrus möttes av en ljus, öppen hall som sträckte sig ut framför honom. Till vänster bredde ett kontorslandskap ut sig, lika modernt och minimalistiskt som något han sett i en dyr Netflix-serie. Kluster av arbetsstationer stod prydligt organiserade, och luften var fylld av ett svagt surr från datorer och lågmälda röster.

Hans blick föll på en kvinna som stod och väntade. Hon såg inte ut som någon tv-stjärna, men ändå hade hon en sorts självklar pondus som fångade hans uppmärksamhet. Hon bar en kroppsnära blazer över en silkesblus som sken diskret i ljuset från de infällda spotlighterna. Håret var noggrant uppsatt i en enkel knut, och även om hennes ansikte inte var det man direkt skulle kalla slående, fanns det något i hållningen som fick henne att framstå som sofistikerad.

Cyrus försökte läsa av henne snabbt. Hennes ögon, klara och vakna, mötte hans med en vänlighet som fick honom att känna sig både välkommen och lite mindre som en fripassagerare i en värld av slipsar och affärskostymer.

– Hej, du måste vara han som ska vikariera för mig, sa Annika med ett leende som var både vänligt och lite nyfiket. Det var ett sådant leende som kunde få människor att känna sig som om de just fått en guldstjärna i pannan.

Cyrus nickade snabbt, som om han försökte visa att han var helt på det klara med vad som skulle hända härnäst – vilket han absolut inte var.

– Hej, Cyrus Danielsson, sa han och uttalade sitt namn så tydligt och artigt att det nästan lät som om han övade inför en högtidlig ceremoni.

Annika höjde ett ögonbryn och log ännu bredare.

– Jaha, så det uttalas som Sajrus! Det var ovanligt, men fint, sa hon och lät som om hon verkligen menade det.

– Tack! Min mamma är från Iran. Cyrus var tydligen en stor kung som alla iranier är väldigt stolta över, svarade han med en ton som balanserade mellan självsäker och en aning ursäktande. – Ni måste vara fröken Annika, antar jag, lade han till med samma artiga ton.

Annika skrattade, ett mjukt och lite roat skratt, och lutade huvudet lätt på sned.

– Fru Annika Karlsson, om vi ska vara korrekta, men för all del, säg bara Annika. Vi är rätt duiga här, sa hon med ett tonfall som fick ordet "duiga" att låta som om det varit en självklar del av svenska språket i hundratals år.

Cyrus blinkade till. Duiga? Vad var det ens? Ett dialektalt uttryck? Ett internskämt? Han hade ingen aning, men han nickade ändå artigt och sa:

– Jaha, fru … trodde inte att ni som är så ung kunde vara gift.

Orden hade knappt lämnat hans mun innan han kände en våg av ånger. Varför sa jag så? Jag låter som en komplett idiot. Han sneglade på Annika, som verkade tycka att det var allt annat än idiotiskt.

– Ett charmtroll är vad du är, Cyrus. Jag gillar dig redan. Fortsätt med den stilen, sa hon och gestikulerade för honom att följa med.

Cyrus andades ut och följde efter, glad att han inte lyckats förstöra första intrycket helt.

– Vill du ha något att dricka? frågade hon när de närmade sig en fikahörna i ena hörnet av hallen.

Cyrus nickade, kanske lite för snabbt, och svarade:

– Gärna kaffe med mjölk.

Annika log och visade honom kaffemaskinen, en modern sak med fler knappar än en fjärrkontroll. Medan Cyrus fumlade med att förstå hur man fick den att fungera, tog Annika själv en kopp som om hon gjort det i sömnen. Han noterade hur de passerade en välorganiserad fikahörna med mikrovågsugn och en rad bekvämligheter. Det kändes som en plats där alla på kontoret samlades för att andas ut mellan stressiga möten.

Cyrus försökte se lugn ut medan han betraktade den moderna och inbjudande miljön, men tankarna rusade. Vad förväntades egentligen av honom här? Han vände sig försiktigt mot Annika.

– Vad är det jag ska göra? frågade han, försökte låta som om han var redo för vad som helst, även om det mesta av hans inre var upptaget med att inte spilla kaffet.

Annika såg på honom, och något i hennes blick verkade väga upp honom, som om hon övervägde om han skulle kunna hantera jobbet eller om han var för färsk. Hon log.

– Under några veckor kommer du att gå bredvid mig och lära dig jobbet så mycket du kan, sa hon med ett lugn som nästan fick Cyrus att tro att det skulle bli enkelt. – Under första veckan ska du bara se och lära, och från andra veckan ska du göra allt själv, men med mig i närheten.

Cyrus nickade, formodligen mer entusiastiskt än han borde, och Annika fortsatte med samma jämna ton:

– Från den fjärde juli ska jag ta semester och återkommer först den åttonde augusti. Sören är också ledig ibland under sommaren, så du kan vara ledig de dagarna också.

Han lyssnade noga, men halva hjärnan försökte fortfarande analysera det där "duiga" hon hade nämnt tidigare. Samtidigt kände han en lättnad över att uppgifterna åtminstone verkade klara och tydliga – även om det lät som att han skulle behöva ha en hel del tur för att klara sig igenom det hela.

– Jag förstår, svarade Cyrus och försökte låta professionell, även om en del av honom undrade vad han egentligen hade gett sig in på. – Jag ser fram emot att träffa honom.

Annika, som för tillfället verkade vara den mest organiserade personen på jorden, kastade en snabb blick på sin kalender.

– Klockan tio ska Sören träffa Viktor och Maria. Vi kanske hoppar in och för protokoll, sa hon i en ton som om detta var den mest självklara saken i världen.

Cyrus nickade långsamt, som om han behövde tid att tolka meningen.

– Är det ofta så? frågade han, medan hans inre undrade vad exakt "så" betydde.

Annika skrattade kort och ryckte lätt på axlarna.

– Man vet aldrig med Sören. Det är så det fungerar här, förklarade hon som om det var en allmän sanning i tv-världen.

– En utmaning alltså, konstaterade Cyrus med ett leende som han hoppades såg mer självsäkert ut än vad han kände sig.

Annika lutade sig framåt och började bläddra bland papper på sitt bord.

– Vi går igenom Sörens schema och mejl först, och du ska skriva på sekretessavtalet och det andra avtalet, sa hon, hennes röst som alltid avslappnad men effektiv.

Cyrus kände sig som om han just gått med på att bli spion snarare än sekreterare, men han nickade ändå.

– Det låter rimligt, sa han och skrev snabbt under pappren hon lade fram. Sedan sneglade han på Annika och lade till:

– När kan jag äta lunch?

Annika lade huvudet lätt på sned, som om frågan roade henne.

– Mellan elva och trettio och tolv och trettio idag. Du får klara dig själv, men vi planerar bättre framöver, sa hon.

Cyrus låtsades se besviken ut och nickade långsamt.

– Det låter bra, sa han med en suck som inte riktigt var sann. För i själva verket var han lättad över att Annika inte skulle hålla honom sällskap – han hade ju en lunchdejt med Linda.

De satte sig vid Annikas arbetsbord, som låg strategiskt placerat intill Sörens direktörsrum. Cyrus försökte verka intresserad när Annika visade honom hur hon organiserade Sörens mejl i datorn, men hans uppmärksamhet drogs till spegelbilden i den stora glasväggen mellan Sörens rum och deras bås. För ett ögonblick glömde han att lyssna och insåg att han inte hade sett sig själv i spegeln sedan han klädde sig i morse.

När han såg klockan längst ner till höger på Annikas datorskärm – 08.45 – kände han ett sting av osäkerhet. Tänk om något inte satt rätt? Han harklade sig och frågade:

– Var ligger toaletterna?

Annika pekade med ett elegant pekfinger och log.

– Precis bortom hörnet där.

Cyrus tackade och reste sig, med raska men något nervösa steg mot toaletten. Väl inne stannade han framför spegeln och stirrade på sin egen spegelbild. För ett ögonblick tvekade han – var det där verkligen han?

Kostymen satt som om den var sydd för honom, och det bakåtkammade, vågiga håret såg nästan filmstjärneaktigt ut. Han lutade sig närmare spegeln och drog handen genom håret, som om han behövde dubbelkolla att det verkligen var på riktigt.

Han skrattade till, ett kort, nästan lättat skratt. Jag ser ju nästan ut som en välvårdad bankir, tänkte han. En sådan där man ser på tv. Sedan kom han på det ironiska i tanken – här var han, i ett tv-hus, och kände sig för en gångs skull som om han passade in. Han sträckte på sig, drog ner kavajen så den satt perfekt och gick ut, med stegen något mer självsäkra än när han kom in.

På vägen tillbaka till Annikas rum kunde Cyrus inte låta bli att tänka på sin klumpiga komplimang och hur den ändå fått Annika att le. Han var inte säker på vad som var rätt att säga, men kanske hade han äntligen hittat ett sätt att vara både vänlig och charmig, även om det mer liknade tur än skicklighet. Jag får fortsätta försöka förstå kvinnor, om det nu är möjligt, tänkte han medan han satte sig bredvid Annika.

– Bra att du är tillbaka, Cyrus, sa Annika och reste sig smidigt. – Nu är det dags att fixa Sörens kaffe.

Cyrus sneglade på kaffemaskinen som stod inom bekvämt räckhåll.

– Ska jag använda den? frågade han försiktigt och pekade.

Annika log brett och skakade på huvudet.

– Fulkaffe? Nej, nej. Sören dricker bara finkaffe, och det hämtar vi från kaféet nere i lobbyn.

Cyrus nickade och följde efter henne mot hissarna, glad för möjligheten att smita förbi receptionen igen. Det var fortfarande märkligt att en kvinna med Annikas erfarenhet verkade tycka att han var charmig. Men det var Linda som upptog större delen av hans tankar

När han kom tillbaka till receptionen väntade Linda med ett roat uttryck. Hon lutade sig fram över disken och sänkte rösten som om de delade en hemlighet.

– Så, vad har du egentligen för ärende här? Är det något suspekt eller ska du bara imponera på oss med den där kostymen?

Cyrus skrattade nervöst men fick snabbt fram sanningen.

– Jag vikarierar som assistent åt vd:n. Inte lika glamouröst som det låter, men ändå.

Lindas ögon glittrade av något som kunde vara både beundran och lekfullhet.

– Så från Jakan till tv-chefens högra hand? Inte dåligt, Cyrus.

Han log och kände sig lite modigare.

– Jag tänkte, om lunchen vid halv tolv ... är det okej om jag bjuder?

– Wow, en gentleman, I like, sa hon och blåste en låtsaskyss mot honom.

Med ett generat leende vände Cyrus om och gick tillbaka mot Annika, som nu nästan var framme i kön. När han ställde sig bredvid henne såg hon upp på honom och höjde ett ögonbryn.

– Vad gjorde du i receptionen? frågade hon.

– Linda, alltså hon som jobbar där, är en gammal klasskompis. Jag frågade om hon ville luncha med mig idag, sa Cyrus och ryckte lite på axlarna, som om han precis hade erkänt något förbjudet.

Annika log och nickade förstående.

När det blev deras tur behövde Annika inte säga ett ord. Kafébiträdet nickade igenkännande och räckte fram en hög latte i ett glas. De verkade ha gjort detta så många gånger att hela ritualen var en väloljad maskin. Kort därefter sträckte biträdet också fram en liten brun papperspåse, som Annika tog emot med en lätt suck.

– Vad är det i påsen? frågade Cyrus nyfiket.

– Sörens favoritmacka. Han äter samma sak varje morgon och blir grinig om han inte får den, så glöm aldrig kaffet och mackan på morgonen, sa Annika och himlade med ögonen innan hon vände sig mot kafébiträdet.

– Patricia, detta är Cyrus, som ska vara min vikarie i sommar. Var snäll mot honom, sa hon med ett blinkande leende.

Patricia skakade Cyrus hand och gav honom ett varmt leende.

– Välkommen till femman, Cyrus.

Klockan närmade sig fem i nio när Annika och Cyrus steg in i hissen och började färden upp till sjunde våningen. Cyrus kände kaffekoppen i sin hand som en spröd symbol för det ansvar han nu bar – Sörens latte var en helig relik i detta hus, det hade Annika gjort klart.

41

När de kom fram till plan sju och dörrarna öppnades, såg Cyrus en skymt av Sören genom glasväggarna i direktörsrummet. Mannen satt redan tillbakalutad i sin stol, med ett ansiktsuttryck som signalerade att han var djupt försjunken i någon tankegång. Cyrus stannade upp, förbryllad. Hur hade han kommit dit? Cyrus hade inte sett någon gå in genom entrén, och han visste att han och Annika hade varit där hela tiden. Annika såg på honom, ett lätt roat leende spelade över hennes läppar.

– Han tar hissen direkt från garaget. Bil in, hiss upp. Sören är inte mycket för entrédörrar, förklarade hon med en ton som om detta var självklart för alla, även de som inte jobbat en timme på TV5.

Cyrus nickade och försökte dölja sin förvirring. Han följde efter Annika mot rummet och kände hur hans puls ökade för varje steg.

Sören Jonasson var inte bara någon chef, han var "chefen". En man med makt att göra hans sommar till en dröm eller ett långsamt fall ner i den administrativa avgrunden.

När de steg in genom dörren till Sörens kontor möttes de av ett rum som luktade lika mycket pengar som makt. Möblerna var tunga och mörka, men utan att vara gammalmodiga, och väggarna pryddes av konstverk som såg ut att kosta mer än Cyrus lägenhet. Sören tittade upp och höjde på ögonbrynen när han fick syn på Cyrus. Hans gråa hår låg perfekt kammat, och hans små glasögon balanserade på nästippen som om de hörde hemma där.

– God morgon, Sören, sa Annika med sitt vänliga men professionella leende. – Cyrus här är min vikarie i sommar.

Sören reste sig halvvägs från stolen och sträckte fram handen. Hans blick var en blandning av förvåning och något som kunde ha varit ett försök till värme.

– Jaha, ja, just det. Cyrus, välkommen, sa han, men lät som om han pratade med någon som just avbrutit hans favoritprogram. Han sneglade snabbt mot Annika.

– Är det idag han skulle börja?

Cyrus hann inte svara innan Sören fortsatte, och hans kinder började skifta i en rodnad som avslöjade att han själv var lite obekväm.

– Eller han och han. Jag trodde faktiskt att det skulle vara en "hon". Det var därför jag blev så paff. Men det är ju faktiskt bra med lite omväxling. Det är inte varje dag vi har killar som sekreterare, eller hur?

Hans blick flackade, och han kastade ett ögonkast mot Annika, som stod lugnt vid Cyrus sida. Hon höll sitt leende fast som en väluppfostrad diplomat och lade en lätt hand på Cyrus axel.

– Vi förstår precis vad du menar, Sören. Klockan tio har vi möte med Viktor och Maria, så ni får gott om tid att lära känna varandra då, sa hon smidigt och såg till att styra samtalet bort från vad som kunde bli en ännu mer klumpig situation.

Sören nickade långsamt, som om han behövde några sekunder för att bearbeta vad hon just sagt. Cyrus å andra sidan kände en blandning av lättnad och en plötslig, oväntad irritation över att någon hade förväntat sig något annat än vad han faktiskt var. Men han tvingade fram ett artigt leende och sträckte fram handen igen.

– Trevligt att träffa dig, herr Jonasson. Jag ser fram emot att arbeta här.

Sören log, men det såg ut som om han funderade på hur mycket han kunde förvänta sig av en vikarie som verkade vara mer nervös än en råtta på en ostfabrik och fick till slut ur sig:

– Trevligt ... ja ... och du kalla mig Sören är du snäll.

Annika kastade en snabb blick mellan de två männen och klappade händerna lätt innan Cyrus hann säga något.

– Bra, då är allt på plats. Vi ses om en timme, Sören, när det är dags för mötet.

Hon ledde Cyrus ut ur rummet med ett leende som om ingenting hade hänt. När de var tillbaka i hennes bås lutade hon sig lite närmare honom och viskade:

– Du gjorde bra ifrån dig, Cyrus. Om han säger något mer konstigt får du bara nicka och le. Det brukar fungera bäst.

Cyrus nickade och log, precis som hon hade föreslagit.

Kapitel 5 – Impotensmedel

4 juni 2012, Tyskland

Chuck stirrade på provröret i sin hand, där den ljusblå vätskan gnistrade under det starka laboratorieljuset. Han kände sig som en modern Frankenstein – en briljant galning med en drog som kunde förändra liv, eller förstöra dem. Han lade ner röret försiktigt, som om det var en värdefull juvel, och lutade sig tillbaka på den rangliga kontorsstolen. Hans tankar vandrade till Claudia och Bruno. Visste de ens vad de hade beställt? Skulle de bry sig om att hans skapelse inte bara gjorde män impotenta, utan också sterila?

Chuck gnuggade hakan och log snett. Nej, det skulle de nog inte. Inte förrän de hade betalat honom, i alla fall. Det fanns ju ingen anledning att förstöra stämningen med detaljer. Ändå återstod ett problem som skavde i sinnet: hur skulle han testa det? Och på vem? Ingen man i sina sinnes fulla bruk skulle frivilligt erbjuda sig att bli försökskanin för något som hotade deras mest grundläggande funktioner.

Han rörde vid det kalla metallbordet framför sig och tittade på sin utrustning. Ett decennium av kemiska experiment hade lämnat sina spår – flaskor, pipetter och kolvar som luktade en märklig blandning av ammoniak och framgång. Han kunde allt om formler och reaktioner, men detta var en etisk mardröm. Kanske borde han lämna hela projektet? Men nej. Chucks stolthet, men framför allt ekonomi, tillät inte sådant.

Med en suck reste han sig och vandrade genom källaren, vars väggar var klädda i hyllor fulla av böcker och kemiska ämnen. Laboratoriet var hans fristad, men just nu kändes det som ett fängelse. Han tog trappan upp till vardagsrummet i sin villa utanför Frankfurt och landade tungt i den slitna soffan, där kuddarna bar märken efter otaliga timmar av sena tv-kvällar.

Han sträckte sig efter fjärrkontrollen och slog på tv:n. En monoton nyhetsankare rörde läpparna i synk med rapporter om världens förfall. Ekonomiska kriser, gatuuppror, politik – samma saker som alltid. Chuck slog sig till ro och försökte låta tankarna vila.

Men något väckte hans uppmärksamhet. Lokala nyheter hade tagit över. En man hade tagit sig in på en bordell, Das Eden, och utsatt flera kvinnor för fruktansvärda övergrepp. Nyhetsankaret beskrev händelserna med en neutral röst, men det var svårt att missa den underliggande ilskan i tonen. Chuck rynkade pannan och lutade sig framåt. Kvinnorna hade varit försvarslösa, bundna och förnedrade av en man som beskrivits som "helt normal" – tills han inte var det längre.

Det var då idén slog honom. Han satte sig upp rakare och stirrade på skärmen. Das Eden. En plats fylld med män som förmodligen inte tänkte särskilt mycket på konsekvenserna av sina handlingar. Om någon förtjänade att bli ofrivilliga försökskaniner, så var det väl de? Chuck kände ett pirr i magen. Kanske kunde hans experiment göra något gott, trots allt. Han tänkte på drogen och de förövare som borde lära sig vad det innebär att förlora något.

Chuck stirrade på skärmen medan tankarna rusade. Idén hade växt fram med en klarhet som nästan skrämde honom. Ishinken vid bardisken. Isen som användes i drinkarna, men inte i ölen.

Det var den perfekta lösningen. Han skulle dricka öl, observera och låta experimentet utvecklas framför honom utan att någon anade något. Ett subtilt, nästan poetiskt sätt att få sitt svar.

Han gick tillbaka till källaren, där belysningen kastade långa skuggor över laboratoriets kaotiska yta. Med stadiga händer fyllde han en liten glasflaska med drogen och förslöt den noggrant. Han lade flaskan i innerfickan på sin jacka, klädde sig i en mörk skjorta och neutrala jeans – inget som skulle dra till sig onödig uppmärksamhet – och satte sig bakom ratten i bilen. Motorn brummade i gång, och han rullade ut på de lugna villagatorna.

På vägen till Das Eden spelade hans moraliska kompass ett grymt spel. Är det rätt att använda ovetande människor för detta? Är det fel att använda dessa män, som redan befinner sig i gråzonerna av samhällets moral? Men en annan del av honom, den som inte kunde låta bli att tänka på kvinnorna som blivit utsatta, överröstade tvivlet. Kanske var detta inte bara ett experiment – kanske var det också ett slags rättvisa.

När Chuck parkerade bilen utanför Das Eden, ett hus som såg lika anonymt ut som vem som helst på gatan men där insidan bar alla tecken på dekadens, tog han ett djupt andetag. Han gick mot entrén och bemöttes genast av en kvinna i kort klänning som la handen på hans arm. Hon log brett och presenterade sig med en röst som var menad att vara inbjudande.

.

Chuck gav henne ett artigt leende, höjde handen och sa:

– Kanske senare, men tack.

Han steg in i baren och såg sig omkring. Atmosfären var fylld av lågmälda samtal, skratt och musik som precis höll sig under nivån där det blev svårt att prata. Bartendern stod vid disken och förberedde drinkar med rutinerad effektivitet. Flera män hade redan börjat samlas runt bardisken, och Chuck märkte snabbt att många hade samma självgoda leende och hållning – den där typen som verkade tro att världen fanns för deras nöjes skull.

Han satte i baren vid hörnet, beställde en öl och observerade. Efter några minuter såg han sin chans. Bartendern hade vänt sig om för att hjälpa en annan gäst, och Chuck reste sig långsamt. Med flaskan gömd i handen rörde han sig mot disken och lutade sig fram som om han undersökte dryckerna. Ett snabbt tryck på flaskan, och drogen sipprade ut över isen i hinken. Han drog sig tillbaka till sitt bord med samma rörelser som en skådespelare i en lågmäld spionfilm. Ingen märkte något.

Bartendern återvände till sin plats och började förbereda en whiskey on the rocks åt en man som fångade Chucks uppmärksamhet. Han var medelålders, överklädd för en bar som denna, och hade en ung blond kvinna tätt intill sig. Hans röst bar en ton av självtillräcklighet när han kvittrade något som fick kvinnan att skratta, även om hennes ögon såg ut att vilja vara någon annanstans.

Chuck tog en klunk av sin öl och följde mannen med blicken. Glaset med whiskey räcktes fram, och han drack med samma entusiasm som ett barn som fått sitt favoritgodis. Minuten efter såg Chuck något förändras. Den självsäkra hållningen började slappna av. Hans röst blev mindre energisk, tills den försvann helt. Kvinnan försökte fånga hans uppmärksamhet, men han skakade på huvudet, som om han försökte rensa bort något som bara han kunde känna. Sedan reste han sig plötsligt och lämnade lokalen, med en hastighet som nästan fick det att se ut som att han flydde.

Chuck satt kvar och observerade. Han märkte att mannen inte var ensam om sin reaktion. Flera andra män, som också hade druckit drinkar med is, började uppvisa liknande beteenden. Deras goda humör falnade, deras självförtroende försvann, och en efter en lämnade de lokalen, vissa utan att ens säga adjö.

Chuck kände ett tillfredsställt leende sprida sig över läpparna. Experimentet hade varit en framgång. Med den sortens vetenskapliga precision som bara en kemist kunde uppskatta, reste han sig och lämnade baren, omgiven av samma diskretion som när han kom. Det var ingen som skulle minnas honom, men han visste att han hade lämnat ett bestående avtryck.

Dagen efter slog Chuck numret till Claudia, med en självgod känsla som fick honom att nästan sträcka på sig där han satt i laboratoriet. Telefonen ringde bara en gång innan hon svarade, lika effektiv som alltid.

– Claudia, jag har gjort det, sa han utan någon som helst ansats till att dämpa sin triumf. – Experimentet gick precis som planerat.

Han väntade sig applåder, eller åtminstone en antydan till entusiasm. Men Claudias ton var lugn, nästan avmätt, som om han just rapporterat att posten kommit fram i tid.

– Bra. Håll dig till tidsplanen, svarade hon kort, som om samtalet redan var avslutat.

Chucks leende falnade en aning, men han höll masken – även om hon inte visade det, så visste han att hon var imponerad. Han lade på och lutade sig tillbaka i stolen. "Tidsplanen". Alltid denna strikta ordning. Men, tänkte han, det är nog precis vad som gör henne så framgångsrik – och varför hon betalar mig.

Under de kommande dagarna kunde Chuck inte låta bli att fnissa för sig själv varje gång han satte på nyheterna. "Oförklarlig impotens sprider sig i Frankfurt" stod det på en av de lokala tidningarnas hemsidor. Ett citat från en förbryllad läkare löd: "Det verkar nästan som om det är smittsamt." Chuck gapskrattade åt ironin.

Nyhetsklippen visade förvirrade män, några yngre, några äldre, som försökte förklara hur "något kändes annorlunda". Det var lika delar tragiskt och komiskt, tänkte Chuck, men för en gångs skull lutade han sig mot det komiska. Varje inslag stärkte hans förvissning om att hans arbete hade varit en framgång. Men sedan började en ny idé slå rot.

Om jag kan skapa problemet, varför inte också lösningen? tänkte han. Ett botemedel – det skulle ju vara nästa logiska steg. Ingen skulle väl protestera mot lite kapitalism, särskilt inte om den kom förklädd till räddning. Med ett belåtet flin drog han fram sin laptop och öppnade en ny flik.

Det var dags att gå djupare in i anatomi och farmakologi. Där det finns problem, mumlade han för sig själv, finns det alltid en marknad för en lösning.

Det fanns mycket att läsa, och han förlorade sig i forskningen, men varje gång han tänkte på Claudia och Bruno, kände han sig ändå trygg. De var välorganiserade, nästan skrämmande effektiva. Det var tydligt att han var en kugge i deras maskineri, men han hade inget emot det. Kuggar behövs för att världen ska snurra.

Claudia satt vid sitt köksbord, klädd i en elegant men något för åtsittande leopardmönstrad blus. Hon bläddrade med välmanikurerade fingrar i en pappersbunt som såg viktig ut, men som i själva verket var en samling utskrifter från Pinterest om hur man framstår som chefsmaterial. Bruno satt mittemot henne, iklädd en för stor träningsoverall och en keps som såg ut att ha varit med sedan 90-talet. Hans blick vandrade mellan Claudias rödmålade naglar och en halväten grillkorv på bordet.

– Så Chuck fixade det alltså? frågade Bruno med en ton som antydde att han inte riktigt förstod vad "det" var.

Claudia höjde blicken, långsamt, och log sitt allra mest självsäkra leende, det hon övat på i badrumsspegeln varje morgon.

– Fixade? Bruno, han revolutionerade vetenskapen. Impotens! Ingen kommer att veta vad som slog dem. Det är som ... som en revolution i trosorna, förstår du? sa hon med en gest mot luften som om hon formade en osynlig bubbla av genialitet.

Bruno kliade sig i huvudet, vilket fick kepsen att glida snett. – Så, eh ... vad händer nu då? Ska vi typ hälla det i vattnet eller nåt?

Claudia blinkade till, som om hennes hjärna kortslutits av frågan. Men så, med en skicklig manöver, tog hon kontrollen över samtalet igen.

– I vattnet? Bruno, vi är inte några James Bond-skurkar som sprider våra planer med brandslang. Vi gör det elegant, smart, sofistikerat. Som champagne, inte billig öl.

Bruno nickade långsamt, men det var tydligt att hans tankar låg kvar vid brandslangen.

– Men ... kan man inte bara hälla lite i en flod eller nåt? Jag såg en film där de gjorde så, och alla blev typ zombier. Eller superhjältar, jag minns inte riktigt.

Claudia suckade och lutade sig bakåt i stolen. Hon höll kvar sitt leende, men det var mer ansträngt nu, som om det krävde fysisk styrka att hantera Bruno.

– Bruno, min älskling, lyssna noga. Vi gör detta utstuderat. Steg för steg. Vi ska inte skapa zombier, och vi ska definitivt inte skapa superhjältar. Vad vi ska skapa är makt. Förstår du nu?

Bruno sken upp.

– Jaha, makt! Varför sa du inte det från början? Så, vad gör vi?

Claudia log, men det fanns en skarp kant i hennes blick nu. Hon sträckte sig efter mobilen och började bläddra i kontaktlistan.

– Jag ska ringa en vän. Hon är ... vad ska man säga ... en specialist på att få saker att hända utan att folk märker det. Och hon vet hur man pratar med rätt människor.

Bruno lutade sig framåt, nu nästan entusiastisk.

– Vem då? Någon spion eller så?

Claudia pausade sitt scrollande och tittade upp, som om hon övervägde om Bruno kunde hantera sanningen. Hon bestämde sig för att han inte kunde det

– Tänk dig ... en sorts modern fixare. Och nej, Bruno, hon använder inga brandslangar.

Med ett elegant svep över skärmen stannade hennes fingertopp vid namnet Karolin Andersson. Claudia kände en kort våg av tillfredsställelse – inte bara över att ha en sådan kontakt, utan också över att vara den som tog kontroll över situationen.

Hon tryckte på samtalsknappen och lutade sig tillbaka i stolen, med ett leende som hade kunnat sälja is till eskimåer.

Bruno, som verkade tro att han just bevittnade början på en Hollywoodfilm, lutade sig framåt och viskade med konspiratorisk ton:

– Claudi ... tror du att vi borde skaffa kodnamn? Typ som i filmerna?

Claudia täckte telefonens mikrofon med handen och såg på honom. Hennes ögon, mjuka men samtidigt skarpa, fastnade i hans som en viskning av värme som plötsligt spetsades av en kall skärpa.

– Bruno, om vi någonsin behöver kodnamn, så blir du Mr. Brandslang. Nu tyst, jag ringer.

Och med det lyfte hon telefonen mot örat och väntade på att Karolin skulle svara.

Kapitel 6 – Första dagen på kontoret

4 juni 2012, Stockholm

Cyrus kände hur det vred sig i magen. Varje gång han såg Sören, med hans respektingivande hållning och den där nästan majestätiska pondusen, växte klumpen i halsen. Hur han än försökte tänka på något vettigt att säga, var det som om orden fastnade halvvägs mellan lungorna och munnen.

Sören lutade sig tillbaka i sin stora kontorsstol och granskade Cyrus, som en konstkritiker betraktar en målning han inte riktigt kan avgöra om den är briljant eller bedrövlig. Ögonen var kyliga, nästan obönhörliga, medan mungipan långsamt krökte sig uppåt i ett leende som antydde att han redan hade dömt Cyrus – och inte till hans fördel.

– Så, berätta lite om dig själv. Varför skulle du passa som sekreterare? frågade Sören och lade armarna i kors, en gest som fick hans trötta misstänksamhet att kännas ännu tyngre i rummet.

Cyrus svalde hårt och kände hur svetten började samlas i nacken. Nu var det läge att säga något genialiskt – eller åtminstone något som inte skulle få honom att verka som en komplett idiot. Hans hjärna kändes som en roterande lucka där alla bra svar tycktes rusa förbi utan att stanna.

– Jag ... alltså ... jag har inte utbildat mig till sekreterare, började han, och kände direkt hur idiotiskt det lät. Han skyndade sig att tillägga: – Men jag har examen i skönlitteratur och filmvetenskap, och ... och jag vill verkligen jobba med manus och film! Det är därför jag vill arbeta för er. Alltså, samtidigt som jag hjälper er, kan jag få en inblick i branschen jag älskar – filmskapande och sånt. Om ni förstår vad jag menar.

Han insåg att han hade pratat för fort och svalde hårt igen för att inte börja stamma. Hans blick flackade mellan Sören och Annika, som satt vid sidan och betraktade honom med en oförklarlig blandning av medlidande och roat intresse.

Sören lutade sig tillbaka ännu mer, som om han vägde Cyrus på en osynlig våg. Hans händer flätades bakom nacken, och han lade upp fötterna på bordet, vars blanka yta såg ut att kosta mer än Cyrus årsinkomst. En tystnad lade sig över rummet, tung som bly, tills Sören plötsligt sa, med ett leende som verkade mer genuint än tidigare:

– Så du använder mig för att få ett annat jobb?

Cyrus blinkade till, helt ställd. Var det ett test? Ett skämt? Eller var det på allvar? Han försökte tolka tonfallet, men det var som att läsa en bok på ett språk han bara halvt behärskade. Sören log fortfarande, men hans ögon gnistrade av en märklig nyfikenhet, som om han just hittat en sällsynt insekt han ville studera närmare.

– Nej … eller ja … alltså, inte direkt, började Cyrus, med en röst som skiftade mellan ursäktande och förhoppningsfull. Han rätade på ryggen och samlade sitt mod. – Jag vill bara lära mig, samtidigt som jag tror att jag kan göra ett riktigt bra jobb för er. Jag älskar verkligen att vara här, avslutade han, med en ton som han hoppades lät både ärlig och entusiastisk.

Sörens mungipor drogs uppåt i ett bredare leende, och hans röst mjuknade:

– Säg mig en sak, Cyrus, vad kan du egentligen erbjuda? Varför skulle min dag bli outhärdlig utan dig här på kontoret?

Han lutade sig framåt nu, som om han verkligen var intresserad av svaret. Cyrus kände sig plötsligt mindre som en fånge på väg att avrättas och mer som någon som just blivit erbjuden en chans att visa vad han gick för.

Cyrus svalde hårt, hjärtat slog snabbare än han trodde var möjligt. Men när han mötte Sörens blick, märkte han en förändring – en viss mjukhet, en gnista av något som kunde vara genuint intresse. Hoppet började spira i honom, som om hans darriga försök till ärlighet faktiskt hade fått fäste.

– Nej, eller ja … alltså, inte direkt, sa han, och hörde själv hur rörigt det lät. Men han samlade sig snabbt och fortsatte, nu med ett nytt lugn i rösten:

– Jag vill bara lära mig, samtidigt som jag tror att jag kan göra ett riktigt bra jobb för er. Jag älskar verkligen att vara här.

Hans röst ljusnade mot slutet, och han kunde känna en viss värme i sina egna ord, som om de faktiskt betydde något. För första gången sedan han klev in i rummet kändes det som om han hade en chans att vinna över Sören.

Sören lutade sig tillbaka i stolen, hans kroppsspråk hade förlorat den skarpa kant som tidigare nästan skar genom luften. Rösten, som tidigare varit som en domares hammare, fick nu en lekfull ton:

– Cyrus, säg mig en sak. Vad kan du egentligen erbjuda? Varför skulle min dag bli outhärdlig utan dig här på kontoret?

Leendet som spred sig över Sörens ansikte kändes oväntat och nästan förtroligt, som om han utmanade Cyrus att våga sig på något djärvt. Cyrus insåg att det här var ögonblicket. Han behövde ge ett svar som inte bara lät bra, utan som kunde stanna i luften och skapa ett eko av förtroende.

Han valde sina ord noga och tog en sekund att fundera innan han fortsatte:

– Jag tror inte att jag kan ersätta Annika på något sätt, sa han ärligt och sneglade på henne. – Det tror jag verkligen inte. Men jag tror att jag kan göra livet enklare för er, eftersom jag förstår mig på ert jobb och vad som krävs.

Han tog en paus, men avslutade med ett försiktigt skratt som han hoppades lät mer charmigt än nervöst:

– Och jag lovar, ni kommer att sakna mig när jag inte är här längre.

Cyrus lade märke till hur Sörens ögon smalnade, inte av misstänksamhet utan snarare som om han övervägde något. Med armbågarna stödda mot skrivbordet lutade Sören sig framåt, och hans tystnad kändes som en uppmaning att fortsätta prata.

– Jaså, det tror du? Vi får väl se.

Cyrus såg hur Sörens leende blev bredare, nästan som om han njöt av att se Cyrus kämpa mellan självsäkerhet och nervositet. Men när Sören lade huvudet på sned och blicken blev mer intensiv, kunde Cyrus inte undgå att känna att nästa fråga skulle bli avgörande.

– Men säg mig, vad är man egentligen om man har studerat skönlitteratur och filmvetenskap? Och vad får dig att tro att du kan lära dig något här? Själv är jag civilekonom, och efter alla dessa år i branschen har jag fortfarande svårt att förstå mediefolk.

Det var inte en fråga så mycket som det var en utmaning, ett sista hinder som Sören kastade framför Cyrus. Han försökte hålla sitt uttryck neutralt, men kände hur hjärtat slog snabbare när Sören verkade ta varje ord på allvar.

– Jag studerade skönlitteratur och filmvetenskap för att kunna skriva filmmanus, sa Cyrus med ett försök till stadig röst. – Jag älskar komedier och vill gärna ägna mig åt det i framtiden. Jag är ganska säker på att jag kan göra mycket nytta här på TV5, givet mina kunskaper om branschen.

Sören lutade sig tillbaka och ett lågt, nästan roat skratt undslapp honom. Han drog handen över hakan och såg på Cyrus med en glimt i ögat som om han just fått höra en ovanligt absurd men underhållande historia.

– Det här är en tv-kanal, inte ett produktionsbolag, sa han med ett snett leende. – Vi sänder filmer och andra program som vi köper in. De flesta program, bortsett från vissa realityserier och billigare produktioner, produceras inte här. Men, jag vill att du ska vara med på mötet jag ska ha med produktionschefen Viktor Sjölin och programchefen Maria Björk om en stund.

Cyrus märkte hur hans händer greppade stolsarmarna hårdare än nödvändigt. Tanken på att få vara med vid ett möte med två tunga namn inom branschen gjorde honom nästan yr av förväntan.

– Wow, tack för erbjudandet, jag ser verkligen fram emot det! sa han, rösten något för hög, men fylld av genuin entusiasm.

Sören kastade bak huvudet och skrattade, ett ljud som studsade mot rummets väggar.

– Erbjudande? Nej, verkligen inte! Du ska skriva minnesanteckningar, sa han med ett brett, leende. – Det är bara så att jag vill att Annika ska få jobba ostört en stund.

Cyrus vände blicken mot Annika, som log mot honom med en blandning av mildhet och något som liknade skadeglädje. Ett lätt skratt kom från hennes håll, och för ett ögonblick kändes det som om luften i rummet lättade.

Han nickade långsamt. Det var kanske inte det han drömt om, men han visste att det här var hans chans. Ett svagt leende smög sig fram. För första gången på hela morgonen kände han att han tagit ett första steg i rätt riktning – även om det var på stapplande ben.

Cyrus var jublande glad. Han kunde knappt tro att han befann sig där han var – på väg mot ett möte med Sören, Maria och Viktor, tre av de tyngsta namnen i branschen. Det här var närmare än han någonsin varit sina drömmar. Han såg framför sig hur de närmaste veckorna skulle bli en perfekt balansgång: acklimatisera sig, göra sitt jobb utan att klanta till det och samtidigt suga åt sig kunskap som en svamp. Och kanske – bara kanske – skulle han våga ta ytterligare ett steg och försöka närma sig Linda i receptionen. Bara tanken på hennes leende och sättet hon sa hans namn fick fantasin att börja vandra.

Hans drömmande avbröts abrupt när Sören klappade honom på ryggen. Klappen var tyngre än Cyrus hade väntat sig, och han rätade snabbt på sig.

– Så får vi se hur detta går då, Cyrus, sa Sören, och ett snett leende spred sig över hans ansikte.

Cyrus, fortfarande uppslukad av sin egen eufori, skrattade och svarade utan att tänka:

– Absolut, Sören. Du vet det – I always deliver.

Sörens leende blev bredare, kanske lite roat, men han nickade kort och vinkade av Cyrus med en rörelse som verkade lika avslutande som en underskrift på ett kontrakt.

– Bra där, sa han, innan han återvände till sitt skrivbord.

Klockan visade tjugo i tio. Cyrus reste sig tillsammans med Annika och följde med henne ut ur rummet. Dörren stängdes mjukt bakom dem, men Cyrus hade knappt tagit ett par steg innan en obekväm känsla började gro i magen. Hans hjärna snurrade som en överhettad hårddisk. Hade han verkligen svarat "I always deliver"? Och varför? Det lät ju som något han sagt för att imponera på sin gamla FIFA-lagkamrat online, inte på en företagsledare.

Han harklade sig och försökte formulera frågan på ett sätt som inte skulle avslöja hur vilsen han kände sig.

– Annika ... eh, förlåt om jag verkar trög nu, men ... vad exakt var det Sören sa att jag skulle göra? Jag kanske ... zoomade ut där ett ögonblick.

Annika stannade upp och såg på honom med ett uttryck som påminde om någon som just upptäckt att deras tekopp var full av kaffe.

– Har du minnesproblem, Cyrus? Är du en sån där, vad de nu heter, ADBC?

Cyrus skakade snabbt på huvudet, ett ansträngt leende på läpparna.

– ADHD? Nej, nej, inget sånt! Inte som jag vet om i alla fall. Men jag blev bara så … upphetsad av allt det här att jag, ja, zoomade ut för en stund och missade vad Sören sa sist.

Annika stirrade på honom i ett ögonblick som kändes alldeles för långt innan ett kort skratt undslapp henne.

– Åh, himmel, sa Annika med ett brett flin. – "I always deliver"? Du borde snarare säga "I always ultra", stoppar flödet, du vet.

Hon skrattade högt, kastade demonstrativt huvudet bakåt som en teateraktris och gick i väg mot sitt skrivbord, fortfarande småfnittrande åt sitt eget skämt.

Cyrus stod kvar och tittade efter henne, förvirrad men också lite irriterad. Han började förstå vad hon menat tidigare med att de var "duiga" på den här arbetsplatsen – det verkade betyda att de gick över gränsen på ett sätt som andra kanske skulle kalla opassande. Till och med för honom, med sin ibland lättsamma humor, var det lågt. Han samlade sig och tog ett djupt andetag innan han, med vänlig ton, bad henne förklara vad han faktiskt skulle göra.

– Okej, jag ska ta noteringar, eller? Vad mer? sa han.

Annika vände sig om och höjde ett ögonbryn, fortfarande med ett småleende som om hon hade svårt att släppa sin egen poäng.

– Jajamänsan. Du ska ta noteringar på mötet med Maria och Viktor, och efter mötet ska du diskutera dina intryck och utvärdera vad de presenterade, ensam med Sören.

Hon stannade till och lade till med ett nytt flin:

– Så dröm inte bort dig på det här mötet nu, annars kommer du att stoppa flödet. "Always ultra", du vet.

Cyrus försökte le tillbaka, men det blev mer av en ansträngd grimas.

– Jag förstår, sa han kort, men Annika verkade inte tro honom. Hon stannade upp, lade armarna i kors och såg på honom med ett spelat allvar.

– Always ultra, förstår du inte? Bindan. Mensen. Den stoppar blodflödet.

Cyrus höjde handen för att avbryta henne innan hon fortsatte.

– Jag förstår, Annika. Det var verkligen ... roligt. Hilarious, sa han och betonade det sista ordet precis lagom sarkastiskt för att låta vänlig men ändå visa sitt missnöje.

– Jag skrattar ... inombords.

Han försökte skaka av sig den osmakliga tonen i skämtet och bestämde sig för att byta ämne snabbt.

– Var kan jag hitta papper och penna för att ta noteringar på mötet som Sören ska ha snart? frågade han, och hans röst lät mer sammanbiten än han hade tänkt.

Annika gav Cyrus en blick som om han precis bett om färgkritor och sa med en överdrivet ljus röst.

– Pappej och penna? På ett pappersfritt kontor?

Hon skakade på huvudet och bad honom följa efter. Cyrus suckade men gick efter henne, och snart befann de sig i ett stort, öppet kontorslandskap där trettio personer satt djupt försjunkna i sina skärmar. Annika steg fram till en ung man som såg ut att vara i Cyrus ålder.

– Är allt klart? frågade hon.

Killen nickade, tog fram en datorryggsäck från sitt skrivbord och räckte den till Cyrus.

– Här är dina arbetsverktyg, sa han kort.

Cyrus tackade och tog emot väskan medan Annika pekade att de skulle gå tillbaka. På vägen började hon förklara:

– I väskan har du en bärbar dator, en Iphone och en Ipad.

Cyrus höjde ett ögonbryn.

– Varför behöver jag både en Ipad och en dator?

– På din Ipad finns en app som spelar in allt som sägs på mötet.

Han nickade tyst medan Annika fortsatte.

– Appen kan omvandla inspelningen till text, som du sen kan mejla till dig själv eller flytta till Word.

Cyrus log svagt. Det här var knappast revolutionerande, tänkte han, men han lät Annika prata vidare.

– Appen är bra, men den missar ibland ord. Då får du gå tillbaka, lyssna och rätta till det.

Han nickade igen och svarade med en neutral ton:

– Jag förstår.

Annika log nöjt och lade till:

– För det mesta kan du gissa dig till vad det ska stå, men det kan bli lite tokigt om du inte rättar till det.

Cyrus höll tillbaka en kommentar om hur grundläggande detta var. Han tänkte för sig själv att han lätt kunde göra allt det där med sin Iphone utan att ens röra de andra prylarna. Men han höll god min.

– Tack, Annika, det låter bra, sa han med ett litet leende.

– Nemas problemas, svarade hon och vände tillbaka mot sitt skrivbord.

Cyrus kastade en snabb blick på klockan. Det var tio i tio – fortfarande några minuter kvar innan mötet skulle börja. Han kunde inte motstå frestelsen att kika på innehållet i ryggsäcken. Nya prylar hade alltid haft en särskild dragningskraft på honom, och han hoppades att han kanske skulle få möjlighet att använda dem även privat.

Kapitel 7 – Sålda på kärleken

4 juni 2012, Tyskland

Några signaler gick fram i telefonen. Claudia trummade otåligt med naglarna mot marmorbordet.

– Karolin! sa en röst på andra sidan, varm och mjuk.

Claudia sköt fram stolen med en lätt skrapning och lutade sig över bordet som om rösten var en skatt hon just grävt upp.

– Hej! Det är Claudia!

– Claudia?! Ett förvånat skratt följde. – Herregud, det var inte igår!

Claudia log stort, så stort att det stramade kring käkarna.

– Haha, jag vet! Tiden flyger. Är du kvar på byrån?

En kort paus. Karolins röst blev mer eftertänksam.

– Jodå, jag sliter fortfarande. Och du? Vad hände? Du bara försvann!

Claudia drog ett finger genom en osynlig linje på bordsskivan, som om hon försökte räkna ut hur mycket hon skulle säga.

– Åh, du vet. Livet, liksom. Men nu när jag hör dig inser jag hur mycket jag har saknat våra små träffar. KFC på Hanauer Landsrasse? Onsdag klockan tio?

Ett skratt hördes igen, som om Karolin fortfarande försökte ta in samtalet.

– På onsdag? Vet du att det är Sveriges nationaldag då?

Claudia höjde ögonbrynen åt sig själv, som om det fanns någon där som kunde se hennes oförstående reaktion.

– Är det? Jösses, jag hade ingen aning. Men kan vi ses ändå?

– Självklart! Det ska bli så roligt att träffas!

Claudia reste sig från stolen med ett ryck, som om energin från samtalet fått benen att vilja röra sig.

– Jippi! Jag ser fram emot det, Karolin!

Hon tryckte bort samtalet och höll kvar mobilen en stund i handen. En glöd av nostalgi och förväntan lyste i hennes ögon.

– Och vem var det där? kom Brunos röst från soffan, där han satt bakåtlutad med armarna bakom huvudet. – Ni låter som ett par småflickor som precis fått höra att det är gratis glass på torget. Skriker ni alltid så där till varandra?

– Karolin Andersson, en gammal vän.

– Andersson? Hon låter inte som en tysk.

Claudia viftade avväpnande med handen.

– Hon är svenska, men hon vaxte upp här i Tyskland.

Bruno nickade långsamt, som om han försökte memorera informationen för ett framtida quiz.

– Och den där byrån du nämnde? Vad är det för något?

Claudia la ifrån sig mobilen och korsade benen, som om hon försökte ge samtalet lite elegans mitt i Brunos eviga frågeflöde.

– En detektivbyrå. Och vet du vad? Jag tror att hon faktiskt äger den.

Brunos ögon smalnade en aning, men Claudia kunde inte avgöra om det var av intresse eller förvirring.

– En detektiv? Vad ska du med en detektiv till?

Claudia lutade sig tillbaka och lät en paus hänga i luften, som om hon ville skapa effekt.

– Hon är väldigt skicklig, sa hon till slut med ett litet leende som föreslog att det fanns mer att säga, men inte just nu.

I verkligheten hade Claudia inte mycket att jämföra Karolins skicklighet med, men hon mindes tydligt hur Karolin för åratal sedan hjälpt henne hitta en gammal diamantring. Det hade varit en delikat operation, åtminstone enligt Karolin, men Claudia hade bara sett det som magi.

Och magi var precis vad hon behövde nu.

Claudia hade aldrig träffat en annan detektiv tidigare, men det spelade mindre roll. Karolin var skicklig. Claudia hade själv sett det med egna ögon när Karolin återfann en diamantring hon trott var förlorad för alltid. Ringen, en sliten liten sak med en diamant som knappt vägde något, var ett arvegods från hennes mormor. Inte värd mycket pengar, men ovärderlig för Claudia. Karolin hade hittat den på två dagar – i en modellväska Claudia själv letat igenom minst tre gånger.

Det hade varit början på en vänskap som innehöll fler hemliga möten än en dålig spionfilm. Tyvärr hade Bruno, och livet i stort, gjort att de senaste åren mest bestod av trevliga men glesa telefonsamtal.

– Intressant, sa Bruno, och hans ögon smalnade som om han försökte lösa ett väldigt svårt korsord. – Men jag fattar inte.

Claudia lutade sig fram och talade långsamt, som till någon som just lärt sig multiplikationstabellen.

– Jag tänkte att Karolin kan ta reda på hur vi får pulvret i dricksvattnet.

Bruno spärrade upp ögonen, som om han just förstått hela poängen med livet.

– Smart! Riktigt smart. Du är så bra på att tänka ut grejer, Claudia!

* * *

Bruno lutade sig tillbaka i soffan och kände sig som en kung. Ett geni, till och med. Han hade aldrig trott att han var en Einstein, men ju mer han tänkte på det, desto mer övertygad blev han. Einstein hade ju också haft det kämpigt i skolan. Visserligen var det svårt att föreställa sig att Einstein hade problem med att förstå multiplikation eller den där matteboken för nybörjare som Bruno gett upp efter två sidor. Men ändå – tanken var värmande. Kunde man vara ett geni och fortfarande vara lite... ja, långsam?

Han mindes vad den där psykologen sagt om hans IQ. Låg, hade hon kallat den. Ovanligt låg, till och med. Men vad visste hon? Hon hade säkert aldrig tjänat en enda krona på egen hand. Bruno, däremot, hade blivit rik. Sjukt rik. Och om det inte var bevis på intelligens, vad var det då? Ändå gnavade frågan. Var han smart, eller bara omgiven av människor som inte förstod honom?

Tankarna gled tillbaka till skoltiden. Den där vikarien som kallat honom för "debil". Bruno trodde det var samma sak som engelska ordet "Devil" och blivit stolt. Djävulen! Det var ju coolt. Han hade till och med börjat presentera sig som "Debil Bruno". Det var först senare han förstod att det inte var en komplimang. Men vid det laget hade han redan hunnit slå en klasskamrat på näsan för att han fnissat åt honom.

Bruno log vid minnet. Visst, skolan hade varit tuff, men han hade alltid haft sina muskler. Och muskler gjorde folk tysta.

Nu för tiden hade han inte bara muskler, utan också pengar och en garderob full av kostymer som fick honom att se ut som någon som visste vad han höll på med. Folk lyssnade, och det var allt som behövdes.

Han sneglade på Claudia som satt bredvid honom, lika vacker som alltid. Han la armen om hennes axlar och log brett.

– Vill du sova med mig i natt? frågade han, som om det var det mest naturliga i världen.

Claudia höjde på ögonbrynen och lutade sig tillbaka lite för att se honom bättre.

– Jobbar jag fortfarande för dig? frågade hon med en blandning av lekfullhet och utmaning.

Bruno skrattade och skakade på huvudet.

– Bra fråga. Men nej, tror inte det. Allt som är mitt blir ju ditt när vi gifter oss, så då jobbar du väl gratis, precis som jag. Eller hur?

Claudia log, gav honom en snabb kyss och lutade huvudet mot hans axel.

– Mmm, du har nog rätt, sa hon mjukt. – Men kanske ska vi anställa varsin assistent? Det känns som vi behöver det.

Bruno nickade eftertänksamt, som om han just hört världens smartaste idé.

– Bra idé. Mycket bra idé. Vi kör på det, sa han, och hans röst lät som om han just godkänt en mångmiljoninvestering.

Han drog henne närmare och blickade framåt med samma självsäkerhet som alltid. Geni eller inte, han visste vad han ville ha, och just nu hade han det precis framför sig.

Bruno tog Claudias hand, klappade henne på axeln som en tränare som precis gett sista peptalken och sa:

– Kom, du måste se det här. Du kommer älska det!

Claudia följde efter honom, hennes klackar klickade lätt mot marmorgolvet som ekade i hallen. Även om hon jobbat länge på herrgården hade hon aldrig sett hans sovrum. Och hon hade en känsla av att det skulle bli ... mycket.

Trappan upp kändes som en tur genom ett museum där allt var för dyrt för att röra vid. Gyllene lampetter, stora tavlor av människor som såg både rika och döda ut, och gardiner så tjocka att de förmodligen kunde stoppa ett mindre bombnedslag. Claudia sneglade på Bruno, som gick med rak rygg och breda steg som en kejsare på väg till tronen.

– Vi är snart där, sa Bruno och kastade ett överdrivet stolt leende över axeln.

När han öppnade dörren var effekten omedelbar. Claudias ögon spärrades upp. Rummet såg ut som en möbelkatalog på anabola steroider. Takfönstret släppte in månljus som föll över en säng så stor att den kunde rymma ett mindre fotbollslag. Allt var i siden, sammet och fluff som såg ut som moln man helst inte ville hoppa i för att inte förstöra.

Och så klart – champagneflaskan. Jordgubbarna. Pralinerna. Det såg nästan ut som om någon från tv hade designat rummet för en överdrivet romantisk sitcom. Claudia lade armarna i kors och såg på Bruno med höjda ögonbryn.

– Champagne och jordgubbar? Hur länge har du planerat det här? Två veckor? En månad? sa hon och försökte hålla tillbaka skrattet.

Bruno log som en katt som precis ätit upp grädden.

– Ärligt? Jag kom på det typ nyss. Messade Adam. Han är snabb. Bra att ha.

Claudia fnissade och lutade sig mot dörrkarmen.

– Så du menar att hela den här "känslofulla drömmeriet" är spontan? Och här trodde jag att du hade en grandios romantisk plan.

Bruno såg ut som om han försökte lista ut vad "grandios" betydde, men valde att skratta i stället.

– Jag vet inte, ibland bara gör man grejer och ... det blir bra. Och Adam är ju ... vad heter det? Grym! Ja, grym butler. Bästa i huset.

Claudia skrattade åt hans ständiga enkelhet.

– Bruno, du är verkligen speciell, sa hon med ett varmt men lätt retsamt leende.

Bruno tystnade plötsligt, och hans ögon smalnade, som om han tänkte på något stort. Eller försökte.

– Vill du att jag ska visa dig nåt nytt i kväll? Något jag liksom ... har tänkt på. Länge.

Claudia höjde ena ögonbrynet och lutade sig närmare, ett leende som både lockade och utmanade.

– Jaha? Vad för något, Bruno?

Bruno log brett, så där som bara han kunde, och svarade:

– Det är en överraskning. Men jag tror ... alltså, jag vet ... att du kommer gilla det.

Claudia tittade nyfiket på honom och log sensuellt till svar.

Ja, varför inte? Vad har du i åtanke?

Bruno smekte hennes kropp smidigt och klart och log förföriskt.

– Jag tror jag kommer ge dig en skön orgasm, alltså, jag lovar.

Han började med att ge henne en ljuvlig massage över hela kroppen, medan han smekte varje kurva och uppmärksamt lyssnade på hennes kroppsspråk och stön.

Hans fingrar var som magi, de förde med sig en välbekant och samtidigt äventyrlig känsla som fick Claudias hud att flamma upp i ren njutning.

Brunos kyssar blev alltmer intensiva när han smekte uppåt längs hennes inre lår. Han tog sig tid att utforska varje centimeter av hennes kvinnlighet med sina läppar och tunga. Claudia kunde knappt hantera all den glöd hans beröring avfyrade inom henne. Hennes andetag blev djupare och snabbare, och hennes kropp krävde mer av hans närvaro.

Plötsligt kände Claudia något kallt mot sina läppar. Han tog varsamt en isbit med sina fingrar och förde den över hennes vulva, vilket fick henne att rycka till av överraskning. Isens kalla beröring var som en eld som flammar i hennes inre och förhöjde känslan av förlustkontroll.

Bruno kände hur Claudia begärligt klamrade sig fast vid honom och såg att hon var redo för nästa steg. Han tog försiktigt isbiten och förde den in i hennes våta och heta inre. Det var en känsla som Claudia aldrig tidigare hade upplevt. Den iskalla temperaturen av isbiten blandades med hennes egen brinnande värme, och det fick henne att stöna ut av njutning.

Medan isbiten smälte inom henne, förde Bruno sin tunga över hennes klitoris i långa, sensuella cirkelrörelser. Han var lyhörd för hennes njutning, och ändrade hastighet och tryck för att ge henne maximal njutning. Claudia kände hur vågor av förlustkontroll svepte genom hennes kropp, och hon lät sig helt och hållet underkasta sig Bruno.

Bruno fortsatte att stimulera Claudias klitoris med sin tunga medan han lät sina fingrar utforska djupare inom henne. Han växlade mellan långsamma och intensiva rörelser, medan han lyssnade på hennes stönanden och kände hur hennes muskler spände sig runt hans fingrar.

När Claudias orgasm närmade sig, ökade Bruno tempot och trycket. Han fortsatte att utforska hennes kropp med sin mun och händer och skapade en symfoni av njutning för henne. När orgasmens vågor slutligen kraschade över Claudia, skakade hennes kropp av intensiva och långa rysningar. Varje andetag var som en explosion av extas och hennes värld snurrade i ren och total lust.

Efteråt låg Bruno och Claudia i sängen, insvepta i den behagliga efterdyningen av vad Bruno själv redan utnämnt till "historiens bästa kväll". Han låg med armarna bakom huvudet, ett självbelåtet leende klistrat på läpparna, medan Claudia låg bredvid och stirrade upp i taket, märkbart lugn men kanske också en aning skeptisk till hans entusiasm.

– Claudi, du vet vad jag tänker, eller hur? började Bruno, hans röst fylld av något han förmodligen skulle kalla romantik men som mest lät som dåligt maskerad stolthet.

Claudia vred på huvudet och log trött mot honom.

– Nej, men jag har en känsla av att du kommer berätta det ändå.

Bruno strök henne över kinden, en gest som han antagligen övat på framför spegeln, och log på det där sättet som fick honom att tro att han såg ut som en filmstjärna.

– När ska vi göra det? Och hur vill du ha det?

Claudia blinkade långsamt.

– Gör vad? Du menar inte … igen, väl? Jag är trött, Bruno.

Han skakade snabbt på huvudet, ivrig att förtydliga sig.

– Nej nej, inte det! Jag menar … när ska vi gifta oss? Och hur vill du ha det?

Claudia började skratta, ett lätt och nästan befriande skratt.

– Åh, det var en oväntad vändning. Jag vet inte riktigt ... jag vill inte ställa till med någon stor fest. Kan vi inte bara åka bort och gifta oss i smyg? Maldiverna kanske? Eller Hawaii?

Bruno såg förvirrad ut.

– Inget Las Vegas? Jag trodde att alla gillade Las Vegas! De har Elvis och allt.

Claudia log och la handen på hans bröst.

– Det är väl precis det jag inte vill ha, Bruno. Jag vill ha något ... romantiskt.

Bruno nickade långsamt som om han funderade djupt, vilket för honom innebar ungefär fem sekunders koncentration.

– Okej, men vad sägs om ett riktigt sagobröllop? Jag pratar prins och prinsessa-stil. Vi hyr ett slott, bjuder in tusen personer – både de vi känner och några kändisar. Och så direktsänder vi allt, så klart!

Claudia skakade på huvudet, fortfarande leende.

– Jag tror inte vi har samma idé om vad romantik är, Bruno. Men låt oss prata om det imorgon, älskling. Klockan är sent, och jag är helt slut.

Hon lutade sig fram, kysste honom mjukt och lade sig tillbaka ner med ett nöjt leende på läpparna.

Bruno nickade för sig själv när hon slöt ögonen. Han var säker på att han hade övertygat henne om sagobröllopet. Ingen kunde säga nej till tusen gäster och ett slott, inte ens Claudia.

Kapitel 8 – Befordran

4 juni 2012, Stockholm

Mötet började med att Cyrus satt som på nålar, redo att briljera. Ipaden skötte anteckningarna, vilket frigjorde hans hjärna till att analysera kroppsspråket hos de tre runt bordet. Maria och Viktor pratade mest, fyllde i varandras meningar och skrattade smått, som om de var med i en komediserie där Sören spelade den buttre patriarken.

Maria och Viktor presenterade nästa säsongs storslagna planer. Tre stora serier skulle rädda dagen – om de bara lyckades hålla Kanal4 på avstånd. Dessutom hade de knåpat ihop tre nya realitysåpor. En om folk inlåsta i ett hus som röstar ut varandra, en om ensamstående pappor som söker kärleken, och en tredje där människor badar i hästskit och äter kackerlackor. En underhållningsbuffé med något för alla smaker – utom möjligen för folk med självrespekt.

Men det fanns ett problem: en lucka på måndagskvällarna och en dyr amerikansk komediserie som hägrade som en ouppnåelig skatt. Budgeten gapade som ett tomt kylskåp.

Sören skrockade lätt och skickade ut Maria och Viktor med ett "bra jobbat, vi löser det om två veckor". Men han vinkade åt Cyrus att sitta kvar.

Sören bad Cyrus stanna kvar medan Viktor och Maria lämnade rummet. Dörren stängdes bakom dem med ett dämpat klick, och rummet blev märkligt tyst. Sören lutade sig tillbaka i stolen, och Cyrus kunde inte låta bli att lägga märke till hur hans fingrar trummade mot bordskanten, som om de själva funderade på något. Cyrus svalde hårt. Detta var hans chans.

– Handen på hjärtat, Cyrus, som tittare, vad tycker du? sa Sören, och för första gången verkade hans röst inte lika genomträngande. Snarare fundersam.

Cyrus blinkade snabbt, försökte vinna tid, men orden halkade ur honom innan han hunnit tänka klart.

– Ska jag svara ärligt, eller vill du ha ett diplomatiskt svar? kontrade han, och kände hur hans puls plötsligt steg av sitt eget mod.

Sören lutade sig framåt, och hans leende blev snett, nästan roat.

– Svara ärligt, men diplomatiskt.

Det var lättare sagt än gjort. Cyrus tog ett djupt andetag och försökte hitta orden. Hans blick drogs till Sörens händer, som nu hade slutat trumma och låg oroväckande stilla på bordet.

– Detta blir nog inte så lätt, men jag gör ett försök, började Cyrus långsamt. – Till att börja med tycker jag att det mesta var bra. De hade tänkt till ordentligt, gjort undersökningar och hade belägg för det som lades fram.

Han sneglade på Sören, som nickade nästan omärkligt. Bra start.

– Det verkar som att ni vill hitta tittare i alla kategorier. Medelålderskvinnor som tittar på hemmafruserier, ungdomar som gillar förnedringsteve ... Men, och här kommer det svåra, jag saknar något som vänder sig till medelåldersmännen. Skulle du själv vilja titta på allt det ni gick igenom?

Han lade till det sista med en försiktig ton, som för att mildra kritiken. Sören ryckte till, nästan omärkligt, och Cyrus insåg att han träffat en nerv. Chefen lutade sig tillbaka och började vrida lite på sig, som om stolen plötsligt blivit obekväm.

– Där sa du något, mumlade Sören och strök sig över hakan. – Vi borde visa lite mer sport. Eller motorprogram. Eller hur?

Cyrus nickade, men försökte samla tankarna. Här fanns en öppning.

– Ja, det är ett sätt. Eller så visar ni en serie som vänder sig till både män och kvinnor, sa han och lade en betoning på båda.

Sören rynkade pannan och lutade sig fram igen, den där blicken som kunde skära igenom betong fäst på Cyrus.

– Menar du att vi ska köpa in den där dyra komediserien från USA?

Cyrus kände hur ett stick av panik trängde igenom hans koncentration. Skulle han säga det nu? Berätta om sin egen idé? Han bet sig i läppen och blev tyst, vilket bara fick Sören att höja på ögonbrynen.

– Nå? sa Sören med en röst som nu var märkbart irriterad.

Cyrus rätade på sig i stolen, lutade sig framåt och tvingade fram ett försiktigt leende.

– Jag kan ha en lösning. Låt oss tänka lite utanför boxen, sa han och kände hur hans egen röst nästan darrade.

Sörens ögon smalnade, och hans händer började trumma igen.

– Nå? sa han, nu mer otåligt.

Cyrus lutade sig ännu närmare. Detta var det avgörande ögonblicket. Han kände hur svetten började samlas i nacken, men han höll fast vid sin plan.

– Jo, tänk om du faktiskt skulle skapa en egen serie. Helt från grunden, sa han och försökte låta så entusiastisk som möjligt.

– Inte bara det att du skulle kunna minska kostnader, utan även kunna generera intäkter genom att licensiera serien till internationella tv-bolag. Det skulle ge möjligheten att nå en global publik, snarare än att bara fokusera på realityprogram som tilltalar en smal målgrupp.

Sören suckade djupt och lutade sig tillbaka och stirrande på taket som om han hoppades hitta ett svar där.

– Det kommer inte att fungera, sa han och lät nästan uppgiven. – Det är helt enkelt omöjligt.

Cyrus studerade honom noga. Det var något i Sörens kroppsspråk, något som fick honom att tro att slaget inte var förlorat. Ännu.

– Men varför då? Vad hindrar er? sa Cyrus, försökte låta uppriktigt nyfiken men kunde känna hur ett litet leende nästan smög sig fram.

Sören suckade som en bilmotor som just gett upp på en motorväg. Han lutade sig bakåt i stolen och sträckte ut armarna.

– Tidsbrist, Cyrus. Det är alltid tidsbrist. Vi har helt enkelt inte tid. Det är redan juni, och det tar månader att sätta ihop en serie. Vi behöver en fängslande story, en manusförfattare med talang, en producent som är dum nog att dela risken, och hela det där eländet med casting … skådisar, provspelningar. Allt. Förstår du nu? Sörens ton hade blivit märkbart irriterad.

Cyrus lutade sig lite framåt, studerade Sören noggrant. Han såg hur mannens panna veckades av frustration och hur hans händer låg knutna på bordet. Det var dags.

Han lutade sig bakåt och log lite för sig själv. Inombords kände han en svårdefinierad belåtenhet. Det var som att han höll i en hemlighet som kunde förändra allt. Och det gjorde han ju.

Sören såg misstänksamt på honom.

– Vad är det du inte säger, Cyrus? Du ser ut som om du precis löst en gåta som ingen annan vet att de har ställt.

Cyrus svalde hårt. Han försökte hålla sin röst stadig.

– Jag har en idé som jag funderat på ett tag. Hade inte tänkt ta upp det än, sa han och undvek Sörens blick.

Sören lutade sig framåt nu, hans ögon smalnade till en skeptisk glans.

– Vadå, vad är det du säger?

Cyrus tog ett djupt andetag och slog till. Nu eller aldrig.

– Jo … jag har ett färdigt manus. Du kan filma det, sa han, och försökte låta nonchalant men kände hur hans händer svettades.

Sörens ögon spärrades upp, och han lutade sig tillbaka som om stolen just fått vingar.

– Du … har du ett färdigt manus? sa han, med en röst som Cyrus tolkade som antingen chock eller fascination, svårt att säga!

– Ja, sa Cyrus, och nu kunde han inte dölja sin entusiasm. – Jag vet redan vilka skådisar vi ska ha. Och jag tror vi kommer bli kända och rika båda två. Andra har redan visat intresse för det.

Han la till det sista med en ton som han hoppades lät övertygande.

Sörens ansiktsuttryck förändrades snabbt. Cyrus såg hur de skeptiska linjerna runt hans mun mjuknade, men bara lite. Det fanns fortfarande en antydan till misstänksamhet i blicken, som om han försökte avgöra om Cyrus var briljant eller bara galen.

– Tänker du vara illojal innan du ens börjat jobba här? skrek Sören, så högt att Cyrus undrade om det ekade i grannkontoret. – Vilka är intresserade?

– Nej, nej, jag tar det ju med dig! Jag hade inte tänkt prata med någon annan, svarade Cyrus snabbt, höll upp händerna som om han skulle avväpna en tickande bomb.

Sören lutade sig tillbaka och verkade något lugnare. Men hans ögon var fortfarande smala av misstänksamhet.

– Okej … men vilka är intresserade?

Cyrus svalde. Här behövdes en viss kreativitet.

– Inga tv-bolag än. Men ... några bokförlag har hört av sig, sa han, och hoppades att Sören inte skulle ställa för många följdfrågor.

– Bokförlag? Sören lutade sig framåt igen. – Okej, vad handlar det om, ditt manus alltså?

Cyrus drog ett djupt andetag och började.

– Det är en komedi, fem färdigskrivna avsnitt, varje runt 30–35 minuter. Perfekt för en timmes sändning med reklampauser. Det unika är blandningen av action och komik, med svenska skådisar som normalt gör seriösa roller. Föreställ dig Mikael Persbrandt, Helena Bergström eller Lena Ohlin i komiska scener! Och för att verkligen toppa det, lägger vi till Özz Nûjen, Björn Gustafsson och ... kanske Sean Banan.

Sören höjde ett ögonbryn. Det var oklart om han var imponerad eller bara chockad.

– Okej, det är skådisarna. Men vad handlar serien om? frågade han, nu med en märkbar dos otålighet.

Cyrus log svagt. Det här var hans moment.

– – Serien utspelar sig på Sångvägen, en plats jag passerade varje dag under min skoltid och som blivit en del av mig. Den är full av berättelser och minnen. Serien blandar humor med samhällsfrågor, allt inspirerat av verkliga händelser och personer från området. Skratt, eftertanke och en rejäl dos charm, sa han och såg på Sören för att se om något av detta gick hem.

Sören rynkade pannan. Han såg inte övertygad ut.

– Och hur tänker du få de där skådisarna? De kostar skjortan.

Cyrus hade väntat på den frågan.

– Enkelt. Vi säljer in det som ett pilotavsnitt och erbjuder dem en lägre lön, men med en andel av framtida reklamintäkter. På så sätt delar vi risken, men också vinsten.

Sören lutade sig tillbaka och korsade armarna. Han såg ut som någon som försökte avgöra om han just hört ett genidrag eller världens dummaste idé.

– Dokumentera det här. Vi tar det efter lunch, sa han till slut, viftade med handen och reste sig.

Cyrus nickade och drog ett lättat andetag. Han hade klarat sig genom första hindret. Men han visste att nästa skulle bli ännu större.

Cyrus sneglade på klockan och kände pulsen stiga. Det var snart dags att träffa Linda. Eller, rättare sagt, Lulu – det slog honom som ett knytnävsslag. Hur hade han kunnat missa det? Linda var Lulu, den där strålande flickan från skoltiden. Hon som satt bredvid honom på rasterna när världen kändes för stor och skratten för högljudda. Hon som kunde tysta ett helt klassrum med en enda vass replik när någon försökte vara rolig på hans bekostnad. Minnet av hennes närvaro fyllde honom med en värme som gjorde det svårt att hålla tillbaka ett leende. Han tänkte på hur hennes skratt brukade eka i korridorerna, och hur han alltid känt sig lite mindre ensam när hon var där.

På väg ut ur Sörens kontor hörde han plötsligt en röst bakom sig.

– Du, Cyrus, jag har tänkt om.

Cyrus stannade tvärt och vände sig om. Sören stod där med en blick som både utmanade och lovade något stort.

– För att vara helt tydlig, började Sören, detta är fullständigt ologiskt. Så gör vi aldrig här. Men som min far brukade säga: Ingen minns en fegis. Jag tänker ta en stor risk med dig.

Cyrus blinkade häpet, oförmögen att säga något.

– Så här gör vi, fortsatte Sören. Maria och Viktor ska granska ditt manus. Du hittar finansiärer som kan delproducera och fixar en ny sekreterare åt mig. Du får en ny titel – rådgivare. Du ska också kontakta och övertyga skådespelarna själv. Har du förstått?

Det var som om världen stannade upp för ett ögonblick. Cyrus försökte samla sig, men det enda han lyckades göra var att ta ett par skälvande andetag innan han plötsligt gav Sören en kram. Han stelnade till i samma sekund. Kramade han verkligen sin chef?

– Oj, förlåt ... men alltså ... tack! sa Cyrus och släppte taget, något röd om kinderna. – Men jag är ju anställd av en bemanningsfirma.

Sören skrattade och klappade honom på axeln.

– Ring dem och säg att du är anställd av TV5 nu. Och se till att den där sekreteraren är kompetent.

Cyrus nickade, lättad, men en tanke gnagde på honom.

– En sak till … Kan jag behålla rättigheterna till mitt manus? Jag skrev det innan jag började här.

Sören höjde ett ögonbryn och gav honom en blick som blandade irritation med en viss respekt.

– Du utmanar ödet, Cyrus. Men okej. Här är avtalet. Låt en advokat skriva ett nytt förslag så signerar vi det.

Cyrus log så brett att det nästan gjorde ont i kinderna.

– Tack, Sören. Verkligen.

Med avtalet i handen och ett leende stort nog att smitta av sig på en hel kontorsbyggnad, steg han in i hissen. När dörrarna stängdes bakom honom, bet han sig hårt i tummen. Smärtan bekräftade att detta inte var en dröm. Han stod där ensam och ett rus av lycka spred sig genom kroppen.

Även om serien aldrig skulle bli av, så hade han ändå landat ett drömjobb. Och allt detta på en enda dag. När hissen nådde bottenplan, torkade han snabbt av handsvetten på kavajen och klev ut. Vid huvudingången stod Linda, strålande som alltid, och väntade. Cyrus gick fram till henne, och när deras armar omslöt varandra kände han en värme som spred sig långt utanför hans kropp.

Det var något magiskt med detta ögonblick. Något som lovade att allt verkligen kunde hända.

– De har erbjudit mig en befordran, Lulu! Kan du tro det? utbrast Cyrus med en röst som skar genom receptionen. – Jag har knappt hunnit ställa in kaffemuggen på skrivbordet och nu pratar de om att jag ska göra en egen serie. En serie jag själv har skrivit!

Linda stannade mitt i steget och vände sig mot honom med ett brett leende.

– Lulu? sa hon och skrattade till. – Det var en evighet sedan jag hörde det namnet. Kommer du verkligen ihåg det?

– Hur skulle jag kunna glömma? svarade Cyrus och lade handen dramatiskt mot bröstet, som om han just blivit anklagad för att inte känna igen Mona Lisa. – Men nu, viktigare fråga: Vad säger du om lunch? Vad är du sugen på?

Linda sneglade på honom, som om hon försökte avgöra hur seriös han egentligen var, och svarade:

– En riktigt bra buffé. Men om du har något annat i åtanke så …

– Buffé låter perfekt! skyndade Cyrus sig att svara innan hon hann ändra sig. – Det är ju som en tv-serie, fast på en tallrik. Något för alla!

Linda fnissade och nickade mot gatan.

– Det finns en bra buffétrestaurang på Birger Jarlsgatan. Inte långt härifrån. Vad säger du?

– Birger Jarlsgatan, buffé och du? Det kan inte bli bättre, svarade Cyrus med ett fånigt leende.

Linda höjde ögonbrynet.

– Kom ihåg att det är Linda nu, inte Lulu. Men grattis till befordran, forresten. Och serien, det låter verkligen spannande!

– Okej, självklart … Linda it is … och tack! sa Cyrus, fångad av ögonblicket. – Skulle du kunna tänka dig en roll i serien? Det skulle vara … vad ska jag säga … episkt.

Linda stannade upp och såg honom i ögonen, leendet byttes ut mot en nyfiken min.

– Berätta mer. Vad handlar den om?

Cyrus drog efter andan, som om han skulle kasta sig från en trampolin, och började målande beskriva sin vision. Han gestikulerade så ivrigt att en brevlåda nästan fick sig en smäll, men Linda verkade helt fokuserad på hans ord. Hon lyssnade med ögon som glittrade av nyfikenhet, ibland nickande, ibland skrattande åt hans mer teatraliska förklaringar.

När han till slut drog efter andan för att se om hon fortfarande hängde med, log hon brett.

– Det låter faktiskt riktigt intressant, sa Linda. – Men jag har ju ingen erfarenhet av sånt.

Cyrus viftade avfärdande med handen, som om det vore en bagatell.

– Äsch, det ordnar sig. Det är sånt vi fixar på vägen. Du skulle vara perfekt!

Linda fnissade och såg ner på trottoaren medan de fortsatte gå.

– Vi får väl se. Men du, vad hände med dig efter gymnasiet? Du bara försvann.

Linda sänkte blicken en aning, och rösten blev lite mjukare.

– Jag reste till USA. Började plugga engelska och psykologi på UCLA. Men efter två år saknade jag familjen så mycket att jag flyttade hem.

Cyrus öppnade dörren till restaurangen åt henne, men kunde inte låta bli att fråga:

– USA alltså? Hur var det?

De betalade och tog plats vid ett fönsterbord, och medan de plockade mat från buffén berättade Linda om sina sista månader i Kalifornien.

– Det var tufft. Min familj började bete sig märkligt. De ville inte att jag skulle komma hem under loven, vilket gjorde mig ännu mer hemlängtande. Jag var så trött, både på skolan och på avståndet. Jag blev tvungen att hoppa av, sa hon och lät blicken vila på sin tallrik.

Cyrus såg på henne och kände en klump i magen. Han tänkte säga något tröstande men insåg att det bästa han kunde göra var att lyssna.

– Hur var det när du kom tillbaka till Sverige? frågade han försiktigt.

Linda tog en tugga och nickade.

– Jag ville vara nära min mamma. Hon hade blivit svårt sjuk – bröstcancer. Jag sökte jobb överallt och hittade till slut en tjänst på TV5 via en bemanningsfirma.

Cyrus log.

– Jag är glad att det löste sig. Jag hoppas verkligen att vi kan jobba på den här serien tillsammans. Det kommer bli fantastiskt!

Linda lutade sig fram och log tillbaka.

– Ja, jag ser verkligen fram emot det. Tack, Cyrus.

De åt i tystnad en stund innan Cyrus inte kunde hålla sig längre.

– Vad hände sen när du kom hem då? Någon kärlek?

Linda suckade och lutade sig tillbaka i stolen.

– Åh, kärlek ... Du vet, Ivan är inte ens hans riktiga namn.

Cyrus höjde ett ögonbryn.

– Ivan? Vad är det då?

Linda lutade sig fram och viskade, som om hon avslöjade en statshemlighet.

– Han är halvturk och halvalban. Men han ser ut som Ivan Drago från Rocky-filmerna, så folk började kalla honom Ivan. Och det fastnade. Det är märkligt hur smeknamn fungerar, eller hur?

Cyrus försökte smälta informationen. Ivan Drago? Psykologisk gymnastik var inget han var van vid efter en buffé, men han nickade ändå. Det här skulle bli en intressant lunch, tänkte han. Han öppnade munnen för att svara, men hejdade sig när hon fortsatte prata, nu med ett oväntat skifte i ton.

– Oj, det var ju inte svar på din fråga, förlåt, to much information … svaret är nej, eller inte längre. Jag har nyligen gjort slut med Ivan. Jag insåg att han var yrkeskriminell

Cyrus stelnade till mitt i tuggandet, gaffeln halvvandrad mot tallriken. Ögon smalnade, och det var som om hjärnan tagit en plötslig paus för att försöka sortera Lindas ord – förvirring, förskräckelse och en gnutta fascination slog runt i hans blick.

Han sneglade på Linda, som nu lutade sig tillbaka med ett leende som skar igenom varje försvar han hade. Hon verkade njuta av att se honom fastna i detta ögonblick av total och oskyddad förvirring.

Hon visste, det var han säker på. Hon hade sett hans ansikte gå från chock till fullständig röra, och hon njöt av varje sekund av hans tafatta försök att samla sig. Det var både fascinerande och en smula frustrerande hur hon verkade ha övertaget utan att ens försöka.

– Jo, han köpte en BMW till mig, cash, helt utan anledning. Och så sa han: "Om någon krossar ditt hjärta, så krossar jag hans skalle." Ivan är ju charmig på sitt sätt, om man gillar hotfulla komplimanger, sa hon med ett snett leende.

Cyrus ögonbryn reste sig som passagerare i en hiss utan stoppknapp. Han försökte säga något, men det blev bara ett hostande läte, följt av en dramatisk klunk vatten som fick honom att svälja som om han just satt eld på sitt inre. Matbiten som han knappt hade hunnit tugga, verkade vilja sätta upp sitt eget motståndsnummer i strupen.

Han kände Lindas blick och svalde hårt. Hon log på ett sätt som fick det att kännas som om han var med i ett experiment han inte hade anmält sig till – och kanske redan misslyckats med. Men var det nöje eller bara ren och skär skadeglädje som lyste i ögonen? Det var svårt att avgöra.

Han sneglade mot henne igen och kunde inte låta bli att notera hur självsäker hon verkade, som om hon satt där med alla korten i handen.

Och samtidigt, något annat. En liten värmeglimt i blicken, som om hon såg något i honom han inte själv var medveten om. Det gjorde honom lika delar nervös och upprymd – som att han just fått en biljett till ett lotteri där priset kunde vara allt från jackpot till total förnedring.

Cyrus lyckades till slut återfå kontrollen över ansiktet, torka de lätt vattniga ögonen och harklade sig, som om han precis vunnit en inre kamp mot sin egen kropp.

– Behöver du hjälp? Jag kan klappa dig på ryggen om det skulle behövas, föreslog Linda med ett snett flin och en glimt i ögonen.

Han såg på henne, tog ett djupt andetag och log svagt, som om han precis hade löst ett världsmysterium.

– Nej tack, jag klarar mig. Jag försöker bara förstå hur jag hamnade här, mittemot den enda personen som kan få mig att glömma både hur man pratar och hur man tuggar. – Men vad är det som är så roligt? Varför ler du så där?

Linda fnissade, och det fick honom att känna sig ännu mer genomskådad.

– Inget speciellt, jag tycker bara att det är kul när människor reagerar så där, svarade hon och lät orden hänga kvar som en lätt dimma över bordet.

– Vad menar du? frågade han försiktigt och lutade sig lite närmare för att inte missa någon potentiell Ivan-varning. – Jag är ärligt talat lite rädd för att sitta här med dig. Tänk om Ivan stormar in och ... ja, slår mig?

Linda suckade och lutade sig framåt, som om hon talade med ett barn som trodde på monster under sängen.

– Cyrus, jag har ju redan sagt att Ivan vill att jag ska gå vidare med mitt liv och träffa en bra kille. Han kommer inte att göra dig något.

– Men ... vad händer om han ändrar sig? Om han liksom ... krossar min skalle eller något? viskade Cyrus, och han insåg hur löjligt det lät precis när orden lämnade hans mun.

Linda gav honom en lång blick innan hon log, den här gången med tydlig ironi.

– Cyrus, tror du verkligen att jag skulle vara här med dig om jag trodde att Ivan skulle dyka upp och börja slåss? Eller har du redan börjat planera hur du ska krossa mitt hjärta?

Linda skrattade, ett ljud som fick Cyrus att känna sig som att han vunnit högsta vinsten – även om han fortfarande inte var säker på hur han kom in i tävlingen från första början. Hon lutade sig närmare och slog en lätt knytnäve i bordet, som för att signalera att det inte bara var en seger, utan en pågående match.

Samtalet gled vidare, lättare nu, som om en osynlig spänning just hade lösts upp i skratt och små retfulla leenden. Och någonstans i kaoset av småprat och blinkningar visste han att det här inte bara var en lunch. Det var början på något mer – något han ännu inte riktigt vågade sätta namn på.

Cyrus satt med blicken fäst vid sin tallrik, som om den plötsligt innehöll universums alla mysterier, och försökte samla mod. Efter några sekunder av våndor tog han ett djupt andetag och log ett försiktigt leende.

– Så, vad sägs om en liten efterrätt? sa han och höjde ena ögonbrynet.
– De säger ju att ett skratt är halva måltiden, men med rätt sällskap känns det som en festmåltid. Eller vad säger du?

Linda började skratta, ett bubblande, härligt ljud som fick Cyrus att slappna av en aning. Han insåg att humor kanske var hans enda räddning. Det var nu eller aldrig.

– Linda, jag vet inte riktigt hur jag ska säga det här … Det är som att jag är en bil utan ratt. En båt utan roder. En fågel utan vingar, började han och såg på henne med en blandning av desperation och charm.

– Jag är inte bra på det här med tjejer. Jag har inte varit i ett förhållande på länge, och när jag har varit det, har det alltid varit tjejen som tagit initiativet. Så, om du är intresserad av mig, annat än som vän, måste du tala om det för mig. Annars kommer jag aldrig fatta det. Jag är helt enkelt urusel på att läsa av sånt. Skrämmer jag dig nu?

Linda stirrade på honom, och för ett ögonblick trodde Cyrus att han hade förstört allt. Men så brast hon ut i ett gapskratt, ett ljud som fick hela restaurangen att vända sig om. Hon lutade sig framåt, viskade skämtsamt och med glimten i ögat:

– Cyrus din dummer, det där var den bästa raggningsrepliken jag någonsin har hört. Jag är såld. Faktiskt, jag vill att du tar mig här och nu, framför alla dessa gäster, på bordet!

Cyrus blev högröd i ansiktet, så röd att han nästan smälte ihop med servitörens vinröda uniform. Han fäste blicken vid sin tallrik, kämpade för att hitta en lämplig replik, men allt han kunde känna var en varm våg av glädje och förlägenhet som fick hjärtat att slå dubbla volter. När han vågade titta upp igen möttes han av Lindas mjuka blick och ett leende som kunde ha tänt upp hela restaurangen.

Medan de fortsatte prata gled samtalet in på mer vardagliga ämnen.

– Har du kvar din BMW? frågade Cyrus, lite för snabbt, i ett försök att byta ämne och återfå sin balans.

Linda fnissade.

– Japp, den är kvar. Jag bor fortfarande i Jakobsberg, hemma hos föräldrarna. Pappa sålde sin bil, så nu använder de min. Men varför undrar du?

Cyrus ryckte på axlarna och sa ärligt:

– Jag tappade tråden, och det var första tanken som dök upp.

Hon skrattade igen och berättade hur hennes mamma mådde bättre efter behandlingarna och att hon kanske kunde börja jobba igen. Cyrus lyssnade, lättad över att slippa prata om sina egna förvirrade tankar, tills hon plötsligt bytte ämne.

– Så, var bor du någonstans?

– På Sångvägen, svarade han, och kände rodnaden återvända.

Linda spärrade upp ögonen.

– Sångvägen? Det undvek jag under hela skoltiden. Jag trodde att det var som de farligaste kvarteren i en amerikansk actionfilm!

Cyrus skrattade och förklarade att Sångvägen hade förändrats mycket, att det numera var ett trevligt område där grannar grillade tillsammans och hälsade på varandra.

– Vad har du för säng? frågade Linda plötsligt, utan förvarning.

Cyrus blinkade förvirrat.

– En vanlig Sultan från IKEA. Hurså?

– Storlek? Hon lutade sig fram med en min som antydde att detta var viktig information.

– Eh ... hundratjugo. Varför frågar du?

Linda log brett och sa utan att tveka:

– Den får duga. Jag vill spendera natten på Sångvägen. Fan vad coolt!

Cyrus kände hur hjärtat hoppade till. Samtidigt sneglade Linda på klockan och hennes leende falnade.

– Jag måste tillbaka till jobbet om fem minuter! Ska vi åka hem tillsammans efter jobbet?

Cyrus nickade och log osäkert.

– Spring du, Linda. Jag betalar, och vi hörs senare.

Hon stannade vid dörren, vände sig om och sa:

– Du betalade när vi kom in, dummer. Vi ses!

När hon försvann ut på gatan satt han kvar, osäker på om han skulle skratta eller hyperventilera.

Efter en stund satte han fart mot TV5:s lokaler, med stegen lite snabbare än normalt och tankarna lika kaotiska som den ostädade lägenheten han just kommit på skulle synas av Linda senare. Men i stället för att bli distraherad av sina tankar, lyfte han luren och slog Sörens nummer, det enda sättet att sätta planen i verket.

– Vad står på, Cyrus? svarade Sören efter två signaler, hans röst var så entusiastisk som om han trodde att framgången knackade på dörren.

Cyrus drog efter andan och lät orden rulla fram som ett förberett manus, även om de kom direkt från höften.

– Jo, Sören, jag har tänkt på det här med Persbrandt. Jag tror jag vet hur vi kan få med honom i serien.

Det blev tyst en sekund i luren. Cyrus hörde hur Sören skruvade på sig, som om han redan kände att något stort var på gång.

– Jaså? Hur då?

– Han är från Jakan, precis som jag. Dessutom var hans mamma, Inga-Lill, min gamla lärare. Hon och jag kom väldigt bra överens. Så jag tänker prata med henne. Jag tror hon kan hjälpa mig få kontakt med honom.

Sören skrattade, ett kort och uppskattande ljud som fick det att låta som om Cyrus precis kommit på något genialt.

– Du är ju ett geni, Cyrus! Kör på det där. Och imorgon bitti vill jag ha en rapport, senast klockan nio. Kör hårt!

Luren klickade till och tystnaden var tillbaka, men den efterlämnade en tyngd. Cyrus drog handen genom håret, som om han försökte kamma bort tankarna på hur hela planen kunde rasa som ett korthus. Inga-Lill? Hon hade aldrig undervisat honom, och sannolikheten att hon ens visste vem han var låg på samma nivå som att hitta en fyrklöver i en grusgång.

Han lät tankarna löpa som en hamster i ett hjul, men ändå fortsatte stegen framåt. Vid receptionen väntade Linda. Hennes leende var avväpnande, och blicken föll lätt på honom när han förklarade.

– Jag måste fixa en sak. Med Inga-Lill. Men vi ses i Jakobsbergs centrum vid halv sju, okej?

Linda höjde ögonbrynen lite, som om hon undrade vad för konstigheter han nu var på väg att gräva ner sig i, men hon svarade ändå med en självklarhet som gjorde att hans axlar sjönk någon millimeter.

– Helt okej. Men kan vi äta middag på Elegant Garden? Deras kinamat är oslagbar.

Han nickade, kanske lite för snabbt, och böjde sig fram för en kram. Hans armar gick runt henne precis lagom länge för att känna doften från hennes parfym, men inte så länge att det blev obekvämt. När han släppte taget vände han sig om och började gå. Halvvägs till dörren ropade hon efter honom.

– Cyrus! Ikväll bjuder jag, bara så du vet.

Han stannade till och vände sig om, ett kort skratt kom ur honom innan han svarade.

– Vi får väl se!

Sedan fortsatte han ut genom dörren med ett tempo som antydde att han var på väg att göra något viktigt – och kanske lite omöjligt. Planen var enkel, åtminstone på ytan. Hem, städa undan kaoset, fräscha upp sig själv och hoppas att det han nyss lovat Sören kunde lösas på något magiskt sätt. För varje steg bort från byggnaden kändes promenaden som ett kapitel ur en äventyrsroman, komplett med ovisshet och risk för total förödmjukelse.

Kapitel 9 – Inbrottet

5 juni 2012, Tyskland

Claudia vaknade som om någon just hade ropat hennes namn i en dröm. Rummet var mörkt, men nattdukslampans kalla sken spillde över digitaluret som visade 00:11. Bruno, vars sömnvanor kunde mäta sig med en ko i koma, vände sig ljudligt och drog täcket som en sköld över axeln.

Hon försökte somna om, men tankarna vägrade. De var som envisa myggor, irriterande och omöjliga att ignorera. I hennes huvud dansade män från det förflutna – arroganta, självgoda, och i några fall så hopplösa att de knappast kunde klassas som män. Bruno, däremot, var annorlunda. Han hade aldrig försökt göra henne till en trofé eller en åskådare i sitt liv. Han var omtänksam och, ännu viktigare, rik. Med en frihandsgissning tänkte hon att den kombinationen måste vara extremt sällsynt.

Hon mindes också alla män som jagade henne som groupies och mitt i en tanke om även män kunde kallas "groupies" vibrerade mobilen på nattduksbordet. Claudia tog upp den och kisade mot skärmen. Ett sms från Chuck.

Chuck: *Det har gått åt helvete. Snälla hjälp mig.*

Hon stirrade på texten som om orden kunde börja dansa om hon tittade tillräckligt länge. Bruno rörde sig igen, men denna gång vaknade han och muttrade något otydligt.

– Vad är det? frågade han med en röst som var lika släpig som en gammal dieselmotor.

– Chuck har messat. Han säger att allt har gått åt helvete och att han behöver hjälp.

Bruno suckade djupt och rullade över på rygg.

– Vad har han nu ställt till med? frågade han utan större engagemang.

– Jag vet inte. Jag ringer honom.

Med en snabb rörelse slog Claudia numret. Chuck svarade på första signalen, som om han hade väntat med telefonen i handen.

– Claudia! Jag behöver hjälp. Nu! Det är katastrof!

– Vad har hänt? Är du okej? sa Claudia, nu med en röst som för en gångs skull lät genuint oroad.

– Jag är på Steigenberger Frankfurter Hof, gömd i baren. Kan du komma och hämta mig? De jagar mig!

– Vilka är "de"? frågade hon.

Chuck tvekade.

– Det är för mycket att förklara. Snälla, bara kom!

Claudia satte handen över mikrofonen och tittade på Bruno.

– Han säger att han är på hotellet vid Am Laiserplatz och att de jagar honom. Vad ska vi göra?

Bruno strök sig över ansiktet som om han försökte rensa bort tankarna.

– Skicka Anton. Det är därför vi har honom.

Claudia återgick till telefonen.

– Anton kommer och hämtar dig. Stanna där och håll dig gömd.

– Vem är Anton? Hur känner jag igen honom? frågade Chuck.

– Svart kostym, vit skjorta, och en Maybach som är lika diskret som en enhörning. Han kommer fråga efter dig i baren.

Hon lade på luren och vände sig mot Bruno.

– Kan du ringa Anton?

Bruno nickade och tog fram telefonen.

* * *

Anton körde genom de ödsliga gatorna, bilen skar genom nattmörkret som en pil. Chuck satt bredvid, fortfarande blek och andfådd, men tyst. Anton sneglade på honom i ögonvrån, försökte bedöma om han skulle klara sig utan att svimma. Det här var inte första gången han hämtade någon i trångmål, men det var första gången Bruno hade insisterat.

"Se Chuck som en familjemedlem", hade Bruno sagt när han ringde. "Han är inte vem som helst. Behandla honom därefter."

Anton hade lyssnat, som han alltid gjorde med Bruno. Han kände tillräckligt om sin chef för att veta att när han använde ordet "familj", menade han det. Så när Chuck plötsligt bröt tystnaden, visste Anton att han inte kunde ge den vanliga, avfärdande svaren.

– Så ... du är Brunos livvakt? frågade Chuck trevande, som om han fortfarande testade hur mycket han vågade säga.

Anton kastade en snabb blick på honom och drog en lätt suck.

– Livvakt, chaufför, parkourinstruktör ... ibland terapeut. Vad som än behövs, egentligen.

Chuck fnös kort, som om han försökte avgöra om det var ett skämt.

– Och allt det där är ... normalt? frågade han med en skeptisk ton.

Anton log svagt. Det var nu lika mycket ett val som en plikt att vara öppen. Bruno hade sagt det själv.

– Det är mitt normala. Men jag började inte här. Jag var kommando i tyska marinkåren, Kommando Spezialkräfte Marine. Det är därifrån jag har parkouren – och ett par ärr som jag helst inte pratar om.

Chucks ögon blev stora.

– Okej, så du var typ ... "Mission: Impossible", fast utan Tom Cruise?

Anton skrattade lågt och svängde in på en bredare väg.

– Något åt det hållet. Fast med mindre budget och mer svett. Jag lämnade det livet efter en ... incident.

– Incident? Chuck lutade sig framåt, intresserad nu. – Vad för slags incident?

Anton höjde på ögonbrynen och lät tystnaden tala i några sekunder innan han svarade.

– Den sortens incident som gör att man inte längre kan stanna kvar. Låt oss säga att det fanns mer politik än disciplin i min sista operation.

Chuck nickade långsamt, som om han inte ville pressa vidare men ändå inte kunde släppa ämnet.

– Och så hamnade du här? Hos Bruno?

– Ja, hans farbror anställde mig. Jag trodde det skulle vara ett kort uppdrag, men ... ja, du ser ju var jag är nu. Bruno är ... annorlunda.

– Annorlunda hur? frågade Chuck.

Anton skrattade till och skakade på huvudet.

– Han är en av de mest excentriska människor jag har träffat, men han bryr sig om folk på ett sätt som få gör. Han har alltid varit lojal mot mig, och jag är lojal tillbaka. Det är därför jag är här, hämtar dig mitt i natten.

Chuck lutade sig bakåt och tittade ut genom fönstret.

– Så … lojalitet. Är det därför du är okej med att göra allt det här? För honom, menar jag.

Anton sneglade på honom och log svagt.

– Det, och för att han bad mig behandla dig som en familjemedlem. Och familj pratar man med. Så ja, fråga vad du vill.

Chuck nickade långsamt, som om han precis hade fått tillstånd att öppna en dörr han inte ens visste fanns. Men sneglade på Anton, som satt tyst bakom ratten, med blicken stadig på den mörka vägen framför.

– Jag antar att du vill veta vad som hände också? sa han till slut, nästan som en utmaning.

Anton svarade utan att titta på honom, rösten var neutral men med en underton av respekt.

– Bruno kommer ändå vilja veta allt. Det är bäst att du berättar det för honom direkt. Han har inte bett mig att fråga ut dig, och jag har inget intresse av att spela förhörsledare.

Chuck nickade långsamt, som om han vägde orden.

– Fair enough, mumlade han. Men du då, bor du på hans herrgård?

Anton lät ett litet leende spela i mungipan och svarade, med en röst som nu var något mjukare:

– Ja, jag och min fästmö Emma bor i ena flygeln. Vi har vårt privatliv där, även om det är en del av godset. Bruno har sett till att det är bekvämt för oss.

Chuck höjde ett ögonbryn.

– Bekvämt? Är det typ som en gäststuga eller …?

Anton skrattade lågt, ett ljud som avslöjade mer än han kanske hade tänkt.

– Gäststuga är nog fel ord. Flygeln har allt vi kan behöva – och lite till. Bruno har till och med byggt en parkourbana på gården, bara för mig. Han vet att jag tränar varje dag. Och i själva flygeln har vi ett av världens modernaste gym och en budolokal.

– Budolokal? sa Chuck och såg förbryllad ut. – Vad är det?

– Ett träningsrum för kampsport, svarade Anton, och hans ton fick en aning stolthet. – Det är inte bara ett vanligt gym. Där finns en boxningsring, en budomatta och en hel del annat. Bruno har dessutom låtit installera en protect pad – en trämodell för att finslipa slagteknik.

Chuck lutade sig bakåt i sätet, som om han försökte ta in allt.

– Så ... du tränar kampsport också?

Anton nickade, blicken fortfarande fastnaglad på vägen.

– Svart bälte i både karate och taekwondo. Jag tränar varje dag, både för att hålla mig i form och för att det är en del av vem jag är. Bruno brukar till och med haka på ibland, även om han inte riktigt har samma disciplin. Och några gånger om året flyger han in internationellt erkända budomästare för privatlektioner. Han gör det mest för att han är nyfiken, men det är något jag verkligen uppskattar.

Chuck lutade sig tillbaka i sätet, stirrade på Anton som om han försökte mäta honom. Sedan vände han blicken ut mot vägen och skakade lätt på huvudet.

– Okej ... så du är typ en actionhjälte? sa han och lade armarna i kors, som om han inte visste om han skulle ta Anton på allvar eller inte.

Anton log kort, inte överlägset men med en viss självdistans. Han knäppte fingrarna lätt mot ratten, rytmiskt, innan han svarade:

– Actionhjälte? Nej, knappast. Men det är praktiskt att kunna hantera sig själv – och andra – om det behövs.

Chuck sneglade på honom igen, som om han försökte hitta en spricka i Antons lugn. Efter några sekunders tystnad suckade han djupt.

– Det låter ändå som att du lever ett helt annat liv än de flesta jag känner. Det där med budomästare som flygs in? Det är som en scen ur en film. Nästan svårt att tro.

Anton drog upp ena mungipan till ett snett leende, fortfarande med blicken på vägen.

– Tro vad du vill. Men Bruno gillar att göra saker på sitt sätt. Om han tycker att något är intressant – eller bara underhållande – så ser han till att det händer. Det är bara så han är.

Chuck lutade sig framåt, satte armbågarna på knäna och tittade rakt på Anton, nästan som om han utmanade honom.

– Och du, då? Vad tycker du om honom?

Anton kastade en snabb blick på Chuck, sedan tillbaka på vägen. Hans händer höll stadigt i ratten, men han rörde sig lite i sätet, som om han vägde sina ord.

– Bruno är … unik. Han kan vara en gåta ibland. Men han tar hand om sina människor, och han är lojal. Så ja, jag respekterar honom. Och det räcker för mig.

Chuck nickade långsamt, som om han bearbetade Antons svar. Sedan lutade han sig tillbaka i sätet, slöt ögonen för en stund och mumlade:

– Okej, fair enough, sa han med ett svagt leende. – Det låter som ett ganska schysst liv, ändå.

Anton svarade inte, men ett tyst hummande kom från honom, som om han höll med men inte tänkte utveckla det mer. Bilen gled vidare genom natten, och det lugna knappt hörbara suset från däcken mot vägen fyllde tystnaden som föll mellan dem.

.

. * * *

Klockan var fem över två när Chuck anlände till herrgården. Bruno stod vid entrén tillsammans med Claudia, och trots att han försökte se lugn ut, var hans händer fuktiga och hans hjärna en enda röra av tankar som vägrade sortera sig. Var det någon gång han skulle hålla huvudet kallt, så var det nu, tänkte han. Tyvärr hade hans huvud andra planer.

Anton dök upp bredvid honom, lika stadig som en obeveklig klippa.

– Bruno, jag brukar hålla mig utanför folks problem, men om du behöver något…? sa Anton med sin sedvanliga röst som hade lika mycket känsla som en väderrapport.

Bruno såg på honom, försökte kanalisera auktoriteten han trodde sig behärska, men lyckades bara få fram ett konstigt, snett leende.

– Vet inte, sa han och ryckte på axlarna. – Gå hem. Om jag behöver något, säger jag till imorgon.

Anton gav honom en lång blick, och Bruno hoppades att det såg ut som en ledarskapsblick, men var rätt säker på att det såg ut som om han hade tuggat citron. Anton nickade kort och försvann i natten, lika tyst som en ninja. Bruno undrade om det var parkourträningen som gjorde honom så smidig.

Tjänstefolket började röra på sig i korridorerna, som myror vars bo blivit stört. Claudia viftade bort dem med en enkel gest.

– Allt är under kontroll, sa hon, med en sådan självklarhet att Bruno själv nästan trodde på det.

De ledde Chuck in i salongen. Bruno undrade varför han alltid valde just den salongen. Han hade ju en herrgård full av rum, men det var alltid samma salong. Var det rutinen? Eller bara att sofforna var så mjuka?

Adam, hans trogna butler, dök upp som vanligt, lika plikttrogen som en schweizisk klocka.

– Något att dricka, herrn? Eller något annat ni behöver?

Bruno vinkade avvärjande, men när Adam var på väg att försvinna, insåg han att det fanns något han faktiskt behövde.

– Vänta lite, Adam, sa han och vände sig till Chuck. – Herr Tyler, eller Chuck, visst hette du så? Tänker du övernatta här?

Chuck nickade ivrigt, som en skolpojke som precis fått reda på att det var glass till lunch.

– Ja, ja, tack! Och kalla mig bara Chuck.

Bruno log stort. Han var alltid stolt över sin gästfrihet, även om han inte alltid visste vad den innebar.

– Självklart, Chuck. Och kalla mig Bruno. Adam, kan du fixa ett gästrum till honom? Reuss-rummet kanske?

Adam bugade sig och drog sig tillbaka. Bruno såg honom gå och undrade om Adam någonsin hade sovit.

De satte sig ner i salongen, och Bruno kände sig redan trött. Han sneglade på Claudia, som såg lika skarp ut som alltid. Hon var bra på det där – att se ut som om hon hade en plan, även när hon inte hade det. Bruno önskade att han också kunde det.

Chuck började berätta, och Bruno försökte hänga med i hans ord. Det var något om krossade fönster, män med vapen och ett skott som nästan träffat honom. Bruno hummade lågt, försökte låta vis, men egentligen tänkte han mest på hur obekvämt det måste vara att sova i sneakers.

– Så jag tog en taxi till Steigenberger och skickade ett meddelande, avslutade Chuck, och Bruno nickade, som om han hade följt varje ord.

Claudia sköt fram hakan.

– Har de stulit alla droger?

Bruno hoppade till. Det var något med ordet "droger" som alltid fick honom att känna sig skyldig, även när han inte gjort något fel.

Chuck nickade.

– Ja, det såg ut så. De kanske trodde att det var amfetamin eller något.

Bruno sneglade på Claudia och såg att hon väntade på att han skulle säga något. Han öppnade munnen, men inga ord kom ut.

Chuck såg på dem båda och rynkade pannan.

– Ni måste berätta. Vad ska ni använda det till? Jag har riskerat livet för er skull.

Bruno stirrade ner i golvet. Han kände hur Claudias blick brände mot honom.

– Du måste berätta, Bruno, sa hon, och han nickade svagt.

Han drog efter andan och började tala, men Claudia avbröt honom och tog över. Bruno kände en våg av lättnad. Hon var alltid bättre på att förklara saker, särskilt saker som han själv inte riktigt förstod.

När hon var klar, såg Chuck ut som om någon hade sagt att julen var inställd.

– Är detta på riktigt? Vad har jag gjort? Vad har ni gjort?

Bruno försökte säga något tröstande, men allt han fick fram var:

– Eh … ja.

Precis när Chucks röst började stiga, dök Anton upp i dörröppningen, med sin sedvanliga blick av koncentrerad förvirring.

Chuck vände sig mot honom.

– Ja, fråga dessa genier här vad de har ställt till med!

Bruno kände sig liten, som en pojke som blivit påkommen med handen i kakburken, men förklarade allt.

Anton såg på honom, och Bruno försökte möta hans blick men misslyckades. Anton suckade och vände sig till Claudia.

– Är detta sant?

Claudia nickade. Bruno kände att det kanske var hans tur att säga något klokt.

– Ja, i stora drag.

Anton stirrade på honom.

Ska ni göra alla män impotenta? Hur tänkte ni att det skulle hjälpa dig, Bruno?

– Och sterila, fyllde Chuck in.

Bruno försökte förklara, men orden snubblade över varandra. Claudia fyllde i, men det hjälpte inte mycket.

Anton suckade djupt och lutade sig bakåt.

– Bruno, vet du vad impotens betyder?

Bruno tvekade, men skakade till slut på huvudet. Anton förklarade, och Bruno kände hur hans ansikte blev rött.

– Vänta nu, sa han plötsligt. – Då hade ju jag också blivit drabbad!

Anton tog handen för ansiktet och muttrade något ohörbart.

Chuck tittade på Bruno och Claudia och skakade på huvudet.

– Ni kunde ha googlat det. Det är 2012! Hur kan ni inte veta vad impotent betyder?

Bruno ryckte på axlarna.

– Jag vet inte ens hur man använder en smartphone, mumlade han.

Anton skakade på huvudet och reste sig.

– Alla behöver sova. Vi pratar mer imorgon.

Bruno nickade och såg Chuck följa Anton ut ur rummet. När dörren stängdes, vände han sig mot Claudia.

– Jag tycker att det gick ganska bra ändå, sa han.

Claudia suckade.

– Ja, Bruno. Ganska bra.

Kapitel 10 – Reichsbürgerrörelsen

1 maj 2012, Tyskland – Okänd plats i omnejden av Stuttgart

Reichsbürgerrörelsen svävade som en mörk skugga över Tyskland, en extremistisk sammanslutning som vägrade erkänna det moderna landets statsskick. I deras ögon var den tyska förbundsrepubliken en illegal konstruktion, och endast det gamla Tyska Riket hade legitimitet. Rörelsen hade sina starkaste fästen i sydvästra Tyskland, en decentraliserad och splittrad grupp med kopplingar till både nazism och andra former av extremism. Trots förbudet mot deras verksamhet opererade de skickligt under radarn, ledda av framstående och hänsynslösa figurer som Wolfgang Pohl, Ernst Wolff och Andre Wendt.

Wolfgang, en före detta polis med en brokig karriär och ett förflutet som inkluderade mordförsök, utmärkte sig genom sin förmåga att organisera. Ernst Wolff, journalist och författare, förde rörelsens budskap genom sitt sylvassa språk, medan Andre Wendt, som aldrig vek undan för konfrontation, blev rörelsens muskulösa ansikte. Deras samtal kretsade ofta kring en mystisk figur – prins Heinrich – som i deras drömmar skulle återställa Tysklands forna storhet. Men vare sig denne prins existerade eller var en fantasi, förblev oklart, och polisen kämpade för att bringa klarhet i hans roll.

Rörelsen, klassad som terroristisk, lockade till sig allt från pensionerade elitsoldater till datahackare och till och med aktiva poliser.

Deras avancerade kommunikationsmetoder och kreativa finansiering gjorde dem till en osynlig men konstant hotbild – en fiende som verkade smälta in i samhällets skuggor.

Efter tre års splittring och avstånd hade Wolfgang, Ernst och Andre åter samlats. Nu satt de tillsammans i en hemlig sal, omgivna av sina mest lojala följare, för att diskutera något som aldrig skulle tåla dagsljuset – en femton år lång plan för att genomföra en statskupp.

Rummet rymde ett femtiotal personer, deras ansikten skarpa och spända. De flesta var i sin bästa ålder, med hår som lyste i olika nyanser av blont, även om mörka och rödblonda toner bröt av det bleka havet. Deras blickar var fyllda av målmedvetenhet, en gemensam övertygelse som gjorde luften tung av förväntan.

Värdinnorna, lika eleganta som de var skrämmande, bar uniformer som liknade flygvärdinnekostymer. Deras rörelser var smidiga, nästan hypnotiska, och deras perfekta framtoning förstärkte känslan av att detta var en grupp som hade förberett sig minutiöst för att bära hemligheterna de delade.

Denna sammankomst var något världen aldrig skulle få veta om, en konferens med konsekvenser som kunde forma en nations framtid. På podiet stod Wolfgang, Ernst och Andre, redo att påbörja en resa som de ansåg skulle förändra Tysklands politiska landskap för all framtid.

Wolfgang steg fram till talarpodiet, hans hållning självsäker, hans närvaro magnetisk.

– Kameraden, varmt välkomna till denna konferens, inledde Wolfgang, hans röst var full av auktoritet.

– Precis som der Führer påbörjade stordådet den första september 1939, ska vi idag starta vårt eget stordåd.

Ett mumlande sorl gick genom rummet – inte alla verkade helt bekväma med att "stordåd" och "september 1939" sattes i samma mening. En äldre man längst bak petade diskret sin granne i sidan och nickade mot Wolfgangs glansiga panna, som glimmade i det starka strålkastarljuset. Den andre besvarade gesten med ett höjt ögonbryn, men ingen vågade kommentera.

Wolfgang fortsatte, hans röst stegrande som en orkesterledare som närmade sig kulmen i en symfoni.

– Inom femton år ska vi ha lojala anhängare på alla nivåer i denna olagliga förbundsrepublik. Polisen, militären, Förbundsdagen – allt ska vara vårt! Med detta blir avsättandet av den nuvarande regeringen smärtfritt.

Plötsligt bröt rummet ut i jubel. Applåder smattrade som regn mot plåttak, och en kvinna i uniform längst fram råkade skvätta ut en kopp kaffe när hon försökte förena sina klappande händer med en stolt nickning mot Wolfgang. Ett par yngre män började entusiastiskt ropa, vilket fick en äldre gentleman med bister uppsyn att hyscha dem genom att demonstrativt rulla ihop sitt programblad till en provisorisk pekpinne.

Wolfgang höjde handen för att tysta publiken, men han lät jublet pågå några sekunder längre än nödvändigt. Ett litet leende lekte över hans läppar, som om han njöt av ögonblicket.

– Mina vänner, vi står inför en kritisk tid i vår nations historia. Den nuvarande regeringen har svikit oss – de har svikit vår ras och sätter sina egna intressen före Tysklands framtid. Men vi, Reichsbürgerrörelsen, har en annan vision.

Hans ord landade tungt i luften, men en man på tredje raden verkade mer upptagen med att rätta till sin slips än att lyssna. Kvinnan bredvid honom såg detta och himlade diskret med ögonen innan hon återvände till att nicka instämmande mot Wolfgang.

– En vision där vår nation är stark och respekterad, fortsatte Wolfgang.

– Tillsammans, med vår passion och envishet, kan vi genomföra det som andra har kallat omöjligt. Vi ska skapa en regering som arbetar för vårt folk och bygger ett starkare, mer rättvist Tyskland.

En kvinna med strama flätor såg sig omkring för att bekräfta att alla andra nickade i samförstånd innan hon själv gjorde detsamma. En man längre bak, som mest liknade en banktjänsteman, försökte gömma ett småleende bakom sin handflata när han noterade hennes teatrala försök.

Wolfgang lutade sig framåt över podiet, hans ögon svepande över publiken som om han försökte läsa deras själar.

– Detta kommer inte att vara lätt. Regeringen och deras anhängare kommer att stå emot oss. Men vi är starka! Vi håller fast vid våra övertygelser, och vi är redo att kämpa för vår sak.

Enstaka "jawohl" hördes, och någon längst bak började klappa igen, bara för att tystna när det stod klart att ingen följde efter. Wolfgang lät dock inte avbrytas.

– Så jag ber er, mina kameraden, delta i detta stordåd. Låt oss tillsammans planera en statskupp och skapa en bättre framtid för Tyskland – för prins Heinrich och vår gemensamma sak.

Det var då en man på andra raden började applådera så frenetiskt att hans stolsgranne ryckte till. En viss förvirring spred sig bland åhörarna – några var osäkra på om detta verkligen var rätt tillfälle för jubel. Wolfgang, som åter höjde handen för att få tystnad, mötte Ernsts blick och fick ett subtilt ryck på axlarna till svar. Situationen var tydlig: entusiasmen var på topp, men inte alltid på det sätt Wolfgang kanske hade förväntat sig.

När tystnaden väl sänkte sig stod Wolfgang kvar, hans hållning var stel, men rösten förblev ansträngt stadig.

– Vi ska ge Tyskland till den rättmätige tronföljaren, prins Heinrich. Tillsammans kan vi göra detta möjligt!

Hans sista ord ekade, och denna gång fyllde rummet av jubel som lät både mekaniskt och maniskt. Ett spontant "heil Heinrich" bröt ut i bakre raden, vilket fick värdinnorna att stanna till i sin marsch med kaffe och block, men de återgick snabbt till sina roller, lika oberörda som statyer.

Wolfgang log – en triumfatorisk gest som strävade efter att inge mod. Han tog ett steg tillbaka, men ögonen höll sig vaksamma, som om han försökte bedöma vilka i rummet som var verkliga allierade och vilka som bara spelade med.

Bredvid sig hade Wolfgang Ernst och Andre, som med dramatiska rörelser lyfte hans armar i luften, som om han just vunnit en olympisk guldmedalj. Applåder bröt ut i rummet, en ljudvägg av jubel och visslingar där enstaka "heil Heinrich" hördes, tillräckligt högt för att få en av värdinnorna att diskret dra på munnen innan hon snabbt återgick till sin professionella mask.

Ernst klev fram till podiet och höjde händerna, en gest som effektivt lugnade kakafonin. Efter några sekunders viskningar och skrapande av stolsben sjönk rummet ner i en förväntansfull tystnad. Alla blickar riktades mot honom.

– Kära vänner, började Ernst med en röst som vibrerade av passion, nästan övertygande i sin grandiosa självklarhet.

– Ni är eliten av eliten – de bästa av de bästa!

Ett tyst sorl av bekräftande nickningar gick genom rummet, som om de alla insåg att de faktiskt var ganska fantastiska.

– Vi står inför en tid som kräver mod, beslutsamhet och smart tänkande. Det ekonomiska läget skriker efter förändring, och det är vår plikt att skapa den förändringen! Vi måste vara kreativa, kompromisslösa, för att finansiera vår rörelse – vår revolution!

Han svepte med händerna genom luften som en dirigent, och några i publiken rätade på sig i sina stolar, tydligt fångade av hans eldiga ord. En man i bakre raden råkade klappa för tidigt men stoppade sig själv halvvägs och låtsades rätta till sitt armbandsur i stället.

– Vi har de bästa hackarna, de mest skickliga ekonomerna, fortsatte Ernst, hans blick som en strålkastare över rummet.

– Vi har talanger som världen aldrig tidigare sett! Ärlighet, etik, moral? Glöm dem! Vi spelar inte deras spel. Vi är här för att vinna!

Ett spritt jubel bröt ut, och några av åhörarna slog sina knogar mot borden, som för att fysiskt manifestera sin entusiasm. Ernst pausade och lät ljudet ebba ut innan han fortsatte, med en röst lika elektrisk som stämningen i rummet.

– Vi har delat in er i tio celler, organiserade efter var ni bor. I lådorna som våra värdinnor snart delar ut finns allt ni behöver: krypterade telefoner, med en app för vårt arbete och nyckelkort till hotellrummen där ni ska planera våra framsteg.

Han lutade sig framåt, rösten mjukare nu men lika laddad.

– Dessa hotellrum är våra hemliga krigsrum. De är betalda för ett år framåt. Ingenting får lämnas kvar. Ni övernattar aldrig samtidigt. Planering sker ansikte mot ansikte. Skriv endast till varandra om det är akut. Och huvudregeln: endast datum och tid för möten.

Publiken följde honom noggrant, några antecknade flitigt, medan andra nöjde sig med att nicka allvarligt, som om varje ord redan ristats i sten i deras minne.

– Teamledarna måste rapportera dagligen. Om vi inte hör från er, kommer domedagen att förklaras, sa Ernst med en teatral skärpa i rösten. – Då agerar ni normalt, förstör era telefoner och väntar på vårt nästa möte. Är detta förstått?

– JA! ropade rummet som en enda röst.

Ernst log kort, som för att bekräfta att han var nöjd, innan han lade till:

– På nästa möte ska varje cell redovisa vilka åtgärder ni vidtagit för att förbättra vår ekonomi. Ni som har problem får redogöra för dem då. Målet är att samla trettio miljarder euro per år fram till kuppen. Under tiden ska ni också rekrytera medlemmar – medvetet och försiktigt. Ingen annan får känna till denna plats.

Andre, som stod bredvid, nickade och fyllde i med en lugn men bestämd ton:

– Tänk på detta som vårt första steg. Wolfgang, Ernst och jag finns här om ni behöver oss, men bara i yttersta nödfall. Vi är på kontaktnummer fem i era krypterade mobiler.

Han vände sig mot de andra två, och med en blick undrade han om de hade något mer att tillägga.

Ernst skakade lätt på huvudet, och Wolfgang gjorde en liknande gest, men med ett svagt leende som antydde att han redan ansåg att allt var sagt.

Wolfgang och Ernst utbytte ett kort leende innan de applåderade Andre, en gest som snabbt smittade av sig på hela rummet. Applåderna steg som en ny våg, intensivare än den första, och några av deltagarna ställde sig upp, som för att understryka sin lojalitet. När ljudnivån till slut sjönk till ett hanterbart sorl, började värdinnorna, med sin karaktäristiska precision, dela ut lådorna.

I varje låda låg detaljerad information: kodnamn, roller mobiltelefon och instruktioner för varje deltagares tilldelade cell. Ernst, som hade organiserat grupperna med militärisk noggrannhet, hade gett varje cell ett namn som återspeglade dess betydelse i den större planen. Varje cell var knuten till en särskild stad eller region och skulle fungera som en egen enhet i revolutionens maskineri.

Bland de tio grupperna fanns en som fångade Ernsts särskilda uppmärksamhet – cell fem, med kodnamnet Frankfurter Kaiser. Ernst hade valt dess medlemmar med omsorg, och deras profiler stack ut. Deras blickar speglade både beslutsamhet och den iskalla effektivitet som behövdes för att leda kuppen framåt.

Ledaren för Frankfurter Kaiser var Erik Bauer, en 40-årig polis med ett rykte om sig för att vara lika kompromisslös som han var metodisk. Vid hans sida fanns Alexander Schmidt, en 32-årig stridspilot med ett närmast skrämmande lugn under press. Hans Mueller, en 45-årig expert på it-säkerhet, var mannen bakom rörelsens digitala skyddsnät. Sabine Schultz, en 35-årig läkare, tillförde medicinsk kunskap och ett analytiskt sinne. Slutligen fanns där Carin Lehmann, en 28-årig Hauptgefreiter – korpral i Bundeswehr – med en karriär som antydde både lojalitet och strategiskt tänkande.

Frankfurter Kaiser hade sin bas på Adina Apartment Hotel Frankfurt Neue Oper, specifikt i rum 505. Instruktionerna i kuvertet lämnade inga utrymmen för tolkning: gruppen skulle samlas redan nästa dag, den 2 maj, klockan tio på hotellet. Detaljerna i planen antydde Ernsts tilltro till cellens förmåga, men också vikten av deras roll i revolutionens första steg.

* * *

2 maj klockan tio – Adina Apartment Hotel Frankfurt Neue Oper

Ljuset i hotellkorridoren var dämpat, en gulnad ton som skapade långa skuggor mot de mönstrade väggarna. En svag doft av rengöringsmedel hängde i luften, blandat med något unket från heltäckningsmattan. Väskan med pistoler kändes tung i handen, och tystnaden bröts endast av det avlägsna klickandet från hissens våningsvisare. Ögonen svepte över korridoren, en reflex som vägrade släppa taget, även om allt omkring honom verkade sova. När Erik steg in möttes han av sina fyra cellmedlemmar, som redan satt pa plats. Punktlighet, som torvantat, tänkte han och nickade kort åt dem. Det här var människor som förstod vikten av disciplin, och det passade honom perfekt.

Han ställde väskan på bordet och öppnade den med en snabb, van rörelse. Heckler & Koch P8-pistoler låg prydligt uppradade. Med ett bestämt ansiktsuttryck och stadiga händer delade han ut vapnen, ett efter ett, tillsammans med två extra magasin och två lådor ammunition till varje person. Ingen sa något, men de korta, tysta nickningarna från varje medlem bekräftade deras förståelse. Erik kände en lätt tillfredsställelse – det var något med tyst respekt som alltid tilltalade honom.

Han klappade händerna för att fånga deras uppmärksamhet och såg hur de omedelbart rätade på sig. Ett svagt flin gled över ansiktet innan han snabbt maskerade det bakom en allvarligare min.

– Välkomna, mina vänner, sa han och kände hur rummet fylldes av den energi han hoppades skapa. – Det är en stor ära att få leda er i vår gemensamma strävan för frihet. Jag är tacksam för att få se er här idag.

Hans blick rörde sig över gruppen. Sabine mötte honom med ett uppmuntrande leende, och Alexander nickade nästan omärkligt. Hans satt med armarna i kors och tycktes analysera allt Erik sa. Carin satt rakryggad och hade en klar och skarp blick, som om hon utvärderade honom.

– Våra renrasiga ansikten, våra vackra utseenden och våra kloka huvuden har samlats här idag för att skapa en strategi, fortsatte Erik med en röst som vibrerade av intensitet. Han såg ett svagt ryck i Carins mungipa, nästan som om hon kämpade mot en kommentar, men hon sa inget. – För att rekrytera fler till vår sak och hitta pengar för vår verksamhet.

Han pausade och lät orden sjunka in. En kort tystnad följde, fylld av ett mumlande samtycke från flera håll. Hans nickade långsamt, som om han vägde sina egna idéer mot Eriks ord.

– Som ni hörde på konferensen igår, sa Erik, är alla medel tillåtna för att nå vårt mål. Så låt oss börja med en brainstorming för att hitta de bästa metoderna för att gå vidare, tillade han och gjorde en gest som signalerade att det var fritt fram att tala.

Hans, som redan verkade försjunken i sina tankar, sträckte på sig och mötte gruppens blickar.

– Jag har en idé, eller till och med en färdig plan om jag får skryta, sa han och såg på Erik med en nästan bedjande blick.

Erik höjde ett ögonbryn och vinkade honom att fortsätta.

– Berätta mer.

Hans lutade sig framåt, hans ton självsäker men med en antydan av stolthet.

– Jag har utvecklat en skadlig kod som skickas som sms till mobiltelefoner. De som klickar på länken i meddelandet får en spyware installerad på sina enheter. Detta ger oss möjlighet att följa deras aktiviteter, inklusive vad de läser, surfar, vem de ringer och vad de säger.

Erik sneglade på de andra och såg hur Sabine lyssnade med ett rynkat ögonbryn, medan Alexander satt helt stilla, hans blick fäst på Hans som om han försökte se genom orden. Carin lutade sig tillbaka och korsade armarna, hennes ansikte neutralt men hennes ögon var vakna.

Erik lutade sig tillbaka och lät sig själv nicka långsamt.

– Fortsätt, sa han, och en vag känsla av tillfredsställelse över Hans iver fyllde honom. Det här kunde bli något intressant.

– Spyware? frågade Sabine och rynkade pannan, som om hon försökte avgöra om Hans pratade om något tekniskt briljant eller bara skumt.

– Ja, svarade Hans med en entusiastisk nick, nästan som om han just presenterat en Nobelidé. – Det är en typ av program som kan övervaka allt de gör på sina telefoner. Jag har dessutom utvecklat en version som automatiskt analyserar datan, så ingen av oss behöver sitta och lyssna på timmar av meningslösa samtal. Jag har lagt in filter för pengaflöden och svarta affärer – kriterier som kan identifiera potentiella mål.

Erik lutade sig tillbaka i stolen, låtsades tänka djupt men njöt i själva verket av hur Hans njutningsfullt beskrev sitt mästerverk. Killen är en hacker som tror att han är en konstnär.

– Och hur många tror du att vi kan nå? undrade Alexander, vars ton var lika exakt som en laserstyrd missil.

– Genom att skicka meddelandet till över en miljon människor i Frankfurt och analysera deras aktiviteter, tror jag att vi kan hitta omkring tusen personer som kommer klicka på länken, särskilt om det ser ut att komma från en vän, sa Hans, nu så självsäker att det nästan blev komiskt.

– Så vi kan använda detta för att identifiera måltavlor, exempelvis för inbrott? frågade Sabine, vars röst fick en ovanligt skeptisk klang. Hennes ögon smalnade, som om hon vägde moraliska betänkligheter mot rena resultat.

– Exakt, svarade Hans och lutade sig framåt, ivrig som en student som äntligen fått rätt svar på en lärarens fråga. – Med detta kan jag ge oss en lista med potentiella måltavlor inom tre till fyra veckor. Det här kan verkligen öka våra finansiella möjligheter.

Erik log brett, men inte utan en glimt av mörk ironi. Finansiella möjligheter – låter nästan som om vi är en hedgefond.

– Det låter lovande, Hans. Och spårbarheten tillbaka till oss?

– Svår, nästan obefintlig, sa Hans och nickade med samma tillförsikt som om han just hade förklarat att jorden snurrar runt solen.

– Bra, sa Erik. – Vi går vidare med detta.

Sabine bröt in igen, men Erik tyckte att hennes skeptiska sida nu ersatts av nyfikenhet.

– Om vi övervakar dem på det här sättet, skulle vi också kunna hitta potentiella nya rekryter?

Hans rynkade pannan ett ögonblick som om han inte tänkt på det, men sedan ljusnade hans ansikte.

– Smart, Sabine! Det hade jag faktiskt inte tänkt på, men ja, det kan vi. Jag kan lägga till fler kriterier i analysen, så att vi kan identifiera människor som matchar våra värderingar.

Erik nickade åt Sabine. Hon mötte hans blick och log svagt.

– Jag har precis avslutat installationen av säkerhetssystemet på miljardären Brunos herrgård, sa Hans, nu med ett tonfall som nästan bad om applåder. – Det var ingen enkel uppgift, men jag passade också på att installera en övervakningsprogramvara i Claudias mobil, hans närmaste medarbetare – och troliga flickvän.

Sabine höjde ögonbrynen, medan Erik lutade sig framåt, intresserad och tänkte Troliga flickvän? Hans jobbar som om han skriver en spionroman.

– Och hon vet inget om detta? frågade Erik med ett tonfall som balanserade mellan fascinerad och road.

– Absolut ingenting, sa Hans, nu så stolt att han nästan såg förväntansfull ut, som om han trodde att Erik skulle ge honom en medalj. – Jag kan nu följa varje steg hon tar.

– Imponerande arbete, Hans. Men vem är den här Claudia och varför övervakar vi henne? frågade Erik, hans röst nu strikt och ledaraktig igen.

Hans suckade lite, som om han behövde förklara det mest uppenbara i världen.

– Claudia är en nyckelperson i Brunos krets. Genom att övervaka henne kan vi få information om deras affärer, och jag har redan upptäckt att hon är inblandad i några ... skumma projekt, sa han med ett självgott leende.

Erik lutade sig tillbaka igen, funderade kort och kastade en blick på Carin, som satt med armarna i kors och en min som antydde att hon inte helt delade gruppens entusiasm och tänkte, skumma affärer, ja – det kan betyda vad som helst. Men vi behöver resultaten, inte analysen.

– Vad är nästa steg då? undrade Alexander med sin torra direkthet.

– Vi måste hålla ett öga på henne och se vad hon gör härnäst. Det kan ge oss ytterligare information, förklarade Hans och mötte Alexanders blick, som om han redan förväntade sig en följdfråga.

– Låt oss vara försiktiga. Det här låter som en riskabel operation, sa Sabine med en röst som avslöjade en darrande tvekan.

– Jag håller med Sabine. Vi måste vara mycket försiktiga, instämde Carin, hennes ton var lika stadig som hennes hållning.

Erik såg på dem och nickade nästan omärkligt åt Hans, vars bestämda hållning förblev intakt. Han tänkte för sig själv att de är försiktiga, men Hans har rätt, det här är vår chans att göra ett ordentligt avtryck, när Hans avbröt hans tankar.

– Jag är medveten om riskerna, men jag tror att vi har en chans här att göra något stort. Vi måste bara agera smart och snabbt.

Erik reste sig och lät blicken svepa över rummet. Han kände en svag klump i magen, men det var inte rädsla – det var en krävande längtan efter att få saker i rullning. När han väl började tala var hans röst stadig, som om han talade till sig själv lika mycket som till de andra.

– Jag vet att det här är riskfyllt, och jag förstår att många av er tvekar, sa han och lät orden växa i rummet. – Men vi har en chans här. En möjlighet att göra något som betyder något. Men bara om vi agerar snabbt och med huvudet på skaft.

Orden tycktes hänga kvar i luften, och Erik såg hur deras blickar sakta mötte hans. Tystnaden som följde var nästan bekväm. Det var som om de alla väntade på att någon skulle motsäga honom, men ingen gjorde det.

När Hans till slut började prata, märkte Erik att han lutade sig lite framåt. Han var inte säker på om det var ett tecken på förväntan eller bara en ofrivillig reflex.

– Jag kan ta den praktiska biten, sa Hans, som om han försökte mäta rummets temperatur med sina ord. – Ge mig lite tid, så kommer jag tillbaka med en analys.

Erik nickade och mötte hans blick. – Det låter vettigt. När du är klar går vi igenom resultaten tillsammans. Vi behöver vara samlade när vi tar nästa steg.

Gruppen rörde sig långsamt mot konsensus, som en flock som tvekar vid vattnet innan de dricker. Erik kände ett oväntat sting av lättnad när det till slut bestämdes. En plan var bättre än ingen plan. Han lutade sig tillbaka i stolen och försökte ignorera den malande tanken att det här bara var början på något mycket större – något de kanske inte ens var redo för.

När tystnaden åter lade sig över rummet vände sig Carin mot honom med en oväntad fråga.

– Kan vi inte stanna ett tag till och lära känna varandra lite bättre?

Erik hann inte svara innan Alexander, lika fyrkantig som vanligt, klippte av.

– Helst inte. Vi ska inte veta mer om varandra än vi redan gör. Ju mindre vi vet, desto säkrare är rörelsen.

Erik höjde handen för att avbryta eventuella ytterligare invändningar.

– Alexander har rätt, sa han med en jämn ton, men såg ändå på Carin med en antydan till ett leende. – Jag skulle gärna lära känna dig bättre, Carin, och kanske ges den möjligheten snart. Men för nu, av säkerhetsskäl, bör vi lämna platsen separat. Vi ses snart igen. Låt oss gå ut en i taget, med fem minuters mellanrum: först Hans, sedan Alexander, följt av Sabine, mig och sist du, Carin.

Alla nickade, och Hans reste sig med en nästan överdriven noggrannhet, som om han ville försäkra sig om att ingen missade hans plötsliga rörelse. Han kastade en snabb blick mot Erik, ett outtalat *"jag fixar det här"* i hans ansikte, innan han försvann ut genom dörren och in i korridorens halvskumma ljus.

Luften i rummet kändes stillastående, nästan tung. Men i stället för den dramatiska tystnad Erik hade föreställt sig, fylldes rummet av ett lågmält sorl. Alexander, med armbågarna vilande på bordet, muttrade något om vårens absurda väderväxlingar – sol och shorts ena dagen, regn och stövlar nästa. Sabine lutade sig tillbaka i stolen och suckade över sin genomblöta cykel, hennes ord avslutades med ett torrt skratt som studsade mot väggarna.

Erik satt tyst, men inte frånvarande. Han lyssnade med ett halvt öra, låtsades vara med, men hans tankar var någon annanstans. Planen, Hans analys, hur snabbt de behövde agera. Sabines skratt drog honom tillbaka till rummet, och han insåg att han stirrade på en fläck på bordet som om den hade lösningen på deras problem.

Fem minuter senare reste sig Alexander med en snabb rörelse, hans stol skrapade mot golvet. Han gav Erik ett kort "vi ses" med blicken och försvann ut med samma effektiva precision som Hans.

Sabine lutade sig tillbaka i stolen, såg på Erik och Carin med ett leende som verkade säga "så, vad gör vi nu?". Hon sneglade på sitt klockarmband och ställde sig upp i en nästan nonchalant rörelse.

– Jag måste i väg. Men hör av er om något nytt händer, sa hon med en ton som var lika delar löfte och förväntan.

När dörren slog igen bakom henne sjönk Erik ner i stolen. Det var som om rummet andades ut tillsammans med honom. Nu var det bara han och

Carin kvar, och det verkade som att tystnaden till slut fått som den ville. Han lutade sig framåt i stolen och fäste blicken djupt i hennes ögon.

– Om du vill, kan du och jag stanna och lära känna varandra lite bättre, sa han med ett litet leende.

Carin lutade huvudet något och rynkade pannan.

– Hur menar du nu?

– Din skönhet är slående. Med ditt långa bruna hår och din imponerande hållning. Du påminner mig om en supermodell, fullkomligt fängslande.

Han såg hur en svag rodnad steg i hennes kinder, och han kände en våg av tillfredsställelse och tänkte, hon är ovan vid komplimanger, eller så försöker hon spela oberörd.

– Vi kan stanna över, beställa upp lite champagne och lära känna varandra lite djupare, sa han och lutade sig tillbaka som om det redan var avgjort.

Men Carins ansiktsuttryck förändrades snabbt. Hennes blick blev skarp, nästan iskall.

– Är det ditt sätt att lära känna andra, Erik? Att knulla dem?

Hennes ord träffade honom som en örfil. För ett ögonblick stelnade han, oförmögen att svara. Vad i helvete ... tänkte han som inte förväntat sig den reaktionen och försökte rädda situationen.

– Vänta nu, vem har sagt något om att knulla någon? Det var ju du som ville att vi skulle lära känna varandra bättre. Orden ekade i rummet, som om de själva skämdes och ville gömma sig.

Carin stannade mitt i rörelsen och såg på Erik som om han just föreslagit att de skulle odla tulpaner på månen.

– Erik, jag tänker låtsas att det här samtalet aldrig har hänt. Hon vände sig mot dörren och började gå, stegen lika bestämda som en politiker på väg till en skandalpresskonferens.

– Stopp där. Ett steg till och jag skjuter. Pistolen lyftes, och rösten skar genom luften som en såg genom en ost.

– Vem fan tror du att du är? Jag är din överordnade på det här uppdraget, och du lyder mig. Har jag gjort mig tydlig, korpral?

Carin stannade igen, men nu med en långsamhet som påminde om en katt som överväger att klösa en hund. Hon vände sig om, och blicken var så skarp att den kunde skära bröd.

– Är det här på riktigt? Vad tror du Wolfgang skulle säga om han fick höra vad du just gjort? Eller hur du beter dig?

Ett snett leende kröp över Eriks ansikte, det slags leende som säger, jag är rätt säker på att jag vinner det här.

– Wolfgang kommer inte få veta något. För du kommer inte att säga något. Och även om du gör det, vem tror du de kommer tro på? Mig, en ledare, en beprövad veteran, eller dig, nykomlingen som knappt fått fötterna blöta?

Carin suckade, en lång och teatralisk suck som skulle ha fått vilken scenregissör som helst att applådera.

– Vet du vad, Erik? Jag bryr mig inte längre. Antingen låter du mig gå, eller så skjuter du. Om jag dör här får du stå för förklaringen själv.

Och med det gick hon. Dörren slog igen bakom henne, och rummet fylldes av en tystnad så tät att man kunde skära den i skivor och servera den på toast.

Erik sjönk ner i soffan, andningen tung som om han precis bestigit en osynlig bergstopp. Fjärrkontrollen greps som en livboj, och kanalerna började zappas igenom utan någon egentlig uppmärksamhet. Frustrationen kokade inom honom. Detta var inte vad han var van vid. Han var van att få sin vilja fram, van att se andra böja sig som träd i stormen.

Frankfurt var en stad som passade Erik. Han rörde sig obehindrat genom dess skuggor, en plats där makt ofta mättes i hur mycket andra kunde manipuleras. Men Carin hade slagit tillbaka på ett sätt som gnagde. Hon vägrade låta sig styras, och hennes motstånd lämnade ett obehagligt avtryck – en känsla av att han förlorade greppet.

Paranoian låg som en klibbig hinna över honom. Skulle hon avslöja honom? Skulle Wolfgang få veta? Tankarna brann i huvudet som eldslågor. När ytterdörren plötsligt öppnades ryckte kroppen till som om en explosion hade gått av.

Pistolen drogs fram, säkringen kontrollerades med en reflexmässig precision. Blicken fixerade dörröppningen där Carin stod. Hon lutade sig avslappnat mot dörrkarmen med händerna på höfterna, lika självsäker som om hon just klivit av en catwalk.

– Det blev fel, sa hon med en ton som verkade innehålla både anklagelse och en märklig värme.

– Vi behöver få ett bättre avslut än det här.

Erik sänkte vapnet långsamt. Blicken mötte hennes, men hennes ord och uttryck var som en låst dörr. Och för första gången på länge visste han inte om han hade rätt nyckel.

Kapitel 11 – Karolin Andersson

5 juni 2021, Frankfurt

Karolin Andersson styrde sin Porsche genom Frankfurts livliga gator, medan stadens bekanta ljud ackompanjerade hennes resa. Det eviga bruset från trafiken, människor som pratade högt och det avlägsna mullret från floden skapade en ljudmatta som hon lärt sig att trivas med. Sverige skulle alltid vara hemma, men här, mitt i Tysklands kaotiska urbana hjärta, hade hon hittat en plats som höll henne skärpt.

Hon sneglade i backspegeln och såg sitt blonda hår, som låg precis så välordnat som det skulle för att ge ett intryck av enkelhet. Kläderna hon valt, enkla men funktionella jeans och en mörk läderjacka, var lika praktiska som de var anonyma. Det var så hon ville ha det – redo för allt, men utan att dra onödig uppmärksamhet till sig.

Telefonen i fickan vibrerade, och hon sträckte sig för att läsa meddelandet.

Vi behöver din hjälp. Kom till herrgården.

Karolin rynkade pannan. Claudia hade alltid haft en förmåga att lägga till extra utsvävningar i allt hon gjorde, från att beskriva färgen på sitt läppstift till detaljer om vilken taxi hon åkte med. Det här meddelandet var kortfattat, nästan akut, och det gjorde Karolin vaksam.

– Det här är inte likt henne, muttrade hon för sig själv och la ner telefonen. Hon vred på ratten och körde mot stadens utkanter, där trafiken glesnade och träden blev fler.

Grusvägen mot herrgården öppnade sig framför henne, omgiven av välansade trädrader som verkade planerade med militärisk precision. Herrgården själv reste sig i fjärran, en byggnad som utstrålade gammal storslagenhet och, om hon skulle gissa, en hel del pengar.

Karolin parkerade bilen framför den imponerande ingången. Gruset knastrade under hennes kängor när hon gick mot dörren. Precis när hon höjde handen för att knacka, öppnades den.

– Karolin! Claudia stod där, med öppna armar och ett leende som var både varmt och en aning desperat.

Karolin lät Claudia omfamna henne, men blicken svepte redan över omgivningen. Inuti huset såg hon glittrande ljus från en kristallkrona, och längre in i hallen skymtade hon vad som såg ut som ett salongsmöblemang från en epok där överflöd var normen.

– Så, vad handlar det här om? frågade Karolin och mötte Claudias blick. Och varför känns det som att jag redan borde vara orolig?

Claudia lutade sig mot dörrkarmen, och hennes leende falnade något.

– Det är ... komplicerat. Men jag visste att du var den enda jag kunde ringa. Det handlar om något stort. Och farligt.

Karolin nickade långsamt och klev in genom dörren.

– Börja från början, sa hon och stängde dörren bakom sig. – Och lämna inga detaljer ute.

Kapitel 12 – Antons fruktlösa sökande

Natten låg tät och tyst över Chuck Tylers villa i Reinheim. Anton rörde sig genom omgivningen med en nästan kuslig precision, som om han var en del av mörkret själv. Hans bakgrund i militära specialoperationer hade lärt honom att läsa av sin omgivning – ett kvävt knak från en gren, en doft som inte hörde hemma, en nästan omärklig rörelse i gräset. Men här, i nattens obarmhärtiga stillhet, fanns ingenting. Bara ett trasigt fönster bröt tystnaden, som en falsk ton i en annars perfekt symfoni.

Anton stannade vid fönstret, studerade glaskrosset som låg prydligt utstrött. Inte ens en slumpmässig vindpust hade stört detta, det är för välorganiserat, tänkte han och böjde sig närmare. Fragmentens vinkel antydde att det hade krossats utifrån, men inga andra tecken på intrång fanns – inga repor på fönsterkarmen, inga fotspår i gruset utanför. Det var som om någon hade glidit in och ut genom natten utan att lämna ett andetag efter sig.

När Anton steg in i huset, möttes han av en nästan onaturlig ordning. Möblerna stod som statyer, inga mattor var förskjutna, inte ens en kaffekopp hade glömts på bordet. Han kunde nästan föreställa sig ett artigt meddelande från inkräktarna: Tack för att vi fick låna era lokaler – vi återlämnar dem i bättre skick än vi fann dem.

Anton svepte med ficklampan över golvet. Inga repor, inga dragmärken. Inte ens dammet, som borde ha avslöjat varje steg, hade rörts. Hans blick fastnade på ett bord där en vas med vita liljor stod perfekt centrerad. Varför känns det som att jag är på en scen snarare än i en brottsplatsundersökning?

Han gick systematiskt igenom rum efter rum, hans erfarenhet som soldat omvandlad till detektivens tålamod. Varje detalj undersöktes: skåror på fönsterbleck, små bucklor på dörrkarmar, till och med färgtonen på väggarna som kunde avslöja en nyligen lagad skada. Men ingenting. Det var som om hela huset hade genomgått en kemtvätt för att tvätta bort alla spår av mänsklig aktivitet.

Anton lutade sig mot väggen och stirrade på det trasiga fönstret igen. Han kände hur frustrationen började krypa under huden, men han lät den inte ta över. Han visste bättre än att låta känslorna styra. Det här är inte vanliga tjuvar. Det här är någon som vet exakt vad de gör. Någon som jobbar lika metodiskt som jag själv.

Det var en tanke som både fascinerade och oroade honom. Att möta en motståndare som var lika noggrann som han själv var både en utmaning och en varning.

Utanför hade gryningen börjat göra sig påmind, och ett blekt ljus sippade in genom gardinerna. Det signalerade slutet på hans nattliga granskning, men inte på hans frågor. Den totala frånvaron av ledtrådar var i sig en ledtråd – det här var proffs, människor med resurser och färdigheter som rivaliserade hans egna.

När Anton kom hem rörde han sig utan att göra ett ljud, precis som han lärt sig. Emma sov djupt, hennes lugna andetag en kontrast till den spända knuten i bröstet. Han klädde av sig i mörkret och gled ner i sängen bredvid henne, försiktig så att madrassen knappt rörde sig. Men trots tröttheten kunde han inte släppa tankarna. De lämnade ingenting. Inga ledtrådar, inga spår, inte ens en överbliven smula.

Han lade sig på rygg och stirrade upp i mörkret. En del av honom uppskattade skickligheten i deras arbete – det var en sorts perfektion som få kunde uppnå. Men en annan del av honom hatade det. De hade manipulerat hans egen jaktinstinkt, lämnat honom tomhänt och frustrerad. Det här var inte över, inte på långa vägar.

Innan sömnen till slut tog honom bestämde han sig för en sak. Jag ska hitta den svaga punkten i deras perfekta plan. Alla lämnar spår. Frågan är bara var jag ska leta.

Kapitel 13 – Chucks morgon på herrgården

Chuck Tyler vaknade långsamt, omgiven av mörkblå lakan som föll av honom när han sträckte på sig. Morgonljuset smög sig in genom de tunga gardinerna och målade rummets eleganta detaljer i mjuka skuggor. Väggarna, täckta av djupblå tapeter prydda med vita rosetter, förstärkte känslan av att han befann sig i en saga snarare än verkligheten.

Hans fötter mötte det svala trägolvet, som gav ifrån sig ett mjukt knarrande när han tog sig mot fönstret. Där stannade han upp för att betrakta parken utanför. Den vidsträckta trädgården var minutiöst skött, med prydliga häckar och gångar som slingrade sig ner mot en glittrande sjö. I sjöns mitt låg en liten ö, ensam och inbjudande, som om den höll en hemlighet.

Mitt i rummet tronade en stor öppen spis, omgiven av grå sten som bleknade mot vitt. Den var kall och tyst nu, men Chuck kunde föreställa sig hur elden skulle spraka under kalla vinternätter, fylla rummet med värme och kasta dansande skuggor över väggarna. Han log åt tanken och vände sig bort, hans blick fastnade på ett antikt träskrivbord. När han råkade stöta till det vaknade datorn – en iMac som sken till liv med en nästan besvärande iver.

Han funderade på att sätta sig ner och kolla mejlen, men tanken kändes för platt i detta överdådiga rum. I stället bestämde han sig för att fortsätta sin morgonrutin och gick mot badrummet.

Badrummet var en egen värld av marmor och elegans. Det glänsande kaklet och det enorma badkaret gav en känsla av kunglig lyx. Chuck drog fingrarna över kanten på handfatet och undrade hur många som hade stått här före honom och beundrat samma perfekta detaljer. Med en snabb ansiktstvätt och tandborstning bestämde han sig för att utforska herrgården vidare innan han gick ner till frukost.

När han gick genom korridorerna noterade han hur varje detalj verkade genomtänkt – från ljuset som reflekterades i de polerade golven till de välplacerade konstverken på väggarna. Byggnaden kändes som en tidsmaskin, full av ekon från en förgången tid då överflöd var normen och enkelhet ansågs vulgärt.

Hans tankar avbröts när han såg två hushållerskor i full gång med att damma en kristallkrona. Han stannade till och betraktade dem en stund.

Hur många människor krävs det egentligen för att hålla det här stället i gång? undrade han och insåg att Bruno måste vara långt rikare än han först trott.

Det fanns något nästan absurt i att leva i denna värld, där varje detalj var polerad till perfektion, medan andra människor knappt hade råd med en enkel frukost.

Hunger tog över, och han började leta efter matsalen. På vägen hälsade tjänstefolket honom med ett artigt:

– God morgon, herr Tyler.

Han log tillbaka och svarade:

– God morgon! Kalla mig Chuck, tack.

I salongen stannade Chuck upp och tog in rummet. De glittrande kristallkronorna hängde majestätiskt över de djupt färgade sofforna, och varje möbel verkade ha valts med omsorg för att förmedla en känsla av både komfort och status. Han närmade sig en av hushållerskorna och frågade.

– Ursäkta, vet ni var värdparet håller hus?

Chuck tog ett djupt andetag och stannade vid dörren till matsalen. Han kände sig inte redo för ännu ett vagt svar om Antons framgångar – eller bristen på dem. Hushållerskan hade precis lett honom hit med orden.

– Frukosten serveras snart i matsalen, herr Tyler. Herr Schön och fröken Klump väntar där tillsammans med vår gäst.

Gäst? tänkte Chuck, samtidigt som han tog ett steg in och möttes av tre ansikten som vände sig mot honom.

Claudia satt närmast dörren och log sitt bredaste "vi har allt under kontroll"-leende. Bruno satt bredvid henne och såg ut som om han just upptäckt en ny funktion på sin mobil men glömt vad den hette. Och längst bort, med en mugg kaffe i handen och en blick som kunde skära genom glas, satt en vacker kvinna han inte kände igen. Är detta en modelltävling, tänkte han för sig själv.

– Du måste vara Chuck, sa hon, och rösten hade en ton av professionell neutralitet.

Chuck nickade, lite osäker på om han borde hälsa formellt eller bara låtsas att han var van vid att främlingar redan kände till hans namn.

– Och du är? sa han till slut, och Claudia reste sig snabbt.

– Det här är Karolin, vår vän och ... tja, privatdetektiv. Hon är här för att hjälpa oss, sa Claudia.

Karolin höjde på ögonbrynen och lutade sig bakåt i stolen.

– Jag har hört en del redan, men det låter som om du har den bästa sammanfattningen. Berätta, Chuck. Vad har hänt?

Chuck satte sig och tog en klunk kaffe som Claudia hade placerat framför honom, även om han inte var säker på om det var av omtanke eller för att hålla honom upptagen medan hon själv tog till orda.

– Det började med Claudia, sa han och sköt en blick mot henne. – Hon ville ha ett ... preparat. Något för att, vad var det nu, Claudia? Förbättra framtidsutsikterna?

Claudia såg ut som om hon just blivit påkommen med att googla pinsamma saker.

– Det var för en god saks skulle! Eller vi trodde i varje fall, sa hon snabbt. – Jag visste inte att det skulle bli så ... komplicerat.

Karolin lutade sig framåt och la armbågarna på bordet.

– Komplicerat hur?

Chuck suckade och viftade med handen som om han försökte beskriva en osynlig katastrof.

– Medlet gör alla män sterila och impotenta, om det hamnar i vattensystemet. Och vi pratar inte om "några män", utan ... alla.

Chuck såg ner i kaffekoppen som om den skulle innehålla ett svar. Karolin reste sig från sin plats och gick runt bordet, hennes steg ljudlösa men laddade med ilska. Hon stannade framför honom och pekade först på Claudia och sedan på Bruno.

– Även om dessa två, sa hon med en skarp ton och pekade med en kort gest mot dem, uppenbarligen inte fattar vad de håller på med, hur kunde du, Chuck, gå med på att göra det här? Hur kunde du ens överväga att tillverka något som potentiellt kan utplåna hela mänsklighetens förmåga att reproducera sig?

Chuck lutade sig tillbaka, skakade långsamt på huvudet och suckade djupt.

– Jag ville inte, började han, hans röst låg men intensiv. – Men min ekonom ... han hade andra idéer. Rika människor, Karolin, de har sjuka saker för sig ibland. De hittar på projekt, experiment, saker som skulle få dig att tappa tron på mänskligheten.

Han gjorde en gest med händerna, som för att illustrera kaoset i hans värld.

– Jag var rädd för att hamna i trubbel. Det är vad det alltid handlar om, va? Hålla sig på rätt sida av galningarna som betalar räkningarna. Och det här ... det här skulle inte ens vara en grej. Bara en liten sak för ... vad var det nu? Claudia ville bara ha en förbättring av framtidsutsikterna.

Karolin fnös och lade armarna i kors.

– Förbättring av framtidsutsikterna? Du menar sterilisera mänskligheten? Och du bara ... gick med på det?

Chuck spände käkarna och stirrade tillbaka på henne, men det fanns ingen styrka i hans försvar.

– Jag ville inte att det skulle bli så här, sa han tyst.

Karolin tog ett steg tillbaka, suckade och strök sig om pannan. Hon vände sig till Claudia och Bruno igen.

– Och ni, vad i hela friden trodde ni att ni höll på med? Men vänta, svara inte. Jag är ganska säker på att det inte finns en förklaring som skulle göra det här vettigt.

Claudia öppnade munnen för att säga något men stängde den snabbt igen när Karolin gav henne en skarp blick. Karolin skakade på huvudet och vände sig tillbaka mot Chuck, som nu såg ut som en skamsen skolpojke.

– Så, det är praktiskt taget omöjligt, men teoretiskt sett ett globalt hot? sa hon till slut, hennes röst mer kontrollerad men fortfarande hård.

Chuck nickade långsamt.

– Ja. Alla vattenverk har olika system, och det vore nästan omöjligt att få medlet att spridas exakt samtidigt i alla. Men ... om det hamnar i fel händer och används rätt, kan skadan bli enorm.

Karolin fnös igen och korsade armarna.

– Så ni skapade något som tekniskt sett inte borde kunna användas, men ändå kan det – om någon är tillräckligt skicklig. Strålande.

– Några spår? Något konkret? Eller ska jag börja med att luska fram vad ni egentligen tänkte när ni skapade det här kaoset?

Ett dämpat ljud från hallen avbröt samtalet. Dörren öppnades och Anton, fortfarande lätt rufsig men med ett vaket uttryck, steg in. Karolin såg på honom och log svagt, en antydan till erkännande av en likasinnad.

– Anton, äntligen, sa Claudia och reste sig. – Har du hittat något?

Anton tog av sig jackan och hängde den långsamt på en krok. Han drog ett djupt andetag och lutade sig mot dörrkarmen.

– Nej, sa han till slut. – De har inte lämnat något. Inga spår, inga ledtrådar. Det är som om de aldrig varit där.

Tystnaden som följde var tung. Karolin reste sig långsamt och gick fram till honom.

– Du ser ut som någon som inte sover på nätterna, sa hon och mötte hans blick. – Så du har letat överallt?

Anton nickade.

– Överallt.

– Då är det min tur, sa Karolin och vände sig mot de andra. – Jag behöver detaljer, varenda liten del av historien, och jag behöver den nu.

– Ordnar det, svarade Anton.

Chuck lutade sig bakåt i stolen och studerade scenen framför sig. Karolin stod med armarna korsade, Anton lutade sig mot dörrkarmen, och Bruno såg ut som om han hellre velat prata om nästa nivå i sitt favoritspel än att stå till svars. Claudia satt stel som en staty, blicken riktad mot bordsskivan.

Karolin suckade djupt och drog handen genom sitt blonda hår innan hon pekade på Claudia och Bruno.

– Så, ni tänkte alltså att det här ... vad det nu är ... skulle vara en bra idé? Och ni brydde er inte ens om att kolla upp vad "impotens" betyder? Hon betonade det sista ordet som om hon föreläste för en lågstadieklass.

Claudia försökte säga något, men det var Bruno som, med sitt sedvanliga uttryck av oskyldig förvirring, hoppade in.

– Alltså, till mitt försvar ... Jag kan typ inte googla. Eller jo, men ... det är svårt, du vet. Det är liksom enklare att spela spel. Och jag kan ju smsa och ringa. Så, ja ... det är typ det.

Chuck höll tillbaka ett skratt som hotade att bubbla upp. Bruno, med sitt tonåriga sätt att prata, var som en karikatyr av en person som aldrig behövt hantera verkliga problem.

Karolin stirrade på Bruno i några sekunder, som om hon försökte avgöra om han skämtade eller om det faktiskt var hans allvarliga svar. Hon vände sig sedan mot Anton och höjde på ögonbrynen.

– Och du, Anton? Ingen av dem tänkte ens fråga dig? Du som ändå bor här och har ... vad ska vi kalla det? Hjärnan i bruk?

Anton ryckte på axlarna, oberörd av frågan.

– Ingen frågade. Hade de gjort det hade jag sagt att det var en dålig idé. Men, ja, här är vi.

Chuck betraktade det hela som om han satt i en publik och såg en fars som sakta spårade ur. Han harklade sig, osäker på om han borde säga något, men Karolin hann före.

– Okej, och du då, Chuck? frågade hon och riktade blicken rakt mot honom. – Du kan inte ha trott att det här var normalt?

Chuck kände svetten börja pärla sig i nacken. Han rättade till slipsen som han inte hade och försökte hitta något vettigt att säga.

– Jag är ... verkligen ledsen, men mitt svar är som tidigare. Jag försökte inte ställa för många frågor. Och, ärligt talat, jag behövde pengarna och tänkte inte längre än så.

Karolin rullade med ögonen och slog ut med händerna.

– Så vi har en som inte kan googla, en som inte frågar, och en som ... inte ställer frågor. Fantastiskt. Verkligen. Jag kan nästan inte tro att vi inte redan löst det här!

Bruno, som missade ironin totalt, log oskyldigt.

– Eller hur? Vi har ju dig här nu. Och Anton är ju bra. Det kommer bli najs.

Chuck såg hur Karolins ansikte för ett ögonblick stelnade, innan hon långsamt nickade.

– Ja, Bruno. Det kommer bli ... "najs", sa hon, med en ton som kunde få glaciärer att smälta.

Anton lutade sig framåt, blicken vass och riktad mot Karolin.

– Så vad är planen nu? frågade han med en låg röst. – Förutom att vi måste hitta det där medlet, vad gör vi med ... dem? Han nickade mot Claudia och Bruno, som satt som två skuldmedvetna skolbarn på rad.

Karolin korsade armarna och vände sig långsamt mot Anton, som en katt som förbereder sig för språng.

– Vi skyddar dem, sa hon kallt. – Med våra liv, om det behövs. Det är väl det vi får betalt för, eller hur?

Anton suckade och lutade sig tillbaka i stolen.

– Självklart, sa han, som om det var det mest självklara i världen. – Men hur ska vi göra det här? Ska vi gå till polisen? Eller kanske lämna in en anonym tipslapp?

Karolin gav honom en blick som kunde ha fått stål att smälta.

– Är du inte klok? väste hon. – Om vi går till polisen och det här kommer ut? Att jag har sålt en klient? Min verksamhet skulle vara död på fem minuter. Och du, Anton? Glöm att du någonsin får ett liknande jobb igen.

Hon lutade sig mot bordet och spände blicken i honom.

– Nej, vi fortsätter att skydda dem. Trots att de inte förtjänar det. Hon kastade en snabb blick mot Claudia och Bruno, som verkade krympa i sina stolar. – Det är vårt jobb.

Chuck satt som förstenad. Han försökte smälta allt som sades och kände en märklig osäkerhet. Hans blick föll på Bruno, som verkade upptagen med att försöka hitta ett svar men uppenbarligen misslyckades.

Bruno harklade sig till slut och öppnade munnen.

– Så ... eh ... vi liksom fortsätter bara? Fast ... ja, med lite mer skydd? Eller?

Karolin blundade och tog ett djupt andetag.

– Precis, Bruno. Vi fortsätter. Men jag föreslår att du, och kanske Claudia också, börjar använda era telefoner till annat än att bara spela spel och scrolla sociala medier. Nästa gång ni får en idé, googla den. Eller ännu bättre – fråga någon som har hjärnan inkopplad.

Bruno nickade entusiastiskt, omedveten om sarkasmen.

– Absolut. Jag ska försöka. Fast alltså, det är typ svårt att hitta rätt grejer på nätet ibland. Du vet, det är så mycket reklam och så.

Karolin stirrade på honom i tystnad innan hon skakade på huvudet och riktade sig tillbaka till Anton.

– Okej. Vi gör vårt jobb. Men vi gör det snabbt och vi gör det ordentligt. För guds skull, Anton, håll koll på de här två.

Hon tvekade ett ögonblick innan hon la till.

– Jag kommer att behöva dig senare, Anton. Vi måste tillbaka till Chucks hus för att leta efter fler bevis. Men tills dess ska jag ordna så att någon skyddar Claudia och Bruno här. Om de idioter som var hemma hos Chuck får för sig att dyka upp här, ska vi vara förberedda.

Hon sneglade på Bruno och fortsatte.

– Men det betyder att jag behöver ett förskott på 100 000 euro. Direkt. Jag måste få tag i livvakter snarast möjligt. Jag återkommer så fort jag har dem på plats.

Bruno kastade en snabb blick mot Claudia, som mötte hans ögon och nickade kort. Hans axlar sjönk en aning, som om han precis fått klartecken att fatta ett svårt beslut.

– Absolut, sa han. Lämna dina uppgifter, så överför jag pengarna direkt.

Karolin tog fram sitt visitkort och räckte över det med en bestämd rörelse. Bruno tog emot det och nickade. Utan att spilla tid på småprat vände Karolin sig om och gick mot dörren. Hennes steg var fasta, nästan mekaniska, som om varje sekund hade ett pris.

– Jag hör av mig så snart allt är ordnat, sa hon utan att vända sig om.

Chuck visste inte om han skulle skratta eller gråta åt situationen. Han sjönk längre ner i stolen, för att låta proffsen sköta det här – även om proffsen också verkade balansera på en knivsegg av frustration.

Kapitel 14 – Dejten

4 juni, Stockholm

Cyrus sjönk ner på pendeltåget från Stockholms central, med en lätt ångestkänsla som tyngde bröstet. Han måste hinna fixa lägenheten i Jakobsberg innan Linda dök upp. Ett gott intryck var avgörande – det första riktiga steget i deras återupptagna bekantskap. Men tankarna på Mikael Persbrandt malde samtidigt i bakhuvudet.

Det hade varit dumt att sträcka sanningen för sin nya chef Sören, att låtsas som om han hade en koppling till skådespelarens mamma. Nu stod han utan en enda konkret ledtråd om hur han skulle nå Persbrandt, en nyckel för att få liv i sin drömserie. Och sedan var det finansieringen. Hur övertygar man någon att satsa pengar på ett projekt som en debuterande manusförfattare försöker sälja till TV5? Hopplösheten lurade ständigt i utkanten av hans medvetande, men han var tvungen att hitta en väg framåt.

En idé slog honom, och han grävde snabbt fram mobilen för att ringa sin pappa. Fadern hade alltid haft en osviklig förmåga att skapa kontakter där inga borde finnas. Efter att Cyrus kortfattat förklarat situationen, lovade pappan att "kolla sina kanaler". Kanske kunde han hitta någon som kände Persbrandts mamma.

Lättnaden var påtaglig, men den hann inte rota sig innan tåget rullade in på Jakobsberg station. Cyrus kastade sig ut, bytte tempo till en rask gång och befann sig snart utanför sin lägenhetsdörr.

Dörren gled upp med ett gnissel som lämnade en skärande ton i öron. Hallens slitna 70-talsgolv knarrade när han sparkade av sig skorna och steg in. Lägenheten – en tvåa på Sångvägen – var på inget sätt rymlig eller modern, men den fungerade. Cyrus blick svepte över den bekanta kontrasten: en tidstypisk, halvdyster byggstil som mötte nutidens digitala verklighet i form av två spelkonsoler på hyllan. En Playstation 4 och en Xbox One stod prydligt uppställda som två gladiatorer i väntan på nästa match.

Han rörde sig vidare, lät blicken svepa över det trånga köket. Där fanns matbordet som hade burit upp många diskussioner, sena nätter och några få lyckade matlagningar.

Fingrarna strök över ytan, och minnet av ett särskilt nattligt samtal med en gammal vän stack ut. Cyrus log svagt, men minnet förlorade snabbt sin värme när verkligheten trängde sig på. Han behövde få allt klart för kvällen.

Han sneglade mot sovrummet där hans Alienware-dator väntade på skrivbordet. Det fanns alltid en dragning till skärmen och den virtuella världen. Det hade blivit ett slags fristad för honom – en plats att fly till när verkligheten blev för krävande. Men just nu hade han viktigare saker för sig.

Med en djupt rotad självdisciplin vände han blicken mot högarna av prylar som behövde plockas undan. Kvällen med Linda skulle bli perfekt. Det var ett måste och Cyrus kastade en blick på skrivbordet, belamrat med skisser av sin drömserie. De låg där som tysta vittnesmål om en vision, men också som en påminnelse om alla hinder han behövde övervinna. Finansieringen var ett berg, och Mikael Persbrandt – hans drömskådespelare – var toppen på det berget. Hur skulle han nå dit? Och framför allt, hur skulle han övertyga Persbrandt att ansluta sig till projektet?

Han suckade djupt och sköt undan tankarna för stunden. Det fanns mer konkreta problem att lösa just nu. Lägenheten behövde fixas inför Lindas ankomst. Han började metodiskt plocka upp, dammsuga och rätta till små detaljer som länge irriterat honom – ett snett tavelfäste, en envis fläck på soffbordet. Han placerade ut doftljus i strategiska hörn för att skapa en välkomnande atmosfär. Linda skulle känna sig avslappnad och uppskattad.

En snabb titt på klockan fick honom att inse att tiden började rinna ut. Han hade mindre än en timme innan han behövde möta henne. Efter att ha ställt ett alarm på mobilen för att inte missa tiden, drog han in i badrummet.

Duschen blev en tillflyktsort, en plats där han kunde låta tankarna vandra samtidigt som han noggrant trimmade bort oönskad hårväxt. Om kvällen tog en intim vändning ville han vara redo. Det var inte bara en fråga om utseende – det var ett sätt att signalera omtanke och förberedelse.

Vattnet rann över honom medan tankarna återvände till serien. Finansieringsmöjligheterna spelades upp som en lista i huvudet: statliga stöd, privata investerare, kanske till och med en crowdfunding-kampanj. Det sista kändes mest osäkert, men idén gnagde ändå kvar. Han bestämde sig för att fokusera på en affärsplan. Ett tydligt och konkret dokument skulle kunna imponera på potentiella finansiärer och visa att han inte bara hade idéer utan också en genomtänkt strategi.

Medan han sköljde bort schampot organiserade han mentalt sina steg framåt. Affärsplanen kunde inte bara handla om budget och intäktsmodeller. Den behövde framhäva seriens emotionella och kulturella värde – precis de argument som skulle locka någon som Mikael Persbrandt.

Cyrus klev ur duschen och svepte en handduk runt höfterna. I sovrummet drog han fram kläder som balanserade ledigt och stiligt, något som skulle passa både på restaurangen och om kvällen fortsatte hemma hos honom. Medan han knäppte skjortan spelade tankarna på nytt upp scener från manuset, och han funderade på vilken roll som kunde passa Persbrandt bäst.

Tiden var knapp, men han kände ett oväntat lugn. Han hade fått en chans att visa vad han gick för, både på TV5 och med Linda. Han skulle göra sitt bästa – för serien, för kvällen och för sig själv.

När klockan närmade sig halv sju ljöd Cyrus mobil, en påminnelse om att tiden var inne. Han övervägde att ringa Linda men insåg att de aldrig hade bytt telefonnummer. Deras enda överenskommelse var att mötas vid Jakobsbergs centrum. Minnet av att Linda nämnt Elegant Garden, den populära kinesiska restaurangen, gav honom en riktning. Han började gå ditåt, med en förhoppning om att hitta henne där.

Vid restaurangen, några minuter före avtalad tid, såg han sig omkring, men Linda hade ännu inte kommit. Hans blick vandrade och stannade vid apoteket vid sidan. Han mindes att han inte hade några kondomer hemma. Om kvällen skulle ta en mer intim vändning ville han vara förberedd. Med snabba steg gick han in, köpte ett paket och stoppade det diskret i kavajfickan innan han återvände till restaurangens entré. Klockan passerade halv sju, men det var fortfarande ingen Linda i sikte.

En oro började växa. Hade hon glömt? Eller hade något hänt? Han försökte skaka av sig tankarna genom att föreställa sig hur kvällen kunde se ut. Om hon ville stanna över kunde han visa henne runt i lägenheten, kanske se en film eller tv-serie tillsammans. Han log svagt för sig själv, men nervositeten fanns kvar.

Tiden tickade på, och precis när han började känna att det hela kanske skulle bli ett fiasko såg han henne. Linda kom springande från stationen, lätt andfådd men med ett varmt leende.

– Förlåt att jag är sen! sa hon mellan andetagen. Jag sprang hem för att hämta några grejer – tandborste och extrakläder. Jag ser verkligen fram emot kvällen med dig!

Cyrus kände hur en våg av lättnad sköljde över honom. Han log stort och nickade.

– Det låter som att du har tänkt på allt. Jag lovar att göra kvällen så speciell som möjligt.

De gick tillsammans in på Elegant Garden. Atmosfären var varm och inbjudande, med mjukt ljus och en doft av nybakat bröd som fyllde rummet. Personalen hälsade dem med leenden och ledde dem till ett bord prytt med tända ljus och blommor. Cyrus kunde inte låta bli att tänka att det var en perfekt scen för en romantisk kväll.

De slog sig ner och började prata om gamla minnen. Skratten kom naturligt, och Linda delade drömmar och ambitioner som fick Cyrus att lyssna uppmärksamt. När maten anlände tog samtalet en mer allvarlig ton. Cyrus berättade om sin kamp för att finansiera serien och hur utmanande det kändes att få allt på plats. Lindas blick var öppen och förstående.

– Jag kanske har en galen idé, sa hon plötsligt.

Cyrus lutade sig närmare, nyfiken.

– Berätta, sa han med ett leende som avslöjade både intresse och en aning tvekan.

– Du minns mitt ex, Ivan? sa Linda plötsligt och sänkte rösten något. Han var en av ledarna i Svart Boa.

Cyrus stelnade till och lutade sig framåt över bordet.

– Du skrämmer mig nu, Linda, viskade han tillbaka. Svart Boa? Är det ett skämt?

Hon fnissade, men hennes blick var allvarlig.

– Sluta nu och lyssna, sa hon med låg men stadig röst. Ivan gillar mig fortfarande. Jag kan fixa ett möte med honom för dig. Om du har en solid affärsplan kanske han överväger att finansiera din serie. Vi kan presentera den tillsammans.

Cyrus stirrade på henne som om hon just föreslagit att de skulle stjäla Mona Lisa.

– Linda, Svart Boa är kriminella! Jag kan inte finansiera en legitim serie med pengar som kommer från ... du vet.

Hon vinklade huvudet och suckade som om hon förklarade något självklart.

– De har legitima verksamheter också, Cyrus. Det är inte som att han kommer ge dig en portfölj full med sedlar som luktar olagligt. Det skulle kunna ske via deras legitima företag. Kom igen, tänk lite utanför boxen! Hon skrattade och tog en klunk av sitt vatten.

Cyrus lutade sig bakåt i stolen, fundersam. Tanken skavde. Han behövde pengarna – det var inget snack om det – men att blanda in någon från Svart Boa? Hans inre moraliska kompass pekade åt alla möjliga håll samtidigt. Trots det kunde han inte ignorera den lilla gnista av nyfikenhet som slog rot i hans tankar. Kanske Linda hade rätt. Kanske fanns det en möjlighet att få detta att fungera utan att kompromissa med hans värderingar.

– Det här kräver en del övervägande, sa han till slut, hans röst fylld av försiktighet. Men jag lovar att fundera på det.

Samtalet gled över till lättsammare ämnen när de avslutade sina huvudrätter. Tiden flög förbi, och när Cyrus tittade på klockan insåg han att den redan var tjugo i nio.

– Ska vi avrunda med en efterrätt? sa han med ett leende. Restaurangen har de godaste friterade bananerna med glass.

Linda lyste upp.

– Det låter perfekt! Det är ju vår första dejt, och vi måste fira din befordran. Men kom ihåg, det är jag som bjuder, la hon till med ett skratt.

Cyrus kände en lätt stickning av dåligt samvete. Han hade inte tänkt på hur dyr middagen kunde bli och att det kanske var lite fräckt att föreslå efterrätt ovanpå det.

– Nej, jag insisterar. Jag betalar den här gången, sa han. Det är vår första riktiga dejt, så det känns rätt. Lunchen tidigare räknas inte. Men nästa gång får du gärna bjuda.

Linda tvekade ett ögonblick innan hon log och nickade.

– Okej då, nästa gång är det min tur.

De beställde varsin dessert och ett par koppar svart kaffe. Medan de väntade återvände samtalet till Lindas idé. Cyrus kunde känna hur intensiteten steg i diskussionen, även om de försökte hålla tonen lättsam.

Tankarna virvlade i huvudet. Han kunde inte låta bli att tänka att detta var mer än bara en idé – det var en potentiell räddningsplan. Men var han verkligen redo att gå den vägen?

Cyrus sneglade på Linda när de promenerade tillbaka. Hennes skratt ekade i den stilla kvällen som en improviserad melodi, och han undrade hur han hade lyckats övertyga henne att tillbringa tid med någon som honom. Deras samtal flöt enkelt, som om det inte fanns något bättre än att dissekera vilket avsnitt av The Sopranos som var mest överskattat.

Framme vid Sångvägen stannade de kort innan han fiskade fram nycklarna ur fickan.

– Det här är det, sa han och höll upp dörren med en gest som han tänkte var gentlemanlik, men som kanske mest såg klumpig ut.

– Mysigt, sa Linda och klev in.

Han visade henne runt, pekade på detaljer som han inte trodde någon annan än han själv brydde sig om, som en ovanligt formad lampskärm eller hur han matchat kuddarna på soffan. Linda nickade och log, och han kände sig märkligt stolt. Det var ändå inte varje dag någon uppskattade hans kuddlogik.

När de nådde sovrummet stannade Linda i dörröppningen.

– Ser ut som du är förberedd på allt, sa hon och höjde ett ögonbryn mot hans minutiöst bäddade säng.

Cyrus harklade sig. Han ville förklara att han precis köpt nya lakan, att han egentligen inte alltid hade så pedantiskt ordning, men Linda avbröt hans tankar genom att dra honom mot sig.

Kyssen kom plötsligt och intensivt. Han svarade fumlande, men med en ärlighet som ingen tidigare kyss hade krävt av honom. Hennes händer gled upp längs hans rygg och drog honom närmare, och för en gångs skull kändes det som att han faktiskt kunde göra något rätt.

De fumlade sig fram genom sovrummet, skorna åkte av, och när han äntligen kom på att han hade köpt kondomer tidigare på kvällen drog han fram en ur fickan som om det var en magisk trollstav.

– Titta vad jag har, sa han med ett försiktigt leende.

Det fick hennes ögon att lysa upp av upphetsning. En våg av längtan sköljde över dem när de äntligen förenades i ett förtrollande samlag. Deras passion blev obönhörligt intensiv. De utforskade varje del av varandras kroppar med hänförd upptäckarlust, fullkomligt överväldigade av en hastig och djup känsla av lust.

Bortom deras blyghet fann de en gemensam nyfikenhet och öppenhet som drev dem till nya höjder av njutning. De förlorade sig själva i den brinnande passionen och lät lusten guida dem till en slående harmoni. Varje stön och varje andetag var en hyllning till den förbjudna extas de hade tillsammans.

När de till slut tillfredsställt sina innersta fantasier och uppnått en djup sexuell njutning, låg de utmattade men extatiska i sängen. Efter den häftiga stunden av lust och förtjusning sökte de varandras famn, letande efter ömhet som bara de två förstod. En tystnad fyllde rummet och talade sitt tydliga språk – de hade just delat på något genuint och djupt mellan sig.

I en varm känsla av samhörighet och trygghet somnade de tätt intill varandra, deras hjärtan fyllda av tacksamhet över att ha korsat varandras vägar. I en bubblande förväntan om vad deras framtid tillsammans skulle innebära somnade de in, och deras drömmar fylldes av sensuella minnen från den passionerade natten de nyss upplevt.

Cyrus vaknade med ett ryck, som om han plötsligt fallit ur en dröm och landat i verkligheten. Det gröna skenet från digitalklockan skar genom mörkret och visade obevekligt 03:33. Hjärtat slog snabbt, och han kände den bekanta eftersmaken av mardrömmen – fallet från en höjd som aldrig tog slut, ett vakuum där marken aldrig mötte honom.

Hans andetag lugnade sig när han vände huvudet och såg Linda ligga bredvid. Hennes kropp var insvept i det mjuka täcket, och hennes hår föll som en mörk flod över kudden. Hennes andetag var lugna och regelbundna, en tyst melodi som skar genom nattens tunga stillhet. En våg av lättnad sköljde över honom, som om hennes närvaro var ett ankare som höll honom fast i verkligheten.

Hans arm, som låg under hennes huvud, värkte av att ha hållit samma position för länge. Men han rörde sig inte. Smärtan kändes som ett litet pris att betala för att få ligga så nära henne. Han betraktade hennes ansikte, där sömnen hade suddat bort dagens uttryck och lämnat en rofylld mjukhet. Han undrade hur någon kunde vara så vacker, även i mörkret.

Trots den stilla stunden gjorde sig en skavande osäkerhet påmind. Hur hade han hamnat här, med någon som Linda? Hon var som en solstråle som bröt sig igenom hans annars grå vardag. Men var det verkligt? Eller bara en illusion, en flykt från den ensamhet han länge vant sig vid? Han undrade om han var rätt person för henne – kunde han ge henne vad hon förtjänade, eller skulle han bara dra henne in i sitt eget kaos?

Han drog försiktigt undan armen, rädd att väcka henne. Kroppen protesterade med ett stickande pirrande när blodet åter började cirkulera, men han tvingade sig att röra sig långsamt. Linda suckade lätt i sömnen men rörde sig inte. Cyrus kunde inte låta bli att le. Det var något betryggande i hennes närhet, som om hon var den lugna hamn han inte visste att han behovde.

Tankarna på drömmen återvände, det eviga fallet, den bottenlösa osäkerheten. Var det ett varsel? En varning? Eller bara hans undermedvetna som ropade efter svar han ännu inte kunde ge? Han sköt undan tankarna och lät sig föras tillbaka till stunden. Här, med Linda vid sin sida, fanns ingen plats för tvivel. Bara värmen från henne och den stilla natten.

Han slöt ögonen, drog ett djupt andetag och lät sömnen åter omsluta honom, denna gång med en stilla förhoppning om att drömmen inte skulle återvända.

Kapitel 15 – Dubbelspelet

2 maj, Frankfurt

Erik säkrade pistolen med ett snabbt klick och lät den glida ner i hölstret. Blicken sökte Carins, men hennes ansikte var en labyrint utan utgång. Hon stod där, händerna på höfterna som en domare redo att fälla sitt beslut. Hennes ögon borrade sig in i honom, och för första gången på länge kände han sig avklädd på ett sätt som inte handlade om lust.

– Vad menar du? Kan du förklara det här? Hans röst bar på ett eko av osäkerhet som han inte kunde dölja.

Carin svarade med ett leende som såg ut att vara hälften triumf, hälften hån.

– Jag tyckte du var stenhet, sa hon, med en lätt vridning av huvudet som om hon betraktade honom från en annan vinkel. – Det var det jag kände hela tiden, från första gången jag såg dig på konferensen.

Hennes ord kom med en precision som skar genom luften. Hon talade om män som såg henne som en trofé, som en bekräftelse på deras egen förträfflighet. Hon erkände att hon hade tänkt att förföra honom men blev tagen på sängen av hans oväntade initiativ. Det hon sagt tidigare? Ren självförsvarsmanöver.

– Om du fortfarande vill, så kan vi kanske beställa den där champagnen nu?

Erik lät tystnaden hänga kvar en sekund för länge, vägande på orden.

– Jag behöver lite tid att bearbeta det här, sa han, som om han försökte vinna en sekunds försprång i en kamp han redan förlorat.

Carin nickade långsamt, en rörelse som nästan kunde vara öm.

– Jag förstår, självklart. Jag går igen då.

Hon hade knappt vänt sig om förrän Erik brast ut i ett skratt som skar genom rummet som en klinga.

– Nu fick jag dig allt, va? Klart vi beställer champagnen!

När flaskan anlände tillsammans med en bricka dekorerad med choklad, jordgubbar och vispgrädde, kände Erik hur spelplanen återigen låg till sin fördel. Det dova ljuset från rummets lampor skapade en scen han själv skulle ha kunnat regissera, och musiken i bakgrunden var perfekt. Han sträckte fram glaset till Carin, deras fingrar snuddade vid varandra, och de skålade med en tyst överenskommelse. Det var nu eller aldrig.

Han förde henne nära i en dans som inte följde några regler. Hennes hud mot hans händer kändes som att röra vid nyfallen snö – len, sval, lockande. Hans läppar fann hennes hals, och han lät dem vila där, känna pulsen som slog som en tyst trumvirvel. Händerna smekte hennes rygg, sökte sig nedåt i en rörelse som var lika metodisk som en kirurgs.

Carin svarade med ett nästan ohörbart ljud, en bekräftelse som inte behövde några ord. Hennes kropp förrådde henne, en reaktion som Erik noterade med en inre tillfredsställelse. Han visste precis vad han gjorde.

De var nära nu, så nära att världen runt omkring dem försvann. Deras blickar möttes, och i det ögonblicket fanns inget förflutet, ingen framtid – bara en hunger som krävde att stillas. Erik lät sina fingrar hitta dragkedjan på hennes klänning, långsamt, som om varje centimeter var en seger i sig. När han matade henne med en chokladbit och såg saften från en jordgubbe rinna ner längs hennes haka, kunde han inte motstå att smaka. Hans tunga fångade droppen, och han såg hennes ögon mörkna av en känsla som matchade hans egen.

Han lyfte upp henne utan att säga ett ord, pressade henne mot den svala väggen, och hennes ben slingrade sig runt honom som om de hörde hemma där. De stod stilla för en sekund, nakna i både kropp och vilja, och när deras läppar möttes igen, var det inte längre ett spel. Det var ett krig, och båda visste att det bara kunde sluta på ett sätt.

För Erik var det ett ögonblick av triumf, ett steg närmare att binda henne till honom på ett sätt som hon kanske aldrig helt skulle förstå. Och för Carin? Det skulle han inte våga fråga.

Han förde henne till en av sängarna närmast hallen. Med varsamt handlag lade han ner henne på sängen och började utforska hennes hela kropp. Han började vid hennes fötter och jobbade sig långsamt, ömt, uppåt. Han kysste, smekte och lät sin tunga leka längs Carin s hud. Varje steg var en del av ett ömsesidigt förspel, en inbjudan till att fördjupa den passionerade sammansmältningen.

Där i sängen tog han henne med en intensitet som bara kan uppstå mellan två människor som verkligen känner varandra. De förenades i en hetta där deras kroppar smälte samman på ett nära, passionerat sätt. Erik njöt och lusten fick honom att dansa i takt med hennes andetag och han gillade att deras gemensamma njutning skapade en symfoni av ljud och känslor.

Erik var i extas och tyckte att äventyret som utspelade sig mellan dem var så mycket mer än bara fysisk tillfredsställelse. Det handlade om att förlora sig själv i varandras närvaro, om att ge sig själv och ta emot utan förbehåll.

Erik insåg att det fanns en stark förbindelse mellan dem, en gnista som skulle fortsätta brinna länge. Under deras förbjudna och passionerade stunder upplevde han en intensitet och närvaro som förde honom tillbaka till essensen av deras sammanföring.

När Eriks längtan var mättad, fann de sig återigen stilla i varandras armar, deras kroppar stilla genomsyrad av den innersta vänskap och gemenskap de delade. Omgivna av det mystiska mörkret andades de i takt, nedsjunkna i tystnadens vila. Ett smil spelade på Eriks läppar, medveten om de oändliga möjligheter som låg framför dem och de minnen som skulle genomsyra deras själar för evigt.

Erik låg kvar på rygg, armarna korsade bakom huvudet, och lät blicken vila på det svaga ljuset som dansade över taket. Carin låg intill, hennes andning jämn men vaken. Tystnaden i rummet borde ha varit kvävande, men för honom var den ett eko av sin egen självgodhet. Han hade fått vad han ville, ännu en triumf att lägga till listan. Nattens hetta satt fortfarande kvar som en sval glöd under huden.

Mobilens ihärdiga surrande bröt den tunna hinna av lugn som låg över rummet. Han sneglade mot nattduksbordet och såg namnet lysa på skärmen. Hans Mueller. Erik stönade lågt, reste sig och plockade upp telefonen.

– Jobbet, sa han kort till Carin innan han försvann ut i hallen.

– Vad fan, Hans, de sa att vi skulle hålla kontakten via appen. Vad är det som inte går att förstå med det?

– Du verkar ha glömt att jag är säkerhetsspecialist, Erik. Jag kan komma runt sådant där. Och sedan när blev det fel att två gamla polare vill snacka lite?

– Gamla polare? Erik lutade sig mot väggen och suckade. Vi känner bara till varandra. Det är allt. Så vad vill du egentligen?

– Du är rolig, Erik. Jag gillar dig för det. Lunch. Jag har en idé jag vill diskutera med dig.

– Lunch? Oj, klockan är ju nästan tolv, men jag har annat att göra.

– Restaurang Main Tower. Jag är redan här. När kan du vara här?

Erik gnisslade tänder. Hans kunde vara outhärdlig, men idén om att få reda på vad han ville var ändå lockande.

– Jag är på väg. Jag borde vara där inom en kvart eller tjugo minuter.

Han tryckte av samtalet och kastade en irriterad blick mot hallen innan han gick tillbaka in i sovrummet. Carin låg kvar i sängen, hennes kropp täckt av lakanet, som om det var hennes sista försvar mot världen.

– Jag måste gå. Det har dykt upp något på jobbet, sa han och försökte dölja frustrationen i rösten.

Hon såg på honom, och något i hennes blick antydde att hon inte trodde på hans ursäkt, men hon sade inget. I stället nickade hon och reste sig långsamt.

– Det är okej. Jag ska duscha och gå också. Men vi måste hålla det här mellan oss.

– Såklart, sa Erik medan han drog på sig kläderna. När ses vi igen?

– Det är bäst om vi delar våra nummer och bestämmer via sms, sa hon utan att möta hans blick.

– Låter bra. Jag hoppas verkligen att vi kan ses snart igen.

Carin log svagt. Det var ett sådant leende som kunde tolkas som både vänligt och kallt, och Erik valde att läsa in det som han ville.

– Ja, jag skulle också vilja det.

Han lutade sig fram och kysste henne lätt på kinden.

– Då ses vi snart, sa han med en ton av tillfredsställelse innan han lämnade rummet, fullt nöjd med sin senaste erövring.

Erik tog trappstegen två åt gången, som om varje steg var ett fängelsestraff han ville undkomma så snabbt som möjligt. Ute på gatan stod hans svarta Ducati Panigale och väntade, skinande som en nattlig varg redo för jakt. Han kastade sig upp på sadeln, startade motorn, och med ett vrål for han i väg genom Frankfurts slingrande gator. Byggnader och människor blev suddiga skuggor när han accelererade, och kända landmärken som Römerberg och Frankfurt Cathedral passerade som hastiga viskningar i mörkret.

När han svängde in på Taunusanlage var han nästan nöjd med sig själv. Tio minuter från hotellet till Main Tower. Han parkerade motorcykeln med en arrogant gest, som om världen tackade honom för att han stannade. Kläderna satt fortfarande perfekt, som om hans hastiga avfärd inte lyckats störa ens ett veck.

Inne på restaurangen möttes han av hovmästaren, en mörkhyad man med ett artigt leende. Erik kände en obehaglig hetta i bröstet, en påminnelse om det han hatade mest i världen – förändring och olikhet. Hans första tanke var att lämna, men doften av stekta köttbitar och såser med omöjliga namn drog honom tillbaka. Han muttrade något ohörbart och lät sig ledas till bordet där Hans redan väntade.

– Hej Hans, vad händer? sa han och slog sig ner med en trött gest som inte dolde hans irritation.

Hans lutade sig fram, ivrig som en hundvalp med en ny pinne.

– Erik, jag har en idé jag vill bolla med dig. Jag jobbar ju med larm för rika tyskar. Tänk dig detta – vi kopplar vår app till larmsystemen. Då kan vi lyssna på deras konversationer. Vi får allt, Erik. Deras smutsigaste hemligheter.

Erik höjde ett ögonbryn, inte så mycket imponerad som uttråkad.

– Det låter som något du redan sagt. Vad är det nya?

Hans skenade vidare, som om Erik inte ens talat.

– Claudia Klump. Hon har beställt larmet för Bruno Schön. Han är stenrik, Erik. Och om vi kan koppla in oss på henne, kan vi kanske hitta något riktigt stort.

Erik lutade sig tillbaka och stirrade på Hans, vars entusiasm nästan fick honom att grimasera. Det var som att titta på en glad idiot som hittat en guldfärgad sten och trodde den var värd miljoner.

– Är det inte samma sak som du pratade om tidigare idag? frågade han. Något nytt här, eller slösar du min tid?

Hans log brett, oförskämt omedveten om att Erik övervägde att lämna honom med notan.

– Ja, men lyssna nu. Det här är nästa nivå, Erik. Nästa nivå!

Hans lutade sig fram över bordet, hans blick flackade som om han var rädd för att väggarna hade öron.

– Jag litar inte på alla i teamet än, så jag ville berätta vad det handlar om egentligen för dig först. Men jag tror att du är pålitlig och att du skulle uppskatta detta.

Erik lutade sig tillbaka och studerade Hans med en kall blick. Det var som att se en hund som just lärt sig en ny trick och ivrigt ville visa upp det.

– Du har rätt, jag gillar idén. Låt oss beställa lunch och prata vidare om det här.

De beställde, och när maten anlände – en perfekt grillad biff för Erik och något som såg ut som en tallrik kaos för Hans – började samtalet flyta fritt. Erik var tystare nu, inte för att han inte var intresserad, utan för att han visste att tystnad ibland kunde göra människor mer pratsamma. Och Hans, trogen sitt nervösa väsen, pratade som om han försökte fylla varje sekund med ord.

– Jag har skaffat information om Claudia, sa Hans och lutade sig närmare.

Erik lyfte ett ögonbryn, långsamt, som för att signalera att Hans skulle fortsätta.

– Jag har avlyssnat henne. Hon är i färd med att köpa droger, och vi talar inte om småpengar. Troligtvis handlar det om miljontals euro.

Miljontals. Ordet ekade i Eriks huvud. Hans ögon smalnade något, som om han vägde sanningshalten i det Hans just sagt.

– Från vem då?

Hans sänkte rösten, hans ansikte nästan trycktes mot bordsskivan.

– En amerikan som bor här i stan. Chuck heter han.

Erik funderade en stund, hans tankar snurrade som kugghjul i en väloljad maskin. Det fanns alltid en hake, en risk. Men det fanns också en möjlighet.

– Och du tänker …?

132

Hans log, ett snett, självsäkert leende som nästan fick Erik att skratta av irritation.

– Vi bryter oss in hos Chuck. Få tag på drogerna innan Claudia hinner till dem. Med dem i vår kontroll, kan vi sälja dem själva.

Erik lutade sig fram nu, intresserad trots sig själv. Det var något med Hans idéer – idiotiska på ytan, men ändå fyllda av potential. Hans logik var som en trasig karta, men den ledde ändå till rätt mål.

– Jag måste säga, Hans, det låter som en plan jag kan stå bakom. Men du, jag vill inte att någon annan i vår rörelse ska få veta om detta än så länge. Vi berättar när vi ses på hotellet nästa gång.

Hans nickade ivrigt, som om Erik just hade välsignat hans existens.

– Inga problem. Jag kommer att se till att det endast är vi som kommer åt informationen, och dessutom håller vi ju oss till det vi kom överens om sist.

Erik log kallt.

– Korrekt. Jag litar på dig, Hans. Vi måste få tag på så mycket pengar som möjligt för att kunna nå rörelsens mål.

Hans lyfte sin ölsejdel, en gest som kändes fånig i sammanhanget.

– Jag är med dig hela vägen. Vi kommer att få det här att fungera.

Erik nickade och lyfte sitt glas vatten, inte för att han kände någon verklig gemenskap, utan för att spela spelet.

– Så, tillbaka till vår plan. Låt oss hoppas att det här leder till något stort.

Hans tömde sin sejdel med ett klunkande ljud som nästan fick Erik att rycka till. När de lämnade restaurangen, kände Erik det kalla betonggolvet under sina skor som en påminnelse om verkligheten. Han satte sig på sin Ducati och körde tillbaka mot polisstationen.

Polisstationen i Frankfurt am Main reste sig som en modernistisk monolit mitt i staden. Glasfasaden speglade stadens konturer, men det kalla stålet innanför berättade en annan historia. Byggnaden hade en imponerande källare med ett gym, en plats Erik visste att han behövde efter den här dagen – om inte för att träna, så för att slå bort frustrationen över idioten han omgav sig med.

Erik släntrade in i polisstationen, stannade till ett ögonblick för att betrakta det moderna kaoset omkring sig. Glasväggarna, de strikta linjerna och den obarmhärtigt sterila belysningen kunde lika gärna varit kulisser i en dålig science fiction-film. Det var en plats som försökte skrika effektivitet men som i hans ögon mest lyckades viska tomhet. Han slängde av sig jackan och hjälmen på kapphängaren med en viss teatralisk likgiltighet, tog trappan ner till källaren och in i gymmet.

Han bytte om snabbt, kläderna prasslade mot den kalla metallbänken i omklädningsrummet. Gymmet var hans fristad, inte för att han brydde sig särskilt mycket om att hålla sig i form, utan för att det var ett ställe där han kunde kanalisera frustrationen. Vikterna väntade på honom som gamla bekanta, redo att bära tyngden av hans tankar.

Erik greppade stången, kände det kalla stålet i händerna när han lyfte. För varje repetition tänkte han på Hans och deras idiotiska idé. På Carin och hennes sätt att smälta mellan hans fingrar men ändå alltid kännas som en illusion. Han körde tills svetten rann och musklerna skrek, varje rörelse skulle tvätta bort allt det som rörde sig i huvudet.

Efter en dusch som varade precis så länge att pulsen sänktes, bytte Erik om till uniformen. Tyget låg stelt mot huden, men det fanns en viss trygghet i det – som en rustning för en riddare som visste att hans fiender var fler än han kunde räkna. Han gick mot situationsrummet, händerna vilade i fickorna, blicken stadig men likgiltig.

Situationsrummet var redan fyllt av mumlande kollegor och skärmar som blinkade i blått och grönt. Erik ställde sig vid sidan och väntade på att bli noterad. Överordnade, som verkade vara någonstans mellan uttråkad och irriterad, kastade en blick mot honom.

– Du får jobba med Amanda Herlitz ikväll, sa han utan vidare.

Namnet Amanda fångade uppmärksamheten. Snart såg han henne, en ung kvinna som rörde sig med en självsäkerhet som om hon ägde varje centimeter av rummet. Hennes bruna hår rörde sig lätt när hon gick, och de gröna ögonen hade en skärpa som fick honom att undra vad hon såg när hon tittade på världen. Han nickade kort till henne när hon mötte hans blick.

Det var något med henne. Smart och stark, det var uppenbart. Men det fanns också något annat – något som han inte kunde sätta fingret på. Hon var vacker på ett sätt som störde honom, som om hennes utseende dolde något han inte kunde kontrollera. Erik visste att han borde fokusera på jobbet, men tanken på Amanda drog redan i honom, som en svag men bestämd ström.

– Erik, Amanda. Ni är ett team ikväll. Gå igenom rutinerna och ge er ut, sa överordnade med en röst som nästan var lika ointresserad som hans blick.

Erik nickade kort, vände sig till Amanda och studerade henne snabbt, nästan omärkligt. Han sträckte fram handen.

– Erik. Trevligt att jobba med dig, sa han, med en ton som balanserade mellan formell och något som kunde passera för charm.

Hon tog hans hand utan tvekan, hennes grepp fast och varmt.

– Amanda. Låt oss göra kvällen enkel, sa hon kort.

Enkel. Erik log inombords. Det fanns inget enkelt med Amanda, det kände han redan. Och det fanns inget enkelt med tankarna som redan börjat snurra i hans huvud.

Erik och Amanda patrullerade genom Frankfurts gator, omgivna av Zeils glittrande skyltar och människomassans oavbrutna sorl. Erik kastade ständigt sidoblickar mot Amanda, letade efter en öppning i hennes stoiska professionalism. Han försökte med småprat, frågor om hennes liv utanför jobbet, men hon höll samtalen på en stramt arbetsrelaterad nivå. Hennes svar var kortfattade, alltid sakliga. Erik började känna hur frustrationen kröp under huden. Han var inte van vid att bli avvisad så subtilt, och det väckte både irritation och en oemotståndlig vilja att bryta igenom hennes skal.

När han trodde att kvällen inte kunde bli mer monoton, fångade hans blick ett bekant ansikte bland folkmassan. Carin. Hand i hand med en man som skrattade åt något hon just sagt. De stod tätt tillsammans framför ett skyltfönster, deras kroppsspråk lätt och intimt. Erik stannade upp, nästan omärkligt. Hjärtat slog snabbare, en bultande rytm av svartsjuka och förvirring. Han visste att det som fanns mellan dem inte vilade på något löfte, bara en kroppslig förströelse, en flyktig sammansvärjning av begär. Ändå brände synen av henne med någon annan som syra genom tankarna.

Amanda noterade inte hans distraktion, eller låtsades åtminstone inte om den. Erik tvingade sig att fortsätta patrulleringen, men känslan låg kvar, en stickande påminnelse om att han inte hade kontroll. Hans tankar gled över till Amanda igen, som om hon var ett möjligt motgift mot den förödmjukelse han kände. Han saktade ner stegen och lade handen lätt på hennes arm.

– Ser du den där kvinnan där borta? frågade han och nickade knappt märkbart åt Carins håll. Visa inget, men vi var ihop länge, tills jag en dag fann henne i säng med den där mannen hon går med nu. Jag har gått vidare, men det gör mig fortfarande galen att tänka på vad hon gjorde.

Amanda stannade upp, hennes ögon svepte diskret mot Carin och sedan tillbaka till Erik. Det fanns ett uns av medlidande i hennes blick, precis vad han hoppats på.

– Jag visste inte att du var så känslig, sa hon. Det måste vara svårt att se någon man älskar med någon annan.

Erik kände en triumf växa inom sig. Hans lögn hade landat precis rätt. Han lutade sig närmare henne, höll rösten låg och mjuk.

– Det är svårt, svarade han. Men det känns bra att ha dig här med mig nu. Du gör det lättare.

Amanda rodnade, hennes försvar en aning ur balans. Erik såg sin chans.

– Ska vi ta en drink efter passet? Bara vi två.

Hon tvekade, blicken gled undan för ett ögonblick.

– Jag vet inte om det är en bra idé.

Erik log, ett nästan pojkaktigt drag som han visste ofta fungerade.

– Kom igen, det blir avslappnat. Jag lovar att hålla det professionellt.

Efter några sekunders tvekan nickade hon långsamt.

– Okej, en drink.

När klockan slog halv ett satt de på Nibelungenschänke. Erik hade beställt drinkar och charmade henne med sina historier, en balansakt mellan humor och flirt som han finslipat genom åren. Amanda började slappna av, hennes skratt blev mer spontant, hennes hållning mindre strikt. De åt, drack och skrattade tills kvällen gled in i småtimmarna.

Erik lutade sig mot henne när han ställde frågan.

– Vill du följa med mig hem? Vi fortsätter kvällen där.

Hon tvekade, men blicken visade inget motstånd.

– Okej, sa hon till slut.

När de satte sig i taxin på väg mot hans lägenhet i Raunheim, var det som om allt som höll dem tillbaka försvann. Hennes hand sökte hans, deras läppar möttes i en kyss som väckte den passion han hade väntat på hela kvällen. Taxiföraren sneglade i backspegeln, men Erik brydde sig inte. Hans värld hade krympt till Amanda och den glöd som hade tänts mellan dem.

Väl framme vid hans bostad steg de ur taxin, fortfarande med händerna sammanflätade. Natten var kall, men den luft som omgav dem kändes varm. Erik betalade snabbt och ledde henne mot dörren, hans sinne var fyllt av möjligheter och ett brinnande begär.

Erik öppnade dörren till lägenheten med en viss stolthet, även om han visste att den inte var något särskilt. Han talade om kvällens händelser medan han hängde av sig jackan, och sneglade på Amanda för att se hennes reaktion. Hon stod tyst i hallen, tog in rummet med blicken. Erik kunde nästan höra hennes tankar – köksbordet var inte designat av någon känd möbelfirma, stolarna var lika opersonliga som en tysk motorväg, och hushållsapparaterna, ja, de fungerade i alla fall.

Han gestikulerade mot vardagsrummet för att bryta isen och fortsatte prata, som om han ville fylla varje sekund med sin röst. Amanda rörde sig långsamt genom lägenheten, och Erik såg hennes blick fastna på den svartvita sängen i sovrummet – hans stolthet. Det var där han alltid föreställde sig att stunder som dessa skulle sluta. Hans ögon följde hennes steg när hon närmade sig hyllorna vid sängen. En rysning for genom honom när han insåg vad som fanns där.

När hon tog ett steg tillbaka, såg han förändringen i hennes ansikte. Hennes hållning styvnade. Hon vände sig om, och hennes blick mötte hans, en blick som brände av något han inte kunde placera. Var det ilska? Rädsla? Han sköt undan känslan och log.

– Vad är det? frågade han och försökte låta lättsam. – Något du inte gillar?

När hon talade, lät hon nästan nervös, vilket Erik fann förvirrande. Han lyssnade halvhjärtat medan hon nämnde partnerskap och regler. Det enda han hörde var att kvällen kanske inte skulle gå som planerat.

– Böckerna? konsten? sa han, en smula defensivt. – Kom igen, Amanda, jag plockade upp det där på en loppis. Det är ingenting.

Hon var skeptisk, han kunde se det, men han gav henne sin mest övertygande ton. Han visste hur man lugnade folk, hur man lindade sanningen till något som kändes trovärdigt. När hon till slut nickade, kände han lättnaden.

– Låt oss bara njuta av kvällen, sa han och tog hennes hand, ledde henne till sängen.

Men något kändes fel. Hennes kropp var spänd, hennes svar korta. Hon spelade med, men han kunde känna det – hon ville inte vara där. När hon plötsligt rusade till badrummet och han hörde ljudet av kväljningar, suckade han och gick för att kolla. När hon sa att det var alkoholen, visste han att det var över. Kvällen var förstörd

Han ringde efter en taxi, försökte låtsas som att han brydde sig, men inombords var han bara lättad över att bli av med henne. När taxin körde i väg med Amanda i baksätet, återvände han till lägenheten, satte sig på sängen och stirrade på hyllorna.

Jag borde ha gömt dem, tänkte han, men sköt bort tanken lika snabbt. Han orkade inte bry sig.

Han låg i sängen och funderade på det som hänt tidigare under dagen. Först hade han fått Carin i säng och var nära att få Amanda också, men det hade inte gått som planerat. Han hade alltid varit stolt över sin förmåga att få vem han ville, men det hade inte fungerat den här gången. Han hade försökt imponera på Amanda med sin lägenhet och sina konstverk, men det hade bara lett till att hon kände sig obekväm och rädd.

Han visste inte riktigt vad han skulle göra för att rätta till det, men ville på något sätt få Amanda på sin sida. Det fanns annars en risk att hon skulle avslöja honom och då skulle han förlora jobbet och kanske till och med röja rörelsen. Han skulle hålla sig till samma story när de sågs och tala illa om nazister och försäkra sig om att han inte sympatiserade med dem, det skulle nog gå bra.

Erik tog upp mobilen och bläddrade igenom kontakterna tills han hittade Carin s nummer.

Erik: *Är du otrogen mot mig? Jag såg dig hand i hand med en annan man. När ska vi ses?* ☺

Klockan var halv fem och han visste att hon troligen sov och inte skulle svara direkt, men hoppades ändå på det. Han la ner mobilen bredvid sig och släckte lampan, försökte somna men det var svårt. Efter bara trettio sekunder plingade telefonen till. Han tog upp den igen.

Carin : *Vad menar du? Spionerar du på mig?* ☺

Erik blev glad.

Erik: *Nej, inte direkt. Jag såg dig när jag patrullerade.* ☺

Carin : *Ah.* ☺ *Jag såg dig också, skojar bara.* ☺ *Ville inte störa. Det var min fästman jag var med.*

Erik kände ett styng av svartsjuka.

Erik: *Aha, jag förstår. Jag tänkte att det kanske var något mellan oss.* ☹

Carin : *Nej, det är bara sex vi har med varandra. Du är väl med på det?*

Erik funderade på hur han skulle svara.

Erik: *Förstår. Det är ju precis så jag vill ha det. Jag tänder verkligen på att tänka på dig med en annan man. Jag skulle vilja höra om detaljerna nästa gång vi ses, och om dina sexuella önskningar och fantasier.*

Erik blev lite förnärmad när Carin svarade med ett enda:

Carin : *mmm*

Så Erik fortsatte konversationen.

Erik: *Har du varit med två eller flera män samtidigt tidigare?*

Carin : *Nej, aldrig.*

Erik: *Vill du det? Med mig och någon annan?*

Carin : *Vi pratar om det när vi ses. Jag behöver sova nu och vill inte att min fästman anar något. Sov gott, puss puss.*

Erik verkade nöja sig med det svaret.

Erik: *Puss.* ☺

Han la ifrån sig mobilen och somnade nästan direkt och somnade.

Kapitel 16 – I fiendens klor

2 maj, Frankfurt

Carin slog igen dörren till hotellrummet med en kraft som fick den att skälva. Hon andades häftigt, som om luften i korridoren var tunnare än i verkligheten. Utan att tänka kastade hon sig mot hissen, tryckte på knappen med darrande fingrar, och när dörrarna gled ihop kände hon hur paniken började släppa sitt grepp. Det varade bara tills hon nådde trottoaren.

Hon tog upp sin mobil och slog numret som hon kunde utantill. Rösten i andra änden svarade efter två signaler.

– HG här.

Hans ton var lika kall som vanligt, men för en gångs skull var hon tacksam för det. Hon behövde någon som inte sveptes med av hennes egen storm.

– Uppdraget gick... annorlunda, började hon, och hon kände hur hennes egen röst bröts upp av osynliga sprickor. Erik tog initiativ till något mer ... intimt. Jag avbröt.

Hon hörde hur HG suckade, en tung och lågmäld utandning som inte dolde hans irritation.

– Carin, du vet vad som står på spel här. Återvänd. Reparationen av situationen är avgörande för att vinna hans förtroende.

– Men ...

– Det är inte en diskussion, Carin. Du vet vad som krävs.

Samtalet bröts, och Carin stod kvar på gatan, telefonen i handen som ett dött föremål, kallt och betydelselöst. HG:s ord ekade i huvudet, lika obarmhärtiga som hans tonfall. Det handlade inte om henne. Det hade aldrig handlat om henne. Hon var bara en bricka i ett spel där brädet aldrig visades i sin helhet, inte ens för henne. Varje steg, varje order, varje beslut var vikt för ett högre syfte – ett syfte hon en gång trodde på med hela sitt hjärta men som nu kändes som en boja som långsamt kvävde henne.

Hon andades djupt, försökte samla sig, men känslan av att vara en kugge i en maskin som aldrig vilade gnagde i henne. Det här var vad hon hade valt. Eller hade hon verkligen valt det? En del av henne undrade om det inte hade varit ödet, eller snarare en långsam, nästan omärklig indoktrinering. Hon hade en gång varit en polis, driven av en passion för rättvisa och sanning. Hon hade klättrat snabbt, alltid sett som en stjärna av sina överordnade. Men det var där de såg henne – inte som en individ, utan som en perfekt kandidat. En person som kunde försvinna in i den mörka sidan och leva dubbla liv utan att tveka.

Och hon hade accepterat det. Uppdraget, löftet om att göra skillnad. Att skydda Tyskland, att bekämpa hot som ingen annan kunde hantera. Det hade varit lockande, nästan romantiskt. Men verkligheten var något annat. Hennes namn i underrättelsetjänstens register var bara en kod, ett nummer. Hon var inte längre bara Carin, utan en operatör för Bundesamt für Verfassungsschutz – BfV – och hon rapporterade direkt till toppen. HG:s röst var en påminnelse om att det inte fanns utrymme för svaghet. Det handlade inte om henne, aldrig om henne.

Efter en stund började hon gå tillbaka, nästan mekaniskt. Hennes fötter kändes tunga, som om marken försökte hålla kvar henne, som om till och med jorden själv ville skydda henne från att återvända. Hon visste vad som väntade. Återvända. Le. Spela rollen. Erik var inte bara en fiende. Han var en symbol för allt hon avskydde – arrogans, självrättfärdighet, den obevekliga maktstrukturen hon arbetade för att krossa. Och ändå, i det här uppdraget, var han hennes nyckel. Det var genom honom hon skulle få tillgång till de hemligheter som kunde avgöra allt.

Hon gick tillbaka med hjärtat som en skenande häst i bröstet. Varje steg kändes som att gå mot en avrättning, men hon visste att hennes överlevnad låg i att spela spelet bättre än någon annan. Hennes roll var inte bara att infiltrera, utan att leva det. Att övertyga Erik om att hon var den han ville ha, den han kunde lita på, även om det krävde att hon förnekade allt som fanns kvar av den Carin hon en gång varit.

När hon såg hotelldörren framför sig och sträckte sig efter handtaget, fylldes hon av en enda tanke: Hon bar en mask, och bakom masken fanns inget annat än plikt. Det hade aldrig funnits något annat.

Hon öppnade dörren med ett brett leende, men hans självgodhet var nästan kvävande. Hon fortsatte att le, ett falskt drag över läpparna som hon visste att han inte skulle genomskåda.

Inom några minuter hade han förvandlat rummet till sin egen arena, där varje rörelse och varje ord var ett spel han visste att han skulle vinna.

Hon spelade sin roll perfekt. Skrattade på rätt ställen. Svarade med precis rätt mängd värme i blicken. Och när han förde henne till sängen, när hans händer utforskade hennes hud, stängde hon av. Hon lät sig förvandlas till ett skal, en kropp som agerade enligt plan, men vars själ var tusen mil därifrån.

När det var över och Erik gick ut för att ta emot ett telefonsamtal, kände hon hur hennes kropp skrek efter att få fly. Men hon låg kvar, oförmögen att röra sig innan hon hörde ytterdörren slå igen bakom honom

Carin vacklade in i badrummet. Väl där brast hon ut i kväljningar, som om hennes kropp desperat försökte kasta bort minnet av vad som just hänt. Hon kände hur skammen svepte över sig, men det var inte skammen över sina handlingar – det var avskyn över att behöva dela kroppen med någon som Erik.

Hon klev in i duschen och vred upp värmen tills ångan fyllde badrummet. Dropparna smattrade mot huden, men inte ens vattnet kunde skölja bort känslan av förnedring. Hon lutade pannan mot kaklet och slöt ögonen. Uppdraget. Det var det enda som höll henne samman, det enda som kunde rättfärdiga detta.

När hon kom hem senare samma dag, väntade Rolf på henne. Hans leende var som en strimma sol genom en mörk himmel, men det kändes som en påminnelse om allt hon förlorat på vägen. Hon kysste honom, höll honom tätt, och han märkte ingenting. Inte doften av Erik som fortfarande dröjde sig kvar i hennes hår. Inte tyngden i hennes blick.

De gick en promenad längs Frankfurts gator efter middagen, och Carin kämpade för att hålla sig närvarande. Då såg hon honom igen. Erik, med en kvinnlig kollega. Kvinnan, såg på något sätt bekant ut. Hon kände en ilning av obehag men kunde inte placera henne.

– Kolla det här skyltfönstret, sa hon snabbt till Rolf och drog hans uppmärksamhet bort från gatan. Han började prata om något ointressant, och hon skrattade åt hans skämt, höll fast vid det som om det var en livboj. Men hon kunde inte sluta tänka på Erik, på vad han skulle kunna säga, och vad det skulle göra mot det liv hon försökte bygga med Rolf.

När de kom hem igen, låg Carin vaken långt efter att Rolf hade somnat. Hans lugna andetag borde ha lugnat henne, men i stället kändes de som en skarp kontrast till hennes kaos. Så vibrerade mobilen. Hon sträckte sig efter den och såg Eriks namn på skärmen. Hennes mage knöt sig.

– Är du otrogen mot mig? Jag såg dig hand i hand med en annan man. När ska vi ses? ☺

Hon stängde ögonen och försökte samla sig innan hon svarade.

– Vad menar du? Spionerar du på mig? ☺

Carin skakade när hon lade ifrån sig mobilen. Erik hade sett henne, men bara i förbifarten. Lättnaden var påtaglig, men också tillfällig. Så länge hon var tvungen att röra sig i hans närhet visste hon att det aldrig skulle ta slut – hans misstankar, hans kontroll, hans påträngande närvaro.

Hennes kropp skrek efter vila, men tankarna malde vidare, vägrade släppa taget om den verklighet hon befann sig i.Hon stirrade upp i taket, försökte andas djupt för att finna någon slags ro, men känslan av förnedring vägrade släppa taget. Hon såg framför sig Eriks ansikte, hans arroganta leende, och kände en våg av avsky skölja över sig. Hur hade hon hamnat här? Hur hade det gått så långt att hon låtit en man som Erik komma så nära? Hon visste varför. Det var inte hennes val. Det var uppdraget, det ständiga åtagandet som styrde hela hennes tillvaro.

Alla som kände Carin trodde att hon för länge sedan lämnat polisen och börjat tjänstgöra som korpral i militären. Ingen visste att det var en täckmantel, en noggrant orkestrerad fasad som dolde hennes verkliga liv som agent för Bundesamt für Verfassungsschutz. Inte ens hennes överordnade i Bundeswehr hade någon aning om att hon arbetade direkt under BfV:s högsta ledning. Det var ett av Tysklands mest hemliga uppdrag, känt av endast tre personer: generallöjtnant Karl-Heinz Kamp, den avgående underrättelsechefen Heinz Fromm och nuvarande ledaren Hans-Georg Maaßen, eller HG som han föredrog att bli kallad. För resten av världen var hon bara Carin Lehmann – en soldat, en kollega, en flickvän.

Och så var det Rolf. Hennes Rolf. Mannen hon älskade mer än hon trott sig kapabel till. Men varje gång hon tänkte på honom, drogs hon tillbaka till verkligheten – den kalla sanningen om vad hon just hade gjort. Att hon delat säng med Erik, och dessutom hållit det hemligt. Hon kunde aldrig berätta det för Rolf. Aldrig. För skulle han förstå? Förlåta? Kanske inte, och det var en risk hon inte kunde ta. Ändå kunde hon inte släppa tanken på att hon svek både honom och sig själv.

Bilderna av kvällen jagade henne. Erik och kvinnan hade varit där också, på gatan, och hon hade sett dem tillsammans. Kvinnan hade varit bekant på något sätt, men Carin kunde inte placera henne. Det var något som skavde i hennes minne, som om kvinnan hade tillhört ett annat liv, en annan tid.

Hon försökte fokusera. Det viktigaste var uppdraget, det hon svurit att slutföra. Priset var högt, men det var irrelevant – så hade hon intalat sig själv gång på gång. HG hade lovat henne en befordran, en väg framåt, men löftet kändes ihåligt just nu. Hon visste inte om det var tillräckligt för att väga upp lögnerna och hemligheterna som hotade att krossa henne.

Hon låg kvar, försökte jaga bort bilderna av Erik, av hans närgångenhet, hans blick. Hon tillämpade andningstekniken från sin militärträning – 4-7-8. Fyra sekunders inandning, sju sekunders paus, åtta sekunders utandning. Tekniken hade alltid fungerat, lugnat henne efter nattliga uppdrag. Men inte den här gången. Det var som om känslan av förnedring trängde igenom varje andetag, varje stilla sekund.

Ändå föll hon till slut i sömn, tankarna fragmenterade och viljan att kämpa för en kort stund förträngd av tröttheten. Uppdraget väntade, men för stunden kunde hon låta mörkret svepa över sig.

Kapitel 17 – Amandas val

2 maj, Frankfurt

Amanda hade bara varit på den nya stationen i Frankfurt i några timmar. Flytten från förorten hade varit både en lättnad och en utmaning – ett sätt att börja om, men också en påminnelse om varför hon var tvungen att lämna det gamla bakom sig. På stationen hade hon snabbt fått höra om Erik, stjärnan med rykte om sig att vara både skicklig och charmig. När hon såg honom första gången, med sin självsäkra hållning och sitt nästan pojkaktiga leende, hade hennes första tanke varit Fan, vad snygg han är.

Men hon visste bättre. Hon hade lovat sig själv att aldrig blanda sig med kollegor igen. Det senaste hon behövde var att hamna i ännu en komplicerad relation som skulle ställa till det både privat och professionellt.

När chefen parade ihop dem för att patrullera tillsammans, kände Amanda ändå en gnista av förväntan. Hon höll masken, log artigt och höll fast vid sin professionella fasad. Erik däremot slösade ingen tid. Hans blick dröjde sig kvar för länge, och hans kommentarer var alltid aningen för personliga för att kännas oskyldiga. Amanda lät honom försöka, och visst gillade hon uppmärksamheten, men hon spelade svårflörtad. Det var en balansgång – hålla honom på avstånd utan att stöta bort honom helt.

Under deras patrullering hade Erik pekat ut en kvinna i folkmassan, påstått att hon varit hans ex och att hon hade krossat hans hjärta. Amanda hade känt en vag igenkänning när hon såg kvinnan, men kunde inte placera henne. Kvinnans ansikte låg kvar som en diffus bild i minnet, men Amanda hade varit för upptagen av att analysera Eriks påstående. Hon hade sympatiserat med honom, men magkänslan sa att något inte stämde.

Efter några timmar i Eriks sällskap hade han bjudit ut henne på en drink, och Amanda hade till slut tackat ja. Hon visste att det var dumt, men nyfikenheten på Erik hade vunnit över förnuftet.

När Amanda senare klev in i Eriks lägenhet, kände hon en stickande känsla av obehag. Lägenheten var inte vad hon förväntat sig. Enkelheten var inte problemet – det var bristen på personlighet. Allt kändes sterilt, som en fasad utan djup. Erik pratade oavbrutet, som om han försökte fylla rummet med sitt självförtroende. Amanda svarade artigt, men hennes uppmärksamhet drogs mot bokhyllan.

Hon stannade upp. Hennes blick fastnade på titlarna. Det var som att stirra rakt in i en sanning hon inte ville förstå. Böcker av nazistiska ideologer, dekorerade med symboler som fick hennes mage att vända sig. På hyllan bredvid stod konstverk som förstärkte hennes obehag – nationalsocialistiska symboler som lyste fram som en sjuk påminnelse om något långt mörkare.

Hon försökte dölja sin reaktion, men Erik märkte det. Hans leende, som tidigare hade känts självsäkert, såg nu ut som en mask.

– Erik, sa hon försiktigt. Det här gör mig obekväm. Böckerna, konsten ... Vad betyder det här?

Hans svar kom snabbt, för snabbt.

– Jag plockade upp dem på en loppis. Förstod inte riktigt vad det var då. Och böckerna? Jag läser dem för att förstå, för att kunna jobba bättre. Det är inte vad det ser ut som.

Amanda ville tro honom, men magkänslan skrek något annat. Hon nickade artigt och försökte verka neutral.

– Jag förstår, sa hon kort, och lät honom tro att hon köpte förklaringen.

Men när Erik tog hennes hand och ledde henne mot sängen, kände hon en kvävande känsla. Varje steg kändes som att gå djupare in i något hon inte ville vara en del av. Hon följde med, men huvudet snurrade av tankar.

Hennes utväg kom plötsligt. Hon låtsades må illa, rusade till badrummet och drog på kranen. Höga ljud av kväljningar fyllde rummet, och hon hoppades att Erik skulle tro henne. När han knackade på dörren, sa hon att det var alkoholen.

– Jag behöver åka hem, sa hon med en tillkämpad svaghet i rösten. Kan du beställa en taxi?

Erik verkade först tveka, men han gick med på det. När taxin anlände och hon satte sig i baksätet, kände hon en lättnad som nästan överväldigade henne.

Väl hemma i sin egen lägenhet tog Amanda en lång dusch. Vattnet kändes som det enda som kunde rena henne från den kvävande kvällen. När hon kröp ner i sängen, var hennes tankar fortfarande i kaos. Det var då minnet slog henne – kvinnan Erik hade pekat ut under patrulleringen. Det var Carin, kursettan från polishögskolan.

Hur kunde hon ha glömt? Visst, Carin såg äldre ut nu, men det var hon. Amanda kände en ny skavande oro växa inom sig. Om Erik hade någon koppling till Carin, och om Carin var inblandad i något större, behövde hon få veta mer. Carin kunde kanske ge henne svar på frågor som redan började forma sig i hennes sinne.

Med den tanken somnade hon till slut, även om sömnen var allt annat än fridfull.

Kapitel 18 – Ivan, drömmar och risker

5 juni, Stockholm

I den bleka junimorgonen, där solen redan vilade lågt över horisonten, vaknade Cyrus abrupt av ett tjutande ljud. Han vred sig i sängen och fångade blicken från Linda, som med ett kvickt tryck på mobilen återställde tystnaden.

– God morgon, sa hon, leendet som ett löfte om en ny dag.

Cyrus kisade mot henne, hans röst var fortfarande fångad i nattens grepp.

– Vad är klockan?

– Halv sex. Jag ska duscha, sa hon på ett sätt som inte lämnade rum för protester.

Han rynkade pannan, förvirrad över den tidiga starten.

– Men vi börjar väl inte förrän nio? Du vet att det bara tar en halvtimme att ta sig dit, eller hur?

Linda log, ett avväpnande skratt följde.

– Gullet, smink och dusch tar tid. En process, förstår du väl.

Hon försvann in i badrummet med snabba steg, och Cyrus suckade. Han vände sig mot kudden igen, mumlade något halvhjärtat om att bli väckt när frukosten var redo.

Badrumsdörren öppnades, och Cyrus hörde ljudet av lätta steg när Linda närmade sig. Han kisade mot henne genom halvslutna ögon. Hon stod tyst vid sängkanten, och för ett ögonblick tyckte han sig ana en tvekan i hennes hållning. Innan han hann säga något kände han hennes läppar snudda vid hans panna, en gest som kändes både oväntad och öm.

– Vakna, gubben.

Cyrus grymtade och blinkade långsamt mot henne.

– Vad är klockan?

– Kvart över sex. Frukost? föreslog hon med ett tonfall som inte lät honom tveka.

Han satte sig upp, långsamt som en trög maskin som inte riktigt ville starta. Med en gäspning följde han efter henne till köket, redo att ta sig an morgonen, om än motvilligt.

Cyrus gnuggade sömnen ur ögonen och mötte Lindas blick. Trots tyngden av morgontrötthet som låg kvar i kroppen, drog han undan täcket och satte fötterna på det svala golvet. Han sneglade på henne, en tanke som låg mellan vilja och tvekan passerade, men han reste sig. Detta var inte en morgon för ursäkter.

I köket öppnade han kylen och plockade fram ingredienser med en viss målmedvetenhet, som om ägg och bacon kunde sätta tonen för hela dagen. Stekpannan fräste snart i takt med kaffebryggarens rytmiska bubblande. Lukten av nystekta ägg fyllde rummet och gav det en hemtrevlig tyngd. Han såg på Linda, som lutade sig mot köksbänken och log medan de utbytte idéer om det stundande mötet.

– Vi borde göra en snygg PowerPoint, sa hon.

Cyrus sken upp, tog en klunk kaffe och nickade.

– Jag började faktiskt på en sådan igår kväll, innan vi träffades.

De fortsatte spinna vidare på detaljerna, som om de redan var mitt i presentationen. Cyrus fyllde deras tallrikar och satte sig mitt emot Linda vid bordet. Mellan tuggorna påbörjades en detaljrik planering för mötet. Manusets pärmar låg redo att bläddras igenom, ett bevis på ett år av intensivt arbete. Han visste att Maria och Viktor, med sina skarpa blickar och erfarna sinnen, skulle hitta både styrkor och svagheter.

Efter frukosten reste de sig, redo att ta sig till Jakobsbergs station och in mot stadens hjärta. Medan de promenerade talade de om allt från manusets framtid till möjligheterna med Ivan som finansiär.

– Jag ska boka ett möte med Ivan så snart jag kan, lovade Linda.

Cyrus svarade med ett litet leende. Trots de många röriga tankarna som snurrade i hans huvud kändes hennes lugna säkerhet som en stadig hand att hålla i.

– Tack, jag är nervös för det här mötet, eftersom det är första gången som jag producerar en serie och mycket hänger på det här mötet.

– Ivan kommer att lyssna, sa hon. Han är en affärsman först och främst, och det här är en stark idé.

– Jag hoppas du har rätt, svarade han och sneglade på henne. Men det är lite … konstigt, ändå. Att han är ditt ex. Tror du det spelar någon roll?

Linda ryckte lätt på axlarna.

– Nej. Det där är historia. Ivan ser till möjligheter, inte gammalt bagage.

Cyrus lutade sig tillbaka, lät hennes ord sjunka in.

– Så vad är planen då? Hur får vi honom ombord?

Linda vände sig mot honom.

– Vi fokuserar på konceptet. Det unika, det säljbara. Kanske dra fram TV5:0 tidigare framgångar oom otöd. Om du kan få lite siffror från Sören, så är vi solida.

– Det låter vettigt. Men vad erbjuder vi i gengäld? frågade han.

– Låt oss säga att han får tjugo procent av vinsten. Tillräckligt för att locka men inte avskräcka.

Cyrus nickade långsamt.

– Det här kan vara min chans att äntligen ta mig in i branschen.

Linda log, en varm blick som höll sig kvar lite längre än vanligt.

– Och jag ska se till att vi är redo. Jag gör det för dig.

Hans mungipor drogs upp, nästan ofrivilligt.

– Tack, Linda. Det betyder mycket.

Hon vände bort huvudet, men inte innan han såg hur en lätt rodnad spred sig över hennes kinder.

– Äsch, det är inget. Jag messade precis Ivan. Nu väntar vi bara på hans svar.

Ett mekaniskt meddelande fyllde tågvagnen, en röst som meddelade deras ankomst.

– Hörde du? Vi är snart framme, sa Linda och reste sig upp.

Cyrus följde efter, men inte innan han lade en hand lätt på hennes arm.

– Jag är så tacksam att du ville stanna över. Att vakna upp bredvid dig var verkligen speciellt. Och tack för all hjälp med projektet. Ditt stöd betyder verkligen mycket.

Linda skrattade lätt.

– Det känns som om vi är ett bra team, eller hur? Men, med tanke på det vackra vädret och att klockan bara är tjugo över åtta, kanske vi kan promenera till jobbet i stället för att ta t-banan till Rådmansgatan?

Cyrus blinkade.

– Låter perfekt. Kanske en liten omväg för att njuta lite mer av morgonen tillsammans?

Cyrus strosade bredvid Linda på Drottninggatan, staden vaknade till liv runt dem med sina serveringar och historiska fasader. Hon föreslog att de skulle promenera hela vägen till jobbet, och han hade inte protesterat. Solens strålar värmde redan trottoarerna, och han insåg att han kunde vänja sig vid sådana här morgnar.

När de närmade sig Rådmansgatan och TV5:s glasfasad blinkade till i solen, kastade Linda ett snabbt öga på telefonen. Hennes ansikte ljusnade.

– Ivan svarade, sa hon. Han vill ses på Tre Backar klockan tolv.

Cyrus lyfte ett ögonbryn.

– Tre Backar? Riktigt classy … Not! Men okej, hur gör vi med presentationen? Vi kan ju knappast veva fram en PowerPoint där.

– Vi håller det enkelt, svarade Linda. Muntligt, bara de viktigaste punkterna.

Han nickade.

– Svara honom att vi är på. Jag går upp till kontoret så länge, vi ses vid lunch.

Hon log och gav honom en snabb puss innan de skiljdes åt.

Cyrus tog hissen upp och noterade med en suck att han fortfarande inte hade tagit itu med Sörens order om att hitta en vikarie till Annika. När han steg in på sitt kontor skickade han ett snabbt sms till Linda. *Kan du hoppa in som vikarie?* Svaret kom omedelbart: *Ja, vore as-najs ju!*

Med ett nöjt leende gick han vidare till Sörens rum. Dörren stod öppen, och där satt Sören redan med morgonkaffet och macka, redo för dagens utmaningar.

– Hey, my man! Hur är läget? Har du fixat Persbrandt än? frågade Sören, utan att missa ett tugg på sin macka.

Cyrus harklade sig.

– Inte ännu, men jag är på god väg. Jag har lunch med en potentiell finansiär idag också.

Sören nickade gillande.

Cyrus såg sin chans.

– Förresten, jag tänkte på Linda, hon i receptionen, som vikarie när Annika går på ledighet. Hon skulle göra ett bra jobb.

Sören lyfte kaffekoppen och nickade.

– Bra tänkt. Kör på det

Annika verkade mindre imponerad, men hennes "Yes sir" var ändå ett ja. Mötet gled snart vidare till andra ämnen, men när Cyrus och Annika blev ensamma höjde hon ett ögonbryn.

– Har du och Linda något på gång? frågade hon utan omsvep.

Cyrus tvekade, men bara en sekund.

– Kanske. Men vi är professionella, så klart.

Hennes skeptiska blick sa allt, men hon lät det vara. Cyrus, däremot, kunde känna hennes ord följa honom som ett påträngande eko medan han gick tillbaka till skrivbordet.

Cyrus lämnade Annika med ett leende som inte nådde ögonen och trampade bort mot Lindas plats, som om han var på väg till sin egen avrättning. Han valde att berätta om sig och Linda för Sören, som inte hade invändningar emot det. Han överlevde en konversation som hade känts som att gå på glas, men nu var det dags att glädja någon – Linda.

– Jag fixade allt med Sören och Annika, började han när han nådde fram. Grattis, du är officiellt vd-vikarie.

Linda lyfte ett ögonbryn, långsamt som en domare som precis hört något dumt.

– Redan? Du jobbar snabbt. Men ... berättade du något om oss?

– Japp. Sören sa bara: "håll det professionellt", som om det var en revolutionerande idé.

Linda skakade på huvudet och skrattade.

– Typiskt Sören, skrattade Linda, som om jag känner honom. Och tack, för att du är så ... handlingskraftig.

Cyrus log och började vända sig om, nöjd med sin insats.

– Vänta lite! ropade Linda efter honom. – Är det bara så här? Tänker du smita i väg utan vår ceremoniella adjökyss? Den jag precis hittade på.

Han stannade, vände sig om och suckade teatraliskt.

– Ursäkta mig, jag är visst en amatör.

Med en lika överdriven gest närmade han sig henne, tog hennes hand och gav henne en kort, men omsorgsfull kyss.

– Där satt den! sa hon triumferande.

– Ska bättra mig, svarade han och började dra sig tillbaka.

– Bra, för jag har höga förväntningar, ropade hon efter honom.

De båda tittade runt och insåg var de stod – receptionen, platsen där allt professionellt liv på kontoret passerade.

– Tänk om någon såg oss? sa Cyrus och försökte hålla sig allvarlig.

– Då får vi skicka Sören en PowerPoint om vår nya policy, skämtade Linda, hennes skratt ljöd som en påminnelse om varför Cyrus hade fastnat för henne.

Han vinkade åt henne med en lätthet som inte kändes helt äkta, men han lät benen föra honom mot sitt skrivbord medan tankarna redan rusade i förväg. Ivan var inte vilken man som helst. En affärsman med ett finger i många syltburkar, vissa mer svårdefinierade än andra. Cyrus föreställde sig mötet och försökte balansera två tankar: att imponera och att undvika att bli intrasslad i något han inte kunde ta sig ur.

Telefonens ringande drog honom tillbaka till verkligheten. Pappas namn lyste på skärmen. Det brukade betyda ett av två saker: antingen en påminnelse om något han borde ha gjort för länge sedan, eller något oväntat och viktigt.

– Hej pappa, vad händer? sa han medan han lutade sig tillbaka i stolen.

Faderns röst bar på en viss stolthet när han meddelade att Mikael Persbrandt skulle fira nationaldagen på Görvälns slott. "Och jag känner hovmästaren där," la han till, som om det var själva nyckeln till universum. "Jag har fixat ett bord åt dig, precis bredvid deras."

Cyrus stirrade rakt fram. Det var som om stjärnorna plötsligt radat upp sig för honom.

– Tack, pappa. Det här kan verkligen förändra allt, sa han, och la på efter några artiga tackfraser.

Han lutade sig fram över skrivbordet och stirrade ner i träytan. Görvälns slott. Persbrandt. Ett steg närmare drömmen. Men Ivan ... Ivan skulle kräva all fokus och energi. Cyrus försökte samla tankarna, men det kändes som att jonglera med igelkottar.

Hur hade han ens kommit hit? För några år sedan hade hans liv mest bestått av att sitta vid köksbordet hemma hos mamma och försöka förklara varför hans manus "nog snart" skulle slå igenom. Hon brukade svara med något kryptiskt om att han alltid kunde komma hem igen. En tanke som alltid kändes som att lägga tillbaka mjölken i kylen efter att ha hällt upp ett glas – tryggt, men fel.

Han log svagt åt minnet och skakade av sig känslan. Om det här gick vägen, skulle han få mer än bara erkännande. Han skulle få frihet. Det hade tagit år av misslyckanden, kvällar av tomma idéer och nätter av självhat för att komma så här långt. Men nu? Nu var han här. Ivan väntade, och Persbrandt var inom räckhåll.

Han reste sig långsamt, stoppade mobilen i fickan och gav sig själv ett mentalt slag på käften. Skärp dig, Cyrus, muttrade han för sig själv. Det var dags att sluta grubbla och börja agera.

Några dagar tidigare hade Cyrus nästan hoppats att hans mamma skulle ringa och insistera på att han kom hem. Det fanns en sorts frestelse i att ge upp, sjunka ner i hennes omtanke och låta någon annan bära hans bördor för en stund. Men nu stod han här, så nära allt han drömt om att det nästan gick att röra vid det. Han drog ett djupt andetag och skickade ett meddelande till Linda.

Görvälns slott imorgon? Lunch? skrev han. Hon svarade nästan omedelbart, och deras meddelandeutbyte fylldes av små skämt och planer för dagen. Linda hade inga särskilda nationaldagstraditioner, medan Cyrus skämtade om hur han brukade bli släpad till Skansen av sina föräldrar – en vana han med lättnad slapp i år. De avslutade konversationen med hjärt-emojis och ett löfte om att stämma av planerna senare.

Vid lunchtid stod Linda i receptionen och väntade på Cyrus. När han dök upp, log hon mot honom innan hon bad väktaren ta över för hennes paus. De korsade Döbelnsgatan och fortsatte nerför Tegnérgatan. Atmosfären mellan dem var lätt, men Cyrus kunde inte skaka av sig den milda nervositeten inför mötet med Ivan.

När de nådde Tre Backar, stod Ivan redan där. Cyrus hann knappt öppna munnen innan Ivan steg fram, kramade Linda och lyfte upp henne som om hon var en trofé. Han snurrade henne ett varv och placerade en snabb puss på hennes läppar. Linda, som verkade lika överraskad som obekväm, log stelt och drog sig tillbaka en aning.

– Ey, va fan händer? utbrast Ivan med ett brett leende. Du har ju blivit helt annorlunda, bror! Har du hittat nån, eller vadå? Är det han här eller?

Han nickade mot Cyrus, som betraktade scenen med en förivrande blick. Linda rättade snabbt till situationen med sin vanliga smidighet.

– Ivan, det här är Cyrus. Min pojkvän och affärspartner. Vi är här för att prata om ett projekt.

Cyrus mötte Ivans blick och sträckte fram handen.

– Trevligt att träffas, Ivan, sa han och lade in precis tillräckligt med värme för att dölja sin tveksamhet.

Cyrus nickade lätt, sträckte fram handen och mötte Ivans järnhand i ett stadigt handslag. Han kände trycket, både från Ivans grepp och från situationen.

– Ey, tja Cyrus. Fan, fett att träffa dig, mannen. Ivan flinade brett, men blicken var snabb, som om han skannade Cyrus från topp till tå. – Asså, förlåt för det där innan, bror. Jag visste inte att Linda hade en snubbe. Sånt där händer inte igen, jag svär.

Orden kom med ett tonfall som växlade mellan ursäktande och "skit samma". Ivan kliade sig på hakan och sträckte fram handen, en rörelse som var både vänlig och lite för dominant, som om han ville markera sitt territorium.

Cyrus ansträngde sig för att hålla ett neutralt uttryck. Svartsjukan gjorde sig påmind, men han tryckte ner den. Ivan var inte bara stor som ett kylskåp, han var också den som kunde få hela projektet att lyfta – eller falla.

– Äsch, inget att be om ursäkt för, sa Cyrus, ett artigt leende på läpparna. – Trevligt att träffas.

Han försökte ignorera Ivans nästan osannolika likhet med Ivan Drago från Rocky IV. Linda hade nämnt det i förbigående, och nu när han såg det själv kunde han inte sluta tänka på det. Det var nästan för mycket. Samtidigt slog det honom att Ivan inte bara var en muskulös bjässe med en dålig hårdag – han verkade också ha något som liknade självinsikt. Det lugnade Cyrus, men bara marginellt.

De beställde vid disken och slog sig ner vid ett bord vid fönstret. Cyrus tog fram sitt manus och en utskriven affärsplan. Han började från början, förklarade visionen för serien, skådespelarna han hade i åtanke, och vad TV5 hade sagt om projektet. Ivan lyssnade, ställde frågor, och Cyrus märkte att han blev alltmer engagerad. Linda satt tyst, åt sin mat och betraktade samtalet.

– Ey, seriöst, bror. Fett. Du har tänkt på allt. Serien är tung, asså. Jag känner igen mig själv i varenda grej, mannen.

Cyrus andades ut lite. Det var en bra start.

– Vad var det jag sa? sa Linda och lutade sig tillbaka, nöjd med att få rätt.

– Tack, det betyder mycket, svarade Cyrus och försökte hålla rösten stadig. – Jag har jobbat på det här i flera år.

Ivan nickade, men hans leende falnade något.

– Men ey, jag har två frågor, bror. För det första, varför betalar inte TV5 för hela grejen? Ser ju ut som nåt stort. Och för det andra, hur mycket para snackar vi om här? Vad vill ni ha från mig?

Cyrus tvekade en sekund innan han svarade.

– TV5 har en modell där de bara delfinansierar. De betalar för filmteamet, regissören och studion, men skådespelarnas löner står vi för.

Han tystnade ett ögonblick, vägde sina ord.

– Angående summan … Vi tänker oss att börja med två miljoner. Det kan behöva öka senare, men det är där vi startar.

Ivan lutade sig framåt, hans blick borrade sig in i Cyrus.

– Och vad får jag tillbaka? sa han, tonfallet skärpt.

– Tjugo procent av vinsten, sa Cyrus. – Det är en risk, det är jag medveten om. Men om serien går bra kan det bli mycket pengar. Och om det blir en fortsättning? Då behåller du samma andel av vinsten även framöver.

Ivan skakade på huvudet och fnös.

– Ey, lyssna nu, bror. Vi kör inte med nån sån där suedi-bullshit, okej? Inga chanser, inget daller. Du betalar tillbaka allt, två komma sex, fattar du? Och det ska in senast sista december, mannen. Trettio procent ränta, det är så vi rullar, bror.

Cyrus kände hur magen knöt sig, men han nickade. Ivan fortsatte, nu med en kallare ton:

– Och bror, om du fuckar upp och inte betalar i tid, då snackar vi tvåhundra papp extra i månaden, fatta? Sen om du inte löser det innan sista mars, då är vi klara. Skiter fullständigt i om du kör med Linda eller inte. Du greppar, eller?

Cyrus svalde.

– Ja, jag förstår.

– Bra, sa Ivan och lutade sig tillbaka, som om han precis hade dikterat villkoren för ett globalt fredsavtal. – Jag fixar två mille till dig den här veckan. Vi skriver ett papper, du signar, och sen är det upp till dig. Men fucka inte med mig, fattar du? Annars ...

Ivan lät resten hänga i luften. Cyrus nickade igen, försökte ignorera klumpen i halsen.

Cyrus harklade sig, försökte samla tankarna och frågade:

– Kan jag få tänka på saken lite? Bara så jag kan vara säker.

Ivan lutade sig tillbaka i stolen och skrattade, men inte på ett varmt sätt.

– Tänka? Nä, bror, det här är inga Ikea-möbler du funderar på att köpa. Det är cash vi snackar. Stora cash. Du tar dealen här och nu, annars glöm det.

Cyrus kände svetten bryta fram. Han torkade diskret pannan och försökte hålla rösten stadig.

– Okej, men kan jag i alla fall ringa min chef och stämma av? Bara för att ...

Ivan avbröt honom med en snabb gest och reste sig halvt från stolen.

– Ey, skynda dig då, mannen! Du har typ tio minuter. Sen är det bye bye med dealen. Snappar du?

Cyrus nickade snabbt och rusade ut ur restaurangen med mobilen redan i handen. Han ringde Sören, som svarade efter första signalen.

– Cyrus? Vad är det nu?

Cyrus förklarade snabbt situationen, utan att nämna vem Ivan var men berätta allt från räntan till tidsfristen och att det var han själv som skulle stå för lånet. Sören hummade medan han lyssnade.

– Um du tror på iden, kor. Men du måste vara säker. Det är en risk. Och ja, du kommer få ta konsekvenserna om det går åt skogen.

– Okej, tack, sa Cyrus och avslutade samtalet.

Han gick tillbaka in, mötte Ivans vaksamma blick och drog ett djupt andetag.

– Vi kör på det, sa han till slut, trots att hela kroppen skrek åt honom att springa åt andra hållet.

Ivan log brett, lutade sig fram och klappade Cyrus hårt på axeln.

– Fett, bror. Vi fixar det. Sväng förbi mitt kontor imorgon. Linda vet var det ligger.

Cyrus skakade hans hand. Det kändes som att skriva på ett kontrakt med själva djävulen, som om han sålde sin själ.

Cyrus och Linda gick tillbaka i tystnad en stund, båda uppslukade av sina tankar. Till slut bröt Linda tystnaden.

– Kan vi inte hitta en annan finansiär? sa hon, med en antydan till hopp i rösten.

Cyrus skakade på huvudet, blicken fäst på trottoaren.

– Det är för sent att backa nu. Om jag trodde att vi kunde få någon annan att investera hade jag aldrig gått med på Ivans villkor.

Linda tittade på honom, hennes ögon mjuka.

– Men du tror på din serie, eller hur?

– Jo, det gör jag, svarade han, men orden lät tunga. – Det är bara ... något med det här som inte känns helt rätt.

Linda stannade upp och la en hand på hans arm.

– Okej, vi kör på. Men Cyrus, jag är så ledsen att det blivit så här. Jag tycker verkligen om dig.

Han log svagt, försökte inge en trygghet han inte själv kände.

– Oroa dig inte. Jag hade aldrig kommit så här långt utan dig. Vi håller oss positiva, okej?

Linda nickade, men hennes blick avslöjade en oro som hon försökte dölja. När de nådde kontoret satt hennes ersättare redan i receptionen bredvid väktaren. Linda hälsade glatt på sin ersättare och vände sig mot Cyrus.

– Vi ses senare, okej? sa hon med ett snabbt leende.

Cyrus nickade, log och började gå mot hissen. Han gick till sitt kontor, med huvudet fullt av tankar som vägrade lägga sig till ro.

Kapitel 19 – Amanda

3 juni, Frankfurt

Mobilens alarm tjöt skarpt och drog Amanda ur en orolig sömn. Hon sträckte sig efter mobilen och stängde av larmet. Kroppen kändes blytung, huvudet värkte, och tankarna från gårdagen snurrade som ett obehagligt eko. Erik. Hans närvaro, hans ord, och vad hon sett i hans lägenhet låg kvar som en hinna över henne.

Hon låg kvar en stund och stirrade upp i taket innan hon suckade djupt och klickade fram sin chefs nummer. Signalerna gick fram, och hon lade snabbt en hand på pannan som om den fysiska gesten skulle lindra hennes ångest.

– Jag tror jag fått nåt skit i magen, sa hon, försökte låta så trovärdig som möjligt.

Chefen svarade kort, med en suck som antydde irritation eller stress:

– Okej, stanna hemma och hör av dig om det blir värre.

– Tack, svarade Amanda snabbt och la på innan det blev fler frågor. Hon släppte mobilen på sängbordet och sjönk tillbaka i kudden. Kroppen ville inte lyda, huvudet var som en centrifug av gårdagens händelser. Vad hade hon gett sig in på?

Hon såg hans leende framför sig, charmigt på ytan men med en underton av något mörkare. Det han berättat om Carin – att de varit ett par och att hon svikit honom – skavde i henne. Men var det ens sant? När hon sett Carin kvällen innan hade det varit något i Eriks reaktion som fått Amanda att känna sig obekväm, som om han dolde något.

Bilden av Carin dök upp igen, kvinnan hon sett när hon patrullerade med Erik. Hon kunde inte släppa det, något skavde. Erik hade pratat om henne med en sådan intensitet att det var omöjligt att ignorera. Amanda behövde få tag på Carin och förstå vad som egentligen pågick.

Hon tog upp mobilen och öppnade Google. Hon skrev "Carin Lehmann" och lade till "Frankfurt" för att snäva in resultaten. Skärmen fylldes med tusentals träffar, men ingenting verkade hjälpa henne vidare. Hon suckade frustrerat och backade tillbaka till startsidan.

Kanske skulle Facebook ge bättre resultat? Amanda öppnade appen och knappade in "Carin Lehmann" i sökfältet. Hon började bläddra genom profiler. De hade inte haft kontakt på flera år, men hon mindes Carins leende. Där! Ett bekant ansikte på en profilbild. Det var hon. Profilsidan var dock sparsam – ingen adress, inget telefonnummer, inget som kunde ge fler ledtrådar.

Amanda klickade på "Lägg till som vän" utan att tveka och hoppades att Carin skulle acceptera snabbt. Om hon gjorde det, kanske de kunde prata och reda ut allt redan idag. Hon sneglade på klockan och insåg att hon behövde vila. Tröttheten hängde tungt över henne, och hon visste att hon inte skulle kunna tänka klart utan sömn.

Hon ställde alarmet på tre timmar framåt och lade sig ner. Kroppen protesterade, men tankarna malde på: Carin, Erik, symbolerna i hans lägenhet. Vad hade hon gett sig in på? Med en sista suck lät hon ögonlocken falla och försvann in i en rastlös sömn.

När alarmet drog henne tillbaka till verkligheten kändes hjärtat tyngre än någonsin. Amanda sträckte sig efter mobilen, och där, på skärmen, lyste en notis från Facebook: "Carin Lehmann accepterade din vänförfrågan." Amanda blinkade några gånger, osäker på om hon verkligen såg rätt, innan hon log för sig själv. Det hade gått snabbare än hon vågat hoppas.

Hon öppnade chatten utan att tveka och började skriva:

Amanda: *Hej Carin, det var länge sen. Kul att du kom ihåg mig och accepterade min vänförfrågan.*

Carin: *Hej Amanda, tack för att du la till mig.*

Amanda skrev rakt på sak.

Amanda: *Jag behöver träffa dig snart. Kan vi ses nånstans där vi kan tala i fred?*

Carin svarade direkt:

Carin: *Det låter allvarligt. Skriv din adress så kommer jag dit.*

Amanda knappade snabbt in sin adress.

Carin: *Jag är inom kort.*

Hjärtat bultade hårt när Amanda la ner mobilen. Vad skulle hon ens säga? Hon behövde få klarhet, men vad om Carin inte visste något? Tankarna avbröts av ett nytt pling.

Carin: *En sak till. Du patrullerade med Erik nyligen, eller hur? Det verkar som vi har mycket att prata om.*

Amanda stirrade på chatten en stund efter att hon skickat sitt sista meddelande. Hennes hjärta slog hårt medan hon väntade på Carins svar. Kanske var det bara hennes inbillning, men något i Eriks sätt att tala om Carin kvällen innan hade fått henne att känna att det fanns något mycket större under ytan. Och nu, när Carin faktiskt svarade och accepterade att träffas, kände Amanda att hon kanske precis hade öppnat dörren till en sanning hon inte var redo för.

När hon hörde en bil parkera utanför gick hon till fönstret och såg en grå Audi. Carin klev ur och såg sig omkring, som om hon letade efter något. Amanda kände en klump i magen när Carin närmade sig dörren.

När det knackade öppnade Amanda snabbt.

– Amanda, vad är det som har hänt? frågade Carin med en röst fylld av oro.

Amanda kastade sig i hennes armar, och tårarna rann fritt.

– Jag såg dig igår. Jag patrullerade med Erik, och han berättade om er två, snyftade hon.

Carin drog sig undan något och såg Amanda rakt i ögonen.

– Vad sa han?

Amanda svalde hårt.

– Att ni var ett par, men att du var otrogen. Han verkade helt förstörd.

Carin höjde på ögonbrynen, och ett nästan sarkastiskt leende spelade över hennes läppar.

– Och du trodde på honom?

Amanda nickade långsamt.

– Jag vet inte … Det var vårt första skift tillsammans, och han verkade så sårbar. Jag kände bara att jag behövde trösta honom.

Carin skakade på huvudet.

– Amanda, lyssna. Jag och Erik? Aldrig. Killen du såg mig med? Det är Rolf, min fästman. Jag älskar honom mer än allt. Erik ljög.

Amandas ansikte föll, och skammen brände i kinderna.

– Men varför skulle han ljuga om något sånt? frågade hon förvirrat.

Carin tvekade innan hon svarade.

– Erik är farlig, Amanda. Han är inte bara en lögnare, han är nazist. Och det är bara toppen av isberget.

Amanda stirrade på henne och berättade allt hon hade sett i lägenheten och vad som hade hänt. Carin tog ett djupt andetag och fortsatte.

– Du måste spela spelet med honom. Låtsas att allt är normalt. Inte ett ord om vad du sett i hans lägenhet. Och, hur svårt det än är, håll honom nära.

Amanda kände sig illamående.

– Jag kan inte göra det här, Carin. Jag är inte tränad för sånt här.

Carin lade en hand på hennes axel.

– Du kan. Om du inte kunde det, skulle du aldrig blivit polis.

– Vad gör jag om han vill … du vet?

Carin tittade ner och suckade.

– Du måste hålla ut. Jag vet att det är mycket att be om, men han tror att han är oemotståndlig. Spela på det.

Amanda tog ett djupt andetag och nickade, även om hela kroppen skrek emot.

– Okej. Jag litar på dig.

De satte sig vid köksbordet och gick igenom detaljerna. Hur Amanda skulle hantera Erik, vad hon skulle säga, och hur hon skulle rapportera tillbaka till Carin.

När de var klara reste sig Carin.

– Jag måste tillbaka till jobbet, sa hon.

Amanda följde henne till dörren och omfamnade henne hårt.

– Tack för att du kom. Jag vet inte hur jag skulle klara det här utan dig.

Carin log svagt.

– Vi fixar det här. Bara håll mig uppdaterad, okej?

Innan de skulle skiljas, så plingade till i Amandas mobil, det var ett SMS från Erik, Amanda rodnade och visade det till Carin.

Kapitel 20 – Amanda & Carin

3 juni, Frankfurt

Carin vaknade av att solen strilade in genom sovrumsfönstret, men i stället för att välkomna ljuset knep hon ihop ögonen och vände sig bort. Huvudet bultade lätt, inte av alkohol, utan av sömnbristen och tankarna som hade hållit henne vaken större delen av natten. Hon älskade i vanliga fall lugna morgnar, men denna kändes som allt annat än lugn. Skuldkänslan mot Rolf låg som en sten i magen, och minnet av Eriks närgångna blickar och påträngande kommentarer dagen innan fick det att krypa i henne. Hon hade knappt sovit och nu, i det grynande ljuset, kändes allt ännu tyngre. Vad höll hon på med? Hur hade det blivit så här? Tankarna malde medan hon långsamt satte sig upp, lät fötterna möta det kalla golvet och sträckte sig efter mobilen på nattduksbordet.

På morgonen hade en vänförfrågan dykt upp från Amanda – kvinnan hon sett med Erik igår men inte lyckats placera då. När Carin accepterade förfrågan föll poletten ner: det var Amanda från polishögskolan. Detta handlade om mer än bara en vänförfrågan, insåg hon, och började fundera på vad Amanda ville. När hon reste sig ur sängen kände hon ett styng av oro, som om något stort höll på att hända.

Med kaffekoppen i handen scrollade hon igenom Facebook såg hon att hon hade fått ett meddelande från Amanda. Hon läste Amandas meddelande om att de behövde träffas och svarade snabbt att hon kunde komma över. När Amanda skickade sin adress insåg Carin att det inte var långt från henne. Hon ställde ner koppen och började göra sig i ordning. Trots det vänliga tonläget i Amandas meddelanden kände Carin att detta inte bara var en vänskaplig återförening – något hade hänt.

Carin satte sig i sin grå Audi A5 och körde iväg. Under resan till Amandas lägenhet kunde Carin inte skaka av sig den växande oron som gnagde i henne. Amanda. Kvinnan hon knappt mindes från polishögskolan var nu en del av något som kunde sätta dem båda i livsfara. Erik hade redan manipulerat sig in i Amandas liv, och om Carin inte agerade snabbt och strategiskt, kunde det sluta riktigt illa. Men att dra in Amanda i den här härvan. Det kändes fel, nästan som ett svek.

Hon visste att hon inte hade något annat val, men skulden över att sätta Amanda i fara vägde tungt. Frågorna låg som en våt filt över henne när hon närmade sig Amandas lägenhet.

Hon parkerade på gatan utanför och satt kvar en stund i bilen. Hon tog några djupa andetag, försökte samla sina tankar. Men tankarna blev till ett virrvarr av möjliga scenarier. Hon visste att Erik var farlig – en man som kunde manipulera vem som helst och som var beredd att gå långt för att få sin vilja igenom.

När hon knackade på dörren öppnade Amanda nästan omedelbart. Hennes ansikte bar spår av tårar, och Carin hann knappt säga hej innan Amanda kastade sig om halsen på henne.

– Vad är det som har hänt? frågade Carin när Amanda drog sig tillbaka.

Amanda torkade sina ögon och började berätta. Hon beskrev sitt första skift med Erik, hur han hade nämnt Carin och antytt att de hade haft ett förhållande. Amanda berättade också om symbolerna och böckerna hon sett i hans lägenhet, och om hur hon hade flytt därifrån så fort hon kunnat.

Carin lyssnade noggrant, avbröt bara för att ställa några frågor här och där. När Amanda nämnde att hon trott på Erik och till och med övervägt att gå längre i deras relation, var det svårt för Carin att dölja sin irritation.

– Amanda, lyssna noga nu, sa Carin med skärpa i rösten. Jag och Erik har aldrig varit tillsammans. Killen du såg mig med? Det är Rolf, min fästman.

Amanda stirrade på henne, chockad.

– Men varför skulle han ljuga om det?

– Erik manipulerar. Det är vad han gör. Du måste spela hans spel för att inte hamna i fara, sa Carin allvarligt.

Carin började förklara sin plan: Amanda skulle hålla sig nära Erik, låtsas vara intresserad, men samtidigt samla så mycket information som möjligt. När Amanda protesterade, försökte Carin lugna henne.

– Jag vet att det låter svårt, men du är starkare än du tror. Vi måste sätta dit honom, och det gör vi bäst genom att vara smartare än han är.

När Carin var på väg ut genom dörren, precis efter att de sagt hejdå, vibrerade Amandas mobil på bordet. Hon kastade en blick på skärmen och rodnade, innan hon vände sig till Carin och höll fram mobilen. Det var ett sms från Erik.

Erik: *Hur mår du idag?* 💜

– Vad vill han nu? sa Amanda och visade mobilen för Carin.

Carin hängde tillbaka sin jacka och gick in igen och satte sig ner vid Amanda, funderade kort och svarade.

– Säg att du är lite skakig efter igår, att du inte klarar sprit särskilt bra och borde ha vetat bättre. Lägg till att det var synd att kvällen blev så där och att du hoppas på att få en andra chans snart.

Amanda såg skeptiskt på henne men skrev till slut meddelandet. Svaret kom snabbt.

Erik: *Hoppas du mår bättre snart. Synd att jag hade druckit, annars kunde jag ha kört hem dig. Du kunde ha stannat, jag hade sovit i soffan.*

Carin fnös.

– Han försöker verka gullig. Svara: ”Du är så gullig! Ser fram emot att hänga igen. Tack för att du var så fin mot mig igår.”

Amanda följde instruktionen, och ännu ett meddelande dök upp.

Erik: *Vill du att jag svänger förbi med lite mat senare innan mitt pass?*

Amanda såg nervös ut.

– Vad gör jag nu?

– Tacka nej på ett sätt som inte sårar honom. Skriv: ”Åh, va snäll du är, men min mamma kommer över snart och jag vill inte att du ser mig så här. Imorgon kanske, om jag fortfarande är hemma då. ☺ ”

När Amanda skickade svaret pustade hon ut. Det kom snart ett nytt meddelande.

Erik: *Ok. Ta hand om dig, vi ses imorgon. Skriv om du behöver något. Puss puss.*

Carin log.

– Se där, det gick ju bra. Svara med ett enkelt "Puss puss 🤍" och låt det vara.

När sms-konversationen var avklarad reste sig Carin. Hon visste att hon måste tillbaka till sitt arbete, men att lämna Amanda kändes svårt.

– Hör av dig om något händer, och håll dig till planen, sa hon innan de omfamnade varandra vid dörren.

När Carin gick nerför trapporna vibrerade hennes egen mobil. Det var Erik.

Erik: *Jag vill ses snart. Var är du?*

Carin svalde hårt och gick snabbt ut till sin bil, satte sig ner i förarsätet och tittade igen på mobilen och svarade.

Carin: *Jag är på ett viktigt möte på jobbet. Kan vi ses ikväll i stället? Kanske på hotellet igen?*

Carin visste att Erik hade kvällspass och därför inte skulle kunna möta henne, men till hennes förvåning kom svaret omedelbart.

Erik: *Perfekt! Vi ses där klockan sex. Jag längtar. Glöm inte att vara extra trevlig mot mig ikväll.* ☺

Carin lutade pannan mot ratten och lät ett frustrerat ljud undslippa sig. Hon slog lätt huvudet mot den svala ytan, som om den fysiska rörelsen kunde rensa de virvlande tankarna i hennes huvud. Vad var Erik ute efter? Hon visste att han hade kvällspass – så varför insisterade han ändå på att ses? Var han misstänksam? Försökte han testa henne?

Hennes tankar rusade. Om hon vägrade kunde det väcka misstankar. Om hon gick med på det skulle hon behöva stå ut med hans närvaro, hans subtila manipulationer och falska charm. Det här spelet var som att balansera på en knivsegg – varje steg riskerade att skära djupare.

Med ett djupt andetag försökte hon samla sig. Fingrarna darrade lätt när hon lyfte mobilen och började skriva sitt svar. Det var en balansakt mellan att spela rollen och hålla honom på avstånd.

Carin: *Ser fram emot det.*

Hon startade bilen och körde i väg, medan en tung känsla la sig som en knut i magen. Uppdraget hade blivit farligare och mer intrasslat än hon någonsin kunnat föreställa sig. Men att vända om var aldrig ett alternativ – det fanns inget annat val än att fortsätta framåt, hur mörk vägen än såg ut.

Kapitel 21 – Eriks morgontur

3 juni, Frankfurt

Erik vaknade senare än vanligt. Hans skift på polisstationen började inte förrän på kvällen, vilket gav honom en ovanlig chans att ta det lugnt. Solens första strålar letade sig in genom fönstret och fyllde rummet med ett mjukt ljus. Han låg kvar en stund, betraktade rummet och lät tankarna vandra. Gårdagen låg kvar som en tyngd i hans medvetande. Amanda. Hennes plötsliga "sjukdom" och hastiga avsked hade väckt frågor som han inte kunde släppa.

Efter en snabb frukost drog han på sig löparkläderna. En lång runda skulle hjälpa honom att samla tankarna. Han planerade en tolvkilometersslinga som även skulle ta honom förbi Amandas lägenhet – ett beslut han motiverade som en "kollegial omtanke." Men innerst inne ville han bara se om allt verkligen stod rätt till, eller om hon försökte undvika honom.

Den friska morgonluften var kylig men uppfriskande, och varje steg mot asfalten fick sinnet att klarna. Medan han sprang, gick han igenom gårdagens händelser i huvudet. Han kunde inte låta bli att undra om Amanda verkligen var sjuk, eller om hon hade känt sig obekväm efter att ha varit hemma hos honom. Tankarna skavde, och frustrationens hetta kämpade mot en spirande nyfikenhet.

När han närmade sig Amandas lägenhet saktade han farten. En del av honom ville bara gå in och kolla hur hon mådde. Han föreställde sig att erbjuda sig att köpa med sig mat eller medicin – en vänlig gest som också kunde ge honom en chans att se henne. Men han insåg att det skulle vara för påträngande. En sms-konversation skulle vara ett bättre drag, mer subtilt och mindre riskabelt.

Medan han joggade vidare tog han fram mobilen och skrev snabbt ett meddelande.

Erik: *Hur mår du idag?* 💜

Han skickade det och fortsatte springa, men hans tankar var fortfarande hos Amanda. Några minuter senare kom svaret:

Amanda: *Lite skakig efter igår. Klarar inte sprit så bra. Borde ha vetat bättre. Synd att det blev som det blev. Hoppas vi får en ny chans snart.*

Han log svagt för sig själv. Hennes svar var precis lagom. Inte för undvikande, men tillräckligt för att hålla honom intresserad. Han svarade snabbt:

Erik: *Hoppas du mår bättre snart. Synd att jag hade druckit, annars kunde jag ha kört hem dig. Du kunde ha stannat, jag hade sovit i soffan.*

Efter att Erik avslutade sitt meddelande till Amanda tog han fram Carins kontakt i sin mobil. Det var dags att kontrollera var hon befann sig. Fingrarna rörde sig snabbt över skärmen.

Erik: *Var är du? Vill ses snart.*

Han såg ner på skärmen och väntade inte på ett svar, förväntade sig egentligen inget omedelbart. Han drog ett djupt andetag och tänkte fortsätta sin löprunda. Men när han kastade en blick mot porten till Amandas lägenhet såg han något som fick honom att stanna.

Dörren öppnades, och han såg henne – Carin – springa nerför trapporna innanför glaset. Hennes steg ekade, och han kände ett sting av förvåning blandat med ilska. Vad gjorde hon här?

Erik smög bakåt tills han stod i tryggt skydd bakom ett träd, där han kunde se men inte synas. Carin nådde botten av trapporna, stannade till och rättade till väskan på axeln. Hon höll sin mobil i handen, och när han såg henne rynka pannan förstod han: hon hade läst hans meddelande.

Hon stannade till vid porten, såg sig om som om hon ville försäkra sig om att ingen lade märke till henne, innan hon gick ut mot sin bil. Erik drog sig ännu längre in i skuggan, hans hjärta bultade. Hennes kroppsspråk var nervöst, misstänksamt. Vad hade hon att dölja?

När hon nådde bilen satte hon sig i förarsätet, men i stället för att starta bilen lutade hon sig fram och tittade på mobilskärmen. Erik kunde inte låta bli att småle. Hon kämpade. Och det han såg bekräftade hans misstankar – Carin dolde något.

Ett pling från hans mobil fick honom att titta ner. Ett svar från Carin.

Carin: *Jag är på ett viktigt möte. Kan vi ses ikväll i stället? På hotellet?*

Erik stirrade på skärmen och lät ett lågt, kyligt skratt undslippa sig. Hon ljög. Och det bekräftade bara vad han redan börjat ana – det fanns mer under ytan. Om hon ljög om detta, vad ljög hon om mer? Han svarade.

Erik: Perfekt! Vi ses där klockan sex. Längtar. Glöm inte att vara extra trevlig mot mig ikväll. ☺

Han höll sig kvar bakom trädet och betraktade hur Carin lutade sig fram, dunkade lätt huvudet mot ratten och till slut startade bilen och körde i väg. Blicken följde henne tills hon var utom synhåll. Tankar snurrade. Hon hade varit i Amandas lägenhet, och nu spelade hon det oskyldiga spelet. Men vad var deras koppling? Och varför hade hon kommit just idag?

Erik hade mer att gräva i. Han tog snabbt fram mobilen och ringde Hans.

– Erik, vad kan jag hjälpa dig med?

– Du hade rätt. Vi kan inte lita på alla i cellen, sa Erik. Jag såg precis Carin komma ut från min partners lägenhet. Något är fel.

Hans ton blev genast skarpare.

– Vill du att jag kollar upp henne?

– Ja, och kolla hennes koppling till Amanda. Något pågår här.

Medan Hans tog sig an uppgiften fortsatte Erik sin löprunda, men tankarna snurrade. Efter några minuter kom Hans tillbaka med besked.

– Hittade du något? frågade Erik utan omsvep.

– Det enda jag hittar är att de gick ut polishögskolan samtidigt. Det verkar vara den enda kopplingen mellan dem.

Erik stannade till och lutade sig mot ett träd. Svetten rann längs tinningarna, men hans uppmärksamhet låg helt på Hans ord.

– Så det finns inget mer? Inga gemensamma arbetsplatser? Ingen privat koppling?

– Nej, inget alls, bekräftade Hans. Är du säker på att de har något ihop?

Erik kastade en snabb blick bakåt innan han svarade.

– Jag såg Carin lämna Amandas byggnad för bara några minuter sen, sa han och kunde inte dölja irritationen i rösten. Det är något som inte stämmer här.

Hans suckade hörbart.

– Det var väl bra att vi inte sa något om operationen än. Ska vi ta hand om henne då?

Erik tvekade en kort sekund, men bara för att väga sina ord.

– Vi måste ta hand om dem båda. Amanda är tydligen sjuk och hemma idag. Carin ska till hotellet klockan sex ikväll. Gör det diskret. Jag vill att de försvinner från radarn innan dagen är slut. Sen samlar vi cellen på hotellet imorgon kväll för att planera vidare.

Hans skrockade lågt, en ton som Erik fann djupt obehaglig.

– Enkelt gjort, svarade Hans. Men så synd. Carin är en riktig läckerbit. Önskar jag kunde behålla henne i min källare i stället.

Erik stelnade till. Hans ton var alltför intim, alltför avslöjande.

– Vad sjutton menar du med det?

Hans drog på orden, nästan njutande.

– Du vet vad jag menar. Jag gillar att behålla de fina för mig själv. Det skulle kännas som slöseri att bara eliminera henne.

Erik kände ilskan bubbla under ytan.

– Vad i helvete babblar du om? Samlar du på lik? Är du sjuk på riktigt?

– Nej för fan, jag har ju en dungeon, skrockade Hans. Jag kan ha dem där.

Det var som om en dammlucka öppnades i Eriks medvetande. Hans var kidnapparen polisen hade letat efter – mannen bakom de otaliga försvinnanden som skakat Frankfurt. Erik insåg plötsligt att han inte bara talade med en galning, utan en galning som han behövde. Han svalde sin avsmak och svarade kallt.

– För min del kan du få behålla dem båda. Amanda är lika fin. Men sabba inte det här. Både Carin och Amanda är tränade kvinnor. De kan skada dig om du inte är försiktig.

Hans fnös, som om han inte brydde sig det minsta.

– Oroa dig inte. Jag har mina metoder. Jag kan droga dem. Det har alltid fungerat förut. De två jag har i källaren nu börjar ändå bli tråkiga. Jag kan byta ut dem mot Carin och Amanda. Tack som fan.

Erik knep ihop käkarna för att hålla tillbaka en våg av ilska och äckel.

– Du är fan sjuk i huvudet, sa han hårt. Jag trodde jag hade sjuka fantasier, men du är fan sjuk på riktigt.

Hans bara skrattade igen, hans röst fylld av ett obehagligt självförtroende.

– Du får åtminstone brudar. Kvinnor hatar mig. Och jag hatar dem. De måste straffknullas. Det är det enda de duger till.

Erik tvingade sig själv att hålla tillbaka en explosion av ilska. Han behövde Hans, men hans tålamod var på bristningsgränsen.

– Det är något allvarligt fel på dig, sa han med låg röst. Jag förstår inte ens varför du berättar allt detta för mig. Jag är för helvete snut. Jag frågade inte och vill inte veta. Det här samtalet har aldrig ägt rum. Och ingen i rörelsen får veta något om detta.

– Alla har vi våra böjelser, svarade Hans med en nästan nonchalant ton. Vissa vågar erkänna dem, andra inte.

– Hörde du vad jag sa? fräste Erik. DETTA SAMTAL HAR ALDRIG ÄGT RUM!

Hans skrockade igen, som om han inte tog honom på allvar.

– Jag förstår inte vad du pratar om. Vem är du?

– Du är en idiot, sa Erik med ett falskt skratt. Låt mig veta när du har rensat bort dem, och jag vill inte veta vad du gör med dem.

– Yes sir, svarade Hans, fortfarande med en ton av hån i rösten.

När samtalet avslutades stod Erik kvar, hans tankar ett kaos av ilska, äckel och kalkylerande.

Hans var en tickande bomb, en galning som kunde stjälpa allt om han inte kontrollerades. Men för tillfället behövde Erik honom. Hans skulle inte bara eliminera Amanda och Carin, han skulle också bli den perfekta syndabocken när tiden var inne. Idén att framstå som hjälten som lyckades gripa "Der Frankfurter Unhold" – Frankfurts ökända odjur och kidnapparen – började ta form i huvudet. Det skulle inte bara rensa upp situationen, utan också boosta sin ställning inom både polisen och rörelsen.

Med planen klar i huvudet, ökade Erik takten i löpningen. Hans tid skulle komma, men inte än. Nu handlade det om att eliminera hoten och skydda sitt eget skinn.

Kapitel 22 – Mikael Persbrandt

6 juni, Stockholm

Linda vaknade tidigt, långt innan någon mobiltelefon hann kväka ur sig sitt alarm. Cyrus låg kvar i sängen bredvid henne, sovandes så tungt att han nästan verkade förankrad i madrassen. Hon betraktade honom med ett förundrat leende, den där typen av leende man får när man inte riktigt vet varför, men ändå känner en varm glöd i bröstet. Klockan på nattduksbordet visade strax efter sex, och Linda tänkte att det här var en perfekt stund för sig själv.

Hon reste sig med försiktighet som om hon befann sig i en minerad zon och smög ut i vardagsrummet, mobilen i handen. Cyrus låg kvar, orörlig som en död sten. Linda sjönk ner i soffan och öppnade Google. Lunchen med Mikael Persbrandt väntade, och hon behövde förbereda sig. Inget utrymme för amatörmässiga konversationer här, tänkte hon och började sin research.

Det första hon stötte på var en beskrivning av honom som skådespelare: *"Gunvald Larsson i Beck, stjärna i svenska och internationella produktioner."*

Linda läste och nickade tyst för sig själv, men det var när hon grävde djupare som hon hittade guldkornen. Rädda Barnen? Mänskliga rättigheter? Det här kan bli intressant. Hennes ögon lyste som på ett barn framför en julgran.

Wikipedia-forskandet förde henne vidare in i en labyrint av information om Persbrandts filantropiska engagemang. *"Ambassadör för Rädda Barnen, hjälpt barn i krigsdrabbade områden, kämpat mot diskriminering, asylfrågor ... och han gör allt detta frivilligt."* Linda lutade sig tillbaka i soffan och log stort. Det här är material att jobba med.

– YES! Där har vi det! ropade hon plötsligt och slog handen i soffkudden med triumfens kraft.

Triumfen var dock inte utan bieffekter. I sovrummet satte Cyrus sig käpprak i sängen, med håret på ända som en förvirrad igelkott. På skakiga ben stapplade han ut i vardagsrummet.

– Vad fan har hänt? Är det brand eller inbrott? frågade han yrvaket.

Linda log oskyldigt.

– Förlåt att jag väckte dig, men jag tror jag vet hur vi ska vinna över Mikael Persbrandt!

Cyrus gäspade ljudligt och såg skeptisk ut.

– Vad är planen, då?

– Han är engagerad i Rädda Barnen och asylfrågor. Och du, min kära halviranier, ska tacka honom för att din mamma fick asyl i Sverige tack vare hans engagemang.

Cyrus rynkade på näsan.

– Min mamma är ingen flykting, om du nu inte visste det.

Linda himlade med ögonen och avfärdade invändningen med en nonchalans värdig en president.

– En liten vit lögn skadar väl ingen? Dessutom kan du säga att du ska skänka halva vinsten från din tv-serie till Rädda Barnen. Han kommer älska dig för det.

Cyrus kliade sig i huvudet och såg bekymrad ut.

– Hälften av vinsten? Det låter inte så lite.

– Bara av din del, älskling, poängterade Linda med en pedagogisk ton.

– Om du drar in tio miljoner, så ger du tre komma sju till Rädda Barnen, två komma sex till Ivan, och du har fortfarande tre komma sju kvar till dig själv. Skatt inräknat, så är det fortfarande mer pengar än du någonsin haft.

Cyrus suckade djupt, men nickade till slut.

– Okej, okej. Men det är min del, då.

– Precis! Och du kommer bli en hjälte.

– Du är otrolig, muttrade han. – Förresten, vad sägs om lite morgonmys? Före eller efter frukosten?

Linda skrattade och lutade sig framåt.

– Med dig? Båda gångerna, så klart.

Cyrus blinkade åt henne.

– Då leder jag.

– Åh, I like! skrattade Linda

* * *

Cyrus gick fram till Linda, lyfte upp henne och la henne försiktigt i soffans divandel. Linda la sig och tittade på honom, hennes hår var utslaget över sittdelen och hennes kropp var klädd i endast Cyrus stora t-shirt. Hon var avslappnad och såg ut att njuta av ögonblicket. Hennes bröst höjdes och sänktes med hennes andetag i det svagt upplysta rummet. Hennes ben var lätt isär och gav en försiktig antydan till hennes innersta.

Cyrus kunde inte låta bli att titta på henne. Han var fångad av hennes skönhet och sensualitet. Han satte sig på knä nedanför soffan och höll upp Lindas båda ben i luften och började med att pussa henne längs insidan på låren. Linda ryckte till av upphetsning. Cyrus fortsatte pussa och slicka henne på låren och kom sakta men säkert närmare hennes vulva. Linda tappade andan.

Han kom att tänka på en scen från serien Vänner, där Monica, Rachel och Phoebe visade hur Chandler skulle tillfredsställa en kvinna till orgasm som fick honom att vilja skratta, men insåg att det var fel tillfälle att skratta. I stället försökte Cyrus härma det tjejerna i Vänner hade föreslagit för Chandler.

Det verkade fungera. Linda var i extas. Hon stönade och andades så högt att Cyrus själv var nära att få orgasm, trots att han knappt hade rört sin lem. Linda var så sexig att han inte kunde hålla sig snart. Han ville inte sluta och mindes en artikel han hade läst för länge sen. Det stod "Knip ihop slutmuskeln runt ändtarmen och håll i för att få kontroll", så han gjorde så.

Han fokuserade på att hålla kontroll över sin kropp och lusten för att kunna njuta av ögonblicket tillsammans med Linda. Han hade aldrig njutit så mycket av att ge oralsex till en kvinna. Linda var vacker, sexig och smakade gott. En drömbild av skönhet och sensualitet.

Hennes hud glänste i det svaga ljuset och hennes kurvor var så perfekt proportionerade. Hennes ögon var mörka och fyllda av lust och hennes läppar var fuktiga. Hennes rörelser var smidiga och väldigt sensuella.

Lindas orgasm fick hela hennes kropp att krampa. Hon höll Cyrus huvud hårt mellan sina ben en stund innan hon föste undan honom, vände sig och ställde sig på alla fyra på soffan.

– Jag vill känna dig i mig, sa hon. Ta mig bakifrån. Nu. Ta mig hårt.

– Jag måste hämta en kådis.

– Det behövs inte, jag tar minipiller, spruta i mig bara.

Cyrus ställde sig bakom henne och förde in lemmen djupt in i Linda. Med en hand om hennes axel och en runt hennes midja, började han pumpa hårt. Linda gav ifrån sig mjuka stönande ljud vid varje stöt. Efter bara ett par sekunder exploderade han i en orgasm starkare än han någonsin upplevt tidigare. Hela hans kropp skakade. Linda vände sig om och kysste honom på munnen.

Cyrus log nöjt och lutade sig bakåt i soffan, fortfarande lite andfådd efter morgonens gympass – ett annat slags gympass, om vi ska vara ärliga. Linda låg bredvid honom, och när hon såg hans blick, lutade hon sig fram och gav honom en snabb kyss på kinden.

– Det där gjorde du bra, sa hon med ett leende som kunde få vilken man som helst att känna sig som kung. – Repris efter frukosten. Men då är det min tur att ta hand om dig. Vill du duscha tillsammans först?

Cyrus nickade entusiastiskt. Hur skulle han kunna säga nej till något som kombinerade två av hans favoritsaker – Linda och varmvatten? Men han höll sig till planen. Praktisk först, romantisk sen.

– Men du, vi får inte glömma att vi måste förbi Ivans kontor klockan nio och skriva på skuldebrevet, sa han och försökte låta ansvarstagande, vilket han innerst inne var ganska stolt över.

Linda satte sig upp, drog fingrarna genom sitt rufsiga hår och himlade med ögonen. – Just det ja. Men det hinner vi. Klockan är ju bara sju. Hans kontor ligger i det där kontorshotellet vid Arbetsförmedlingen, eller hur?

– Perfekt, då hinner vi det också, sa Cyrus och insåg att han faktiskt började vänja sig vid den här vuxna, ansvarstagande versionen av sig själv. Han undrade i förbifarten om det var Linda-effekten eller bara en åldersgrej.

De reste sig, och Linda tog hans hand när de gick mot badrummet. Duschen blev precis så mysig som Cyrus hade hoppats, fylld av skratt, bus och tvålhalkiga omfamningar. De hade en tyst överenskommelse om att inte prata om skuldebrev eller något annat som kunde förstöra den varma känslan i rummet. När de var klara, drog de på sig kläder och gick ut till köket, där dagens andra stora projekt väntade: frukosten.

Linda satte genast i gång med att skära upp frukt med precision som skulle göra en sushi-kock grön av avund, medan Cyrus tog sig an ägg och bacon. Han hade alltid trott att matlagning var tråkigt, men när Linda var där och passade på att småretas med honom över hans bristande knivfärdigheter, kändes det mer som en lek. Han insåg att det var precis så här han ville ha det – en blandning av kaos och kärlek, med ett stänk av stekos.

När frukosten väl stod på bordet, satte de sig mittemot varandra och började äta. Cyrus sneglade på Linda som var mitt uppe i att lägga upp strategier för lunchen med Mikael Persbrandt.

– Vi måste hålla det avslappnat, sa hon med en så självklar ton att Cyrus nästan trodde att hon var expert på kändisluncher.

– Inga krystade samtal, men vi måste vara redo att ta chansen om den kommer.

Cyrus nickade och tog en klunk kaffe.

– Så jag antar att det här är en "tappa något och låtsas inte känna igen honom"-strategi?

Linda skrattade, och Cyrus kunde inte låta bli att känna sig lite stolt över att ha dragit fram det där skrattet. Det var det bästa ljudet han visste.

När frukosten var uppäten reste sig Linda plötsligt och tog hans hand.

– Okej, nu är det dags för repris, sa hon och drog honom mot sovrummet med en blick som inte lämnade något utrymme för diskussion.

Cyrus följde henne, tänkte att det här nog var en av de bättre morgnarna i hans liv. Och att livet med Linda definitivt hade sina fördelar.

Wow, tänkte Cyrus, den här kvinnan vet hur hon får en man att känna sig älskad och uppskattad. Han kände hennes varma andedräkt mot penisen, hennes händer som smekte honom med sensuella rörelser. Han kände sig helt och hållet uppslukad av henne. Hon förde in hans hårda lem i sin mun. Cyrus kunde inte tro det. Hur sjutton fick hon in hela? Han trodde att hon snart skulle dra ut den, men hon tryckte hela ansiktet mot honom och tittade honom i ögonen med sina vackra ögon.

Hon förde munnen lätt fram och tillbaka. Han förstod ingenting, Linda verkade sakna kräkreflexer. Detta var det skönaste han varit om. Efter en stund tog hon tag i penisen med högerhanden och runkade den lätt och sög rytmiskt samtidigt som hon masserade hans pung med den vänstra handen. Han var nära orgasm igen och försökte återigen med knipövningen, som inte hjälpte. Han drog sig bakåt, satte sig upp och kysste Linda. Han drog henne över sig.

Hon låg på honom och de kysstes under en stund. Cyrus klarade sig från att få utlösning. Linda visade honom att han var allt för henne och tillsammans njöt de av varandras kärlek och närhet. Deras kroppar och själar smälte samman i en passionerad och sensuell stund. Hon satte sig på Cyrus och tog tag i hans stenharda penis och förde den in i sig.

Hon rörde sig sensuellt ovanpå honom. Hans ögon var fästa på henne, han kunde inte slita sin blick från henne. Han kände hur hennes händer smekte honom och hans kropp reagerade på varje beröring. Linda rörde sig med enkelhet och förtroende och Cyrus visste att han inte kunde hålla sig länge till.

Han kände sig lycklig och överväldigad av att få se denna kvinna röra sig ovanpå honom. Hans hjärta slog hårt mot bröstet och andningen blev djupare, och som han njöt.

– Kom i mig, sa Linda samtidigt som hon såg honom i ögonen. Spruta i mig. Spruta allt du har i min trånga fitta.

Hon hade knappt hunnit avsluta meningen, innan Cyrus fick sin andra orgasm för dagen. Han trodde inte att detta var möjligt. Aldrig någonsin hade han haft skönare sex. Han hade läst att sexet blir bättre när man lär känna varandra, men hade aldrig haft så långa relationer att han kunnat bedöma om det var sant. Visst hade han haft sex med andra och visst hade tyckt att det var skönt, men detta var på en annan nivå.

– Jag har aldrig haft skönare sex förut, du är helt underbar, flåsade han fram.

– Det säger du säkert till alla tjejer, fnittrade Linda.

– Nej, jag menar allvar. Du verkar känna till varje punkt i min kropp. Det känns som att jag inte kan leva upp till dig, eller dina förväntningar. Du är liksom på en annan nivå.

– Va? svarade Linda förvånat. Du gav ju mig värsta orgasmen innan frullen, det var fett skönt. En av mina bättre dessutom och detta är bara början.

– Jag är så glad att jag har träffat dig, sa Cyrus. Lova mig en sak, om vi av någon anledning går ifrån varandra, kan vi inte åtminstone fortsätta träffas och ha sex?

– Vi säger så, skrattade Linda. Men nu vill jag duscha igen och sen behöver vi förbereda oss för lunchen.

– Ja, jag följer med dig och duschar.

Han steg in i duschen tillsammans med Linda, och det var som om hela badrummet blev en egen liten värld av värme och skratt. Det var något med att stå nära henne under det rinnande vattnet som fick honom att känna sig både hemma och äventyrlig på samma gång. Han plockade upp tvålen och började tvätta hennes rygg, noggrant men också med ett uns av lekfullhet – som om han hade en outtalad tävling med sig själv att göra henne mest bubblig av dem båda.

– Vänd på dig, sa han med ett skratt när hon försökte sno åt sig tvålen.

Linda skrattade till och rörde sig smidigt runt i duschen, och han tänkte för sig själv att det var orättvist hur någon kunde vara så snygg även med schampo i håret. När det var hans tur att bli intvålad, kunde han inte låta bli att flina åt hennes koncentrerade min – som om han var ett konstprojekt hon jobbade på.

När han tog duschmunstycket i handen och sprutade en stråle kallt vatten på henne, skrek hon till som om han precis hade tänt eld på hela badrummet.

– Cyrus! Vad håller du på med? utbrast hon och gav honom en lekfull smäll på armen.

Han skrattade så han nästan tappade greppet om duschslangen och insåg att han förmodligen hade förtjänat det. När hon kramade honom efteråt och ställde sig på tå för att kyssa honom, kände han en våg av värme som inte hade något att göra med vattnet. Han höll om henne, blundade och tänkte att han gärna kunde stanna här för alltid.

Medan han sköljde löddret ur hennes hår – försiktigt, som om hon var gjord av glas – tittade han på henne och insåg att han verkligen var lyckligt lottad. När de torkade sig med handdukarna efteråt, höll han henne kvar i en kram lite längre än nödvändigt.

– Jag har nog aldrig känt så här för någon tidigare, sa han, rösten mjuk men stadig. – Jag vill inte att våra stunder tillsammans ska ta slut. Skrämmer jag dig när jag säger så?

Linda såg på honom, hennes ögon varma och trygga.

– Nej, du skrämmer mig inte. Men låt oss njuta av det vi har just nu och ta det lugnt framåt.

Cyrus log och nickade.

– Det låter bra. Vi tar det lugnt framåt.

När hon sa, Du är nog det bästa som har hänt mig – kände han ett sting av stolthet och ödmjukhet på samma gång. Hur hade han, Cyrus av alla människor, lyckats få en så fantastisk kvinna i sitt liv?

Efter att de hade klätt på sig och gjort sig i ordning, begav de sig mot Jakobsbergs centrum för att träffa Ivan. Kontorshotellet var lika spännande som att se färg torka, men mötet gick smidigt, och Cyrus kände en viss tillfredsställelse när han fick beskedet att pengarna var överförda.

På vägen till Lindas föräldrars villa för att hon skulle kunna byta om, la han märke till atmosfären omkring dem. Nationaldagsfirandet låg i luften som en varm filt över staden. Flaggor vajade i vinden, tonerna från nationalsången blandades med skratt och ljudet av barn som lekte på gatorna. Cyrus, som normalt inte brydde sig särskilt mycket om högtider, kunde inte låta bli att känna sig lite extra uppspelt. Det här var en bra dag, tänkte han, och den hade bara börjat.

Efter en kort promenad nådde de fram till Lindas föräldrars hus, en villa så prydlig att den skulle kunna vara omslaget till "Hem & Trädgård – Svensson Edition". Dörren öppnades av Lindas pappa, som såg ut att ha stigit rakt ur en katalog för pensionärsaktiviteter. Han hade på sig en stickad tröja trots sommarvärmen och hälsade Cyrus med ett fast handslag som antydde att han fortfarande ansåg sig vara familjens obestridliga patriark. Lindas mamma, dök upp bakom honom, lika stilig och vänlig som sin man, men med ett utfrågande öga som tycktes väga Cyrus på en osynlig våg.

De satte sig i vardagsrummet och småpratade om nationaldagen. Cyrus, som inte kunde skilja mellan nationalsången och en allsång på Skansen, försökte nicka på de rätta ställena och drog sig undan till säkra fraser som "Jo, visst är det härligt med sommar".

Linda räddade honom gång på gång genom att leda samtalet in på gamla minnen. Han var nästan säker på att hon märkte hans osäkerhet, utan att visa det. Tack och lov.

Efter att ha imponerat, nåja, eller åtminstone inte misslyckats totalt, på föräldrarna, såg han Linda gå för att göra sig i ordning. När hon kom nerför trappan i en ljusblå sommarklänning, kunde han inte låta bli att stirra. Det var som om hela världen stannade till för ett ögonblick, och allt han kunde tänka var: Hur i hela friden hamnade jag här med henne?

Klockan slog halv tolv, och det var dags att ge sig av till Görvälns slott. Linda körde, vilket var lika bra eftersom Cyrus redan kände sig som en nervös gymnasist inför sitt första sommarjobb. Resan gick genom landskap som skrek svensk sommar – grönskande ängar, vajande flaggor och en och annan skällande hund vid vägkanten. Men Cyrus såg ingenting av det. Hans tankar var fast förankrade vid mötet med Mikael Persbrandt.

Vad skulle han säga? Tänk om han råkade nämna Gunvald och skådespelaren skulle avsky honom för det? Eller ännu värre, om han bara blev stum och satt där som en fågelholk medan Linda försökte hålla samtalet i gång? Hans hjärna körde igenom möjliga scenarier som om det vore ett repetitionsmanus, och inget av dem slutade bra.

– Det kommer att ordna sig, sa Linda när hon märkte hans spända min. Hennes lugn var nästan provocerande. Hon påminde honom om att han kunde "råka" tappa något på golvet nära Persbrandt – en servett eller kanske en gaffel – för att på så sätt fånga hans uppmärksamhet. Cyrus mindes att det hade pratat om det, men tanken på att iscensätta en gaffelincident gjorde honom ännu mer nervös.

De parkerade bilen vid vattnet nedanför slottet, och Cyrus kände hur hans händer började bli klibbiga av svett. De promenerade upp mot ingången, och han försökte distrahera sig med att beundra den majestätiska utsikten över allén. Det hjälpte lite – slottet var imponerande, nästan som taget ur en saga, med en vy över Mälaren som skulle få vilken influencer som helst att dregla av avund.

Väl inne blev de anvisade ett bord nära ett fönster. Det var en plats så bra att Cyrus började misstänka att Linda hade någon slags hemlig makt över hovmästare. Men bredvid deras bord stod ett annat, dukat för två, och han kunde inte låta bli att känna på sig att det var avsett för Persbrandt.

Hans nervositet steg i takt med att tiden gick. Han försökte fokusera på menyn och utsikten, men varje gång dörren till matsalen öppnades, flög hans blick dit som om han väntade på en kunglig audiens. Till slut, efter vad som kändes som en evighet, kom han. Mikael Persbrandt. Och inte ensam – vid hans sida gick en äldre dam, som Cyrus antog var mamman, Inga-Lill.

Allas ögon i rummet vändes mot dem, och hovmästaren lotsade dem till bordet bredvid Linda och Cyrus. När de passerade nickade Persbrandt artigt mot Linda, och Cyrus kände hur hjärtat slog ett extra slag när skådespelaren också gav honom ett kort, nästan vänskapligt leende.

– Hej, sa Cyrus snabbt, lite för snabbt.

– Hej hej, svarade Persbrandt och Inga-Lill, innan de satte sig.

Cyrus pustade ut, glad över att ha klarat första kontakten utan att säga något pinsamt. Men i bakhuvudet snurrade fortfarande tankarna: Det här är bara början.

– Ni verkar ha fått det bord jag bokade, sa Persbrandt. Ni har den bästa fönsterplatsen.

– Oj, det visste inte jag, svarade Cyrus nervöst. Vill du byta plats med oss? Ni får gärna sitta här.

– Nej tack, sa Persbrandt. Jag sitter gärna här och det är roligt att få prata med lite trevligt folk så här på måfå.

– Jag har redan den vackraste utsikten man kan önska sig, sa Cyrus och tittade på Linda.

– Wow, det där var snällt av dig, svarade Persbrandt. Du verkar veta hur man behandlar en dam. Det gillar jag.

– Tack, sa Cyrus, och ja, det är alltid trevligt att få träffa nya trevliga människor.

– Absolut, svarade Persbrandt.

– Ja, jag förstår varför ni ville ha den här platsen, sa Linda. Det är en fin utsikt härifrån.

– Ja, det är det verkligen, instämde Persbrandt. Det är en av anledningarna till att jag bad om den platsen.

– Ja, det är verkligen en vacker utsikt, bekräftade Inga-Lill.

– Är ni säkra på att ni inte vill ha platsen? frågade Cyrus. Vi byter gärna, eller hur älskling?

Han tittade bedjande på Linda.

– Självklart kan vi göra det, sa hon, inga som helst problem.

Hon ställde sig upp.

– Men lägg av, skrattade Persbrandt. Jag sa ju att det var ok. Jag tog mest upp det för att börja småprata.

– Å, jag känner mig så dum, sa Linda, känner vi varandra? Jag kan inte placera er, men ni känns så bekant.

Cyrus blev helt mållös. Wow, det där var snyggt skött av Linda. Hon låtsades som om hon inte kände igen Persbrandt. Så himla bra. Persbrandt såg lite tagen ut av frågan.

– Älskling, detta är Mikael Persbrandt. Det är honom jag brukar berätta för dig om, att jag existerar tack vare honom.

– Nädu, skrattade Persbrandt fram. Kom inte och säg att jag är din farsa nu, det går jag inte på.

– Nä, inte alls, sa Cyrus. Min mamma fick asyl i Sverige tack vare ditt engagemang för asylfrågor. När hon flytt hit från Iran. Sen träffade hon pappa och jag föddes.

Persbrandt log och såg lite generad ut. Cyrus fortsatte.

– Sedan barnsben har jag fått höra att vi har dig att tacka för hennes liv.

Persbrandt såg stolt ut.

– Äsch, det är väl varje mans plikt att arbeta för rättvisare samhälle, sa han. Kul att höra er historia.

– Oavsett vilket, tusen tack, sa Cyrus.

– Jag skulle gärna vilja veta mer, fortsatte Persbrandt. Det ger mig energi att fortsätta när jag får höra solskenshistorier.

– Självklart, jag berättar gärna, svarade Cyrus.

– Detta var trevligt, sa Persbrandt. Är det ok om vi sätter ihop våra bord, så slipper vi skrika till varandra och störa de andra när vi pratar?

– Självfallet, det vore en ära att äta med er, sa Cyrus.

– Jag ber så mycket om ursäkt att jag inte kände igen er, sa Linda.

– Ingen fara, svarade Persbrandt, bara kul att träffa människor som inte pratar med mig bara för att jag är känd.

Persbrandt vinkade till sig en av personalen och bad dem sätta ihop deras bord. När det var ordnat beställde de från menyn.

– Vad heter ni då och vad gör ni till vardags? frågade Persbrandt.

– Jag heter Linda och det här är Cyrus, min blivande sambo. Vi jobbar på TV5. Cyrus ska snart spela in sin första tv-serie, vilket är så coolt!

Cyrus förstod inte om Linda hittade på allt, eller om hon verkligen hade funderat på att flytta in till honom. Det behövde de prata om senare. Han tyckte om tanken.

– Det var som fan, sa Persbrandt. Är vi i samma bransch också? Vad ska den handla om?

– Cyrus har en jättebra idé! Och han vill skänka halva vinsten till Rädda barnen, han är så fin.

– Intressant! Men vad handlar serien om då?

Cyrus kände sig nästan löjligt nervös när han började förklara sin idé för Mikael Persbrandt. Men ju mer han pratade, desto tryggare blev han – det var trots allt hans egen idé, och han hade bollat den med Linda till förbannelse. När han nämnde att han själv hade skrivit manuset, försökte han låta lite blygsam, som om det inte var någon stor grej att dra ihop en tv-serie från scratch.

Persbrandt lutade sig tillbaka, smuttade på sitt kaffe och log roat.

– Ska du verkligen skänka halva vinsten till Rädda Barnen? frågade han med en ton som balanserade mellan skepticism och respekt.

– Jag måste ju först få tag på skådisar, erkände Cyrus. Men ja, det är planen.

Cyrus försökte låta säker, även om det fortfarande sved lite i plånboken bara av att säga det högt. Persbrandt höjde ögonbrynen och lutade sig fram över bordet.

– Om jag är med, vem behöver du mer? Jag kan göra en eller två pilotavsnitt gratis för att få dig att komma i gång. Därefter får ni snacka med min agent. Om jag duger, förstås.

Det var som om tiden stannade för Cyrus. Gratis pilotavsnitt – med Mikael Persbrandt? Det här var ju för bra för att vara sant. Han kände hur kinderna hettade av en mix av förtjusning och förvåning.

– Wow, är det sant? frågade han och försökte låta mer professionell än euforisk. Det vore fantastiskt! Jag skulle älska att få med Helen Bergström eller Lena Ohlin också.

Persbrandt lutade sig tillbaka igen och skrattade.

– Lena är en skön brud. Henne kan jag snacka med. Jag kan nästan lova att hon går med på samma villkor som jag. Helen får ni fixa själva. Men ärligt talat, behöver ni verkligen fler kändisar? Räcker det inte med mig och Lena? Resten kan ju vara rookies – låt dem få chansen att klättra.

– Jag ska också ha en roll, inflikade Linda med en glimt i ögat. Så jag är väl en rookie, då.

Persbrandt nickade, tydligt road.

– Där ser man. Det här låter ju bara bättre och bättre. Så, hur ser planerna ut?

Cyrus, som redan var på gränsen till att spricka av entusiasm, började måla upp hela sin vision. Han berättade om seriens handling, dess komplexa karaktärer, och hur tidsplanen såg ut. Han lade till några detaljer som han visste skulle låta imponerande – och det fungerade. Persbrandt nickade eftertänksamt, ställde frågor som faktiskt visade att han lyssnade och verkade genuint intresserad av projektet.

När Cyrus nämnde att Persbrandt kunde gästa TV5 för att diskutera serien, log skådespelaren igen och nickade.

– Det låter som en bra idé. Vi kan snacka detaljer senare.

Cyrus kände en våg av triumf skölja över sig. Han försökte att inte hoppa jämfota av glädje och lyckades i stället nicka svalt – en ganska hyfsad imitation av en seriös producent, om han fick säga det själv.

De utbytte telefonnummer, vilket för Cyrus kändes som att vinna på lotto. Lunchen flöt på i en förvånansvärt avslappnad stämning. Cyrus kunde knappt tro att han satt där, pratade om sitt projekt med en av Sveriges största skådespelare. Persbrandt var inte bara generös med sina tips, han var också rolig – vilket hjälpte Cyrus att slappna av.

Efter vad som kändes som fem minuter men måste ha varit flera timmar, föreslog Persbrandt att de skulle avrunda. Till Cyrus förvåning insisterade han på att ta notan. Cyrus protesterade hövligt, men inte för mycket – han hade ju ändå inte budgeterat för en lyxlunch med Persbrandt.

När de skildes åt, med ett löfte om att höras redan nästa dag, var Cyrus nästan hög på adrenalin. Han kunde inte vänta med att berätta för Sören hur fantastiskt det hade gått. Det här var mer än bara en bra dag – det var början på något stort, och han kunde inte vänta på att få se vart det skulle leda.

Kapitel 23 – Frankfurter Kaiser

4:e juni, Frankfurt

Klockan var åtta på morgonen när Erik satte sig vid sitt skrivbord med mobilen i handen. Han skrev med vana rörelser ett meddelande till Hans via den krypterade appen, en rutin som blivit som att borsta tänderna – obligatorisk och till synes trygg.

Erik: *Är allt i sin ordning?*

Hans: *Jag förstår inte vad du pratar om* ☺

Erik suckade. Hans envisa försök att vara lustig kunde verkligen gå på nerverna.

Erik: *Lägg av, svara bara om du har gjort allt jag bad om.*

Hans: *Självklart. Allt är i ordning. Jag är en lyckligt lottad man.*

Erik: *Perfekt, är hotellrummet i ordning nu?*

Hans: *Allt är som det ska.*

Erik: *Ok, då skriver jag till alla att vi ska ses klockan 18.00 ikväll för planering.*

Hans: *Yes sir!*

Erik: *Radera konversationen omedelbart.*

Hans: *Kom ihåg att jag är it-säkerhetsexperten här. Ingen kan spåra oss, men jag raderar.*

Erik svalde irritation och raderade sin del av konversationen. Hans arroganta självsäkerhet var lika delar betryggande och tröttsam. Därefter skickade han ett nytt meddelande till gruppen.

Erik till Frankfurt Kaiser-gruppen: *Vi ses klockan 18.00 på hotellet för planering. Ingen får utebli eller komma för sent.*

När klockan närmade sig fem på eftermiddagen steg Erik ur sin bil framför hotellet. Det var hans vana att vara tidigt ute – inte för att han var pedant, utan för att han ville kontrollera att Hans gjort allt han hade bett om.

När han öppnade dörren till hotellrummet möttes han av Hans, som hukade över ett bord och verkade undersöka något osynligt med en liten apparat.

– Vad gör du för något? Rummet ska ju vara säkrat, sa Erik och kunde inte dölja frustrationen i rösten.

Hans vände sig om med ett leende som om han just fått Nobelpriset i paranoia.

– Carin mumlade något om att vi kommer att åka dit, när hon var neddrogad. Nu sitter hon fastkedjad och skriker och gapar om hur hon ska döda mig, skrockade han. Ingen kan höra henne, inte ens Amanda som är i rummet bredvid.

Hans skratt ekade mot väggarna som en dålig skurkmonolog från en B-film.

– Vad i helvete, tänk om de båda jobbade under täckmantel och skulle avslöja vår rörelse? fräste Erik och klev närmare Hans.

Hans ryckte på axlarna, fortfarande med det där självsäkra flinet.

– Så kan det absolut vara. Det är därför jag är på den säkra sidan nu och säkrar rummen här. Men allt verkar vara grönt här.

Erik masserade tinningarna. Att prata med Hans var som att förklara klockans funktion för någon som trodde att tiden ändå var en illusion.

– Kan du ta reda på mer via tjejerna sen? frågade Erik med en skärpa i rösten som till och med Hans borde uppfatta.

Hans nickade överdrivet, som en karikatyr av en som precis fattat ett komplicerat matematikproblem.

– Jag har redan förhört Amanda, och hon verkar inte veta något. Hon säger bara att hon är polis och att hennes kollegor kommer att hitta henne. Jag har gett henne alla serum som finns för att hon ska berätta sanningen, men hon vet verkligen ingenting om rörelsen. Eller jo, hon har fattat att du är nationalsocialist, men det är ju inget att bekymra sig för.

Erik kände ilskan bubbla igen. Hans sätt att ignorera uppenbara risker gjorde att hans puls skenade.

– Varför inledde du med Amanda i stället för Carin, när vi vet att Carin redan döljer något?

Hans lutade sig tillbaka med ett självbelåtet leende och började prata, som om det han just sagt var helt normalt.

– Det var en bra fråga. Jag hade tänkt börja med Carin, men den där horan är helt vild. Jag kom inte ens nära henne ensam. För att få tillfälle att droga henne måste jag vänta tills hon blir lite svagare. Ge henne några dagar utan mat och vatten, så löser det sig. Om inte du vill ge mig en hjälpande hand förstås.

Erik stirrade på Hans, hans ansikte lika stelt som en grekisk marmorbyst.

– Ska du svälta henne? frågade han till slut. Skit samma, svara inte. Vi pratar om det senare. Är du åtminstone säker på att alla rum här är säkra nu?

Hans nickade ivrigt.

– Jajamänsan! Jag har dubbelkollat allt. Ingen avlyssningsutrustning, inga kameror. Allt är grönt.

Erik suckade tungt och strök sig över hakan.

– Förresten, om du inte klarade av henne ensam, hur fick du ens dit henne? frågade han.

Hans ryckte på axlarna med en min som antydde att Erik borde veta bättre än att fråga.

– Vill du verkligen veta? sa han med ett snett leende.

Erik slog ut med handen.

– Nej, du har rätt. Strunt i det. Vi sätter oss och går igenom planen innan de andra dyker upp.

De sjönk ner i soffgruppen, men Hans hann inte ens öppna munnen förrän han kom på en ny fråga.

– Vad säger vi till Alexander och Sabine om varför Carin inte är här?

Erik lutade sig fram och stirrade Hans rakt i ögonen.

– Absolut ingenting, sa han med eftertryck. Vi låtsas vara lika förvånade som de är. Vi fortsätter som om hon aldrig existerat. Det här får inte stoppa arbetet.

Hans nickade, men hans självsäkra flin fick Erik att undra hur mycket av det han egentligen förstod.

– Och om någon vill rapportera det här till Wolfgang eller de andra ledarna? frågade Hans.

Erik lutade sig tillbaka och lade armarna i kors.

– Då tar jag hand om det. Jag kommer anmäla henne saknad direkt efter mötet, sa han lugnt.

Hans skrockade, och Erik kände irritationen bubbla inom sig. Den där skrockande tonen gjorde honom nervös, men han hade inte tid att låta det påverka honom nu.

Hans vecklade ut en karta över Spachbrücken i Reinheim och la den på soffbordet. Erik pekade på en markerad villa och nickade åt Hans.

– Gå igenom allt en gång till innan de andra kommer.

Hans sträckte på sig och började prata med sin vanliga entusiasm.

– Som jag berättade tidigare, sa han och pekade på kartan, har jag avlyssnat Claudia på herrgården. Genom henne fick jag reda på att den här amerikanen, Chuck, har en villa som verkar vara centrum för något riktigt skumt. Jag tror han kokar och säljer droger.

Erik lutade sig tillbaka och korsade armarna.

– Och vad förväntar du dig att vi kan kamma hem? frågade han.

– Minst femtusen euro i kontanter, började Hans. Men det är småpotatis jämfört med vad som kan finnas i källaren. Jag är ganska säker på att han kokar metamfetamin, eller meth som det kallas.

Erik höjde handen.

– Jag vet vad det är, Hans. Hoppa över lektionen.

Hans flinade och fortsatte.

– Om det är meth, vilket jag tror, så snackar vi ett värde på tio miljoner euro. Om det är amfetamin, kanske sex eller sju miljoner.

Erik nickade långsamt, hans tankar redan flera steg framåt.

– Och det är vad vi får? Tio miljoner euro rakt ner i fickan? frågade han med en röst som dryper av skepticism.

Hans skakade på huvudet.

– Nej, självklart inte. Vi får sälja det vidare till en grossist. Vi kanske får max femhundra tusen, men det är ändå en bra bit över vad vi har just nu.

Erik stirrade på kartan, hans tankar malande. Det fanns risker, stora sådana. Men om Hans hade rätt – och det var ett stort "om" – skulle det här kunna finansiera ett tag. Han tittade upp på Hans igen.

– Det låter genomförbart, sa han till slut. Men lyssna på mig nu. Det här får inte gå fel. Fattar du?

Hans nickade ivrigt.

– Absolut. Det här är vattentätt.

Erik lutade sig tillbaka i soffan. Han skulle behöva dubbelkolla allt själv, förstås. Det här var för stort för att lämna i Hans händer.

Ett klick från ytterdörren avbröt samtalet. Erik reagerade instinktivt och la handen på pistolen i hölstret. Hans kropp spände sig, men spänningen lättade när han såg Alexander kliva in, tätt följd av Sabine. Han sneglade på sitt armbandsur – fyra minuter i sex.

– Ni var i tid, det ska ni ha, sa Erik torrt. Men jag trodde jag var tydlig med att vi inte går in och ut samtidigt.

Alexander ryckte på axlarna.

– Jag tog trapporna, och Sabine kom ut ur hissen precis när jag stod vid dörren. Det hade sett konstigare ut om en av oss väntade i korridoren.

Erik nickade, även om irritationen bultade under ytan.

– Jag förstår. Jag får göra ett schema, så att alla vet att de ska anlända med fem minuters mellanrum. Och vi lämnar rummet i samma ordning. Nu väntar vi på Carin innan vi börjar. Sätt er.

Sabine gled ner i soffan bredvid Erik, medan Alexander tog plats bredvid Hans. Erik lade märke till Sabines närvaro direkt. Doften av hennes schampo svävade som ett moln av lockelse runt henne. Han ville luta sig fram, borra näsan i hennes hår och låta världen försvinna. Hon var söt och vacker på samma gång – en slags skönhet som fick hjärtat att göra volter.

Han försökte samla sig. Tidigare hade kvinnor varit något han roade sig med, inget mer. De hade aldrig lämnat ett spår i hans liv, och han hade inte brytt sig. Men Sabine? Hon var annorlunda. Självklart ville han ha henne, men det var något mer.

Det var som om luften blev lättare när hon var nära, och samtidigt kvävande på ett sätt som gjorde honom yr. Och idag, när Carin inte var här, kunde han äntligen fokusera på Sabine utan att något störde.

Hans skrovliga röst avbröt tankarna.

– Ser ni den markerade villan på kartan? frågade Hans och pekade.

Sabine lyfte blicken från kartan.

– Ska vi inte vänta på Carin? frågade hon. Klockan är bara en minut över sex. Hon kanske såg Alexander och mig och väntar i korridoren för att inte göra samma misstag.

Erik nickade långsamt. Hon hade en poäng.

– Helt rätt. Vi väntar till fem över.

Hans nickade kort och tystnade, och en ovanlig stillhet fyllde rummet. Erik lät blicken vandra tillbaka till Sabine, som satt avslappnat bredvid. Han såg en möjlighet att bryta tystnaden och kanske säga något som kunde få hennes ögon att vända sig mot honom igen.

– Du ser fantastisk ut idag, Sabine, sa han och lutade sig något närmare. Vad använder du för schampo? Det luktar ljuvligt.

Sabine såg förvånad ut, men leendet som spred sig över hennes läppar var äkta.

– Oj, tack! Det var inte väntat från dig. Jag tror det heter Gliss Kur.

Erik log tillbaka, nöjd med hennes reaktion.

– Nu är klockan fem över, avbröt Hans. Ska jag fortsätta?

Erik höll upp en hand.

– Nej, vänta. Jag skickar ett meddelande till Carin och frågar var hon är.

Han tog fram mobilen och skrev snabbt i den krypterade appen. Meddelandet skickades i väg, och han satte sig tillbaka i soffan.

– Bra, då väntar vi lite till, sa Sabine med ett lätt leende på läpparna.

Erik sneglade på henne igen, på sättet hennes mungipor drog sig uppåt. Leendet värmde honom på ett sätt som inget schampo någonsin kunde.

Erik väntade, stirrade på mobilen som om den skulle börja tala med honom. Tystnaden i rummet blev nästan öronbedövande, och i en reflex lutade han sig en aning mot Sabine, som satt bredvid honom. När hennes kropp svarade, när hon lutade sig tillbaka mot honom utan tvekan, kände han hur ett leende tog över hans ansikte innan han hann stoppa det.

En värme bredde ut sig i hans bröstkorg, en konstig, nästan obehaglig känsla. Hans hjärta rusade, och han kunde inte avgöra om det var adrenalinet från uppdraget eller något annat. När han mötte Sabines blick log hon tillbaka, och det var som om de förstod varandra utan att behöva säga ett ord. Erik mindes deras senaste möte, när han hade försökt fånga hennes uppmärksamhet utan framgång. Då hade hon varit kall, nästan avvisande. Men idag var allt annorlunda. Eller, kanske var det han som var annorlunda.

Han försökte rikta fokus tillbaka på uppdraget. Carin saknades, och det borde ha varit en prioritet. Men varje gång han sneglade på Sabine gled tankarna i väg. Hon var en distraktion han inte visste om han ville eller kunde hantera. Han behövde styra upp sig.

– Jag får inget svar, och klockan är snart kvart över, sa Erik. Jag skriver till Wolfgang och gänget och rapporterar.

Han bläddrade fram rätt kontakt i listan och började skriva meddelandet. Orden var noga avvägda, formella och raka. Erik visade texten för de andra innan han skickade den:

Korpral Lehmann har ej infunnit sig inför planering av cellens operation. Korpralen svarar inte på mina meddelanden. Övriga i cellen finns på plats. Inväntar order för fortsatt arbete.

Några sekunder efter att han tryckt på "sänd" kom svaret från Wolfgang:

Fortsätt utan henne. Vi undersöker saken vidare och hör av oss om vi hittar något. Glöm inte att rapportera innan nio.

– De vill att vi fortsätter enligt plan, utan Carin, sa Erik och visade meddelandet. Wolfgang och de andra tar hand om hennes frånvaro. Så, Hans, sätt i gång.

Hans rätade på sig och pekade på kartan.

– Som jag försökte säga, den markerade villan här. Ser ni var den ligger?

Alexander lutade sig fram och granskade kartan.

– Öh, ja. Vi kan läsa en karta. Eller åtminstone jag kan, sa han och tittade på de andra leende.

– Jodå, jag kan också, sa Sabine och log lätt. Men jag känner inte igen området. Det står inget namn här.

Hans, något förnärmad, förtydligade.

– Det är Spachbrücken i Reinheim. Någon som känner till det?

– Jag har nog flugit över det, men aldrig varit där, sa Alexander.

– Inte jag heller, sa Sabine och skakade på huvudet. Men jag tror att jag vet åt vilket håll Reinheim ligger.

Hans ignorerade deras ointresse och fortsatte.

– Amerikanen, Chuck, bor ensam i den här villan. Genom avlyssning av Claudia har jag fått fram att han sällan är hemma och sannolikt sysslar med tillverkning och försäljning av droger.

Sabine höjde ett ögonbryn.

– Låter som ett riktigt djur. Är han svart, eller?

Erik skrattade torrt.

– Nej, dessvärre inte. Han är vit, men han är en vidrig liberal amerikan. Så det är precis lika illa.

Sabine log och nickade.

– Då är jag med.

Hans fortsatte sin genomgång, men Erik kunde inte sluta låta blicken glida mot Sabine. Han lyssnade halvt på detaljerna om Chuck, villaoperationen och drogproduktionen. Alexander och Sabine uttryckte viss tvekan inför operationens moral, särskilt när det gällde hanteringen av droger. Erik lade deras kommentarer på minnet men valde att inte bemöta dem just då. Sabines leende, däremot, var något han inte kunde ignorera.

Erik lyssnade på Alexander och Sabine när de förklarade att detta skulle bli deras sista insats. Deras röster var beslutsamma, men han kunde ana en underton av tveksamhet. Han visste att operationens metodik kunde skava för vissa, men för honom handlade det om resultat, inte om sentimentalitet. När Sabine lade till att hon ville behålla kontakten med gruppen, särskilt med honom, förstod han att detta var mer än ett farväl.

När Sabine kisade mot honom och hennes blick fylldes av något han inte kunde sätta ord på, kände Erik hur hjärtat slog snabbare. Det var som om luften i rummet hade blivit tjockare. Han nickade nästan reflexmässigt, för stum för att svara.

– Ok, vi gör så, sa Alexander. Nu ger vi järnet och sen drar vi oss ur. Jag kommer att vara tillgänglig för rörelsen, men inte aktiv på detta sätt igen. För säkerhets skull, tycker jag inte att vi ska umgås.

Erik mötte Alexanders blick, tog in orden och nickade sakligt.

– Jag hör er alla, sa han. Jag kommer att rapportera detta till ledningen innan nio. Nu låter vi Hans gå igenom hur vi ska genomföra operationen.

Hans tog vid och pekade på kartan över Spachbrücken. Hans ord flöt förbi Erik, som försökte koncentrera sig men fann sina tankar vandra tillbaka till Sabine. Hennes närvaro brände som en låga, distraherande men lockande. Hans röst blev en avlägsen bakgrund, en monotoni som knappt nådde fram.

– Några frågor? frågade Hans till slut, och Erik märkte hur de andra skakade på huvudet. Han gjorde detsamma, en gest som sa mer än orden han inte orkade säga.

– Bra, sa Erik. Hans, du kommer klockan fem i tio, Alexander, klockan tio och Sabine, klockan fem över tio. Är det uppfattat?

Alla nickade, och Erik kände en lättnad över att mötet närmade sig sitt slut.

– Ok, då ska vi lämna sviten nu. Hans, du går nu. Alexander, om fem minuter. Jag går fem minuter efter dig och Sabine sist.

När han blinkade åt Sabine rodnade hon svagt men log tillbaka. Erik kände hur det gjorde något med honom, något han inte ville analysera just nu. Hans packade ihop och gick, och tystnaden lade sig som ett täcke över rummet. Fem minuter senare försvann Alexander, och dörren klickade igen. Erik vände sig till Sabine.

– Åh, äntligen ensamma, sa han och lät ett brett leende sprida sig över ansiktet.

Sabine lutade sig tillbaka i soffan, men hennes blick var skarp.

– Innan vi går vidare, Erik, är du singel? Jag vill inte vara tredje hjulet eller så. Och jag är inte för så kallade engångsligg.

Hennes ord slog honom som ett slag i magen – inte av obehag, utan för att hon så direkt tog upp det han själv försökt undvika. Han lät sitt leende mjukna.

– Jag vet inte ens om jag skulle kunna ha ett engångsligg med dig, även om jag ville, svarade han ärligt. Du är något utöver det vanliga.

– Svara på min fråga och slingra dig inte, fnittrade hon.

Erik lutade sig tillbaka och mötte hennes blick.

– Ja, jag är singel. Jag har inte haft ett förhållande på väldigt länge.

Sabine sökte hans ögon, som om hon letade efter något mer i hans svar.

Jag känner något starkt för dig, Erik, sa hon, rösten mjuk men ändå fylld av en sorts allvar.

Erik tog hennes hand, kände värmen i hennes hud mot sin.

– Jag känner det också, Sabine, sa han lågt.

Hon tvekade, som om hon balanserade på gränsen till ett beslut.

– Jag är inte säker på vad jag känner, sa hon efter en stund. Men jag är villig att utforska detta tillsammans med dig.

– Är det ok om jag kysser dig? frågade Erik, med en mjukhet han inte visste att han hade.

Sabine nickade, och Erik lutade sig fram. Deras läppar möttes, först försiktigt, men sedan med en intensitet som överraskade honom. Hennes hand på hans kind var både lätt och beslutsam, och han drog henne närmare sig i en omfamning som kändes som en bekräftelse på allt han inte vågat hoppas.

– Jag vill vara nära dig, får jag det? frågade han.

Sabine nickade igen, denna gång med ett leende som nådde hennes ögon.

– Ja, jag vill vara nära dig också.

De satt tätt intill varandra, och när Erik försiktigt tog hennes hand och kysste hennes handflata, såg han nervositeten i hennes leende. Men det fanns också något annat där – en trygghet han ville ge henne. Hans händer rörde sig långsamt till hennes blus, och han kysste hennes hals och axlar när han började knäppa upp den. Hennes närhet var allt han kunde tänka på, och för första gången på länge kände han sig inte ensam.

Sabine tog av Eriks skjorta, och han kunde känna hennes händer smeka över hans bröst och axlar. Hennes beröring var både försiktig och utforskande, vilket fick hans puls att öka. De fortsatte avklädningen tillsammans, tills de satt nakna bredvid varandra på soffan. Erik kunde inte slita blicken från henne, fascinerad av varje kurva och detalj av hennes kropp. När hon kysste honom, intensivt och passionerat, kände han hur hennes kropp trycktes mot hans egen. De rörde sig tillsammans i harmoni, som om de dansade till musiken som spelades i bakgrunden.

Erik förstod inte vad som höll på att hända med honom. Så här ömt hade han aldrig velat älska med någon tidigare. Hans vanliga distans och kontroll var som bortblåsta. Han ville vara varsam, nästan beskyddande, och varje fiber i hans kropp längtade efter att se henne trygg och tillfredsställd. Han låg över henne, såg in i hennes ögon och kysste henne. När de rörde sig tillsammans höll han sig ändå tillbaka. Trots att hon flera gånger försökte locka honom att ta steget fullt ut, ville han inte bryta den magiska stunden. Han ville att det skulle vara något mer än bara kroppar som förenades.

Med händerna på hennes bröst började han kyssa och suga lätt på hennes styva bröstvårtor. Hans händer utforskade hennes kropp, från midjans smalhet till höfternas rundning. Hon var inte lika tränad som andra kvinnor han hade känt, men varje del av hennes kropp kändes som om den var skapad för att passa perfekt i hans händer. Hon var bedårande – från hennes mjuka drag till de vackra linjerna som målades av skuggorna i rummet. Hans blick fastnade gång på gång i hennes ögon, och han kunde känna hur något okänt inom honom började växa fram.

Erik försökte slå bort tankarna och fokusera på nuet. Han förde sina kyssar längre ner, från hennes bröst till hennes släta mage. Hans läppar smekte hennes hud, och han stannade till vid naveln innan han fortsatte nedåt. Hans händer vilade på hennes höfter, och han lyfte blicken för att möta hennes ögon igen. Han behövde veta att hon ville detta, att hon var med honom. Hennes nick och viskande uppmaning gav honom klartecken.

Han kände sig överväldigad av hennes initiativ när hon lyfte benen och lade dem runt hans huvud, tryckte honom mot sig och visade honom vad hon längtade efter. Han började slicka hennes klitoris med försiktiga rörelser som snart blev mer intensiva. Hennes värme och doft fyllde honom, och han märkte att hon blev allt blötare för varje sekund. Hans hand sökte sig försiktigt mot hennes slidmynning, och han började smeka henne medan hon flämtade till.

Hon svarade på varje rörelse, varje beröring, och han kunde känna hur hennes kropp blev mer och mer mottaglig.

När han försiktigt förde in sitt pekfinger kände han hur hennes kropp spändes och slappnade av i vågor av njutning. Hans andra hand smekte hennes rumpa, och han kände sig förvånansvärt bekväm när han började utforska även den sidan av henne. Han visste att han tog en chansning, men när hon inte protesterade utan snarare tryckte honom närmare, förde han in ett finger i hennes anus samtidigt som han ökade intensiteten i sina rörelser.

Sabine tjöt till av njutning, och han kunde inte låta bli att le inombords. Hon var helt med honom, varje rörelse och varje ljud hon gjorde bekräftade det. Han förde in ytterligare ett finger i hennes vagina, och med varsamma cirkelrörelser masserade han hennes främre vägg. När hon stönade att han skulle trycka hårdare, gjorde han som hon bad och kände hur hon byggdes upp mot en enorm orgasm.

När hennes kropp spändes i kramp, och hennes stön blev högre, kunde han knappt andas där han var. Han fortsatte envist, förlorad i hur hon rörde sig mot honom, hur hon smakade och kändes. När hon tryckte bort honom med händerna förstod han först inte vad som hände, men hennes djupa suck och leende gav honom svaret.

– Du gav mig världens skönaste orgasm, sa hon och log andlöst.

Erik såg på henne, fortfarande uppfylld av ögonblicket.

– Jag trodde jag gjorde illa dig.

– Tvärtom, svarade hon och fnittrade. Nu är det din tur, men ... vad vill du ha?

Han skakade på huvudet och log.

– Nej, det här räcker för mig. Jag vill bara njuta av att vara nära dig. Vi har tid för allt det andra sen.

Hon lade huvudet mot hans bröst och drog ett djupt andetag. Erik kände hur en ovanlig känsla av lugn och lycka spred sig inom honom. Sabine hade rivit en mur som han inte ens visste att han byggt.

– Du är så fin, sa Sabine med ett leende. Men jag är hungrig. Ska vi gå ut och äta? Efteråt kanske vi kan gå hem till mig, jag bor alldeles i närheten.

Erik nickade, en värme spred sig inom honom.

– Det låter som en plan. Jag ska bara meddela vad vi bestämt inför morgondagen, utan att nämna något om … ja, dina och Alexanders tankar om framtiden. Okej?

– Gör det, sa hon och fnittrade. Men passa på att kamma dig och tvätta ansiktet först.

Erik log och tände badrumslampan. Medan han sköljde ansiktet med kallt vatten och tvättade av sig, försökte han samla tankarna. Men varje gång han såg sitt eget leende i spegeln blev det tydligt att han inte kunde tänka på något annat än Sabine. Hon hade fått honom att känna sig mer levande än han gjort på åratal.

När han kom ut satt Sabine på soffan, redan klädd och redo. Hon såg på honom med en blick som gjorde det svårt att tänka på något annat än att kyssa henne igen. Erik gick fram, kramade om henne och lät deras läppar mötas i en lång, intensiv kyss.

– Är du redo för middag? frågade han till slut.

– Mer än redo, sa hon med ett skratt.

Hand i hand gick de ut i kvällsluften. Det var något nästan rebelliskt i att ignorera reglerna, men det gjorde bara känslan starkare. Efter en stunds promenad hittade de en mysig restaurang vid namn Main Nizza. Erik öppnade dörren för Sabine, och de gick in för att dela en måltid som kändes lika mycket som en högtid som en middag.

De satt vid ett bord vid fönstret, och Erik beställde en flaska vin. Under middagen pratade de om sina liv, drömmar och det som väntade. Han märkte dock att Sabines leende ibland inte nådde hennes ögon. Något skuggade hennes tankar, och han kunde känna hur oron för den kommande operationen vägde på henne.

Han sträckte ut handen och lade den varsamt på hennes kind.

– Sabine, jag är här för dig. Vad som än händer, jag kommer att skydda dig.

Hon såg på honom, och i det ögonblicket kände han hur hon började slappna av. Hans ord, även om de inte kunde garantera något, verkade ge henne styrka. Hon grep hans hand och log.

– Tack, Erik. Jag är glad att jag har dig.

Efter middagen föreslog Sabine att de skulle gå hem till henne. Erik uppskattade förslaget – inte bara för att det förlängde kvällen, utan också för att han ville lära känna henne ännu bättre.

De vandrade längs floden Main, stadens ljus speglade sig i vattnet, och varje steg tillsammans förstärkte bandet mellan dem. Sabines hem, ett elegant penthouse, imponerade på Erik.

Men det var inte bara utsikten eller inredningen som grep honom; det var värmen i rummen, en reflektion av hennes personlighet.

När de satte sig i vardagsrummet kunde Erik inte låta bli att undra vilket av rummen som var hennes sovrum. Med ett retsamt leende tog Sabine hans hand och ledde honom dit. När de satte sig nära varandra på sängen, kände Erik spänningen i luften, men han ville inte skynda på något. I stället såg han in i hennes ögon och förklarade att han ville att de skulle vara utvilade inför morgondagen.

Sabine log förstående, men när deras läppar möttes igen kunde ingen av dem hålla tillbaka. Deras kyssar blev till smekningar, och snart fanns det inget som kunde hålla dem ifrån varandra.

Efteråt låg Sabine tätt intill honom, hennes andetag jämna och lugna. Erik kände en värme sprida sig i bröstet när han höll om henne. Var det detta som kallades att vara kär? Han visste inte, men han ville aldrig att detta skulle ta slut.

Kapitel 24 – Viktor & Maria

7 juni – Stockholm

Maria Björk drog en hand genom sitt ljusbruna hår och lät blicken svepa över produktionsrummet på TV5. Ljuset från monitorerna fladdrade över hennes ansikte, men hennes tankar vandrade i väg. Det hade varit en lång dag, och även om hon älskade sitt arbete kunde hon inte låta bli att fråga sig hur hon hamnat här.

Hon mindes sitt första möte med Viktor Sjölin. Hans gröna ögon hade fångat henne direkt, och hans outtröttliga energi hade en magnetisk dragningskraft. Det började oskyldigt – små samtal, skratt över gemensamma skämt. Men snart hade de stunderna blivit något mer. Hon visste att det var fel. Han hade en familj. Hon hade sitt arbete, sina drömmar. Ändå var det som om varje gång han såg på henne suddade allt annat ut.

Maria ryckte till när hans röst bröt igenom hennes tankar.

– Maria, vi måste prata om Cyrus manus senare.

Hans ord var sakliga, men blicken ... den där blicken. Hon mötte den och försökte svara lika professionellt.

– Självklart, sa hon, men kände hur hennes leende svek något hon inte ville visa.

Senare den dagen, efter mötet, följde Maria och Viktor varandra i tystnad till filmarkivet. Det var som en ritual nu. Hon visste vad som skulle hända, och hon visste att hon borde säga nej. Men när hans hand rörde vid hennes arm var det som om logiken försvann, ersatt av något som hon inte kunde förklara.

De fann ett avskilt hörn, dolt från nyfikna blickar. När Viktor kysste henne kände hon samma blandning av lust och skuld som alltid. Hans händer smekte hennes rygg, och hennes kropp svarade innan hon hann tänka. I hans famn var hon både fri och fast, uppslukad av något som inte kunde vara mer fel.

Maria var klädd i en ljus sommarklänning som hon valt för sin enkelhet den morgonen, utan tanke på hur den nu skulle komma att spela en helt annan roll. Tyget följde hennes kropp, och när Viktors händer smekte hennes ben genom tyget, kände hon hur hennes hjärta slog snabbare. Hon borde avbryta det, borde säga något. Men hans beröring skickade vågor av värme genom hennes kropp, och hon lät honom fortsätta.

Han lyfte henne försiktigt och satte henne på ett av borden i hörnet. Hans blick var fylld av begär, men också av något som fick henne att känna sig som den enda i världen. När han drog upp klänningen och blottade hennes kropp, kunde hon inte dölja ett leende av både nervositet och förväntan. Hans händer smekte hennes hud, och hon kunde inte låta bli att stöna när han böjde sig fram för att kyssa henne längs låren.

När han började pussa och slicka henne genom hennes trosor, tappade hon nästan andan. Hennes händer greppade kanten på bordet medan hon lutade sig bakåt och lät honom ta kontrollen. Hon ville säga något, men orden fastnade i halsen. Stönanden undslapp henne i stället, och hon kunde inte hålla tillbaka.

Viktor fortsatte intensivt, hans skickliga rörelser skickade henne närmare bristningsgränsen. När han slutligen drog ner gylfen och blottade sig själv, kände hon en våg av både längtan och tvekan. Men när han drog henne närmare och trängde in i henne, försvann alla tvivel. Hon låste benen runt honom, höll honom nära, och lät honom styra takten. Hans famn var hennes enda verklighet, och deras rörelser blev en alltmer intensiv dans.

Maria kände en kombination av lust och skuld skölja över sig. Varje rörelse från honom fyllde henne med en känsla av att vilja ha mer, samtidigt som tankarna på hans fru och deras förbjudna förbindelse ekade i bakgrunden. Men i stunden lät hon dessa tankar försvinna, ersatta av lustens hetta.

De förlorade sig båda i passionen tills deras kroppar slutligen slappnade av. När Viktor drog sig tillbaka och de hjälptes åt att rätta till sina kläder, mötte han hennes blick med ett leende som alltid fick hennes hjärta att slå snabbare.

– Du är fantastisk, Maria, viskade han.

Hon log tillbaka, men leendet vägde tungt. Trots att hon visste att de borde stoppa, visste hon också att hon inte kunde. För om han kysste henne igen, skulle hon ge efter – varje gång.

Kapitel 25 – Manus och möjligheter

7 juni – Stockholm

Cyrus vaknade tidigt, fylld av oro och förväntan. Hans arm var domnad efter att ha legat under Lindas huvud hela natten. Han försökte försiktigt dra undan den utan att väcka henne. Klockan var fem, och trots den tidiga timmen kunde han inte somna om. Tankarna snurrade oavbrutet kring det viktiga mötet senare på dagen – hans manus, Viktor och Maria, och det framtida projektet som kunde bli hans stora genombrott.

Han vände blicken mot Linda som fortfarande sov. Hennes närvaro hade varit hans fasta punkt, hans stöd genom stressen med manuset. Han älskade henne för hennes tålmodighet och hur hon alltid lyckades få honom att känna sig trygg när han var som mest osäker. Trots det malde tankarna om vad dagen skulle innebära, och hur mötet skulle påverka både hans karriär och deras liv.

När Lindas mobil började ringa och avbröt morgonens stillhet, tvingades han upp. Efter en snabb frukost och sina vanliga rutiner lämnade de lägenheten tillsammans. När de skildes åt vid tunnelbanan, grep Linda hans hand och såg honom djupt i ögonen.

– Du kommer att göra det fantastiskt, sa hon med en värme som trängde genom hans nervositet. Jag tror på dig.

Hon kysste honom, och han kände en våg av nyfunnen säkerhet.

När Cyrus senare steg in i Sörens kontor kände han tyngden av situationen. Viktor och Maria satt redan där och diskuterade något intensivt. Han kände sig en aning malplacerad, men när de vinkade åt honom att sätta sig kände han sig något lugnare.

Sören kom in, sprudlande av energi som vanligt, och fyllde rummet med sin karaktäristiska entusiasm. Efter att ha klappat Cyrus på axeln med ett leende började han prata.

– Vi diskuterade just ditt manus, sa han.

Cyrus kände hjärtat slå snabbare. Han sneglade på Viktor och Maria, som båda såg uppriktigt intresserade ut.

– Det visar verkligen potential, sa Viktor. Men några detaljer behöver justeras för att få det att lyfta.

Maria log och fyllde i.

– Jag håller med. Manuset är fantastiskt, men vissa delar kanske är för komplexa för tittarna. Vi har några förbättringsförslag.

Cyrus kände lättnad blandat med ny nervositet. Han hade förberett sig på kritik, men att höra att manuset ändå var uppskattat gav honom ny energi.

– Har ni några konkreta exempel? frågade han, ivrig att förstå vad som behövde göras.

Viktor räckte över en lista med anteckningar.

– Vi går igenom den tillsammans efter mötet, sa han.

Sören nickade och la till.

– Samarbeta, finslipa, och se till att vi är redo att sätta bollen i rullning.

Cyrus log tacksamt och kände hur spänningen lättade. Han hade en väg framåt.

Efter att de diskuterat manuset övergick samtalet till finansieringen. Viktor lyfte fram frågan om skådespelare, och Maria påpekade hur viktigt det var att hitta två starka namn för att locka tittarna. Cyrus var redo.

– Jag har redan varit i kontakt med Persbrandt, började han. Han är beredd att göra de två första avsnitten pro bono. Lena Ohlin kan också vara intresserad, om en del av vinsten går till Rädda Barnen.

Maria såg imponerad ut.

– Det är en fantastisk början, men vad händer efter de två första avsnitten?

Cyrus andades djupt innan han svarade.

– Jag är beredd att finansiera resten själv. Jag har råd att satsa två miljoner ur egen ficka. Det här projektet är för viktigt för att låta det misslyckas.

Sören log brett och nickade.

– En sådan passion är precis vad som behövs. Ring Persbrandt och boka ett möte så snart som möjligt.

Cyrus nickade. Han visste att detta var hans chans.

Efter mötet skickade Cyrus ett meddelande till Linda om att allt hade gått bra och att planerna rullade på. Sedan bokade han in ett möte med Persbrandt samma eftermiddag och tog emot några taxikuponger från Sören för att ta sig till Jakobsbergs gymnasium. Skolan var känd för sitt estetiska program, och Cyrus hade fått idén att involvera unga talanger för mindre roller i serien.

När han steg in i gymnasiet fylldes han av förväntan. Elevernas entusiasm var smittsam, och han kände att detta kunde tillföra serien något unikt. Efter att ha pratat med lärare och elever lämnade han Jakobsberg med en stark känsla av att projektet inte bara var möjligt, utan också på väg att bli något riktigt speciellt.

Cyrus återvände till TV5 med nya idéer och en känsla av att vara på rätt väg. Han mötte upp Linda för en lunch, och hennes leende när han berättade om framgångarna fyllde honom med en trygghet som inget annat kunde ge.

När dagen närmade sig sitt slut satt Cyrus med sina anteckningar, fylld av inspiration. Viktor och Maria hade gett honom värdefull feedback, och Sören hade visat sitt stöd. Han visste att utmaningarna inte var över, men för första gången på länge kände han att allt var möjligt.

Kapitel 26 – Inbrottsoperationen

5 juni, Frankfurt

Erik stod och trampade utanför hotellet. Klockan var fem över tio, och hans blick svepte över de andra som samlades. Hans såg lika självsäker ut som alltid, som om han redan skrivit en bok om hur framgångsrika inbrott gick till. Alexander skruvade rastlöst på sig, och Sabine ... ja, hon kunde ha stått i ett skyltfönster för hur man ser oroväckande lugn ut innan kaos bryter lös.

– Några nyheter från Carin? frågade Alexander, hans röst drypande av både irritation och lättnad.

– Nej, ingenting, svarade Erik med en suck. Han kastade en snabb blick på sin mobil.

– Jag rapporterade till kontaktnummer fem för en timme sedan. De bad mig sluta tänka på henne och fokusera på operationen. Jag tog det som en order att sluta bry mig.

Hans nickade, som om han förstod exakt hur mycket det sved att bli tillsagd att "sluta tänka på någon." Fast han gjorde det med sitt vanliga flin, det som alltid fick Erik att vilja trycka till honom.

– Jag har skyddsvästar och balaklavor i bilen, sa Hans. – Även mörkerglasögon. Ni vet, för den där proffsiga touchen.

– Bra, muttrade Erik och höjde rösten något. – Alla har sina pistoler, hoppas jag? Och kom ihåg: ljuddämparna måste tillbaka till polisen. Det är inte precis en uthyrningsfirma vi leker med.

Sabine höjde ett ögonbryn och såg nästan road ut. Erik försökte ignorera hur hennes minspel fick hans koncentration att krackelera.

– Kan vi gå igenom allt en gång till? frågade Sabine. Hennes röst var lugn, nästan professorlig. Erik kunde inte låta bli att beundra hennes sätt att få det mest nervösa gänget att lyssna.

– Bra idé, nickade Erik och vände sig mot Hans. – Kom igen, låt oss höra ditt mästerverk till plan igen.

Hans bredde ut kartan över Spachbrücken som om han presenterade en skattjakt för dagisbarn.

– Vi går in här, tar allt vi hittar och går ut här, sa han, pekande med en laserpekare som om det var en PowerPoint-presentation.

– Så enkelt, va? sa Alexander torrt. – Kanske vi borde lägga till en liten dansrutin när vi är klara.

Erik ignorerade honom.

– Bra, då kör vi. Vi åker nu och börjar reka innan midnatt. Ingen improvisation. Om någon tänker vara hjälte, hoppas jag ni har skrivit ert testamente.

De började lämna hotellet enligt den briljanta planen om att röra sig en och en. Erik såg till att vara sist kvar med Sabine. Hon hade en förmåga att få allt att kännas lite mindre absurt.

– Sabine, jag vill prata om oss när det här är över, sa han, kanske lite för snabbt.

Hon tittade på honom med den där blicken som gjorde att hans hjärta slog som en kulspruta.

– Vi får prata efteråt, Erik. Men jag vill det också.

De delade en kyss. För en sekund kändes det som om världen stod stilla. Sedan knackade Hans på bilfönstret och Erik insåg att det var dags att lämna romantiken och fokusera på att eventuellt bli arresterad.

De körde in i ett tyst kvarter och parkerade bilen diskret, eller så diskret som man kan med en stor skåpbil full av utrustning. Erik hoppade ur bilen och insåg att han inte längre brydde sig om att hans svarta kläder fick honom att se ut som en emo-ninja. De satte på sig skyddsvästar och började sprida ut sig.

När de återsamlades vid bilen var det med en viss nervositet. Erik märkte att Alexander såg ut som om han redan förlorat på poker, medan Sabine var lika lugn som en professor på sommarlov.

– Låt oss göra det här snabbt, sa Erik. – Hans, parkera närmare huset. Vi har inte råd att fumla runt.

Väl inne i villan började de leta igenom källaren. Erik fann sig stirrande på påsar med vitt pulver. "Amfetamin", tänkte han. "Eller möjligen pulveriserad dumhet, för det är precis vad det känns som vi sysslar med."

– Vi har minst hundra kilo här, sa Hans med glädje, som om han just hittat en rea på stormarknaden.

Ett ljud av fotsteg fick dem alla att stelna till. Erik signalerade åt Alexander att ta hand om det. Minuten senare hördes ett skott och sedan ... ingenting. Alexander kom tillbaka, tomhänt.

– Jag missade, sa han och ryckte på axlarna som om han just förlorat en pilkastningstävling.

Erik kände ilskan koka upp.

– Hur i helvete kan du missa en människa i en trång korridor?

Hans och Sabine fortsatte lasta säckar som om de deltog i en särskilt riskabel tävling i packning. När de var klara började de städa, men en taxi passerade långsamt förbi och Erik kände en isande känsla i magen.

– Vi måste vara snabba. Ingen mer jäkla slarv, sa han med en röst som fick Alexander att titta ner i marken.

När de körde i väg, var Erik tyst. Hans hade sin vanliga attityd av att allt var under kontroll, vilket gjorde att Erik ville skrika. Sabine sa ingenting, men Erik kände hennes närvaro bredvid sig som en stabil punkt i kaoset.

När de började släppa av folk, tog Alexander sitt avsked med några ord som lät som ett sista farväl. Erik ryckte på axlarna och såg på när han försvann in i natten.

När de nådde Sabines hem, följde Erik med henne upp. Han kände att han behövde prata, behövde något som fick honom att känna sig mindre ensam i mörkret som deras operation lämnat efter sig.

De pratade länge, analyserade varje steg, varje misstag. Sedan, som om all uppdämd stress behövde en utväg, gav de sig hän åt varandra. Erik tänkte inte på framtiden, inte på konsekvenserna. Bara på att han för en gångs skull kände sig levande, om än bara för ett ögonblick.

Kapitel 27 – Dungeon

5-6 juni, Frankfurt

När Hans körde ensam längs den mörka motorvägen utanför Frankfurt, lade han knappt märke till de ändlösa strålkastarljusen som rusade förbi. Hans händer greppade ratten hårt, och varje gång han sneglade i backspegeln var det som om varje bil kunde vara en polisbil, redo att slå på blåljusen. Paranoian låg som en kvävande filt över honom, trots att hans polisradio höll tyst. Om någon skulle nämna honom, skulle han höra det. Men tänk om de bara dök upp – utan förvarning? Den tanken fick hans puls att öka.

Han körde strikt enligt reglerna. Följsam som en medelmåttig bilförare, utan att dra till sig onödig uppmärksamhet. Skyskraporna som reste sig i fjärran började försvinna, och han kände hur staden bleknade bakom honom, ersatt av tystare landskap. Med varje kilometer på den ensliga vägen kände han axlarna släppa något av sin spänning. Ändå, den stickande känslan av att något kunde gå fel ville inte släppa.

När han svängde av från motorvägen och styrde in på grusvägarna i Berkersheim, kände han ett flyktigt ögonblick av lugn. Det här var hans territorium. Tryggheten i att vara på hemmaplan, där inget störde honom, var oslagbar. Tågen som dunkade på rälsen i närheten hade varit hans enda sällskap här i åratal. Han älskade ljudet – rytmen var på något sätt hypnotisk. Det påminde honom om Heidelberg, den lilla stad där han växte upp. Men i stället för att vara en tröstande tanke, drog minnet fram en knut i magen.

Han hade aldrig förstått hur folk kunde romantisera barndomen. Hans var inte fylld av oskyldiga lekar eller kärleksfulla föräldrar. Den vackra naturen i Heidelberg var en lögn, en kuliss för det kaos som pågick bakom stängda dörrar. Hans far hade varit hårdhänt, men det var moderns kyla och de ord som sårade mer än någon hand som hade format honom. De hade kallat det disciplin, men Hans visste nu bättre.

Trots smärtan hade han haft en fristad: tekniken. När andra barn lekte med pinnar och stenar, satt Hans med skruvmejslar och lödkolvar. I sin lilla värld av kretskort och datorer kunde ingen nå honom.

Det var där han upptäckte kontroll. Teknik svek inte. Det gjorde alltid exakt vad han programmerade det att göra – till skillnad från människor.

Hans villa i Berkersheim hade varit en naturlig förlängning av den kontrollen. När han köpte huset, såg han potentialen i dess avskildhet. De ljudisolerade rummen i källaren var hans mästerverk. Ingen kunde höra vad som hände där nere, och det var precis så han ville ha det.

Han parkerade bilen vid uppfarten och lät motorn dö. I spegeln såg han sitt eget ansikte, fårat av tidens gång men fortfarande maskerat av det falska lugn han alltid bar. Det var ingen som såg honom här, ingen som skulle förstå.

När han steg ut ur bilen och öppnade dörren till huset, slog han av sig tankarna. Det fanns fortfarande saker att göra. Mörkret han kände inom sig kunde vänta; just nu behövde han fokusera på det praktiska. Drogerna i bilen behövde gömmas, och tjejerna i källaren väntade på sin ransonering. Att tänka för mycket ledde bara till svaghet, och Hans kunde inte ha råd med det. Inte nu. Inte någonsin.

När Hans steg in genom ytterdörren, svepte han med blicken över det slitna entréplanet. Den gamla parketten knarrade under hans skor, och de flagnande väggarna andades en historia som han aldrig brytt sig om att utforska. Huset hade varit en praktisk investering, inte ett hem. Men det var källaren som gjorde det speciellt, och det visste han. Det var hans stolthet – hans skapelse.

Han slängde av sig jackan och stannade vid dörren som ledde ner till det ljudisolerade helvetet han byggt. Fingrarna vilade på det kalla metallhandtaget, och för en stund fylldes han av en märklig nostalgi. Hur många år hade det gått sedan han först började bygga sin dungeon? Han mindes den pirrande känslan av makt och frihet när han insåg att han kunde skapa en plats där ingen kunde höra eller se vad som hände. En plats där han kunde vara precis den han ville vara.

Hans tankar vandrade till början av allt. Till BDSM-festerna. Till ljudet av skratt och stön från gästerna som fyllde källaren, och till känslan av kontroll när han styrde varje aspekt av deras upplevelse. Då var det samförstånd. Då var det ett spel, ett samspel mellan vuxna människor som njöt av det förbjudna. Men något hade förändrats. Han hade förändrats.

När han byggde den dolda slussen mellan entréplanet och källaren hade han känt sig som en mästare. Ingen skulle kunna hitta den om de inte visste vad de letade efter. Det var som att bygga en hemlig gång i en gammal borg. Men snart var det inte nog. Festerna blev mer extrema, och han märkte hur hans egna begär började dra honom mot något mörkare, något som inte kunde stanna inom gränserna för samtycke.

Han öppnade dörren och började gå nerför trapporna. Varje steg ekade dovt, trots ljudisoleringen, och det var som om huset själv höll andan. Hans blick svepte över de olika rummen som kantade den långa korridoren i källaren. Här hade han samlat på sig allt möjligt – rep, piskor, masker, möbler designade för att tillfredsställa begär som många inte ens kunde föreställa sig. Han visste att det var fel att kalla det konst, men på något sätt kände han sig som en konstnär. En mörk, vriden konstnär.

När han gick förbi det största rummet, det som en gång varit centrum för hans fester, kände han ett sting av saknad. Men han visste att de dagarna var över. Hans begär hade vuxit bortom det som kunde delas med andra. Nu handlade det inte om spel eller lek. Det handlade om makt, om att kontrollera varje andetag, varje rörelse hos dem han tog.

Han tänkte på tjejerna han hållit här. Deras tårar, deras skrik. Han borde känna skam, visste han, men det fanns inget sådant inom honom längre. Det han kände var tillfredsställelse. Ett mörkt, överväldigande lugn varje gång han såg dem kämpa emot och misslyckas. Och ändå, när han till slut tröttnade, släppte han dem alltid fria. Det var inte död han sökte – det var underkastelse.

Hans mindes hur han minutiöst förberedde deras frisläppande. Rohypnol i exakt rätt dos, tillräckligt för att radera minnena men inte för att skada dem permanent. Han såg dem som dockor han kunde släppa när han var färdig. Polisen hade börjat se mönstret, det visste han, men de var hjälplösa. De hade ingen aning om vem han var, och de få ledtrådar som fanns ledde alltid till återvändsgränder.

Han stannade framför en av dörrarna och lyssnade. Inget ljud kom från insidan, precis som det skulle vara. Han drog handen över den kalla metallen och log svagt för sig själv. Ingen kunde höra dem här. Ingen kunde stoppa honom. Och det var precis så han ville ha det.

Hans tog ett steg tillbaka från den ljudisolerade dörren och drog fingrarna genom håret. Det var inte första gången han kände det där pirret av spänning blandat med en diffus rädsla – en gnagande insikt om att allt han gjorde kunde rasa ihop när som helst. Der Frankfurter Unhold. Smeknamnet som tidningarna gett honom. Han log snett för sig själv när han gick upp för trappan. Smeknamnet var både en hyllning och en förbannelse. Odjur, javisst. Men ett odjur som ingen kunde fånga.

När han nådde köket fylldes hans huvud av tankarna på Carin och Amanda. De var hans senaste tillskott – nya brädet där han kunde spela sitt maktspel.

Deras ansikten kom tillbaka till honom. Carins intensiva blick, trots hennes rädsla. Amanda, tyst och dämpad, men inte helt utan gnistor av motstånd. Så vackra. Så perfekta.

Han öppnade kylskåpet och plockade fram flaskor med vatten. Tankarna vandrade vidare medan han räckte ut handen mot skafferiet för energibarsen. Varje gång han började på nytt med en ny tjej, kände han en nästan barnslig förväntan, som om han precis packat upp en ny leksak. Men lika snabbt som förväntan kom, kom också insikten att det var tillfälligt. Degäret. Maktkänslan. Det var aldrig nog.

Hans satte sig på en av de slitna stolarna och gnuggade händerna över ansiktet. Han visste att han hade tappat kontrollen för länge sedan. Det fanns stunder när han ångrade sig, stunder då han tänkte att han skulle gå ner i källaren, lossa kedjorna och låta dem gå. Men sedan kom hungern tillbaka – den där obevekliga, oresonliga hungern efter något han inte kunde sätta ord på.

Han reste sig, greppade flaskorna och började tillsätta Rohypnol, noggrant mätande doserna. Inte för mycket, inte för lite. Han ville att de skulle vara vakna, precis tillräckligt för att känna varje sekund. Medan han arbetade, lät han tankarna vandra till de andra tjejerna i källaren. De var nästan redo att släppas. Det var alltid så: två nya in, två gamla ut. Han skrattade till för sig själv. "Som en sjuk form av personalrotation," mumlade han lågt.

Att släppa tjejerna var alltid en process fylld av noggrannhet. DNA-spår var hans största paranoia. Han gjorde allt för att undvika att lämna något som kunde knyta honom till dem. När de släpptes var de alltid i en sådan dimma att de inte kunde minnas något. Hans hade full kontroll även när de var fria. Polisen kunde rota, men de skulle aldrig hitta honom.

Med flaskorna och energibarsen i händerna gick Hans upp mot badrummet. Svetten klibbade fortfarande vid huden efter arbetet med drogerna. Han kände sig både trött och upprymd. Duschen var en nödvändighet. Att möta Carin och Amanda i detta skick skulle vara som att kliva in i en föreställning utan rätt kostym.

Innan han skulle kliva in i duschen öppnade han meddelande-appen och skrev ett krypterat meddelande till köparen av drogerna.

Hans: *Det är mer än hundra kilo amfetamin vi har och vi tar bara kontanter. Det är allt eller inget. Ge mig ett pris och när på dagen vi kan göra affären imorgon. Är priset för lågt, går affären till någon annan. Du har sex timmar på dig att svara, annars har jag andra köpare.*

Medan vattnet rann över hans kropp lät han tankarna glida tillbaka till källaren, till det kalla betonggolvet och de kala väggarna. Han visste att det var en skräckinjagande plats för andra, men för honom var det trygghet. Hans Dungeon. En plats där allt var som det skulle vara. Kontroll. Makt.

Han stängde av duschen, torkade sig snabbt och drog på sig nya kläder. Tankarna på Carin och Amanda fanns fortfarande där, deras ansikten etsade i hans medvetande. Efter att ha samlat ihop allt förberedelsematerial gick han ner mot källaren igen. Med varje steg kände han hur spänningen steg, och den där kusliga kombinationen av rädsla och förväntan svepte över honom som en våg.

Dags att möta dem.

När Hans klev ur duschen möttes han av en vibrerande mobil på handfatet. Han drog åt sig den och såg meddelandet som blinkade på skärmen:

Köparen: *Det här är den högsta summan vi kan erbjuda, femhundratusen euro. Detta om varan är av bästa kvalitet och det är amfetamin och inte meta, dex eller lisdex. Du får bestämma om du vill acceptera eller inte. Om du gör det, så ses vi klockan tolv idag.*

Hans satte sig på toalettlocket och läste meddelandet igen. Femhundratusen. Det var ett ansenligt belopp, men frågan var om de skulle testa produkten. Och om de gjorde det, hur skulle han hålla fasaden om han själv inte kunde skilja amfetamin från mjöl? Ett snett leende lekte över hans läppar. Det här var precis den typ av situation han hatade – en där han inte kunde vara säker på att allt var perfekt.

Han började skriva tillbaka, hans tumme snabb över tangenterna:

Hans: *Trodde du att vi använde något annat än det bästa? Renare får du leta efter. Vi kör på det. Vi ses klockan tolv. Jag återkommer om var vi ska ses en timme innan mötet. Ha pengarna färdiga i en väska då.*

Han tryckte på "skicka" och såg meddelandet skickas i väg innan han lade mobilen åt sidan. Medan han torkade sig med handduken, lät han tankarna vandra till skjulet vid garaget. Där låg det hundra kilo gömt under en presenning.

Det var beställt av Claudia och Bruno – och om någon visste hur man köpte kvalitet, så var det dem. Det var den enda trösten i hans osäkerhet.

Vibrationen från mobilen drog hans uppmärksamhet tillbaka. Ett nytt svar hade kommit:

Köparen: *Då hörs vi en timme innan klockan tolv.*

Hans nickade för sig själv. En sista bekräftelse. Allt verkade gå enligt plan – för nu.

Han drog på sig rena kläder och lämnade badrummet. På väg ner till köket stannade han till vid fönstret och sneglade mot skjulet. Tankarna snurrade: skulle köparna komma med rätt summa? Skulle hans improvisation om varans kvalitet hålla? Han ryckte på axlarna och muttrade lågt, "Som om de skulle veta något bättre själva."

I köket drog han fram sin lista på förberedelser. Väskan för pengarna, säkerhetsåtgärderna, killarna han anlitat – allt måste klaffa. Samtidigt fyllde han sitt huvud med tankarna på Carin och Amanda. Spänningen i att träffa dem igen låg som en underton i allt han gjorde.

Hans öppnade dörren till det lilla kylskåpet i köket där han tidigare hade ställt flaskorna med Rohypnol-spetsat vatten. Fyra flaskor stod uppradade, redo sedan han gjort i ordning dem tidigare. Bredvid dem låg energibarsen, noggrant placerade. Han plockade ut dem och lade dem på en bricka.

Med förberedelserna redan klara var det bara att börja. Han tog brickan, balanserade den med en hand och började gå ner mot källaren. Hans stannade framför källardörren och lät handen vila mot panelen bredvid den. Det här var alltid ett ögonblick han såg fram emot och fruktade på samma gång. Han lutade sig närmare för att tala i röstigenkänningen.

– Hans Mueller, sa han med en lugn och stadig ton.

En grön lampa blinkade till och ett surrande ljud hördes när röstigenkänningen verifierade honom. Därefter satte han fingret mot den lilla plattan för fingeravtryck och såg hur en annan grön lampa tändes. Slutligen placerade han ansiktet framför ögonskannern. När hela systemet godkände honom öppnades dörren med ett dovt klick, och han klev in i det smala trapphuset som ledde ner till hans Dungeon.

Varje gång han gick ner för de kalla metalltrapporna kände han en pirrande spänning. Det var som att kliva in i en annan värld – en värld som han hade skapat och kontrollerade helt och hållet. I källaren var han mästaren. Här kunde ingen röra honom, ingen döma honom.

Brickan med flaskorna och energibaren balanserade han lätt i ena handen medan han gick mot det första rummet. Carin. Hennes ansikte dök upp i tankarna, och han kände hur det pirrades i kroppen. Hon var annorlunda. Trots situationen hade hon en blick som utstrålade något mer än bara rädsla. Utmaning, kanske? Eller bara desperation klädd i en annan skepnad?

När han nådde dörren knappade han in den individuella koden för rummet och hörde det nu välbekanta låset klicka upp. Han tog på sig masken som dolde hans ansikte och klev in utan att säga ett ord. Rummet var lika kalt och steril som alltid – betongväggar, madrass, toalett. Carin satt på madrassen och lyfte blicken mot honom när han kom in. Hans kunde inte låta bli att märka att det fanns en gnista av något i hennes ögon. Trots situationen verkade hon inte helt bruten.

Han gick fram, kastade energibaren och flaskan i hennes riktning. Baren fångade hon smidigt, men flaskan slog mot golvet och rullade innan hon fick tag i den. Hon såg upp på honom och log svagt, ett leende som fick handen att spänna sig runt brickans kant.

– Du anar inte hur mycket jag tänder på detta. Du uppfyller en av mina drömmar, sa hon.

Hans kände hur något inom sig stelnade. Hennes ord var som en kniv, oväntade och direkt mot hjärtat av hans psyke. Han stirrade på henne genom masken, försökte läsa henne.

– Håll käften. Ät och drick. Du talar bara när jag säger till, fräste han, mer för att återta kontrollen över situationen än för att han trodde att hon faktiskt skulle lyda.

Men hon log igen, nästan retsamt.

– Åh, kan jag få säga något?

Hans knöt näven vid sidan av sig. Hon lekte med honom, det var uppenbart. Men hur långt vågade hon gå?

– Käften sa jag, röt han, men hennes leende falnade inte helt.

– Snälla ... viskade hon, rösten darrig, nästan bedjande.

Han lutade sig mot dörrkarmen och betraktade henne under tystnad.

– När jag bestämmer det, sa han till slut. Och jag bestämmer nu att du får säga några ord. Vad vill du?

Hennes blick var fast, nästan som om hon njöt av att han lyssnade.

– Jag tänder verkligen på detta och vill uppfylla både dina och mina fantasier. Jag vill verkligen vara här.

Hans kände en obehaglig känsla skölja över sig. Hennes ord var som honung som droppade in i hans tankar och vägrade släppa taget.

– O-o-keej? stammade han fram och hatade hur osäkert det lät.

– Vill inte du ha mig vaken och med på allt du gör? Snälla, ge mig vatten utan droger, jag vill vara med dig.

Hans stirrade på henne, försökte avgöra om hon verkligen menade vad hon sa eller bara spelade ett spel. Till slut skakade han på huvudet.

– Håll käften, hur dum tror du att jag är? Säger du ett ord till, så får du inget alls på tjugofyra timmar.

Han vände sig om för att lämna rummet, men hennes nästa ord stannade honom i steget.

– Jag tänder verkligen på det, och jag skulle vilja att du hade en till tjej här inne med mig. Tänk hur vi båda skulle kunna tillfredsställa dig och oss själva. Detta är ju himmelriket. Hur kan du inte vilja ge mig detta? Jag älskar när du pratar så med mig och befaller mig.

Hans stelnade till. Vad fan försökte hon säga? Han vände sig långsamt om.

– Vad fan menar du med det? Hans röst var skarp, hans blick iskall bakom masken.

– Detta är min största fantasi. Jag vill inte bara bli släppt om några månader utan att ha fått uppleva mina fantasier med dig.

Hans tvekade. Hennes ord rörde sig som ett gift genom hans tankar. Han gick långsamt fram till henne, drog ner gylfen och tog fram en pistol.

– Bevisa det, sa han.

– Detta är min dröm, sa Carin och tog hans penis i handen, spottade på den och började runka honom lätt. Hon tittade honom i ögonen som skymtade fram genom masken. Hon tog in den djupt i munnen och började suga och runka honom samtidigt.

Hans älskade det och det såg verkligen ut som att Carin menade det hon sa. Men han visste inte säkert, så han drog ut penisen från hennes mun och knuffade undan henne.

– Vi får väl se, sa han, vi får väl se.

Carin satt på knä och tittade upp. Med ett finger samlade hon upp saliven, stoppade tillbaka den och svalde. Med snabba steg vände han om, låste dörren bakom sig och avlägsnade masken. Svett hade bildats under den.

Tankarna på hennes ord kretsade som en mardrömslik rundgång i huvudet. Var hon genuin? Spelade hon? Och varför kändes det som att han inte hade full kontroll längre?

Med brickan i handen fortsatte han vidare, redo att möta de andra.

Kapitel 28 – Överlevnadsinstinkten

6 juni, Frankfurt

Carin låg på den hårda madrassen med knäna uppdragna mot bröstet. Den kalla betongväggen bakom henne pressade sig mot ryggen, men hon märkte det knappt. Hennes sinne var fullt av tankar – fragment av minnen som vägrade försvinna. Hennes kropp var svag, törsten brände i halsen, och hungern gjorde magen till en knut. Trots det hade hennes vilja att överleva aldrig varit starkare.

Hon hade känt igen Hans röst. Det behövdes inte mycket. Något i tonfallet, den raspiga undertonen. Det var Hans. Hon visste det nu. Det här var Der Frankfurter Unhold – mannen hon studerat under sina polisstudier och vars metoder hon hade diskuterat i patrullbilen när hon fortfarande var färsk på gatorna.

Hon försökte fokusera, hålla huvudet kallt. Tankarna skenade tillbaka till ögonblicket i skåpbilen. Hon mindes fragment – Amanda bredvid henne, med huvudet lutat mot väggen, medvetslös. Hon själv hade varit på väg in och ut ur dimman, det stickande minnet av att bli drogad hängande kvar som en suddig dröm. Amanda var här någonstans. Carin var säker på det.

Hon behövde en plan. En strategi. Hans var inte som andra gärningsmän. Hans systematiska, metodiska beteende avslöjade en man som var både intelligent och farlig. Om hon skulle överleva behövde hon använda hans styrkor mot honom. Hon var inte stark nog att ta sig ut med våld, men hon hade något han inte kunde kontrollera: hennes tankar.

Rummet runt henne var en studie i skräck. Kedjan som höll henne fast hade en begränsad längd, och madrassen hon satt på var lika tunn som hennes hopp hade varit när hon först vaknade här. Toaletten och duschkabinen fanns där, men duschen var medvetet utom räckhåll. I rummet fanns också en brits i metall, försedd med fästen för händer och fötter. På väggen ovanför hängde redskap – piskor, rep och föremål hon inte kunde identifiera. Allt en del av Hans perversa värld. Kedjan hon satt fast i lät henne inte nå dem heller.

Carin skakade på huvudet. Hon kunde inte låta sig förlamas av rädsla. I stället måste hon spela med, bli den perfekta fången som Hans ville ha. Hennes plan formades långsamt medan hon låg där. Hon skulle manipulera honom. Om hon kunde få honom att tro att hon delade hans sjuka fantasier, skulle han kanske sänka garden. Kanske skulle hon kunna få honom att sätta Amanda i samma rum. Två var starkare än en.

Tankarna avbröts av ljudet av dörrens elektroniska lås som aktiverades. Hon hörde mekanismen snurra och dörren öppnades. Hans steg in, iförd en mask som groteskt föreställde Ronald Reagan. Hon kände genast igen hans kroppsspråk. Det fanns ingen tvekan längre. Hans.

Hon log, ett litet leende som hon hoppades var nog för att intrigera men inte provocera.

Han kastade en energibar och en flaska vatten till henne. Hon fångade baren och satte sig upp. Hungern skrek i hennes mage, men hon visste vad vattnet innehöll. Rohypnol. Hon öppnade energibaren och tog en liten tugga, hela tiden vänd mot honom, leende.

– Du anar inte hur mycket jag tänder på detta. Du uppfyller en av mina drömmar.

Hans stelnade till. Hans blick bakom masken var iskall.

– Håll käften. Ät och drick. Du talar bara när jag säger till, fräste han.

Carin lutade sig framåt och sänkte rösten till en viskning.

– Åh, kan jag få säga något?

Hans röst blev skarpare. – Käften sa jag.

– Snälla. Bara några ord, bad hon, hennes röst darrande men kontrollerad.

Han tvekade innan han svarade.

– När jag bestämmer det. Och jag bestämmer nu att du får säga några ord. Vad vill du?

Carin andades djupt och höll kvar hans blick.

– Jag tänder verkligen på detta och vill uppfylla både dina och mina fantasier. Jag vill verkligen vara här.

Hans rörde sig inte.

– O-o-keej? stammade han. Det lät som om han försökte bearbeta vad han hörde.

– Vill inte du ha mig vaken och med på allt du gör? Snälla, ge mig vatten utan droger. Jag vill vara med dig, sa hon och lät sin röst mjukna.

Hans svar var hårt.

– Håll käften. Hur dum tror du att jag är? Säger du ett ord till, så får du inget alls på tjugofyra timmar.

Han vände sig om, och Carin insåg att hon behövde agera snabbt.

– Jag tänder verkligen på det och jag skulle vilja att du hade en till tjej har inne med mig, sa hon. Tänk hur vi båda skulle kunna tillfredsställa dig och oss själva. Detta är ju himmelriket. Hur kan du inte vilja ge mig detta?

Hans stannade i dörren.

– Vad fan menar du med det?

– Detta är min största fantasi. Jag vill inte bara bli släppt om några månader utan att ha fått uppleva mina fantasier med dig.

Hans gick långsamt tillbaka till henne. Hans ansikte doldes av masken, men hans kroppshållning avslöjade en inre kamp. När han drog ner gylfen och sa "Bevisa det," visste Carin att hon hade lyckats väcka hans nyfikenhet och kanske även misstänksamhet.

Resten av stunden var ett kontrollerat skådespel. Carin spelade rollen av en deltagare, men varje rörelse var kalkylerad. När Hans drog sig undan och lämnade rummet kände hon äntligen tryggheten i att han inte längre var där.

Så snart dörren låstes bakom honom, skyndade Carin sig mot toaletten, hennes ben darrade under henne. Hon föll nästan framåt när hon nådde porslinsringen, kände hur illamåendet sköljde över henne. Hon försökte kräkas, men det enda som kom upp var en bitter, frätande sörja av galla. Halsen sved, och tårar brände i ögonen. Hon spolade snabbt ner det lilla som lämnat hennes kropp, andades djupt och satte sig tillbaka på hälarna.

Då slog en tanke henne. Blicken fastnade på cisternen bakom toaletten. Kunde hon komma åt vattnet där? Hon lutade sig fram och drog försiktigt fingrarna över plastfästena. De var enkla att lossa. Med en försiktig rörelse drog hon dem åt sidan och lyfte locket.

Hjärtat slog snabbare när hon såg det – klart, kallt vatten, en outnyttjad källa till liv mitt i det här helvetet.

Hastigt greppade hon flaskan Hans hade gett henne. Med en snabb rörelse hällde hon ut det drogpåverkade vattnet i toaletten. Det kändes som att hon gjorde sig av med en del av hans kontroll över henne. Hon sköljde flaskan snabbt i cisternens vatten, fyllde den och höll den mot läpparna. Försiktigt tog hon en klunk. Vattnet var svalt och klart, en lättnad för hennes torra hals.

Hon drack fort, varje svalka en påminnelse om hennes vilja att överleva. När hon fyllt flaskan en andra gång och druckit tillräckligt för att dämpa törsten, la hon locket tillbaka med samma försiktighet som hon tagit bort det. Hon klickade fast plastfästena igen och spolade toaletten en gång till.

Carin satte sig tillbaka på madrassen, flaskan nu fylld med rent vatten bredvid sig. Hennes hjärta slog hårt, inte bara av spänningen utan av en nyvunnen känsla av kontroll. Små segrar som denna var avgörande. Hon såg sig omkring, tvingade sig själv att andas lugnt och förberedde sig mentalt för nästa steg i hennes plan att överleva och ta sig ut härifrån. Hon lät blicken falla på energibaren som låg på madrassen bredvid henne, där hon släppt den tidigare. Den lilla tuggan hon tagit hade knappt gjort något för att dämpa hungern. Med en darrande hand plockade hon upp den igen, vägde den i handen som om den vore en skatt, och tog en ny tugga.

Smaken var konstgjord, nästan kväljande söt, men hon tvingade sig att tugga och svälja. Bit för bit lät hon den försvinna, som om varje tugga var ett steg närmare att samla styrka för det som måste komma.Tankarna snurrade. Det var bara början.

Kapitel 29 – En dold fiende

Frankfurt

Karolin svängde in framför Main Tower och parkerade smidigt mellan två glänsande bilar. Blicken svepte uppåt längs byggnadens eleganta fasad. 56 våningar av glas och stål – men det var på 45:e våningen som hennes detektivbyrå, Discreet Detective Agency, huserade. En imponerande adress, minst sagt. Hon slogs ibland av ironin i namnet; inget med placeringen skrek diskretion, men klienterna gillade uppenbarligen lyxen.

I entrén möttes hon av den bekanta doften av rengöringsmedel och dyr parfym. De breda glasfönstren släppte in rikligt med ljus som flödade över marmorgolvet och väggpanelerna i trä. Hon sneglade på receptionisten, som nickade vänligt. Lyx och professionalism, tänkte Karolin medan hennes klackar klapprade mot det blanka golvet på väg till hissen.

Hennes kontor på 45:e våningen var precis som hon ville ha det – modernt, men inte överdrivet. Det stora konferensbordet hade en minimalistisk design, och väggen bakom det var prydd med byråns diplom och utmärkelser. Så mycket papper, funderade hon medan hon gick mot sitt hörnrum. Som om klienterna bryr sig om vad vi har för certifikat när deras liv ligger i spillror. Ändå var det en påminnelse om hur långt hon hade kommit.

Hennes rum erbjöd en fantastisk utsikt över Frankfurt. Hon drog undan gardinen, lät solen strömma in och sjönk ner vid sitt skrivbord. Hon hade alltid tänkt att framgång skulle kännas annorlunda – mer som en triumf. I stället kändes det mest som en vägg att luta sig mot, så att man inte föll omkull av utmattning. Hennes blick fastnade på en liten hög med papper, alla pågående uppdrag. Hon skummade igenom dem och kände irritationen växa. Varenda ledtråd kändes som att famla efter något i mörkret.

Hon tryckte händerna mot tinningarna, slöt ögonen och tog ett djupt andetag. Ett steg i taget, påminde hon sig själv. Det hade alltid varit hennes metod. När tankarna klarnade, gled de tillbaka till Claudia och Bruno. Hon kunde inte begripa dem. Att skapa kaos i sådan skala – det måste finnas en plan, men vilken? Att vilja ha makt var en sak, men att sabotera männens potens? Hon fnös. Om det inte vore för att det var så allvarligt, skulle det vara skrattretande.

Hon väckte datorn till liv och loggade in på sitt företagskonto. Bruno hade skickat över hundratusen euro som de kommit överens om. Åtminstone håller de sina löften, muttrade hon.

Hennes nästa steg var att hitta livvakter till återbesöket på Brunos herrgård. Hon skrollade igenom personalens scheman och kände frustrationen växa när ingen verkade tillgänglig. Jaha, tillbaka till främlingslegionens gamla kontaktlistor då, tänkte hon medan hon klickade sig fram till sina externa säkerhetsavtal.

Två namn dök upp: Tariq Al-Nassar och Ali Al-Husseini. Hon granskade deras profiler noggrant. Erfarenheter från Främlingslegionen, expertis inom närstrid och en historia av att hantera högriskuppdrag. Perfekta. Med ett nöjt leende skickade hon i väg meddelanden till dem båda. *Inom en halvtimme*, skrev hon. Tiden var knapp, och Chuck behövde skydd – särskilt om någon faktiskt ville se honom död.

Karolin satt vid sitt skrivbord och skummade igenom filerna på Tariq Al-Nassar och Ali Al-Husseini. Meritlistorna var imponerande, men det var inte bara deras erfarenheter från Främlingslegionen eller deras skicklighet i närstrid som fångade hennes intresse. Det var deras anpassningsförmåga. De hade rört sig i några av världens mest oförutsägbara konflikter och överlevt – en egenskap hon värderade högt i sitt nuvarande kaotiska uppdrag.

Hon lutade hon sig tillbaka i stolen och tänkte på vad som låg framför sig. Bruno och Claudias herrgård behövde skydd, och Chuck var en potentiell måltavla. Hon var övertygad om att Tariq och Ali var rätt personer för jobbet. Dessutom hade hon lovat Anton att säkerheten skulle vara prioriterad, vilket gjorde valet ännu viktigare.

Exakt trettio minuter senare knackade det på dörren till hennes kontor. När Karolin öppnade möttes hon av Tariq och Ali. Hon tog in deras framtoning med ett vant öga. De var vältränade, deras hållning rak och deras blickar vaksamma. Deras mörka hår och välansade skägg gav dem ett självsäkert och professionellt utseende, men också en viss charm som Karolin inte kunde ignorera.

De såg inte ut som de traditionella livvakter hon föreställt sig. I stället utstrålade de en modern känsla, som om de lika gärna kunde ha varit personliga tränare eller modeller för något exklusivt märke.

En tanke fladdrade genom hennes sinne, oväntad och inte helt oangenäm: Hur skulle det kännas att ha en trekant med dessa två?

Hon skakade snabbt av sig idén och koncentrerade sig på uppgiften framför sig. Tiden för sådana tankar, hur lockande de än var, fick vänta. Ali avbröt hennes tankar med en lätt harkling.

– Hej fru Andersson, jag är Ali och detta är min kollega Tareq. Vi är redo för uppdraget. Skulle ni kunna ge oss en uppdatering om läget och informera oss om våra nästa steg?

Karolin höjde ett ögonbryn och log lätt, ett spelande leende som inte avslöjade om hon var road eller irriterad.

– Jag är inte fru, utan fröken, sa hon med en mjuk, nästan lekfull ton. Och ni behöver inte vara så formella. Kalla mig bara Karolin. Det är ju bara vi här.

Ali och Tariq såg snabbt på varandra, en kort utväxling av förvirring och försök till anpassning. Ali nickade snabbt.

– Förlåt, fröken … ehm, Karolin, rättade han sig med en svag harkling.

Karolin lutade sig mot dörrkarmen och betraktade dem med en glimt i ögonen.

– Bra. Då ska jag uppdatera er. Vi ska till en herrgård för att skydda vissa individer. Situationen kan eskalera snabbt, så er erfarenhet av närstrid och säkerhet kommer vara avgörande. Ni ska se till att ingen kommer till skada, särskilt inte vår måltavla. Är det klart?

De nickade unisont.

– Bra. Vi åker om tio minuter. Packa allt ni behöver och möt mig vid hissen. Och Tariq, Ali, tack för att ni kunde komma på så kort varsel.

När de gick för att förbereda sig, stod Karolin kvar ett ögonblick och log för sig själv. Dessa två var skickliga, det kunde hon redan säga. Men de var också män som bar med sig en energi som lockade henne på sätt hon inte hade förväntat sig. Hon sköt tankarna åt sidan och fokuserade på uppdraget. Att skydda Bruno och de andra var hennes prioritet – och hon skulle se till att Tariq och Ali gjorde det till sitt också.

Karolin lutade sig tillbaka i stolen och betraktade de två männen. Tariq och Ali hade en energi som fångade rummet, deras rörelser var smidiga och självsäkra. Hon kunde inte låta bli att le lite när deras formella fasad började krackelera.

– Förlåt, fröken Karolin, sa de i kör, nästan perfekt synkade, följt av en nervös harkling. Blickarna de gav varandra visade att de insåg sitt misstag direkt.

Karolin höjde ett ögonbryn och ett spelande leende lekte på hennes läppar.

– Vi menade inget illa, inflikade Tareq snabbt. Vi försöker bara följa reglerna.

Karolin lät ett lågt, mjukt skratt bubbla fram, och efter ett ögonblick följde de med. Stämningen lättades.

– Innan vi går in på uppdraget, sa hon och lutade sig framåt, berättar ni för mig hur ni hamnade här. Jag vill veta vilka jag har att göra med.

Tareq skrapade lätt med fingrarna över kanten på bordet innan han talade.

– Tack, fröken ... ehm, jag menar Karolin, skrattade han fram. Vi träffades i Främlingslegionen. Sedan dess har vi hållit ihop som bröder. Det är lojalitet, kärlek till jobbet – och till varandra. Vi gör allt tillsammans.

Ali sköt in med ett leende:

– Och det betalar bra också. Vi har ingen annan utbildning, så det här är vad vi kan.

Karolin lät blicken svepa över dem och frågade, nästan retfullt:

– Och era fruar, de måste väl bli galna av oro när ni riskerar livet för någon annan?

Tareq skakade på huvudet, allvaret återvände till hans blick.

– Vår livsstil tillåter inte en familj. Vi tänker fortsätta ett par år till, sedan kanske något lugnare. Men för nu ... det här är livet.

– Ensamt ibland? frågade hon, mjukt men med ett sting av nyfikenhet. Komma hem till ett tomt hus?

Ali nickade och svarade:

– Det händer. Men vi festar mellan uppdragen. Det håller balansen.

Karolin lutade sig bakåt och korsade armarna över bröstet. Ett litet leende krökte hennes läppar.

– Ni sa att ni gör allt tillsammans? Ni verkar vara män i min smak.

Hon märkte hur deras leenden blev bredare, en antydan till förlägenhet men också stolthet.

– Det gläder oss, sa Ali. Och vi står till ert förfogande.

Karolin lutade sig framåt igen, leendet kvar men blicken skarpare.

– Bra. Då tar vi det formella. Vi ska undersöka ett inbrott som kan påverka ... ja, låt oss säga hela världen. Ni ska följa med mig till Bruno Schöns herrgård och skydda de som finns där. Hotbilden är inte helt klar, men jag behöver veta att ni är med mig.

Tareq och Ali nickade utan tvekan.

– Bra, fortsatte hon. Vi stannar vid min lägenhet först. Och förresten ...

Hon lät orden hänga i luften, leendet växte långsamt.

– Jag vill att ni två tar hand om mig. Och jag menar det bokstavligen. Tillsammans. Vad säger ni om det?

Hennes röst var mjuk och låg, leendet antydde hemligheter de ännu inte kände till. Tariq och Ali bytte en snabb blick, nästan som en tyst kommunikation. Sedan log de tillbaka, och det fanns något elektriskt i luften.

– Låter som en ära, Karolin, sa Tariq och Ali nickade instämmande.

– Fantastiskt, sa hon och reste sig. Då så, låt oss börja.

Karolin svepte med handen mot dörren, en tyst signal till männen att följa henne. Tareq var snabbt på fötter, medan Ali förblev kvar ett ögonblick längre och sneglade efter dem.

– Du tar bilen, jag tar Karolin, sa Tareq lågt och kastade en snabb blick mot sin kollega.

Ali nickade utan ett ord, men hans smil var avslöjande. Han lyfte walkie-talkien och tryckte på knappen.

– Uppfattat, över, sa han, med en röst som rymde en glimt av humor.

Med ett lekfullt grin som drog snett över hans läppar gick han mot bilen för att utföra säkerhetskontrollen, samtidigt som han muttrade något för sig själv som Tareq inte kunde höra. Tareq skickade ett ursäktande leende mot Karolin, hans ögon glittrade som för att säga: Han är alltid sån – du vänjer dig.

– Låt oss gå, fröken, sa han och öppnade dörren för henne.

– Tack, Tareq, men jag har redan sagt det. Karolin räcker gott och väl, svarade hon och gav honom ett menande leende.

Tareq log tillbaka, ett brett, varmt leende som nådde hela vägen till ögonen. De gick ut tillsammans i den svala kvällsluften. När de rörde sig mot bilen vände Tareq sig mot henne.

– Om jag får fråga … vad är det som gör inbrottet så farligt? För världen, menar jag?

Karolin kastade en blick åt sidan och bet sig lätt i underläppen, ett drag som fick henne att se både fundersam och lekfull ut.

– Jag önskar att jag kunde säga mer, Tareq, men det mesta kommer att klarna när vi når herrgården. Just nu är det bara viktigt att vi är försiktiga.

Hon lät blicken vandra ut genom fönstret som om hon sökte svar i natten, men i själva verket dolde det tankar hon inte var redo att dela.

Tareq nickade långsamt, med en allvarsamhet som överraskade henne.

– Förstått. Vårt jobb är att skydda er och er uppdragsgivare, och det kommer vi att göra. Ni behöver inte oroa er.

Karolin log, hennes ögon mötte hans med en värme som kändes oväntat uppriktig.

– Det betyder mycket för mig, Tareq. Att veta att ni har min rygg.

Hon lutade sig lätt framåt och lät ett lekfullt, retfullt tonfall smyga sig in i rösten.

– Jag hoppas bara att ni är lika bra på att ta mig på ryggen också.

Hennes blick fångade hans, halvt sänkt och med ögonfransar som tycktes dansa i skuggan av något outtalat. Det var en utmaning lika mycket som en inbjudan.

Tareqs ögon vidgades för ett ögonblick, och färgen steg till hans kinder innan han snabbt sänkte blicken. Hans generade leende avslöjade att hennes ord hade haft avsedd effekt, även om han kämpade för att samla sig.

Efter en kort paus lyfte han huvudet igen, mötte hennes blick med ett svagt leende som antydde både blyghet och fascination. Han sa inget mer, men hans ansikte talade ett tydligt språk.

När Karolin öppnade dörren till sin lägenhet på tionde våningen, steg Tareq och Ali in med en försiktig attityd, som om de klev in i något heligt. Tareqs blick fastnade genast vid de stora fönstren som öppnade upp mot en storslagen utsikt över floden Main. Ljuset som flödade in gav hela rummet en nästan drömlik atmosfär.

Ali, verkade mer intresserad av detaljer och lät blicken vandra över taket och pausade vid den imponerande kristallkronan.

– Lysande smak, Karolin, kommenterade han och nickade mot ljuskällan. Hans ögon fortsatte att svepa över de abstrakta konstverken som prydde väggarna, ett harmoniskt inslag som gav rummet en sofistikerad modern känsla.

Tareq var mer återhållsam, och Karolin såg hur han lät ögonen vandra över möblernas rena linjer och färgvalens subtila elegans.

Karolin såg Tareqs blick svepa över rummet och stanna vid en av tavlorna. Hans uttryck förändrades; något mellan förvåning och osäkerhet passerade över ansiktet. Blicken återvände till henne, som om han försökte läsa av vad lägenheten och dess innehåll sa om henne. Karolin log – hon gillade hur rummet kunde skapa en sådan effekt.

Ali, å andra sidan, var inte lika återhållsam. Hans leende var brett och självsäkert när han pekade mot dörren till klädkammaren.

– Och här har vi sanningen bakom Karolins stil. Elegant och mystisk, precis som henne själv, sa han med en röst som bar på både lekfullhet och respekt.

Karolin skrattade lågt och lutade sig mot dörrkarmen.

– Och här har vi en man som kanske borde tänka innan han talar, sa hon och skickade honom en road blick.

Tareq, som fortfarande verkade lite tagen av rummets atmosfär, lät sin osäkerhet bli uppenbar i de korta blickarna han gav henne. Hans tystnad avslöjade att han funderade över vad allt detta verkligen betydde – om det fanns mer bakom henne än vad som först mötte ögat. Karolin såg på honom och kunde nästan höra hans outtalade frågor.

Men det var dags att förändra stämningen.

– Mina herrar, det är här magin händer, sa hon med ett leende som både lockade och utmanade. Hennes ton var mjuk, men hennes ord fyllde rummet. – Jag gillar hårda tag ibland, men det är när ni tar det lugnt som jag verkligen njuter. Så, ska vi göra min dag innan vi åker till herrgården?

Hon såg hur deras blickar möttes, en tyst överenskommelse som inte behövde några ord. Det var deras kroppsspråk, deras försiktiga steg framåt som talade tydligast. Hon kände Tareqs händer på sina armar – deras beröring var utforskande men ändå beslutsam. Hans kyss i nacken skickade små rysningar genom kroppen, och hon kände hur han drog henne närmare, hans händer rörde sig nedåt och fann hennes bröst.

Ali stod framför henne, och deras blickar möttes innan han böjde sig fram för att kyssa henne. Hans läppar var mjuka till en början, men när hans tunga mötte hennes blev det mer intensivt. Hans händer följde konturerna av hennes kropp; en landade på hennes höft medan den andra smekte det andra bröstet.

Karolin blundade och lät sig dras in i deras närvaro. Deras händer och läppar skapade en symfoni av rörelser som fick hennes andetag att bli kortare och djupare. Hon var inte bara deltagare i detta – hon var navet som allt cirklade kring. Och hon njöt av det, varje sekund.

Karolin njöt av situationen. Hon började ta av Alis skjorta och Tareq började knäppa upp hennes klänning bakifrån. Det tog inte lång tid innan alla tre stod i bara underkläder vid sängen. Tareq och Ali, med sina vältränade kroppar, bar båda Calvin Klein-kalsonger. Med deras perfekta fysik kunde man lätt ha trott att de var handplockade som modeller för märket.

Karolin hade på sig en matchande vit spetsunderklädesuppsättning från La Perla. Den kontrasterade vackert mot hennes solbrända hud. Det eleganta spetsmönstret följde hennes kurvor och framhävde hennes sensuella sida. Hon såg ut som en riktig modell från det kända underklädesmärket Victoria's Secret och hennes utstrålning var bedårande. Hon stod redo att förföra och njuta av den passionerade stunden som väntade.

Tareq lyfte upp Karolin med sina muskulösa armar som om hon inte vägde någonting och satte henne på sina axlar, med hennes vagina mot ansiktet, drog trosorna åt sidan och började slicka henne.

Karolin hade inte väntat sig detta. Hon blev först chockad, men fann sig snabbt och höll honom hårt runt nacken och njöt av stunden. Efter en stund böjde Tareq sakta ner sig och lade Karolin på rygg över sängen. Han fortsatte att ge henne oralsex samtidigt som han satte sig på knä längst ner vid sängkanten. Karolin släppte taget om hans nacke och utstötte hårda ljud av njutning.

Ali klättrade upp i sängen och började långsamt dra av Karolins spetsbehå samtidigt som han smekte, kysste och slickade hennes bröstvårtor. Sedan satte han sig grensle över hennes bröst med sin penis nära hennes ansikte. Till en början tänkte han retas genom att dra ollonet längs hennes haka, men Karolin tog kontroll och förde in den i sin mun. Hon började suga och slicka mjukt och sensuellt. Ali njöt och omfamnade hennes huvud samtidigt som han rörde sig i takt med henne.

Tareq steg upp och separerade Karolins ben med eleganta rörelser. Han höll om hennes lår med försiktighet och lyfte upp henne en smula, så att deras könsorgan var i samma höjd. Sakta förde han in sin erigerade penis i hennes trånga och våta slida. Den varma och sensuella känslan fyllde honom, och han började mjukt stöta rytmiskt.

Karolin kunde inte längre hålla sig ifrån extasen. En överväldigande orgasm bröt ut och höll på i nästan tjugo sekunder. Tårarna strömmade nerför hennes sminkade kinder och bildade en vacker kontrast mot hennes mörka makeup. Männen stannade upp och betraktade henne, men hon log och nickade för att visa att de skulle fortsätta.

De vände henne om så att hon stod på alla fyra. Sedan bytte männen plats med varandra, vilket gjorde att Ali nu intog hennes kropp bakifrån medan Tareq låg framför henne och lät Karolin ta hans styva penis i munnen. Karolin blev förvånad över att det fortfarande var njutbart trots att hon redan upplevt en orgasm.

Hon bad Ali lägga sig på rygg i sängen och gick till nattduksbordet och hämtade en liten tub glidmedel och gav den till Tareq. Han verkade förstå vad hon ville, så han reste sig upp och ställde sig på knä bakom Karolin. Hon gränslade Ali och började rida honom med mjuka och rytmiska rörelser. Hon vände sig om och nickade åt Tareq för att visa att det var dags.

Tareq hällde en del av innehållet på Karolins rumpa och började massera hennes anus. Han förde in ett finger för att smörja in henne ordentligt. Karolin tittade på honom igen och nickade. Han smorde in sin penis med lite glidmedel. Sedan trängde han in i Karolins anus medan hon red Ali. Karolins min var obeskrivlig, hon var i extas igen och tittade på Ali som låg under honom och hon kunde inte låta bli att böja sig ner och hålla honom hårt runt huvudet och kyssa honom djupt.

Ali höll ett fast grepp om Karolins höfter och följde hennes rörelser. Tareq stötte rytmiskt in och ut ur Karolin och Ali kunde känna Tareqs hårda lem genom Karolins slidvägg mot henne anus. Tareq ökade farten och Ali visste att Tareq nu var nära. Ali började också röra sig i takt fram och tillbaka och Karolin kunde inte längre hålla sig och började stöna högt.

Tareq kved när han kom in i Karolin, samtidigt som han höll sig still i henne med ett fast grepp om hennes rumpa. Strax därefter kom Ali som stötte hårt in i Karolin underifrån, vilket gav henne en andra orgasm. Ali och Karolin höll varandra krampaktigt, medan Tareq drog sig ur och ställde sig vid sidan om och tittade på dem.

– Det är inte ofta man kommer samtidigt, och här var vi tre, sa Tareq. Vackert, la han till och log.

– Det var precis vad jag behövde, sa Karolin och drog fingrarna genom håret medan hon reste sig från sängen. Hennes röst bar på en lätt, nästan retfull ton.

– Men nu måste vi skynda oss. Jag har flera badrum, så vi kan fräscha upp oss snabbt innan vi drar.

Ali lutade sig tillbaka mot sänggaveln, ögonen var fyllda av ett nöjt skimmer.

– Det här var inte riktigt vad jag trodde dagen skulle bjuda på, men det blir svårt att toppa det här.

Karolin log brett och svepte en morgonrock runt sig.

– Vi får göra om det någon gång. Efter uppdraget kan vi ta en hel dag eller natt ihop. Jag kanske till och med tar med en tjej också, om ni tycker att det är spännande. Jag gillar både tjejer och killar, så det kan bli dubbelt så roligt.

Ali fnissade och lutade huvudet på sned.

– Dubbelt för oss? Jag tror det blir tre gånger så kul för dig.

Hans leende bredde ut sig medan han sakta reste sig.

– Jag ser fram emot det.

Efter att de hade duschat och klätt på sig, tog de hissen ner till garaget. Karolin noterade deras reflekterade silhuetter i hissens spegelvägg – två välbyggda män som såg ut att vara plockade ur en actionfilm, och hon själv i sin eleganta, men praktiska, outfit redo för nästa steg.

Vid ankomsten till Brunos herrgård framträdde det ståtliga huset i all sin prakt, där ljuset från de stora kristallkronorna inomhus strålade ut genom de höga fönstren och skar genom nattens mörker som en fyr. På den pampiga uteplatsen stod Claudia med armarna korsade, men med en antydan till ett leende. Bruno höll händerna knäppta framför sig och Chuck gick av och an och kastade oroliga blickar mot entrén, medan Anton stod stilla med blicken fäst på Karolin.

– Det här är Tariq och Ali, sa Karolin och gjorde en lätt gest mot sina följeslagare. Hon log mot gruppen med den där självsäkra karisman som verkade dämpa spänningarna.

– De kommer att se till att ni är säkra

Efter en kort introduktion, där Tariq och Ali nickade artigt mot de andra, vände sig Karolin till Anton.

– Vi två ska undersöka inbrottet hos Chuck, sa hon och nickade mot bilen.

De körde i tystnad tills Anton bröt stillheten.

– Karolin, ärligt talat, vad håller du på med?

Hans röst var frustrerad, nästan utmanande.

– Tror du verkligen att du kan hitta de där tjuvarna? Och vad förväntar du dig att jag ska bidra med? Jag har ingen erfarenhet av sånt här.

Karolin sneglade på honom, ett lätt smil spelade på hennes läppar.

– Du går rakt på sak, det uppskattar jag.

Hennes ton var lugn men med en underton av skärpa.

– Men om du tänker efter – om du verkligen tänker efter – så kanske du inser att jag inte är den som går in i något utan en plan.

– Så vad är planen?

Anton höjde ögonbrynen, hans skepticism tydlig.

– Vi ska tillbaka till Chucks hus och leta efter spår, sa Karolin och styrde in bilen på en mindre väg. – Och innan du säger något – jag vet att du redan har varit där och att du inte hittade något. Men, Anton, hur vet du att du inte missade något? Du sa ju själv att du inte har erfarenhet av sånt här.

Anton suckade och skakade på huvudet.

– Touché.

Karolin log.

– Det är därför vi samarbetar. Du har relationen till Bruno och Claudia. De litar på dig. Jag tror att de är mer benägna att öppna sig för dig än för mig. Och det gör oss till ett bra team. Dessutom, jag har en teori.

– Nu blev jag nyfiken, sa Anton och lutade sig tillbaka. – Låt höra.

– Det finns ingen logik i att stjäla så mycket impotensmedel, började Karolin. – Om det hade varit potensmedel, absolut, då finns det en marknad. Men impotensmedel? Nej. Jag tror att tjuvarna trodde att de stal något annat – kanske droger. Chuck har trots allt ett rykte om sig att vara … vad ska vi kalla det … entreprenöriell.

Anton nickade långsamt.

– Han säljer inget olagligt, inte som vi känner till.

– Inte som ni känner till?

Karolin sneglade på honom.

– Men ändå har han tillverkat stora mängder av ett medel som inte bara gör män impotenta utan också sterila. Det låter inte som något en helt laglydig person skulle göra, eller hur?

– Så du tror att Chuck har något fuffens för sig?

– Kanske, sa Karolin eftertänksamt. – Eller så är det någon annan som har missförstått vad hans medel är. Någon som inte insåg vad de stal.

Anton rynkade pannan.

– Men ingen visste om det här, inte ens jag.

– Kan ni vara avlyssnade? frågade Karolin.

Anton såg överraskad ut.

– Avlyssnade? Av vem?

– Jag vet inte, sa Karolin och drog fram sin mobil. – Men det ska vi ta reda på.

Hon ringde Ali via bilens högtalarsystem.

– Ali, har ni med er avlyssningsdetektorer? frågade hon när han svarade.

– Ja, alltid, svarade han. – Men herrgården genomgick nyligen en säkerhetskontroll av Mueller Tech har Claudia berättat.

– Det stämmer, sa Anton. – Jag var med och såg till att alla kameror satt rätt.

– Bra, sa Karolin. – Men jag vill att ni kollar igenom allas mobiler – även tjänstefolkets. Och det fasta nätet, om de har fast telefon. Och dubbelkolla det nya systemet. Ring mig när ni är klara.

– Uppfattat! sa Ali, men tvekade. – Fröken Karolin – jag menar Karolin – får jag fråga …?

– Nej!

Hon skrattade och la på.

– Så mycket för formaliteter.

Anton suckade.

– Och min mobil?

– Handskfacket, sa Karolin enkelt.

Hon sneglade på Anton medan han öppnade handskfacket, och såg hans ögon smalna något när han mötte innehållet – flera kuvert, en pistol och två märkliga apparater, en mörkgrå och en svart.

– Vad har du för mobil? frågade hon utan att lyfta blicken från vägen.

– Iphone 4S, svarade Anton och höll upp mobilen som om den behövde visas upp.

– Ta ut den svarta apparaten, sa Karolin och sneglade på honom. Öppna luckan. Du ser att delen som sticker ut liknar en Iphoneladdare, eller hur?

Anton nickade långsamt, som om han fortfarande bearbetade det hon sagt.

– Stämmer bra.

– Koppla in den i din Iphone, klicka på ON-knappen och vänta tills lampan blir grön. Om den blinkar gult kan det finnas något misstänkt. Blir den röd? Då är du nästan garanterat buggad, sa Karolin och släppte inte honom med blicken.

Anton gjorde som hon sa, men hon såg hur hans käke spändes medan han väntade. Den lilla apparaten blinkade i vad som kändes som en evighet innan lampan stabiliserade sig i ett fast grönt sken.

– Puh, sa han och lutade sig tillbaka med en lätt suck. Men vad hade hänt om den varit röd? Kunde vi ha spårat dem?

Karolin log snett och ryckte på axlarna.

– Spåra? Nej. Då hade vi antingen fått utnyttja buggen eller förstöra mobilen. Men det slapp vi.

– Sväng av här, sa Anton plötsligt. Vi är snart framme.

Han guidade henne längs en smalare väg tills de nådde Chucks hus. Karolin följde honom in, och hennes blick svepte över rummet. Hon såg genast att han hade haft rätt – det fanns inga spår. Proffsen hade gjort sitt jobb.

– Fan också, mumlade hon och skakade på huvudet. Vi ser inget. Men det är tydligt att de tog drogerna, precis som Chuck beskrev.

Anton höjde på ögonbrynen.

– Trodde du inte på honom?

– Jag tror inte på någonting utan fakta, svarade Karolin kort. Det är inte första gången människor ljuger och ändå verkar trovärdiga.

– Så vad gör vi nu? frågade Anton.

Karolin såg ut genom fönstret och tänkte ett ögonblick.

– Jag behöver kontakta mina källor och undersöka om det är några större narkotikaaffärer planerade inom femhundra kilometer den närmaste tiden, sa hon till slut.

Anton rynkade pannan.

– Hur då?

– Vi åker till mitt kontor, sa Karolin med en viss skärpa. Där har jag tillgång till allt jag behöver.

– Tänker du förklara vad du faktiskt planerar?

– Självklart, sa Karolin. Jag använder en specialbyggd dator med en router som inte kan spåras. Därifrån har jag tillgång till Darknet, Tornet, Freenet, Tox, ja, allt.

Anton skakade på huvudet.

– Jag känner bara till Darknet. Resten låter som rena grekiskan.

Han såg på henne med en viss tvekan.

– Är det inte bättre om jag stannar på herrgården och hjälper Ali och Tareq att skydda Bruno och de andra? När du behöver mig kan jag möta upp dig.

Karolin tänkte efter och nickade.

– Det är vettigt. Det hade förvisso varit bra att ha dig med. Men vi gör som du föreslår.

Hennes mobil ringde, och hon såg att det var Ali. Hon svarade med ett knapptryck på ratten.

– Har ni hittat något? sa hon snabbt.

– Ja, fröken Karolin, sa Ali. Vi hittade en misstänkt app i Claudias mobil. Den verkar kontrollera larmen.

– Var lagras filmerna från övervakningskamerorna? frågade Karolin utan att tveka.

– På en lokal hårddisk. Bara Anton har tillgång till den, svarade Ali.

Karolin kastade en blick på Anton som nickade bekräftande.

– Finns det andra sätt att hantera larmet, förutom appen? frågade hon.

– Ja, det finns fysiska kontrollpaneler runt om i huset, sa Ali.

Återigen nickade Anton för att bekräfta.

– Bra. Förstör Claudias mobil. Ta ut SIM-kortet, slå av mobilen och krossa den i småbitar, sa Karolin.

– Uppfattat, svarade Ali.

Karolin avslutade samtalet och vände sig mot Anton.

– Vet du vad det här betyder? sa hon med ett triumferande leende.

– Att vi har en ledtråd? sa Anton försiktigt.

– Exakt. Tänk efter. Vad sa Ali? Vad har jag bett honom göra?

Anton suckade och lutade sig tillbaka.

– Appen i Claudias mobil var riggad?

Karolin nickade långsamt och leendet på hennes läppar blev bredare.

– Exakt. Vi har en början.

Karolin sneglade på Anton medan hans ansikte förblev sammanbitet.

– Jag är trött, knappt fått någon sömn alls, sa han med en ansträngd ton. Kan du bara vara rak och undvika det kryptiska snacket just nu?

Hennes mungipor drogs upp i ett litet leende, och hennes ögon gnistrade till med en lekfull glimt.

– Hoppsan, det var inte meningen att reta upp dig, sa hon och lade huvudet lite på sned.

Anton suckade och lät en hand glida genom håret.

– Ledsen, men jag är väldigt beskyddande. Just nu är mina tankar med Bruno och Claudia. Men okej, låt mig tänka. Säg inget.

Karolin nickade, lät honom vara ifred och riktade blicken mot vägen igen. Hon kände bilens rytmiska vibrationer och ljudet från däcken mot asfalten medan hon väntade. Det tog inte lång tid innan Anton tog ett djupt andetag och vände sig mot henne.

– Jag har det, tror jag, sa han med en något lugnare röst. Om appen för larmet var riggad, så måste det ju vara Mueller Tech som ligger bakom detta.

Karolin log stort och kastade en snabb blick mot honom.

– Bingo, där satt den. Förstår du nu vad jag kan göra?

– Jag antar att du ska ställa frågor, eller leta efter möten där Hans Mueller eller någon annan på Mueller Tech försöker sälja droger?

– Exakt, sa Karolin med en nickning. Bra där. Vi har ändå hittat en ledtråd.

Anton skakade på huvudet, fortfarande förvirrad.

– Men jag fattar inte. Mueller Tech är ett framgångsrikt företag. Varför skulle han vilja sälja droger och förstöra sitt eget rykte?

Karolin rynkade pannan lätt och svarade med ett allvarligt tonfall.

– Det är det vi måste ta reda på. Just nu har vi bara indicier, inga bevis. För att svara på dina frågor måste jag gräva djupare. Jag behöver titta på företagets ekonomiska situation, banktransaktioner, allt jag kan hitta.

Det är långt ifrån säkert att Mueller själv är inblandad. Men vi måste börja någonstans.

Anton såg på henne och nickade långsamt.

– Du är bra på det här. Jag är imponerad.

Hon log åt honom, denna gång ett genuint leende som värmde hennes ansikte.

– Det gläder mig att höra dig säga det, sa hon. Vi är framme snart. När du kommer tillbaka till herrgården, kan du uppdatera dem?

– Självklart, svarade Anton. Men jag håller det på en hög nivå. Inga detaljer som kan skrämma dem i onödan. Ju mer jag säger, desto fler frågor kommer de ställa – frågor jag kanske inte har svar på.

Karolin nickade igen.

– Bra. Du känner dem bäst.

När de närmade sig herrgården, stannade Karolin vid ingången och såg på Anton när han steg ur bilen. Hon såg hur han stelnade till ett ögonblick innan han vände sig mot henne.

– Lycka till, sa han.

– Detsamma, svarade Karolin med en vinkning innan hon körde i väg och försvann ut på vägen.

Kapitel 30 – Drömmar i sikte

7 juni, Stockholm

Cyrus klev ur taxin vid Mjölnarvägen, precis intill Jakobsbergs gymnasium. Doften av nyregnad asfalt och sommargrönska kittlade hans näsborrar och drog honom ovilligt tillbaka till gymnasietiden. Det var märkligt hur platsen både kunde kännas hemtam och avlägsen på samma gång. Han hade inte varit någon som märktes särskilt mycket under sina år här. Faktum var att han kunde passera korridorerna utan att en enda lärare lyfte på blicken, så att någon av dem skulle känna igen honom nu kändes osannolikt.

Men vad spelade det för roll? Cyrus hade inte kommit hit för att återuppliva gamla minnen eller för att leta efter uppskattning. Han hade kommit hit för något större, något som förmodligen inte ens den mest ambitiösa elevrådsordförande här kunde ha föreställt sig – han var på väg att spela in sin egen tv-serie. Och det var passionen för berättelser som drev honom framåt, inte något nostalgiskt behov av igenkänning.

Han styrde stegen mot huvudentrén, precis som han gjort så många gånger förr, och fortsatte utan att tveka mot rektorsexpeditionen. Rörelsen i korridorerna var densamma – elever som skrattade, suckade och skyndade framåt med böcker i famnen. Det var som om inget hade förändrats, förutom att han nu var här som en vuxen med ett mål som faktiskt betydde något.

När han kom fram till expeditionen kikade en kvinna fram från sitt kontor innan han ens hunnit knacka.

– Hej Cyrus, du är ju på pricken i tid – det är jag som är Sandra, vad roligt att du är här. Kom in.

Cyrus hade förväntat sig något helt annat. I huvudet hade han föreställt sig en klassisk rektor – kärv, kanske lite grå i håret och med en stel hållning som signalerade fler års erfarenhet än flexibilitet. Men Sandra var inget av detta. Hon var i fyrtioårsåldern, självsäker och med en närvaro som genast fyllde rummet. Hennes bruna hår inramade ett ansikte som bar spår av erfarenheter, inte trötthet, och hennes mörka ögon tycktes kunna läsa av människor på ett sätt som gjorde honom en smula nervös.

Hon log mot honom, ett varmt leende som smälte isen och nästan fick honom att känna sig välkommen. Hon bar en blå kjolkostym – strikt men inte gammaldags – och den halvknäppta vita skjortan under kavajen gav hennes stil en oväntad modernitet. Hon var den sortens person som kunde växla från att hålla disciplin i en gymnasiekorridor till att briljera på en mingeltillställning.

Cyrus kände genast att hon var någon han kunde arbeta med. Det låg en självklar styrka i hennes kroppsspråk och han kunde inte låta bli att undra vilken typ av ledare hon var. Var hon en fast hand som höll allt under kontroll? Eller en entreprenöriell rektor som styrde som en företagsledare? Vad det än var, var han säker på att de behövde hitta ett gemensamt språk för att få hennes elever engagerade i hans tv-serie.

De diskuterade snabbt detaljerna om samarbetet och de praktiska arrangemangen innan de lämnade expeditionen. På väg mot aulan gled samtalet lätt in på vädret, film och litteratur – den typen av artigt småprat som ändå lyckades avslöja en smula av deras personligheter.

Framme i aulan mötte Cyrus eleverna från estetiska linjen med inriktning teater – tvåor och treor. Han hälsade med sitt bästa avslappnade leende och satte i gång att prata om tv-serien. Elevernas reaktioner var över förväntan. När han delade med sig av en scen från serien som han skrivit på nyligen, fylldes rummet av skratt och applåder. Sandra stod vid sidan och nickade uppskattande, och till och med lärarna skrattade – en syn han inte varit beredd på.

Det fanns något inspirerande i att se deras entusiasm. Cyrus kände för första gången den verkliga vikten av vad han höll på med. Det handlade inte bara om att skapa en serie. Det handlade om att skapa möjligheter för dessa ungdomar. Och kanske, bara kanske, var detta början på något större än han själv kunde föreställa sig.

Cyrus lät blicken vandra över de förväntansfulla ansiktena i aulan. När han frågade vilka från Sångvägen som ville vara med i hans serie, räckte fem tjejer upp handen. En av dem var ljus med ett typiskt svenskt utseende, medan de andra fyra hade drag som antydde Mellanösternrötter. Det var intressant – och lite förbryllande – att inga killar från området verkade vara intresserade. När han däremot ställde samma fråga till Söderhöjden svarade tre killar. De såg självsäkra ut, nästan som om de redan räknade sig själva som skådespelare.

När turen kom till elever från Jakobsbergs villaområden och andra delar av Järfälla var responsen överväldigande. Tolv händer sköt upp i luften, och Cyrus log för sig själv. Det var en mångfacetterad grupp, precis vad han hoppats på. Han kunde nästan se scenerna framför sig – kontrasterna mellan olika bakgrunder, energin i deras berättelser.

– Är ni alla intresserade av att delta? frågade han, och svaret var ett enhälligt ja.

Sandra, som stod bredvid honom, tog till orda. Hon instruerade eleverna att komma tillbaka på eftermiddagen för att skriva avtal och betonade att de under 18 år skulle behöva föräldrarnas underskrift. En asiatisk tjej lyfte handen och frågade om audition.

– Självklart, sa Cyrus och nickade. Det är där vi avgör vem som får de mest framträdande rollerna.

Efter att eleverna lämnat för att återgå till sina lektioner, diskuterade han och Sandra de sista detaljerna kring avtalen och juridiken. Hon nämnde att TV5:s jurister skulle hantera allt, och Cyrus kände hur hans egen stress minskade. Det var skönt att veta att han hade ett proffsigt team i ryggen.

På väg ut skickade han ett snabbt sms till Linda för att meddela när han skulle vara tillbaka på kontoret. Han kände en viss tillfredsställelse – tjugo ungdomar, från olika kulturella bakgrunder, redo att delta i hans projekt. Det var mer än han vågat hoppas på.

När taxin kom satte han sig och ringde Sören direkt.

– Sören, mitt i maten, svarade han med munnen full.

– Ursäkta att jag stör, men jag har några viktiga uppdateringar, sa Cyrus och kunde inte hålla tillbaka leendet.

– Berätta!

– Vi har tjugo unga skådespelare som passar perfekt. Några kan användas som statister, och vi har fått ett bulkpris på tvåhundratusen för perioden 13 juni till 13 augusti.

– Bra affär! Det passar min budget. Och du kan använda dina pengarna till Persbrandt och Ohlin, sa Sören, nöjd.

– Tack! Jag är på väg tillbaka till kontoret nu för lunch med Linda. Jag är där till tre, kanske tidigare, för mötet med Persbrandt.

– Perfekt, vi ses då.

När Cyrus kom fram till kontoret, några minuter efter tolv, föreslog han lunch på Man in the Moon. Linda log stort, uppskattande, och nickade. Tillsammans gick de genom stadens gator. De pratade lätt, skrattade åt småsaker och njöt av den svala juniluften. Cyrus märkte hur deras steg harmoniserade, som om de dansade genom folkmassan.

Det var något speciellt med Linda, något som fick honom att slappna av och känna sig närvarande. Under lunchen berättade han om skolbesöket, och hennes frågor och intresserade blick förstärkte hans entusiasm inför det som låg framför honom.

De delade idéer och planer för framtiden medan de promenerade tillbaka till kontoret. När de kom fram vände Linda sig mot honom, hennes leende var varmt.

– Lycka till i eftermiddag, ropade hon när hissdörrarna stängdes.

Cyrus log för sig själv, redo att ta sig an nästa steg i sitt projekt.

Under lunchen kände Cyrus förväntningarna inför mötet med Persbrandt växa. För varje tugga på köttbiten tycktes hans hjärna krydda upp dagen med nya möjligheter, vilket var precis vad han behövde för att motverka sin vanliga oro över budgetar och deadlines. Linda, som alltid hade en övernaturlig förmåga att läsa av honom, lutade sig fram med ett småleende.

– Så, vad har du för planer för oss i framtiden? frågade hon, som om hon just skulle anteckna hans svar i en hemlig dagbok för framtida bruk.

Cyrus lade ner gaffeln och torkade sig om munnen, inte för att han behövde det utan för att vinna tid. Planer för framtiden? Han var ju glad om han visste vad som skulle hända fram till torsdag.

– Jag hoppas att vi kan fortsätta växa tillsammans, både professionellt och personligt, sa han med en ton som han hoppades skulle låta mer självsäker än det kändes.

Linda nickade och gav honom ett leende som kunde få en stenstaty att rodna. – Det hoppas jag också. Vi har en stark samhörighet, och jag ser verkligen en framtid där vi fortsätter att stötta varandra.

Cyrus kände en varm våg av trygghet, som om han just hade svepts in i en filt gjord av ren beundran.

– Precis, sa han och nickade med eftertryck. Vi håller varandra om ryggen.

På vägen tillbaka till kontoret gick de sida vid sida, pratandes om allt från världens största pizzor till varför grå är en underskattad färg. Deras händer nuddade ibland vid varandra på ett sätt som var så naturligt att det nästan kändes koreograferat.

När de kom fram, sa Linda.

– Lycka till i eftermiddag! innan hon försvann mot receptionen. Hennes röst hade den där lekfulla tonen som gjorde att Cyrus både kände sig som en hjälte och en väldigt lyckligt lottad man.

Hissen tog honom upp till våningen, och han gick ut med en känsla av lugn, vilket snabbt avbröts av vad som närmast kunde beskrivas som ett upplopp. Kollegor gick fram och tillbaka, plockade, rättade till, och det låg en sorts krigsstämning över lokalen. Annika, med blicken hos en fältherre och rösten hos en borgmästare i panik, sprang fram och tillbaka och skrek kommandon.

– Vad är det som händer, Annika? frågade Cyrus och lutade sig avslappnat mot dörrkarmen, som om kaoset inte hade något med honom att göra.

Annika vände sig om som om han precis föreslagit att de skulle stänga kontoret och ta semester.

– Vad tror du? Det är Persbrandt! Allt måste vara perfekt!

Cyrus såg sig omkring.

– Men det ser ju redan bra ut. Är det här verkligen nödvändigt?

Annika spände ögonen i honom, som om han just sagt något hädiskt.

– Nödvändigt? DET ÄR PERSBRANDT!

Han höll upp händerna i en gest av kapitulation.

– Okej, okej. Kör hårt.

Han hann knappt sätta sig vid skrivbordet innan Viktor och Maria dök upp i dörren, båda med den där blicken som avslöjade att de hade idéer. Cyrus tog ett djupt andetag – det var den typen av blick som ofta betydde att han skulle få mer att göra.

– Får vi störa? frågade Maria, med en ton som redan antog att svaret var ja.

– Självklart. Kom in och sätt er, sa Cyrus och försökte dölja sin misstänksamhet.

Maria slog sig ner med samma energi som någon som just upptäckt en revolutionerande idé.

– Vi vill att du och Linda spelar huvudrollerna i serien.

Cyrus blinkade.

– Jag ser väl inte ut att gå i gymnasiet?

Viktor lutade sig fram med ett självbelåtet leende.

– Cyrus, Cyrus, Cyrus. Med rätt ljus, smink och lite filmmagi kan vi få en femtioåring att se ut som en tonåring.

Cyrus lutade sig tillbaka och funderade.

– Jag spelar gärna mot Linda, men ni är säkra på att jag funkar som gymnasieelev? Jag menar, jag har ju skägg.

Maria viftade bort invändningen som en irriterande fluga.

– Skägg? Det är inget smink och en rakhyvel inte kan lösa.

Cyrus skrattade till, ett halvt förvånat ljud som avslöjade att han fortfarande inte var helt övertygad.

– Okej, sa han och lutade sig tillbaka. – Jag spelar gärna mot Linda. Ni har rätt, hon skulle passa perfekt i rollen. Men ni får ordna med det där "magiska ljuset". Annars blir det jag som får spela skolans rektor.

Maria nickade nöjt, som om hon redan visste att han skulle ge med sig.

– Nu till vår nästa fråga, sa hon och höjde ett finger, som om hon föreläste för en hel klass. – Har du med dig artistkatalogen eller cv:n från de tjugo eleverna som Sören nämnde? Vi vill börja rollbesätta så snart som möjligt.

Cyrus drog fram sin väska med samma ceremoniella långsamhet som om han skulle öppna en diplomatportfölj.

– Jajamänsan, här är de, sa han och höll fram en mapp.

– Men jag föreslår att ni låter bli att bläddra. Jag har redan sammanfattat det viktigaste, både från rektorns information och mina egna observationer. Jag läser högt, så slipper ni läsa själva.

Han slog upp dokumenten och började läsa. Varje elev presenterades med en kärnfull beskrivning: ålder, bakgrund, intressen och vad Cyrus, med sin nyligen upptäckta Sherlock Holmes-liknande blick för detaljer, ansåg vara deras styrkor. Maria och Viktor nickade efter varje namn som om de just blivit upplysta av universums största sanningar.

När han var klar lutade sig Viktor tillbaka och suckade på ett sätt som antydde att han precis bevittnat något extraordinärt.

– Wow, sa han. – Du har verkligen lagt ner tid på det här.

Maria nickade ivrigt och såg ut som att hon redan rollbesatt halva serien i sitt huvud.

– Jag kan redan nu se vem som passar till vad, sa hon. – När kan vi träffa dem?

Cyrus slog igen mappen och lade tillbaka den i väskan med en nöjd gest.

– De kommer hit onsdag den 13 juni, sa han. – Några av de yngre eleverna har vissa restriktioner, men det ska inte vara några problem.

Maria ryckte på axlarna som om ordet "problem" inte existerade i hennes ordförråd.

– Inga bekymmer. Vi kan alltid justera ljuset i studion om det behövs. Så slipper vi dra in föräldrar till sena arbetspass.

Viktor klappade händerna i en gest som såg ut att vara ett spontant firande.

– Fantastiskt! Då kör vi audition på onsdag.

Cyrus nickade och log.

– Absolut. Han förklarade sedan tankarna bakom urvalet, från elevernas bakgrund till varför autentiska inspelningsplatser i deras hemområden, som Sångvägen, skulle göra serien trovärdig.

Maria lutade sig framåt, ögonen gnistrade av entusiasm.

– Tack, Cyrus. Jag ser fram emot att se dem i audition.

När de lämnade rummet kände Cyrus sig ovanligt nöjd. Det var sällan han fick omedelbar uppskattning, och den här gången kändes det som om projektet verkligen började få fart. Samtidigt, medan han såg dem försvinna nerför korridoren, undrade han tyst för sig själv, ser jag verkligen ut som en gymnasieelev?

Så snart städpersonalen försvunnit, som om de varit jagade av en osynlig tiger, samlade Sören ihop alla i sitt rum. Där, på det långa konferensbordet, låg VOSS-vattenflaskor prydligt radade, nästan som en militärformation, intill glittrande dricksglas. Mitt på bordet stod en fruktkorg som såg ut att vara tagen direkt från en konstutställning. Handtaget var skulpterat med en sådan finess att det kunde ha fått vilken modernist som helst att le i andakt. Och frukterna – mango, papaya, guava, granatäpple – såg mer ut som en samling små konstverk än något man egentligen skulle vilja bita i, som om de var där för att beundras, inte för att ätas.

Cyrus studerade bordet en stund och kände en växande beundran för sitt jobb. Här var han, i ett rum med exklusiva VOSS-flaskor och frukt som nästan såg för fin ut för att ätas. Vilken tur jag har, tänkte han. Jag är nog den enda som kan sitta här utan att känna att jag borde ha jobbat hårdare i skolan.

Men mitt i sin uppskattning fick han en plötslig tanke – det här kanske inte var så smart. Om Persbrandts agent såg alla de här lyxiga detaljerna, skulle han snart kräva en summa som skulle få hela budgeten att kollapsa som ett korthus. Han vände sig till Sören, som var mitt i att ta upp en vattenflaska och se ut som han just fått en idé om hur man skulle skapa konst av en päronbit.

– Tror ni inte att Kurt kommer att tro att vi har en obegränsad budget, när ni slår på stort med VOSS-vatten och exotiska frukter? frågade Cyrus, lite på skoj, men också på riktigt. – Jag menar, är inte detta lite överdrivet? Han har ju redan sagt att han kommer vara med.

Sören tittade på honom, och för ett ögonblick såg det ut som om han faktiskt övervägde det. Sedan lyste han upp som en hund som just fått en extra godisbit.

– Du är så sjukt smart, sa han. – Älskar att ha dig som min rådgivare, pöjk.

Cyrus log och rullade med ögonen. Det här är en bra dag, tänkte han. Förhoppningsvis håller inte Kurt på att sätta en guldkran på hans kaffe också.

Sören vände sig om och ropade på Annika, som snabbt dök upp med en entusiastisk blick, som om hon just fått veta att hon vunnit på lotto.

– Annika, omedelbart! Byt ut alla de där flarrorna med VOSS mot en kanna kranvatten och ta in vanliga glas. Fruktkorgen får vara kvar. Den ger ju ändå ett estetiskt intryck av något slags välstånd.

Annika nickade och skyndade sig att göra om allt som om det var en brandövning. Cyrus log för sig själv och tänkte att han nog borde ta en bild och rama in den. För vem annars skulle få se VOSS-flaskor och papaya i samma rum, om inte de som verkligen hade för mycket pengar?

Mötet gick smidigt, som om alla på något sätt hade blivit smörjda med olja av diplomati. Kurt, den envise förhandlaren, hade lyckats fixa fram ett avtal som verkade vara en vinnare för alla inblandade – Persbrandt, Lena Ohlin och TV5. En miljon kronor för tre avsnitt, men med ett förbehåll för de två första, där de skulle medverka utan kostnad – och sedan, om de ville, kunde de hoppa av utan att behöva ange någon anledning. Det var som att ge bort tårtbitar för att få hela tårtan.

Cyrus satt där och kände hur saker och ting började falla på plats. Inte för att han inte hade räknat med det, men här och nu var det svårt att inte känna sig som en del av något större – även om det största han hade gjort tidigare var att råda sina vänner att inte köpa begagnade bilar.

Och så var det. Från VOSS-flaskorna till fruktkorgarna till avtal på en miljon. Världen var definitivt på väg att bli en mer fantastisk plats, eller åtminstone lite mer exotisk.

Kurt hade lyckats förhandla fram en deal som lät för bra för att vara sann – en miljon kronor för tre avsnitt, men med ett förbehåll att Persbrandt och Ohlin kunde hoppa av efter de två gratisavsnitten utan att behöva förklara sig. Smart drag. Men frågan var om de verkligen förstod att det var en "ge bort två avsnitt för att få resten"-deal. Förhoppningsvis skulle de uppskatta det senare.

Så snart allt var klart började förberedelserna för inspelningen – den 15 juni var inte långt borta. Persbrandts charm och Kurts förhandlingsteknik hade gjort sitt jobb. Om inte annat så hade allt nu fallit på plats, och Cyrus kände att han hade lyckats. Hans tankar flög framåt till nästa steg – nu var det dags för Linda och honom att ha en lugn helg.

Med ett leende skickade Cyrus ett sms till Linda. Allt var klart. Ingen mer stress. Nu var det deras tur att njuta.

Viktor och Maria, däremot, verkade ha andra planer för sina firanden. Efter den lyckade affären försvann de båda till arkivet, den tysta, dunkla delen av kontoret, där de firade på sitt eget sätt. Cyrus log lite för sig själv. För honom var den här delen av arbetsdagen slut.

Han ville bara hem och ta det lugnt med Linda. En taxi var redan beställd, och det kändes som den snabbaste vägen ut från kontoret och in i hans personliga paradis.

Och på vägen till Gondolen kände han att det här var vad han behövde – en romantisk middag med den enda personen som alltid fick honom att känna sig som den bästa versionen av sig själv. Strömmen glittrade där utanför, och staden var så vacker, den lyste upp deras väg. Efter middagen promenerade de längs de pittoreska gränderna i Gamla Stan, och Cyrus kände att ingenting annat spelade någon roll för stunden.

Kapitel 31 – Grönkålsgangsters

5 juni, Frankfurt

Karolin klev in på kontoret med det där lätt spända steget som hon bara hade när hon var på väg att ta sig an något stort. Hennes plats vid datorn var alltid den bästa i rummet – den som visste vad som skulle hända när allt var på plats. Datorn var avancerad, ospårbar, nästan som en gammal agentfilm där man alltid såg folk hacka sig genom mystiska kanaler och hitta saker man inte borde hitta. Fast i Karolins värld var det där inte bara film – det var verklighet. Och hon var bra på det.

Det var en ganska enkel, men så kraftfull metod hon tillämpade. Hon verkade känna till varje hörn av Darknet där kriminella sökte anonymitet. Så hon grävde, djupt, inte på jakt efter ledtrådar som man brukade se på tv-serier – sådana där snygga små saker som likt en låda med pusselbitar föll på plats. Nej, Karolin jagade något mycket större. Hundra kilo droger var på väg, och om det var något hon visste, var det att detta inte var småfisk, detta var en affär med låg profil men höga risker. Och Karolin var bra på att vara först på plats när affärer gick snett.

Där satt hon, metodisk som alltid, timme efter timme, men hon var fast. Hjärnan var som en väloljad maskin, snabbt kopplad till nätverket av självsäkra men oförsiktiga kriminella, som inte kunde hålla händerna borta från smutsen trots sina försök att gömma sig. Ju mer Karolin grävde, desto klarare blev bilden – någon var i full färd med att köpa en enorm mängd amfetamin. Och hon skulle hitta alla ledtrådar som kunde avslöja var de var på väg och vilka som styrde trafiken.

Det började bli kväll och Karolin kände sig som en magiker som inte behövde följa tidens gång. Och så hittade hon det. En liten, förlorad grupp tonåringar på Darknet, som just blivit kända under det minst effektiva av alla smeknamn. "Grönkålsgangsters". Ja, precis så klantigt, men samtidigt så förvånansvärt farliga på sitt sätt. De var unga, idealistiska, hade tankar om att rädda världen – tills verkligheten sparkade dem i magen. Greenpeace var inte deras hem längre. Karolin fnös lite för sig själv. Det var nästan så att hon började tycka synd om dem, tills hon påminde sig att de faktiskt var ute efter att köpa droger i stora mängder, och kanske döda någon på vägen. Det var då hennes fokus skärptes till max.

Smeknamnet –Grönkålsgangsters – hade kommit ur deras en gång så ärliga miljöengagemang. Så naiva, så okunniga om den kriminella världen att de trott att en liten vinst från ett värdetransportrån skulle göra dem till storspelare. Nu hade de dragit på sig en ganska otrevlig uppmärksamhet från folk som faktiskt visste vad de höll på med. De kallade sig "The Main Motherfuckers", TMMF – en påse fylld med machoposer och förlorade självklarheter. Men varför just *det* namnet? Karolin funderade på det en stund, skrattade lätt för sig själv. Det var så uppenbart att de hade försökt skapa en skräckinjagande image, men misslyckats i sitt försök att göra sig själva större än de egentligen var.

Namnet hade ursprungligen sitt ursprung i floden Main som rann genom Frankfurt. Området runt floden var TMMF:s revir, deras territorium. Och som alla gäng visste – att markera sitt område var en viktig del av att bygga sitt rykte. Floden Main, med sin långsamma, tunga ström, blev en symbol för deras vilja att härska över stadsdelarna, att göra området "rent" från andra, mer erfarna kriminella ... och ja just det viktigaste ... föroreningar från samhället. Och "Motherfuckers" – ja, det var för att visa att de var orädda, att de inte ville vara någon vanlig ungdomsgäng utan ett gäng med tuff attityd, som inte skydde några medel. De ville få alla att tro att de var de största, men sanningen var att de mest ville bli sedda, bekräftade och fruktade.

Men Karolin visste att deras val av namn var lika okunnigt som det var genomtänkt. De här ungdomarna hade mer i sin smyckning än de egentligen förstod. TMMF var inte bara en utmaning för de andra gängen – det var ett skrämmande bevis på deras vilja att stå ut, även om de inte riktigt förstod vad det innebar att vara riktigt tuff.

TMMF hade vunnit några tursamma pengar genom att vara på rätt plats vid rätt tillfälle, och Karolin kunde nästan höra deras jubel i bakgrunden. Och så började de tro att detta var deras biljett till en ny värld – en värld de förstod lika lite om som de förstod att släppa den där orealistiska förhoppningen om att alla skulle börja lyssna på deras miljöimperium.

De flesta av dem var unga, idealister som slungade sig mellan att vara miljövänliga till att vara mästare på att göra affärer på ett sätt de inte var riktigt redo för. Och så var det där förlorade gänget, som inte bara hade förlorat sin oskuld, utan förlorat verklighetskontrollen i en värld som tycktes växa sig större än deras orealistiska drömmar. Och Karolin var där, i den där världen av mörka hjärnspöken, den som var så långt från den normala världen att den var farlig på riktigt. Och här var hon, på jakt efter dem.

Hon fortsatte att granska den digitala profilen för Grönkålsgänget, eller TMMF, och ögonen smalnade när hon läste om deras brutalitet. Brutalitet var för dem en merit – något de trodde skulle ge dem respekt i den kriminella världen. Ironiskt nog var det också den största svagheten de hade, för utan någon egentlig strategi att följa var deras våld bara ett håglöst försök att tvinga fram ett resultat. Men de var för unga och för oförstående för att se det. Deras ryktesspridning byggde på mer på mod än på några riktiga framgångar.

Ledaren, Markus Schmidt, var en typisk produkt av sin tid och plats. En man i tjugoårsåldern med ambitioner större än förmågan att genomföra dem. Ursprungligen en miljöaktivist från Frankfurt, var Markus inte direkt någon som blev utesluten från Greenpeace för sin ömma omtanke om planeten. Det var snarare hans benägenhet att lösa problem med knytnävarna – eller ännu värre, med sina metoder för "miljöskydd" – som gjorde att han inte passade in i den mer fredliga gröna rörelsen.

Markus var en man med stora idéer, men inga kontakter som skulle hjälpa honom att förverkliga dem. Därför skapade han TMMF. En organisation som byggde på en trasig blandning av idealism och brutalitet. De ville förändra världen – genom att slå sönder den. Och det var här deras största misslyckande låg. Karolin hade sett det förr: ungdomar som inte förstod att ett namn och ett slag mot systemet inte automatiskt gjorde dem mäktiga.

TMMF började som ett gäng miljöextremister, angripande fordon och företag de ansåg vara skadliga för miljön. Det var förvisso något av en naiv och ganska barnslig idé – att tro att man kan förändra världen genom att riva bilar och slåss med företag – men så gick det till. När deras resurser började sina, började deras brott också förändras. De bytte strategi, och nu var det butiker och banker som låg i deras väg. En bankrånare som inte förstod själva poängen med ett bankrån. Det var nästan värt att skratta åt, om det inte varit för det faktum att de också hade skadat oskyldiga.

Men trots naiviteten var de farliga. Den brutala oskickligheten av brotten gjorde dem till en oförutsägbar kraft. Karolin skakade på huvudet när hon insåg att de fortfarande inte hade insett att det inte var våld som gav dem makt – det var ordning och strategi. TMMF hade varken det ena eller det andra.

Nu var det uppenbart: De var på väg att köpa en stor mängd narkotika. Karolin hade nystat rykten om deras affärer, och insåg att de inte hade en aning om hur den kriminella världen fungerade.

Deras oskicklighet var nästan fysiskt påtaglig – de trodde att de var någon, men i själva verket var de bara en grupp förlorare på väg att göra sitt största misstag hittills.

Trots att världen skrattade åt dem, kunde Karolin inte förlita sig på deras inkompetens. För även om de var unga, var de farliga. Och som vanligt var det just den risken som hon var här för att förhindra.

Det dröjde inte länge innan hon hittade en säker kanal där TMMF organiserade sina affärer. Krypterad kommunikation var hennes territorium. Hon följde deras rörelser noggrant, försökte förutse nästa steg. Deras naivitet var nästan obehaglig, och trots att de trodde att de var på väg att göra något stort, var det uppenbart att de inte hade en aning om vad de gjorde.

Tankarna flög snabbt när hon funderade på Hans Mueller. Hans förmåga att hålla sig undan var både en fördel och en utmaning. Karolin behövde veta mer. Hon satte genast i gång en operation för att spåra hans kontakter – utan att han visste om det. Det var så här hon jobbade: diskret, alltid ett steg före.

Natten smög sig på, och Karolin skickade ett sms till Anton. *Allt lugnt på herrgården?* Svaret kom snabbt: *Allt under kontroll, vi ses i morgon.* Hon drog ett djupt andetag, kände tillfredsställelsen av dagens arbete, men visste att det var långt ifrån över.

Imorgon skulle det bli mer – mer ledtrådar, fler steg, mer information. Grönkålsgänget var fortfarande bara en bråkdel av det pussel hon var fast besluten att lösa. Och när deras värld kollapsade, skulle hon vara där för att sätta dit dem.

* * *

Frankfurter Wasserversorgung var det största vattenverket i Frankfurt och låg vid floden Main. Markus satt i det övergivna huset nära vattenverket och tittade ut genom det smutsiga fönstret på det gråa vattnet som flöt stilla förbi. Det var en bra plats. En plats som gav kontroll. Platsen där TMMF hade sitt säte, långt ifrån nyfikna blickar, där de kunde fortsätta sin revolution ostörda.

Det var sent – eller snarare, tidigt på morgonen – när klockan passerade midnatt. Men för Markus var dagen lång redan. Tankarna snurrade, likt det ekande bruset från den avlägsna floden. De var nära nu, riktigt nära sitt stora genombrott. Ett genombrott som skulle förändra allt. De skulle vara större än bara ett gäng. De skulle vara en rörelse, en revolution, som tvingade systemet på knä. Det var inte bara pengar, det var rättvisa. Det var kampen mot alla de kapitalister och miljöförstörare som byggt sin makt på andras lidande.

Så var det också den här affären, denna dos amfetamin. För att starta på riktigt. 100 kilo skulle göra dem starka. Det var inte bara en drogaffär för Markus, det var en möjlighet att växa, att slå sig fast i gänget och skapa ett nätverk som ingen kunde ignorera. Han såg på sina kamrater runt bordet. Amélie, hans franska flickvän och vice ordförande, satt där med sin rynkade panna. Albert och Greta också. Alla väntade. Alla förväntade sig att han skulle fatta rätt beslut. Han var ledaren. Han skulle inte svika dem.

Så här var det. En man som påstod sig kunna leverera amfetaminet. Och han hade gett dem en tidsram: mellan den 5:e och 6:e juni. Dagen hade passerat utan att det hördes något. Markus kände en oro som han inte riktigt ville erkänna. Vad om de blivit lurade? Vad om de förlorade allt?

De satt nu där i det övergivna huset, vid ett stort bord, för att diskutera hur de skulle avgöra om knarket var äkta. Amélie, alltid den försiktiga, uttryckte sin osäkerhet om hur man testar drogen på rätt sätt. Greta oroade sig för pengarna – 500 000 euro. För dem var det mycket. Mycket som kunde gå fel. Om affären var en fälla, skulle de förlora allt. Och han såg på dem. Deras rädsla var verklig. Men Markus var lugn. Han visste att de behövde detta. Och han var inte rädd.

– Vi gör som jag såg på tv, sa han och mötte deras blickar. – Skär ett litet hål i påsen, lukta försiktigt, blanda med vatten och skaka. Jag låtsas att jag vet vad jag gör, säger att det luktar rätt och ser rent ut. Då kommer de att tro att vi har koll på läget.

De andra nickade och plötsligt vibrerade det i Markus mobil. Han tittade på skärmen. Säljaren.

Säljaren: *Det är mer än hundra kilo amfetamin vi har och vi tar bara kontanter. Det är allt eller inget. Ge mig ett pris och när på dagen vi kan göra affären imorgon. Är priset för lågt, går affären till någon annan. Du har sex timmar på dig att svara, annars har jag andra köpare.*

Markus kände adrenalinet rusha. Det var nu. Hans hjärta slog snabbare, men hans händer var stilla. TMMF var inte bara ett gäng. De var den nya revolutionen. Han var den som skulle leda den. Nu var det inte bara att köpa knark. Det var ett steg närmare deras mål.

– Vi lägger allt på bordet, sa han, med en blick som var kylig och beslutsam. Femhundratusen euro för de bästa. Det är vad vi erbjuder. Det kommer vi att ha.

De andra såg på honom med förväntan. Och han såg på Amélie. Hennes bruna ögon var fokuserade, men han visste också att hon förväntade sig att han var den som skulle leda dem genom detta. Hon trodde på honom

Timmarna som följde var långa. När inte ett svar kom på länge, började även han känna nervositeten krypa in. Vad om han hade gjort fel? Vad om de var för naiva? För unga?

Men så plingade mobilen igen. Hans hjärta hoppade till när han såg meddelandet.

Säljaren: *Trodde du att vi använde något annat än det bästa? Renare får du leta efter, vi kör på det. Vi ses klockan tolv. Jag återkommer om var vi ska ses en timme innan mötet. Ha pengarna färdiga i en väska.*

Markus såg på Amélie, Albert, och Greta. De brast ut i skratt, i dans. En lättnad. De var ett steg närmare.

– Det är dags att ta oss hem och vila upp oss, sa han, och hans röst var nu fylld av självsäkerhet. – Vi behöver vara på plats här senast elva imorgon. Greta, ta kontakt med våra torpeder och förbered dem. Vi behöver ta med oss det tunga artilleriet.

Hans blick flög till Amélie, och för en sekund var världen bara hon och han. De var på väg att förändra världen. Och ingen skulle stå i vägen för dem.

Han tittade på Amélie och hennes vackra ögon mötte hans. Markus kysste henne djupt och viskade i hennes öra.

– Ikväll ska vi älska som aldrig förr. Nu åker vi hem.

De parkerade sin vita Nissan Leaf utanför deras lägenhet i Bahnhofsviertel. Även om tystnaden från elbilen gjorde deras ankomst diskret, var den elektriska laddningen mellan dem allt annat än dämpad. Amélie, med sitt mörka, lockiga hår som lekfullt nådde axlarna, kastade en flirtig blick med sina djupa, bruna ögon på Markus. Han, med sitt mörkblonda hår, slanka kropp och intensiva, gröna ögon, besvarade hennes leende innan han drog henne närmare och gav henne en snabb kyss.

När de gick in i lägenheten, kunde man tydligt se att den varit älskad trots sina slitna ytor. Möblerna, som bar en vintagekänsla, var alla inköpta från second hand. Den lätt dammiga soffan och den charmiga fåtöljen ramar in ett litet matbord. Köket var enkelt, med ett mindre matbord och de nödvändigaste apparaterna. Sovrummet inrymde en mjuk säng och en kompakt byrå, och på väggen hängde en liten spegel.

De hade valt denna livsstil med hänsyn till miljön och önskade att leva hållbart. Denna bostad och deras val av transport var en del av deras större mål att göra positiva förändringar i världen. Markus, klädd i tidlösa men moderna kläder, bar på en djup övertygelse om att han behövde agera mot de orättvisor han såg i världen.

Amélie, ursprungligen från Frankrike, hade en nästan magnetisk närvaro. Hon klädde sig i kortklänningar som inte bara var bekväma utan också uttryckte hennes sofistikerade känsla för mode. Hon var motkraften i gänget och försökte få alla att nå sina mål utan att använda våld och hade en del av gänget med sig. Då hon var över öronen förälskad i Markus, såg hon mellan fingrarna, men visste att hon på sikt skulle få Markus att skärpa sig. Han var ändå en väldigt fin kille innerst inne, det visste hon.

De fortsatte att kyssa och smeka varandra efter att ha kommit hem. De kunde inte hålla händerna ifrån varandra och Amélie hade redan tagit av alla Markus kläder och han stod nu helt näck i hallen medan hon bar sin vackra men enkla, blommiga kortklänning som framhävde hennes vackra, långa, brunbrända ben. Hon smekte Markus penis samtidigt som hon kysste honom.

Markus förde ner ena handen mellan hennes vackra ben och började smeka hennes sköte. De stod så ett tag och njöt och eggade upp varandra. Sedan ställde sig Amélie på knä och förde in Markus penis i munnen. Hon smekte den medan hon förde den rytmiskt in och ut i munnen. Efter en stund drog sig Markus ur hennes mun, backade en stund, men gick sedan fram till henne och kysste henne igen.

Han la henne på golvet och böjde sig ner, särade på hennes ben och la sig mellan dem. Han drog upp hennes kjol och drog av hennes trosor och började slicka hennes klitoris samtidigt som han förde två fingrar in och ut i hennes slida. Hon var så blöt att fingrarna gled utan problem.

257

Han älskade doften av hennes sköte och känslan av sina fingrar i den blöta, varma, mjuka och trånga vaginan. Efter en kort stund lät han fingrarna stanna några centimeter in i hennes vagina, och började massera slidans framvägg, precis som Amélie tidigare hade lärt honom. Hon njöt. Hon tyckte att det var så sexigt att Markus älskade med henne utan att ta av henne kläderna. Efter en stund ville hon att Markus skulle lägga sig på rygg och han gjorde som hon bad honom.

Hon satte sig sedan gränsle över hans ansikte med ryggen mot hans ansikte och tryckte ner vulvan mot hans mun. Han fortsatte att slicka henne samtidigt som han nu förde in ett finger i hennes anus och förde det fram och tillbaka. Hon tjöt av njutning, böjde sig ner och tog hans penis i munnen och började smeka hans pung mjukt samtidigt som hon rytmiskt sög av honom. Några sekunder senare slutade hon.

– Jag kommer snart, stönade hon fram. Jag kommer snart.

– Jag med, fortsätt älskling, flåsade Markus. Fortsätt, det är så skönt.

Amélie förde åter in hans penis i munnen och med ett hårt grepp runkade hon samtidigt som hon sög honom, precis som Markus ville ha det, tills hon kände att han sprutade i hennes mun. Det fick henne att själv explodera i en orgasm där hon tryckte vulvan allt hon hade mot Markus ansikte. Markus saktade ner sina tungrörelser, tog ut fingret ur hennes anus och slutade sedan slicka helt efter en stund. Återigen, precis som Amélie hade instruerat honom. De fick orgasm nästan samtidigt, eftersom de kände till varandras kroppar och viljor så väl.

När båda kände sig klara, ställde sig Amélie upp och visade med fingret mot Markus att hon snart skulle komma tillbaka. Hon gick till badrummet, spottade ut sädesvätskan hon hade fått i munnen, tvättade av munnen och borstade tänderna lite lätt. Markus följde efter Amélie till badrummet. Hans händer var fortfarande varma från deras tidigare närhet, och han kysste henne försiktigt i nacken medan hon tvättade ansiktet. De var tysta, men deras blickar talade mer än ord. Samma enkla och trygga rytm som de båda lärt sig att känna igen. De var vana vid det här – att dela både intima och vardagliga ögonblick.

När de var klara med sina kvällsrutiner, gick de tillsammans till sängen. Det var som att hela världen försvann runt dem när de lade sig nära varandra, förvissade om att den andra var där. Deras samtal om världen, om vad som var rätt och fel, om deras kamp för en bättre framtid, hade fått plats i deras liv på ett sätt som ingen av dem hade förutsett.

Ibland handlade deras samtal om mer än bara politik eller gängets nästa drag. De talade om sina sexuella önskemål, sina gränser och vad de längtade efter. Det var för dem ett sätt att verkligen förstå varandra, utan att behöva förklara varje detalj. De visste vad den andra ville, vad den andra behövde, och för det var inga ord för stora eller svåra. Det var på det sättet de byggde något mer än bara en relation – det var deras sätt att vara fria tillsammans. Och ibland, när de ville prova något nytt, så talade de om det. De diskuterade sina förväntningar, för det var så de såg på varandra: som partners i både kampen och livet.

Och när de låg där i mörkret, nära varandra, var det inte bara deras fysiska närhet som betydde något. Det var deras förståelse av varandra, deras vilja att vara där för varandra i varje aspekt. Det var en oskriven förbindelse mellan dem, som var starkare än ord och som växte för varje dag. De var inte bara en del av varandras kroppar, de var en del av varandras livsfilosofier.

Kapitel 32 – Betagen av kärlek

6 juni, Frankfurt

Hans hade knappt fått några timmars sömn när mobilens skarpa ton rev honom ur en orolig dröm. Han kände hur den kalla morgonluften slog emot honom när han sträckte sig efter telefonen. Klockan var halv nio, och Erik var redan på andra sidan luren.

– Jag har inte sovit något alls, varför ringer du så tidigt? frågade Hans irriterat och kande hur hans röst lät rasplg.

Hans ögon var fortfarande tunga av sömn och sinnet virvlade kring förra nattens tankar. Han visste att han borde vara mer fokuserad, men något drog i honom, något förlorat, något han inte riktigt kunde sätta fingret på.

– Sova får du göra i graven. Hur har allt gått? svarade Erik, hans röst skarp och stressad.

– Jo, tack, jag mår strålande, sa Hans med en överdriven ljus ton. Sovit som en prins och livet är en dans på rosor …

Han hörde Erik sucka.

– LÄGG AV!

Hans rullade med ögonen. Det var samma gamla visa. Varför kunde ingen bara förstå att allt var under kontroll? Hans kände hur irritationen växte inombords, men han släppte inte ut den. I stället andades han djupt och fokuserade.

– Lugna ner dig, med en ton som var hårdare än han menade. Jag är knappt vaken. Vad vill du veta?

– Om allt gick bra efter att du lämnade av oss. Och vad som kommer hända med varorna?

Hans kände en skavande känsla av lättnad när han svarade. Det var inget att oroa sig för. Allt gick enligt planen.

– Allt gick bra, och tankarns började snurra igen. Den där känslan, den där oron som ibland bara fanns där – den fanns inte nu. Inte när han hade så mycket att göra.

– Får vi pengarna direkt? frågade Erik, och Hans hörde hans förväntan i rösten.

– Ja, i kontanter, svarade Hans.

– När? frågade Erik.

– Affären ska ske klockan tolv idag! sa Hans, och han kände hur sinnet klarnade. En timme, två, det var inget. Han hade tid att ordna det här ordentligt. Att få det som han ville.

– Var ska ni göra upp affären? frågade Erik.

– Har inte bestämt det än, sa Hans, men hans tankar var redan någon annanstans. Han behövde bara få Carin att vara med honom. Hon skulle förstå. Och när hon väl förstod, skulle hon vara hans. Ingen annan skulle komma i vägen. Hans röst blev kallare, fastare. Han sa vad han behövde säga.

– Har sagt att jag återkommer om plats klockan elva till dem.

– Vem säljer du det till? frågade Erik.

Hans pausade en sekund, och hans tankar gled tillbaka till Carin. Vad tänkte hon nu? Vad skulle hon göra? Han hade ju kontroll, det var han som bestämde, men han kunde inte sluta tänka på vad hon egentligen ville.

– Han kallar sig för Mr. M, sa Hans. Men jag hackade mig in i hans mobil och vet att han är ledaren för TMMF, Markus Schmidt.

– De där vänsterpajaserna? Det är ju såna vi ska förgöra.

– Exakt, sa Hans, och han kände den kalla känslan av makt sprida sig. De här människorna var bara spelpjäser. Och om Carin ville vara en del av spelet, ja då skulle hon förstå sin plats. Men just nu behövde han göra det här först. Sedan skulle han få Carin på fall. För det var hon han var ute efter. Det var hon som skulle ge honom det han behövde.

– De är brutala, sa Erik fundersamt. Vi måste ha förstärkning så de inte övermannar dig och lurar dig.

– Jag har anlitat två gorillor, skyddsvakter alltså, svarade Hans lugnt. De är stora som hus, så de borde skrämma dem.

– Fast de är våldsamma och gör saker utan att tänka, så jag måste vara närvarande. Jag kommer snart att ge en överlämningsplats där jag kan övervaka er. Som en osynlig livvakt med en säker prickskytteposition.

– Självklart, sa Hans. Under förutsättning att det tar mindre än en timme att resa dit från min bostad och att det sker väl i förväg innan elva. Mina gorillor anländer vid tio och jag kommer att ge dem instruktioner om att lasta upp varorna och skydda mig under transporten. Vi har detta under kontroll.

– Var still där du är, sa Erik, jag återkommer inom tio minuter.

– Får jag inte röra mig alls, inte ens lite? frågade Hans och skrattade för sig själv. Han tänkte på Carin, på hennes ögon, på hennes kropp. Det var så enkelt. Han skulle bara hålla henne här lite längre. Han skulle bara tvinga henne att spela spelet. Det skulle vara som att sätta upp en fälla.

– Håll kätten, din sjuka jävel! skrek Erik och la på luren.

Hans log för sig själv och la undan telefonen. Så som de här sakerna alltid gick till. Alla ville ha kontroll, men ingen förstod vad kontroll egentligen betydde. Han funderade på det, och på Carin.

Vad skulle hända om han verkligen öppnade sig för henne? Tanken skrämde honom. Nej. Han hade kontroll. Hon skulle vara hans. Och om han inte kunde lita på henne? Då skulle han göra det här på sitt eget sätt. Han skulle göra det på det sättet som var bäst för honom.

Hans gick ner till köket. Frukosten skulle vara en test. Han behövde veta om Carin verkligen var uppriktig, om hon verkligen kunde ge honom den bekräftelse han sökte. Så han började förbereda.

Tre energibars och plastflaskor. Han tillsatte en nypa Rohypnol i varje flaska. Bara för att vara säker. Det var för de andra tjejerna. Amanda, de två andra som han inte riktigt brydde sig om, och alla de som var här för hans nöje. De skulle få det. Och om något gick fel, om de började spela sitt eget spel, då var han förberedd. Han hade kontroll.

Men Carin skulle få något annat. En riktig frukost. För att testa henne. För att se om hon spelade ett spel, eller om hon verkligen litade på honom. Hans skulle visa omtanke, för att få henne att känna sig trygg, men också för att sätta henne på prov. Han ville veta om hon var genuin. Om hon kunde vara hans. Han kände en kyla sprida sig genom kroppen när han tänkte på det.

Så han satte ihop en frukost för Carin. Fruktsallad, en variation av bröd, ost, skinka och en nylagad omelett. Och en ångande kopp kaffe. Ingenting som var för dyrt eller komplicerat, men ändå noga valt för att ge intrycket av omtanke. För att ge henne något att vilja.

Det var så här han skulle vinna. Och om Carin verkligen litade på honom, då skulle hon vara hans.

När Hans var klar med brickan och maten, ringde hans telefon igen. Det var Erik.

– Ja? sa Hans, hans röst lätt trött, men alert.

– Känner du till fotbollsplanen och simbassängen i Bad Vilbel? frågade Erik direkt.

Hans rynkade pannan. Varför var Erik så spänd? Det var ju en enkel affär, men han kände ändå en gnagande oro. Något var inte riktigt rätt, men det var inget han kunde sätta fingret på. Det var som att något föregick.

– Jag bor ju typ ett stenkast därifrån! svarade Hans, men han försökte dölja den oro som smög sig på honom. Han var ju van vid att vara i kontroll.

– Ok, bra, sa Erik. Mötet får bli vid Nidda-Sportfeld, på fotbollsplanen. Inga aktiviteter där idag, så jag öppnar grindarna för er. Jag kommer vara på taket vid Huizener Strasse. Och du ska placera Markus så att hans rygg är vänd mot det avlägsna målet. Du ställer dig vid det närmaste målet som ligger vid Huizener Strasse. Om något går snett, kommer jag att skjuta ner dem. Jag skickar koordinaterna via appen, så du får det.

– Jag behöver inte ha koordinaterna, sa Hans med en kall, självsäker ton.

Jag vet exakt var vi ska. Och jag ser till att ha ryggen mot det bortre målet så att de står med ryggen mot det andra när de kommer. Det kommer inte vara några problem.

– Bra, sa Erik. Koordinaterna är för att du ska skicka dem till köparen. Efter affären, åker du till parkeringsplatsen på Niddablick, längst in på den lilla återvändsgatan. Där lämnar du pengarna till mig och sen åker du därifrån.

– Uppfattat! sa Hans, och sinnet arbetade redan på nästa steg. Snart skulle allt vara på plats.

Erik fortsatte, hans ton strikt men full av tillit till Hans.

– Skicka platsen med instruktioner till köparna. Gör klart för dem att de inte får ha med sig fler än tre personer. Mer än så, och affären ställs in. Inga vapen, inget fuffens. Gör det tydligt.

Hans nickade för sig själv medan han avslutade samtalet. Med snabba rörelser skickade han meddelandet till köparen, via den krypterade appen. Platsen och detaljerna var kristallklara och inget som kunde tolkas som ett bakhåll. Hans visste att tillvägagångssättet inte bara handlade om säkerhet – det handlade om att visa vem som hade kontroll.

När telefonen visade att meddelandet var skickat och läst, kände han ett uns av tillfredsställelse. Planen rörde sig framåt. Med noggranna steg började han förbereda sig inför det som skulle komma, och en förväntan började ta över tankarna. Det var tid att förbereda, för Carin.

Hans gick snabbt ner till källaren. Tankarna var på de andra tjejerna, men det var Carin som verkligen intresserade honom nu. De andra var bara en del av spelet, inget han behövde fundera på. Han visste att de inte skulle vara där för alltid, men Carin skulle vara det, ja i vart fall om hon förstod sin plats.

Han gick in till de andra tjejerna en efter en, gav dem en energibar och bytte ut deras tomma flaskor med nya. De sa inget, för de visste sin plats. Det var så det skulle vara. Men Carin, ja, Carin skulle förstå. Och när hon förstod, skulle hon vara hans.

Med brickan i handen gick han tillbaka till Carins rum, och när han såg hennes ögon lysa upp när hon såg honom, kände han ett rus av tillfredsställelse. Det var han som höll i kontrollen. Inte hon. Och snart skulle hon veta det.

– Vad kul att du är tillbaka, jag har verkligen saknat dig, sa Carin med ett leende, och Hans såg på henne. Ögonen var lite för mycket. För överdrivna. Han var inte här för att vara snäll. Han var här för att testa. Och snart skulle hon veta att hon inte hade något val.

– Tack, det är trevligt att höra, svarade Hans och ställde ner brickan framför henne. Det var inte för hennes skull, men hon skulle få känna att han brydde sig. Bara för att få ett svar.

– Jag har tänkt på det du sa igår, och har med mig några saker, sa Hans. Börja med frukosten och berätta sedan vad du gillade mest, så kan jag anpassa mig till dina önskemål nästa gång.

Carin betraktade brickan, men Hans såg hur hon tvekade en aning innan hon började äta. Det var bra, tänkte han. Han var här för att få kontroll. Och hon skulle snart förstå sin plats i hans värld.

– Allt var underbart gott, sa hon, och Hans såg på henne, iskall. Han hade just fått sitt svar. Nu skulle han testa henne ännu mer.

– Så bra, sa Hans. Lyssna nu noga!

– Självklart, sa Carin och nickade.

Hans såg på henne, analyserade varje detalj. Den minsta rörelse, den minsta blick – det var alla delar av spelet han spelade.

– Jag vet inte om jag kan lita på dig, sa han med ett kallt lugn i rösten. Jag förstår inte varför du är så pigg och alert när du inte druckit något vatten på länge. Vad spelar du för spel egentligen?

Carin såg på honom och började tala. Hon berättade att hon inte druckit vattnet han gav henne, utan hade tagit vatten från cisternen på toaletten. Hans tittade på henne noggrant, imponerad över hennes ärlighet, men ändå misstänksam. En del av honom blev tårfylld av henne, men en annan såg på det som en potentiell svaghet.

– Du var ta mig fan en smart tjej, sa Hans. Ingen annan har gjort som du.

– Ingen annan är korpral i Försvarsmakten kanske? frågade hon.

Hans nickade, inte helt oväntat.

– Så sant!

Han var nöjd med svaret. Carin var inte som de andra, och det var exakt därför han ville ha henne. Men för att hon skulle förstå, för att hon verkligen skulle förstå sin plats, var det mer som behövde sägas.

– Var det allt du ville säga? frågade Carin.

– Nej, sa Hans och pausade en stund. Han såg på henne, kände på sig att hon var nära, men inte helt där än. Du behöver inte oroa dig för att bli fastkedjad här. Jag har lagt fram kläder här, tillsammans med schampo och andra toalettartiklar. Jag kommer att komma med nya kläder med jämna mellanrum. I början kan du röra dig fritt här inne, och på sikt kanske även i hela källaren. Jag har förberett en walkie-talkie så att du kan kontakta mig när som helst, och när jag är hemma kommer jag att ge dig allt du behöver när du behöver det.

Tyvärr kommer du inte att ha tillgång till en mobiltelefon eller dator för kontakt med omvärlden, men jag kommer att installera en tv här så att du har något att fördriva tiden med.

Carin lyssnade noga, men Hans såg i hennes ögon att hon var fullt medveten om att detta skulle bli längre och svårare än hon trott. Men hon skulle spela med, eller så skulle hon förlora.

– Jag kommer hit och befaller dig att ha sex, fortsatte Hans. Du gör som jag säger.

Carin nickade.

– Hela huset har ett avancerat biometriskt kombinationslåssystem. Det enda sättet att öppna dörrarna är med mitt handavtryck, röst, ögonavläsning och en tiosiffrig kod. Dessutom känner systemet av att blodet flödar normalt i kroppen innan den öppnar någon av dörrarna. Skadar du mig på något sätt, blir vi alla instängda här och dör. Även de andra tjejerna kommer att dö här nere. Förstår du?

Hans såg på Carin, och hans hjärta fylldes med en kall tillfredsställelse. Hon förstod nu. Och snart, snart skulle hon vara hans.

Carins ögon vidgades när hon hörde Hans ord, och ansiktet uttryckte oro och tvivel. Hans studerade henne noggrant. Han såg hur hennes min förändrades, hur hon försökte dölja sin osäkerhet. Det var nästan komiskt, men också tillfredsställande. Hon trodde att hon kunde lura honom. Men han såg rakt igenom hennes spel. Han såg på henne, på hennes tvekan, och han njöt av det.

Det var det som var så underbart – att de inte kunde undkomma honom. Och när de försökte, som Carin nu, så var det bara ännu mer bekräftelse på hans makt.

– Jag är med och älskar allt du säger, sa hon till svar, hennes röst var ansträngd, och Hans log för sig själv. Det var så förutsägbart, men också så tilltalande.

– Fint, sa Hans, och en känsla av njutning spred sig genom honom. Då förstår vi varandra, sa han.

Hon skulle göra precis som han ville. Och om hon inte gjorde det ... ja, han skulle få henne att förstå.

Hans tog av sig masken, och han såg hur Carin blev förvånad. Det var så enkelt att manipulera dem, så enkelt att få dem att tro att de hade en chans.

– Hans! Är det du? utbrast Carin glatt, och Hans hörde den överdrivna förvåningen i rösten.

– Seså! sa han med en lugn, nästan befallande ton. Jag ska lossa dina armar nu, så att du kan använda hela rummet. Jag kommer att hämta in flera kläder och det du behöver, eller be mig hämta det åt dig.

Carins leende var ett tecken på att hon trodde att hon hade lyckats få honom att släppa sitt grepp för ett ögonblick, men Hans visste att hon inte förstod hela bilden. Han var säker på att hon verkligen ville vara med honom. Hon spelade sitt spel, men det var just det som gjorde att han kände sig övertygad om att hon var hans. Hon var precis som han ville ha henne. Han log svagt för sig själv, muttrade något för att lugna sin egen självsäkerhet, och bad Carin vända sig om så att han kunde låsa upp hennes händer. När han släppte loss dem såg han hur hon skakade på dem, som om hon försökte befria sig från spänningen som byggts upp i mörkret.

Men Hans såg på henne med en mjuk blick, nästan som om han kände en värme sprida sig genom sitt inre. Han visste att hon var för honom, att hon skulle förstå honom på djupet. Alla de andra, de förlorade bara sitt värde när han började tänka på Carin. Han var inte här för att skrämma eller hålla henne fången – han var här för att skapa något med henne, en framtid. Han kände att hon var den rätta, att hon var hans själsfrände. Och det här, det här var bara början.

Carin ställde sig upp och gick fram till honom, nästan för att kramas, och Hans backade snabbt, men inte för att undvika henne. Det var för att han ville hålla kontrollen, för att han ville vara säker på att hon verkligen förstod vem som hade makten här. Och nu, när han såg på hennes intensiva blick, var han mer säker än någonsin. Hon var hans. Det var som om han hade hittat sin plats i världen, och den platsen var vid Carins sida.

– Kan du vara snäll och fräscha upp dig innan du gör närmanden? sa han, med en röst som var stadig, men ändå lätt darrande av förväntan. Det var som ett test, en sista bekräftelse på att hon verkligen förstod och ville det här. Han ville veta om hon var lika dedikerad till dem som han var. Skulle hon följa hans ord? Skulle hon göra som han sa?

Carin nickade och log. Hans såg på henne med en förvånad, nästan kärleksfull blick. Han såg att det var på riktigt. Allt hon gjorde var för honom. Det var för att hon ville vinna hans hjärta, precis som han ville vinna hennes.

När hon långsamt började klä av sig och gå mot necessären, såg han på henne med en inre glädje. Han såg på varje rörelse, varje blick hon gav honom. Det var som om hon visste att hon hade honom där hon ville. Och även om hon inte sa något, så var det uppenbart för honom att hon ville vara hans. Han var den hon hade väntat på. Och hon var den han hade väntat på.

Det var förväntan i hennes ögon, men också något annat. Det var en glimt av respekt, av en kvinnas vilja att vara med mannen som kontrollerade allt. Och det var den glöden som Hans behövde. Han kände en förvriden känsla av kärlek sprida sig inom sig, för honom var det inte bara kontroll längre. Det var något mer. Det var en framtid. Och han var säker på att hon såg det nu.

– Kan du ta in Amanda hit också? frågade Carin plötsligt. Vi kan ha henne låst här hos mig, jag kan övervaka henne. Jag skulle kunna tvätta av henne om du ger mig en hink, och ha henne klar tills du kommer hit igen.

Hans stirrade på Carin, och för en sekund kände han en tvekan. Men det var snabbt borta. Han visste att Carin bara ville vara hjälpsam, ville bevisa sin lojalitet mot honom. Och om hon ville ha Amanda här, så var det inget problem. Hon skulle få vad hon ville ha – så länge han kunde lita på att hon förstod var hon stod.

– Ta det lugnt, lilla vän, en sak i taget, sa Hans, och han fumlade med brickan han höll på att duka av. Hans röst darrade svagt när han försökte hålla lugnet, men han visste att det var för sent för honom att vända nu. Carin var hans. Och allt skulle bli som han ville.

När han gick ut, stängde han och låste ståldörren bakom sig. Hans leende var brett och nöjt, nästan som om han bar på en hemlighet som bara han visste. Han hade Carin i sin värld nu, och snart, när hon verkligen förstod sin plats i den, skulle hon vara hans helt och hållet. Och han skulle visa henne allt han var villig att ge. Han såg på klockan – tio över nio. Hans hade nästan en timme på sig innan hans skyddsvakter skulle anlända. Hans gick snabbt mot Amandas rum, dragandes på masken.

– Jag kommer flytta dig under dagen så att du sitter tillsammans med Carin. Hon vill ha dig bredvid sig. Om du gör motstånd, kommer jag att skjuta dig. Förstår du?

– Är Carin här också? frågade Amanda chockat. Har du tagit oss båda?

Hans skrattade kallt, nästan nöjt. Det var klart att hon var rädd, men det var inget han behövde bekymra sig om. Hon skulle få göra sitt, men hans fokus var på Carin. Han hade henne nu. Och hon var inte som de andra. Hon var mer än så.

– Håll käften! Gör bara som jag säger och svara! sa Hans, hans ögon blev iskalla. Han visste att Amanda inte var viktig längre. Det var Carin som var hans framtid.

– Ja, jag förstår, svarade Amanda tyst och undvek ögonkontakt. Hans såg på henne, såg hur hon skakade, men det var oviktigt. Amanda var bara en del av spelet.

– Kommer du att sköta dig? frågade Hans, nästan skrikande.

– Ja! pep Amanda.

– Kommer du att utföra allt jag ber om och tillfredsställa alla mina behov? frågade Hans, nu med en kallare och hårdare.

– Va? Vad menar du? Snälla gör mig inte illa!

Men Hans var inte intresserad av hennes rädslor just nu. Han var inte intresserad av någon annan än Carin. Och snart skulle hon vara hans helt och hållet. Han skulle ge henne allt hon ville ha. Och hon skulle ge honom det han behövde. Det var så här det skulle vara, för alltid.

– Håll käften, sa jag. Du ska bara göra som jag säger och svara på direkta frågor.

– Ok, svarade Amanda tyst, och Hans såg på henne med en nästan nöjd blick.

– Ok vad? frågade han med kall ton.

– Ok, jag svarar bara på dina frågor! utbrast Amanda med gråten i halsen.

Hans såg på henne med en isande blick, men inombords var han nöjd. Hon var rädd, och det var precis vad han ville. Han var den som hade makten här, och han skulle få henne att lyda.

– Kommer du att göra som jag säger? frågade han lika kallt, med ögon en fästa på hennes.

– Ja, snyftade Amanda.

– Bra. Då kommer du att överleva. Jag kommer in i eftermiddag och flyttar dig, sa Hans.

Han hade ingen känsla av skuld. Det var som han sa – om hon gjorde som han sa, skulle hon överleva. Det var enkelt.

– Ok, sa Amanda.

– Ok vad? frågade Hans bestämt. Han hade inte tid med svaghet, och hon skulle förstå sin plats.

– Ok, att du kommer sen och flyttar mig.

– Du ska kalla mig för bossen. Så ditt svar till mig blir alltid "Ja, bossen". Och jag kallar dig för precis vad jag vill!

– Ja, bossen!

– Bra, sa Hans, och kände hur nöjd han blev. Det var så enkelt. Så kontrollbart. Han hade alltid haft makten över de här tjejerna, men det var Carin som var något särskilt. Och snart skulle även hon vara i hans grepp.

– Vi ses i eftermiddag, sa Hans och lämnade rummet med ett leende på läpparna.

Hans hade aldrig varit i en långvarig relation. Han hade aldrig öppnat sitt hjärta för någon. Men nu ,.. nu kände han något för Carin. Det var som om något hade tänts inom honom, en eld som han inte visste att han hade. Var det för att hon hade den styrkan, den viljan att spela hans spel? Eller var det för att han verkligen började tro att hon var den han hade väntat på hela sitt liv?

Han ville vara med henne. Och det var så sjukt, för han var inte den typen av man som såg på andra människor så. Men Carin var något annat. När han tänkte på henne fick hans hjärta att hoppa över ett slag, och han kände fjärilar i magen. Hon var allt han någonsin hade kunnat önska sig i en partner. Den enda som kunde fylla det tomrum han känt hela sitt liv.

Men samtidigt var han osäker. Var hennes känslor för honom verkliga? Hennes ord, hennes blickar – han hoppades innerligt att hon verkligen menade det hon sa. För om hon gjorde det, så kunde hon vara hans. Och de skulle bygga ett liv tillsammans. Han skulle släppa sitt gamla liv bakom sig och ge allt för henne. För de var menade att vara tillsammans, var han säker på.

Det var så sjukt att han tänkte på det på det sättet, men samtidigt var det klart. Det var precis så här det skulle vara. Carin var hans framtid, och han skulle göra vad som helst för att få den framtiden att bli verklig.

Hans hjärta brann när han tänkte på Carin. Hon skulle vara den han kunde dela passionen med. Någon att vara med för alltid. Hans ensamhet skulle vara över. Och det var med henne han skulle få ett normalt liv, resa, uppleva världen tillsammans – det skulle vara hans dröm som blev sann. Kanske skulle han till och med släppa sitt gamla liv bakom sig för att få vara med henne.

Han behövde någon att fylla den tomma platsen med, och Carin var den rätta. Det var klart för honom nu. Han såg för sig att han skulle hålla henne nära, som han alltid hade drömt om.

Innan han skulle ta sig upp för att förbereda dagens affär, tog han av sig masken och gick in till Carin som stod i duschen. När han såg henne där, så vacker och oskyldig, fylldes han av en mörk, sjuk längtan. Han ville hålla henne nära, vilja att hon skulle vara hans, och ändå – han skulle få henne på sitt sätt.

Han närmade sig henne, och när hon såg honom log hon. Det var en såld blick, fylld med något han inte riktigt kunde förklara, men han var inte intresserad av att analysera. Han ville ha henne nu.

Han omfamnade henne ömt, drog henne ur duschen till sig och kysste henne, ömsint och länge. För en sekund kändes det som om världen stod still. Hon besvarade hans kyss, men Hans var den som styrde. Han var den som bestämde vad som skulle hända härnäst.

Efter en stund backade han och tittade på henne. Hjärtat bultade. Det var som om han ville ha mer, men han visste att han inte behövde brådska. Hon var på väg att förstå. Och när hon förstod, skulle hon ge honom allt han ville ha.

Hans blick var intensiv. Han såg på Carin med en förvrängd, nästan sjuk värme. Han älskade tanken på att ha henne vid sin sida. Och han visste att han var den som skulle få skapa den framtiden. Den framtiden med Carin, där han skulle vara hennes allt.

Och det var nu. När han såg på henne, var det som om allt annat försvann. Hon var hans, och han skulle aldrig släppa henne.

– Jag ska ge dig världen, sa han. Allt som du önskar.

Sedan gick han med ett leende ut ur rummet, låste dörren och gick upp för att planera dagen. När han försvann ut, gick hans tankar tillbaka till Carin. Han hade fått henne exakt där han ville, och det var klart för honom nu. Hon var hans. Och snart skulle hon förstå det, om inte redan. Hans kände en förvriden glädje när han tänkte på det. Hon skulle vara hans. Allt skulle bli perfekt när han fick kontroll över hela situationen.

När han återvände till rummet såg han Carin där, nu i endast underkläder, och han gapade förvånat när han såg henne. Hon var så vacker, så perfekt. Hans kände hur han började känna en svag värme inom sig. Det var som om hjärtat slog snabbare. För första gången på länge kände han något mer än bara kontroll. Kanske var det hon. Carin. Hon var den han hade väntat på. Hans blick rastade över henne när han gick fram.

– Ska du bara stå så där och gapa? frågade Carin fnittrande.

Han log svagt, men det var ett kontrollerat leende. Det var klart att hon fortfarande inte riktigt förstod. Men det skulle hon snart. Hon skulle veta exakt var hon stod. Och det var just där, bredvid honom, i hans värld. Han var beredd att ge henne allt. För nu var hon hans.

– Jag har med mig något åt dig, sa Hans och lyfte fram en bordsklocka och en walkie-talkie. Klockan hjälper dig att hålla reda på tiden eftersom du saknar dagsljus här. Med walkie-talkien kan du nå mig närhelst du behöver. Jag bär alltid med mig den andra enheten. Tack vare sändare placerade överallt i huset bryter signalen igenom även de tjockaste väggarna. Om jag är hemma eller i närheten svarar jag direkt.

Carin nickade tacksamt, och Hans såg på henne med en blick som inte rymde några tvivel. Hon skulle bli hans, på riktigt. Allt hon ville skulle han ge henne, så länge hon följde hans regler.

– Äsch, inget att tacka för, sa han generat. Jag vet inte hur jag ska fixa kanaler på teven här nere, men jag börjar med en dvd-spelare och en massa filmer, så ordnar jag resten sen.

Det var en liten detalj, men Hans såg på Carin med en glimt i ögonen. Han skulle ta hand om henne. Och snart, mycket snart, skulle hon vara hans på alla sätt.

– Jag ska fixa några grejer idag, sa Hans. Så jag drar väl om en timme eller så, kommer tillbaka runt ett, kanske tidigare eller senare. Vad vill du ha till lunch?

Carin sa något om burgare och dönerkebab och att det skulle vara varmt och köpt i närheten, och Hans skrockade inombords. Hon visste verkligen hur man manipulerade honom – det var små saker som detta, små önskemål som visade att hon ville ha hans uppmärksamhet. Han var nöjd med det. En del av honom ville vara generös, ge henne det hon ville ha, men den andra delen av honom ville också att hon skulle veta sin plats. Och han skulle ge henne det. Allt skulle vara hans regler.

– Kvinnor, skrockade Hans. Man ger er lillfingret och ni tar hela handen. Jag fattar, du vill att maten ska vara varm. Något annat?

– Ja, och jag vill gärna äta den direkt när du kommer, så lägg inte upp den på någon tallrik eller så, kan du göra så för mig? frågade Carin.

Hans log, inte för att han blev rörd, utan för att han insåg att han hade full kontroll. Carin skulle göra exakt som han ville. Det var bara en tidsfråga.

– Wow, blir bara bättre och bättre. Ska ske min dam. Vi ses i eftermiddag.

Hans gick fram, kysste henne och gick sedan ut, låste dörren igen och började gå upp mot entréplan. Han mådde så bra nu. Carin måste känna sig bekväm med honom, annars skulle hon inte ha gett honom sådana detaljerade order om maten. Det var ett tecken på att hon började förstå sin plats, att hon var på väg att ge honom precis vad han ville ha.

Han tänkte på vad han skulle köpa på vägen tillbaka. En burgare och en kebab till Carin – så att hon kunde välja fritt. Han skulle visa henne att han kunde tillgodose alla hennes behov, att han brydde sig om henne på sitt sätt, på den enda rätta sättet. Det var så här han skulle bygga deras framtid, ge henne vad hon ville ha, men alltid på hans villkor.

Det enda jobbiga var att han behövde gå till ett ställe som antagligen ägdes av turkar. Hans ogillade utlänningar, men å andra sidan gjorde de jävligt gott käk. En liten kompromiss för att få Carin nöjd.

– Mr. Kebap, tänkte han för sig själv, och ett svagt leende drog sig över hans läppar. Det var inget han egentligen ville, men för Carin skulle han göra vad som helst. För Carin var det värt det.

Han gick upp för trappan med ett leende på läpparna. Hans var upp över öronen förälskad. Och det verkade som om känslorna var besvarade. Han såg framför sig hur han skulle bygga sitt liv med Carin, allt skulle vara perfekt. Världen var redo för honom och Carin.

Kapitel 33 – Bedragen av kärlek

6 juni, Frankfurt

När Hans gick ut från rummet lutade Carin sitt huvud tillbaka mot duschväggen och lät det kalla vattnet skölja ner i munnen. Hon tvingade ner det, men kväljningarna kom snabbt. Det var svårt att svälja, som om varje droppe var fylld med förakt för hans närvaro, för allt han var. Men hon behövde vara stark. Det här var inte bara för henne längre. Det var för Amanda också. Om hon inte kunde fly, skulle hon vara fast här för alltid. Hon skulle hålla det tillsammans för Amanda, för att inte riskera att förlora båda sina liv till Hans sjuka lekar.

Med händerna på knäna kände hon sig nära att brista, men hon visste att hon inte kunde låta sig förlora kontrollen. Inte nu. Inte efter allt. Hon torkade av sig snabbt och började klä på sig, men tankarna snurrade snabbt tillbaka till Hans ord, blickar och kontrollbehov. Han såg på henne som om hon var en bit av hans samling, en samling han var beredd att bevara genom manipulation och makt.

När hon hörde dörren öppnas, försökte hon samla sig. I ögonvrån fångade hon Hans återvända till rummet, och när han såg henne i endast underkläder, såg hon den där förbjudna glädjen i blicken. Han såg på henne som om hon var hans ägodel, hans, någon som han hade rätt att forma och kontrollera.

– Ska du bara stå så där och gapa? frågade hon fnittrande för att hålla sitt sinne skärpt, för att hålla honom på avstånd. Men inombords kände hon sig sjuk. Var han förblindad eller trodde han verkligen på sina egna lögner?

– Jag har med mig något åt dig, sa Hans, och hon såg hur han lyfte fram bordsklockan och en walkie-talkie. För honom var detta en manifestation av hans kontroll. Han ville ge henne något, men det var inte ett val. Det var ett sätt att binda henne närmare, att få henne att känna att hon behövde honom. Att han var hennes enda möjlighet att hålla sig vid liv, att överleva.

Klockan och walkie-talkien. Symboler för hans närvaro, hans makt. Men Carin såg det också som en möjlighet. Om han nu ville spela den här rollen, så skulle hon använda varje liten möjlighet till sin fördel. Var det så här det skulle bli? Spel på liv och död, manipulationer och hemliga, listiga handlingar för att vinna överhanden.

Tanken på att Hans skulle köpa mat åt henne fick Carin att tänka. Om maten var varm när han kom tillbaka, så var de förmodligen inte långt borta från ett samhälle. Och det var en god ledtråd. Var de långt från civilisationen skulle hon behöva mer styrka och uthållighet för att fly, men om de var nära ett samhälle, skulle risken för att någon såg henne öka. Hennes chanser att hitta hjälp och undkomma honom skulle bli större om de var nära ett tätbefolkat område.

Hennes tankar flög vidare. Om han nu ville hålla henne i form, kanske hon skulle be om ett löpband. Hans skulle ju ändå köpa vad hon bad om. Hennes kropp var ett verktyg, en nyckel till överlevnad. Män var så lätta att manipulera, tänkte hon. Som när hon behövde ge dem något för att få något tillbaka. Det var alltid så.

Carin kände hur hennes inre sår började blöda när hon tänkte på sitt förflutna, men hon lät inte tankarna stoppa henne. Det var ju vad hon hade gjort hela sitt liv – använd för att överleva.

Det första samlaget. Carsten. Tänk att det började så. Bara ett oskyldigt ögonkast från en kille på skolavslutningen. Tanken på honom var som en förlorad dröm. En gång hade han varit den "perfekte" killen. Den hon trott på. Men det var förlorat, som så mycket annat i hennes liv. De båda stod där i ett sovrum, och det var snabbt, som om han inte ens såg henne. När han var klar, hade han rest sig och ropat till sina vänner, triumferande över att ha tagit hennes oskuld. Applåderna, skratten. Och Carin, där hon stod, sänkt och förlorad, utan någon annan möjlighet än att hoppa ut genom ett fönster för att slippa konfrontationen.

Minnena var som gift i henne. Och även om hon försökte skaka bort dem, visste hon att de för alltid skulle vara en del av livet.

Men det var något hon hade lärt sig av Carsten, och av alla de män som kom efter honom. Ingen av dem var pålitliga. Allt de ville var att utnyttja henne. Och för att överleva i den världen behövde hon också utnyttja dem. Hennes erfarenheter hade gjort henne skicklig i att manipulera, att få män att tro att de var hennes val, när det egentligen var hon som styrde.

Så kom Darius. Han var allt hon drömt om. För några veckor var han bara en pojke i mängden, men Carin såg honom, och hon visste att han var annorlunda. Han var snäll, artig, allt som hon inte trott fanns. Och han såg inte på henne som alla andra.

Han var den som ville vara något mer, som ville ge henne sin tillit. Och han var det största misstaget i hennes liv. För även om hon ville ha honom, utnyttjade hon honom. Och när det var klart, när han var borta, hade hon förlorat ännu en chans på äkta känslor.

Alla män var lika, var hon tvungen att påminna sig själv om. De ville alltid ha något från henne – något de inte hade rätt till. Det var så det alltid varit, ända sedan Carsten.

De såg på henne som en bit av sin samling, något att använda, något att vara stolt över. Och hon hade lärt sig att aldrig ge mer än det som var absolut nödvändigt. Män kunde inte förstå vad hon verkligen ville. De var alltid så förutsägbara. Det var det som gjorde det så enkelt att manipulera dem. Ge dem en tår, en blick, en liten gest, så smälte de. Men det var också en konst. En konst hon hade finjusterat under åren.

Det hade inte alltid varit så här. När hon började på Polishögskolan vid tjugo års ålder var hon fortfarande naiv på många sätt. Hon hade lärt sig att spela sina kort rätt, men också att känslor – särskilt de för män – var farliga. De satte käppar i hjulet för henne. Där, bland alla manliga kollegor, var det första gången hon kände hur det var att vara respekterad för sin kompetens och inte för sitt utseende. Men även där, bakom all vänskap och all professionalitet, hade hon svårt att hålla sina känslor i schack.

Vid ett tillfälle, under sin utbildning, hade hon manipulerat en av psykologerna vid antagningsintervjun. Han var en medelålders man, med en något osäker hållning och ett behov av att bli beundrad. Carin visste direkt hur hon skulle spela ut honom. Ett snett leende, en blick som såg just tillräckligt intresserad ut för att ge honom den känslan av att han var den som ledde samtalet. Hon hade charmat honom med sina ord, anpassat varje svar för att passa hans osäkra självkänsla, och på så sätt smugit sig igenom alla barriärer. Det var så enkelt. Män var så lätta att manipulera om man bara visste var man skulle trycka. Hon var överlägsen, men hon behövde aldrig visa det. Han var den som ville ha något från henne, inte tvärtom.

Men då, när hon träffade Rolf, började något förändras. Rolf var annorlunda. Han såg på henne på ett sätt som ingen annan hade gjort. Han såg förbi hennes yta och började se den verkliga Carin, den som hade byggt upp sin självtillit på manipulation och taktik. Hans ögon var mjuka, han var inte rädd för att vara öppen, och han ville vara nära henne på ett sätt som inte handlade om att ta något från henne. Han gav henne respekt, utan att kräva något tillbaka. För första gången på länge började Carin känna något för en man. Och för första gången började hon undra om det faktiskt fanns män som inte bara ville utnyttja henne.

Men även i den relationen, där hon kände något äkta, insåg hon snabbt att det inte var lätt att släppa taget om sina gamla försvarsmekanismer. Hon försökte vara den där kvinnan, som faktiskt ville ge av sig själv. Men ibland, särskilt när han visade svaghet, kände hon impulsen att manipulera honom, att testa hans gränser. Det var en kamp. En kamp hon inte kunde vinna. För när hon till slut började släppa sina känslor och öppna sitt hjärta för honom, insåg hon att hennes gamla jag fortfarande hade ett fast grepp om henne.

Och när Rolf förlorade sina föräldrar och de två tvingades säga farväl till dem, bröts Carin ihop inombords. Det var en smärta hon inte hade förväntat sig, för hon hade aldrig tillåtit sig själv att känna så för någon tidigare. Men Rolf, han hade förändrat henne. Han var hennes liv, hennes andetag. Hon ville aldrig förlora honom. Det var då hon förstod hur mycket Rolf betydde för henne. Han var den första som verkligen såg henne, utan att vilja manipulera eller använda henne för egna syften. Hans kärlek hade förändrat henne på sätt hon inte ens visste var möjliga. För första gången kände hon sig älskad för den hon var, inte för vad hon kunde ge. Rolf var hennes liv, hennes trygghet, och hon ville aldrig förlora honom.

Men samtidigt visste hon att för att överleva i en värld där inget var enkelt, där alla relationer hade sina egna spelregler, behövde hon hålla sina känslor under kontroll. Hon hade lärt sig att inte låta känslorna komma i vägen, för känslor kunde göra en svag. I en värld full av manipulation och svek var det enda som verkligen räknades att vara stark, och för att vara stark behövde hon stänga av det som gjorde henne sårbar.

Men Rolf, han hade förändrat henne. Och ändå var det en del av henne som var rädd. Rädd för att bli sårbar, rädd för att släppa någon helt nära igen. Det var en kamp mellan den kvinnan hon varit och den hon hade blivit, mellan att hålla fast vid sin styrka och att öppna sitt hjärta för honom.

När hon började arbeta som hemlig agent för polisen, förstod hon snabbt att hon återigen skulle behöva använda sina manipulationstekniker för att få information. För att få män att prata, för att få dem att göra vad hon ville. För att få dem att tro att de var de som styrde, medan det egentligen var hon som drog i trådarna. Hon var en spion, och i den världen var det inte plats för känslor. För känslorna gjorde henne svag. De var ett hinder för att utföra uppdraget. Så hon lärde sig att stänga av, att vara en skepnad av sig själv, att bli vad andra ville att hon skulle vara, bara för att få vad hon ville.

Det var den hon hade blivit. En kvinna som förlorade sig själv för att överleva. Och nu, när hon var fången här, med Hans som var så lik alla de män hon använt för att överleva, var det inte svårt att förstå vad han ville. Han ville använda henne. Och hon skulle spela med.

Det var en balansgång. Som alltid. Manipulera och använda sina egna känslor för att få dem att spela sitt spel, för att överleva, för att rädda sig själv och dem som var nära. Hans var inget annat än en annan man hon behövde kontrollera. Men här, i den här låsta världen, var det inte som med alla andra män. Hans var mer farlig, mer kontrollerande. Men han var fortfarande en man, och han skulle också bli en del av hennes spel.

Det var vad hon hade lärt sig att göra. Spela spelet, även när det handlade om sex. För det var inte för honom. Det var för att få den makt hon behövde för att ta sig ut. För att hitta en väg till frihet, även om det innebar att tillfälligt bli den han ville att hon skulle vara.

Så Carin stängde av sina känslor för Hans. Hon skulle spela hans spel, och hon skulle vinna.

Men nu, när hon var i Hans grepp, kände hon sig räddare än någonsin. Kanske för att Hans var en annan sorts man. En som inte behövde manipulation – han såg på henne som sin, och för honom var det inte ens ett spel längre. Det var hans äganderätt.

Men i denna nya och farliga situation kanske hennes förmåga att manipulera män ändå skulle vara nyckeln till att rädda både Tyskland och Amanda. Om Hans verkligen blev kär i henne, skulle det inte vara första gången en man blev bedragen av kärlek. Och inte heller första gången hon använde den för ett ädelt syfte.

Kapitel 34 – En ny början

10 juni, Stockholm

Cyrus hade alltid sett på världen som en stor, konstig film. Det var inte direkt en Hollywood-film, men det var en film där han var huvudpersonen, vilket förmodligen var det viktigaste. Och just idag, när han gick runt i sina icke-existerande regissörsskor, kände han sig som den bästa regissören i sitt eget drama. Ja, för i det där dramats värld var Linda inte bara hans flickvän, utan också en skådespelare – och en ganska bra sådan. Vi är på väg till toppen! tänkte Cyrus när han såg på Linda, som förmodligen inte var medveten om att hon var den enda kvinnan på jorden som var så perfekt att han ibland trodde han skulle börja lipa om han tänkte för mycket på det. Men så fort han fokuserade på sitt manus, kände han sig bättre. Det var ju ändå hans manus.

Linda var nu, efter vad som kändes som några ynka dagar, inte längre en receptionist utan en professionell skådespelare. En skådespelare som hade fått en roll och löfte om en lön tre gånger högre än hon hade drömt om. Kanske fyra gånger, men vem räknade exakt? En sådan grej kunde han inte hålla reda på i huvudet, för han var mer fokuserad på att ge sitt bästa intryck av att vara den där snälla, lite charmiga killen, samtidigt som han försökte hålla ihop sitt drama.

Det här är för oss. Vi är stjärnor tänkte och såg på Linda när hon log där i rummet. Ja, det var klart. Hon var så vacker, så fantastisk, men varför skulle han vara så blygsam? Faktum var att han nästan var en genomsnittlig manusförfattare, men när han såg på Linda tänkte han att han kanske hade skrivit en Oscarsvinnande historia. Han var regissören och stjärnan i sitt eget lilla universum. Inget mer och inget mindre.

Han tänkte för sig själv, Skratta nu, för om hon ser att du inte är på topp, då kommer hon tänka att du inte är så cool längre, Cyrus. Och så skrattade han, utan att vara helt säker på om han var självsäker eller bara svettig.

– Jag har med mig något åt dig, sa han och plockade fram walkie-talkien och bordsklockan. Jo, han visste att hon inte behövde det, men han ville ändå ge henne något. För om han skulle vara en riktig regissör, skulle han vara den där killen som var helt kontrollerad, smart, och hade alla tekniska hjälpmedel som alla filmhjältar hade.

279

Så, han hade walkie-talkien. Och klockan. För någonstans i hjärtat visste han att han behövde något att dölja sin osäkerhet med. Det där var verkligen en grej.

Linda fnittrade när hon såg walkie-talkien, och för ett ögonblick undrade Cyrus om han faktiskt borde fånga upp sin egen reflektion i fönstret. Men kanske var det bättre att tänka på nästa scen. Skulle han vara en hjältedramatiker eller bara en kille som överlevde sitt eget manus? Oavsett vad, så var hon ju den där skådespelaren som såg rätt igenom honom, precis som han ville. Fast det var klart att han inte hade någon aning om varför han just gav henne det där.

Du kan få vad du vill, om du vill, tänkte han. För det var så han spelade sitt spel – ge henne det hon ville, samtidigt som han behöll sin mystik. Kanske var han också förälskad i den där mystiken. Den där omöjligheten som hon inte hade en aning om, att han var den största bluffen i hela filmen.

När han såg på Linda – och hon såg på honom – var han inte längre en osäker man. Nej, han var en regissör som hade hittat sin huvudroll. Och hon, hon var just det. Huvudrollen. Och där, mitt i det hela, kände han sig som den lyckligaste människan på jorden.

Men han var ju ändå bara en vanlig kille, i ett ganska vanligt liv, om än med stora ambitioner. Så han satte sin blick på henne och försökte hålla sig kall. Men det var svårt när hon var så bra. Och när hon sa saker som gjorde att hjärtat nästan gick sönder, utan att hon ens visste det, förstod han att han hade fastnat. Det var verkligen så här livet skulle vara. Och han var glad för det.

Vi ska vara tillsammans i det här, tänkte han. Och även om han inte var säker på om han sa det till sig själv eller till henne, så var han säker på en sak. Han var inte den där killen som ångrade sig. Nej, han hade redan bestämt sig. Han skulle ge henne världen, inte för att han var en superhjälte, eller ens hjälte eller rik, utan för att han var sin egen filmhjälte i livet har redigerade.

Och så kom det där ögonblicket när han till slut sa:
– Jag älskar dig, Linda. Han sa det inte för att vara romantisk, utan för att han helt enkelt kände det. Och i det där ögonblicket, när han såg henne svara, insåg han att ingen tidigare hade haft så stor makt över hans liv. För hon sa det också. Och nu var de två huvudpersonerna i hans livs bästa film.

Men inget var ju någonsin så enkelt. För precis när han trodde att han var regissören i sitt eget drama, kom han på sig själv att han fortfarande inte hade en aning om vad som skulle hända nästa gång.

Så var det. Hans liv, hans film. Och han var klar för nästa akt.

Kapitel 35 – Fart utan kontroll

6 juni, Frankfurt

Rapporten hade kommit in från spanarna tidigare samma morgon. Hans hade lämnat sitt hus med två enorma män, och bilen var lastad. Spanarna hade genast följt efter honom, och Karolin, som genast förstått vad det rörde sig om, hade rusat till sin bil. Men i stället för att åka direkt efter, hade hon gjort misstaget att hämta Anton. Nu satt han bredvid henne och såg nästan för lugn ut för situationen.

Bilen for fram genom stadens gator, däckens gnisslande ljud blandades med Karolins svordomar när hon tryckte gaspedalen i botten. Hon visste att de tappade tid. Och varje sekund Hans var före, minskade deras chans att fånga honom.

– Måste du köra som en galning? sa Anton och greppade dörrhandtaget med ena handen samtidigt som han febrilt försökte spänna fast bältet med den andra. Hans knogar vitnade, och blicken flackade mellan Karolin och vägen framför dem.

Karolin slet blicken från vägen i en sekund, tillräckligt länge för att ge honom en iskall, genomträngande blick. Hennes käkar var hårt spända, och varje muskel i kroppen skrek av frustration.

– Vi har inte tid för din jävla försiktighet, Anton. Vi är redan efter! spottade hon fram och trampade gasen ännu hårdare.

Hon kunde höra hur motorn kämpade, hur däcken tjöt svagt när de svängde i en kurva. Inombords var det som om något kokade över. Hennes tankar rusade, ett kaos av strategier som hon inte hade tid att sortera. Hade hon bara åkt själv från början, utan att plocka upp Anton, hade hon kanske redan varit i kapp.

Anton lutade sig tillbaka i sätet, men hans kropp var stel. Han skakade på huvudet.

– Det kanske vore bättre om du höll huvudet kallt, Karolin. Om vi kör av vägen och dör, är vi inte till någon hjälp.

Hennes händer kramade ratten så hårt att naglarna trängde in i rattens läder. Huvudet kallt? Vad fan vet han om det? tänkte hon. Huvudet kallt när spanarna är på andra sidan stan och vi inte ens vet om de kan hålla jämna steg med Hans längre? Hon ville skrika rakt ut, men i stället nöp hon ihop läpparna och försökte få sin röst att inte spricka av ren ilska.

– Om vi missar Hans, Anton, då kan jag lika gärna vara död. Och om du tänker fortsätta babbla om körning, kan du hålla käften tills vi är framme, sa hon mellan sammanbitna tänder.

Anton var tyst i några sekunder, men hans kroppsspråk avslöjade att han inte tänkte släppa ämnet. Han lutade sig lite framåt.

– Om du fortsätter köra så här, kommer vi aldrig hinna i kapp. Vi kommer att bli stoppade av polisen eller krascha. Vill du att jag ska ta över? Jag är lugnare än du är just nu, och du kan fokusera på att tänka ut en plan.

Karolin ville vrida huvudet mot honom och skrika att han kunde dra åt helvete, men hon höll tillbaka. I stället höll hon blicken stenhårt på vägen framför. Varför hade hon ens tagit med honom? Hans lugn retade gallfeber på henne, men det värsta var att han kanske hade en poäng.

– Om du tror att jag skulle släppa över kontrollen till dig, Anton, då känner du mig inte alls, sa hon kallt. Men du kanske vill hoppa ur bilen här? För då är det fritt fram. Jag tänker inte sakta ner för din skull.

Inombords vred hon sig av frustration. Anton hade rätt på ett sätt – en olycka nu skulle vara katastrofal. Men att erkänna det för honom skulle vara som att förlora ett slag. Hennes tankar var som ett rasande hav, fyllt av worst-case-scenarier.

Tänk om spanarna tappar Hans helt? Vad gör vi då? tänkte hon. Hon föreställde sig Hans kalla blick när han insåg att han var säker, hur han skulle försvinna spårlöst. Eller värre – att han redan hade genomfört affären och nu satt någonstans och skrattade åt deras misslyckande.

Anton suckade djupt och försökte igen.

– Lyssna, Karolin. Jag förstår att du är frustrerad. Jag är också frustrerad. Men det är inte bara vår körning det handlar om. Hans är en jävel på att skaka av sig folk, och om vi inte tar det lugnt och spelar smart, så har han redan vunnit.

Hon kände ett sting av skuld, men det slogs ner av hennes ilska.

– Och vad föreslår du att vi gör, Anton? Stannar och tar en jävla fika medan vi väntar på att han skickar oss en inbjudan? sa hon sarkastiskt och trampade ner gasen ännu hårdare.

Anton slog ut med händerna, hans röst något högre nu.

– Nej, men du måste släppa på gasen innan vi gör något riktigt dumt. Vi måste tänka framåt, inte bara springa efter honom som huvudlösa höns.

Karolin svor inombords men lyfte till slut lite på foten. Hastighetsmätaren sjönk långsamt, och hon försökte andas djupt för att lugna sig.

– Fine. Men om vi inte är i kapp snart, Anton, är det du som får ta skiten, muttrade hon.

Hon noterade hur Anton lutade sig tillbaka, som om han lättat lite, men hans tystnad var mer påfrestande än hans ord. Hon kämpade för att ignorera honom och lade all sin koncentration på vägen framför dem. Tankarna stormade fortfarande i hennes huvud, en virvel av möjliga scenarier och katastrofer. Men en sak stod klart: om de inte hann i kapp Hans, skulle hon aldrig förlåta sig själv.

Telefonen låg på instrumentbrädan, stilla och tyst. Hon hade väntat på rapporter från spanarna, men sedan de senast hört av sig hade det varit radiotystnad. Det sista de rapporterade var att Hans svängt av mot Friedberger Landstraße. Hon hade sagt åt dem att hålla avstånd, men ändå hålla sig tillräckligt nära för att ge uppdateringar. Nu var det som om de hade försvunnit.

Hon bet sig i läppen och kände hur ilskan kokade inom henne.

Fan, jag skulle aldrig ha hämtat Anton. Jag borde ha åkt själv och varit i kapp honom nu.

Hon sneglade på Anton igen, som stirrade ut genom fönstret, fortfarande lika lugn. Hans avsaknad av panik gjorde henne bara mer rasande.

– Varför är du så förbannat lugn? sa hon.

– Någon måste ju vara det, svarade han och vände blicken mot henne. Om vi har tappat kontakten, kanske vi borde stanna och tänka igenom nästa steg.

Hon ville slå honom. Det var så mycket som stod på spel, och han pratade om att tänka efter?

– Nästa steg? fräste hon. Det finns inget jävla nästa steg om vi inte hittar Hans. Drogerna kommer spridas, och allt är kört. Du fattar inte hur mycket som står på spel här, gör du?

Anton höjde ögonbrynen och lutade sig bakåt.

– Jag fattar. Jag försöker bara se klart. Vill du att jag kör i stället?

Karolin sneglade på honom och tänkte att om hon inte behövde honom för att lugna Bruno senare, skulle hon ha kastat ut honom ur bilen. Och frågar han en gång till om jag vill att han kör, då slänger jag av den jäveln Men i stället nöjde hon sig med ett kallt svar.

– Jag behöver ingen hjälp med att köra. Jag behöver att du slutar snacka.

Bilen rusade upp på motorvägen, och Karolin trampade gasen ännu hårdare. Det fanns inget utrymme för misstag längre. Spanarna borde ha gett fler rapporter, men det var tyst. För tyst. Hon slog handen mot ratten och svor högt.

– Vad händer? sa Anton.

– Vi har tappat kontakten med spanarna, sa hon genom sammanbitna tänder. De skickade senaste rapporten för tjugo minuter sedan. Sedan – ingenting.

Han la armarna i kors och såg på henne.

– Och du har ingen aning om vart Hans är på väg?

Hon kastade en snabb blick mot honom och återvände till vägen.

– Om jag hade det, skulle jag inte vara så jävla förbannad, eller hur?

Anton ryckte på axlarna och svarade inte. Hans tystnad var det enda som lugnade henne lite, även om det bara var för ett ögonblick.

De närmade sig avfarten där spanarna senast rapporterat. Karolin hade försökt ringa dem flera gånger, men varje samtal slutade i samma frustrerande tystnad. Inget svar. Hennes händer greppade ratten hårdare, knogarna vita. Blicken flackade mellan vägen och telefonens skärm som låg på sätet bredvid.

– Jag kör tillbaka till kontoret, sa hon plötsligt och trampade på bromsen. Bilen skrek till när den stannade vid vägkanten, så hastigt att Anton slungades framåt innan bältet höll honom på plats.

– Vad gör du? sa han och släppte ett djupt andetag medan han rättade till bältet. Måste du verkligen köra som om vi flyr från polisen?

Karolin stirrade rakt fram och skakade på huvudet.

– Det här funkar inte. Jag måste spåra dem från kontoret. Jag kan inte jaga i blindo.

Anton tittade på henne, försökte läsa av hennes kroppsspråk, men hon var som en betongvägg av beslutsamhet. Han visste bättre än att argumentera.

– Kan du inte bara köra mig hem först? sa han. Du verkar ändå behöva lugna ner dig lite.

Karolin vände sig mot honom, och blicken hon gav honom hade kunnat smälta bly.

– Jag hinner inte med ditt bekväma schema, Anton. Du får ta en taxi från mitt kontor. Jag har viktigare saker att göra än att vara din chaufför.

Han suckade men nickade.

– Okej, men tänk på att du kanske borde ta ett djupt andetag. Det kan hjälpa dig att tänka klarare.

Hon fnös, vred om nyckeln och startade bilen igen innan han ens hunnit stänga dörren.

– Andas kan jag göra när Hans är fast, sa hon kort och gasade i väg tillbaka mot Frankfurt.

På vägen tillbaka ökade hennes frustration för varje minut. Tankarna snurrade som ett kaotiskt virrvarr, men det var några återkommande frågor som skar genom bullret. Varför hade hon låtit dem åka utan GPS-sändare? Hur kunde hon ha varit så dum?

Om jag hade varit snabbare. Om jag hade tänkt igenom allt. Om. Jävla. Om.

Hennes blick höll sig fast vid vägen framför henne, men hon såg mer än bara asfalten. Hon såg drogerna, redan på väg till gatorna.

Hon såg sig själv stå till svars inför sina överordnade, tvingad att förklara hur hon tappat kontrollen. Hon såg ansiktena på människorna som skulle lida om hon inte lyckades.

Det här är mitt fel. Jag borde ha vetat bättre.

Hon bet sig hårt i läppen, som om smärtan kunde tysta tankarna. Det fanns inget utrymme för självömkan. Hon skulle lösa det här. Hon måste.

När de rullade in framför Main Tower och hon stannade bilen, vände hon sig mot Anton.

– Vill du följa med upp, eller ska du gå ut och beställa en taxi? sa Karolin medan hon försökte låta lugnare. – Och förlåt att jag varit så ... jag vet att jag betett mig illa. Jag är bara pressad.

Anton lutade sig tillbaka i sätet och log svagt.

– Jag förstår, Karolin. Du gör ditt jobb, och jag ska inte stå i vägen. Jag tar en taxi och låter dig jobba i fred.

Han öppnade dörren och klättrade ur, men innan han stängde den lutade han sig in igen.

– Men du ... försök att andas. Det hjälper.

Karolin nickade kort, nästan motvilligt, och såg honom gå mot huvudentrén. Hon suckade djupt, svängde runt bilen och körde ner till garaget. Med en skärpa som nästan var aggressiv parkerade hon och steg snabbt ur bilen.

Hon sprang mot hissen, och väl uppe på 45:e våningen slet hon upp dörren till sitt kontor. Hon kastade sig ner vid skrivbordet och började omedelbart arbeta. Tangentbordet väntade på henne, och hennes fingrar flög över tangenterna i desperat jakt på ett spår. Något. Vad som helst.

Det här är min sista chans. Om han har skadat mina spanare ... hon knep ihop käkarna och blundade hårt för att mota bort tanken. Nej, hon skulle hitta dem. Hon måste.

Hon stirrade på skärmen, frustrationen gnagde i bakhuvudet. Käkarna var så spända att smärtan strålade ner i nacken, men hon vägrade låta sig själv bryta ihop. Karolin visste mycket väl var Hans höll hus; det hade aldrig varit en fråga om var, utan om hur. Hur skulle hon spåra sina försvunna spanare, hur skulle hon samla bevis för att knyta Hans till en handling så brutal att det kunde få honom fälld? Och framför allt: hur skulle hon hitta lasten – det så kallade amfetaminet som egentligen bara var impotensmedel – innan det bytte händer och försvann för alltid? Hon kunde inte tillåta sig att misslyckas.

Kapitel 36 – Beslut i siktet

6 juni, Frankfurt

Bundesamt für Verfassungsschutz, BfV, hade alltid haft som sitt huvuduppdrag att bevaka Tysklands demokrati och konstitution. Att skydda landet från extremism, terrorism och spionage var deras främsta mål, men när en agent försvann, blev det som att leta efter en nål i en höstack – och risken för att nålen skulle sticka till var alltid överhängande. Carin Lehmann, en av deras bästa, hade inte rapporterat in sedan den 3 juni. Hennes chef, HG, hade omedelbart förstått att något gått väldigt fel

För att undvika onödig uppmärksamhet kontaktade HG först generallöjtnant Karl-Heinz Kamp, under vars täckmantel Carin arbetade inom Försvarsmakten. Men Karl-Heinz hade ingen information, vilket bara ökade HG:s oro. Nästa steg blev att ringa Bob Dobermann, polischefen i Hessen. HG instruerade Bob att leta efter Carin, men samtidigt bevara hennes hemliga identitet. Det var ingen enkel balansgång. Bob, som var känd för sin skarpa blick och nitiska noggrannhet, hade föreslagit att sätta sina bästa poliser på saken, samtidigt som han skickade ut en eftersökningsorder över hela landet.

Som om det inte var nog, hade en annan person försvunnit samtidigt – Amanda Herlitz, en polisinspektör från Frankfurt. De båda kvinnorna var i samma ålder och hade försvunnit under liknande omständigheter. HG övervägde att nämna kopplingen mellan Carin och en viss Erik Bauer, men valde att hålla den informationen för sig själv, åtminstone tills han visste mer.

* * *

Erik Bauer stod lutad mot vapenskåpet på polisstationen. Hans blick var fixerad på prickskyttegeväret framför honom. Han lät fingertopparna glida över metallen, vars kalla yta gav en nästan lugnande effekt. Vapnet var inte bara ett redskap; det var en del av honom. Ett verktyg han kunde lita på i en värld där människor alltid svek.

– Du borde söka till OS, Bauer, sa en kollega med ett flin och pekade på geväret.

Erik skrattade kort, ett ljud som var mer en reflex än något äkta. Ingen av dem visste vad han egentligen tränade för, och det var bäst så.

Han packade vapnet med precision, och tankarna gled till dagens uppdrag. Drogaffären. Hans puls ökade en aning vid tanken. Detta var inte första gången han balanserade på kanten, men varje gång var som att dansa på en knivsegg. Ett misstag, och allt kunde gå förlorat – hans karriär, hans liv, hans framtid. Men det var just där, i gränslandet mellan kontroll och kaos, som Erik kände sig mest levande.

När han vände sig om för att lämna stationen mötte han sin chef. Den äldre mannens granskande blick landade på geväret Erik höll i handen.

– Erik, vad gör du här så tidigt med geväret? rösten var neutral men blicken misstänksam.

– Bara lite träning innan mitt pass, svarade Erik lugnt. Han höll rösten jämn, nästan nonchalant, och log svagt.

Chefen lutade huvudet lite åt sidan och fortsatte, som om han ville avläsa Erik.

– Du hörde om Amanda? Hon har inte dykt upp på flera dagar. När pratade du med henne senast?

Erik lutade huvudet åt sidan, som om han tänkte efter. Han höll fast vid sin avslappnade ton, trots att frågan kändes som ett slag mot magen.

– Jag tror det var den 3 juni. Vi hade ett pass tillsammans. Men vi känner inte varandra särskilt väl; hon är ju ny på stationen.

Chefen nickade långsamt, men hans ögon lämnade inte Erik. Tystnaden mellan dem var tung innan han bröt den.

– Om du hör något, meddela mig direkt. Förresten, tydligen har en annan kvinna från Försvaret också försvunnit – Carin Lehmann. Bilder på dem båda kommer snart att skickas till våra mobiler och datorer i polisbilarna, så håll utkik.

Erik nickade och log igen. – Självklart.

När chefen gick iväg kände Erik hur hans axlar spände sig. Hans chef misstänkte ingenting – än så länge. Det var precis så Erik ville ha det. Men orden om Amanda hängde kvar i luften, och medan han gick mot bilen, kämpade han med känslor han inte hade plats för. Skuld? Nej, det var en lyx han inte kunde tillåta sig. Men tanken på Amanda, på vad som kunde ha hänt henne, fick något att knyta sig i magen.

Han öppnade bakluckan och placerade vapnet med varsamhet. Den här affären behövde gå perfekt. Hans chef kanske inte hade kopplat honom till Amandas försvinnande, men ett enda snedsteg och allt skulle falla samman.

Han satte sig i bilen, startade motorn och lät tankarna klarna. Det var dags att fokusera. När han rullade ut från parkeringen, kunde han fortfarande höra chefens ord eka i huvudet.

Amanda. Och den andra kvinnan ... Carin Lehmann.

För Erik var det inte längre en fråga om vad som hänt. Det var en fråga om hur långt han var villig att gå för att skydda sig själv.

Med geväret i bagaget körde han mot Nidda-Sportfeld. Solen stod högt, och han märkte hur hans händer svettades mot ratten. Han förbannade sig själv för att känna något annat än kyla. Det här var inte läge för svagheter.

När han kom fram, klippte han av hänglåset på grinden och såg till att fotbollsplanen var redo för mötet. Hans morföräldrars hus låg bara ett stenkast bort, och taket där han som barn hade följt fotbollsmatcher blev nu hans tillfälliga näste.

Uppe på taket lade han sig ner med geväret och ställde in kikarsiktet. Fältet låg tomt framför honom, men varje detalj var tydlig i hans ögon. Han såg platsen där bilarna skulle mötas, och hans puls ökade. Det här var ögonblicket han väntat på.

Ett sms från Hans bröt hans koncentration.

Hans: *Snart framme. Inga spår av svansar.*

Erik log snett och svarade: *Hoppas du har rätt.*

Han såg Hans bil närma sig fotbollsplanen och rulla in genom grinden. Allt verkade gå enligt plan. Men så fångade något annat hans uppmärksamhet i kikarsiktet – en svart BMW som bromsade in med ett ryck några hundra meter bakom Hans bil. Erik stramade genast upp sig. Va fan hände nu? Föraren och passageraren verkade följa Hans bil med blicken. Var det ett sammanträffande? Skulle inte tro det.

Han sa ju att han inte var förföljd, muttrade Erik för sig själv. Är han helt dum i huvudet?

Hans hade lovat att ta en omväg för att säkerställa att han inte blev skuggad. Men där stod den jävla BMW:n, och männen i bilen verkade allt annat än avslappnade. I kikarsiktet såg Erik passageraren peka på Hans bil. Sedan lyfte han upp något – en mobiltelefon. Skulle han ta ett foto? Dokumentera affären? Erik kunde inte ta några chanser.

Helvetes amatörer, tänkte han och tryckte av.

Skottet träffade passageraren rakt i huvudet. Mannen föll åt sidan, och blodet sprutade över bilens insida. Föraren stirrade på sin döda kollega, förlamad av chock. Erik behövde inte ens tänka. Hans nästa skott var lika precist. Kulan gick genom bilrutan och in i förarens panna. Han föll över ratten, och bilen blev stilla.

Erik sänkte geväret för ett ögonblick och drog ett djupt andetag. Den där jävla Hans. Och han kallade sig själv för säkerhetsexpert? In my ass. Det här hade varit en nära jävla katastrof.

Han tryckte tillbaka irritationen och lyfte kikarsiktet igen. Nu gällde det att se om Hans märkt något.

Erik lyfte sin mobil och tryckte snabbt på Hans namn. Han kunde inte vänta längre; idioten hade uppenbarligen inte märkt att han var skuggad. När signalerna gick fram höll Erik blicken kvar i kikarsiktet, där Hans satt lugnt i sin bil, som om världen utanför var helt perfekt.

– Varför ringer du nu? hördes Hans irriterade röst i andra änden. – Köparna är här när som helst.

Erik exploderade.

– Är du helt jävla inkompetent? skrek han så att det ekade över taket där han låg. – Kolla bakom dig, din klant! En svart BMW skuggade er hela vägen hit. Två snubbar satt i den och jag var tvungen att ta hand om det. Men nu är det ditt jävla problem att fixa resten.

Hans andades tungt i luren.

– Fixar det, sa han kort och la på innan Erik hann säga något mer.

Sekunder senare såg Erik hur en av Hans män – en riktig bjässe – smidigt som en katt hoppade ur bilen och sprang mot den stillastående BMW:n. Trots sin storlek rörde han sig snabbt och smidigt, som om han var född till det här. Mannen öppnade dörrarna, lyfte ut de två kropparna som om de vägde mindre än luft, och stoppade in dem i bagageluckan utan att så mycket som stanna upp. Inom några ögonblick hade han satt sig bakom ratten och försvunnit med bilen ut från området.

Erik sänkte sitt kikarsikte och log snett. Det var imponerande. Sådant jävla proffsarbete kunde man bara drömma om att se på en polisstation. Synd att det var Hans han jobbade för.

Men det var inte tid att tänka på Hans inkompetens längre. Erik lyfte kikarsiktet igen och såg hur en vit Nissan Leaf gled in genom grinden. Det var dags. Nu började spelet på riktigt.

Han såg hur tre personer steg ur bilen. Den ena, en ung man som Erik gissade måste vara Markus, hade något kaxigt i sitt sätt att röra sig. Markus gick fram till Hans och hans muskelberg, och Erik kunde se hur en väska, förmodligen full av pengar, plockades fram.

Markus gjorde ett hål i en av påsarna Hans räckte över, använde en schweizisk armékniv med skicklig precision. Han hällde en del av pulvret i en genomskinlig burk med vätska, skakade om, och stoppade ner ett papper i blandningen. Erik höll andan. Så det var så här man testade varorna? Hoppas de är äkta, tänkte han för sig själv. Om det var något som inte stämde ... Ja, då skulle Erik få se en helt annan sorts drama.

Efter några sekunder nickade Markus nöjt. Han vände sig till de andra två vid bilen och gjorde en gest. De tog fram väskan med pengar och räckte över den till Hans. Erik följde varje rörelse med spänning. Allt gick smidigt. Bilarna skildes åt, och Erik såg Hans vända om med sin bil. Det här var drömmen.

Hans skulle snart komma över med pengarna, och Erik visste att det var början på slutet för den så kallade "säkerhetsexperten". Hans hade ingen aning om att Erik redan hade planerat hans död. När Hans väl lämnat över pengarna, skulle Erik sätta en kula i hans huvud inte där och nu, men snart och skylla allt på honom. Rörelsen skulle tro att Hans hade stulit pengarna, och Erik skulle framstå som hjälten som räddade dagen.

Han log för sig själv. Kanske skulle han ta det ett steg längre. Döda både Carin och Amanda och skylla även det på Hans. Det skulle säkra sin historia, ge honom befordran också, förutom dessa pengar. Erik visste att han inte hade användning för Hans längre. Mannen var mer en börda än en tillgång, dessutom ett äckligt monster till person. Och nu, när spelet nästan var över, tänkte Erik på vad han skulle göra härnäst – leva det liv han förtjänade, utan några spår av Hans idiotiska inkompetens.

Kapitel 37 – Inlåst men inte krossad

6 juni, Frankfurt

Carin låg på madrassen, som hon hade släpat upp på den obekväma bondagesängen i ett försök att göra sin tillvaro något mindre miserabel. Blicken vandrade upp till taket, men drogs gång på gång ner till väggen ovanför sängen. Där hängde en rad BDSM-prylar – rep, handfängsel, piskor och masker – arrangerade som en grotesk samling troféer. De var en ständig påminnelse om Hans perversa värld, en värld där hon var både fånge och verktyg. Walkie-talkien låg bara några centimeter från hennes hand, en länk till mannen hon både hatade och behövde hålla på gott humör för att överleva.

Hon lät fingrarna vila på apparaten medan minnen från ett annat liv sipprade in. Var det verkligen så här allt skulle sluta? Hon hade valt spionens väg för att skydda det som var större än hon själv – sitt land, sina ideal. Men i stunder som dessa, instängd som ett djur i bur, kom tvivlen. Hade det varit värt det? Hon tänkte tillbaka på Carsten, den danska utbytesstudenten som en gång varit hennes allt. Hennes första kärlek, hennes första svek.

Carsten hade varit en attraktiv främling med ett självsäkert leende, någon som såg henne på festen. Han hade tagit hennes oskuld, och hon hade känt sig både sårbar och bunden till honom. Men allt krossades snabbt när han högljutt skröt om det inför alla. Förödmjukelsen hade varit outhärdlig, och hon hade flytt från festen med tårarna rinnande, gömt sig från världen i veckor. När hennes vänner till slut tvingade ut henne igen hade hon börjat ana Carstens mörker. Det var på en annan fest som hon råkade höra honom tala – inte om kärlek eller drömmar, utan om hat. Hans tal om "kampen" och "ett starkare samhälle" hade varit fullt av undertoner som skavde i henne, men det var först senare, när hon såg honom dela ut broschyrer med hatiska budskap, som hon insåg sanningen. Carsten var nynazist. Illusionen hon hade burit om honom sprack som glas, och den naivitet hon haft dog där och då.

Det hade varit då hon bestämt sig. Aldrig mer skulle hon låta någon stå oemotsagd när de spred hat. Det var den natten som hon valde sin väg – hon skulle kämpa mot det han stod för, om det så skulle kosta henne allt. Och det hade det nästan gjort.

Walkie-talkien knastrade till, och hon visste att Hans snart skulle vara upptagen med sina egna affärer. Perfekt timing. Hon tryckte på sändarknappen.

– Hans här – kom.

Carin tvekade ett ögonblick, hjärtat slog hårt. Men hon la sig snabbt till med den mjuka, tillmötesgående tonen som han älskade.

– Det är jag ... Jag känner mig ensam. Måste du verkligen gå? – kom.

Hans skrattade kort, nästan avfärdande.

– Du vet att jag måste. Vi ses snart. Jag kanske till och med överraskar dig med Amanda ikväll, om du är snäll – kom.

Carins blod frös till is vid hans ord. Amanda. Skulle vara hos henne? Hon behövde köpa mer tid, manipulera honom till att hålla sitt ord.

– Det skulle göra mig så glad. Men ... det är en sak jag undrar över ...

Hon la in precis rätt mängd osäkerhet i rösten. Hans var tyst några sekunder, och hon visste att han njöt av makten över henne.

– Fortsätt, men säg alltid 'kom', babe. Du vet reglerna. – kom.

Carin svalde hårt och fortsatte.

– Jag vet, sorry ... men du eh ... hur ska jag säga ...ehm ... jag skulle verkligen vilja ha ett löpband här nere. Så att jag kan hålla mig i form för dig ... – kom.

Tystnaden var nästan outhärdlig. Hans röst bröt sedan in, självsäker och övertygad.

– Jag fixar det. Men jag måste gå nu. Vi ses senare. Klart slut.

Carin la ifrån sig walkie-talkien och andades ut. Hon hade köpt lite mer tid, men det var långt ifrån tillräckligt. Hans trodde att han hade henne i sitt grepp, men hon hade sina egna planer. Hennes tankar var hos Amanda. Var hon lika rädd? Eller hade hon redan börjat tappa hoppet?

Hon reste sig och gick fram och tillbaka i det lilla rummet. Varenda minut var en påminnelse om vad som stod på spel. Hon tänkte på Hans ord och hans självbelåtna ton. I hans värld var hon bara en pjäs på schackbrädet. Men det skulle ändras.

När hon satte sig igen mindes hon hur HG hade värvat henne. "Vi behöver sådana som dig," hade han sagt. "Som kan se ondskan i ögonen och inte blinka." Då hade det låtit ädelt, nästan romantiskt. Nu insåg hon vad det verkligen innebar – ensamheten, tvivlen, och hotet som hängde över henne varje dag. Men hon vägrade låta sig krossas. Inte av Carsten, inte av Hans, och inte av de kalla väggarna som försökte stänga in hennes hopp.

Hon knöt nävarna och stirrade på betongen som om den kunde brytas bara genom hennes vilja. Hon behövde hitta en väg ut. Inte bara för sig själv utan för Amanda också.

Kapitel 38 – Drogaffären

6 juni, Frankfurt

Hans lutade sig mot dörrkarmen och betraktade männen framför sig. Günther och Dieter, hans två muskelberg, såg ut som om de kunde bryta en människa på mitten utan att ens anstränga sig. Hans kunde inte låta bli att känna sig mäktig när han hade dem vid sin sida. De var inte bara livvakter – de var verktyg. Hans verktyg.

– Hej på er, sa han och log, även om leendet aldrig nådde ögonen. Ni är på pricken i tid, som vanligt. Ser ni skjulet där? Kan ni plocka in varorna i min bil, så kommer jag snart.

Han räckte över bilnycklarna och sneglade på sin Mercedes GLS som stod redo för dagens transaktion. Tankarna gled i väg, men han återförde dem snabbt när Dieter vände sig om.

– Vilken av bilarna? Skåpbilen? Sitter nycklarna i?

Hans tog ett djupt andetag. Han hatade frågor som han ansåg vara självklara.

– Nej, min MB GLS. Lägg allt i bagaget och dra för insynsskyddet. Om det inte finns tillräckligt med plats, använd påsarna som ligger vid skjulet för att skyla dem. Och kom igen, ni vet rutinen.

Han såg hur de satte i gång med att lasta bilen. Effektivitet. Det var det enda han tolererade. Han hade inte tid för klanterier.

Inne i huset bytte Hans snabbt om till mer neutrala kläder och hämtade vapen från förrådet. Han kände tyngden av de tre Uzis han lade i väskan – en trygghet, en symbol för kontroll. Walkie-talkien vibrerade till, och han greppade den med en förväntan som han inte kunde dölja.

– Hans här – kom.

När han hörde Carins röst mjuknade han nästan. Men det var inte bara kärlek. Det var äganderätt. Hon var hans.

– Det är jag ... Jag känner mig ensam. Måste du verkligen gå? – kom.

Hans log för sig själv, ett kyligt och självgott leende. Hon visste precis hur hon skulle få honom att stanna, att vilja få honom att behålla henne för alltid.

– Ja, men jag kommer snart tillbaka – kom.

Carins röst darrade precis så mycket att han kände sig starkare. Han njöt av att veta att hon behövde honom. Och han älskade att manipulera den känslan.

– Hinner vi inte ens leka lite med varandra innan du går? – kom.

Hans skrattade, ett mörkt och kort ljud.

– Sluta fresta mig, babe. Jag kanske överraskar dig med Amanda ikväll också, om du är snäll – kom.

Han såg det framför sig. Carin och Amanda, båda i hans grepp. Hans egen lilla teater. Men det var bara Carin han verkligen ville ha. Amanda var ett medel, ett sätt att cementera Carins beroende av honom.

När samtalet med Carin avslutades, kände Hans sig nöjd. Hon var i hans grepp, precis där hon skulle vara. Han kunde nästan höra hennes tysta bön om att få bli kvar i hans värld. Men han tänkte inte låta det bli enkelt. Nej, han skulle forma henne. Göra henne till exakt det han ville ha.

Hon kommer att älska mig, tänkte han. Inte för att hon vill, utan för att hon inte har något annat val.

Hans gick ut till Günther och Dieter, som just var färdiga med att lasta bilen. Med en snabb blick inspekterade han deras arbete. Perfekt, som alltid. Han tog sin plats bakom ratten och blickade mot bilen i backspegeln. Idag skulle allt gå enligt plan – det måste det.

Hans kände en våg av triumf skölja över sig när han tänkte på Carin. Hon var inte bara en kvinna; hon var hans skapelse, hans dröm förverkligad. Varje gång han såg henne, varje gång han hörde hennes röst, kände han en elektrisk laddning som om han ägde en hemlighet ingen annan kunde förstå. Hon var vacker, ja, men det var inte bara det. Det var hennes potential – hennes möjlighet att formas, att bli precis det han ville ha. Hans lilla slav, helt och hållet under hans kontroll.

Han andades djupt och slöt ögonen för en sekund, föreställde sig henne i det ögonblicket, väntandes på honom, kanske redan tacksam över vad han skulle ge henne. Ett leende spelade på hans läppar, men det var kallt, utan värme. Kärlek? Nej, det här var något annat. Ägande.

Günthers röst drog honom tillbaka till verkligheten.

– Hans, det är dags att dra.

Han sneglade på klockan. Tjugo över tio. De var snabba, precis som han förväntade sig. Han gick ut med väskan i handen, där de tre Uzis låg. Vapnen var inte bara för skydd – de var symboler. Symboler för makt, för rädsla, för att ingen någonsin skulle våga ifrågasätta honom.

När han kom fram till bilen såg han att allt var perfekt packat. Insynsskyddet var på plats. Günther och Dieter stod bredvid som två stenstoder, redo för hans nästa order. Han nickade nöjt och satte sig bakom ratten. Günther gled in bredvid honom, medan Dieter tog plats i baksätet. Motorn spann till liv, och de satte kurs mot Nidda-Sportfeld.

Under resan tog Hans upp mobilen och skickade ett kort meddelande till Markus.

Hans: *Koordinaterna är klara. Max tre personer. Alla ingångar övervakade.*

Svaret kom nästan omedelbart.

Markus: *Vi följer era instruktioner. Vi ses där.*

Hans log för sig själv. Markus var förutsägbar, precis som han ville ha det. Han behövde inte oroa sig för att något skulle gå fel på den fronten. Hans blick fladdrade till backspegeln där han såg Dieter sitta tyst. En lojal soldat. Och Günther bredvid sig – stabil, pålitlig. Med dessa två vid sin sida kände han sig ostoppbar.

– När vi är framme, börja genast med att kolla omgivningen, sa han till Günther och Dieter. Inga misstag. Vi tar inga risker.

När de körde in på planen såg Hans på klockan – det var nästan halv tolv. Allt låg enligt plan. Han hade tagit en omväg för att vara säker på att ingen följde efter dem. Men precis när han började slappna av, ringde mobilen.

Hans svor för sig själv. Tidpunkten var usel. Han svarade ändå, irriterad.

– Du ringer nu, på riktigt? fräste han. Vet du inte att de kan vara här när som helst?

Hans lyfte luren, och Erik var på andra sidan – hetsig, aggressiv. Rösten sprutade ur sig anklagelser om att han hade blivit förföljd.

Erik berättade kort att han hade hanterat situationen och eliminerat hotet, men att Hans nu behövde ta hand om resterna. Två kroppar. En bil. Mobiltelefoner som behövde slås av och gömmas. Erik lämnade inga öppningar för invändningar.

Hans grepp om ratten hårdnade. Förföljd? Av vem? Tankarna rusade. Var det polisen? Konkurrenter? Han svalde hårt och stirrade rakt fram, försökte tänka snabbt. Den här typen av avbrott var oacceptabelt. Det störde hans perfekta upplägg. Det var som en skråma på en felfri yta – irriterande, men tvunget att hanteras.

Han slängde en blick mot Dieter, som redan mötte hans ögon med en frågande blick.

– Ta hand om det, väste Hans till sist, hans röst låg och hård.

Günther nickade utan att tveka. Det var det Hans uppskattade mest med honom – han ställde aldrig frågor, han bara agerade. Hans såg hur Dieter snabbt tog sig ur bilen, rörde sig smidigt och tyst mot den svarta BMW:n. Hans följde allt med vaksam blick, men hans tankar var någon annanstans.

Vem fan hade kunnat skugga honom utan att han märkte det? Var hans planer inte lika vattentäta som han trodde? Tanken skavde mot hans självbild, men han sköt undan den. Det viktigaste nu var att återställa balansen. Att förhindra att någon kopplade det här till honom. Inget fick hota det han byggde – framför allt inte det han och Carin hade framför sig.

När Dieter körde i väg med bilen, var Hans redan tillbaka i sina egna planer. Problemen fick inte bli större än han gjorde dem. Allt gick fortfarande enligt plan – åtminstone det han kunde kontrollera.

Hans lutade sig tillbaka och knöt händerna hårt runt ratten. Hans plan hade inte råd med fler avvikelser. Allt måste klaffa. För Carins skull. För deras framtid tillsammans.

Hans såg Nissan Leaf sakta glida in på fotbollsplanen som en diskret besökare som inte ville dra till sig onödig uppmärksamhet. Bilen stannade precis utanför planen, och hans ögon smalnade när han skärskådade passagerarna. En man bakom ratten, en kvinna vid hans sida, och en skugga i baksätet – en tredje figur som inte var tillräckligt tydlig för att identifieras.

Vad sysslar de med? tänkte han och noterade deras rörelser. Kvinnan pekade på något, troligen på planen, medan föraren tittade på klockan. Nervösa, eller bara försiktiga? Det var omöjligt att avgöra, men Hans uppskattade det. Nervositet gjorde människor förutsägbara.

När klockan slog tolv började bilen röra sig igen, långsamt, nästan ceremoniellt, innan den stannade mittemot honom enligt planen. Hans nickade kort till Günther och tillsammans klev de ur bilen med sina Uzis i händerna. Vapen var inte bara skydd – de var ett budskap.

De två männen från Nissan Leaf steg ur, en av dem med en hockeyväska i handen. Hans lade märke till deras kroppsspråk – stelt, kontrollerat. Ingen amatör, men inte heller rutinerade.

Hans vinkade åt dem att närma sig. Hans blick mötte föraren, Markus, som verkade vara den som ledde transaktionen. Markus och hans partner, Albert, stannade tio meter ifrån honom. Hans lät tystnaden tala innan han yttrade sitt första krav.

– Visa pengarna.

Albert ställde ner väskan och öppnade den. Hans såg de tätt packade sedelbuntarna lysa upp i det dämpade dagsljuset. Han gjorde en kort gest, och en av sedelbuntarna kastades mot honom. Hans fångade den med ena handen, öppnade den snabbt och kontrollerade sedlarna. Äkta. Han nickade och signalerade åt Günther att hämta en påse med varorna från bagaget.

Hans kastade påsen till Markus, som omedelbart började undersöka den med en professionell precision som inte gick ihop med hans till synes enkla uppsyn. En kniv, lite pulver, en flaska vatten och en pappersremsa – ett kemiskt test. Hans höll ansiktet neutralt, men inom sig flödade en kall irritation. Ingen respekt för hans garantier. Han höll blicken fäst på Markus, medan han testade drogens äkthet.

När Markus nickade till Albert, visste Hans att affären var säkrad. Albert stängde väskan och lyfte den igen, medan Markus frågade.

– Hur gör vi nu?

Hans instruerade dem att köra sin bil närmare och lasta över varorna från hans bagage till deras. Operationen utfördes tyst och effektivt. Inga plötsliga rörelser, inget som stack ut. Perfekt.

När de tre från Leaf körde i väg, hörde Hans deras skratt i fjärran. Fyllda av triumf. Idioter. De hade ingen aning om hur mycket han styrde den här situationen – från deras falska känsla av seger till de gömda detaljerna i deras korta samarbete.

Hans stannade kvar ett ögonblick längre, njöt av segern. Affären var över för deras del, men för honom hade den knappt börjat.

Hans följde Nissans baklyktor tills de försvann ur synhåll. Han höll sig lugn utåt, men hans tankar arbetade frenetiskt. Det här var bara ännu ett steg på hans noggrant utformade schackbräde. När mobilen surrade till visste han att det var Erik.

Erik: *Din tur. Lämna pengarna.*

Hans: *Kommer.*

Han suckade och kastade en snabb blick på väskan med kontanter. Att överlämna pengarna till Erik var en nödvändighet – ett nödvändigt ont, men det störde honom. Varför skulle han dela sitt geni med någon annan? Men för tillfället behövde han Erik. För tillfället.

Efter att ha lämnat över pengarna utan att visa minsta tvekan satte sig Hans i bilen och körde iväg. Klockan närmade sig halv ett, och tankarna på Carin fyllde hans huvud. Han log för sig själv. Snart skulle han vara hemma, och med varje dag kom hon närmare att bli hans fullständigt. Hans egen skapelse. Hans egen slav.

Men en annan detalj störde hans sinne – Dieter. Hur hade det gått med den svarta BMW:n? Han grep mobilen och ringde.

– Ja, det är Dieter, svarade rösten vid första signalen.– Hur har det gått? frågade Hans med skärpa.

– Utmärkt. Kropparna är borta, och bilen kommer att skrotas inom en timme, svarade Dieter, lugn som om han pratade om att hämta mjölk.

Hans rynkade pannan. Hur kunde det ha gått så snabbt? Dieter var alltid effektiv, men detta? Det var nästan för bra.

– Va? Hur? Det har inte ens gått en timme.

– Vi har våra metoder, Hans. När vill du ha mobilerna?

– Ta med dem till mig, men stäng av dem. Avsluta det du gör nu.

När han la på kände han en viss lättnad. Dieter var pålitlig. I alla fall för stunden.

Från passagerarsätet hörde han Günther harkla sig.

– Jag har bilen i närheten av ditt hem. Är det okej att jag åker med dig dit?

– Jag släpper av dig vid din bil. Det är lugnt, svarade Hans medan han stirrade rakt fram.

Men Günther var inte klar.

– Vi får betalt som vanligt i Bitcoins, eller hur?

–Ja.

– Jag förstår inte varför inte kontanter fungerar bättre.

Hans slog till bromsen lite hårdare än nödvändigt vid ett rödljus och kastade en blick på Günther.

– För mycket kontanter väcker frågor. Hur förklarar jag för banken eller min revisor att jag tar ut sådana summor? Dessutom tillhör inte pengarna mig. Vi bidrar till rörelsen, inte oss själva.

Günther muttrade något ohörbart men slutade inte.

– Men Bitcoins är så jävla opraktiskt. Och dessutom förlorade vi tio procent förra gången. Vad är poängen?

Hans lät en kall irritation sippra in i rösten.

– Du får tjugo procent mer denna gång. Om du hade haft vett nog att behålla dem förra året skulle du ha tjänat betydligt mer. Om tio år kommer du vara ekonomiskt oberoende om du bara håller fast vid dem.

– Du gav mig tvåtusen Bitcoins förra året som var värda tiotusen euro. Jag fick knappt ut niotusen. Och nu säger du att de ska göra mig rik?

Hans log, ett smalt, nästan elakt leende.

– Den här gången ger jag er tjugofemtusen Bitcoins var. Lämna dem till slutet av nästa år, så kommer du att förstå vad jag menar.

Men Günther skakade på huvudet.

– Jag har munnar att mätta, Hans. Jag behöver pengarna nu.

Hans ryckte på axlarna.

– Skyll dig själv. Men om fem år tänker jag inte låta dig glömma det.

Günther skrattade kort.

– Du är rolig, Hans. Men förresten, tycker du inte att affären gick lite väl smidigt?

Hans kände hur magen knöt sig. Günther fortsatte, hans röst låg och allvarlig.

– Din polare sköt två män som följde efter oss. Någon kommer att sakna dem. Och de vet att du är inblandad. Vad tror du händer när de börjar leta?

Hans bet sig i läppen.

– Polisen har inget att gå på. Inget binder mig till det här.

– Och om det inte är polisen?

Hans tystnade. Ett mörker lade sig över hans sinne. Han behövde förstärka sitt skydd.

– Kan du och Dieter hålla er i närheten av mitt hus några dagar? Visa er inte, men var beredda.

Günther nickade långsamt.

– Vi kan göra det, men det kostar.

– Jag betalar vad det kostar. Vi börjar med en vecka. Håll er på övervåningen, kontakta mig via walkie-talkie. Jag vill inte att ni stör mitt privatliv.

Günther log och skakade hans hand. Affären var gjord. Hans visste att han var omringad av faror, men han hade Carin. Och det var allt som betydde något.

Kapitel 39 – Inspelningen

12 juni–16 juli, Stockholm

TV5:s filminspelningsstudio var en enda virvelvind av rörelse och nervositet. Kamera-assistenter justerade stativ som om deras liv hängde på det. Elever från Jakobsbergs gymnasium fladdrade runt som fjärilar, ivriga och förvirrade.

Cyrus lutade sig mot väggen i studion, som om den kunde rädda honom från verkligheten. Han försökte göra sig så osynlig som möjligt, men varje rörelse i rummet kändes som om den var riktad mot honom. Alla förväntningar, alla blickar – som om han bar hela projektet på sina smala, svettiga axlar.

Hur hade han hamnat här? För ett halvår sedan hade han suttit vid sitt köksbord, med en laptop som hackade mer än den skrev, och en dröm som var lika stor som hans rädsla för att misslyckas. En stor tv-serie. Det hade låtit så bra i huvudet. Champagne på röda mattan, folk som applåderade honom som geniet bakom det hela. Kanske till och med en Emmy, eller åtminstone ett snabbt tacktal på Kristallen.

Nu? Nu var det svettfläckar under armhålorna och en mage som krampade så hårt att han började fundera på om det var dags att googla blindtarmsinflammation. Det här var inte drömmen. Det här var en mardröm.

Filmteamet rörde sig som en väloljad maskin runt honom, men allt han såg var kaos. Kameror som justerades. En av assistenterna spillde kaffe på ett manus. Någon ropade efter stativ som saknades. Mikael Persbrandt stod och tuggade nonchalant på ett äpple som om han inte var huvudpersonen i den största satsningen på svensk tv. Lena Ohlin satt i ett hörn och såg ut som om hon var mitt i en exklusiv parfymreklam. Och här stod han, Cyrus, manusförfattaren med svettig panna och en hals som kändes torrare än Sahara.

Han stirrade på sina händer. Skulle någon märka om han bara försvann? Tog en taxi till Arlanda och hoppade på första bästa flyg till en plats där ingen visste vem han var? En plats där han kunde dricka öl i lugn och ro och låtsas att han var en av de där författarna som bara skrev för sig själva, utan deadlines, budgetar eller stjärnor med miljonlöner.

Men så slog tankarna tillbaka. Om det här gick vägen skulle det bli champagne. Och inte bara vilken champagne som helst – riktig champagne, inte det där som Viktor alltid kallade "bubbel med ångest". Nej, det skulle bli Dom Pérignon. Kanske en yacht? Inte för att han kunde segla, men ändå. Han skulle lära sig. Och kanske en skinnsoffa. Inte för att han behövde en, men för att det var något framgångsrika människor hade. Eller?

Sören kom in i rummet, TV5:s egen Napoleon. Hans steg var tunga, rösten ännu tyngre.

– Cyrus, blir allt klart för pilotvisningen?

Cyrus nickade, men det kändes mer som en nervös ryckning än en verklig rörelse.

– Jajamän, Sören. Som ett urverk.

Urverk? Det var ett skämt. Det här var mer som en klocka som tappat sina visare och försökte hålla tiden med hjälp av ett gummiband och hopp om tur.

Sören såg på honom med sina isblå ögon och sa:

– Bra. För det här måste sitta. Det här är vår största satsning någonsin.

Som om han inte redan visste det.

Den stora dagen hade kommit. Teamet hade slitit som djur, och Cyrus hade inte sovit på tre dagar. Maria, hans ständigt organiserade regissör, hade sett till att allt var på plats. Förutom hans självförtroende. Det låg kvar hemma på nattduksbordet.

De samlades i ett mörklagt konferensrum. Persbrandt och Ohlin satt längst fram, lutade sig tillbaka som två domare i en rättegång. Sören, TV5:s vd, hade intagit sin plats längst bak, och Cyrus kunde känna hans kritiska blick bränna i nacken.

Sören reste sig och talade högt och tydligt.

– Nu kör vi. Två avsnitt. Ni vet vad som står på spel.

När avsnitten rullade kändes rummet som en tryckkokare. Cyrus vågade knappt andas. När slutscenen tonade ut bröt rummet ut i applåder. Maria och Linda omfamnade varandra i ren glädje. Cyrus kände en våg av lättnad.

Men så reste sig Persbrandt och Ohlin. Deras miner var uttryckslösa. Ohlin tog ordet.

– Det är välgjort. Roligt. Men det är inte för oss, sa Ohlin med ett professionellt lugn i rösten, som om hon avslutade ett artigt samtal snarare än ett stort projekt.

Persbrandt, som lutade sig mot väggen med armarna i kors, nickade instämmande och lade till med sitt typiska lugn:

– Precis. Vi känner att det här inte riktigt matchar vår stil. Men det betyder inte att det inte kommer att gå bra. Det är ett starkt team här, och Cyrus, du har gjort ett imponerande jobb.

Han pausade och såg sig om i rummet innan han fortsatte.

– Våra roller framåt är inte så betydelsefulla heller, om vi ska vara ärliga. Vi gjorde detta pro bono för att vi gillar dig, Cyrus. Och vi tror på att det här projektet kan lyckas, med eller utan oss.

Ohlin log svagt, ett avmätt men varmt leende, och fyllde i.

– Vi vill att ni ska lyckas. Och vi är säkra på att ni kommer att göra det. Men det här är där vi kliver av.

Med de orden vände sig de två stjärnorna om och gick mot dörren. Rummet var tyst. Varje steg ekade som ett avslutande kapitel i en bok. Dörren stängdes mjukt bakom dem, och efter några sekunders chockad tystnad började viskningar fylla rummet.

– Vi går vidare. Cyrus, Maria, Linda, mitt kontor. Nu, sa Sören och gick ut.

Dagen efter exploderade pressen som en förödande bomb. Rubriker som "Ohlin och Persbrandt lämnar TV5:s storsatsning – en flopp?" och "TV5:s nya serie skakas av skandaler" fyllde kvällstidningarnas framsidor och trängdes i varje nyhetshylla. Bloggar, poddar och sociala medier kokade av spekulationer och skvaller. Vad hade gått fel? Var Cyrus en amatör som aldrig borde ha fått chansen? Det ena inlägget efter det andra dömde ut projektet, och hashtags som #CyrusBluff och #TV5Flopp trendade på Twitter.

Det verkade som om alla hade en åsikt. Journalister grävde i Cyrus bakgrund och publicerade artiklar med rubriker som "Manusförfattaren – en bluff?" och "Fiaskot bakom TV5:s största satsning någonsin". Ännu värre var skvallret om bråk mellan stjärnorna. Rykten florerade om att Ohlin hade stormat ut under en inspelning och att Persbrandt öppet hånat både manus och regissör. Och som en sista dolkstöt i ryggen hade Linda, Cyrus närmaste allierade och stöd i projektet, plötsligt lämnat honom utan ett ord.

Cyrus satt ensam vid köksbordet, omgiven av tidningar vars rubriker kändes som ett slag i ansiktet, ett efter ett. En rubrik brände sig fast i hans sinne: "Manusförfattaren – en bluff?" Orden skar i honom som rakblad och lämnade ett öppet, blödande sår i hans stolthet. Det var som om hela världen vänt sig mot honom, som om han inte längre var en person utan ett skämt, ett namn som blivit synonymt med misslyckande.

Linda satte sig mittemot honom, strök hans hand med en försiktig rörelse.

– Du får inte låta dem knäcka dig, Cyrus.

Han ryckte på axlarna.

– De har redan knäckt mig. Jag är så körd att till och med min mamma skulle vända blad om hon såg mitt namn.

Linda suckade.

– Sören tror fortfarande på projektet. Och jag gör det också. Vi hittar en väg.

Han försökte le, men det kändes som att lyfta en sten med ansiktet. Det var då hans mobil började vibrera. Numret var bekant och fruktat. Ivan.

Cyrus svarade långsamt och försökte dölja darrningen i rösten.

– Ivan, hej, sa Cyrus och torkade nervöst av sin svettiga handflata mot byxorna.

– Mannen! Vad händer med mina pengar? Ivan lät som om han redan hade tagit fram den imaginära spaden för att gräva Cyrus grav.

Cyrus svalde hårt, försökte låta samlad men lät i stället som en fjäril som försökte prata med en orm.

– Jag jobbar på det. Serien är på gång, och när vi får grönt ljus från ledningen ...

Ivan bröt ut i ett grovt, rått skratt som fick Cyrus att rysa.

– Gröna ljus? Vad fan tror du att det här är, ett trafikljus? Tidningarna säger att din serie är en flopp och att du är körd. Vad tror du? Att jag är dum? Nej, du fixar mina två koma sex mille till fredag. Annars blir det synd om dig, och jag menar riktigt synd.

Cyrus försökte skrapa ihop någon form av självförtroende. Han harklade sig och sa med en ton som inte ens övertygade honom själv:

– Jag tror fortfarande på succé. Succé som när Zlatan sätter den i krysset i slutsekunderna. Det här ... det här är bara ett tillfälligt bakslag.

Ivan fnös.

– Spara snacket, bror. Ingen bryr sig om din Zlatan-romantik när krysset du snackar om är på din dödsattest. Fredag, mannen. Två. Koma. Sex. Inga kanske. Inga sen. Du fattar?

Cyrus famlade efter något, vad som helst, att säga. Han försökte:

– Men Ivan, jag kan fixa två miljoner nu, och resten senare. Vi kan dela upp det ...

Ivan avbröt honom med en fräsning, som ett rovdjur som just fått syn på sitt byte.

– Nej, bror! Jag snackar inte om "kan vi". Jag snackar inte om "sen". Jag snackar om fredag. Två. Koma. Sex. Det är inte raketforskning, mannen. Skaka fram paran, annars skakar vi fram dig.

Cyrus försökte andas genom paniken som nu stod och bankade på hans bröstkorg. Han kände sig som en cirkusartist som försökte jonglera med eld medan han balanserade på ett rep – och någon höll på att klippa av repet.

– Jag jobbar på det, Ivan, jag svär. Det kommer ...

– Svär inte åt mig, bror. Du har redan en fot i graven. Gör inte så att vi sparkar in den andra också. Fredag. Förstått?

Ivan la på, och Cyrus stirrade på sin mobil. Det var som om den hade brunnit i handen. Fredag. Två koma sex mille. Han visste inte om han skulle spy eller svimma. Mobilen föll ur hans hand, och han stirrade på den som om den hade bitit honom. Linda såg hans bleka ansikte och rusade fram.

– Vad sa han? frågade hon oroligt.

Cyrus svalde hårt.

– Två koma sex mille. Till fredag. Annars ...

Han kunde inte avsluta meningen. Linda satte sig bredvid honom och tog hans händer i sina.

– Vi måste prata med Sören. Han kan hjälpa oss.

Cyrus skrattade bittert.

– Sören? Vad ska han göra? Sälja sina golfklubbor och rädda mig?

Linda skakade på huvudet.

– Vi hittar en lösning. Tillsammans.

Kapitel 40 – En farlig dröm

Erik körde långsamt genom stadens dunkla gator, och försökte hålla tankarna i schack. Pengarna låg tryggt undangömda i en väska i baksätet, men deras närvaro brände i medvetandet. De representerade mer än en lösning på hans problem – de var ett sätt att slita sig loss från allt. Från rörelsen, från lögnerna, från skammen.

När han parkerade bilen utanför sin lägenhet satt han kvar en stund, stirrade rakt fram och lyssnade på tystnaden. Sabine dök upp i tankarna, som hon alltid gjorde den sista tiden. Hennes skratt, hennes intelligens. Han hade alltid sett läkare som arroganta, men hon var annorlunda. Hon fick honom att känna sig sedd, som om han betydde något. Kanske till och med som om han var värd något.

Han visste att det var för henne han gjorde allt detta. Även om det kanske var en lögn.

Han klev ur bilen, tog väskan och gick upp för trapporna till lägenheten. Dörren gled igen bakom honom med ett lågt klick. Väskan försvann snabbt in i garderoben, längst bak bakom några gamla jackor. Han ställde sig mitt i rummet och andades djupt. Golvet knarrade under hans tyngd, som om det också bar bördan av hans skuld.

Han hade aldrig tänkt på sig själv som en man som kunde älska. Kärlek hade alltid framstått som en illusion, ett ord människor använde för att förklara svaghet. Världen hade lärt honom att kärlek var en fälla, en förklädnad för manipulation och svek. Hans far hade predikat det med sina nävar och sina ord – en man som kallade sin hustrus tårar för krokodiltårar och hennes förlåtelse för lögner. Erik hade växt upp med den bilden av kvinnor: svaga, men farliga. Objekt som förbrukades, inte beundrades.

Hans mor hade stannat kvar, trots allt. Trots slag och skrik, trots nätterna då hon satt tyst i köket med ett glas i handen och blicken tom. Erik hade aldrig förstått varför. Svaghet, tänkte han. Det var allt det var. En kvinna som inte hade modet att lämna och som till slut förvandlades till en skugga av sig själv.

Han hade bestämt sig redan som barn att aldrig bli som sin far – men också att aldrig låta sig luras som sin mor. Kvinnor var bara ett hinder, något att kontrollera. Deras ord var lögner, deras leenden masker. Och han, han skulle aldrig låta sig förblindas av dem.

Han hade hållit sig till den tron i åratal. Kvinnor var användbara, inget mer. Han behandlade dem därefter. De var inget han behövde förstå, inget han behövde känna något för. Och han var nöjd med det – tills Sabine.

Sabine var annorlunda. Hon behövde inte honom, och det var just det som gjorde henne så farlig. Hon stod över honom på ett sätt ingen annan kvinna hade gjort, inte för att hon försökte, utan för att hon bara var. Erik kände hur marken under fötterna svajade varje gång han var nära henne. För första gången kände han något som inte bara var lust eller förakt. För första gången kände han sig ... otillräcklig.

Och det skrämde honom. Mer än något annat. För om han kunde känna något för henne, om han kunde beundra henne, vad innebar det om sig själv? Det var som om Sabine bröt ner en mur han byggt under hela livet – sten efter sten, tills han inte längre visste vem han var. Och det gjorde honom svag. Han hatade den känslan nästan lika mycket som han hatade hur han inte kunde låta bli att tänka på henne. Och han älskade känslan och visste inte vad som var fel på honom.

Erik satte sig i soffan och lutade huvudet bakåt, medan tankarna vandrade till rörelsen och det som en gång hade känts som en frälsning. När han först gått med hade det varit som att hitta hem. Ett sammanhang, en grupp män som såg honom, förstod hans vrede, hans frustration – och kanaliserade dem. De talade om ordning, styrka och tradition. Om att återupprätta det som gått förlorat i ett samhälle som enligt dem fallit sönder av svaghet och förfall.

Han hade känt sig lyft av deras ord, nästan frälst av enkelheten i deras lösningar. För första gången i livet hade han känt sig sedd och värdefull. Men det hade inte bara varit idéerna som dragit honom dit. Det var bristen på alternativ, tomrummet i livet. Hans uppväxt hade lämnat honom med en känsla av hopplöshet – en förtvivlan han aldrig vågade erkänna. Hans far hade varit en tyrann, en man som gömt sin egen uselhet bakom flaskan och hårda slag. Hans mor, som en gång varit stark och vacker, hade blivit en tyst mus. Hon stannade, trots allt. Svaghet, hade Erik tänkt. Det var allt han såg hemma – svaghet som tvingade människor att uthärda det outhärdliga.

Rörelsen hade lovat något annat. Styrka. Ett sätt att slå tillbaka, att ta kontroll. Han hade anammat deras budskap som en överlevnadsstrategi, ett sätt att ge mening åt sitt hat och sin vrede. Utlänningarna, feministerna, eliten – fienderna var tydligt definierade, och de bar skulden för allt som var fel i livet och i världen.

För Erik hade det varit befriande att inte längre behöva gräva i sitt eget mörker. Rörelsen gav honom något att slå emot, någon annan att hålla ansvarig.

Men med tiden hade illusionen spruckit. Han hade sett hur idealen urholkades av girighet och maktbegär. Det handlade inte längre om att bygga ett starkare Tyskland – om det någonsin hade gjort det. Det handlade om att krossa, om att ta och förstöra. Han hade försökt blunda, hade intalat sig att han var annorlunda. Men han var en del av maskineriet, lika korrumperad som resten.

Han reste sig upp från soffan och började gå fram och tillbaka i rummet, oförmögen att sitta still. Trots sin växande avsky för rörelsen hade han stannat. Vad annat kunde han göra? De var hans familj, även om banden var byggda av rädsla och lojalitetskrav. Och de hade gett honom makt. För Erik hade makt blivit ett substitut för allt han saknat – respekt, trygghet, kärlek.

Men nu hade något förändrats. Sabine. Hon var som en motvikt till allt han hade lärt sig att tro på. Hon var stark utan att vara brutal, intelligent utan att använda det som ett vapen. Och hon såg på honom på ett sätt som fick honom att känna sig som någon annan än den han varit. Det skrämde honom, för det fick honom att ifrågasätta allt. Hade han alltid haft fel? Kunde han vara någon annan? Någon bättre?

Men det fanns också en annan känsla – skammen. Hur kunde han vara jämbördig med henne? Han var bara en polis, med ett förflutet som skulle få henne att rygga tillbaka om hon visste. Inte rörelsen, det kände hon till, men det han hade gjort med andra kvinnor. Och ändå drömde han om henne. Han såg framför sig ett liv där han inte behövde rörelsen, där han kunde börja om. Men för att nå dit behövde han pengarna, makten – och modet att svika de enda människor som någonsin accepterat honom.

Och ändå var han kvar. För att han inte visste vart han annars skulle ta vägen.

Erik tog ännu ett djupt andetag och reste sig. Hans uniform låg prydligt vikt på stolen vid sovrumsdörren. Han tog på sig den med precisa rörelser, men när han knäppte kragen kände han hur plagget stramade runt halsen. Som en snara. Han såg sig själv i spegeln. Ansiktet som stirrade tillbaka var hårt, draget av oro och något annat, något mörkare.

Han tänkte på Hans, och hur lätt det skulle vara att lägga skulden på honom. Hans var en svag länk, en man som aldrig kunde hålla sig inom ramarna. Der Frankfurter Unhold – det var vad tidningarna redan börjat kalla honom, även om de inte visste att det var han … än. En kidnappare, en brottsling, en man vars egen girighet och impulsivitet gjorde honom till en perfekt måltavla. Det skulle krävas så lite för att vända rörelsen mot Hans. Erik behövde bara spela hjälten – mannen som avslöjade Der Frankfurter Unhold och räddade deras sak från skam. Rörelsen skulle inte gräva djupare; de skulle snabbt köpa att Hans var ett äckel, en svag länk som försökt stjäla pengarna. Det var logiskt nog för dem. Men det var inte där Eriks triumf skulle lysa starkast.

Han såg framför sig hur hela Frankfurt, kanske hela Tyskland, skulle tacka honom. Poliskåren skulle hylla hans mod, media skulle skriva spaltmeter om mannen som satte stopp för Der Frankfurter Unhold. Föräldrar till de kidnappade kvinnorna skulle gråta av tacksamhet, hans kollegor skulle applådera hans insats, och cheferna skulle viska om befordran. Erik såg sig själv stående som en nationalhjälte – mannen som inte bara fångade ett monster utan också visade vad äkta rättvisa innebar.

Erik visste att han kunde lägga skulden på Hans, att han kunde framställa honom som den girige förrädaren som hade tagit pengarna och försvunnit. Hans skulle vara död, och döda män kunde inte tala. Ingen skulle ifrågasätta Eriks version av historien, särskilt inte med hans nyvunna status som hjälte. Då kunde han behålla pengarna själv, använda dem för sina egna planer. Rörelsen skulle aldrig få reda på sanningen, och varför skulle de behöva det? Han kunde måla upp vilken historia han ville: att han upptäckt Hans korruption, att han stoppat honom innan skadan blev för stor. Rörelsen skulle tacka honom, hylla honom för hans mod och lojalitet. Och varför skulle han inte? Pengarna var ändå hans – inte rörelsens, inte Hans. Det var Erik som hade lett operationerna, Erik som hade tagit riskerna och sett till att deras kassa växte. Visst hade några andra i rörelsen hjälpt till, men de hade bara följt hans planer. Utan honom skulle de inte ens haft en strategi.

Hans var också farlig på ett annat sätt. Han visste för mycket om Erik. Om någon inom rörelsen började gräva, skulle Hans kunna förråda honom. Den tanken gjorde Erik kall inombords. Ingen fick veta om pengarna, eller om Erik hade börjat ifrågasätta rörelsen. Att låta Hans leva var en risk han inte kunde ta.

Men det var mer än bara praktiskt. Erik föraktade Hans. Han såg i honom allt han själv hatade – svaghet, odisciplin, en oförmåga att tänka längre än det egna begäret.

Hans var en parasit, någon som drog nytta av andras arbete utan att bidra med något annat än problem. Att döda honom skulle inte bara vara nödvändigt, det skulle kännas rätt.

Erik kunde redan se framför sig hur allt skulle falla på plats. Hans skulle bli syndabocken – mannen som svek rörelsen och förrådde allt de stod för. Erik skulle stiga fram ur kaoset som en ledare, någon de kunde lita på. Och med pengarna i sin ägo skulle han kunna börja bygga ett nytt liv. Ett liv med Sabine. Ett liv där han inte längre behövde ljuga eller slåss för att överleva.

Men först måste Hans bort. Och sedan – Carin och Amanda. Ingen av dem kunde få leva. Det var inte personligt, bara nödvändigt. Allt Erik gjorde hade ett syfte. Och det syftet var att han äntligen skulle få det han förtjänade.

Fan ... Amanda och Carin. Erik kände en kall ilning längs ryggen när deras ansikten dök upp i minnet. Han ville inte tänka på dem, på vad han skulle behöva göra. Men de var hinder, och hinder behövde röjas undan. Det fanns ingen annan väg.

Han visste att det var Sabine han tänkte på, även om han inte ville erkänna det. Pengarna var till för att bygga ett liv med henne. Hon var läkare, framgångsrik, och han visste att hon förtjänade någon bättre än honom. Men med pengarna skulle han kunna ge henne det hon behövde. En villa, resor, trygghet. Han kunde känna sig jämbördig med henne, kanske till och med värdig henne.

Sabine hade aldrig sagt något om att han tjänade mindre än henne. Hon hade aldrig tittat ner på honom. Men han kunde känna det ändå – den osynliga klyftan mellan dem. Han hatade den, och han hatade sig själv för att bry sig.

Han gick ner till polisbilen. Hans log in adressen till Hans hus i bilens navigator. Det skulle börja med ett vänligt samtal. En ursäkt för att han dök upp oanmält, kanske något om att han ville kolla att allt var i sin ordning. Han skulle le, småprata. Och när ögonblicket kom skulle han göra det snabbt. Ett skott, två skott, det spelade ingen roll. Hans skulle vara död innan han ens förstod vad som hände.

Och sedan skulle han ta hand om resten.

När Erik svängde in på vägen som ledde till Hans hus kände han ett mörkt lugn sprida inom sig. Planen var perfekt. Han skulle bli hjälten.

Rörelsen skulle aldrig misstänka honom. Sabine skulle aldrig behöva veta. Han kunde börja om. Han kunde bli fri.

Men djupt inom sig visste han att han aldrig skulle bli fri. Inte från sina val. Inte från sig själv.

Kapitel 41 – Kedjor som brister

Hans tittade på klockan som visade fem i ett. Sekunden av tystnad var som ett vakuum, där han hörde sin egen andning, tung och kontrollerad. Han stannade vid Günthers bil, parkerad på Eibenweg utanför Berkersheimer-skolan. Günther stod lutad mot bilen, cigaretten i handen glödde mot den bleka himlen.

– Får jag parkera bilen på din gård? frågade Günther, rösten en blandning av nonchalans och undergivenhet. – Kan vara bra att visa andra att du inte är ensam, även om du redan har flera bilar på gården.

Hans studerade honom ett ögonblick, som om han vägde mannens förslag på en imaginär våg. Günther var lojal, ja, men också enkelspårig – en följare. Det fanns tröst i det, men också irritation. Hans behövde inga svaga länkar.

– Det blir bra, sa Hans till slut. – Ställ bilen bredvid skjulet och vänta på mig. Se till att det finns plats så att jag kan köra in med den här bilen fram till ytterdörren. Be Dieter komma dit också. Jag ska gå och köpa lite snabbmat. Vill du ha något att äta också? Något till Dieter?

Günther släppte cigaretten och stampade ut den med ett kort ryck i rörelsen.

– Vad för snabbmat? frågade han.

– Burgare eller kebab.

– Kebab går bra, köp samma till Dieter. Gärna med bröd och pommes till. Samt någon läsk utan socker.

Hans nickade kort.

– Ok, fixar det. Vi ses om en stund. Vänta vid skjulet så kommer jag snart.

Günther körde i väg mot Hans hus, hans bil en dov viskning i gruset. Hans följde den med blicken tills den försvann. För ett ögonblick stod han kvar, ögonen smala som knivblad. Ingen följde efter. Ingen vågade. Hans makt, hans skicklighet att undvika övervakning, hade gjort honom nästan osynlig.

Han satte sig i sin bil och körde mot centrum, tankarna var en labyrint av planer och kontroll. När han parkerade utanför Mr. Kebap och klev ur bilen, välkomnades han av den varma doften av grillat kött och kryddor. Det var en påminnelse om något han föraktade – eller kanske avundades. Utlänningarna här, med sitt hårda arbete och sin lojalitet till familjen, var en paradox. Han hatade deras närvaro men kunde inte förneka deras effektivitet. De visade en styrka han ibland tyckte saknades hos hans egna landsmän.

Inne i restaurangen log den turkiska personalen mot honom. Leendet var äkta, artigt, men också på ett sätt som fick honom att känna sig viktig, nästan uppskattad. Hans drog på munnen, ett hastigt leende som inte nådde ögonen.

Han beställde: två kebaber med bröd och pommes till Günther och Dieter, kompletterade med Cola Zero. En kebab till sig själv. En hamburgartallrik och en extra kebab till Carin. Och som en beräkning, nästan som ett spel för att vinna över dem, tre kebaber till Amanda och de andra kvinnorna i källaren. Varje detalj planerad, varje gest en pusselbit i hans större bild.

När han väntade på beställningen reflekterade han över gymmet i källaren – en plats som i sinnet var en symbol för kontroll och överflöd. Carin hade nämnt att hon ville ha ett löpband. Han skulle ge henne mer än så. Inte för att hon bad om det, utan för att han ville att hon skulle förstå – allt hon behövde fanns hos honom.

Med den varma maten, omsorgsfullt inslagen i tidningspapper och folie, styrde Hans bilen hemåt. Det knastrande ljudet från förpackningarna i passagerarsätet gav en märklig form av tillfredsställelse – en symbol för hans noggrant kontrollerade värld.

När han anlände till huset stod Günther och Dieter redan vid skjulet, precis som han hade instruerat. Synen av deras vaksamma hållning fyllde honom med en kall stolthet. De var hans soldater, hans väktare. Han sträckte sig efter matkassarna, tyngden i händerna en påminnelse om både deras förväntningar och hans kontroll.

– Följ med mig, sa Hans kort, och de gick in tillsammans, tystnaden mellan dem var tung av outtalade regler.

Väl inne i huset förde han dem till ett rum på övervåningen med utsikt över gården. Ljuset från fönstren svepte över väggarna som om det försökte tränga igenom den tystnad som präglade platsen.

– Jag tänker bara säga det här en gång, sa Hans med en ton som inte tillät några invändningar. – Ni håller er till den här våningen. Ni får var sin walkie-talkie, och ni kommer bara ner om ni har fått mitt godkännande via den. Eller om jag ber er att göra det.

Günther och Dieter nickade. Hans noterade deras inställning med en inre tillfredsställelse. De visste sin plats.

– Här är er mat, fortsatte Hans och ställde kassarna på bordet. – Om ni behöver något mer, kontaktar ni mig. Jag fyller kylen och skafferiet här uppe, men om ni har specifika krav skriver ni en lista. Är det klart?

De nickade återigen, denna gång med en försiktig iver. Hans njöt av deras tystnad och disciplin.

– Och om ni ser att någon närmar sig huset, varnar ni mig omedelbart. Ingen agerar på eget bevåg. Är det förstått?

– Ja, Herr Mueller, svarade Günther snabbt, nästan militäriskt.

Hans tog ett steg tillbaka och betraktade dem en sista gång innan han vände sig om för att lämna rummet. Han kände sig som en general som just hade placerat sina trupper i fält – varje detalj på plats.

Han gick ner till källaren med maten i handen, och öppnade dörren till Carins rum. Hon såg upp på honom, ögonen fyllda av en glädje som fick honom att dra en snabb slutsats: hon började förstå. Förstå vem han var. Förstå att han var allt hon behövde.

– Här, sa han och räckte över maten. – Jag har bestämt mig för att inte låsa in dig helt. Du är inte en fånge längre, men du håller dig här ner i källaren så länge.

Carin tog emot maten och lät sina fingrar vila ett ögonblick på de varma förpackningarna. Hans såg hur leende spred sig långsamt över ansiktet, som om hon mätte varje känsla innan hon tillät den att visa sig.

– Tack, sa hon och kysste honom hastigt på kinden. – Kom snart tillbaka.

Hans nickade och lämnade rummet utan att stänga dörren. Det var en markering, en symbol för hans kontroll – hon behövde inte låsas in längre, för hon hade ingen annanstans att gå.

Med masken på gick han till de andra två flickorna, delade ut maten och gav dem ett annat löfte. Snart skulle de bli fria. Han låste varje dörr efter sig, en sista säkerhetsåtgärd. Amanda var sist, och han överlämnade maten till henne med en kort instruktion:

– Ät upp, sen flyttar jag dig till Carin.

Hon såg på honom, först förvånat, sedan med något som liknade hopp. Men innan hon hann säga något mer hade han redan lämnat rummet.

Hans klev in till Carin igen med brickan i händerna, ett triumfens ögonblick för honom. Mat var makt, och han älskade att vara den som tillfredsställde de mest grundläggande behoven.

– Jag visste inte vad du föredrar, så jag tog både hamburgare och kebab, sa han och satte sig ner. Hans ögon vilade på hennes ansikte, hungriga på ett annat sätt än vad maten kunde stilla. – Alla gillar väl kebab?

Carin log ett behärskat leende, det där som fick honom att känna sig speciell. Han njöt av varje sekund.

– Tack, Hans. Du är verkligen omtänksam, sa hon medan hon åt.

Hans satte sig till rätta, lät ögonen dröja kvar vid hennes händer, vid sättet hon förde maten till munnen. Hon åt, hon behövde honom. Det var allt han behövde veta.

– Jag har funderat, sa han långsamt och la ena armen över stolsryggen. – Jag tänker hämta Amanda. Vi behöver henne här. Det blir bättre så.

Hans såg hur Carins hand stannade mitt i en rörelse. Hon var bra på att dölja det, men han märkte skiftningen. En sekunds tvekan. Han njöt.

– Det låter klokt, Hans, svarade hon efter en stund och lade ifrån sig hamburgaren med en noggrant kontrollerad rörelse. – Men kanske borde jag stanna här och förbereda rummet? Amanda kommer säkert vilja känna sig hemma direkt. Jag kan fixa det medan du hämtar henne.

Hans lutade sig framåt, studerade hennes ansikte noggrant. Var det ett spel? Ett trick? Han älskade spelet, den tysta kampen där han alltid hade överhanden. Hon trodde kanske att hon kunde manipulera honom, men han såg allt. Han var den som kontrollerade.

– Det är en bra idé, medgav han till slut, med en lätt nick. – Och jag tänkte … du ska få tillgång till gymmet i källaren. Det finns löpband, styrketräningsmaskiner … allt du kan tänka dig. Det är dags att du börjar utnyttja det.

Carins ögon lyste upp, och Hans log inombords. Det var hans gåva, hans värld som hon nu delade. Hon kanske trodde att hon hade ett val, men han hade redan bestämt sig för att hon var hans.

När han reste sig och lämnade rummet, föreställde han sig Amanda i samma situation. Två kvinnor, båda beroende av honom. Ingen annanstans att gå. En värld han hade skapat där han var kungen, deras kung.

Bakom honom hörde han Carin röra sig. Han stannade upp vid dörren, vände sig inte om men log för sig själv. Hon trodde att hon kunde lura honom, men det var han som lurade henne. Ingen av dem skulle någonsin lämna honom. Och även om de försökte, hade han redan planerat för det.

Strax efter klockan två sprakade walkie-talkien till. Günthers röst hördes tydligt, fylld av vaksamhet:

– En polisbil har precis parkerat. En uniformerad kliver ut. Kom!

Hans svarade omedelbart, rösten jämn men skärpt:

– Stanna på plats. Observera och rapportera. Klart slut.

Amanda satt bredvid Carin, händerna vilade rastlöst i knäet. Hans kastade en snabb blick på dem innan han vände sig mot Carin.

– Håll koll på henne, sa han kort. Sedan skyndade han uppför trapporna.

Vem kunde det vara? Hade någon spårat honom? En polisbils närvaro var som en flodvåg som sköljde bort hans minutiöst lagda planer. Hans pressade undan oron och fokuserade på nästa steg. Inget fick avslöjas.

När han kom upp till entrén stod Günther och Dieter redo. De höll sina vapen nära, deras ansikten neutrala men vaksamma. Hans mötte deras blickar, och med en gest signalerade han att vänta. Dörrklockan ljöd. Hans öppnade med ett lugn han inte kände.

Erik stod där i uniform, svetten låg som en tunn hinna på hans panna.

– Vad gör du här? frågade Hans, rösten låg men bärande av en skärpa som skar genom luften.

Erik sneglade på Günther och Dieter innan han svarade:

– Kan vi prata ostört?

Hans lutade sig lätt bakåt och studerade Erik.

– Du kan säga vad som helst framför dem. Jag litar på dem.

Erik klev in, sänkte rösten till en viskning.

– Vi är körda. Vet de här något om Amanda och Carin?

Hans blinkade långsamt, vände sig om och mötte Günther och Dieter med en kort nick.

– Vänta här. Jag tar hand om det här.

Han ledde Erik in i köket och stängde dörren bakom dem. Väl inne vände han sig snabbt om, ögonen mörka.

– Vad i helvete tänkte du med att dra upp det där? sa han lågt men med en röst som skar som glas. Det var inte bara ilska, det var något mer. En underlig blandning av irritation och en sjuk fascination för situationens intensitet. Hans njöt nästan av spänningen, men hans röst var vass när han väste:

– Så dina hantlangare känner inte till ditt skeva beteende, eller? Sa Erik lågt och lutade sig framåt.

– Varför dyker du upp här, överhuvudtaget? fräste Hans, och försökte avleda samtalet.

Eriks flin var kort, nästan plågsamt.

– Hela förbannade kåren, underrättelsetjänsten och alla andra efterspanar Amanda och Carin. Vad fan tänkte du med att hålla dem gömda i stället för att bara ta kål på dem?

Hans knyckte till med huvudet, ett nervöst drag som han inte kunde kontrollera. Erik såg det och hans flin växte, men Hans tvingade tillbaka kontrollen.

– Hade du hållit dig undan skulle ingen ha haft en aning, väste Hans och lutade sig fram. Hans röst blev en viskning, misstänksam och full av undertryckt paranoia. – Har du en bugg på dig?

Erik höjde ett ögonbryn, lutade sig tillbaka med en nonchalans som retade Hans till bristningsgränsen.

– Tror du jag är så dum? Skulle jag avslöja mig själv? Det var ju du som var så klantig att du lät dig bli skuggad. Vem skuggade dig?

Hans kände pulsen banka i tinningarna, men han höll rösten stadig.

– Hmm. Rätt där. Vi kollar med Dieter vad fan som hände och vilka de var. DIETER! GÜNTHER! HIT!

Dieter och Günther dök upp snabbt. Hans vände sig om och nickade mot Dieter, med ögonen glimmade av en sjuk tillfredsställelse över att ha kontroll igen.

– Tack för att du fixade problemet med de där kropparna. Vad hände egentligen?

Dieter kastade en blick på Erik, misstänksam, men Hans höjde handen och avbröt.

– Lugn. Det var han som sköt dem. Han är med oss. Förklara nu.

Dieter slappnade av något men bara marginellt.

– Vad behöver ni veta?

– Vad gjordes med kropparna? frågade Erik.

Dieter svarade utan att blinka.

– Min kusin, han jobbar på krematoriet. De två delade kista med några andra och hamnade i samma runa och grav. Inga spår efter dem, någonsin.

Hans mungipor drogs uppåt, men det var inget leende, snarare en rysning av njutning som korsade hans ansikte.

– Smart move. Och bilen? frågade Erik, som inte kunde dölja sin fascination för Dieters metodiska effektivitet.

Hans sa inget, men hans blick landade på Erik med en blandning av förakt och beundran. Det här var hans lag. Kallt, effektivt och utan känslor – precis som han ville ha det. Han betraktade Dieter, som svarade med en självsäkerhet som irriterade men samtidigt imponerade.

– Redan krossad till en liten kub. Ingen kan spåra den nu.

Ett kort flin spred sig över Hans ansikte, även om blicken avslöjade något annat. Beundran. Irritation. En gnista av osäkerhet, kanske.

– Hur tänkte du så snabbt? frågade Hans och försökte dölja det där lilla stinget av att inte själv ha haft kontroll över varje detalj.

Dieter ryckte på axlarna med en nästan nonchalant hållning.

– Låt oss säga att det inte är första gången jag löst sådana problem. Hade lite flyt med kremeringarna. Och bilskroten? De gillar fina bilar. Snabb demoleringsprocess.

Hans nickade långsamt, men tankarna rusade. Fanns det en liten chans att Dieter missat något? Nej, han visste att Dieter var metodisk, men en man i hans position hade inte råd med förtroende, inte ens för sina mest lojala män.

– Var är mobilerna och störsändaren? frågade Hans, rösten var stramare nu.

– De var låsta, så jag kunde inte stänga av dem. Så jag krossade dem, med bilen.

Hans slog näven i bordet med en kraft som fick både Dieter och Erik att stanna upp ett ögonblick.

– Jävlar. Du skulle lämnat dem till mig. Hittade du något identifierande? frågade han skarpt och lutade sig fram, som om han kunde fånga varje detalj genom att vara närmare.

Dieter skakade på huvudet, lugnt men med en viss irritation över Hans utbrott.

– Inga id-handlingar. Men bilen hyrdes av Discreet Detective Agency.

Hans stelnade till. Namnet fick honom att rysa.

– Fan, den byrån känner jag igen, mumlade han, mer till sig själv än till de andra. Han kände en våg av oro, tätt följd av ilska över att bli jagad som ett djur.

Erik lutade sig närmare, och Hans kunde känna hur hans närvaro tryckte luften ur rummet.

– En av ägarna, Karolin Andersson, gammal polis. Skicklig, sa Erik, med en ton som var både informativ och irriterande självsäker. – Men varför skulle de följa dig?

Hans rynkade pannan, försökte hitta en logisk tråd.

– Kanske var det inte mig de var ute efter, funderade han högt, men tankarna slöt sig snabbt kring den mest troliga slutsatsen: Amanda och Carin. En känsla av sjuk fascination blandades med ilskan över att någon vågat utmana honom.

Erik bröt tystnaden, hans röst var låg men med ett spår av triumf.

– Hur som, nu till vår andra lilla affär, sa han, blinkande på ett sätt som fick Hans att knyta nävarna under bordet.

Hans vände sig mot Dieter och Günther, hans röst nästan var len men full av underliggande hot.

– Gentlemän, om ni skulle kunna vänta utanför ett tag? Tack Dieter, bra jobbat.

Dieter och Günther nickade och gick, även om Dieter kastade en sista misstänksam blick mot Erik. Dörren stängdes bakom dem, och tystnaden som följde var tyngre än luften i rummet.

Erik lutade sig framåt, hans ögon var smala och vassa.

– Tänk om Discreet Detective Agency vet om att du har tjejerna? Kanske någon förtvivlad förälder som anlitat dem? sa Erik, hans röst var lika kall som stålet i pistolen i hölstret.

Hans kände blodet pulsera i tinningarna, men han höll rösten stadig, även om händerna darrade lätt.

– Tror du jag är så slarvig? sa han, och rynkade pannan.

Erik flinade, ett kort, hånfullt drag som brände sig fast i Hans synfält.

– Varför inte? Du har ju redan blottat dig för mig.

Hans spände käkarna så hårt att det nästan knakade.

– Sluta! Varför är du här överhuvudtaget? frågade han, skarpt nu.

Erik lutade sig tillbaka i stolen, som om han hade all tid i världen.

– Amanda och Carin. Hela staden letar efter dem, sa han med en hotfull blick som fick Hans att stelna.

Hans lutade sig tillbaka och tvingade fram ett kallt leende, trots att ilskan brände under ytan.

– Borde du inte vara någon annanstans då? sa han, försökte återta kontrollen.

Erik pekade mot källardörren med en gest som var både avslappnad och hotfull.

– Du glömmer din plats. Jag leder den här operationen, inte du. Hur många kvinnor har du där nere?

Hans skruvade på sig, en obekväm rörelse som han inte kunde dölja.

– Varför spelar det någon roll?

Erik lutade sig framåt, hans röst var sänkt till en viskning.

– Kanske jag ska röja ditt lilla hemlighetsfulla projekt för dina gorillor där ute? sa han med ett leende som var allt annat än vänligt.

Hans kände ett kallt sting i magen, en svaghet han hatade.

– Vad vill du? frågade han, med en röst som avslöjade mer än han ville.

Erik svarade utan att tveka.

– Se dem.

Hans stelnade, skakade nästan på huvudet innan han tvingade sig själv att svara.

– Det kan jag inte låta dig göra, sa han bryskt, men det var tvekan i rösten.

Erik lutade sig ännu närmare, hans ögon blixtrade av något farligt.

– Och varför inte?

Hans sög in ett djupt andetag, försökte samla sig.

– Källardörren ... den har speciella lås. Biometriska. Bara jag kan öppna den, sa han till slut, med en röst som nästan sprack under trycket.

Erik lutade sig närmare, rösten drypande av hot.

– Ska jag avslöja dig här och nu?

Hans försökte hålla tillbaka rädslan som växte inom honom. Synfältet blev suddigt, och han kände hur ansiktsmusklerna drog ihop sig, som om varje ord från Erik högg honom inombords. Fingrarna kramade bordskanten tills knogarna vitnade. Han drog ett djupt andetag, men luften kändes för tung för att fylla lungorna.

– Låt oss bara avsluta detta, sa han, rösten knappt hörbar.

Erik reste sig plötsligt, stolen skrapade mot golvet och ljudet skar genom rummet som ett knivhugg.

– Visste ni att Hans har kidnappade tjejer i sin källare?! ropade Erik.

Dörren till rummet flög upp, och Günther och Dieter stormade in. Deras ansikten, tidigare neutrala, förvandlades. Ögonen smalnade och munnen pressades samman i en linje som vittnade om tilltagande vrede. Varje steg de tog bar på en tyst anklagelse, en ilska som de försökte tygla men som hotade att explodera.

Hans reste sig hastigt, armarna lyfta i en försvarsposition.

– Han ljuger! Kasta ut honom! skrek han, rösten brast och darrade.

Erik lutade sig nonchalant mot bordet, ett hånfullt leende lekte över hans läppar.

Fråga honom varför han köpte så mycket mat. Varför tror ni att ni är begränsade till att vara på ovanvåningen?

Günther sköt fram hakan mot Hans, blicken borrade sig in i honom.

– Var det för tjejerna? frågade han, rösten låg och hotfull.

Hans skakade häftigt på huvudet, svetten rann längs hans panna.

– Ni borde inte lyssna på honom, han bluffar! sa han desperat, rösten sprucken av panik.

Dieter tog ett steg närmare, hans blick avslöjade inget annat än beslutsamhet.

– Öppna källardörren, Hans.

Hans tog ett halvt steg tillbaka, som om han ville smälta in i bakgrunden. Huvudet skakade nästan ryckigt.

– Aldrig.

Erik lutade sig framåt igen, hans röst fylld av hån.

– Han säger att han har biometriskt lösenordslås och att vi inte kan skada honom, sa han, som om han ville spä på deras ilska.

Dieter rynkade pannan och hans ögon smalnade ytterligare.

– Jaså, är det händer och ögonen med lösenord? frågade han, misstänksamheten droppande från varje ord.

Hans tvekade innan han svarade, varje ord kändes som en ny förlust.

– Hand, ögon, röst och lösenord, sa han till slut, med rösten tvingad till lugn.

Dieter rörde sig plötsligt, snabbt som en reptil. Kniven gled ur dess slida och han fångade Hans vänstra hand med en rörelse som var för snabb för att undvika. Hans hann knappt inse vad som hände innan smärtan exploderade i handen, kniven borrad genom handflatan och fastnaglad vid bordet.

Hans skrek, ljudet ekade i rummet och överröstade till och med hans egna tankar.

– Ska jag fortsätta, eller kommer du att öppna? frågade Dieter, med rösten så kall att den fick luften att kännas som is.

Hans skrek igen, ett gutturalt ljud fyllt av smärta och desperation.

Erik lutade sig framåt, talade långsamt men med ord som kröp in under huden och lämnade en obehaglig tyngd i luften.

– Ska jag avslöja dig här och nu?

Hans försökte hålla kvar någon form av kontroll, men blicken flackade. Ögonlocken kändes tunga, och en kvävande känsla lade sig över honom. Han grep bordskanten, naglarna skrapade mot träet, som om det skulle ge honom något slags fotfäste i en situation som redan glidit honom ur händerna.

– Låt oss bara avsluta detta, mumlade han till slut, ord som knappt kändes som hans egna.

Erik reste sig så häftigt att stolen slog mot golvet. Ljudet studsade mellan väggarna.

– Visste ni att Hans har kidnappade tjejer i sin källare?! ropade han med en röst som skar som glas.

Dörren öppnades omedelbart, och Günther och Dieter stegade in. Deras blickar fäste sig på Hans, ögon som grävde djupare än ytan, letade efter sanningar i varje nervös rörelse. Deras tysta närvaro var som en skenande storm, på gränsen att brisera.

Hans backade ett halvt steg, händerna lyftes reflexmässigt, som om han försökte försvara sig mot det osynliga.

– Han ljuger! Kasta ut honom! skrek han, rösten hög men bräcklig, nästan tiggaraktig.

Erik lutade sig mot bordet, överlägsen, och log kallt.

– Kan det vara så att han inte låter er röra er fritt i huset? Vad tror ni det beror på? Fråga honom vad han har i källaren, då. Varför gömma det? sa Erik med ett hånflin som nästan klöv luften.

Günther rörde sig långsamt närmare, hans rörelser var väl avvägda som en rovdjurs. Blicken borrade sig obeveklig in i Hans.

– Var är det för tjejer? frågade han med låg röst, varje ord uttalat långsamt och precist.

Hans kände hur orden fastnade i halsen. Han svalde hårt och försökte hålla kvar någon form av lugn, men det rann ur honom som sand genom fingrarna.

– Ni borde inte lyssna på honom, han bluffar! sa han, men desperationen sipprade fram mellan orden.

Dieter tog ett steg framåt, ställde sig bredvid Günther. Ansiktet visade inget annat än koncentration.

– Öppna källardörren, Hans, sa han utan att höja rösten.

Hans skakade på huvudet, en snabb, reflexmässig rörelse. Han ville skrika, men rösten svek honom.

– Aldrig.

Erik, som fortfarande lutade sig mot bordet, höjde handen som för att fånga allas uppmärksamhet.

– Han säger att han har biometriskt lösenordslås och att vi inte kan skada honom, sa han med ett tonfall som bar ett mörkt, hånfullt eko.

Dieter granskade Hans, och ett nästan omärkbart ryck gick genom ansiktet.

– Jaså, är det händer och ögonen med lösenord? frågade han, och blicken lämnade Hans för ett ögonblick för att möta Günthers.

Hans stod stel, som om tiden själv hade frusit. Orden satt fast, men han tvingade fram dem till slut.

– Hand, ögon, röst och lösenord, sa han lågt och nästan tonlöst.

Dieter rörde sig snabbt och innan Hans hann förstå vad som hände var hans vänstra hand fastkilad vid bordet, kniven hade genomborrat huden och krossat ben. Smärtan exploderade, en våg av hetta och kyla på samma gång. Hans skrek, ljudet fyllde rummet och fick väggarna att vibrera.

– Ska jag fortsätta, eller kommer du att öppna? frågade Dieter, med samma lugna, metodiska ton som om han frågat om vädret.

Hans kunde inte svara direkt, smärtan var för överväldigande, men tårarna som rann nerför ansiktet talade för sig själva.

Dieter pressade kniven hårdare mot Hans hand. Smärtan exploderade som eld genom armen och skreket som bröt fram var rått och primitivt.

– Ska jag fortsätta, eller kommer du att öppna? väste Dieter med en ton som skar genom luften.

Hans, med blicken fylld av desperation och kroppen skakande av smärtan, visste att det inte fanns något val längre. Han andades tungt, försökte samla sig mellan stötarna av lidande.

– Ok, ok, jag öppnar, stönade han till slut, nästan kvävande.

Hans reste sig långsamt, varje rörelse var kantad av smärta. Erik och Dieter stod tätt bakom honom, och Günther gick några steg längre bak med vapnet stadigt i händerna. Hans ledde dem in i en labyrint av korridorer. Biometriska lås blockerade varje dörr, och för varje gång Hans öppnade en hördes ett mekaniskt klick, som om tekniken också kände av hans kapitulation.

Varje gång han sträckte fram handen för att skanna fingret, brände såret i handflatan som glödande kol, men han tvingade sig att fortsätta. Varje klickande ljud från låset blev som en påminnelse om hur lite kontroll han hade kvar. Erik höll sig tätt bakom, och Hans kunde känna närvaron som ett tryck mot ryggen – tyst, vaksam, redo att agera vid minsta tvekan. Tankarna snurrade i Hans huvud, sökte desperat efter en väg ut. Kanske fanns det ett ögonblick att utnyttja, en chans att vända allt. Eller så var detta ögonblicket, där han förlorade allt han byggt.

När han vred sig för att öppna nästa dörr såg han Günther röra sig systematiskt bakom dem. Med varje dörr Hans öppnade, ställde Günther något i vägen för att hålla den vidöppen – en stol, ett par tunga verktyg som han släpat med sig, till och med en träplanka från en närliggande hylla. Hans kunde inte undgå att lägga märke till det och hans mage knöt sig av oro.

Om alla dörrar förblev öppna, skulle de inte längre vara beroende av honom för att ta sig ut. Hela säkerhetssystemet, hans kontroll, reducerades till ett skämt. Det var som om Günther steg för steg desarmerade den sista makten han hade kvar. Hans ville säga något, men orden fastnade i halsen. Vad kunde han säga? Att det var onödigt? Det skulle bara väcka fler misstankar. Han pressade läpparna samman och fortsatte, men en kall svett rann nerför nacken.

För varje dörr som hölls öppen kändes det som om en ny spik drevs in i hans kista.

När de nådde slutet av korridoren stannade Hans framför den sista dörren. Den var massiv, beklädd i mörkt stål och utstrålade en känsla av slutgiltighet. Hans vände sig långsamt mot de andra. Hans ögon var skuggade av rädsla, men också av något annat – en nästan vild viljekraft att överleva detta, kosta vad det kosta ville.

– Bakom denna dörr finns källaren, sa han med en ton som var nästan viskande.

Han förde långsamt handen mot läsaren. Ett ljud av metall mot metall fyllde luften när dörren långsamt gled upp. Dunklet innanför tycktes svälja det lilla ljus som sipprade in.

Innan Hans och Erik hann ta ett enda steg in i utrymmet, small det till. En brutal kraft träffade Hans från sidan. Hans sista klara tanke innan han föll var en splittrad bild av Erik bredvid sig – hur hans kropp föll, ansiktet förvånat, som om han inte riktigt förstod vad som hände.

Allt blev suddigt. Hans kände den kalla golvytan under sig och såg, i sitt perifera synfält, två silhuetter i halvmörkret. Carin och Amanda, beväpnade med tunga hantlar. Hans försökte röra sig, men världen omkring gled in i mörker.

Ljudet av steg fyllde korridoren, men innan Hans kunde förstå vad som hände hade han slocknat helt, kvar i en virvlande dimma av smärta och nederlag.

Kapitel 42 – Befrielsen

När Hans lämnade rummet och dörren stod öppen bakom honom, kastade Amanda sig fram mot Carin och kramade henne hårt. Hennes kropp skakade, och Carin kände värmen av tårar mot sin axel.

– Jag trodde aldrig jag skulle få se dig igen, sa Amanda med en röst fylld av både lättnad och rädsla. – Han sa ingenting om vad som skulle hända. Jag ... jag var så säker på att jag skulle dö där inne.

Carin la försiktigt handen på Amandas rygg och höll henne nära.

– Jag vet, Amanda. Jag trodde detsamma. Men vi är här nu, tillsammans. Vi tar oss ur det här.

Amanda drog sig tillbaka och såg upp på Carin, ögonen var glansiga av tårar men också fyllda av en antydan till hopp.

– Tror du verkligen att vi kan? Han har så mycket makt. Och de där vakterna ... de är beväpnade.

Carin torkade bort en tår från Amandas kind och mötte hennes blick.

– Vi måste. Det finns inget annat val. Vi är inte hans fångar längre. Inte mentalt. Vi måste slå tillbaka, men vi behöver en plan.

Amanda nickade långsamt och drog ett darrande andetag.

– Vad gör vi? Hur kan vi ens börja?

Carin reste sig och såg sig omkring i rummet. Hennes blick föll på dörren till korridoren, fortfarande öppen. För ett ögonblick övervägde hon att springa, men hon visste att det var omöjligt. Hans hade talat om dörrarna med biometriska lås. Ingen skulle ta sig ut utan honom.

– Vi behöver honom, sa Carin, nästan till sig själv.

– Vad menar du? frågade Amanda och reste sig upp, med en skälvande röst.

Carin vände sig mot henne, rösten fast.

– Vi behöver hans hjälp för att öppna dörrarna. Alla de där biometriska låsen, bara han kan låsa upp dem.

Amanda tvekade, men hennes händer knöt sig hårt.

– Men hur? Han kommer aldrig att hjälpa oss frivilligt.

Carin gick fram till dörren och lutade sig mot dörrkarmen, försökte samla tankarna.

– Vi måste lura honom. Få honom att tro att vi är samarbetsvilliga. Och när han är tillräckligt nära …

Amanda följde Carins blick och såg in i korridoren. När Carin vände sig mot henne igen, låg det en iskall styrka i ögonen.

– Vi tar kontrollen. Vi slår till, men inte för hårt. Vi kan inte döda honom. Vi behöver honom vid medvetande nog att öppna alla dörrar.

Amanda drog ett djupt andetag och nickade långsamt.

– Okej. Men vad använder vi? Vi har inget här inne.

Carin sneglade ut i korridoren och kom på att Hans hade sagt något om gymmet. En gnista av hopp tändes inom henne.

– Gymmet. Det måste finnas något där. Något vi kan använda som vapen.

De smög sig ut i korridoren, hjärtan bultande av adrenalin. Gymmet var mörkt och dammigt, men när Carin fick syn på stället med hantlar visste hon att de hade hittat vad de behövde.

Amanda lyfte upp en av hantlarna och kände tyngden i handen.

– Det här kan funka.

Carin tog en annan och höll den i sitt grepp, som om hon redan föreställde sig hur det skulle kännas att använda den.

– Det måste funka.

De återvände till ståldörren. Dörren till frihet. Tiden tickade långsamt, och varje sekund kändes som en evighet. Carin såg på Amanda och sträckte ut handen.

– Vi klarar det här.

Amanda tog hennes hand och pressade den hårt.

– Vi måste.

Ett metalliskt klick ekade genom korridoren, följt av ett dämpat surrande ljud. Amanda ryckte till och grep hårdare om hanteln som hon dolt bakom ryggen. Carin höjde handen i en nästan omärklig gest för att signalera att hålla sig lugn.

Ett kallt drag svepte in i rummet när ljudet av metall som skrapade mot metall fyllde luften. Amanda slöt ögonen ett ögonblick, andades djupt och såg sedan på Carin. Blicken var fylld av oro, men också en kraft som inte fanns där förut. Carin mötte den, stadigt. Ingen av dem sa ett ord, men i det tysta utbytet förseglades deras plan.

Dörren gled upp med ett gnissel som skar genom den tunga tystnaden. Carin spände sig reflexmässigt, men det som mötte henne fick henne att stelna till – inte bara Hans, utan även Erik, stod där. De hade räknat med en enda fiende, bara Hans. Nu kändes planen plötsligt mycket skörare.

Hans klev in först, ögonen svepte över dem med en blandning av misstänksamhet och den självsäkra överlägsenhet som alltid fick hennes blod att koka. Erik följde tätt bakom, blicken vaksam och rörelserna metodiska. Carin mötte Hans blick, en kraftmätning som hon inte tänkte förlora. Men hennes inre stormade. Två mot två. Skulle det fungera?

Hans och Erik steg in i rummet, skuggorna från dörrens öppning svepte över deras ansikten. Ingen av dem hann reagera på vad som väntade. Carin höjde hanteln i en enda, flytande rörelse. Slaget träffade Hans vid tinningen med en kraft som fick hans huvud att ryckas åt sidan. Ljudet av metall mot ben ekade i rummet. Hans föll omedelbart, kroppen vek sig som om hans hela existens hade släckts på en sekund.

Erik, ett halvt steg bakom, hann knappt vrida huvudet mot Carin innan Amanda slog honom med samma brutala precision. Hans kropp kollapsade framåt, huvudet slog mot golvet med en dov smäll. Det hade gått så snabbt, så metodiskt, att ingen av männen hade haft en chans att förstå vad som skedde.

De stod kvar, andfådda men vaksamma, med hjärtan som slog i halsgropen. Blickarna sökte rummet efter hot. Ingen kom. Dörren stod öppen, korridoren tyst.

De hade lyckats. För stunden.

Amanda drog in ett skakigt andetag.

När dörren plötsligt öppnades igen höjde båda sina händer, hjärtana slog i halsgropen. Två skuggor steg in, men de höll inte vapnen riktade mot dem. Två jättelika män.

– Var inte rädda, sa Günther med en ton som nästan lät tröstande. – Vi är här för att rädda er. Bra att ni slog Hans, men han polisen verkar schysst.

Amanda tog ett steg fram och pekade mot Erik.

– Nej, han är lika ond. Snälla, bind dem. Ta in dem till rummet där de höll Carin fången. Det är det närmaste rummet. Kedja fast dem där.

Günther såg tveksam ut, men Carin tog över.

– Hjälp oss att få ut de andra tjejerna. Vi kan inte göra det själva.

Dieter skakade på huvudet, ansiktet uttryckslöst.

– Nej, vi vill inte blanda oss i det här mer än nödvändigt.

Amanda kände en ilning av frustration, men Carin la en hand på hennes arm och tog över.

– Då gör vi det själva. Men hjälp oss att kedja fast dem, åtminstone. Ni kan lämna oss sedan.

Günther tvekade, men drog fram en mobiltelefon från sin ficka och räckte den till Carin.

– Här, en telefon med kontantkort. Ni kan kontakta polisen själva. Ingen vet att vi varit här, och vi vill hålla det så.

Carin tog emot telefonen och nickade.

– Okej. Bara hjälp oss att få dem säkrade.

Dieter och Günther delade en snabb blick innan de tog tag i Hans och Erik. Deras grepp var hårt och utan medkänsla när de släpade de avsvimmade kropparna till väggen. Med vana rörelser kedjade de fast männen rygg mot rygg.

– Det borde hålla, sa Günther och tog ett steg tillbaka, torkade händerna på byxorna som om han ville bli av med något smutsigt.

– Tack, sa Carin. – Ni kan gå nu. Vi klarar resten.

Utan ett ord mer gick Günther och Dieter uppför trappan. Deras steg försvann snabbt, som om de inte kunde lämna platsen fort nog.

Carin och Amanda följde efter, och väl där uppe slog Carin numret till Hans-Georg Maaßen.

Hans-Georg svarade direkt, rösten skarp.

– Ja, det är Hans-Georg Maaßen.

– Det är jag, Carin, sa hon och försökte hålla rösten stadig.

– Är du okej? Var är du?

Carin drog ett djupt andetag och började förklara. Hennes ord kom snabbt, nästan som en flodvåg. Hon berättade om Hans, om Erik, om rummen i källaren. När hon nämnde att de inte visste exakt var de befann sig bad Hans-Georg henne att gå ut och titta efter ledtrådar.

Hon steg ut på trappan och lät blicken svepa över omgivningen.

– Jag ser tågspåret, sa hon. – Det är en station här. Vänta ... Berkersheim. Vi är längst ut på Berkersheimer Bahnstraße.

Hans-Georg tog in informationen snabbt.

– Polisen och insatsstyrkan är på väg. Helikoptrar också. Håll er i säkerhet.

När sirener började höras på avstånd släppte Carin äntligen ut ett andetag hon inte visste att hon hållit. Minuten senare landade en helikopter på gatan utanför. Sjukvårdare rusade fram mot henne och Amanda, men de försäkrade att de mådde bra.

Carin såg upp mot himlen när hon och Amanda steg in i helikoptern. De flög bort från platsen, men hon visste att hon aldrig skulle kunna fly från minnena.

Carin satt på en bänk utanför det provisoriska gömstället där hon och Amanda hade placerats. Solens strålar föll genom trädens grenar, men de värmde inte. Telefonen i hennes hand var en påminnelse om allt hon hade förlorat. HG:s röst hade varit som alltid – lugn, saklig – när han hade förklarat vad som hänt.

– Insatsstyrkan hittade de andra kvinnorna. – Hans och Erik är gripna och förda till förhör. Men vi har bestämt oss för att låta världen tro att ni omkom i räddningsförsöket.

Orden hängde i luften, tyngda av deras betydelse.

– Är det verkligen nödvändigt? frågade Carin, hennes röst var skör. Hon kände hur Amanda som satt bredvid var spänd som en sträng.

– Ja, Carin. Rörelsen kommer att vilja tysta er. Hans kanske hade nån medhjälpare. Om det kommer ut att ni lever, riskerar vi inte bara ert liv, utan även säkerheten för alla inblandade i den här operationen.

Carin såg ner på sina händer, som om hon kunde hitta svaret i dem. Det fanns inget annat val. Hon visste det, men det gjorde det inte mindre smärtsamt.

– Hur länge? frågade hon till slut, rösten knappt en viskning.

– Tills vi är säkra. Det kan ta år, kanske längre. Men ni måste hålla er gömda, Carin. Det här är inte förhandlingsbart.

Samtalet avslutades, och hon satt kvar i tystnad. Amanda rörde sig till slut, hennes hand snuddade vid Carins arm.

– Vi överlevde, sa Amanda lågt. – Men ändå …

Carin visste vad hon menade. Att de hade överlevt var inte slutet på mardrömmen, utan början på något nytt. När hon senare läste rapporterna i tidningarna, där det stod att både hon och Amanda hade "dött i räddningsförsöket", kändes det som om hela världen hade stannat. De andra kvinnorna hade befriats. Hans och Erik hade förts bort i kedjor, deras era av terror var över. Men för Carin och Amanda var det inte frihet. Det var en annan sorts fängelse, ett där deras namn var bortglömda, deras ansikten förlorade i tiden.

Befrielsen var komplett, men hade kostat dem allt

Kapitel 43 – Misslyckandet

7 juni, Frankfurt

Mobilens plötsliga vibration slet Karolin ur den tunga, oroliga sömnen. Handen fumlade på nattduksbordet innan hon fick tag i den och kastade ett öga på skärmen. Klockan visade 03:12, och namnet "Anton" lyste i dunklet. En iskall oro svepte genom henne. Ingen ringer mitt i natten för att säga något bra.

– Vad i helvete? Vad vill du? väste hon, rösten fortfarande hes av sömn.

– Förlåt, men du måste höra det här, började Anton, rösten var bräcklig, nästan darrande. – Hans Mueller har gripits. Karolin, de kallar honom Kidnapparen, Der Frankfurter Unhold!

Karolin satte sig upp så hastigt att täcket halkade ner över kanten på sängen. Hon tryckte telefonen hårdare mot örat.

– Vad sa du? Hans Mueller? Är det vår Hans? frågade hon, som om att upprepa frågan kunde ändra svaret.

– Ja, vår Hans. Och det blir värre. Han jobbade med en polis, som tydligen heter Erik Bauer. De var … de jobbade ihop, sa Anton, orden stapplande som om han själv inte kunde tro på vad han berättade.

Karolin reste sig ur sängen, hjärtat rusade. Hans. En polis, Erik, Erik Bauer Det snurrade i huvudet.

– Du skojar med mig? skrek hon. – Hur kan detta ens hända? Jag känner till Erik, trodde han var schysst. Man tror att man känner nån …

Anton tvekade, och i den korta pausen kändes det som om rummet drog ihop sig.

– De där tjejerna som försvann, Amanda och Carin, de var Hans offer. Karolin … Hans och den där polisen dödade dem.

Hennes ben vek sig och hon sjönk tillbaka ner på sängkanten. Hela kroppen var stel, som om någon slagit av strömmen. Det kunde inte vara sant. Det fick inte vara sant.

– Fan, fan, FAN! Hon drog ett djupt, skälvande andetag som ändå inte gav någon lindring. – Anton ... detta kan inte vara sant. Jag ... jag tar en dusch och kommer över. Vi måste göra något.

– Nej! Antons utrop fick henne att stelna till. – Inte än. Kom vid nio. Vi måste tänka igenom det här först. Men jag ville att du skulle veta.

Karolin svalde hårt och höll telefonen mot örat, som om hennes tystnad kunde överföra ett svar.

– När hände det här? Hon försökte låta sansad, men rösten darrade.

– Igår. Strax efter att dina spanare försvann. Karolin ... hur kunde vi missa det?

Antons ord skar genom henne. En obekväm hetta spred sig i magen. Hade hon missat något uppenbart? Hade hon varit för långsam, för ofokuserad?

– Förlåt, Anton. Detta ... detta är helt sjukt. Jag kan inte fatta det, mumlade hon. Röst var tom nu, som om allt inom henne gått i baklås.

– Vi kan inte ändra på det nu. Ta hand om dig. Vi ses klockan nio.

Anton la på, och Karolin sänkte mobilen långsamt. Den vilade i handen som en blyklump. Hon lät blicken vandra runt i det halvmörka rummet. Kylan från lakanen svepte genom kläderna och fick henne att inse att hon somnat helt påklädd. Hon reste sig långsamt, och lät kläderna falla till golvet innan hon gled ned under täcket, bara i trosorna. Kroppen var tung, men tankarna var skärande skarpa.

Hur hade hon missat det här? Hon hade vetat att Hans var skum, men aldrig ... aldrig så här. Och polisen? Kunde hon lita på någon? Bilder av hennes försvunna spanare flög genom huvudet. Varför hade hon inte anat faran tidigare?

Hon stirrade upp i taket. Tystnaden i rummet var kvävande. Hon slöt ögonen och tvingade sig att andas djupt. Långt borta hörde hon fåglarna börja vakna, men inombords härskade kaos.

Köparnas identitet var visserligen känd, men deras hemvist förblev en gåtfull hemlighet, en lockande fråga som Karolin inte kunde befria sig från. Hon övervägde vilken metod som skulle vara mest lämplig för att närma sig Hans. Hans nuvarande situation bakom lås och bom var både en möjlighet och en risk. Skulle hennes kontakter inom polisen tillåta ett möte? Det var oklart, men hon hade inget annat val än att försöka.

Hon började lägga upp en plan. Om hon kunde erbjuda Hans något värdefullt – kanske en chans till ett nytt liv eller åtminstone en antydan om lindrigare konsekvenser – kunde han överväga att dela med sig av information. Men det fanns faror. Hans var inte känd för att agera utan dolda motiv, och att lita på honom kunde kosta henne mer än hon var beredd att betala.

Hennes funderingar drogs gång på gång till om Hans och Erik hade vetat om innehållet i drogerna de sålt. Den förödande sanningen om deras effekt – oförmågan för män att få barn och den permanenta skada de kunde orsaka – var omöjlig att ignorera. Att veta att något så farligt fanns i fel händer skapade en kvävande tyngd inom henne, som gjorde varje andetag till en kamp.

Inför sitt kommande möte med Anton, Claudia och Bruno planerade hon att lyfta de här frågorna. Om de arbetade tillsammans kanske de kunde hitta en väg framåt. Men när hon försökte samla tankarna kom tröttheten över henne som en våg, och till slut gav kroppen efter för sömnen.

Karolin drömde rastlöst om sina spanare. De sista rapporterna hade placerat dem nära Hans bostadsområde. Hans hade förstått att han var förföljd – det hade varit tydligt från hans beteende, att han cirklade runt kvarteret som för att bekräfta sina misstankar. I drömmen såg hon Hans le, ett kallt flin, medan han bekände att han fångat dem och begravt dem levande. Hon vaknade med ett ryck, hjärtat slog hårt mot revbenen.

Hon suckade lätt när hon insåg att hon låg i sängen. Det var inte verklighet, men ändå fanns känslan kvar i bröstet, som ett eko av drömmens obarmhärtiga grepp. Klockan visade kvart över sju. Det var dags att komma i gång.

Med Hans i häktet verkade hotet mot Claudia, Bruno och Chuck ha avtagit. Tankarna vandrade till livvakterna, Ali och Tareq, som fortfarande bevakade herrgården. Skulle hon kunna ta hem dem nu, eller behövdes de fortfarande där? Möjligheten att ha dem i närheten fick kroppen att pirra till.

Kanske kunde hon ta hem dem några dagar och passa på medan män fortfarande kunde tillfredsställa en kvinna. Tanken var så lockande. Hennes medvetande kämpade emot – hur kunde hon ens tänka på sex när världen kanske stod inför en katastrof? Men ju mer hon försökte slå bort det, desto tydligare blev insikten: tiden var knapp, och hon ville inte låta en möjlighet glida henne ur händerna

Vid kvart över åtta skickade Karolin ett meddelande till Anton och skrev att hon var på väg. Hon gick ner till garaget, satte sig i bilen och körde mot herrgården. När hon kom fram möttes hon av butlern Adam, som visade henne in i salongen. Där satt Claudia, Bruno, Anton och Chuck runt det stora bordet. Ali och Tareq stod på varsin sida av rummet, vaksamma som alltid. Karolin undvek deras blickar och kände tyngden av sitt misslyckande.

Claudia reste sig snabbt och gick fram till henne, lade armarna om henne i en tröstande kram.

– Det måste vara tungt för dig. Anton berättade att två av dina medarbetare är spårlöst försvunna, sa hon mjukt

– Det är mitt fel, svarade Karolin med en röst som bar spår av skuld.

– Jag borde ha varit mer försiktig, kanske själv varit på plats.

– Du kunde inte ha förhindrat det, sa Claudia och tog ett steg tillbaka för att möta Karolins blick. – Kom och sätt dig.

Ali gick fram och drog ut en stol åt Karolin. Hon gav honom ett kort tackande leende innan hon satte sig. Adam gjorde samma sak för Claudia, som återvände till sin plats.

– Jag har uppdaterat dem om allt, sa Anton och nickade mot de andra runt bordet. – Vi måste diskutera nästa steg.

Karolin vände sig till Chuck.

– Tror du att det är möjligt att ta fram ett botemedel eller ett motmedel för drogen? Något som kan vända dess effekter?

Chuck skruvade besvärat på sig.

– Jag kan försöka, började ärligt talat innan inbrottet …men det kräver expertis jag inte har. Vi behöver farmakologer och medicinska forskare som är vana vid att analysera kemiska substanser på detaljnivå. De måste kartlägga drogens komponenter och förstå exakt hur de påverkar kroppen för att ens kunna börja utveckla en motverkande lösning.

Karolin nickade långsamt.

– Så med rätt team kan det göras?

– Ja, men det är inte enkelt. Det är en vetenskaplig utmaning på hög nivå, men jag är beredd att bidra så långt jag kan, sa Chuck med eftertryck.

– Hur svårt skulle det vara för någon annan att framställa drogen? frågade Karolin och lutade sig bakåt i stolen. – Den som stals av dig, alltså.

Chuck rynkade pannan och tittade frågande på henne.

– Varför undrar du?

Karolin höll kvar blicken på honom.

– För att du ska kunna ge receptet till de forskare vi kanske behöver anlita. De kommer behöva veta exakt vad de arbetar med för att utveckla ett botemedel.

Chuck nickade långsamt, som om han övervägde hennes svar.

– Jag förstår. I så fall är det inte svårt. Jag har receptet, och det är relativt enkelt att reproducera – vilket också gör det ännu farligare. Men jag tänker inte skapa mer.

Karolin lutade sig framåt igen.

– Bra. Då ser vi till att få rätt hjälp på plats. Du kan kanske återvända till din bostad och förbereda dig? Jag ska börja leta efter farmakologer och läkare som kan hjälpa dig.

Claudia lutade sig fram mot bordet.

– Är det inte bättre att vi bygger ett labb här på gården? Vi kan förse dem med vad de behöver och det blir en mer skyddad arbetsplats. Vi använder ju inte stallet och sadelkammaren längre. De kan enkelt byggas om. Vad tycker ni?

Chuck nickade eftertänksamt.

– Det låter vettigt. Om jag kan få hjälp att ta hit mina saker från min källare har vi åtminstone en grund att stå på. Men farmakologen och läkaren kanske behöver mer avancerad utrustning.

Bruno log brett.

– Bra tänkt. Gör det bara. Anton, fixa någon som kan ta hand om stallet snabbt.

Anton reste sig från stolen och drog fram mobilen.

– Jag ordnar det på direkten. Jag ringer vår byggfirma och ber dem sätta i gång. Men Chuck, du behöver stanna här och se till att de bygger rätt. Vi kan hämta dina saker senare, eller så införskaffar vi nya grejer om det behövs.

341

– Det fungerar för mig, sa Chuck och lutade sig tillbaka.

Karolin såg på honom och log snett.

– Jag tror vi behöver ett helt team av forskare här, inte bara en farmakolog och en läkare. Jag kan fixa det.

– Det vore något, sa Chuck och höjde på ögonbrynen.

Claudia nickade bestämt.

– Karolin, tack. Sätt i gång direkt. Vi ser till att de får en bra lön och en rejäl bonus om de lyckas. Om du kan, få hit dem i tid för att hjälpa byggarna tillsammans med Chuck. Men det är Chuck som styr skeppet, okej?

– Gärna det, sa Chuck.

– Kan jag bo kvar i mitt rum här under tiden?

Bruno skrattade.

– Självklart. Men vilket skepp ska du styra?

Chuck log brett och ryckte på axlarna.

– Det största vi har! Tack Bruno. Det är bra att du behåller humorn under dessa omständigheter!

– Man måste ju ... lätta upp stämningen ibland, sa Bruno. Orden hängde kvar i luften, tunga trots deras lättsamma anslag.

Karolin såg på honom och log. Det var nog något fel på honom tänkte hon för sig själv. Hon såg på Ali och Tareq igen och kunde inte släppa sin tidigare tanke.

– Behöver vi verkligen ha dem kvar här? frågade hon, med blicken riktad mot Anton. Orden var sakliga, nästan opersonliga, som om hon redan förberett sig på ett svar hon inte ville höra.

Anton såg sig om i rummet, som om han vägde något innan han svarade. Han förde ihop händerna, knäppte dem och talade till slut.

– Om vi ska bygga labbet här, behöver vi ordentlig säkerhet. Ali och Tareq har erfarenheten. Det vore dumt att låta dem gå nu.

Karolin förblev stilla, lutade sig lätt bakåt i stolen. Hon kunde känna vikten av hans ord, men också tyngden av sin egen besvikelse. En tanke kom och gick – hon skulle ändå aldrig visa det. I stället lät hon tystnaden göra sitt jobb.

– Då säger vi så, sa hon till slut.

Hon reste sig, och med en kort rörelse vände hon blicken mot Ali och Tareq. Deras hållning förblev densamma, trygg och stadig, men något i deras ögon fångade hennes uppmärksamhet. Ett erkännande, kanske. Hon nickade kort, utan att förklara.

– Jag måste lägga min tid på att hitta drogerna och mina spanare. Ni vet hur ni når mig om något händer, och jag ser till att ni får ert labbteam.

Orden hängde kvar i rummet när hon gick mot dörren. Bakom henne började samtalen återvända, lågmälda men fulla av planer.

Anton följde henne, och när de var ute i hallen kom han nära.

– Vad ska du göra nu? frågade han.

Hon stannade, såg på honom, och la händerna på mobilens svala yta som för att fokusera sig.

– Jag måste prata med Hans. Det är det enda sättet. Och jag ska ordna med labbteamet. Det får gå.

Anton tittade omkring som om han letade efter något att säga, men sa inget. Hans blick låg stannade på henne tills hon fortsatte.

– Jag behöver inte hjälp. Men om jag gör det, hör jag av mig. Vi ses.

Utan att vänta på svar, gick hon ut till bilen. Det kalla ljuset från dagen speglade sig i bilens lack. Hon satte sig bakom ratten och lät dörren falla igen. Motorn startade med ett lågt brummande, och hon körde i väg, med huvudet redan upptaget av nästa steg.

Det här misslyckandet vägde tyngre än något annat hon upplevt under sin karriär, men det fanns fortfarande en väg framåt. När hon kom till kontoret vände hon sig till en av sina kollegor med en snabb instruktion.

– Jag behöver ett forskarteam som kan arbeta diskret för Bruno. Kan du ordna det? sa hon, med blicken redan riktad mot sina anteckningar.

Kollegan såg förbryllad ut.

– Men hur ska jag hitta ett sådant team?

Karolin mötte hans blick, tydlig men kortfattad.

– Leta efter forskare inom farmakologi som har ekonomiska problem.

Ett leende spred sig över kollegans ansikte när han förstod.

– Jag fattar. Vi lovar dem stor finansiering om de först gör ett jobb för oss, eller hur?

Hon nickade.

– Exakt. Och glöm inte, de kommer att rädda världen från en katastrof. De blir hjältar, kända och rika.

Kollegan skrattade till och reste sig.

– Genialt. Jag fixar det.

Karolin gav honom ett kort tack innan hon gick vidare. På sin arbetsplats satte hon sig vid den ospårbara datorn, kopplad till de stora underjordiska nätverken. Fingrarna vilade en stund på tangentbordet medan tankarna kretsade kring Hans. Hur kunde hon få kontakt med honom?

Hon reste sig, plötsligt med en ny plan i åtanke, och tog upp mobilen. Ett samtal kunde lösa mer än en sökning. Hon slog numret till sin gamla chef på Frankfurt am Mains polisstation, och han svarade efter tre signaler.

– Karolin, det var inte igår.

Ett kort leende smög fram när hon hörde hans röst, trots den stress hon kände.

– Benjamin Schmidt, din skojare, vad jag saknar dig.

Ett högt skratt ljöd genom luren.

– Du lämnade polisen för att vi lättare skulle kunna "umgås", men sen försvann du.

– Lika charmig som alltid, sa hon med ett fnitter. Vill du umgås nu? Du vet att jag alltid har varit svag för dig.

– Sluta fjäska. Vad vill du? frågade han, med en snabb, nästan upprymd röst.

Karolin lutade sig tillbaka i stolen och skrattade lätt.

– Okej, jag går rakt på sak. Jag behöver prata i enrum med Hans Mueller.

– Får jag fråga varför? Benjamin lät orden hänga kvar en sekund längre än nödvändigt, som om han inväntade något mer än ett svar.

– Helst inte, sa Karolin kort, men med en eftertänksam ton. – Jag kanske kommer behöva din hjälp senare. Då lovar jag att berätta allt.

– Visste du om att han samarbetade med Erik Bauer? frågade Benjamin utan förvarning. Pausen i hans röst var lika laddad som frågan.

Karolin rynkade pannan och drog in ett andetag innan hon svarade. – Ja, Jag hörde det. Jag trodde Erik var … en hederlig typ.

– Det trodde jag också, sa Benjamin och lät orden klinga av som ett bittert konstaterande.

Ett ögonblick av tystnad uppstod, men det var inte tomt. Det var ett vakuum fyllt av obesvarade frågor.

– Men när vill du se Hans? frågade han till slut.

– Menar du att jag får träffa honom? Karolin pausade ett ögonblick innan hon fortsatte. – Är det ens möjligt?

– Varför inte? sa Benjamin. – Vad har vi att förlora på det?

Karolin satt tyst ett ögonblick.

– När som helst. Var är han?

– Du har tur! Han är fortfarande här, men flyttas snart. Kom hit direkt så ordnar jag det.

– Benjamin. Karolin släppte pennan hon hållit i och lutade sig framåt mot bordet.

– Ja? svarade han med en kort tvekan.

– Jag menade det jag sa. – Orden kom långsammare nu, med en tydlig tyngd. – Jag har alltid varit svag för dig. Det var därför jag undvek dig. Jag är rädd för att bli kär och bli sårad. Du är gift.

Ett långt andetag hördes innan Benjamin svarade.

– Var.

Karolin blinkade som om hon missförstått.

– Vad menar du?

– Carola dog i cancer för tre år sedan, sa han tyst. – Jag har varit änkling sedan dess.

– Jag är verkligen ledsen för det, sa Karolin och rörde lätt vid kanten av skrivbordet, som om beröringen skulle hjälpa henne att finna rätt ord. – Jag borde ha varit där för dig.

– Du är inte skyldig mig något, svarade Benjamin med en ton som kändes både saklig och avväpnande. – Vi hade bara en flört. Vi gjorde aldrig något och gick aldrig över gränsen.

– Det var du som aldrig gick över gränsen, sa Karolin och lät orden vila ett ögonblick. – Jag ville det, men du höll emot.

– Som sagt var, sa Benjamin med ett lugnt eftertryck. – Du är inte skyldig mig något.

Karolin lutade sig tillbaka i stolen och lät en kort, tankfull tystnad fylla rummet. – Men jag vill vara det. När jag kommer in idag, kan inte du följa med mig hem sen?

Benjamin skrattade kort.

– Ska vi inte ens dejta först?

Karolin ryckte på axlarna, ett nästan lekfullt drag i hennes röst.

– Om du vill det. Vi kan gå på vår första dejt ikväll. Vill du det?

– Borde det inte vara jag som bjuder ut dig? frågade han med en ton som bar en antydan av gammaldags principer.

Hon log för sig själv, nästan roat.

– Är du gammalmodig?

– Lite, erkände Benjamin med ett varmt skratt. – Men ja, jag går gärna på dejt med dig efter jobbet. Och vem vet, kanske följer jag med dig hem också.

Karolin lutade sig närmare mobilen, som om hon försökte fånga varje nyans i hans röst.

– Deal. Vi ses snart, hunken.

– Hunken? Benjamin skrattade igen. – Det var något nytt. Men visst, fråga efter mig när du är framme så visar jag dig till rätt plats och ser till att inspelningsanordningen är avstängd så du inte blir störd. Vi ses snart, Karolin.

När samtalet avslutades satt Karolin kvar med mobilen i handen ett ögonblick. Att det hade gått så smidigt förvånade henne – Benjamin brukade vara svårövertalad. Hon reste sig och gick till damernas för att granska sig själv i spegeln. Klänningen, skräddarsydd i mörkgrått, smet åt precis tillräckligt för att framhäva hennes figur utan att bli påträngande. Hennes blick vilade på ansiktet ett ögonblick, och hon såg något i sina ögon som hon inte hade känt på länge – en förväntan hon inte kunde förneka.

Med ett djupt andetag bestämde hon sig för att köra direkt till polisstationen. Hon klev in i hissen, beredd på nästa steg i det som både var hennes jobb och hennes liv. På vägen till polisstationen gled Karolins tankar ofrivilligt till Benjamin igen. Han var inte bara en polischef – han var en man med en närvaro som fyllde varje rum han gick in i, utan att han ens behövde anstränga sig. Det var något i hans sätt, en självklar kombination av auktoritet och värme, som fick henne att känna sig både trygg och utmanad. Hans belgiska arv, från faderns sida, skänkte honom en viss internationell charm, en nyans som bröt av mot den annars så tydligt frankfurtiska karaktären.

Benjamin var känd för sin förmåga att se bortom det yttre, för att behandla varje människa med respekt, oavsett bakgrund. Karolin hade hört hur hans namn nämndes med beundran inom poliskåren, och inte bara där. Han hade blivit något av en legend, någon som förenade skärpa med medkänsla, integritet med handlingskraft. Det hade fascinerat henne redan från första gången de träffades.

Hon kunde inte låta bli att undra hur deras kemi skulle utvecklas nu när omständigheterna förde dem samman igen. Benjamin, med sitt obevekliga engagemang och outtröttliga arbete, var en av de få män som hon verkligen beundrade – och kanske den enda som kunde matcha hennes drivkraft.

När Karolin anlände till polisstationen och klev in i receptionen, möttes hon av Benjamin. Han stod där, med ett brett leende som avslöjade en viss värme under hans annars professionella uppsyn. Han sträckte fram handen och hälsade, men den lilla blinkningen han gav var nästan omöjlig att missa.

När de gick in i hissen och dörrarna stängdes, föll den professionella fasaden för ett ögonblick. Benjamin drog henne lätt till sig, och deras formella hälsning förvandlades till en kort men intensiv omfamning. Kyssen som följde var inte planerad, men den kändes oundviklig, som om deras långvariga återhållsamhet äntligen hade gett vika.

Väl framme vid förhörsrummet hade Benjamin återtagit sitt professionella lugn. Han visade henne in och deaktiverade avlyssningsutrustningen, lutade sig mot dörrkarmen och förklarade att hon hade trettio minuter innan systemet skulle slå på igen. Hans blick var orubblig, nästan beskyddande.

– Jag stannar här utanför, sa han. – Om något händer, ropar du bara.

Karolin nickade kort och kände vikten av hans ord, inte bara i deras bokstavliga mening. Det fanns något djupare i hans närvaro, en lojalitet hon kunde lita på. Med en tyst nick steg hon in i rummet där Hans väntade.

Karolin höll blicken stadig. Hon hade inte förberett sig för det här ögonblicket, men visste att det krävdes precision tor att inte avslöja for mycket eller tappa kontrollen över samtalet.

– Vem är du? frågade Hans och lutade sig framåt, hans blick trängde in i henne som om han försökte hitta en svag punkt.

– Troligen ditt enda hopp i livet, sa Karolin med en neutral ton, tillräckligt lugn för att inte provocera honom.

Hans ögon smalnade av, och hans nästa fråga kom nästan som en snärt.

– Vem har skickat dig?

Karolin höll kvar blicken på honom och lutade sig något bakåt, ett subtilt sätt att visa att hon inte var här för att låta sig skrämmas.

– Vem tror du? svarade hon kort, en retorisk fälla som hon visste skulle reta honom.

Hans fräste.

– Spela inte ett spel. Berätta vem du är och varför du är här.

Karolin lutade sig framåt, vilade armbågarna på bordet utan att släppa blicken från hans ögon.

– Jag heter Karolin Andersson och är delägare i Discreet Detective Agency.

Hans drog på munnen, men det var inte ett leende. Det var mer som en ryckning av tillfredsställelse, som om han trodde sig ha fått ett övertag.

– Aaa. Det var du som hade hyrt bilen, Erik berättade om dig.

Karolin registrerade det ögonblick han insåg sitt misstag. Hans ansikte förblev stelt, men blicken skiftade en aning, som om han försökte backa från vad han just avslöjat.

Hon lutade sig tillbaka i stolen, nöjd med den lilla vinsten.

– Så du känner igen bilen vi hyrde? frågade hon, medveten om att pressa honom kunde få honom att försvara sig mer.

Hans tystnad var ett svar i sig. Karolin visste att hon var tvungen att agera snabbt innan han återfick kontrollen över situationen.

– Innan vi går vidare med frågorna finns det saker du bör känna till, sa hon med en lugn men bestämd ton. – Som jag sa, jag kan vara din enda räddning. Samarbetar du med mig, kommer jag se till att du får vittnesskydd och ny identitet. Alla dina pengar kommer att överföras till ditt nya bankkonto, och du kan själv välja var inom EU du vill bo. Om du däremot vägrar att samarbeta, kommer du med största sannolikhet att sitta bakom galler resten av ditt liv.

Hans höjde ett ögonbryn och skrattade, men det fanns ingen värme i hans röst.

– Jag är inte dum. Man kan inte få sådana överenskommelser i Tyskland. Detta är inte USA. Du har tittat på för många filmer och tror att jag är dum. Du har en konstig accent, är du en dum amerikan?

Karolin log svagt, nästan hånfullt.

– Inte officiellt, men jag lovar dig att du får det, om du hjälper mig. Och nej, jag är en smart svenska.

Hans ryckte till som om hennes ord förvånade honom.

– Svenska, ooh, det har jag aldrig haft …

Karolin ignorerade hans vidriga antydan och höll kvar fokus.

– Ok, men det beror på vilka frågor du har, sa han till slut och lutade sig bakåt.

Karolin kände avsmaken växa inom sig, men hon lät det inte speglas i ansiktet.

– Jag behöver veta två saker. Ett, vad hände med de två som satt i bilen du nämnde? Två, vilka sålde du drogerna till?

Hon lutade sig framåt

– Och jag vill ha sanningen.

Karolin betraktade Hans och letade efter tecken på att han ljög eller undanhöll något. Hans hållning förändrades knappt, men ögonen flackade en aning.

– Hur visste du om drogerna? frågade Hans till slut, med en röst som försökte vara kontrollerad men bar på ett uns av nyfikenhet. – Inte ens polisen vet något om dem, och de frågar bara om rörelsen. Svarar jag något om rörelsen är jag dödens.

Karolin lutade sig tillbaka och lät frågan hänga i luften ett ögonblick innan hon svarade, med en ton som inte lämnade utrymme för diskussion.

– Det spelar ingen roll hur jag vet det. Jag bara vet. Och jag är inte intresserad av rörelsen.

Hans höjde på ögonbrynen.

– Hur vet jag att du talar sanning? frågade han. – Jag kan svara dig på de frågorna, då de inte är känsliga för mig, men jag vill ha garantier på att du kan hjälpa mig.

Karolin höll blicken fast vid honom, hennes röst förblev lugn men laddad med ett underliggande tryck.

– Jag garanterar ingenting förrän du har berättat allt för mig och jag kan dubbelkolla det du säger. Stämmer det, kan jag återkomma hit och hjälpa dig. Du har mitt ord på det, men jag kommer inte ge dig något innan dess.

Hans skrattade kort, ett hånfullt ljud som skar genom rummet.

– Du kan inte lova mig något. Du jobbar inte ens på en myndighet.

Karolin lutade sig framåt igen, hennes blick borrade sig in i hans. Hon lät sin tystnad tala innan hon fortsatte.

– Jag sitter här och förhör dig med avlyssningsanläggningen avstängd. Säger det dig inte något?

Hans vek undan med blicken för ett ögonblick, och det var allt hon behövde.

– Jo, mumlade han. – Okej, låt oss prata. Jag svarar på dina frågor.

Karolin nickade, men hennes blick släppte inte honom.

– Svaret på din första fråga, började Hans med en kylig röst, – är att den galna polisen Erik sköt ihjäl dem, då han såg att de förföljde mig. Sedan ska de ha kremerats och begravts samma dag. Bilen är skrotad. Jag vet inte var och hur, då det inte var jag som gjorde det, utan det gjordes av två illojala vakter som satte dit oss.

Hans räckte fram sina händer som om han förväntade sig något. Karolin plockade upp ett block och en penna från bordet och lade dem framför honom utan ett ord. Han skrev ner två alias och sina egna inloggningsuppgifter medan hon såg på honom med en sval blick.

När han var klar tog hon blocket och vände blicken tillbaka mot honom.

– Drogerna då? frågade hon kort.

Hans suckade och lutade sig tillbaka.

– Samma forum, alias mr M.

Karolin rörde inte en min.

– Jag känner till mr M, sa hon. – Men jag vet inte var de håller till. Jag behöver hitta dem.

Hans tittade på henne, och en obehaglig glimt tändes i hans ögon.

– Jag vet ingenting annat än att han heter Markus Schmidt och är ledare för extremvänstra TMMF, sa han.

Karolin höll sin blick fast vid honom, men inom sig rörde sig tankarna snabbt. Hon antecknade snabbt namnet och den information hon fått, samtidigt som hon övervägde nästa steg. Hon kunde se på honom att han var på väg att spela ut sin hand, men hon visste också att hon måste vara redo att hantera vad han än skulle dra fram.

– Jag vet det också, men jag behöver veta var de håller hus.

– Jag vet inte, sa Hans. Vi gjorde upp affären på en fotbollsplan. Varför är drogerna så viktiga?

– Vilken paradox, sa Karolin.

– Nu hänger inte jag med, sa Hans.

– Du är högerextrem, men gör affärer med vänsterextrema.

– Jag skulle inte kalla mig för extrem, sa Hans, men visst – jag gillar inte dem. Men vi behövde pengarna.

– Du är rik som ett troll, sa Karolin, vad skulle du med pengarna till?

– Inte till mig, sa Hans, jag sa att jag inte kommer att prata om rörelsen.

– Ändå gjorde du det igen. Ok, jag skiter i rörelsen. En sista fråga, visste ni vad ni stal och sålde?

– Ja, amfetamin, sa Hans.

– Det ante mig. Du ska vara så smart, men är ändå så korkad.

– Tala i klartext, sa Hans.

– Det medel ni trodde var amfetamin, var impotensmedel.

– Potensmedel menar du? Som Viagra? frågade Hans.

– Nej, impotensmedel. Blandas det med våra vattendrag kommer alla män som dricker det att bli impotenta och sterila, permanent. Det gäller även foster som kvinnorna bär ...

– Va? Va fan, nej, alla? Menar du hela världen? frågade Hans chockat.

Hans höjde händerna som för att avbryta.

– Vänta lite, vad pratar du ens om? Hur kan det ens vara möjligt att något sprids så?

Karolin spände blicken i honom, men anpassade sig till hans reaktion.

– Låt mig förklara. Ämnet kan inte spridas globalt samtidigt – det är praktiskt omöjligt. Varje stad, varje område, har sina egna vattenverk och distributionssystem.

– Okej, men då är det ju inte hela världen? invände Hans och sneglade misstänksamt.

– Lyssna. Om tillräckligt mycket av den här substansen hamnar i en större vattenkälla, som ett kommunalt vattenverk eller en reservoar som försörjer flera områden, kan det förorena vattnet för tusentals, kanske miljoner människor. Och med tiden, om spridningen fortsätter, kan fler områden påverkas. Effekterna skulle bli globala, men gradvis. Förstår du?

Hon lutade sig framåt och avslutade med ett tonfall som för att göra det ofrånkomliga klart:

– Teoretiskt, ja. Den mängden vi talar om räcker för att göra alla män på jorden impotenta och sterila – flera gånger om.

Hans spärrade upp ögonen och lutade sig bakåt i stolen som om han försökte smälta vad han just hört.

– Men va i helvete, varför? utbrast han. Varför skulle någon vilja ha en sån drog?

Karolin lutade sig aningen framåt och sänkte rösten.

– Det är en fråga jag också har ställt mig fler gånger än jag kan räkna. Men det spelar ingen roll just nu. Förstår du nu varför jag måste hitta drogen?

Hans nickade långsamt, tvekande.

– Ja, jag förstår. Men jag vet verkligen inte. Jag kanske kunde hjälpa dig spåra dem, om jag var ute. Härifrån? Jag kan inte göra ett skit.

Karolin iakttog honom noga, hans skakiga händer och svettpärlorna vid tinningarna. Paniken i ögonen kändes äkta. Hon reste sig utan att säga något och började gå mot dörren.

– Vänta! När kommer du tillbaka med avtalet? ropade han efter henne.

Hon vände sig knappt om, bara slängde över axeln:

– Du hade rätt. Jag ljög.

Hans exploderade. Stolens ben skrapade mot golvet när han reste sig och började slå den i bordet. Hans vrål fyllde rummet, orden osammanhängande, men hans hat tydligt:

– Din hora! Jag ska döda dig!

Karolin stängde dörren bakom sig och fann Benjamin väntande utanför. Hans blick sökte svar i hennes ansikte, men hon skakade lätt på huvudet och höjde en hand som för att stoppa honom från att fråga.

– Snälla, fråga inte. När slutar du? sa hon i stället.

Benjamin rynkade pannan men svarade ändå:

– För ungefär en timme sen. Jag väntade bara på dig.

– Jobbade du natt? frågade hon.

– Både dagskift, kväll och natt, svarade han med ett trött leende. Det var mycket igår, men jag sov faktiskt lite här på kontoret.

Karolin betraktade honom ett ögonblick, tog in hans lugna ansikte trots allt arbete.

– Du ser otroligt fräsch ut ändå, sa hon och log snett. Vi bestämmer en dejt när jag har löst fallet, okej?

Benjamin lutade huvudet åt sidan och log.

– Varför vänta? Varför inte nu?

Hon skrattade mjukt och skakade på huvudet.

– Jag behöver jobba ikväll, men vi skippar dejten. Jag kommer över och sover hos dig i natt. Okej?

Hans leende blev bredare.

– Det låter underbart. Vi säger så.

Karolin tvekade, la huvudet på sned som om en tanke precis slagit henne.

– Vänta. Du heter Schmidt i efternamn. Har du någon koppling till Markus Schmidt?

Benjamins leende bleknade något.

– Vill du inte förklara vad som pågår? sa han med en mjuk men prövande ton.

– Om jag berättar det här, riskerar jag min karriär, sa hon. – Jag vet hur mycket du värdesätter polisens ideal och integritet. Om jag avslöjar för mycket kan det sätta dig i en position där du måste välja mellan dina principer och att hjälpa mig. Därför är det bättre att du inte vet allt just nu. Men om jag behöver din hjälp, kan jag räkna med dig då?

Benjamin mötte hennes blick, tyst för en stund innan han svarade.

– Jag litar på ditt omdöme, Karolin. Och nej, jag och Markus Schmidt är inte släkt. Han har undgått oss länge. Vi saknar bevis och har ingen aning om var han eller hans gäng håller till. Om han är i Frankfurt är det sannolikt under falskt namn. Han har ingen officiell adress.

Karolin nickade långsamt, fundersam.

– Då vet du lika lite som jag, sa hon och lät blicken vandra bort mot horisonten, tankarna redan på nästa steg.

Benjamin drog en lätt suck.

– Det verkar så, medgav han.

Karolin steg närmare, gav honom en snabb kyss på kinden och log mjukt.

– Jag måste jobba vidare. Vi ses hos dig senare.

Han nickade, och utan att slösa tid började hon gå. När hon nådde utanför Operahuset, Alte Oper Frankfurt, vibrerade mobilen i fickan. Hon stannade, drog fram den och svarade.

– Karolin, vi har hittat ett forskarteam, sa en välbekant röst i andra änden. – De tänkte ge upp eftersom de saknade anslag, men de är villiga att hjälpa oss. Det finns dock en hake – de vill att Bruno finansierar deras forskning, den de saknar anslag för efteråt.

Karolin sköt undan en störande hårslinga från ansiktet och sneglade mot klockan.

– Jag ringer tillbaka om en stund, svarade hon kort innan hon slog numret till Claudia.

Claudia svarade nästan omedelbart, hennes röst fylld av förväntan.

– Några nyheter, vännen?

– Ja, sa Karolin snabbt. – Vi har hittat ett forskningsteam som kan vara hos er imorgon. Men det finns ett krav.

– Vad för krav? undrade Claudia.

– De vill att Bruno finansierar deras forskning på en sällsynt sjukdom efter att de har löst vårt problem. Kan ni gå med på det?

– Det är väl det minsta vi kan göra, sa Claudia. Vänta, sätter på högtalaren så Bruno hör. Vad säger du Bruno? Kan inte vi finansiera deras forskning om de hittar ett botemedel, vi är skyldiga världen det, eller hur?

– Ja, det är ju typ vårt fel alltihop, sa Bruno. Bara säg att vi fixar det, eller nåt. Jag har ju typ skitmycket pengar, så det borde väl räcka, liksom?

– Tack, då får ni vänta er dem där imorgon. Så kan de tillsammans med Chuck gå igenom hur labbet ska byggas tillsammans med era byggarbetare? frågade Karolin.

– Jag meddelar Anton, det blir toppen. Be dem komma tidigast vid nio.

– Ok, och du, sa Karolin. Jag förlorade mina spanare. De finns inte mer. Jag vet inte hur jag ska hantera det.

– Alla bearbetar sorgen på olika sätt, ta den tid du behöver, och säg till om jag kan göra nåt för dig, sa Claudia. När ses vi igen?

– Jag hör av mig imorgon, behöver ta min tid nu.

Karolin satte sig i sin Porsche Cayenne, lät dörren glida igen och tände motorn. Medan bilen brummade i natten, drev en brinnande längtan henne att på kontoret gräva fram den minsta antydan till en ledtråd.

Kapitel 44 – Jakten

8 juni, Frankfurt

Mardrömmen hade slitit Karolin ur sömnen som en stormvind. Skriket ekade fortfarande i huvudet när hon vaknade och kände en varm hand på axeln. Rösten som följde var låg och mjuk, ett försök att lugna henne, men att möta blicken som vilade på henne kändes nästan outhärdligt.

Armar slöts om henne, och hon klamrade sig fast, som om denna famn var det enda stabila i en värld på väg att rasa. Pulsen dunkade hårt i tinningarna, och huden kändes klibbig och kall trots kroppsvärmen intill.

Mardrömmarna återkom, och varje gång hon vaknade och såg honom där, trängde en skärande skuld fram. Hon drog in honom i ett kaos som aldrig borde ha varit hans att bära.

När gryningsljuset sippade genom persiennerna låg hon stilla, osäker på om natten gett någon vila. Han låg vaken bredvid, tyst betraktande, och hans närvaro bar på en paradox – lugnande, men samtidigt en påminnelse om hur mycket hon höll på att förlora kontrollen.

– God morgon, sömntuta, sa han till slut och tryckte en lätt kyss mot hennes panna. Rösten bar en lättsam ton, men något i blicken tyngde orden – en oro, eller kanske något ännu djupare.

Hon vände sig sakta för att möta Benjamins ögon, trots att hon inte ville att han skulle se hur trött hon kände sig.

– Bara en mardröm, inget att oroa sig för, sa hon hastigt och lade armarna om honom. Men hans blick avslöjade att han inte köpte hennes ord helt.

– Jag vill hjälpa dig. Vad kan jag göra? frågade han.

Den uppriktigheten skar genom hennes försvar. Så enkelt för honom att säga, att vilja rädda henne. Hon tvingade fram ett leende, nästan avväpnande, och klappade honom lätt på bröstet.

– Din närvaro räcker för att lugna mig, sa hon till slut. Det var sant – men inte hela sanningen.

Kyssen han gav på hennes panna var mjuk, nästan för tröstande.

– Jag lovar dig, jag kommer alltid att vara här, oavsett vad som händer.

Orden slog henne hårt. De borde ha känts trygga, men i stället ökade hennes osäkerhet. Om han visste vad hon dolde – skulle han fortfarande kunna säga det?

– Det är lätt att säga nu. Men om du visste allt om hur jag har levt … skulle du verkligen stanna? Orden lämnade hennes mun som en viskning, knappt hörbar.

Han rynkade pannan och väntade innan han svarade, som om han vägde varje ord.

– Du underskattar vad jag redan vet om dig.

Karolin mötte hans blick, och där fanns en tvekan hon inte kunde dölja. Vad vet du egentligen? Tanken ekade i huvudet, men hon höll tyst. Hon sänkte blicken, lät den vila mot sina händer som låg knäppta i hennes knä. Och tänkte; Skydda mig? Hur skulle någon kunna skydda mig från det här?

– Jag förstår dina farhågor, sa han, rösten var mjuk men med en stadig underström. – Men jag älskar dig och är villig att göra allt för att skydda dig.

Hon svalde hårt och kände tårarna bränna bakom ögonlocken. Huvudet sänktes en aning, som om vikten av hans ord blev för mycket att bära, och ögonen fylldes av ett glittrande skimmer.

– Jag känner till ditt förflutna, fortsatte han. – Men det spelar ingen roll för mig. Det har gått några år sedan Carola gick bort, och ärligt talat har inte en dag gått utan att jag har tänkt på dig.

Hennes läppar darrade, och känslorna vällde fram som en flodvåg hon inte längre kunde hålla tillbaka. Att höra honom säga dessa saker – det var som att någon öppnade en dörr till ett rum hon länge låtit stå stängt.

– Du förstår inte hur glad jag blev över ditt samtal igår, sa han med ett mjukt leende. – Det samtalet har jag väntat på i flera år.

Karolin lyfte blicken och såg in i hans ögon, letade efter tecken på att han menade det han sa. Hur kan någon vara så tålmodig? Så säker?

– Jag är ledig idag, fortsatte han, och en lätt förväntan smög sig in i hans ton. – Snälla, låt mig följa med dig och hjälpa dig om du vill.

Hon skakade på huvudet och drog handryggen över ögonen som var röda av tårar. Orden kom långsamt, spruckna, som om varje stavelse vägde ett ton.

– Jag vet inte var jag ska börja. Varje gång jag tänker på allt jag varit med om, allt jag gjort … det känns som en stor, tung klump i bröstet. Jag har varit så rädd för att dela det med någon. Särskilt dig. Jag är rädd att du ska se mig annorlunda.

Hans armar slöts om henne igen, starka men varsamma, som för att hålla ihop bitar av henne som hon själv kände höll på att falla isär.

– Du kan börja där du vill, sa han lugnt. – Allt du säger stannar hos mig. Jag lovar.

Tårarna rann fritt nu. Hon drog in ett skakigt andetag, mötte hans blick och började berätta. Orden var trevande i början, men efterhand blev de klarare, tyngre.

– Allt började när Claudia ringde mig …

Medan hon beskrev händelserna, från Claudias samtal till det stulna impotensmedlet, lyssnade han utan att avbryta. Hans uppmärksamhet var total, varje ord hon sa tycktes sjunka djupt in i honom.

– Och vad hände sen? frågade han när hon tystnade.

– Jag började undersöka saken, sa hon och drog fingrarna genom håret. – Och det ledde till att jag förhörde Hans igår.

.Benjamin lutade sig tillbaka och såg ut som om han skulle svimma när som helst.

– Det är det sjukaste jag har hört, sa han till slut, hans röst var fylld av en stilla eftertänksamhet. – Och tro mig, jag har varit med om mycket märkliga saker. Men det här …

Han tystnade, och orden hängde kvar i luften. Karolin lutade sig tillbaka, men hon kunde inte hitta ro. Rädslan höll ett obarmhärtigt grepp om henne.

– Jag vet inte vad jag ska göra, Benjamin, sa hon till slut. Rösten bar en skälvning hon inte kunde dölja. – Tänk om vi misslyckas. Tänk om medlet sprids, och … och om vi aldrig …

Hon hejdade sig, oförmögen att avsluta meningen. Han lutade sig fram och lät sina händer vila på hennes axlar, ett fast men varsamt grepp som tvingade henne att möta hans blick.

– Du ska inte bära det här ensam, sa han, och rösten bar ett sådant lugn att det nästan kändes som en besvärjelse. – Vi hittar det. Vi löser det. Tillsammans.

Hon skakade på huvudet, som om hon inte kunde ta in hans ord.

– Gör du fortfarande det? frågade hon till slut, och hennes ögon glimmade av tårar. – Efter allt jag har berättat, hur kan du fortfarande ...

Han avbröt henne genom att lägga en hand över hennes. Blicken som mötte hennes var klar, full av något hon knappt vågade kalla hopp.

– Ingenting du berättar kan förändra vad jag känner. Ingenting, Karolin. Du är den kvinna jag älskar, och det tänker jag inte låta något andra på.

Hans ord slog emot henne med en sådan tyngd att det nästan gjorde ont. Men innan hon hann säga något mer, tillade han, med ett försiktigt leende:

– Men sluta gråta nu. Allt kommer att ordna sig, på något sätt.

Hon såg på honom, försökte tolka om han verkligen menade det. Ett kort skratt undslapp henne, en blandning av förvåning och misstro.

– Var det inte du som alltid sa att man aldrig ska lova något man inte kan hålla? sa hon till slut, och en svag värme spred sig i bröstet.

Han lutade sig tillbaka, men hans leende blev bredare.

– Jag lovar inte att vi kan stoppa drogen, sa han, med en mjuk men bestämd ton. – Men jag lovar dig att oavsett vad som händer med resten av världen, så ska vi lösa det här. Tillsammans.

Hon öppnade munnen för att svara, men han höll upp en hand för att stoppa henne.

– Även om jag aldrig mer skulle kunna vara med dig på det sättet, så skulle jag fortfarande älska dig. Och om du behöver ... någon annan ibland, jag vet att du tycker om kvinnor, så hittar vi en lösning. Alltid.

Karolin stirrade på honom, chockad över hans ord men också över den lätthet med vilken han uttalade dem.

– Tror du verkligen att sex är det enda jag tänker på? frågade hon, och med ett plötsligt skratt kastade hon en kudde mot honom.

Han fångade den enkelt och skrattade tillbaka.

– Jag tror ingenting. Jag vet … jag har stalkat dig lite så …

Hennes leende försvann långsamt när hon såg på honom.

– Hur kan något så sjukt låta så … sexigt när det kommer ut från din mun? frågade hon, och hennes blick var allvarlig trots tonen.

Han lutade sig fram, med en lekfull glimt i ögonen.

– Det lät värre än jag menade. Jag kan förklara.

Hon korsade armarna över bröstet, lutade sig bakåt och höjde ett ögonbryn.

– Gör gärna det. Jag är idel öra.

– Jag har tänkt ringa dig många gånger de senaste tre åren men vågade aldrig. I stället försökte jag råka springa på dig nära ditt hem för att se om du var intresserad av mig. Men varje gång jag försökte, kanske ett tjugotal gånger, såg jag dig med någon annan som du tycktes vara intim med, men jag gav aldrig upp.

– Ouch! Hon kände ordet bubbla upp innan hon hann hejda det. Det var inte bara vad han sagt som stack till, utan insikten det förde med sig. Hon hade inte tänkt på det på det sättet tidigare – hur hennes livsval, hennes flyktiga relationer och kortsiktiga lösningar måste ha sett ut för någon som Benjamin. Varje gång hon trott att hon rörde sig framåt, hade hon kanske i själva verket bara snurrat runt i cirklar.

Det brände i bröstet, som skam och något annat, något som liknade sårad stolthet. Varför gjorde det ont att höra sanningen från honom, av alla människor? Kanske för att han inte dömde henne – bara konstaterade. Och det var värre än en anklagelse.

– Japp, sa Benjamin. Första gången tänkte jag att jag hade otur, andra gången likaså men det var så varje gång. Ibland hade du en tjej, ibland en kille, ibland en av varje.

– Okej, det räcker nu, sa Karolin och kastade kudden på honom. Jag har fattat poängen.

Ett skratt undslapp henne, först försiktigt, sedan alltmer avslappnat. Det var något befriande med stunden, som om tyngden på hennes axlar lättade för ett ögonblick. Karolin reste sig från sängen, drog en hand genom håret och mötte Benjamins blick. Det fanns något tryggt i hur han såg på henne, något som gjorde att hon vågade släppa sin rustning, om än bara för en stund.

Hon sneglade över axeln, ett lekfullt drag i hennes ansikte som hon inte kunde hejda. Tanken på honom i duschen med henne väckte både värme och en känsla av lättsinne, något hon sällan tillät sig själv.

– Ska du följa in i duschen? frågade hon, rösten hade en nyans av retfullhet och förväntan, leendet var precis tillräckligt utmanande för att få honom att haja till.

Inombords undrade hon om det var dumt att försöka hitta ett ögonblick av lätthet i allt kaos, men hon kunde inte hjälpa det. Just nu ville hon bara känna sig levande.

Utan att vänta på hans svar, sträckte hon ut handen och drog med sig honom mot badrummet, deras leenden speglade ett ögonblick av samförstånd. Ångan från duschen svepte in rummet i ett mjukt, dimmigt ljus, och vattnet började slå mot kaklet som en dov melodi. Hon kände hans händer glida över ryggen, fasta men samtidigt varsamma, medan hennes egna händer sökte sig över hans axlar, följde konturerna av hans starka form.

De möttes i en kyss som började försiktigt men blev alltmer intensiv. Värmen från vattnet blandades med den hetta som växte mellan dem, och varje beröring blev en del av ett tyst samtal, fyllt av allt de inte kunde sätta ord på. Hennes fingrar drog genom hans våta hår medan hans händer stannade vid hennes midja, höll henne nära som om han aldrig ville släppa taget.

De skrattade när vattnet rann över dem och fortsatte tvätta varandra, långsamt och nästan ceremoniellt. Hans händer följde linjerna av hennes armar och axlar, hennes fingrar spårade lätt över hans bröst och ner mot hans händer. Ingen av dem sa mycket, men blickarna och de mjuka leendena sa allt.

När vattnet tystnade och ångan började lägga sig, svepte Karolin en handduk om sig, kände den mjuka frottén mot huden och insåg hur mycket hon hade behövt det här ögonblicket – inte bara för sin kropp, utan för sinnet. Hon sneglade på Benjamin, som med lugna rörelser gjorde samma sak. Det låg något avslappnat och familjärt i hans sätt, som om världen utanför badrummet inte längre hade någon makt över dem.

Hon mötte hans blick och såg något där som värmde henne på ett sätt som var djupare än vattnets hetta. För ett ögonblick lät hon sig bara känna, bara vara.

De gick tillsammans till köket, fortfarande insvepta i badrockar. Karolin öppnade kylskåpet och plockade fram det som fanns – en bit handkäs, en burk sylt, rågbröd och några äpplen. I en skål lade hon upp de sista druvorna hon hade, medan Benjamin satte på kaffemaskinen och hämtade tallrikar. Frukosten blev enkel men tillräcklig, och på bordet stod en flaska äppelvin. De sneglade på flaskan, brast ut i skratt och skakade på huvudet åt tanken på äppelvin till frukost. Karolin såg på honom igen och kunde inte låta bli att le.

– Det känns bra att ha berättat allt för dig, sa hon till slut.

Benjamin nickade, och värmen i hans leende speglade vad hon själv kände.

– Jag är så glad att du gjorde det.

Hon såg ner på kaffekoppen, cirklade lätt med fingertopparna över det varma porslinet.

– Jag vet inte hur vi ska berätta för Claudia och de andra att du vet, sa hon efter en stunds tystnad.

Han sträckte sig över bordet och lät sina fingrar kort nudda hennes.

– Du behöver inte berätta för dem, om du inte vill, sa han enkelt, och det fanns en förståelse i rösten som lugnade henne.

Karolin tog en klunk av kaffet, lät blicken vandra över bordet och mötte Benjamins väntande blick. Han hade rätt, men det var klokare att vara ärlig med de andra. Om de visste att han var pålitlig, skulle det göra allt lättare.

– Jag vill inte ljuga för dem, sa hon till slut. – Om de vet att de kan lita på dig, har vi en större chans att hitta impotensmedlet.

Benjamin nickade långsamt. – Det låter rimligt.

Hon la ifrån sig koppen och lutade sig mot bordet. – Du får helt enkelt följa med mig dit. Ett forskarlag ska vara där klockan nio för att börja jobba på ett botemedel. Vi kan träffa dem tillsammans.

Han log snett.

– Visst, så länge det inte skrämmer dem. Men de litar väl på dig?

– De litar på mig, tror jag, sa hon och reste sig. – Det borde räcka.

Efter frukosten satte de sig i Karolins bil och körde mot herrgården.

Vinden strömmade genom det nedvevade fönstret, och tystnaden mellan dem var behaglig. Vid entrén mötte de Claudia och Bruno, vars ansikten speglade en blandning av förväntan och oro. Karolin steg ur bilen med Benjamin tätt efter och mötte deras blickar med ett lugnt självförtroende.

– Det här är Benjamin, började hon. – Han är med mig. Och han är att lita på.

Ett ögonblicks tystnad följde, som om orden behövde sjunka in. Karolin märkte hur Claudia granskade Benjamin med en kritisk men inte fientlig blick. Sedan nickade hon långsamt.

– Om du säger det så, sa Claudia till slut.

Ali och Tareq stod vid rummets sidor när Karolin steg in. Deras vaksamma blickar följde varje rörelse, men deras avslappnade hållning signalerade att Benjamin inte utgjorde ett hot. Karolin märkte en antydan till leende på Alis läppar – en syn som fick henne att undrade vad han tänkte på, men också gav en känsla av en viss lättnad.

Runt bordet tog alla plats, och samtalet drog genast i gång. Anton presenterade planen för dagen, och Ali och Tareq deltog med skarpa och relevanta insikter. Deras erfarenhet visade sig ovärderlig, och Karolin var tacksam över deras närvaro.

När diskussionen gled över på mer tekniska detaljer, föreslog Anton att Chuck skulle fokusera på forskarlaget och byggarbetarna. Karolin såg hur Chuck nickade, reste sig och verkade lättad över att kunna återgå till något han behärskade. Resten av gruppen fortsatte arbetet med att spåra drogerna och Markus Schmidt.

Hon sneglade på Benjamin bredvid sig. Hans lugna sätt att lyssna och observera utan att dominera samtalet gav henne en oväntad känsla av trygghet. Trots pressen som vilade över dem, kände hon en övertygelse – kanske kunde de faktiskt lyckas.

Karolin lyssnade när Benjamin föreslog att de skulle använda belastnings- och misstankeregistret för att spåra TMMF och möjliga gömställen för drogerna. Han erbjöd sig också att informera sina kollegor om att hålla extra koll på alla med kopplingar till gruppen, för att samla in fler ledtrådar. Det var en enkel men effektiv plan, och hon uppskattade hans noggrannhet.

På Antons initiativ föreslog Claudia att Bruno skulle finansiera fler privatdetektiver åt Karolin, ett sätt att öka chanserna att hitta Markus Schmidt. Karolin såg Bruno nicka instämmande, en påminnelse om att resurser inte var deras största problem – bara tiden.

De kom också överens om att hålla tyst om Bruno och Claudias inblandning i drogerna. Sanningen var en risk de inte kunde ta, inte med de potentiella konsekvenserna som väntade om allt avslöjades.

Karolin kunde inte låta bli att fundera över var Markus kunde hålla sig gömd. Hans operationer verkade noggrant planerade, och han visste antagligen att hans namn var under lupp. Att han skulle gömma sig i det förfallna huset de tidigare spanat på kändes osannolikt – men med en man som Markus, kunde man aldrig vara säker.

Kapitel 45 – Flykten II

16 juli–20 juli, Stockholm

Cyrus stod lutad mot fönsterkarmen och glodde ut genom persiennerna, som om han befann sig i en dåligt regisserad spionfilm. Utanför flockades journalisterna med mikrofoner och kameror, som gamar som just upptäckt ett halvklent kadaver. Som om mitt liv inte redan var en soppa, tänkte han surt och drog för persiennerna igen.

– Alltså, kolla på dem! Vilka blodhundar, sa han högt, mest till sig själv. Rösten bar på en uppgivenhet och någon sorts svart, ironisk resignation.

– Vad vill de ens? Tror de att jag ska kasta ut hemliga manus genom fönstret?

Linda, som satt och bläddrade i mobilen, tittade upp och log ett av sina typiskt självsäkra leenden. Cyrus visste att hon planerade något. Det där leendet var som förvarningen till en mindre katastrof, alltid lika oväntad och alltid lika effektiv.

– Jag har en idé, sa hon, nästan för glatt.

– Linda, nej. Jag orkar inte med fler av dina idéer. Speciellt inte när de börjar med det där leendet.

– Kom igen, bara lyssna. Minns du de där artiklarna som påstod att vi hade gjort slut?

Minnas? Hur kunde han glömma? Han hade ju tvingats läsa dem medan hans karriär föll ihop som en dåligt uppbyggd kuliss. Han svarade med ett kort, nästan omänskligt stön.

– Mm. Vad med dem?

– Vad säger du om att vi chockar dem? Vi går ut, hand i hand, superkära. Kanske kastar in en kyss eller två? Hon höjde ögonbrynen, som om hon just föreslagit att de skulle vinna Eurovision genom att sjunga en duett i falsett.

Han stirrade på henne. Först med ren misstro, sedan med något som nästan liknade underhållning.

– Och om de frågar om Persbrandt och Ohlin? sa han och vinklade huvudet som en trött fågel.

– Du säger bara "ingen kommentar". Kanske slänger jag in något vagt och mystiskt, som jag alltid gör.

Cyrus skrattade torrt. Hon var som en tornado, och han var bara glad om han kunde hålla fast vid en stolpe när hon drog fram.

– Låter kul. Varför inte? Lika bra att ge dem något att skriva om.

När de öppnade dörren och gick ut hand i hand möttes de av ett inferno av blixtar och skrik. Cyrus kände sig som en något mindre glamorös version av en actionhjälte som just klivit av en helikopter.

– Cyrus, är det sant att du lurat alla? ropade någon.

– Är ni tillsammans igen? frågade en annan.

Han log det där leendet som han själv visste fick honom att se mer skyldig ut än han var.

– Ingen kommentar, sa han, och tänkte, fan, kunde jag inte kommit på något mindre idiotiskt att säga?

Linda tog över. Hon kysste honom dramatiskt på kinden. Cyrus hann tänka att detta var det mest teatrala han någonsin varit med om, och det sa mycket.

– Vad händer med serien nu?

– Stämmer det att Ohlin och Persbrandt hoppat av på grund av din inkompetens?

Han tog ett djupt andetag. Hur kunde de alltid hitta det värsta sättet att formulera en fråga?

– Ingen kommentar, upprepade han, och kände sig som en trasig kassettbandspelare.

När han äntligen skulle kliva in i taxin stannade Linda. Hon vände sig mot journalisterna med en gest som om hon skulle hålla ett brandtal.

– Lyssna nu. Inget av det ni skriver stämmer, sa hon och la händerna på höfterna. – Vi har aldrig bråkat. Och som ni ser är vi klart tillsammans. Sluta upp med skitsnacket. Skäms på er.

Cyrus stod där, halvt in i taxin, och såg på henne. Hon hade precis gett dem allt de ville ha. Det var som att hälla bensin på elden och sedan kasta en tändsticka för säkerhets skull. Men han kunde inte låta bli att beundra henne för det. Hennes självsäkerhet var som en pansarvagn, medan han mest kände sig som en cykel med punka.

När de satte sig i taxin och dörrarna stängdes, lutade han sig tillbaka och suckade.

– Du vet att det här inte kommer att lugna dem, va? sa han.

Linda log bara och höjde ena ögonbrynet.

Så klart inte. Men det var kul, eller hur?

Han kunde inte hålla tillbaka ett skratt. Jo, det var kul. På sitt alldeles absurda, tragikomiska sätt.

Taxin rullade bort från journalisterna som lämnades kvar, fortfarande med massor av frågor men utan några svar. När de anlände till TV5-huset blev de genast påminda om att mediekarusellen inte hade några gränser. Paparazzi stod redan utanför och blixtarna började explodera på nytt. Cyrus kunde inte låta bli att dra en trött suck. Linda såg lika irriterad ut och muttrade något om att de borde ha tagit bilen direkt från garaget. Det hade varit en smartare lösning, men smarta lösningar verkade sällsynta i deras liv just nu.

De gick in utan att säga något och tog hissen upp och möttes av Tina, Annikas nya vikarie, som gav dem ett snabbt leende innan hon förklarade att Sören väntade på dem. Cyrus höll tillbaka en kommentar om hur mycket han längtade efter ännu ett möte som skulle göra hans liv lite mer kaotiskt.

När de steg in i Sörens rum möttes de av Viktor och Maria som redan satt och väntade. Hälsningarna var korta, och Sören, som såg ut att ha sovit ungefär lika mycket som en nybliven småbarnsförälder, gick rakt på sak.

– Huvudkontoret i London är oroliga över skriverierna, började han med sin vanliga blandning av irritation och förmaning.

Maria lutade sig tillbaka i stolen och fnös.

– Men det mesta är ju skitsnack.

– Ja, exakt, fyllde Viktor i. – Vi kanske ska hålla en presskonferens och förklara allt?

Sören skakade på huvudet.

– Nej. Jag har redan pratat med dem, och de har sagt att de litar på vårt omdöme. Dessutom är all uppmärksamhet bra reklam. Nu känner fler än någonsin till serien.

– Så vad är problemet då? frågade Maria, och hennes ton antydde att hon hade bättre saker att göra än att sitta här.

– De vill att vi ska börja sända tidigare. Vid skolstart, eller senast september. Det är en månad tidigare än planerat.

Maria ryckte på axlarna.

– Det fixar vi. Filmmaterialet är ändå klart i början av augusti. Jag har en månad på mig att klippa och redigera. Inga problem.

Cyrus satt tyst, men han kunde känna hur svetten började pärla sig i nacken. När han väl öppnade munnen, hörde han sin egen röst låta märkligt avlägsen.

– Jag har ett litet problem.

Sörens blick snärtade mot honom som en piska.

– Kom till saken. Vad är det nu?

Cyrus försökte samla sig, men hans tankar var som en bil som sladdade på svartis.

– Sören, du känner till att jag lånade pengar för att betala Persbrandt och Ohlins löner?

– Ja, vad är det med det? frågade Sören, hans ton var skärpt men fortfarande lugn.

– Du minns också att det var en hög ränta på det? fortsatte Cyrus.

Sören nickade långsamt, misstänksam.

– Ja, två miljoner sexhundratusen kronor, som skulle betalas i slutet av året.

Cyrus svalde hårt och såg ner i bordet.

– Ändrade planer. De vill ha pengarna senast på fredag. Den 20 juli.

Det blev tyst i rummet. Allas blickar vändes mot honom. Sören rynkade pannan.

– Hade inte du ett avtal med dem? frågade han.

– Jo, men de bryr sig inte, svarade Cyrus, rösten knappt över en viskning.

Sören himlade med ögonen och försökte låta lugn, även om hans irritation var uppenbar.

– Vi skickar våra advokater på dem. Oroa dig inte.

Cyrus skakade på huvudet.

– Det går inte. Jag lånade av Svart Boa.

Rummet frös till is. Viktor och Maria stirrade på honom, förstummade. Sören såg ut som om någon precis hade berättat att hans hund blivit påkörd. Hans ansikte förlorade all färg.

– Du ... gjorde vad? frågade Sören, nästan viskande.

Cyrus mötte hans blick och såg hur kaoset han hade försökt hålla undan nu sipprade ut.

– Jag var desperat. Jag hade inget val.

– Cyrus, du vet väl om att om pressen får reda på det, så är det helt kört för oss? Jag får sparken. Du får sparken och serien skrotas och vi får båda leta efter jobb i papperskorgarna resten av våra liv? Så jag måste fråga: Är du dum i huvudet pöjk?

Cyrus visste att Sören skulle reagera starkt, men inte så starkt att det kändes som om han fått en verbal spark i mellangärdet. Sörens utbrott fick huvudet att dunka. Han masserade tinningarna och försökte ignorera hur orden "dum i huvudet pöjk" fortfarande ekade i skallen.

– Jag var desperat och tänkte inte klart, muttrade han till slut. Det var som att förklara för en domare att han råkat snatta en bil av misstag.

Sören himlade med ögonen så hårt att det nästan verkade som en medicinsk nödsituation.

– Och vad ska du göra nu, då? Förutom att sitta här och låta som en hjälplös karaktär ur en dålig såpopera?

Cyrus såg upp, tungan som fastklistrad mot gommen. Han harklade sig.

– Jag har knappt två miljoner kvar på kontot. Jag behöver ett förskott från TV5 för att betala resten. Annars är jag rökt.

Sören såg på honom som om han just föreslagit att de skulle bränna ner TV5-huset för försäkringspengar.

– Förskott? Tror du att jag bara kan gå in och sätta sexhundratusen kronor på ditt konto utan något underlag? Det är inte "Sörens Spontana Soprano-fond" vi driver här! Har du ens försökt prata med en bank, som en normal människa?

Cyrus höjde händerna i ett försök att verka resonlig.

– Du förstår inte. Det här är inte en vanlig skuld. Det här är "spring-för-livet-eller-sluta-andas" skulder.

Det var då Linda, som fram tills nu stått lutad mot dörrposten, exploderade.

– För fan, Sören! Hans liv är i fara! Vill du att hans namn ska dyka upp i en morgontidning under rubriken "Manusförfattare hittad i sopcontainer"?

Sören skakade långsamt på huvudet, som en lärare som fått nog av en klass full av idioter.

– Nu överdriver du. Det här är inte någon gangsterfilm. Vi går till polisen. De skyddar honom. Fallet löst.

Linda steg fram, rösten darrande.

– Sören, jag känner dem. Det var via mig Cyrus fick kontakt med Svart Boa. De är inte några oskyldiga skurkar från en matinéfilm. De är farliga, på riktigt. Och du leker med hans liv.

Cyrus, som suttit tyst under utbytet, insåg att det här var den mest underhållande men stressande realityshow han någonsin varit med i. Han väntade bara på att någon skulle dra fram ett dolda kameran-kontrakt och skratta åt honom.

– Mina händer är bundna, svarade Sören med en suck. – Jag kan inte göra något utan att riskera mitt jobb. Och även om jag kunde – jag behöver underlag.

Det var då Linda brast. Hennes ögon fylldes med tårar, och hon skrek:

– Du är ett svin, Sören!

Hon rusade ut och lämnade dörren på vid gavel. Cyrus såg efter henne, oförmögen att röra sig.

Stämningen i rummet sjönk till ett avgrundsdjup som bara kunde mäta sig med botten på en finsk bastu. Maria och Viktor såg sig omkring, klappade Cyrus på axeln i en tafatt gest av sympati och mumlade något om att de skulle fortsätta filma.

Cyrus reste sig långsamt, som om varje rörelse krävde en livstid av energi, och följde efter Linda. Han hittade henne i sin soffa, hopkurad som en boll. Hon såg på honom med rödkantade ögon.

– Du fattar inte allvaret, sa hon, rösten var svag och fylld av oro.

– Du måste fly om du inte har pengarna på fredag.

Och där satt Cyrus, stirrande på henne, med en knut i magen och en gnagande tanke som ekade i sinnet: Hur i helvete hamnade jag här? Han försökte slå bort paniken med en konstgjord nonchalans och sa till Linda.

– Låt oss gå ner och spela in våra scener. Kanske kommer lösningen till oss när vi gör något annat.

Men att tänka på annat var lättare sagt än gjort. Varje gång kameran riktades mot honom kändes det som att den också filmade hans inre upplösning, som om varenda nerv i kroppen syntes genom linsen. Maria, med sin vana att dirigera människor som om hon ledde en sträng symfoniorkester, höll allting flytande. Hon satte upp scener, gav tydliga direktiv och visade ingen nåd mot någon som vågade klanta till det – minst av allt Cyrus. Han uppskattade det faktiskt. Hennes fokus fungerade som en sorts skyddsvägg mot den storm av tankar som annars hotade att riva honom i stycken.

Under dagarna smälte inspelningsteamet ihop till något som nästan liknade en vältrimmad maskin. Maria ledde med precision, skådespelarna följde instruktionerna och filmteamet höll takten. Deras gemensamma kraft kunde trolla bort allt kaos utanför studion. När Maria på fredagen meddelade att de låg före schemat och kunde vara klara på två veckor, kände alla ett uns av lättnad – förutom Cyrus. Han visste att tiden för honom löpte ut mycket snabbare än så.

Cyrus bar stressen som en tung kappa som inte bara höll honom varm utan också långsamt kvävde honom. Linda gjorde allt för att lätta bördan, föreslog lösningar och kastade oroliga blickar åt hans håll, men han kunde inte undgå att se att hon bar på samma tyngd som han själv. Varje gång hon såg på honom med den där blicken – fylld av kärlek – kändes det som att hans bröst snördes åt ännu hårdare. Inte för att han inte uppskattade hjälpen, men han kunde inte stå ut med tanken på att dra henne längre ner i träsket.

Han försökte sitt bästa för att lösa situationen. Han hade till och med gått till några banker och satt sig framför privatrådgivare som såg ut som om de skulle hellre diskutera pensionsfonder än hans brådskande behov av pengar.

– Så, du vill låna 600 000 kronor, sa en rådgivare med ett vänligt leende som inte riktigt nådde ögonen. – Har du säkerheter?

– Säkerheter? Cyrus försökte låta kunnig, men insåg att hans svar bara bekräftade att han var totalt bortkommen.

– Ja, en bostad, ett sparande, kanske en bil?

– Jag har ... en cykel. Ganska ny, faktiskt.

Rådgivaren log, men det leendet kändes som en klapp på huvudet. Cyrus kunde nästan höra tankarna som snurrade bakom de professionella fasaderna: Den här killen är ett riskprojekt med ett ansikte.

Att låna ut 600 000 kronor till en 25-åring med tveksam kredithistoria, en knappt fastställd lön och en aura av desperation var inget drömscenario för en bank. Han lämnade deras kontor varje gång med känslan av att han lika gärna kunnat fråga om de ville investera i hans idé om en friterad-glass-truck.

– Hur gick det? hade Linda frågat efter varje besök.

Han ryckte på axlarna.

– De sa att jag borde försöka hos någon med en dödsönskan. Kanske en lånehaj?

Cyrus såg Lindas försök till ett leende och visste att hon ville lätta stämningen, men vad var det för idé att skämta när man redan stod på kanten av ett stup? Ändå försökte han spela med, för hennes skull.

– Tja, om det här inte går vägen kanske jag kan starta en karriär som ståuppare, sa han och viftade med händerna som en dålig imitatör av en talkshowvärd.

Hon skrattade svagt, men det nådde inte ögonen. Han kunde se oron bakom hennes annars så självsäkra fasad, och det gjorde allt värre. Hon behövde honom, inte en sprattlande sköldpadda på rygg.

Men hur skulle han kunna vara något annat när varje sekund kändes som att någon vred upp volymen på en tickande klocka?

Efter varje möte med bankerna gick han därifrån med samma känsla – som att han just blivit diskvalificerad från ett tv-spel på grund av bristande erfarenhet och ett alldeles för dåligt vapen. Hans enda strategi nu var att hålla masken, även om han kände hur den sprack lite mer för varje nekande svar.

Cyrus slog ut med armarna när han kom ut från banken den sista gången den veckan, vände sig till Linda och sa:

– Det var en hit! De sa att jag har exakt samma chanser som en julgran har att överleva januari.

Han skrattade till, men det landade tungt i bröstet. Alla försök att låtsas som att det här inte var så illa som det faktiskt var började kännas som att måla ett leende på en dödskalle.

När kamerorna tystnade för dagen återvände han och Linda till sina försök att hitta en lösning på hans skuldproblem. Kvällarna fylldes med febrilt sökande efter någon sorts utväg – samtal, kalkyler, till och med tankar på att sälja något. Det mesta var rena dumheter. Det var som att försöka tämja en tjur med en tekopp. Det var då det plingade till i Cyrus mobil.

Ivan: *Ey, lyssna bror, vart är cashen? Du spelar fuckin' med oss, mannen. Klockan går, och jag svär, du kommer känna av det innan dagen är över. Fattar du, eller?!*

Cyrus kände hur blodet frös till is i kroppen. Paniken bubblade upp, men han försökte svara snabbt, hålla det lugnt, resonligt.

Cyrus: *Snälla, jag kan sätta över två miljoner direkt, idag! Resten – sexhundratusen – kan jag fixa innan året är slut. Jag lovar, du kan till och med få två millar extra då. Bara låt mig lösa det.*

Han stirrade på skärmen medan sekunderna tickade, hoppades på att Ivans nästa meddelande skulle vara något i stil med "okej, fine". Men när svaret kom, slog det som ett slag i magen.

Ivan: *Ey, för sent nu, mannen. Du fuckade med fel folk, fattar du? Vi kan inte se soft ut där ute. Nu är du körd, bror. Va dig redo.*

Cyrus läste Ivans meddelande igen, som om varje gång han läste det kunde trolla fram ett annat, mindre dödshotande budskap. Men nej – samma grova "bror"-rappade hot, samma oundvikliga slut. Det var som en riktigt dålig raplåt med för mycket verklighetsförankring. Han försökte andas normalt, men luften fastnade halvvägs ner i halsen. Här satt han, producent med höga ambitioner och dåligt omdöme, fast i en Sopranos-repris utan vare sig plan eller pistoler.

Trots att hjärnan konstant skrek Spring, idiot! tvingade han sig att stanna på jobbet. Serien var hans alibi, hans sista försvar. Så länge han filmade scener, kunde han låtsas att han var en ansvarsfull vuxen. Inte en 25-åring med kass kredithistoria som lånat pengar av maffian.

Han visste att Linda såg rakt igenom honom. Hennes blick sa allt: Cyrus, du är en idiot, men jag älskar dig ändå. På något märkligt sätt. När hon till slut frågade vad som pågick, kändes det som att dra av ett plåster som täckt en abscess. Han visade henne Ivans meddelande, och för ett ögonblick hoppades han att hon skulle skratta åt språket. Kanske något i stil med Vem säger ens så där? Men nej, hennes ansikte blev allvarligt, som om han precis bekänt att han var en seriemördare.

– Svart Boa och Ivan är inte att leka med. Du måste fly, sa hon och lutade sig fram som om hon var hans advokat och inte hans flickvän.

– Linda, jag kan inte bara dra. Vad händer med serien? Vad händer med oss?

Han hörde själv hur patetisk han lät, men vad skulle han säga? Det var som att lämna en sjunkande Titanic, bara att i det här fallet var Titanic en soppa med maffiaskulder och just det … hans självsäkerhet.

– Serien? Cyrus, lyssna på dig själv. Det är inte *Breaking Bad* vi snackar om här. Och jag bryr mig om serien, men jag bryr mig mer om dig. Packa det viktigaste och köp en biljett. Iran. Du har ju släkt där. Där kan han inte få tag på dig.

Iran? Cyrus försökte föreställa sig själv som landsflykting, sittandes i en liten lägenhet i Teheran och försöka streama Netflix med en usel VPN. Det var nästan komiskt – förutom att det var hans liv. Han nickade långsamt, som en dödsdömd som precis fått höra sin dom.

– Okej. Jag åker. Men jag kommer tillbaka. Jag ska lösa det här.

Han drog henne intill sig och kysste henne, försökte förmedla något slags löfte genom kyssen, även om han inte riktigt visste vad han lovade. Taxin kom, och han gick mot dörren med en darrande hand som höll i telefonen.

– Jag älskar dig, Linda. Vi ses snart igen.

Det lät heroiskt, nästan som en filmreplik. Men allt han kunde tänka på var hur mycket han hatade Ivan, sitt liv och sin egen dumhet. Hon stod kvar på trottoaren, blicken följde taxin när den försvann. Han såg henne genom bakrutan och kände tyngden av hennes oro. Och han tänkte: Hon förtjänar bättre än en idiot som jag.

Men tanken försvann snabbt, ersatt av en mer relevant: Fan, vad gör jag ens? Iran?

Kapitel 46 – Stormen

Linda stod lutad mot skrivbordet med mobilen i handen. Hjärtat bultade så hårt att det nästan dränkte ljudet av regnet som slog mot fönstret. Hon tryckte på uppringningsknappen och svalde hårt medan signalerna gick fram. Ivan. Att ringa honom var som att kliva in i ett ormbo. Varje ord kunde bli ett stick.

– Hej Ivan, det är Linda. Jag hoppas att det är okej att jag ringer dig.

Hans röst slog mot henne som en kall vind.

– Ey bror. Vad händer? Haru nåt vettigt o säga eller?

Hon tvingade sig att låta lugn, trots att knuten i magen växte.

– Jag ville bara prata med dig och se om det finns något sätt jag kan hjälpa Cyrus. Jag vet att ni har haft era meningsskiljaktigheter, men jag tror verkligen på honom och jag vet att han försöker ordna upp allt.

Ivan skrattade, ett hårt och hånfullt ljud.

– Ey, walla bror, e du seriös?! Du har fett dålig smak när det gäller shunos, Linda... Asså vilket jävla skämt!

Linda knep ihop ögonen ett ögonblick, försökte hålla ilskan tillbaka.

– Jag vet att vi haft våra problem, men vi behöver hjälpa Cyrus nu. Han behöver bara lite mer tid att ordna fram pengarna till dig.

– Ey, du fattar nada, walla! Du går på allt det där snacket som tönten drar, asså. Han kommer aldrig palla det, o du kommer ba bli dissad igen.

Hans ord var som gift, men Linda höll fast vid sitt.

– Jag vet att du är arg och att du känner dig lurad, men du gav mig din välsignelse när jag valde att vara med Cyrus. Du ville att jag skulle vara lycklig. Kan vi inte bara ge honom en liten tidsfrist? Du vill väl att jag är lycklig?

Ivan fnös.

– Ge han en deadline, liksom? Ey, walla, e du helt lost?! Han kommer ba skylla på att han behövde mer tid, o sen e det du som får ta smällen. Asså, Linda, hur kan du va så jävla blåst?

377

Hon grep hårdare om mobilen, kände tårarna bränna bakom ögonlocken.

– Jag vet att jag kanske låter naiv, men jag tror faktiskt på honom och på oss som par. Jag vet att han kan göra det här, om vi bara ger honom en chans. Serien kommer att gå bra och vi spelar in för fullt.

Ivan skrattade igen, men det var kallare den här gången.

– Aa mannen, Linda, du har tappat det! Om jag var du skulle jag sticka från han innan han drar in dig i trubbel. Men walla, gör som du vill, du e inte mitt problem längre. Och vi har ju ett rep att tänka på, ingen leker med oss, fattar du?

Hans ord slog luften ur henne. Hon visste att han menade det, men hon kunde inte ge upp.

– Jag är ledsen att du känner så här, Ivan. Jag hoppades bara att du skulle kunna förstå och hjälpa till. Men jag trodde att du älskade mig …

Ivan blev tyst för ett ögonblick, som om hennes ord överraskade honom. Men när han svarade var rösten hård igen.

– Ey, Linda, det är ditt liv, walla. Gör vad du vill, liksom. Men glöm inte att jag sa det, okej? För den här Shunon, det är kört asså. Du får hitta lyckan med nån annan, bror. Han får skylla sig själv, han kommer få smaka på sin egen medicin. Karma's a bitch.

Och så la han på. Ljudet av samtalet som bröts var nästan värre än hans ord. Linda stirrade på mobilen som om den kunde ge henne svar. Allt hon kunde tänka på var Cyrus. Tårarna rann nerför kinderna när hon sjönk ner på golvet, med vetskapen om att Ivan hade gjort det tydligt – detta var en väg utan återvändo.

Samtalet med Ivan hade lämnat Linda trasig inombords. Hon satt på golvet i Cyrus arbetsrum med mobilen i handen, och önskade att den skulle kunna ge henne ett mirakel. Tårarna hade gjort kinderna kalla, men hon brydde sig inte. Ivan hade gjort det klart att Cyrus var ensam, och hon kunde inte göra något åt det.

När mobilen plingade till, flög hennes hjärta upp i halsgropen. Hon svepte snabbt upp meddelandet, och hoppet flammade till i bröstet.

Cyrus: *På ett plan. Ingen aning vart. Men jag tror jag är säker nu.*

Hennes händer skakade när hon snabbt skrev tillbaka.

Linda: *Vilket plan? Hur kan du inte veta destinationen? Är det Ivans män som jagar dig?*

Hon stirrade på skärmen, som om blicken kunde få svaret att komma snabbare. Sekunden sträckte sig till minuter, och inget svar dök upp. En känsla av tomhet fyllde henne. Hur kunde han bara lämna henne med ett sådant meddelande? Hon förstod att han var rädd, men ovissheten kändes som ett hån.

Utanför hördes vinden vina, och regnet piskade mot fönstret som om det ville förstärka stormen i hennes inre. Varje andetag kändes som att andas genom ett nålsöga.

Mer än 20 minuter hade gått, och Cyrus hade fortfarande inte svarat. Linda satt nu med filmteamet, men tankarna var någon annanstans. De diskuterade en kommande scen, men hennes ögon gled gång på gång tillbaka till mobilen, som låg på bordet framför henne. Hennes tankar avbröts när dörren öppnades hastigt och Sören klev in med brådskande steg.

Ansiktet var blekt, och andhämtningen tung som efter en språngmarsch. Linda såg genast att något var fel och la genast ifrån sig sina papper.

– Alla, lyssna! sa han med en röst som skar genom rummet. – SMHI har just utfärdat en röd varning. En supertyfon närmar sig Sverige och Europa. Vi måste omedelbart ta oss till skyddsrummet!

Rummet stannade upp som om någon tryckt på pausknappen. Linda kände hur hjärtat började slå snabbare. Cyrus. Om det redan var oväder här, vad betydde det för honom? Var han i luften? Var han på marken? Ovissheten drev henne till randen av panik, men hon tvingade sig att behålla kontrollen – åtminstone utåt.

Hon reste sig och följde efter de andra mot skyddsrummet, men tankarna på Cyrus hängde över henne som en tung dimma.

Linda såg sig omkring i skyddsrummet. Ironin var skärande – ett rum fyllt med bekvämligheter som försökte efterlikna normalitet, men det var omöjligt att ignorera den tryckande stämningen. Några av skådespelarna satt ihopkrupna i ett hörn, viskande med dämpade röster. Maria och filmteamet höll sig nära, men kroppsspråken avslöjade en oro de inte kunde dölja.

Sören, som vanligt stel och behärskad, ställde frågan hon inte ville höra.

– Var är Cyrus?

Frustrationen vällde upp som en våg i henne. Linda kunde inte låta bli att höja rösten när hon svarade.

– Tvingad på flykt, tack vare dig, Sören. Din oförmåga att ta situationen på allvar har satt honom i livsfara.

Sören svalde hårt men svarade inte direkt. Han gick i stället till en fåtölj, tog en flaska mineralvatten och slog sig ner med en nästan provocerande nonchalans. Linda kände hur ilskan reste sig i henne, men hon tvingade sig att hålla kvar blicken på mobilen. Cyrus hade alltid varit den som lugnat henne, inte genom ord utan genom sitt sätt att finnas där, oberörd av kaoset omkring. Nu var han borta, och tystnaden lämnade henne utan något att hålla fast vid. Men hon behövde samla sig. Det här handlade om mer än hennes känslor – det handlade om att han skulle komma tillbaka.

Tina, Sörens sekreterare, vred upp volymen på en liten transistorradio – deras enda pålitliga källa till information. Än så länge hade strömmen inte gått, men det var en skör tröst. Radions raspande röst fyllde rummet med nyheter om stormens framfart. Alla satt utspridda i rummet, tysta, förlorade i sina egna tankar. Linda kände hur hennes kollegor kämpade med att upprätthålla någon slags fasad av lugn, men det gick inte att missa paniken som låg precis under ytan. Någon stirrade konstant på sin telefon, medan andra frenetiskt försökte skicka sista meddelandena innan mobilnätet till slut kraschade.

Radions intervjuer gav en märklig kontrast – nästan byråkratiska svar på frågor som kändes allt för överväldigande. Linda lyssnade med halvt öra medan en journalist frågade om stormvarningen:

– Varför har ni utfärdat en röd varning och vad betyder det?

En expert från SMHI svarade med dämpat allvar:

– Vi utfärdar röd varning när extrema väderförhållanden förväntas som kan leda till allvarliga konsekvenser. En röd varning innebär att det finns en hög risk för farliga väderhändelser, som kan hota människors liv och egendom. Genom att följa rekommendationerna från SMHI och lokala myndigheter kan man minimera risken för skador och förhindra allvarliga konsekvenser.

Linda kunde inte längre höra orden klart. Tankarna på Cyrus vägrade släppa taget om henne, varje ny detalj om stormen gjorde henne mer orolig. Om stormen nu ställde in flyg och raserade vägar – vad skulle det betyda för honom? Var han redan säker, eller var han fångad i kaoset någonstans där ute? Den knut av ångest som redan hade bildats i hennes mage blev bara hårdare, starkare.

När radion fortsatte att rapportera om stormens vägar och konsekvenser, blev Linda sittande vid bordet, hennes händer spända kring kanten av stolen. Hon ville ringa Cyrus igen, men visste att det skulle vara meningslöst. I stället försökte hon hålla sig samman, andas in och ut, medan kaoset utanför fortsatte att eskalera.

Hon satt orörlig, med radion som en ensam röst i rummet. I tankarna var hon tillbaka till deras första inspelning tillsammans, när Cyrus hade kastat ett manus åt sidan och sagt: "Vi kör på instinkt i dag, Linda. Ingen idé att tänka för mycket." Nu undrade hon om han tänkte alls, eller bara sprang – sprang för sitt liv medan stormen byggde sig till något ofattbart.

Den raspiga rösten från SMHI:s expert försökte förklara det obegripliga, och hennes sinne klamrade sig fast vid varje ord som om det kunde ge henne kontroll i en situation där allt kändes hopplöst. Reportern hade just frågat om det plötsliga väderomslaget, och experten svarade med en blandning av vetenskaplig precision och en allvarlig ton som fick det att krypa längs ryggraden.

– Det är ett fenomen som kallas planetarisk våg, sa experten. – Då slår vädret om fort. Vi trodde först att stormen hade sitt ursprung över Ålands hav, men vi ser nu att liknande händelser sker globalt. Inom kort kan vi förvänta oss olika typer av extremväder på flera håll – kraftigt regn och hårda vindar på ett ställe, snöstormar eller översvämningar på ett annat.

Linda försökte förstå. Planetarisk våg? Det lät som något hämtat ur en dokumentär, inte från nyhetsrapporteringen om en verklig katastrof. Hon kunde nästan känna reporterns förvirring genom radion.

– Vad sa du att det hette? Planetarisk våg? Vad är det? frågade reportern.

Experten drog efter andan, som om han förstod att hans svar skulle behöva vara lika pedagogiskt som skrämmande.

– Planetariska vågor är stora, långsamma rörelser i atmosfären som kan påverka vädermönster globalt. De är relaterade till något vi kallar rossbyvågor, långsamma vågor som rör sig genom den atmosfäriska växelströmmen – den stora luftströmmen som omger jorden.

Rossbyvågor. Linda skrev mentalt ner termen, trots att hon visste att hon aldrig skulle kunna använda den i en mening utan att låta som en väderleksrapporterande amatör. Men när experten nämnde den svenska meteorologen Carl-Gustaf Rossby, kände hon en viss stolthet – åtminstone var det en svensk som försökt förstå kaoset de nu levde i.

Reportern verkade inte låta sig nöja.

– Okej, men vad innebär det här för människor just nu? Vad ska allmänheten göra?

Expertens svar kom omedelbart, med en skärpa som fick Linda att luta sig framåt.

– Ta detta på största allvar. Om ni inte redan är i skydd, gå dit omedelbart. Om ni inte har tillgång till skyddsrum, håll er inne, i mitten av huset, nära en bärande vägg eller stolpe. Undvik fönster. Har ni källare som inte riskerar översvämning, ta er dit och vänta.

Linda höll andan och såg sig om i rummet. Det här var deras skyddsrum – och det var bättre utrustat än vad de flesta skulle ha. Men tankarna for till Cyrus. Var han någonstans med liknande skydd? Kunde han ens söka skydd om han fortfarande var på flykt? Och föräldrarna då? Varför gick det inte att ringa dem och höra hur det var med dem?

– Och om någon är ute på vägarna? Vad gör de? frågade reportern.

Experten tvekade inte.

– Om ni inte kan nå ett skyddsrum eller en säker plats, försök att ta in på hotell eller stanna hos en vän. Om inget av det är möjligt, sök skydd under en viadukt, nära väggen. Men det är inte säkert – stormens styrka kan blåsa bort bilar. Det är en sista utväg.

Linda kände hur blodet isade sig i ådrorna när hon hörde orden.

– Blåsa bort bilar? frågade reportern, med en röst som darrade på gränsen mellan misstro och skräck.

– Ja, i de värsta fallen kan vindstyrkan lyfta både personbilar och lastbilar. Tak kan slitas av byggnader och skickas som projektiler.

Experten fortsatte att beskriva faran, men Linda kunde knappt höra. Det enda hon kunde tänka på var Cyrus, hans sista meddelande, och vad som kunde hända om stormen hann i kapp honom innan han var i säkerhet.

Lindas ögon klistrades på radion, fast tankarna ständigt gled i väg till Cyrus. Orden från experten borrade sig in som knivar, särskilt när reportern, i ett försök att lätta upp stämningen, kom med sin ogenomtänkta kommentar.

– Då ska man inte ut och flyga nu då, menar du? frågade reportern med ett ansträngt skratt.

Experten var snabb att rätta honom, rösten var fylld av allvar.

– Nej, vi har redan instruerat alla flyg i Sverige att ställa in sina flyg. De plan som redan är i luften nära Sverige har fått landa, och de som är längre bort dirigeras till närmaste flygplats. Men för de flygplan som redan är uppe, särskilt interkontinentala, har vi bett dem att flyga runt tyfonerna. Flygtornen världen över har just nu fullt upp med att koordinera. Jag förstår att du försöker skämta, men det är inte särskilt roligt för de hundratals, kanske tusentals, flygplan som befinner sig i luften. De är i livsfara just nu.

Linda kände hur hjärtat stannade till vid det sista ordet – livsfara. Om Cyrus var i ett av de planen? Hade han hunnit ta sig ombord, och om så var fallet, hur skulle han klara sig genom något sådant här? Hon visste att han inte kunde svara, men hon skickade ändå ännu ett meddelande, ett fåfängt försök att känna sig närmare honom.

Radion fortsatte.

– Jag är ledsen, det var okänsligt av mig, sa reportern. – Tack för den pedagogiska informationen, hoppas vi får återkomma senare för fler uppdateringar.

– Självklart, svarade experten, med en ton av förståelse. – Jag gör bara mitt jobb. Och kom ihåg, alla ni som lyssnar: Ta det här på största allvar. Om ni inte redan är i trygghet, se till att ta er dit så snart som möjligt.

Musiken som följde, Carly Rae Jepsens *"Call Me Maybe"*, kändes malplacerad och nästan löjlig i sin lättsamhet. En nervös tystnad lade sig över rummet när alla vände blicken mot Sören. Han satt med en flaska mineralvatten i handen och såg ut som om han försökte hitta något vettigt att säga.

– Ja, detta var ... oväntat, började han efter en lång paus. – Jag hoppas att ni alla har kontaktat era nära och kära och berättat att ni är säkra här. Och förhoppningsvis har de också tagit skydd.

De flesta i rummet nickade. Linda gjorde det inte. Hennes blick var fastnaglad vid mobilen i handen, som om hon genom att stirra tillräckligt länge kunde tvinga fram ett svar från Cyrus.

Sören fortsatte.

– Vi kanske måste vara här i några dagar, men kom ihåg att det här skyddsrummet är byggt för att klara krig. Så lite storm är inga problem.

Hans försök att låta lugnande hade ingen effekt på Linda. För henne var stormen utanför inte ens det största hotet. Det var stormen inom henne, den som kretsade kring Cyrus, hans säkerhet och hans tystnad.

Linda satt kvar med händerna tätt knäppta runt mobiltelefonen. Fingrarna vitnade, som om greppet om telefonen kunde hålla henne förankrad i en verklighet som höll på att glida henne ur händerna. Hon stirrade på skärmen, tyst, som om den på något magiskt sätt kunde lysa upp med ett nytt meddelande från Cyrus om hon bara väntade tillräckligt länge.

När Abdul, en av skådespelarna, reste sig och talade, blev hans röst en brytning i den tunga tystnaden.

– Vi är flera här som är muslimer. Finns det mat som vi också kan äta? frågade han, med ett försiktigt tonfall.

Sören, som lutat sig tillbaka i en av de få bekväma fötöljerna, tittade upp med ett trött uttryck och vred flaskan mineralvatten i handen.

– Ingen aning. Men det finns nog något som funkar för er. Gå till förrådet, leta efter konserver eller vad ni kan äta. Märk upp det, så att vi andra inte råkar ta det.

Abdul nickade, uppenbart lättad, och vinkade till sig några av sina vänner. De försvann mot matförrådet, och deras dämpade röster tonade snart bort. Rummet föll åter i tystnad. Linda märkte knappt vad som pågick runt omkring henne längre. Blicken vilade på skärmen, men världen utanför hade blivit suddig och avlägsen.

Sören rörde sig oväntat, och ljudet av hans stol som skrapade mot golvet bröt tystnaden. Han satte sig bredvid henne och såg på henne med en blick som för första gången inte var avmätt eller nonchalant. Hans hand, fortfarande kall av flaskan han höll, lades varsamt på hennes arm.

– Linda, vad är det som pågår? Du verkar helt förstörd, sa han.'

Hon öppnade munnen, men orden fastnade som ett rasp i halsen. Rösten svek henne, och hon kände i stället hur en het tår letade sig ner för kinden. Hon torkade bort den snabbt, nästan argt, som om hon försökte radera spåren av sin egen oro.

– Det är Cyrus, fick hon till slut fram, rösten var spröd och hes. – Han … han jagas av lånehajar. Jag fick ett sms från honom, men sen har det varit tyst. Han skrev att han kanske hade undkommit, men jag vet inte … jag vet inte om han är säker.

Sören rynkade pannan och lutade sig bakåt, och det såg ut som att han behövde skapa utrymme för att förstå det hon just sagt.

– Har lånehajarna försökt döda honom på riktigt?– Jag trodde att det bara var tomma hot …

Linda drog ett långsamt andetag och mötte hans blick. Ögonlocken var tunga av trötthet, men det fanns en glöd där, en ilska och en sorg som vägrade tystna. Hon knöt händerna runt telefonen, knogarna vitnade.

– Han sa ju det. De försökte, viskade hon. – Och nu är han bara … borta. Det har varit helt tyst.

Hon släppte blicken, stirrade ner på mobilen igen och hoppades att den skulle lysa upp med ett nytt meddelande, ett tecken, vad som helst. Men skärmen låg mörk, likgiltig.

Sören tog en klunk av vattnet och ställde ner flaskan på bordet. Plastens möte med bordsskivan skapade ett dovt dunk som bröt tystnaden.

– Det kanske bara är ovädret, mumlade han, mer till sig själv än till Linda. – Mobilnäten är säkert nere. Vi kan försöka igen senare.

Linda skakade på huvudet. Håret föll fram i ansiktet, och hon borstade undan det med en irriterad rörelse.

– Det är inte bara ovädret, Sören, sa hon med låg röst. – Det här är på riktigt. De är efter honom, och jag kanske aldrig får se honom igen.

Sörens mun öppnades som för att säga något, men han stängde den igen. Ansikte hårdnade, och hans ögon flackade, som om han sökte en förklaring som inte fanns.

– Jag visste inte att det var på den här nivån, sa Sören och rynkade pannan. – Hot … det låter alltid så abstrakt. Som något som aldrig blir verklighet. Han tystnade och strök med handen över bordet, tankfull. Hans röst, när den kom tillbaka, var tyngre.

– Jag borde ha förstått att han inte skämtade. Jag menar … du är här och säger att de har försökt ta hans liv. Det är … det är svårt att smälta.

Han lät resten av meningen dö bort i luften. Linda lyfte huvudet och stirrade på honom, ögonen spetsade honom som knivar.

– Nej, det fattade du inte, sa hon, rakt och utan omsvep. – Det här är inget du kan vifta bort med "vi ringer senare". De försöker döda honom. Det här är hans liv, och du gjorde ingenting.

Sören ryckte till, som om hennes ord hade träffat en öm punkt. Han nickade långsamt, andades ut genom näsan och reste sig från stolen. Hans hand landade på hennes axel, tung men försiktig.

– Jag är ledsen, sa han, nästan i en viskning. – Om det här är så allvarligt, då hoppas jag att han klarar sig. Och … om du tror på något större, be för honom. Jag önskar att jag kunde tro, då skulle jag be med dig.

Linda stirrade rakt fram, orörlig. Telefonen i händerna var kall och livlös. Hon slöt ögonen för ett ögonblick, och tårar rann ut genom ögonlocken.

– Jag vet inte längre vad jag tror på, sa hon lågt, som om hon pratade med sig själv. – Men jag kommer att be. Vad annars kan jag göra?

Hon tryckte telefonen mot bröstet och kände värmen från sin egen handflata mot skärmen. I minnet såg hon Cyrus luta sig tillbaka i stolen under deras sena arbetspass, ett roat flin på läpparna när han föreslog ännu en galen idé för serien. Hans självsäkerhet hade alltid varit en trygghet för henne. Nu var han någonstans i kaoset, kanske fortfarande stående, kanske inte – och hennes egna händer kunde inte sträcka sig tillräckligt långt för att nå honom. Tankarna på honom jagade henne, ett virrvarr av bilder, minnen och förtvivlade böner. Någonstans där ute, mitt i stormens raseri, hoppades hon att han fortfarande kämpade för livet. Att han fortfarande andades. För deras skull. För hennes skull. Kanske, bara kanske, kunde någon högre makt höra hennes böner och hålla honom vid liv.

Kapitel 47 – Spridningen

Frankfurt

Markus Schmidt lutade sig mot det rangliga räcket till trappan som ledde upp till TMMF:s vindsvåning. Luften i det fallfärdiga klubbhuset var tung av fukt och spänning. Vinden tjöt utanför, och han kunde känna hur hela byggnaden vibrerade under stormens raseri. Hans blick svepte över rummet, men det som fyllde honom var inte bara frustration – det var en isande, nästan plågsam insikt.

Hur hade det kunnat gå så här långt? Han hade haft rätt hela tiden. År av predikningar om klimatförändringar och miljöförstörelse, om vad som väntade om ingen lyssnade. Och vad hade han fått för sina varningar? Hån, ignorans och ett samhälle som blint fortsatte i samma destruktiva riktning. Det här, tänkte han bittert, var priset. Ett skälvande bevis på mänsklighetens arrogans och kortsiktighet.

Markus kände hur ilskan bubblade upp inom sig. Politisk korruption, kapitalismens glupande aptit – de hade hindrat alla rimliga försök att stoppa klimatkatastrofen. Han hade varnat, han hade kämpat, men hans metoder hade aldrig varit tillräckliga. Han hade startat TMMF för att skapa förändring, för att pressa fram åtgärder med de enda medel som makthavarna verkade förstå: rädsla och förlust. Men vad hade det hjälpt?

Vinden utanför kändes som en spöklik bekräftelse på att han hade haft rätt hela tiden. Det var nästan som om planeten själv hade fått nog. Stormen var inte bara ett väderfenomen; det var en väckarklocka, en domedagsbasun som skrek åt mänskligheten att se vad den hade gjort. Men det var för sent.

Markus slöt ögonen för ett ögonblick och försökte ignorera ljudet av vinden som kastade sig mot väggarna. Hans händer greppade det kalla träet på räcket. Om han bara hade gjort mer. Om han bara hade varit hårdare, snabbare, kompromisslös från början. Kanske hade de kunnat stoppa detta innan det nådde den här punkten. Kanske hade det funnits en väg att undvika stormen och allt den förde med sig.

Men nu var han här, i en fallfärdig byggnad, mitt i en storm som verkade vilja riva världen itu. Och ändå kunde han inte låta bli att känna en bitande ironi: det här var vad han alltid hade förutspått. Och det fanns en sorglig tröst i att ha haft rätt, även om det kommit till det högsta priset.

Han hade alltid varit noga med att försöka göra rätt – åtminstone utifrån sin egen moraliska kompass. Drogerna, kemikalierna, var ett nödvändigt ont för att finansiera det riktiga målet: att slå tillbaka mot kapitalismen och rädda planeten från dess långsamma död. Men han hade varit obeveklig på en punkt: ingen i klubben fick använda skiten. Han hade personligen insisterat på att drogerna lagrades i miljövänliga, vattenlösliga påsar, gjorda av majsstärkelse. Det var hans sätt att sova på natten – att veta att det åtminstone inte skulle vara hans händer som direkt skadade miljön.

Och nu, i stormens mitt, kändes det som om universum hade vänt sig mot honom. Taket ovanför knarrade som en döende organism, och Markus kunde inte ignorera den tilltagande känslan av att något fruktansvärt var på väg att hända.

– Håll er här nere, röt han till prospects och hangarounds som hukade sig i bottenvåningen. – Bottenvåningen håller. Jag går upp och kollar vinden.

Deras svar var tysta blickar, fyllda av rädsla och tvekan. Markus brydde sig inte. De var bara här för att följa order, inte tänka själva.

Han klättrade upp för trappan och öppnade dörren till vinden. Lukten av regn och rå luft slog emot honom som en vägg. Regnet sipprade in genom sprickor i taket, och vinden slet i allt som inte var fastspikat. I ett hörn stod plastlådor staplade, fyllda med de förbannade påsarna – en last som hade tagit månader att få ihop och som nu stod på spel.

Markus tog ett steg framåt, men innan han hann närma sig hörnet hördes ett dån. Taket gav efter, som om stormen själv hade slagit en knytnäve genom träet. Han kastade sig bakåt och såg med fasa hur vinden slet upp lådorna och skickade påsarna flygande ut i natten.

– Helvete! vrålade han, men hans röst drunknade i stormens tjut.

Markus klamrade sig fast vid räcket, vinden tjöt som en rasande best. Regnet piskade honom, och varje steg kändes som att gå mot en osynlig mur. Taket hade slitits loss, och påsarna for i väg, virvlade bort i stormens kaos som höstlöv. Hjärtat slog hårt. Ett brak ovanför fick honom att kasta blicken uppåt – mer av taket höll på att ge vika. Adrenalinet slog till, och han kämpade sig mot trappan. Varje steg var en kamp; vinden försökte rycka honom tillbaka. När han nådde bottenvåningen slog han igen dörren och sjönk ihop, flämtande.

Utanför stormade världen i ett rasande crescendo. Jag hade rätt. Ingen lyssnade. Och nu är det för sent.

Markus drog ett djupt andetag och reste sig, med blicken fäst vid prospects och hangarounds som hukade i skyddet av bottenvåningen. Han torkade regnvattnet från ansiktet med en skakig hand och höjde rösten för att överrösta stormens avlägsna vrål.

– Det här är allt vi har kvar. Bara vi. Jag skickade de andra bort, bad dem hålla sig utanför Frankfurt när jag läste om Hans Mueller. Han blev tagen av polisen, och ni vet vad det betyder. Han kommer att sjunga som en kanariefågel.

Han pausade, lät orden sjunka in. Blickarna från de unga männen och kvinnorna framför honom var fyllda av oro och tyngden av deras situation.

– Vi har förlorat mycket. Men när stormen lagt sig, då gör vi det enda vi kan. Vi gömmer oss. Amélie och jag åker till hennes föräldrar i Frankrike. Ni andra – håll er borta från varandra. Håll er undan. Vi hörs när vi hörs.

Markus lät blicken vila på dem en sista gång, mjukare nu.

– Men just nu försöker vi överleva. Det är allt som spelar någon roll.

Han sjönk ner på en gammal stol, tröttheten slog honom som ett slag i magen. Stormen utanför röt vidare, men inombords hade han redan börjat planera sin väg bort.

* * *

Det Markus Schmidt inte visste – det han aldrig kunnat förutse – var hur snabbt och effektivt drogerna skulle sprida sig genom stormens vrede. De vattenlösliga påsarna, som han hade valt i sitt försök att minimera miljöpåverkan, löstes upp i regnet så fort de slog i marken. Kemikalierna blandades med vattnet och sögs upp i jord, floder och vattendrag.

I stormens efterdyningar började effekten av drogen att märkas globalt. De vattenlösliga påsarna, tillverkade av majsstärkelse, hade designats för att vara miljövänliga – en åtgärd Markus Schmidt insisterat på som en del av TMMF:s 'etiska' smuggling. Ironiskt nog var det samma drag som ledde till katastrofen. När stormens rasande vindar rev sönder klubbhuset och sprängde påsarna över landskapet, fann sig innehållet snabbt blandas med regnvattnet.

Vinden bar det förorenade regnet vidare, från stad till stad, från land till land. Det ovanliga planetariska väderfenomenet visade sig vara den perfekta katalysatorn för en global spridning. De mängderna av drogen var för sig var ofarliga, men när de spreds ut över världens vattensystem skapades en osynlig cocktail som ingen kunde undvika. Stormens kraft förvandlade sig till historiens mest effektiva distributör – en naturlig maskin som sprängde gränser och trotsade mänsklig kontroll.

För forskare som Chuck och hans team var spridningen en mardröm utan motstycke. När de senare analyserade förloppet identifierade de drogens molekylära stabilitet som en nyckel till dess omfattande påverkan. Stormens intensitet och spridningens hastighet förvandlade en lokal katastrof till en global epidemi. Varje nyhetssändning bekräftade deras värsta farhågor – en kris som ingen kunde ha förutsett, men som de visste att de på något sätt måste försöka lösa.

Kapitel 48 – Stormens kemi

Frankfurt

Chuck satt vid laboratoriets centrala arbetsbänk och stirrade ner på anteckningsboken framför sig. Handskriften var ojämn, en tydlig spegling av sin frustration. Trots veckor av tester och simuleringar hade de fortfarande inte kommit närmare en lösning. Det var som att varje svar förde med sig två nya frågor. Blicken vandrade över de steriliserade glasbehållarna och laboratorieutrustningen, en plats som normalt sett var hans tillflyktsort, men nu kändes det som en fängelsecell.

– Okej, teamet, låt oss gå igenom det igen, sa Chuck och rätade på ryggen. – Vi vet att drogen orsakar impotens hos människor, men inte hos andra arter. Någonting i den mänskliga fysiologin reagerar annorlunda. Frågan är bara – vad är det vi förbiser?

Karolin lutade sig över sin laptop innan hon frustrerat slog igen den.

– Det är inte vad vi har missat, Chuck. Problemet är vad vi inte kan testa. Mänskliga försök är både oetiska och olagliga. Och även om vi hittar någon frivillig, vad händer om vi misslyckas?

Bruno, som satt bredvid Karolin, ryckte på axlarna.

– Alltså, öh … vi måste ju göra något, eller? sa Bruno och ryckte på axlarna. – Det finns ju folk där ute som typ skulle göra vad som helst för pengar? Jag menar, varför inte testa det?

Chuck höjde handen och skakade på huvudet. – Nej. Vi har redan tagit risker med drogens spridning. Vi kan inte också riskera människors liv i en okontrollerad miljö.

Claudia, som vanligt den lugnaste i gruppen, la händerna på bordet och såg på Chuck.

– Om vi inte kan testa, måste vi fokusera på att förhindra att drogen sprider sig vidare. Vad vet vi om TMMF och deras lager? Finns det något sätt att spåra var drogen tagit vägen?

Chuck svalde hårt och tittade på sina anteckningar.

– Det är vår bästa chans. Om vi kan lokalisera alla potentiella lager och oskadliggöra, kan vi minimera skadan. Men vi måste agera snabbt.

En knackning på dörren avbröt diskussionen. Adam, herrgårdens alltiallo, klev in med en orolig blick. Ingrid, hans fru och herrgårdens chef, följde tätt efter.

– Ursäkta avbrottet, sa Ingrid och såg på gruppen med allvar i blicken.
– Vi har fått en röd varning från DWD. Stormen väntas intensifieras och drabba hela regionen. Vi måste samla alla i herrgården och ta skydd.

Claudia reste sig omedelbart och började organisera teamet.

– Chuck, vi tar med allt vi kan från laboratoriet. Vi kan fortsätta arbeta i salongen, men säkerheten går först.

Chuck niokado, även om han inte kunde dölja frustrationen i ansiktet.

– Vi har inte tid för det här. Stormen eller inte, vi kan inte låta drogen sprida sig okontrollerat. Vi måste fortsätta, även där inne.

Karolin reste sig och började samla ihop sin utrustning.

– Jag vet, Chuck. Jag vet! Men vi måste ta oss igenom det här levande först.

Medan de packade ner sina anteckningar och kemiska prover hördes vinden vina utanför, som om den ville påminna dem om det hot som närmade sig. Chuck sneglade mot fönstret och såg trädtopparna böja sig i stormens början. Vill naturen själv försöka säga något? – Att människan inte var den som styrde här, kanske, tänkte Chuck och fortsätta att packa.

!

Kapitel 48 – En pandemi

När stormen hade rasat färdigt och världen började resa sig ur spillrorna, uppdagades en bisarr och skrämmande konsekvens. Rapport efter rapport strömmade in från världens alla hörn – män förlorade sin förmåga att ha sex. Fenomenet verkade vara lika omfattande som det var obegripligt, och paniken spred sig som en löpeld. Många tolkade det som ett virus, en pandemi som ingen förstod. Vetenskapssamfundet, tillsammans med Världshälsoorganisationen, WHO, kastades in i en desperat jakt på svar.

Ingen förstod att stormen, driven av en sällsynt och kraftfull planetarisk våg, var både källan och katalysatorn för katastrofen. Den planetariska vågen, som uppstått på grund av ovanliga rörelser i atmosfärens långsamma rossbyvågor, hade lett till en global kedjereaktion. Vindarna hade inte bara slitit upp träd och byggnader – de hade lyft tvåhundra halvkilospåsar med ett impotensframkallande medel från TMMF:s klubbhus. Påsarna, tillverkade av majsstärkelse för att vara biologiskt nedbrytbara och "miljövänliga," hade slitits sönder av vindens kraft och förts upp i atmosfären.

När stormen sedan nådde sin klimax och regnet började falla, återvände det förorenade vattnet till marken. Påsarnas innehåll, drogen, löstes snabbt upp i regnvattnet och följde flodernas och bäckarnas naturliga flöden. Från små vattendrag till stora reservoarer spreds ämnet snabbt och omärkligt genom världens vattensystem. Stormens intensitet gjorde det omöjligt att begränsa spridningen. Varje droppe vatten som nådde marken bar med sig små mängder av de potenta kemikalierna, som spreds över kontinenter på bara några dagar.

Drogens molekylstruktur spelade en avgörande roll i spridningen. Ämnet var hydrofilt och stabilt i vatten, vilket innebar att det kunde binda till vattenmolekyler och förbli aktivt trots kraftig utspädning. Dricksvattenreningssystem, som var designade för att hantera kända föroreningar, kunde inte upptäcka drogen. Inom en vecka hade drogen nått varje hörn av jorden.

Den verkliga utmaningen låg i att drogen, när den väl distribuerats genom stormens omfattning och spridits i vattensystemen, hade en hög grad av hydrofili, vilket gjorde att den enkelt band sig till vattenmolekyler.

Denna egenskap, i kombination med stormens enorma regnmängder, möjliggjorde en global spridning. Trots att koncentrationerna av drogen var mikroskopiska i det förorenade vattnet, var dess biologiska effekt på mänskliga celler kraftfull. När drogen väl kom in i människokroppen, absorberades den snabbt och metabolismerades till ofarliga biprodukter, vilket gjorde den spårbar endast under en mycket kort tid.

Under de första veckorna efter stormen fokuserade forskare världen över på att upptäcka en smittkälla. Man misstänkte inledningsvis ett virus eller en bakterie, men tester av vatten, luft och livsmedel gav inga resultat. Detta förvärrade frustrationen, då mänsklighetens främsta forskare stod inför en global kris utan en identifierbar orsak. Det internationella samfundet började överväga andra möjligheter, inklusive hypotesen att stormen kunde ha fört med sig biologiskt eller kemiskt material från yttre rymden.

Månader av undersökningar riktades mot regnvattenprover, sediment och organiskt material från stormens epicentrum. Men vid den tiden hade drogens komponenter redan brutits ner av naturens nedbrytningsprocesser, inklusive hydrolys och mikrobiell aktivitet i vattenmiljön. Dessa naturliga mekanismer eliminerade effektivt alla rester av drogen, vilket gjorde den omöjlig att upptäcka i efterhand.

Ironiskt nog låg katastrofens lösning i dess snabba nedbrytning: om män endast hade kunnat undvika att konsumera dricksvatten eller livsmedel beredda med vatten under de första trettio dagarna efter stormen, hade drogens aktiva komponenter förlorat sin biologiska verkan och blivit ofarliga. Men eftersom ingen var medveten om förgiftningen, och eftersom vattnet redan hade trängt in i alla aspekter av livsmedelskedjan – från matlagning till jordbruksbevattning – blev exponeringen oundviklig.

I slutändan bidrog drogens unika molekylstruktur till dess dubbla natur: stabil och biologiskt aktiv i kontakt med mänsklig fysiologi, men snabbt nedbrytbar i naturliga vattenmiljöer. Detta resulterade i en global katastrof där forskare stod maktlösa, eftersom spåren av orsaken försvann lika snabbt som de uppstod. Mänskligheten stod nu inför en kris som ingen vetenskap eller teknologi kunde förklara – eller förhindra i efterhand.

Förvirringen och paniken ledde till snabba åtgärder från världens regeringar. WHO varnade för resor och föreslog att gränser skulle stängas. Kina införde en total nedstängning i ett desperat försök att minimera exponeringen. Men ingen åtgärd tycktes ha någon effekt. Eländet förstärktes av det faktum att stormen hade orsakat enorm förödelse –

tjugofem procent av jordens byggnader och samhällen låg i ruiner, miljontals människor var hemlösa, och hjälpinsatser försvårades av den globala krisen.

Under stormens härjningar hade över femtio flygplan störtat eller kraschlandat, och många av dem försvann från radarn innan nedslaget. Hittills hade få plan hittats, och inga överlevande hade rapporterats. Den samlade tyngden av dessa katastrofer la en nästan outhärdlig börda på mänskligheten.

Ingen visste att lösningen på gåtan låg i Markus Schmidts försök att balansera miljöetik och smuggling. Hans krav på biologiskt nedbrytbara påsar hade, i en obeveklig ironi, lett till en global katastrof. Chuck och hans team försökte förstå omfattningen av vad som hänt, men trots sina ansträngningar kunde de bara se på medan krisen utvecklades.

När stormen la sig och världen började söka efter svar, var det för sent att stoppa det som hade satts i rörelse. Drogen hade redan förgiftat mänskligheten, och den vetenskapliga världen stod inför en utmaning större än någon tidigare. Världen var förändrad för alltid.

Kapitel 49 – Tv-serien och livet efter

31 augusti–31 oktober, världen

Cyrus hade försvunnit som om han varit en vattendroppe i Saharas ökensand – spårlöst och med en nästan poetisk mystik. Polisen hade fått en officiell rapport från en förtvivlad Linda och en nästan irriterat samlad TV5, som mest bekymrade sig över de förlorade investeringarna i sina senaste manusändringar.

Ivan, den störstllade ledaren för Svart Boa – en organisation som lika gärna kunde ha varit ett rockband med alldeles för mycket eyeliner – satt nu i häktet tillsammans med sina mest lojala "springpojkar". Dessa män hade jagat Cyrus som om han var huvudrollen i deras egen dystopiska actionfilm, komplett med brutna rutor och biljakter.

Trots timmar av polisförhör och den hotfulla närvaron av en obekväm bordslampa, nekade Ivan och hans medhjälpare bestämt till att ha kommit i närheten av Cyrus. Faktum var att deras förnekelser var så övertygande att tekniska bevis faktiskt stödde dem – något som gjorde utredarna misstänksamt konfunderade. Men hypotesen låg kvar som en envis katt på en nytvättad tröja: Cyrus hade på något sätt lyckats ta sig ombord på ett fraktplan från Arlanda, försvunnit från radarn och lämnat efter sig en gåta som inte ens Sherlock Holmes hade velat röra.

Polisens tekniska bevis och de båda männens hårdnackade förnekanden verkade dock peka mot en sannolik hypotes: Cyrus hade på något sätt lyckats göra det omöjliga – att försvinna från Arlanda. Av de fem fraktplanen som lämnat flygplatsen samma kväll var ett mystiskt frånvarande på radarn, vilket lämnade mer utrymme för spekulationer än en svensk riksdagsdebatt. Detektiverna kliade sig i huvudet och tittade på de trettiofem passagerarplan som landat utan några tecken på den förlorade manusförfattaren, som om han smugit ombord på ett plan iklädd en kasslerkostym.

Samtidigt, i det lilla redigeringsrummet som Maria kallade sin "personliga purgatorium", kämpade hon med att pussla ihop en serie där den mest centrala skådespelaren råkade vara på en okänd plats – antagligen med en kokospalm som sällskap.

Med hjälp av teknik som gränsade till svart magi, lyckades hon digitalt återskapa Cyrus för att avsluta scenerna, något som sannolikt skulle få framtida filmstudenter att diskutera etiken i hennes handlingar tills solen svalnade. Speciellt utmanande var scenerna med Linda, vars ögon svämmade över med så mycket smärta och saknad att till och med redigeringsverktygen började lagga av känslomässig överbelastning.

Den 1 september var allt klart. Serien, ett mästerverk av digital illusion och mänsklig viljestyrka, var redo att möta världen. Sören, med en näsduk i ena handen och en kopp överdrivet dyr kaffe i den andra, höll ett tal som i vanliga fall skulle ha varit reserverat för Nobelprisceremonier. Rösten darrade av en märklig korsning av stolthet och sorg, och han avslutade med ett hoppfullt: "Cyrus, om du hör oss där ute, kom hem – vi behöver dig för säsong två."

Premiärvisningen var en förväntan eller egentligen en överdriven entusiasm, som om alla närvarande väntade på att Cyrus plötsligt skulle hoppa ut ur projektorn. När de första scenerna rullade fram och Lindas sorg blev lika verklig som en svensk höststorm, blev alla närvarande tagna av en emotionell lavin. Journalister som vanligtvis inte rörs av något annat än gratis bufféer satt med händerna för ansiktet, och till och med de mest skeptiska kritikerna började anteckna rubriker som "Ett mirakel av modern storytelling."

När visningen var över reste sig publiken i en applåd som kunde ha väckt döda, och även de strängaste recensenterna klappade händerna tills deras knogar vitnade. Serien, som hade verkat dömd från start, blev inte bara en succé – den blev ett kulturellt fenomen. TV5 kunde inte ha varit mer nöjda, och en plötslig våg av positivitet svepte genom redaktionen, vilket var en välkommen omväxling från det vanliga gnabbandet om vem som hade stulit vems kaffe.

Cyrus själv? Ja, han var fortfarande någonstans i världen – kanske på en strand, kanske under en palm – men hans frånvaro hade inte hindrat honom från att cementera sitt arv som en briljant manusförfattare. Ironiskt nog hade hans osynlighet blivit hans största framgång.

Journalisterna, som tidigare spetsat sina pennor för att sticka hål på TV5:s trovärdighet, fann sig nu ståendes som barn på konfekten – förvånade, generade och lite smått imponerade. De hade tvivlat på serien, hånat den som ett desperat försök att fylla tomrummet efter stjärnorna Lena Ohlin och Mikael Persbrandt, och vissa hade till och med spekulerat i att hela produktionen var en gigantisk bluff.

Men efter förhandsvisningen var det uppenbart att de hade fel. TV5:s berättelse var inte bara solid; den var en stadig fyrbåk i en storm av tvivel. Så, med blygsamma ursäkter och darriga tangenttryckningar, började de rätta sina tidigare uttalanden. Någon skrev till och med, i en gest av nästan obehaglig ödmjukhet, att serien kunde vara "nästa Ingmar Bergman, fast med bättre ljussättning och rolig." '

När premiären närmade sig kunde journalisterna knappt hålla sig stilla. Deras förväntningar växte snabbare än en jästdeg i bastuvärme, och spekulationerna om TV5:s nästa stora hit spreds som en löpeld genom medievärlden. De nya skådespelarna, som tidigare hade varit lika anonyma som en pappersmugg på ett kontorslandskap, lyftes nu fram som briljanta talanger. Någon jämförde en av dem med en ung Marlon Brando, vilket förmodligen fick den stackars skådespelaren att sätta morgonkaffet i halsen.

När premiärdagen grydde gick alla hem med ett leende på läpparna, stolta över vad de hade åstadkommit tillsammans. Det var som om världen för en kort stund hade glömt sina bekymmer och i stället lutat sig tillbaka för att njuta av en serie som ingen hade trott på – förutom möjligen Maria, som nu gick runt som en triumferande gladiator i redigeringsrummet.

Men mitt i denna mediala succé hängde en skugga – Cyrus försvinnande. Journalisterna, som aldrig kunde motstå en bra konspirationsteori, började nu rikta sina sökarljus mot hans mystiska öde. Ivan och hans "springpojkar" hade hävdat att de inte ens lyckats lägga händerna på honom, men antydningar om ett fraktplan som försvunnit från radarn höll intresset vid liv. Var Cyrus en genialisk flykting, eller bara en man med en osedvanlig förmåga att vara på fel plats vid fel tid? Var han i själva verket en tragisk hjälte, jagad av Svart Boa för en skuld som nu täcktes av allmänhetens insamlingar, tack vare Lindas rörande uppmaningar på sociala medier?

Hans föräldrar, Daniel och Farah, framträdde i tv-intervjuer med tårar i ögonen och en bön på läpparna. Deras sorg grep tag i en nation, och deras ord blev som en hymn till mänsklighetens eviga hopp. Linda, trots att hon balanserade en huvudroll och ett hjärta fyllt av saknad, talade om Cyrus med en sådan känslomässig skärpa att hon kunde ha fått en sten att gråta. Publiken, djupt rörd av hennes ord och familjens lidande, satt som förtrollade.

Under tiden fortsatte världen sin märkliga resa genom en pandemi som berövat män deras intimitetsförmåga. Sverige, som i ett utbrott av byråkratisk excentricitet hade valt att avstå från restriktioner, såg

Folkhälsomyndighetens presskonferenser utvecklas till en sorts svart humor. "Vi undersöker fortfarande" och "Vi har inga svar ännu" hade blivit deras mantra, upprepade med en envishet som påminde om en fastlåst skiva. Allmänheten, å andra sidan, började alltmer betrakta myndigheten som en sorts modern kör av tragiska komiker, famlande i mörkret efter en lösning som aldrig tycktes komma.

Misstron mot Folkhälsomyndigheten växte som en svampodling i ett fuktigt badrum. När allmänheten insåg att myndigheten inte bara saknade svar på pandemins orsak utan också var på gränsen till att börja använda "hopp och böner" som strategi, spreds en desperat jakt på lösningar. Självutnämnda experter dök upp som svampar efter ett regn, och deras botemedel sträckte sig från mystiska örtteer till det märkliga rådet att sova med en apelsin i strumpan. Trots myndighetens varnande pekfingrar flockades folket till dessa charlataner som om de erbjöd gratis smörgåstårta.

Desperationen ledde människor in på stigar kantade av både hopp och dumdristighet. Män, kvinnor och alla däremellan fann sig gripna av en kollektiv skräck över en pandemi som inte bara stulit mäns intimitetsförmåga utan också deras sexuella lust. Globalt var landskapet lika splittrat som en dåligt hopsatt IKEA-möbel.

I Kina översvämmades städerna av protester där frustrerade människor krävde svar från en regering som svarade med sin egen typ av tystnad – den slags som endast bryts av sirener och myndighetspropaganda. I Frankrikes annars fridfulla landsbygd utkämpade strejkande fackföreningar en märklig kamp med plakat som kombinerade rop på lösningar med recept på Coq au Vin. Och Tyskland? Där fylldes gatorna av demonstranter som skrek efter handling medan bordeller, i ett bisarrt men tragiskt skifte, blev centrum för protesterna. Utan kunder hade sexarbetarna omvandlats till politiska aktivister och krävt en minimilön – något som den tyska staten, med ett nervöst leende, faktiskt gav dem.

Samtidigt svämmade religiösa platser över av män som i desperation bad till högre makter. Kyrkor, moskéer och tempel fylldes av knäböjande massor som lämnade efter sig donationer så generösa att prästernas kollektbössor började kännas som jackpotmaskiner. Prästerskapet log, kanske för första gången på decennier, men även de kunde inte låta bli att önska ett slut på denna märkliga epok.

Den globala förändringen hade effekter som ingen kunde förutspå. Män, nu lika intresserade av intimitet som en katt av en hundpromenad, blev plötsligt mer närvarande hemma. TV-kvällarna blev heliga ritualer, medan sportkanalerna blev husaltare där män samlades för att dyrka sporten som om den var ett universellt botemedel mot allt.

Kvinnorna, som först välkomnade den oväntade uppmärksamheten från sina partners, fann sig snart sörjande en annan sorts förlust. Intimiteten, den där subtila, laddade dansen av blickar och beröringar, hade försvunnit. De som tidigare stönat över sina partners oändliga "intensiva behov" började nu längta efter den passion som en gång irriterade dem. I de mest otippade hem hördes längtansfulla suckar över partners som förr sprungit efter dem som om de var en sällsynt Pokémon.

Lesbiska kvinnor? De rörde inte ens på ögonbrynen. Livet gick vidare, som om ingenting hade hänt. Men deras lugn och brist på påverkan väckte avundsjuka blickar från vissa heterosexuella kvinnor, vilket ledde till märkliga kommentarer som blev viral grogrund för ytterligare irritation. I ett försök att dämpa stämningen lanserade myndigheter och RFSU en kampanj med slogans som "Kärlek är för alla" och "Ge avundsjuka en paus!" Kampanjen blev snabbt populär, inte minst för sina absurda reklamfilmer där människor övertygade varandra att acceptera mångfald genom dans med grönsaker.

Så, världen fortsatte snurra, märkligt förändrad. Intimitet blev ett minne, och mäns oförmåga blev det nya normala. Men, som alltid, fanns där en gnista av hopp, ett löfte om att denna underliga epok en dag skulle bli bara ytterligare ett kapitel i mänsklighetens aldrig sinande tragikomiska historia.

Så småningom blev världen som vanligt ... fast på ett väldigt ovanligt sätt. Mäns oförmåga att älska – eller snarare, deras totala brist på intresse för det – blev det nya normala. Samhället, som först famlat i chockens dimma, hade nu anpassat sig med en blandning av resignation och svart humor. I Sverige, där Folkhälsomyndigheten slutligen kom ut och erkände att de inte hade några svar men gärna tog emot förslag, började livet rulla vidare. Restriktioner släpptes, och folk gick vidare som om ingenting hänt – vilket, tekniskt sett, var precis vad som hänt.

Mitt i allt detta stod TV5:s succéserie som en fyrbåk av lättnad och skratt. Serien hade träffat en nerv hos en publik som suktade efter något annat än pandemins grå misär. Med sin jordnära och sanningsnära komedi hade den fått både kritiker och tittare att jubla. Manusförfattaren Cyrus Danielsson, som av världspressen utnämnts till "den moderna Cervantes" och "det bästa som hänt komedigenren sedan Monty Python", var helt omedveten om sin berömmelse. Hela världen ville hitta honom, men Cyrus förblev lika osynlig som ett blyertsstreck i en svart tavla.

Hans skuld till Svart Boa? Reglerad av insamlingar och glada donatorer som inte längre såg någon hotbild mot honom – inte ens Ivan och hans "springpojkar" orkade hålla intresset uppe. Men trots den globala fascinationen för Cyrus förblev han försvunnen. Spekulationerna om hans vistelseort blev alltmer fantasifulla: vissa påstod att han levde bland pingviner i Antarktis, andra att han gått med i en kult som tillbad månen som en ost.

Medierna delade sin uppmärksamhet mellan tre stora ämnen. Först och främst försökte forskare fortfarande, med samma desperation som en student natten före en tentamen, lösa gåtan om männens impotens. Resultaten? Nära, men ändå så långt borta. Sedan hade vi det märkliga samarbetet mellan världens ledare. Sydkorea och Nordkorea delade plötsligt lunchlådor, och i Mellanöstern kunde man ana ett visst samförstånd mellan grannar som tidigare mest utbytt missiler och förolämpningar. Slutligen var det TV5:s succéserie och det mystiska försvinnandet av manusförfattaren som höll världen i ett järngrepp av nyfikenhet.

På Brunos herrgård, som låg så pittoreskt att den såg ut att ha rymt från ett vykort, kämpade forskarlaget under ledning av Chuck med att skapa ett botemedel. Deras metoder? Experimentella, för att uttrycka det milt. De forskarna männen i laget tog på sig rollen som mänskliga försökskaniner, vilket ofta ledde till bisarra scener där någon plötsligt kunde få en oemotståndlig lust att sjunga opera eller dansa jitterbugg.

Bruno och Claudia, som var djupt inblandade i detta kaos, höll forskningen hemlig. De fruktade att deras initiala roll i att beställa medlet från Chuck – innan allt gick åt skogen – skulle komma fram. Deras mål var nu att rädda världen och samtidigt undvika obekväma frågor. När botemedlet väl var funnet, hoppades de på att hyllas som hjältar och sopa resten under mattan.

Men världen, i sin nyfunna ordning, började långsamt bygga upp något vackert ur ruinerna. Städningen efter pandemins storm enade människor på sätt som ingen kunde ha förutspått. Tidigare ovänner fann sig stå sida vid sida, med sopborstar och hammare i händerna. Sydkoreaner och nordkoreaner skrattade tillsammans över misstag i byggnadsritningar. Israel och Palestina tävlade om vem som kunde odla de största solrosorna. Och Tysklands bordeller omvandlades till kreativa centrum där konstnärer och entreprenörer byggde nya framtider.

Bruno? Han blickade ut över sitt laboratorium med drömska ögon, redo att lämna forskningen för politiken. Om allt gick enligt planerna skulle han snart bli Tysklands förbundskansler. Det ironiska? Han förstod inte ens att världen, på sitt eget tokiga sätt, redan räddat sig själv – inte genom vetenskap, utan genom det största miraklet av alla: enighet i kaosets kölvatten. Och kanske, bara kanske, kunde Cyrus komma tillbaka en dag, med en ny idé för en serie som fick alla att skratta ännu en gång.

Serien hade inte bara tagit Sverige med storm; den hade också sålts till Tv-kanaler världen över. Från Frankrike till Filippinerna, från Kanada till Kongo – serien hade blivit en global succé. Överallt citerades repliker, memer spreds som löpeld och folk undrade: Vem är denna geniala manusförfattare som verkar förstå mänsklighetens absurda natur bättre än någon annan? Och var är han?

På Brunos herrgård, mitt i ett laboratorium fyllt med provrör och löjligt dyra kaffemaskiner, satt Bruno och Claudia djupt försjunkna i den senaste episoden. Claudia torkade bort tårar av skratt medan Bruno, som inte riktigt förstod varför han skrattade, nickade instämmande.

– Seriöst, alltså ... den här Cyrus är typ nån slags legend, sa Bruno och pekade på skärmen med en pizzabit. – Vi måste hitta honom, Claudia. Det är liksom ... vad heter det ... vår ... vårt ansvar typ.

Claudia såg upp från sin vinflaska, där hon just försökt läsa etiketten för att avgöra om hon skulle lägga till den på sin nästa Instagram-story.

– Ansvar? Du menar att vi ska leta upp honom för att han skrev en serie? Bruno, du vet att han inte är en superhjälte, va?

– Nä, men typ ändå! Tänk om vi hittar honom och han skriver nåt ännu roligare, typ som ... vad heter den där filmen med laserkaniner? sa Bruno, som inte ens väntade på svar innan han ryckte på axlarna och fortsatte. – Äsch, whatever, poängen är att vi måste typ fixa det här.

Och så, med det unika beslutsfattandet hos en man som en gång köpte en giraffstaty för att imponera på sin gymnasiecrush, anlitade Bruno Karolin.

– Okej, typ så här, sa Bruno till Karolin när de möttes i herrgårdens överdimensionerade vardagsrum. – Vi vill typ att du ska hitta den här Cyrus-snubben. Vi har pengar och ... typ resurser och sånt.

Karolin höjde ett ögonbryn och granskade honom som om han precis föreslagit att de skulle börja odla mangoträd på Nordpolen.

– Så, ni vill bekosta en expedition för att hitta en manusförfattare? sa hon torrt.

– Typ ja! Det är som i den där filmen, vet du, den med han ... Indiana Bonzo, eller vad han heter. Vi vill ha typ en skattjakt! sa Bruno och viftade ivrigt med händerna.

Claudia himlade med ögonen men nickade. Karolin, som hade hört galnare idéer, nåja bara marginellt men ändå, gick med på att ta uppdraget. Och så började den internationella jakten på Cyrus Danielsson – manusförfattaren som världen älskade och ingen kunde hitta.

Kapitel 50 – En öde ö och en hög av skräp

Indiska oceanen

Cyrus vaknade långsamt, som en gammal dator som försöker starta upp i en åskstorm, med skillnaden att den här datorn också hade fått en rejäl smäll på hårddisken. Han var fortfarande fastspänd i fraktplanet, omgiven av krossat gods och något som möjligen kunde vara en burk Bullens pilsnerkorv – en upptäckt som både väckte hopp och en märklig känsla av sorg. Hans första tanke var att han levde, en insikt som kändes som en märklig blandning av välsignelse och förbannelse. Hans andra tanke var att hans fötter var blöta – en ovälkommen upptäckt som snart följdes av huvudvärken, som slog mot hans panna som en ilsken orkester av cymbaler.

Efter att ha kämpat sig loss från säkerhetsbältet, haltade han ut ur planet. Solens intensiva ljus stack i ögonen, och han stannade till för att orientera sig. Framför honom låg vad som var kvar av flygplanskroppen, halvt på stranden och halvt i det turkosblå havet. Cockpiten var borta, förmodligen försvunnen i kraschen, och Cyrus kunde inte låta bli att känna en sorgsen klump i halsen vid tanken på piloterna. Han hade hoppats att de kanske hade överlevt kraschen och kunde ge honom lite efterlängtat sällskap i detta övergivna paradis. Men nu verkade det som om han var ensam.

Planets inre var däremot en oväntad tröst. Längs de trasiga väggarna och staplade lådorna upptäckte han ett överflöd av förnödenheter: konservmat, chips, kex, choklad och flaskor med mineralvatten i olika märken, som om någon tänkt använda flygplanet som en gigantisk, högtflygande minibar. Han hittade även läskedrycker, energidrycker och några märkligt smakande örtteer i flaskor som såg ut att vara designade för hipstrar. Detta förråd blev snabbt hans livlina, och han tackade kraschen för att åtminstone ha haft vettet att leverera honom till en plats med både mat och dricka.

När han blickade ut över ön slog det honom att den var så liten att den fick ett IKEA-varuhus att kännas som en kontinent. Omgiven av turkosblått vatten och kritvita stränder såg den ut som något direkt hämtat från en resebroschyr – men med en betydande twist. Stränderna var dekorerade med mänsklighetens envist envetna skräp: plastflaskor, flip-flops, kasserade tandborstar och en ensam actionfigur av en mycket trött superhjälte låg utspridda som en sorts postmodern installation.

Cyrus suckade djupt och skakade på huvudet.

– Om mänskligheten någonsin behövde ett monument över sin egen idioti, så är det detta, mumlade han för sig själv medan han betraktade en plastflaska som hade texten "Made in Thailand" tryckt i bleka bokstäver.

Trots sitt överflöd av förnödenheter kände han den tärande ensamheten slå till direkt.

– Jag menar, det kunde åtminstone ha varit någon annan här, sa han högt, som om att adressera planet skulle göra det hela mer logiskt. Till och med en pratglad co-pilot. Eller en stewardess som serverar ... jag vet inte ... kall ravioli?

Han försökte slå bort den stickande känslan av ensamhet och riktade uppmärksamheten tillbaka till vad som behövde göras. Han insåg att överlevnad inte bara handlade om mat och vatten, utan också om att hålla sinnet skarpt och sysselsatt. Och medan planet visserligen var en välsignelse i sig, var frågan som hängde över honom: Hur länge skulle han vara här? Och skulle någon någonsin hitta honom?

När han gick tillbaka till flygplanskroppen för att börja organisera sitt nya hem, slogs han av en märklig tanke: även om han var ensam, var han inte helt utan sällskap. Öns stränder, fyllda med skräp från världens alla hörn, erbjöd en sorts global dialog i mikroformat. Och även om det kanske inte var piloterna han hoppats på, skulle kanske en plastflaska från Kanada eller en flip-flop från Brasilien kunna ge honom något att skratta åt.

Cyrus hade alltid varit en praktisk man. När livet ger dig citroner, tänkte han, kanske du kan stapla dem i en pyramid och kalla det konst. Så han började samla ihop allt skräp han kunde hitta och ordnade det i en prydlig hög mitt på ön. Det blev snart hans nya hobby – en sorts arkeologisk skattjakt, där han varje dag försökte lista ut vilket land varje fynd hade kommit från.

–Den här flaskan är definitivt från Indien, sa han högt till ingen särskild medan han inspekterade en etikett med urvattnade hindi-bokstäver. – Och den här ... troligtvis Tyskland. Bara tyskar skulle vara organiserade nog att märka sina plastskedar."

Trots isolationen upptäckte Cyrus att hans nya hobby gav en märklig sorts glädje. Varje dag fylldes av nya fynd: en flip-flop från Brasilien, en gummiboll från Kina, en mycket suspekt burk som förmodligen hade börjat livet som ravioli någonstans i Italien. Han döpte skräphögsprojektet till "Globala fragment" och började prata med den som om den var en gammal vän.

När han inte katalogiserade plast eller klättrade på kokosnötsträd – en aktivitet som han snabbt lärde sig var både farlig och rolig – tillverkade Cyrus fiskenät av flygplanets lastremmar och improviserade små eldplatser med hjälp av drivved. Han fiskade, men eftersom han inte behövde äta fisken, kastade han tillbaka dem i havet efter att ha gett dem namn som "Herbert" och "Ester". Det blev en form av terapi, även om han ibland undrade om han faktiskt började förlora förståndet.

Ett av hans favoritögonblick varje dag var att vandra längs stranden och upptäcka nya "skatter" som vågorna fört med sig under natten. Han hittade en gång en rostig konservöppnare som han bestämde måste ha kommit från ett piratskepp.

– Jag döper dig till Sir Opener, sa han med en överdrivet dramatisk bugning. – Du ska bli min trogne följeslagare i jakten på konservmatens innersta mysterier.

Cyrus kämpade för att hålla sig sysselsatt, men ensamheten var en enveten följeslagare, en tyst skugga som följde honom vart han än gick. Driven av ett desperat behov av sällskap ritade han en dag ett ansikte på en kokosnöt med hjälp av en kolbit han hittat i sanden. Han betraktade sitt verk en stund och log snett.

– Jag döper dig till Mamma Farah, sa han och ställde nöten på en sten vid stranden. – Äntligen är du här för att hålla koll på mig. Men vet du vad, det är faktiskt ganska skönt att du inte tjatar om att jag ska äta mer grönsaker eller ringa oftare.

Han satte sig ner bredvid kokosnöten och lutade sig tillbaka mot en sten.

– Och vet du vad, Mamma Farah? Jag uppskattar verkligen att du inte kommenterar min frisyr just nu. Eller bristen på den. Det är nästan som om du äntligen förstått att jag klarar mig själv.

Kokosnöten stirrade tillbaka med sin koltecknade blick, lika tyst som ett dåligt mottaget familjesamtal.

– Ja, du har rätt, fortsatte Cyrus och suckade. – Jag har inte ringt tillräckligt ofta. Och nej, jag har inte ätit ordentligt heller. Men jag är ändå vuxen, okej? Det måste du acceptera.

Han tystnade och sneglade på kokosnöten, som fortfarande var lika stum. Trots tystnaden kände han ett märkligt lugn. Det var något befriande med att föra ett samtal där ingen avbröt eller försökte övertyga honom om att han behövde en till kofta.

I skenet av sina skräphögar och sina improviserade lägereldar kämpade Cyrus vidare. Varje dag innebar nya upptäckter, nya utmaningar och ett nytt sätt att överleva. Han visste inte om han någonsin skulle återvända till civilisationen eller om han skulle bli en fotnot i historien. Men han hade åtminstone mamma Farah, Sir Opener och sin ständigt växande samling av mänsklighetens övergivna skatter.

Och medan han satt där under stjärnorna en kväll, funderade han på en sak: Om världen någonsin skulle hitta honom, skulle den vara redo för hans berättelse – och hans skräphög.

10 november

Cyrus hade aldrig hört något så högt som helikopterns dundrande blad. Ljudet skar genom öns stillhet som en mycket beslutsam motorsåg. Där han satt gömd i trädtopparna, klamrade han sig fast vid en gren och kikade ner på sandstranden, där främlingar rörde sig som myror runt flygplanskroppen.

– Är detta min räddning? viskade han för sig själv. Eller bara en ny flock galningar som tänker kidnappa mig och kräva att jag skriver manus åt dem?

Han sneglade på kokosnöten han fortfarande kallade Mamma Farah, som balanserade på en närliggande gren. Det var ingen idé att fråga henne; hennes råd hade varit märkbart bristfälliga hittills.

Nere på stranden lyfte en kvinna med stram uppsyn och solglasögon en megafon.

– Cyrus, är du här? Vi är här för att rädda dig!

Cyrus kände hur hjärtat hoppade till i bröstet. Hennes röst bar en viss trygghet, men också något som lät som otålighet. Han tvekade. Vad om de inte var vänliga? Vad om de bara ville ha hans sista burk med ravioli?

Efter en lång sekunds inre kamp tog han ett djupt andetag och ropade tillbaka.

– Jag är här! Men ni får inte röra mina konservburkar!

En kort tystnad följde, och sedan kom svaret genom megafonen.

– Vi rör inte dina konservburkar, Cyrus. Men om du vill ha en dusch och en riktig måltid, kanske du borde komma fram?

Cyrus kikade ner från sin gren. De såg inte särskilt farliga ut, och om han skulle dö, tänkte han, så kunde han lika gärna dö ren och mätt. Med en darrande suck klättrade han ner från trädet och steg fram genom skuggorna.

När han klev ut ur skogen, solbränd, rufsig och med ett skägg som kunde göra en mulla avundsjuk, stirrade räddningsteamet på honom som om de just upptäckt en livs levande dinosaurie. Karolins team hälsade honom med applåder och en flaskvattenflaska, vilket kändes ironiskt med tanke på hur mycket mineralvatten han druckit de senaste månaderna.

– Välkommen tillbaka till civilisationen, sa Karolin och skakade hans hand.

Cyrus öppnade munnen för att leverera en fyndig kommentar – kanske något som skulle få dem att tänka: Wow, vilken kvick kille, trots allt han gått igenom! Men allt som kom ut var ett ljud som påminde om en gäspande sjölejonunge. Han nickade i stället, som om det hade varit planen hela tiden, och sneglade på helikoptern. Den såg inte bara ut som en port till himlen – den var också ett löfte om att han snart skulle lämna denna paradisö som luktade svett och bränt skräp.

De flög honom till en yacht så bländande vit att han nästan var säker på att den kunde reflektera solen och orsaka en miljökatastrof. När han satte foten på däcket kändes civilisationen lite närmare, och för första gången på månader släppte han en liten suck av lättnad.

Ombord på båten, som plöjde genom vågorna med en bekvämlighet han inte hade upplevt på länge, kände han något som liknade lycka. Han hade fått duscha – en euforisk upplevelse som nästan fick honom att gråta – och rakade sig för första gången på månader. Borta var Robinson Crusoe-lookaliken; nu såg han nästan ut som sig själv igen.

Det var på båten han fick höra om serien. När en av besättningsmedlemmarna, som tydligen var ett fan, började prata om hur

"Cyrus Danielsson är typ världens bästa manusförfattare", trodde han först att det var ett skämt.

– Vänta, vad pratar ni om? frågade han och såg förvirrat på dem. – Hur vet ni ens vem jag är?

– Hur vi vet vem du är? Du är typ en legend! sa besättnings-medlemmen, som såg ut som att han skulle svimma av upphetsning. – Din serie har blivit en global succé! Alla snackar om dig.

Cyrus stirrade på mannen, oförmögen att processa informationen. Han försökte säga något, men tanken på att en serie han knappt sett själv blivit världsberömd var för mycket.

Samtalet med Linda, när de närmade sig Australien, var det ögonblick som kändes mest verkligt för Cyrus. Hans händer skakade när han höll telefonen, och när han hörde hennes röst på andra sidan linjen brast han i gråt.

– Linda … jag är okej. Jag är okej, sa han. – Jag saknar dig så mycket.

– Cyrus! Jag kan inte tro att det är du! Jag saknar dig också, så mycket. Jag … jag kommer till Australien. Jag bokar en biljett nu, sa hon ivrigt.

Cyrus skrattade, en lättnadens ljud som kom från djupet av hans själ.

– Jag kan knappt vänta.

Ombord på båten satt Cyrus med besättningsmedlemmarna, som såg ut att slåss om vem som skulle bli först att berätta vad han hade missat under sin tid på ön. Stämningen var märkligt munter, som om de såg fram emot att leverera nyheter som skulle chocka honom.

– Så, Cyrus, började en ung man med glöd i ögonen. – Har du hört om pandemin?

– Vilken pandemi? sa Cyrus, medan han tog en klunk mineralvatten och försökte låta oberörd.

– Den stora pandemin, sa mannen dramatiskt och gjorde en gest som skulle kunna tolkas som en imitation av en explosion. – Männen … tappade det. Ingen kunde få upp något längre.

Cyrus blinkade och lutade sig tillbaka i stolen. Han sneglade på de andra, som nickade allvarligt. Han rynkade pannan, försökte läsa av deras ansikten.

– Ingen? sa han långsamt. – Inte ens en liten?

– Ingen, bekräftade mannen. – Det är helt galet. Världen förändrades över en natt, typ!

Cyrus satte flaskan på bordet och stirrade ner på sina händer, funderande.

– Så ni säger att alla män … ? Han lät frågan hänga i luften.

En annan man lutade sig fram med ett försiktigt leende.

– Vänta, vänta. Du verkar inte så förvånad. Har du kvar din förmåga?

Cyrus mötte hans blick och skrattade nervöst.

– Det är svårt att säga, sa han och ryckte på axlarna. – Med bara fiskar som sällskap är det inte direkt något man får testa.

Gruppen skrattade, några av lättnad och andra för att skämtet landade precis rätt. Men Cyrus kunde känna blickarna på sig, nyfikna och kanske lite misstänksamma. Han la snabbt till.

– Seriöst, jag har ingen aning. Jag var på en ö, och om det ni säger är sant, så är det här … rätt mycket att smälta.

Det lugnade stämningen. Besättningen nickade förstående och verkade nöjda med att ha delat sin chockerande nyhet. Men inom Cyrus snurrade tankarna. Han bestämde sig för att hålla en låg profil tills han visste mer – och tills han hade haft en ordentlig "pratstund" med Linda.

När båten närmade sig Fremantle, kunde Cyrus se en växande klunga av journalister och fotografer på kajen. Kcamerablixtar blinkade som galna, och Cyrus kände en knut bildas i magen.

– Är det alltid så här nu? frågade han Karolin, som stod bredvid honom.

– Välkommen till berömmelsen, sa hon med ett snett leende.

Cyrus log svagt och tog ett djupt andetag. Han visste att han snart skulle möta världen igen – men just nu, i detta ögonblick, fanns bara en sak i tankarna: Linda. Och kanske en burk ravioli.

Cyrus kunde se Fremantle vid horisonten – en siluett av civilisation som kändes lika främmande som om han stirrat in i ett science fiction-landskap. Efter månader på en öde ö, där hans enda samtalspartner var en kokosnöt, verkade den stadiga pulsen av mänsklig aktivitet som något från en annan planet. När båten närmade sig hamnen kunde han urskilja mängden av människor som väntade – journalister med kameror som såg ut som granatkastare, nyfikna åskådare och ett hav av ansikten han inte kände igen.

Men där, mitt i allt detta, såg han Linda. Hon stod på hamnkajen, omgiven av människor, men det var som om hon glödde i det varma novemberljuset. Hjärtat hoppade till på ett sätt som inte hade något att göra med den ostadiga motorbåten han satt i. Linda. Hon var där. Hon hade kommit.

– Jag hoppas att det där är hon, mumlade Cyrus till Karolin bredvid sig. – Annars är jag på väg att göra någon annan väldigt obekväm med en stor kram.

Karolin höjde ett ögonbryn men sa inget, vilket Cyrus uppskattade. Han behövde samla sig. Att gå i land skulle inte bli lätt. Han kunde redan höra journalisterna skrika frågor som om de tävlade i vem som kunde ställa den mest absurda. Han suckade och lutade sig bakåt i båten. Detta var det pris han skulle få betala för att ha överlevt.

När motorbåten gled fram mot kajen kunde han se Lindas ansikte tydligare. Hon var lika vacker som han mindes, men det fanns en oro i blicken, som om hon undrade om han verkligen var densamme som hade lämnat henne. Det var en rättvis fråga. Cyrus hade överlevt krascher, isolation, och ett överflöd av mineralvatten – han var inte riktigt säker på om han var densamme heller.

När båten la till, och han tog de första stegen mot kajen, kändes marken under honom surrealistisk. Människor ropade, kameror klickade, och världen blev en virvelvind av ljud och ljus. Men så stod hon där framför honom, och allt annat bleknade.

– Linda, sa han, hans röst raspig som om han inte hade använt den på veckor – vilket han inte hade, om man inte räknade monologerna med Mamma Farah.

– Cyrus, viskade hon, och innan han ens hann tänka hade de kastat sig i varandras armar. Han kände hennes värme, hennes närhet, och en våg av lättnad sköljde över honom.

– Du luktar som ... ett tropiskt semesterpaket, sa hon med ett svagt leende, och han skrattade, trots att han visste att hon förmodligen var allvarlig.

De stod där, omedvetna för världen runt dem, medan kamerorna fångade deras återförening. Cyrus kunde höra Karolin i bakgrunden, som försökte förklara saker för journalisterna, men han brydde sig inte. För första gången på månader kände han sig hel igen.

Han lutade sig ner för att kyssa Linda, och när deras läppar möttes var det som om hela världen stannade. Det spelade ingen roll att de var omgivna av människor. Det spelade ingen roll att kamerorna fortsatte blixtra. Just där och då fanns bara de två. Resten kunde vänta.

– Vänta lite... Cyrus, viskade hon och lutade sig bakåt för att möta hans ansikte. – Har du stånd, eller gömmer du en ubåt i byxorna?

Cyrus gapade till, först av chock, sedan av förlösande skratt, ett hest ljud som skar genom tystnaden. Han lutade huvudet tillbaka och skakade långsamt på det innan han mötte hennes blick.

– Linda, du ser ut som en gudinna, och jag har inte haft sex på flera månader. Du ställer den frågan? Vad tror du?

Linda stirrade på honom i en halv sekund, sedan sprack hon upp i ett skratt som nästan liknade ett hysteriskt fniss. Hon slog händerna för munnen som för att kväva ljudet, men det var för sent.

– Jag vet inte om jag ska skratta eller gråta, viskade hon. – Det är bara så ... galet. Det är som att världen har blivit en sjuk komedi och vi är huvudpersonerna.

Cyrus strök hennes kind och såg på henne med en blandning av ömhet och sitt karakteristiska sneda leende.

– Och vad säger du om manuset hittills? frågade han lågmält.

Hon rullade ögonen och lutade sig fram för att viska i hans öra.

– Jag är bara glad att du inte är drabbad.

Cyrus ryckte lite på axlarna och försökte låta obrydd.

– Besättningen på båten nämnde något om det, men jag visste inte om det var sant eller bara ett väldigt konstigt skämt. Tydligen var det sant.

Linda spärrade upp ögonen och lutade sig ännu närmare, som om världen skulle höra om hon inte viskade.

– Du menar att de sa det till dig? Och du bara ... spelade med?

Cyrus nickade och höll tillbaka ett flin.

– Vad skulle jag göra? Tala om att jag är undantaget? Skulle jag ha skrivit "Jag är inte impotent" på en banderoll och hängt upp den i trädtopparna? Det var svårt nog att låtsas som ingenting medan de berättade allt som om jag var deras bästa kompis.

Linda bet sig i läppen för att inte skratta för högt. Hon lutade sig ännu närmare, så nära att deras näsor nästan nuddade.

– Jag är glad att du inte sa något. Tänk dig rubrikerna: "Sista ståndsmannen hittad – och han skriver komedier!"

Cyrus fnissade och skakade långsamt på huvudet.

– Ja, för att det skulle vara toppen av värdighet. Kom nu, Linda. Låt oss dra. Skit i journalisterna.

De utbytte en blick som var både konspiratorisk och öm, och sedan tog hon hans hand. De sprang, som två rymmare från en surrealistisk roman, mot den väntande limousinen. Deras fniss ekade över hamnen, och för en gångs skull kändes världen nästan logisk, även om den inte var det.

Och med det sprang de hand i hand, som två ungdomar som just stulit karameller från marknaden, mot den svarta limousinen som väntade vid hamnen. Chauffören, en äldre man med ett ansikte som såg ut att vara hugget ur sten, höjde ett ögonbryn när de dök upp, men sa inget. Han öppnade dörren med en liten bugning och stängde den bakom dem utan en fråga. Limousinen gled i väg, och bakom dem hördes ropen från förvirrade journalister som snart hoppade in i sina bilar för att följa efter.

Inne i limousinen var luften tjock av outtalade ord och längtan. Linda grep Cyrus hand hårt och lutade huvudet mot hans axel, medan Cyrus stirrade ut genom fönstret och försökte samla sina tankar. Men när de nådde hotellet var det som om allt samlat försvann i ett ögonblick.

De kastade sig in i rummet och kläderna flög av dem som om de hade ett eget liv och bråttom någon annanstans. Cyrus lyfte Linda som om hon vägde mindre än en fjäder, och med en fasthet som skulle få Michelangelo att rodna, bar han henne till sängen. Han la henne försiktigt på rygg och betraktade henne ett ögonblick, som om han inte riktigt kunde tro att hon var där, innan han lutade sig ner för att kyssa henne.

Kyssen var allt och mer än han hade föreställt sig under månaderna av ensamhet på ön. De älskade med en intensitet som endast två människor som överlevt sina egna katastrofer kan.

Cyrus, som knappt kunde hålla tillbaka, nådde sin klimax snabbt, men det var ett skratt mellan dem, ett skratt av lättnad och förståelse, inte besvikelse. De låg tätt tillsammans, pratade, och höll om varandra som om världen utanför inte existerade.

När de älskade igen var det långsammare, djupare, och när Linda nådde sin orgasm fylldes hennes ögon av tårar. Hon begravde ansiktet i Cyrus bröst och skrattade och grät samtidigt.

– Jag trodde aldrig att jag skulle få uppleva det här igen, sa hon, hennes röst kvävd mot hans hud.

Cyrus höll henne hårt, kysste hennes hår, och svarade med samma lugna, självklara röst han brukade använda när han skrev de mest avgörande replikerna i sina manus.

– Du kommer att uppleva det här många gånger till. Jag lovar.

Efter en dusch, där de mest skrattade och försökte tvätta bort sand och svett som om de tävlade, klädde de på sig rena kläder och förberedde sig för att möta världen igen. När de gick hand i hand ut ur rummet möttes deras blickar, och det fanns en tyst överenskommelse i luften: vad som än väntade dem utanför, skulle de möta det tillsammans.

Konferensrummet vibrerade av spänning, som om journalisterna hade samlats för att avslöja universums största mysterium – vilket kanske inte var helt fel. Cyrus och Linda hann knappt sätta sig på de förberedda stolarna på scenen innan frågorna började hagla.

– Har du också drabbats av impotens som alla andra män? ropade någon.

– Är ni härifrån? frågade Cyrus tyst till Linda, med en blick som antydde att han funderade på om han fortfarande var kvar på ön och hallucinerade.

Linda lutade sig fram och försökte dämpa kaoset. Men just när hon skulle säga något, höjde en kvinna handen och skrek:

– Linda, kan Cyrus fortfarande ha sex med dig?

Linda spärrade upp ögonen och öppnade munnen för att svara, men Karolin klev in, hennes röst som en trumpetstöt i en batalj.

– Kan ni vara snälla och dämpa er? sa hon med en skärpa som skulle ha kunnat tämja en flock ilskna gamar. – Den jag pekar på får ställa frågor. Om ni inte skärper er går vi härifrån utan att någon får ett svar, okej?

Journalisterna såg på henne som om hon precis hade hotat att konfiskera deras kaffe. Men långsamt satte sig alla ner, mikrofoner redo, medan Karolin med en pekning beviljade en kvinnlig journalist första frågan.

– Hur är det möjligt att du inte har drabbats av impotens som alla andra män? frågade hon och riktade sig mot Cyrus som om han var en levande myt.

Cyrus suckade, lutade sig fram och la armbågarna på knäna.

– Det kan ju omöjligen jag svara på, sa han med ett snett leende. – Jag menar, jag är manusförfattare, inte vetenskapsman. Det där får forskarna ta hand om.

Linda kunde inte hålla sig utan fnittrade och nickade.

– Men ja, jag kan bekräfta att han har förmågan att älska.

Det blev som om rummet höll andan i en sekund, bara för att genast fyllas av pennor som krafsade mot block och tangentbord som knattrade. Karolin pekade på en annan journalist.

– Min fråga är till Linda, sa kvinnan, som hade en ton som antydde att hon redan kände sig moraliskt överlägsen. – Anser inte du att du är självisk om du behåller den enda man som kan älska bara för dig själv?

Linda stirrade på henne som om frågan precis hade föreslagit att hon skulle dela ut Cyrus som en slags allmän egendom. Hon andades djupt och svarade med en märkbart kontrollerad röst.

– För det första, sa hon, – så har Cyrus och jag varit tillsammans långt innan allt det här hände. För det andra, så visste jag knappt att han hade förmågan att älska förrän för ungefär en timme sen. Och för det tredje, vem är jag att bestämma över honom? Han har en egen vilja och jag kan inte stoppa honom.

Journalisten höjde ögonbrynen som om hon precis fått jackpot.

– Så, du menar att det är upp till honom? sa hon. – Tycker du inte att dina känslor av svartsjuka är irrelevanta med tanke på att han representerar mänsklighetens enda hopp om överlevnad?

Linda bet ihop tänderna och lutade sig fram.

– Jag måste tänka över det där med "mänsklighetens enda hopp". Det är så nytt för mig, sa hon, och med det snörpte hon ihop läpparna och vek sig inte en tum.

Cyrus kunde inte hålla sig längre. Han lutade sig fram mot mikrofonen och sa med en eftertänksam röst:

– Om jag får inflika ... är det någon som frågar vad jag tycker? Eller är jag nu bara en levande ... resurs?

Det blev tyst. En pinsam, fullständig tystnad, som om rummet plötsligt insåg hur galet det hela lät. Sedan började Karolin, alltid den med mest tålamod, långsamt klappa händerna.

– Där har ni det, sa hon. – Ska vi kanske gå vidare med några frågor om hans serie eller hans överlevnad? Ni vet, saker som faktiskt är relevant?

Konferensrummet surrade som en bikupa som någon just knackat på med en pinne. Frågorna haglade fortfarande, och Karolin, vars tålamod redan såg ut att ligga på minus, tog ett djupt andetag.

– Tack, men du har fått ditt svar, sa hon stramt och pekade på en manlig journalist. – Din tur. Ställ dina frågor.

Journalisten reste sig upp som om han just fått äran att lösa världens energikris.

– Cyrus, hur hamnade du på ön? Eller till att börja med, hur hamnade du på fraktplanet?

Cyrus lutade sig bakåt i stolen, en aning besvärad över att behöva dra hela historien igen.

– Det är en lång historia, sa han med en trött suck. – Jag blev jagad av några som jag hade lånat pengar av för att göra serien. De sköt mot mig i ett oväder, och jag flydde in på flygplansbanan på Arlanda. Jag hoppades att polisen skulle dyka upp, men det gjorde de inte. Så jag klättrade in i ett fraktplan och ... ja, resten vet ni ju.

Ett ögonblicks tystnad följde innan en annan journalist fyllde i:

– Hur överlevde du på ön?

Cyrus ryckte på axlarna.

– Fraktplanet var fullproppat med konservmat och mineralvatten. Jag behövde aldrig leta efter mat, allt fanns där. En riktig upplevelse.

En kvinnlig journalist fnös till.

– Så du har haft en all-inclusive-resa på en paradisö sedan slutet av juli? sa hon med en ton som kunde skära genom stål.

Karolin slog näven i bordet – inte hårt, men tillräckligt för att få journalisten att rycka till.

– Onödig kommentar, sa hon med en ton som signalerade slutet på diskussionen. – Nästa fråga, tack.

Hon pekade på en annan journalist.

– Våra läsare är nyfikna på ryktena om att ni bråkade och gick isär under inspelningen. Är de sanna?

Linda höjde ena ögonbrynet och log stelt.

– Svar nej. Nästa fråga, tack!

Karolin pekade på en ny journalist, en kvinna som såg ut att ha väntat hela sitt liv på att få ställa sin fråga.

– Varför är vi i Australien, när flygplanet hittades närmare Indien? frågade hon.

Karolin tog ett steg fram, hennes blick skarp men lugn.

– Det kan jag svara på, sa hon. – Vi började på destinationen som flygplanet hade när stormen slog till. Det flög mot Fremantle, så vi började leta härifrån och bakåt. Vi hade vår bas här, och det är därför vi är här. Piloten verkar inte ha mottagit ordern att landa i Dubai tidigare.

Hon pekade på nästa journalist.

– Cyrus, du har blivit världsberömd för ditt försvinnande och för att du hittades igen på en öde ö, samt för din roll som manusförfattare och huvudroll i TV5:s framgångsrika serie. Men nu blir du känd för en tredje sak – som den enda mannen med sexlust och förmåga till sex. Hur ser du på ditt ansvar i förhållande till mänsklighetens fortlevnad?

Cyrus kände en nervös svettpärla leta sig nerför tinningen. Han harklade sig och försökte samla sina tankar.

– Tack för frågan, sa han, med ett leende som var en mix av charm och panik. – För tillfället är jag överväldigad av all uppmärksamhet och behöver tid att förstå allt det här. Jag är tacksam över att ha förmågan, men jag inser också ansvaret det medför. Det här är något jag måste diskutera med Linda, min bästa hälft, innan jag kan ge ett ordentligt svar. Tack för er förståelse.

En hand sköt upp i luften så snabbt att Cyrus trodde den tillhörde en mycket ivrig elev.

– Men jag förstår inte, sa journalisten. – Du är mänsklighetens enda hopp för överlevnad. Vad är det du behöver ta ställning till och diskutera med din partner?

Cyrus öppnade munnen, men Karolin avbröt honom med en röst som kunde ha avslutat ett krig.

– Tack för ert intresse, men just nu tror jag att Cyrus behöver lite tid för sig själv efter allt som har hänt. Vi kommer att hålla en presskonferens imorgon där han och Linda kan besvara era frågor. För tillfället ber jag er att respektera hans behov av vila och återhämtning.

Men journalisterna var som hungriga rovdjur. Frågorna sköt fram i högt tempo, kamerablixtarna exploderade som fyrverkerier, och rummet fylldes av röster som överlappade varandra. Linda, som hade hållit god min, såg nu ut som om hon övervägde att kasta en mikrofon.

Ali och Tareq, alltid lika vaksamma, klev fram som två mänskliga murar och började eskortera Cyrus, Linda och Karolin mot dörren. Medan de tog sig ut, lutade Linda sig mot Cyrus och viskade:

– Jag visste att journalister var nyfikna, men det här är ju som en korsning mellan dokusåpa och inkvisition.

Cyrus log svagt och klappade henne på handen.

– Om det här är inkvisitionen, sa han, – så borde jag kanske börja träna på att göra mirakel.

De försvann ut genom dörren, med pressens rop fortfarande ekande bakom dem.

Journalisterna följde efter som en flock hungriga gamar, deras röster skar genom luften medan de försökte överträffa varandra med frågor som skulle kunna smälta en mikrofon. Men Ali och Tareq rörde sig som två mänskliga pansarvagnar, deras bredaxlade silhuetter blockerade vägen och skyddade Cyrus och Linda från den verbala bombardemangen. Cyrus, som redan kände sig som en oönskad huvudroll i en mycket dålig spionfilm, var tacksam för deras närvaro.

Karolin, med sin vanliga stålblick och tonfall som kunde tämja en skock ilskna höns, vände sig mot journalisterna.

– Vi ses imorgon, sa hon. – Inga fler frågor i dag. Tack.

Orden var enkla, men leveransen var som ett lock på en tryckkokare. Motvilligt backade journalisterna undan, även om deras missnöjda mummel hördes långt efter att Linda och Cyrus försvunnit genom hotellkorridoren.

När de äntligen kom in i sitt rum, stängde Cyrus dörren med en suck som lät som en gammal harmonika som hade spelat sin sista melodi. Han lutade sig mot väggen och såg på Linda, som satt på sängkanten och försökte få av sig skorna med en precision som antydde att hon tänkte kasta dem mot någon.

– Har du någonsin tänkt att det här med berömmelse inte riktigt är värt det? frågade han och slängde sig i en fåtölj.

Linda tittade upp, hennes blick trött men full av kärlek.

– Om du tycker det här är illa, vänta bara tills du ser morgondagens rubriker, sa hon. – "Sista ståndsmannen flyr från pressen."

Cyrus skrattade, och just som han skulle säga något fyndigt, knackade det på dörren. Ali öppnade med en snabb rörelse, och på andra sidan stod fyra personer i kostym – två män och två kvinnor.

– Vad är ert ärende här? frågade Karolin och ställde sig bredvid Ali, som redan såg ut att vara redo att kasta ut hela kvartetten om det behövdes.

– Vi är från Australian Federal Police, AFP, sa en av männen, vars röst var lika kall och hård som en fryst hummer. – Vi behöver tala med Cyrus Danielsson.

– Vad vill ni prata med honom om? frågade Karolin, hennes ögon smalnade till två smala springor.

– Det rör rikets säkerhet, svarade mannen med en ton som antydde att han skulle kunna förklara men absolut inte tänkte göra det.

– Kan ni inte ge oss lite mer information? sa Karolin och korsade armarna. – Jag har svårt att bara släppa in er utan att veta vad det handlar om.

– Vi beklagar, sa den andra mannen, som verkade ha gått på samma charmkurs som en tegelvägg. – Men det är konfidentiellt. Om ni inte samarbetar, är vi tvungna att vidta åtgärder.

Cyrus, som hade lyssnat från soffan, reste sig och tog ett steg framåt.

– Det är lugnt, Karolin, sa han och höjde ena handen. – Jag kan prata med dem. Om de ändå tänker dra i väg mig, kan vi väl åtminstone låtsas att jag gick frivilligt.

Karolin såg inte övertygad ut men nickade långsamt. Agenterna steg in, deras rörelser var lika effektiva som om de repeterat dem i en spegel.

– Cyrus, du är inte misstänkt för något, sa en av agenterna. – Det här är bara ett samtal.

– Ja, för det är ju alltid så de säger i filmerna, muttrade Cyrus, men följde med dem ut genom dörren.

När de kom till hotellets sidoingång, möttes de av två svarta SUV-bilar som såg ut att ha ritats av någon med en förkärlek för hemligheter och hot. Bilarna hade inga synliga emblem eller registreringsnummer, bara en aura av "håll dig borta". Cyrus sneglade på dem och försökte bestämma sig för om de såg ut som en biljett till säkerhet eller bara nästa steg i en mycket obekväm kedja av händelser.

En agent öppnade dörren till den ena bilen och gestikulerade att Cyrus skulle kliva in. Han gjorde det, halvt förväntande sig att bilens inre skulle vara fyllt med fällor, men möttes bara av bekväma säten och en tystnad som var märkligt obekväm.

När bilen satte fart, sneglade Cyrus på agenten bredvid sig och kunde inte låta bli att säga:

– Så … är det nu jag får reda på att jag ska rädda världen, eller är det bara en snabb tur till McDonald's?

Agenten gav honom en blick som inte gav något svar, och Cyrus suckade.

– Det var värt ett försök, sa han och lutade sig tillbaka i sätet, medan bilen försvann in i natten.

Kapitel 51 –Sista hoppet – en ofrivillig mission!

Australien

Det var tyst i bilen, och Cyrus började känna sig alltmer stressad. Tystnaden var som ett surrande elektriskt fel – outhärdlig och konstant.

– Vad handlar det här om? frågade han, försökte hålla rösten lugn men det var som om orden var klistrade vid hans tunga.

Den kvinnliga agenten bredvid honom svarade utan att titta på honom.

– Vi har bara fått order att köra dig till vårt kontor i Perth, sa hon. – Det ligger ungefär tjugofem minuter härifrån.

Cyrus kände hur hans oro växte, men försökte hålla masken.

– Och vad handlar det om egentligen? Ni vet mer än så?

Agenten var tyst en stund, som om hon funderade på om hon skulle ge honom något mer att gå på. Sedan:

– Vår chef gav oss direktiv att hämta dig. Han sa att vi ska behandla dig med respekt, eftersom du inte är någon misstänkt. Men om du gör motstånd, kommer vi att agera. Inte särskilt specifikt, men det var hans ord.

Cyrus funderade på detta, men fick inte tid att säga något innan den manliga agenten som satt framför honom vände sig om och sa:

– Vi vet inte mer. Var tyst en stund till, snart är vi framme. Då får du alla svar.

Så Cyrus höll tyst, men hans hjärna var som ett stormande hav av frågor. De körde in i Perth, och stadens skyskrapor reflekterade solens strålar i en nästan för perfekt synkronisering med de äldre, rustika tegelbyggnaderna, en vacker kontrast mellan det nya och det gamla.

De rullade fram till en imponerande byggnad på 619 Murray St, en sådan byggnad som var så korrekt placerad i stadens silhuett att den nästan såg ut att ha stått där för alltid – som en byråkratisk pelare av makt och mystik.

Bilarna stannade, och de gick upp de breda stentrapporna till entrén där en uniformerad polis stod. Han nickade kort och talade utan någon större entusiasm.

– Ni var väntade, sa han och pekade på en upplyst hissknapp, som lyste som en neonledtråd till det okända.

Hissen var snabb – nästan som om den tävlade mot en klocka som precis börjat ticka. Cyrus kände ett tryck i öronen, som om han plötsligt befann sig i en värld där gravitationen var lite mer entusiastisk än han var van vid. När de nådde den översta våningen, var han nästan övertygad om att hjärtat hade fastnat på en av hissens golvknappar.

De gick genom en korridor som såg ut som en riktig advokatbyrås mardröm – mörkt trä överallt, dörrar med så solida inramningar att man kunde få för sig att de var militärens kontor för hemliga aktioner. Eller kanske en lådfabrik. Vem vet?

En vakt stod vid en av dörrarna. Han öppnade den, nickade kort och svepte med en hand som om han just släppt in en VIP-gäst på en nattklubb.

Inuti var det ett rymligt konferensrum – så rymligt att man skulle kunna hålla en tango där utan att vidröra någon annan än sin partner. Precis när Cyrus satte sig, dök en annan agent upp med en bricka – en flaska vatten, ett glas och en smörgås som såg ut som något man skulle kunna köpa på en bensinmack med tre punkter i rating.

– Kanske något att dricka eller äta? frågade han.

Cyrus såg på smörgåsen, på vattnet, sedan på smörgåsen igen. Kanske det här var för att hjälpa honom att bearbeta sitt livs senaste nervösa sammanbrott. Han skakade på huvudet.

– Nej tack, svarade han och mumlade något om att han inte var sugen på den perfekta kombinationen av frukost och katastrof.

– Jag lämnar det här om du ändrar dig, sa agenten och försvann lika snabbt som han hade kommit – nästan så att man skulle kunna tro att han var en del av en magisk trick.

Cyrus satte sig ner och stirrade ut genom fönstret, förundrad över hur snabbt hans liv hade förändrats – från fraktplan i havet till konferensrum på 619 Murray St. Inte ens hans gamla, sällan utnyttjade, drömmar om att bli av med sina studielån hade förberett honom på detta.

Plötsligt fylldes rummet med livvakter som om någon öppnat en dörr till en parallell värld av tjocka säkerhetskläder och öronsnäckor. En av dem viskade något i sitt snäva headset, och i nästa ögonblick stod en kvinna i tröskeln och sträckte fram sin hand mot honom.

– Julia Gillard, sa hon med ett vänligt leende som nog var tänkt att få honom att känna sig som en invigd i en klubb för världens mest stressade människor.

Cyrus reste sig upp och skakade hennes hand. När hon frågade om han kände igen henne, kom han på sig själv att nicka, trots att han fortfarande kände sig som om han hade snubblat in i fel filmsalong på bio.

– Mr. Danielsson, tack för att du ville komma hit, sa hon, och för en sekund trodde Cyrus att han var i en TV-serie där han var den enda i rummet som inte fått manus.

– Tack, premiärministern, men säg gärna Cyrus. Fast jag hade ju inte riktigt något val, skrattade han nervöst. Om det var nervositet eller dödsångest som triggade skrattet var han inte riktigt säker på.

– Så du vill inte träffa mig? frågade Gillard, hennes ton ganska rak på sak, men samtidigt med den där glimtande ironin som fick honom att undra om det fanns en kamera gömd någonstans.

– Inte så jag menar, sa han. – Jag visste bara inte vem jag skulle träffa. Era agenter sa ju ingenting förutom att jag måste följa med. Kanske trodde de att jag var någon sorts superskurk.

– Snälla, säg Julia, sa hon med ett leende. – Jag ber om ursäkt om det blev en otrevlig upplevelse för dig. Jag var just i Perth när jag fick reda på att ni var här. Drottningen och David Cameron informerade mig. För övrigt, jag måste säga att jag är ett stort fan av din serie. Och drottningen också, för den delen.

– Tack, svarade Cyrus, rörd, men inte så mycket av smyghyllningen av serien som av den överväldigande känslan av att han plötsligt satt i ett rum med människor som visste mer om hans liv än han själv. – Jag har dock inte sett den själv ännu. Men varför är jag här?

Gillard tittade på honom, som om han skulle ha ställt den mest självklara frågan.

– David hörde att du är den enda mannen som har förmågan att älska. Stämmer det? sa hon, hennes ögon var intensivare än han hade förväntat sig.

Cyrus blinkade och sög på sitt vatten – inte för att han var törstig, utan för att han försökte tänka snabbt på om han verkligen var den rätta personen för att hantera den här situationen.

– Jag kan det, ja, men jag är inte säker på att jag är den enda, sa han försiktigt.

– Kan du greppa hur mycket världen nu hänger på dig? sa Gillard, och ögonen var nu så allvarliga att han kände sig som en ung soldat i en dålig film.

Cyrus skakade på huvudet, fortfarande inte helt med på noterna.

Allt detta är överväldigande, sa han – Vad menar ni egentligen?

– Ni är den enda man som kan befrukta kvinnor i världen. Förstår du vad det innebär? frågade hon och såg ut som om hon förväntade sig ett svar på en nivå som han inte riktigt kände att han kunde nå.

– På sätt och vis, men ärligt talat ... nej ... sa Cyrus och såg förvirrat på henne.

– Du måste hjälpa till att befrukta kvinnor i hela världen, sa Gillard utan att släppa blicken.

– Skämtar ni med mig? frågade Cyrus. – Finns det inga spermabanker som kan hjälpa till med det?

Gillard tittade på honom med en blick som var både allvarlig och full av förståelse, som om hon hade hört den frågan tusen gånger innan.

– Har du missat att det har varit årtusendets storm och över tjugofem procent av allt förstördes? frågade hon. – Den här staden var en av de minst drabbade, ändå tog det flera månader att städa upp här.

–Du kan inte mena allvar?

– De forskare vi har pratat med är eniga, sa Gillard utan att ens blinka.

– Riskerna med spermadonation är för stora, viruset kan skada spermierna. Dessutom har vi inte tid att förlora. Vi måste agera snabbt, särskilt med tanke på att din förmåga kan försvinna snart.

– Vänta nu ... Jag ska befrukta hela världen? Frivilligt? Får man någon sorts medalj för det här? frågade Cyrus, mer för att bearbeta situationen än för att få ett svar.

– Vi pratar med Linda, sa Gillard och släppte det faktum att han just hade tagit på sig världens mest bisarra mantel. – Och svenska ambassaden har redan ordnat ett diplomatpass till dig. Så du kan bara gå rakt in i en ny identitet. Vi behöver inte åka tillbaka till hotellet.

– Jag måste ha Linda med, sa Cyrus och insåg att det här var så absurt att han knappt kunde hålla sig för skratt.

– Vi tror att det är bäst om hon inte är med, sa Gillard med en allvarlig min. – Det skulle nog bli jobbigt för både dig och henne. Vi förklarar allt för henne senare.

– Och om jag vägrar? frågade Cyrus, som nu började känna att han var en marionett i ett väldigt konstigt skådespel.

– Kommer du att vägra? sa Gillard och lät som om hon förberedde sig för att sätta världen på plats.

– Jag känner mig som en dålig pojkvän, sa Cyrus. – Det känns som om jag sviker Linda, på något sätt.

– Jag förstår det, sa Gillard. – Men extrema situationer kräver extrema åtgärder. Det kommer Linda att förstå på sikt.

Cyrus stirrade på henne, helt förlorad.

– Och vad innebär det här för mig, just nu? frågade han.

– Du ska följa med till FN. Där kommer säkerhetsrådet att besluta om nästa steg, sa Gillard, och det lät nästan som ett kommando från en väldigt auktoritär kökschef.

– Nu talar du grekiska, vad är det? sa Cyrus, fortfarande inte helt säker på vad han gett sig in på.

– FN:s säkerhetsråd har 15 medlemsländer, sa Gillard, som om det förklarade allt.

– Det säger mig fortfarande ingenting, sa Cyrus. – Vad gör de för något? Är de världens största bokklubb eller?

– FN:s säkerhetsråd ansvarar för internationell fred, sa Gillard och lät som om hon var expert på geopolitiska förhållanden. – De kan sätta sanktioner och skicka fredsbevarande styrkor.

– Men hur påverkar det mig? Jag kan väl inte bevara freden med mitt ... äh, manliga fruktbarhetsdrag? sa Cyrus, och gjorde ett försök att hålla det hela lättsamt.

– Nej, men säkerhetsrådet har makt att hantera hot mot freden och sätta in olika aktioner. Och även om de inte kan tvinga dig, sa Gillard, – så behöver vi ditt samarbete för att förhindra krig mellan länder som inte riktigt uppskattar demokrati.

– Med aktion, menar du att jag ska ligga med flera kvinnor från olika delar av världen?

– Svar ja!

– Men, även om jag går med på det, sa Cyrus, hur kan jag säkerställa att kvinnorna inte är dittvingade?

Vi kommer ställa krav på att det ska bygga på frivillighet och följer upp det, sa Gillard.

– Kommer inte detta leda till typ incest? frågade Cyrus. Blir inte alla barn typ syskon?

– Ja, vi har tänkt på det också, sa Gillard. Nästa generation måste få stöd av genforskare att fortsätta med processen, men som sagt var, vi är i en extrem situation.

– Så om jag säger nej, kan det dels orsaka att mänskligheten självdör, dels orsaka krig då andra länder vill komma åt mig?

– Gällande mänsklighetens slut, så är svaret ja, sa Gillard. Gällande den andra delen, så kan det bli krig, men det kan också hända att en främmande makt kommer att kidnappa dig och använda dig som en avelsmaskin.

– Jag förstår och antar att jag inte har något val. Hur blir det med presskonferensen vi lovade alla? Den vi ska hålla imorgon?

– Vi meddelar att den hålls på FN:s högkvarter om några dagar i stället, sa Gillard. De får åka till New York i stället.

– Ok, meddelar ni mina anhöriga? frågade Cyrus.

– Det gör vi, men du är inte fängslad, du kan kontakta dem själv också. Men ingen får följa med, du måste få vara i fred i ett par månader.

– Okej, när åker vi? frågade Cyrus.

– Snart, men jag behöver be dig om en sak först.

– Vadå? frågade Cyrus.

– Vi, eller drottningen, David Cameron och jag, pratade som jag nämnde tidigare.

– Ja?

– Vi vet inte hur länge du kommer att ha förmågan kvar, fortsatte Gillard. Därför har vi bett om ett antal frivilliga kvinnliga agenter. Du behöver ha sex med fyra av våra agenter innan vi åker. Det var flera som var frivilliga, men våra tester visar att det bara är dessa fyra som ligger inom perioden för att kunna bli befruktade, då de precis ska ha ägglossning.

– Ok, så först måste jag befrukta dessa damer och sen åker vi? frågade Cyrus.

– Vi reser imorgon, sa Gillard, och du har resten av dagen och kvällen ledig.

– Ingen press alls, svarade Cyrus syrligt.

– Vi har ordnat allt för dig på The Sebel West Perth, inklusive kläder och en plats att bo i New York, sa Gillard och tog en paus och det såg ut som att hon funderade på hur hon skulle lägga fram orden och fortsatte sen. Agenterna kommer att besöka dig en i taget på hotellet. Du vet exakt vad som förväntas av dig med varje agent, inte sant?

När Gillard talade, blev hennes röst kyligare och mer bestämd.

– Och du kan inte visa dig ute bland folk nu, påpekade hon med en intensitet som gjorde budskapet kristallklart.

– Ja, jag förstår, men varför kan jag inte visa mig offentligt? Jag var ju inte fängslad sa du!

– Nej, men kvinnor är desperata efter dig och det kan skapa problem, förklarade Gillard. Vi har ordnat transport och stöd för dig, inklusive ett diplomatpass, som jag nämnde tidigare.

– Så jag kommer att få åka med ett flygplan som är som Air Force One? frågade Cyrus.

– Låt oss inte göra sådana jämförelser. Vi har ingen särskild namngivning för vårt flygplan, men det är liknande. Vi ses imorgon, jag måste gå nu.

Premiärministern lämnade rummet med sina livvakter i släptåg. Efter en kort stund trädde några agenter in för att eskortera Cyrus tillbaka till hotellet. Han skickade snabbt ett meddelande till Linda, där han meddelade att de kanske inte skulle ses på ett tag men försäkrade henne om att han mådde bra och tänkte på henne.

När Cyrus klev in i sviten på The Sebel West Perth kunde han inte låta bli att le vid den lyxiga inredningen. Med panoramafönster, en privat balkong och en sofistikerad lounge, kände han sig genast hemma. Precis när han hade lagt sin kavaj på en hängare, knackade det på dörren. En agent ville ha hans kläder.

– Vi ska se till att du får en ny garderob, förklarade agenten innan han hastigt lämnade rummet igen.

Cyrus hade just börjat känna sig hemma när en kvinna i en distinkt svart kostym trädde in i rummet. Hennes välvårdade hår och eleganta utseende var en imponerande kontrast till den auktoritet och pondus hon utstrålade. Hennes självförtroende var omedelbart märkbart, och hon hade en karisma som få.

– Mr Danielsson, jag är Dinah West, förklarade hon med en mjuk och samtidigt självsäker röst. Vi behöver sätta i gång.

Hon verkade veta vad som skulle hända, men Cyrus kände sig osäker. Han visste inte hur man skulle börja när man behövde ha sex med någon för att rädda jorden. Att känna sådant ansvar var överväldigande. Dinah ledde honom till sovrummet och förklarade hur allt skulle gå till. Hon var varm och lugn och han kände sig genast mer bekväm i hennes närvaro.

– Det viktigaste är att vi båda är med på det här, förklarade hon.

Cyrus nickade och de satte i gång.

Under de närmaste timmarna upplevde Cyrus liknande möten med ytterligare tre agenter. Även om varje agent hade sina unika egenskaper, delade de alla den kompetens och skicklighet som Dinah visat. Cyrus kände sig trygg i deras närvaro, väl medveten om det stora ansvaret som vilade på honom.

Efter att ha träffat den första agenten, Dinah, kände Cyrus viss oro och skuldkänslor. Han kände det som att han var otrogen mot Linda, då han njöt av situationen. Men medan han gjorde sig redo inför nästa möte med de andra agenterna, lät han sin tanke vandra.

Det är ett hårt jobb att rädda världen, tänkte han med ett leende på läpparna, men någon måste göra det. I sitt sinne såg han sig själv i glänsande superhjältetrikåer, med en kappa fladdrande i vinden. Han skrattade tyst för sig själv när han föreställde sig hur han stod på en skyskrapa med armen böjd och pekfingret riktat uppåt, redo att ta sig an nästa uppdrag.

Efter att ha träffat de andra tre agenterna kände han sig mer avslappnad och accepterade uppdraget med en viss tillförsikt. Han hade aldrig tidigare upplevt något liknande, men han gillade känslan av att vara del av något större och viktigare. Att de gav honom njutning var bara en positiv konsekvens av det hela. Till synes verkade kvinnorna också njuta av det hela. I slutändan kändes det som en win-win-situation för alla inblandade.

När Cyrus ringde upp Linda kunde han höra hennes oro. Gång på gång ställde hon samma frågor. Varför kunde han inte träffa henne? Varför fick hon inte följa med till New York? Hon kunde inte greppa varför han var så förtegen om sitt arbete och de rådande händelserna. Djupt inombords brottades Cyrus med vetskapen om det stora ansvar han bar. Han var mänsklighetens sista hopp, eftersom utan hans hjälp, skulle mänskligheten dö ut på grund av fertilitetsproblem.

Även om tyngden av detta ansvar var överväldigande, förstod han dess betydelse för framtiden. Han ville skona Linda från oro och insåg att om hon visste sanningen om hans uppdrag med andra kvinnor skulle det skapa svartsjuka och smärta. Så, för att hålla henne lugn, lugnade han henne till sömns över telefon de kvällar han var där, och lovade att höra av sig varje dag medan han var i New York.

Han visste att det inte skulle dröja länge innan sanningen skulle avslöjas genom FN:s säkerhetsråds kommande presskonferens. Men hur förklarar man en sådan verklighet till någon man älskar? Han valde att för tillfället hålla tyst, önskade skydda henne från den oundvikliga smärtan. Cyrus kände sig förlorad i sina egna känslor och konflikter.

Trots den djupa kärleken han kände för Linda, kunde han ändå ha sex helt obehindrat med andra, och även njuta av det. Det kändes overkligt, som om han vandrade i en drömvärld. Han funderade på om detta var något inom honom som han behövde utforska, en del av honom som han inte kände till.

Men hur skulle han någonsin kunna förklara detta för Linda? Han visste att sanningen, när den väl kom fram, skulle vara komplex och potentiellt smärtsam. Men han hoppades att deras kärlek skulle kunna övervinna även detta. Hans innerliga önskan var att hon, när allt väl kom fram, skulle kunna förstå och förlåta honom.

Kapitel 52 – New York

17-18 november, New York

Regeringsplanet var en Boeing 737, men inte vilken 737 som helst. Nej, det var en specialbyggd sådan, som en lyxig version av något som skulle kunna vara en mobil hotellsvit. Och ändå, för Cyrus var det egentligen bara ett flygplan – en plats där han skulle behöva spendera ett dygn med sina egna hjärnspöken och tänka på katastrofer.

Tjugo timmar i luften. Det var överlevnad på högsta nivå. Och allt medan han var omgiven av människor som var handplockade för att vara där, om han nu skulle orka hålla koll på sina sinnen. Hans egen lilla sovkupé var perfekt för vila, men han hade inte mycket tid för att tänka på det – inte när han började inse att varje gång han släppte ner sin vakt, så var det någon där. Först var det Catherine, den erfarna kabinchefen, som kom för att prata om säkerhetsprotokollen – eller vad hon nu egentligen pratade om, eftersom deras "konversation" inte riktigt handlade om "lufttryck".

Catherine hade över tjugo års erfarenhet, och inte bara av att hålla flygplanspassagerare i schack. Det var en märklig form av tjänstvillighet som påminde honom om förlorad tid, om han skulle vara ärlig. Hennes röst var inte bara lugnande – den var för mycket av det goda. När han sa att han var flygrädd, fick han snabbt något annat att fokusera på.

Det var då de andra kom. En efter en. Och varje gång var det samma scen, olika ansikten. På något sätt var det som om de var där för att få honom "avslappnad". Och när han skämtade om Tiotusenmeterklubben, var det tydligt att någon hade tagit honom på allvar. Det var som en oskriven utmaning, en avledande manöver som han inte riktigt förstod. Men som han snart skulle inse, var detta inte bara en flygning. Detta var ett arrangemang.

När han väl släppte sin vakt och låg tillbaka i kupén för att försöka sova, var han mer sliten av den här konstiga känslan av att vara i centrum för något mycket större än han kunde förstå. Varför var det alltid någon som ville "lugna hans nerver"? Varför kändes det som om han inte riktigt var ensam i det här planet? Inte ens när han var helt själv där.

När planet till slut landade på JFK var det som en befrielse, men han kände sig ändå inte riktigt fri. Hans fötter var på marken, men det kändes som om han fortfarande var fast i någon slags dröm

När planet landade i New York och Cyrus stapplade av, gäspade han djupt. Han kände sig som om han blivit släpad genom en tunnel på hög höjd. Han undrade om han nästa gång borde be om en sömntablett istället.

– Den här flygningen kändes längre än en Wagner-konsert, sa han med en trött blick mot Gillard.

– Hm, varför ser du ut som om du har sprungit ett maraton på 10 000 meters höjd? svarade hon, med blicken fixerad på honom.

Cyrus letade snabbt efter en ursäkt.

– Jag … är flygrädd. Lite svårt att slappna av, om man säger så.

Gillard höjde ett ögonbryn men nickade förstående.

– Det förklarar en del. Men nu ska vi till Millennium Hilton. Du får vila upp dig, kanske en massage? Mötet med FN:s säkerhetsråd börjar inte förrän klockan ett och lokaltid är bara sex.

Cyrus nickade tacksamt. En massage skulle inte vara fel. De gick av planet och möttes av en limousine och Secret Service-agenter som eskorterade dem till bilen. På vägen till hotellet kämpade Cyrus för att hålla ögonen öppna. Han såg några av New Yorks mest kända landmärken utanför bilfönstret, men hans ögon var för tunga för att uppskatta dem. Varje blinkning kändes som en evighet.

– Vilken utsikt, sa Gillard och svepte med handen över New Yorks stadssiluett.

Inte lika imponerande som en snabb tupplur, tänkte Cyrus.

Just då hördes höga skrik utanför, och han spetsade öronen. Han såg en folkmassa längs gatorna, med skyltar och svenska flaggor.

– Är det här en flashmob? Eller kanske en Cyrus-appreciation day jag missat? undrade han, förvirrat.

Gillard skrattade.

– De välkomnar dig till New York. Du är något av en kändis nu, om du inte märkt det.

När de närmade sig hotellet blev skrikandet ännu högre.

– Är det någon som släppt ut en björn? frågade Cyrus, fortfarande bortkommen.

Gillard kastade en snabb blick ut genom fönstret.

– Mer som en Cyrus-sensation. Se till att inte tappa bort din skjorta, de kan bli ivriga.

När limousinen stannade var det kaos. Kvinnor kastade sig mot bilen, och Cyrus följde med flera Secret Service-agenter in på hotellet som om han var på väg till sin första skoldag.

– Om detta är VIP-behandling, föredrar jag nog att vara en vanlig kille, mumlade han.

Gillard log nästan osynligt. En glimt av nöje lyste i ögonen, som om hon visste något han inte gjorde.

– Du kanske inte ser det nu, men just nu, Cyrus, är du världens viktigaste man. Och nej, det handlar inte bara om ditt yttre.

Cyrus, mer förvirrad än trött, svarade med ett långdraget "Oooookej" innan han snubblade bort mot hissarna.

De tog hissen upp till högsta våningen, där deras rum låg bredvid varandra, omgivna av fler Secret Service-agenter.

Cyrus öppnade dörren till sviten och stannade upp. Tröttheten gjorde att utsikten över New York såg suddig ut, men han fick ändå en skymt av några av stadens skyskrapor genom de stora panoramafönstren. Just då var det dock sängen som lockade mest.

Rummet var rymligt, med en soffa och tv, och han gissade att det fanns ett badrum någonstans – men det var inte vad hans trötta kropp behövde just nu. Han sjönk ner i sängen, kände kudden och stängde ögonen. På en minut var han djupt sovande.

En dämpad knackning på dörren drog Cyrus långsamt ur den halvdvala han befunnit sig i. Han vred sig, och kudden gav ifrån sig ett nästan retfullt ljud, som påminde honom om hur kortvarig hans vila hade varit. Med en suck stirrade han upp mot taket, försökte ignorera det där välbekanta trycket i bröstet – tidtabellen, säkerheten, allt som skulle göras. Han visste att det inte fanns någon flykt från det. Lunchen väntade, och med den en ny våg av krav och förväntningar.

Han satte sig upp, långsamt och motvilligt, som om varje rörelse var en förhandling med sig själv. Knackningen upprepades, denna gång lite mer bestämt.

– Jag kommer, mumlade han, utan att ens höja rösten tillräckligt för att säkerhetsagenten skulle höra.

Han reste sig och öppnade dörren, möttes av den vanliga professionella masken från agenten utanför. Den var lika uttryckslös som han förväntat sig. En röst fylld av saklighet och noll medkänsla klippte igenom tystnaden:

– Lunchen väntar, mister Danielsson. Vi måste hålla tidtabellen.

Cyrus nickade och försökte förtränga tanken på hur kroppen skrek efter mer sömn. Det var en stram tidtabell, ja, men han kände sig som en löpare i ett maratonlopp där målet hela tiden flyttades fram.

Vid lunchbordet i Gillards svit var han lite mer i skick. Efter en snabb dusch och en kostym som såg skräddarsydd ut – en present från AFP – kände han sig något mer som en värdig gäst. Hans mörka hår var bakåtslickat och skjortan framhävde den solbränna han knappt mindes att han haft.

– Hur mår den svenska supermannen? frågade Gillard och log skämtsamt.

– Så länge jag slipper sjunga ABBA-låtar, är jag på topp, svarade Cyrus och rynkade på näsan.

– Men allvarligt, har du fortfarande din superkraft? undrade Gillard, höjde ett ögonbryn.

– Jag testade just att lyfta min sked med tankekraft i badrummet. Gick bra, men skeden blev lite skelögd, sa Cyrus och blinkade.

– Det är så vi vill ha det! sa Gillard och skrattade. Så, ät din knäckebrödsmacka nu, så åker vi. FN väntar inte på oss!

– Ja, visst, känner mig så trygg i dina händer... NOT! sa han med ett ironiskt leende och blinkade. Och knäckebröd här i USA? Verkligen delikatess!

Till lunch valde Cyrus en knäckebrödsmacka med hamburgare – en svensk-amerikansk hybrid som Gillard döpt till "Knäckeburgaren". Gillard, mer traditionell, valde en Caesar-sallad.

När de lämnade hotellet möttes de av en skrikande folkmassa – mest kvinnor som hejade på Cyrus. Secret Service kämpade för att få dem till limousinen. Gillard gav honom ett skadeglatt leende och sa.

– Jag antar att New York redan älskar dig. Visste du att Knäckeburgaren hade så många fans?

– Inte förrän nu, skrattade Cyrus. Men jag verkar vara något av en sensation här i New York.

– Med ditt ansikte och den där burgaren i handen, vem skulle kunna motstå? retades Gillard. Du skulle kunna bli New Yorks nästa stora popstjärna!

– Bara om du är min manager! Men inga knäckebröd som betalning, svarade Cyrus med ett skratt.

– Inte ens om de har extra smör? frågade Gillard, med ett retsamt leende.

– Okej, kanske ... Men bara om du sjunger i kören!

– Deal! Men jag varnar dig, min sångröst kan få katter att yla, sa Gillard, och de skrattade hjärtligt.

De sjönk ner i limousinens mjuka säten. Innan motorerna ens startat, var hela New Yorks kvinnliga befolkning samlad utanför. Kvinnor i alla åldrar – från grannens tant Rosie till unga tjejer i Catwomandräkter – höll upp skyltar: "Ersätt min batteridrivna vän?", "Sista chansen för ditt bästa sex!" och "Ta mig hur du vill!" En medelålders kvinna höll en skylt där det stod: "Cyrus, är du min nästa ex-man?"

En kvinna i 80-talskläder och gigantiska glasögon viftade med en skylt: *"Kan vi diskutera detta över en milkshake?"* Några meter bort höll en fitnessinstruktör upp en skylt där det stod: "Träningspass eller dejt, ditt val!"

Men det var den sista skylten som fick honom att tappa hakan. En kvinna, vars klänning var så glamorös att den skulle fått Marilyn Monroe att se ut som en biroll, vinkade ivrigt med sitt budskap: "Om du är den sista mannen på jorden, låt oss inte slösa tid."

Cyrus lutade sig tillbaka i sätet och skakade på huvudet.

– Är det här min nya verklighet? sa han med en röst som var lika delar skratt och desperation.

435

Gillard, som inte ens försökte dölja sitt nöje, gav honom ett brett leende.

– Det är tydligen vad som händer när du är den enda mannen som kan ... ja, du vet.

– Jag har alltid velat vara populär, men det här är väl att ta i? sa Cyrus. Det är som en galen popkonsert.

– Eller som att vara den sista skorven i rean, kontrade Gillard med ett skratt.

Cyrus ryckte på axlarna och log.

– Nåja, jag antar att jag kan lägga till det här på listan över livserfarenheter.

Gillard blev plötsligt allvarligare och lutade sig framåt.

– Men skämt åsido, vi måste fokusera på det som väntar. FN-mötet är kritiskt, och det här är inte bara en show. Det är på riktigt.

Cyrus suckade och nickade. Han visste att hon hade rätt. Det var lätt att svepas med i absurditeten av situationen, men tyngden av det han stod inför kunde inte ignoreras.

När bilen stannade vid ingången kastade kvinnorna sig mot limousinen, och Secret Service fick göra sitt bästa för att skapa en skyddande korridor. Cyrus kände sig som en rockstjärna på väg till sitt livs viktigaste spelning. Han gick tillsammans med Gillard in genom dörrarna, där de möttes av Jonas Hafström, Sveriges ambassadör i Washington.

– Cyrus, välkommen, sa en man med ett varmt leende och räckte fram handen. Jag är Jonas Hafström, Sveriges ambassadör i Washington. Vi är här för att stötta dig.

Cyrus skakade hans hand och nickade artigt, osäker på vem han hade framför sig tills Hafström presenterade sig. När han fick veta att Sverige nu var representerat i Säkerhetsrådet och att både Bildt och Reinfeldt lovat att han skulle få bästa möjliga behandling, kände han för första gången på länge ett litet uns av stöd. Han log svagt. Det var kanske inte mycket, men i kaoset var det ändå något.

Statsministern skulle också vara på plats, fick Cyrus veta. Han nickade och följde med in i Säkerhetsrådets kammare. På vägen genom korridorerna fyllda av aktivitet växte nervositeten inom honom – mycket hängde på vad som skulle beslutas här.

Cyrus klev in i Säkerhetsrådets kammare och kände sig som en schackpjäs som hamnat mitt på brädet utan att veta vilka regler som gällde. Hafström ledde honom och Gillard till sina platser, nickade artigt och drog sig tillbaka – medveten om att detta var en zon reserverad för statsråd.

Cyrus, som inte riktigt förstod varför han var undantaget, fann sig placerad mellan Fredrik Reinfeldt och Barack Obama.

Reinfeldt sträckte fram handen med ett neutralt leende.

– Välkommen, Cyrus. Gott att ha dig här.

Obama nickade och gav sitt karaktäristiska leende.

– Herr Danielsson, en ära.

Cyrus svalde en nervös kommentar och försökte möta deras blickar med ett självförtroende han definitivt inte kände. Om världens framtid skulle avgöras av hur väl han skötte sig i detta ögonblick, låg ribban ganska lågt. Han sneglade snabbt åt sidan och tänkte att han nu officiellt levde en av sina mardrömmar – fast med väldigt högt uppsatta personer som publik.

– Hej … oj … Mister President, säg gärna Cyrus, sa han och försökte låta avslappnad men misslyckades kapitalt.

Obama, med ett skratt som verkade komma från djupet av en talkshow, skrockade och svarade:

– Absolut, Cyrus. Och du kan kalla mig för… ja, just det, Mister President, sa han och lutade sig tillbaka med ett brett leende som kunde ha sålt tandkräm.

Innan Cyrus hann samla sig, lutade sig Fredrik Reinfeldt fram och viskade i hans öra, med en ton som var lika uppmuntrande som en scoutledares:

– De är lite mer formella här borta, men du sköter dig utmärkt. Och förresten, du kan kalla mig Fredrik om det känns bättre.

Cyrus nickade stelt och försökte spela med.

– Tack, Fredrik … eh, ja, det känns … naturligt, sa han och kände sig ungefär lika naturlig som en giraff i en hiss.

Julia Gillard satt bredvid François Hollande, båda lika stela som två statyer av internationell vikt. Rummet var fyllt av världsledare som verkade tävla om vem som kunde se mest bekymrad ut. Ban Ki-moon började tala, hans röst fyllde rummet med ord om mänsklighetens framtid och de utmaningar de stod inför. Cyrus försökte hålla fokus, men mikrofonen förstärkte varje stavelse så mycket att det kändes som om generalsekreteraren ropade direkt in i hans hjärna.

Obama lutade sig närmare honom och viskade lågt.

– Tricket är att nicka ibland. Ser ut som om du verkligen bryr dig, även om du funderar på vad du ska äta till middag.

Cyrus försökte kväva ett skratt men misslyckades. Det korta ljudet ekade genom det annars tysta rummet, och flera huvuden vände sig mot honom. Obama höjde ögonbrynen lite åt deras reaktioner, lutade sig bakåt och log som om han precis berättat världens bästa skämt.

– Men, jag försöker hålla mig professionell här, sa Cyrus lågt och försökte dölja ett flin.

– Det gör du redan bättre än de flesta. Du ser ut som en som åtminstone vill vara här, svarade Obama och skrockade.

Ban Ki-moon fortsatte, hans allvarsamma ord om mänsklighetens största prövning flöt som en tung dimma genom rummet. Cyrus nickade ibland, precis som Obama föreslagit, men kunde inte skaka av sig känslan av att han var en turist i en mycket märklig, mycket allvarlig del av världen. Ingen berättade vad han skulle göra härnäst, men på något sätt kändes det som om alla redan visste det – utom han själv.

Luften i Säkerhetsrådets kammare var tjock av allvar, nästan som om varje andetag vägdes på guldvåg. Ban Ki-moon stod längst fram och höll sitt tal med en tyngd som fick det att låta som om han höll en audition för en Shakespearepjäs. Cyrus försökte hänga med, men orden om samordnade strategier och uppföljande uttalanden gled av honom som vatten på en vaxad yta.

Han hörde något om presskonferenser och medicinska tester, men hans tankar snurrade runt en enkel fråga: Varför hade ingen förberett honom på detta? Det kändes som att vara på en mycket seriös teaterövning där han missat både manus och repetitioner.

När Ban avslutade och tackade för allas engagemang, kändes det som att luften lättade – eller så kanske det bara var Cyrus som äntligen tog ett riktigt andetag. Han noterade de nickande ansiktena runt bordet och undrade om någon annan också kände att de bara spelade med. Men ingen såg ut som de tänkte erkänna det.

Ban Ki-moon föreslog att Säkerhetsrådets permanenta medlemmar – de stora spelarna som alltid tog rampljuset – skulle fronta presskonferensen. Budskapet var tydligt: Cyrus skulle genomgå medicinska tester för att säkerställa att han inte föll ihop mitt i världens räddningsplan.

Efter att ha lyft behovet av en samordnad strategi och ett uppföljande uttalande om nittio dagar, tackade Ban artigt för engagemanget. För ett ögonblick verkade rummet andas ut, som om alla för en sekund glömde att de precis hade satt världens framtid på ett enda, ovilligt bord.

Cyrus kände blickarna på sig, en märklig blandning av förväntan och press, men han höll sig rakryggad. Orden flöt ur honom nästan av sig själva.

– Ni borde satsa på forskning för att lösa impotens och sterilitet för alla män. Men tills dess, här är jag. Jag kan ställa upp i några månader, kanske ta fler kvinnor om dagen än vad ni tror möjligt. Men jag kan inte vara er enda lösning. Det här måste lösas långsiktigt.

Han mötte applåder som kändes lika delar lättnad och hövlighet. Hans blick vandrade över rummet, från de sammanbitna ansiktena till de dämpade nickarna. För ett ögonblick kände han en antydan till stolthet, men den bleknade snabbt när tankarna flög till Linda. Hur skulle han någonsin kunna förklara allt detta för henne?

Ban Ki-moon tog över, föreslog att kvinnor från Säkerhetsrådets permanenta medlemmar skulle vara de första att skickas – en proportionalitetsprincip, där antalet skulle baseras på ländernas befolkning. Diskussionerna exploderade. Indien protesterade, andra länder följde efter, och rummet förvandlades snabbt till en kaotisk kakofoni.

Cyrus kände hur frustrationen steg. Ledarna bytte bara högtidliga fraser, utan att närma sig en lösning. Med en suck ställde han sig upp. Rösten skar genom bruset.

– Glöm inte varför vi är här. Vårt mål är att säkra framtiden. Jag är öppen för fler representanter, men vi måste jobba tillsammans och hitta en kompromiss.

En oväntad tystnad följde. Någonstans nickade Putin, och samtalen återupptogs i en något lugnare ton. Cyrus sjönk ner på sin stol igen, trött men nöjd över att ha fått dem att lyssna. Obama klappade honom på ryggen, Reinfeldt lutade sig fram med ett lugnande leende och en ursäkt för sin sena ankomst. För en gångs skull kände Cyrus att han faktiskt hade gjort en skillnad – även om framtiden fortfarande kändes som ett lotteri.

Cyrus såg hur Obama vinkade mot Reinfeldt, som reste sig med ett avslappnat leende. Han kunde inte låta bli att undra hur statsministern alltid verkade så obrydd, som om han just gått ut ur en svensk bastu.

– Sverige värderar konsensus, både hemma och i Norden, sa Reinfeldt med sin sedvanliga lugna röst. Därför föreslår jag att de nordiska länderna gemensamt bidrar med tio kvinnor – två från varje land.

Cyrus försökte hålla en rak min, men tanken på att Norden nu symboliserades av siffror och kvinnor gjorde det svårt. Reinfeldts förslag mottogs med hummande och nickande, som om alla just hört något djupt filosofiskt.

Obama tog över och började prata om NATO:s stabilitet, medan Hu Jintao fyllde på med löften om asiatiskt samarbete. Cyrus försökte hänga med, men orden flöt ihop som en enda lång flyginstruktion han aldrig skulle förstå.

När mötet närmade sig sitt slut, vände sig Obama mot honom med det där tandkrämsleendet som verkade designat för att lugna varje nerv.

– Cyrus, det här är bara början. Efter presskonferensen flyger jag över dig till Camp David, så kan vi gå igenom detaljerna.

Cyrus nickade, men hans tankar låg redan någon annanstans. Camp David lät trevligt, men tanken på Linda låg som en blytyngd i hans bröst. Hur skulle han någonsin kunna förklara det här för henne?

Cyrus sneglade mot Gillard och Obama, som lutade sig närmare varandra i en lågmäld konversation. Det fanns en intensitet i Obamas röst som skar genom den annars dämpade atmosfären.

– Det är oerhört sällsynt att ett land utanför säkerhetsrådet inbjuds hit, hörde han Obama säga. Din närvaro beror enbart på att du förde Cyrus till oss. Efter nittio dagar kommer Australien att vara högt på vår agenda. Men Julia, du måste lova mig en sak. Inte ett ord till någon.

Gillard nickade långsamt och räckte fram handen för att försegla överenskommelsen. Hennes leende verkade neutralt, men Cyrus såg gnistan i hennes ögon – han visste att hon hade redan fått det de andra ville ha nu.

Cyrus stirrade på Marine One som om den var en berg-och-dalbana han inte frivilligt hade valt. Obama log lugnande och vinkade in honom. Med Secret Service som eskort och en president vid sin sida, kändes det som en märklig VIP-upplevelse. Helikoptern lyfte, och Cyrus stirrade ut över landskapet som bredde ut sig i höstens bruna och gula nyanser. Camp David dök upp nedanför, som ett pittoreskt vykort han gärna hade stannat i – under andra omständigheter.

Efter landningen visade Obama runt som en mäklare med för mycket fritid. Trädetaljer, lyxiga textilier, och konstverk som Cyrus var för trött för att uppskatta. Han nickade på rätt ställen och höll tillbaka impulsen att fråga var den närmaste kaffemaskinen fanns. Öppen spis och läderfåtöljer till trots kändes allt för påkostat för en enkel svensk, men han kunde inte förneka att det var hemtrevligt.

När Obama vinkade adjö och flög iväg igen, blev Cyrus ensam i det stora huset. Han sjönk ner på en säng som kändes som en molnvariant av IKEA, och för första gången på länge kunde han höra sina egna tankar. De var, som väntat, om Linda. Han skickade ett kort sms – *Jag älskar dig* – och stirrade på telefonen som om den skulle svara på egen hand. Ingen respons. Hon kanske flög, kanske inte hade täckning, kanske …

Han lade sig ner, stirrade upp i taket och försökte ignorera känslan av att hela hans liv höll på att förvandlas till en dokusåpa han aldrig bett om.

Cyrus sneglade på klockan. Sent, och sömn borde stå på schemat – men det kändes som en övning i fåfänga. Kvinnor från hela världen skulle dyka upp i morgon, och han hade ingen aning om hur han skulle klara av det. Eller dem.

Han sjönk ner i sängen, tankarna rusade trots tröttheten. Han försökte stänga ute oron inför morgondagen, men bilder av Linda dök upp. Doften av hennes parfym, hennes skratt, och den där blicken som alltid fick honom att känna sig sedd. Det var som om hela världen höll på att glida ur händerna på honom.

Han somnade till slut, men drömmarna blev avbrutna av mobilens plötsliga ringning. Halvt yrvaken såg han namnet på skärmen. En FaceTime-samtal från Linda. Han tryckte snabbt på svarsknappen, rösten aningen skakig.

– Hej, Cyrus, sa Linda med en med trött röst. Förlåt, jag tänkte inte på tidsskillnaden. Och varför är det så mörkt där du är?

Cyrus tände lampan.

– Åh, det gör inget, Linda. Jag saknar dig. Kolla här, sa han entusiastiskt. Jag är på Camp David! Och detta är ... Barack och Michelles sovrum.

Linda såg sig omkring, imponerad.

– Wow, det är ju fantastiskt. Men varför i hela friden är du där?

Cyrus blev allvarlig.

– Det är en lång historia. Jag behöver berätta något för dig.

Han berättade om allt – om ansvaret som lagts på honom, om kvinnorna från hela världen och de kommande nittio dagarna på Camp David. Linda var tyst. När han slutade prata, såg han hur hon kämpade med sina känslor.

– Jag ... jag förstår, sa hon med skakig röst. Logiskt, alltså. Men känslomässigt ... jag behöver tid att tänka.

– Jag vet hur svårt detta måste vara för dig, sa Cyrus med tårar i ögonen. Jag lovar att ge dig all tid du behöver.

Tårarna rann nedför Lindas kinder, och när hon talade var hennes röst skakig.

– Tack, Cyrus, sa hon och torkade bort tårarna. Det är så mycket att ta in. Jag kan inte lova hur jag kommer att känna om en vecka eller senare, men jag uppskattar verkligen att du berättade allt detta för mig.

Efter samtalet la Cyrus mobilen bredvid sig och stirrade upp i taket. I tystnaden på Camp David kämpade han med sina känslor. Tankarna på att förlora Linda kändes som en tung börda. Men någonstans inom sig hoppades han att kärleken de delat skulle vara tillräckligt stark för att överleva detta och att de snart skulle återförenas. Men nu skulle han vara här i minst nittio dagar.

.

Kapitel 53 – Camp David

Camp David

Cyrus vaknade till ett försiktigt skak på armen. Någonstans i bakhuvudet ekade en obehaglig tanke: detta var inte första gången han väckts som om han vore en sovande björn. Han kisade upp mot den korrekta och stenansiktade Secret Service-agenten. För en kort stund undrade han om det fanns en kurs för att bli så uttryckslös – en kurs som förmodligen också innebar att stå och stirra på ingenting i timmar.

Han blinkade långsamt och försökte förlika sig med verkligheten. Han hade sovit i president Obamas sovrum. Det var en surrealistisk känsla. Här låg han, en svensk man med smak för knäckebröd och ABBA, i hjärtat av amerikansk makt. Ironiskt nog var det troligen den minst stressiga delen av hans liv just nu.

När agentens ord trängde igenom dimman av trötthet, insåg han plötsligt att idag var dagen. Tjejerna! En märklig blandning av nervositet och oro knöt sig i magen. Vad skulle han göra om något gick fel? Skulle de ha någon slags introduktion? Kanske en PowerPoint?

– Är allt okej? mumlade han, med en röst som lät som om han precis svalt en sandstorm.

Agenten förblev lika opåverkad som en stenstaty, men hans ord var lugnande – åtminstone på ytan.

– Allt är lugnt, sir. Presidenten ville bara prata med dig om några viktiga saker, inget att oroa sig för.

Cyrus nickade trött och mumlade något om att klä sig själv, vilket kanske var det mest självständiga han hade gjort på hela veckan.

I situationsrummet möttes han av Obamas ansikte på en stor skärm. För ett ögonblick funderade Cyrus på att fråga varför amerikanska presidenter alltid skulle ha bakgrunder som fick dem att se ut som en James Bond-skurk.

– Godmorgon, Cyrus, sa Obama med ett leende som kunde sälja både fred och missilförsvar i samma andetag.

– Godmorgon, herr President. Vad är det som händer? frågade Cyrus, fortfarande förvirrad över hur hans liv hade förvandlats till en blandning av en dokusåpa och ett diplomatiskt toppmöte.

Obama, alltid med glimten i ögat, inledde med något om Mellanöstern-konflikten. Cyrus, som inte kunde skilja en geopolitisk kris från en medioker science fiction-film, nickade långsamt och försökte verka insatt.

– Är de inte lite mer kompisar nu med allt som pågår? försökte han, förvissad om att humor var hans bästa försvar mot en situation han inte förstod.

Obama skrattade. Ett hjärtligt, äkta skratt. Det var i sådana stunder som Cyrus insåg att han kanske hade en talang för att få världsledare att känna sig som mänskliga varelser.

Men sen kom den verkliga anledningen till samtalet. Avtalet. Kvinnorna. Säkerhetsrådet. Det internationella dramat som skulle leverera ett entourage av kvinnor till Camp David, som om det vore en FN-sanktionerad dejtingshow.

Cyrus nickade.

– Ja, jag minns överenskommelsen. Orden hängde i luften. Vad han egentligen ville säga var: Hur hamnade jag här, och är det för sent att boka en enkelbiljett till Antarktis?

Obama lutade sig fram mot skärmen med sin sedvanliga auktoritet – en man som kunde sälja vilken idé som helst och få den att låta som en moralisk plikt.

– Från och med idag kommer vi att ha fem tjejer per dag från USA, började han, med samma ton som om han presenterade ett nytt skolprogram. – Imorgon återkommer jag med information om vilka andra länder som kommer att skicka sina tjejer de närmaste dagarna. Men först, Cyrus, känner du att du kan ställa upp på detta?

Cyrus svalde, som om han just blivit erbjuden ett jobb som cirkusdirektör i en bur full av lejon. Vad kunde han säga? Nej? Han nickade långsamt, i en blandning av resignation och självdistans.

– Självklart. Jag har lovat att hjälpa, och jag står fast vid det.

Obama log, som om han just hört att någon frivilligt skulle bygga en bro med bara tandpetare.

– Bra att höra. Hur mår du? Känner du dig fortfarande chockad?

– Lite, men det går över, svarade Cyrus och försökte låta som en man med kontroll.

Fast nej, jag är inte okej, tänkte han. Jag är en svensk kille som plötsligt är ansvarig för mänsklighetens framtid. Varför är jag här? Tankarna snurrade vidare, som om hjärnan ville komplicera saken ännu mer: Förresten, undrar om Obama vet att jag är halviranier? Skulle det ändra situationen? Skulle jag fortsatt få vara här – eller skulle de ha skickat mig till Guantánamo som någon slags "regional lösning"?

Han skakade av sig tankarna och försökte fokusera på det som väntade. Att rädda världen, ett besök i taget.

– Jag är redo nu att sätta i gång, la han till för säkerhets skull.

Obama skrattade hjärtligt.

– Bra, vi behöver alla stå enade i dessa tider. Tack för att du är med oss i den här kampen.

Cyrus ryckte lite på axlarna.

– Ja, jag förstår att det är ett tufft jobb, men någon måste göra det.

– Bra att höra att du är beredd på utmaningen, skrattade Obama. – Men du får inte bli för kaxig nu, Cyrus. Kom ihåg att jag är fortfarande USA:s president och kan få dig att försvinna om du blir för kaxig.

Cyrus skrattade, mest av nervositet. Shit, Guantánamo kanske inte var en helt fel tanke ändå, funderade han och kände hur ett stråk av obehag kröp längs ryggraden.

– Jag förstår. Jag lovar att hålla mig i schack, sa han och hoppades att hans röst inte skälvde.

Obama lutade sig tillbaka i stolen med ett leende.

– Det är bra att du förstår att jag skojade. Men på allvar, Cyrus, jag är tacksam att du ställer upp på det här.

Cyrus nickade stelt och undrade om det kanske fanns ett "skojade bara"-program för världsledare. Samtidigt som hans inre röst skrek något om att fly till en avlägsen ö i Stilla havet.

– Självklart, herr President. Som jag sa, tufft jobb och någon måste göra det, skrattade han fram.

Obama skakade på huvudet med ett leende och försvann från skärmen, som om han just avslutat en lättsam pratshow.

Kvar stod Cyrus i det tysta rummet, full av frågor han inte ens kunde formulera för sig själv.

En röst bröt hans tankar. Secret Service-agenten hade dykt upp igen, lika lugn som alltid.

– Jag har goda nyheter, sir. Marine One är på väg med de första tjejerna som ska besöka Camp David idag.

Cyrus blinkade. De är redan på väg? Han svalde och försökte låta oberörd.

– Tack för att du meddelar mig. Så alla tjejerna är på väg redan?

– Ja, precis sir.

Agentens ord var lugnande, men inom Cyrus snurrade tankarna: Fem tjejer om dagen. Var det så här de räddade världen nu för tiden?

Cyrus försökte hålla tankarna i schack. Ansvarsbördan som vilade på hans axlar kändes plötsligt mycket tyngre, som om någon just hade hängt en skyskrapa runt halsen. Mänsklighetens framtid, Cyrus. Ingen press alls. Han visste att många av kvinnorna som skulle komma kanske kände sig sårbara och utsatta, och det var avgörande att han visade respekt och omsorg. Han bestämde sig för att låta dem ta initiativet – allt skulle ske på deras villkor, vad de än önskade. Trots beslutet att göra rätt kände han en naggande oro inför det som väntade.

Agenten, vars professionalism var lika obeveklig som en schweizisk klocka, bröt tystnaden:

– Så vad är dina planer för dagen, sir?

Cyrus kliade sig i nacken och log osäkert.

– Jag antar att jag bara behöver vänta här tills tjejerna kommer. Vad jag ska göra när de väl är här … ja, det är en helt annan fråga.

Agenten log nästan osynligt, som om han just hört samma fråga hundra gånger under sin karriär.

– Du behöver inte oroa dig för det, sir. Vi har planerat allt och kommer att guida dig genom hela processen. Allt du behöver göra är att vara dig själv.

Cyrus sneglade ut genom fönstret för att undvika att tänka för mycket. Han såg helikoptern som just hade börjat sin landning på gräsmattan nedanför. Hjärtat slog hårdare än han skulle vilja erkänna. Fem kvinnor. Vad är det jag har gått med på egentligen?

Agenten, som hade en fingertoppskänsla för stämningar, försökte lätta upp atmosfären med ett skämt.

– Ursäkta sir, men detta känns lite som The Bachelor när tjejerna anländer. Skillnaden är att ingen av dem får behålla dig.

Cyrus skrattade, även om skämtet slog lite för nära verkligheten.

– Om det bara vore en tv-show, då skulle åtminstone någon annan skriva replikerna.

När agenterna började föra in kvinnorna kände han hur luften förändrades. Det låg en märkbar spänning i rummet, en sorts osynlig elektricitet. Varje kvinna hade en unik utstrålning, och det var tydligt att de hade gjort stora uppoffringar för att vara här. Cyrus rätade på ryggen och bestämde sig för att göra sitt bästa. Okej, Cyrus, var värdig uppdraget. Inget mer daltande.

Kvinnorna presenterade sig en efter en, och Cyrus bemötte dem med värme och respekt. Han försökte dra i gång samtal som kändes naturliga, även om han kände sig som en amatörskådespelare i en obekväm improvisationsteater. Han ville förstå dem på ett djupare plan, inte bara deras namn eller varför de var här.

Agenten tog till orda och förklarade dagens upplägg:

– Varje kvinna får en timme enskilt med er, sir. Därefter har de frihet att röra sig inom Camp David. Ni kommer att äta både lunch och middag tillsammans, och det finns också tid att umgås under dagen.

Cyrus nickade nästan, men hejdade sig. Inga fler nickar, skärp dig, tänkte han. Han tackade i stället agenten med en snabb handrörelse och återgick till att fokusera på kvinnorna framför sig. Rädda världen, ett samtal i taget, påminde han sig själv och försökte ignorera det ständiga dunkandet i bröstet.

Efter att ha avslutat det första mötet kände Cyrus en viss lättnad, men också en tydlig insikt om vad som låg framför sig. Han påminde sig själv om att hålla sig öppen och ärlig, oavsett hur märkliga situationerna kunde bli.

När lunchen dukades upp, slog han sig ner tillsammans med kvinnorna och gjorde sitt bästa för att skapa en avslappnad stämning, även om han kände att han mest jonglerade med sociala minor.

Efter lunch valde några av kvinnorna att tillbringa mer tid enskilt med honom. Det blev ett konstigt skådespel av ömsesidig artighet och märkliga samtal där han försökte balansera en roll han aldrig bett om att spela. Senare samlades de återigen för en gemensam middag, och Cyrus försökte förgäves intala sig att han började få kläm på rutinen.

Men det var under middagen som något oväntat inträffade. Diskussionen vid bordet gled snabbt över till ämnet om vem som skulle få dela rum med honom för natten. Cyrus, som just försökte tugga klart en bit av någon sorts lyxig sallad, höll nästan på att sätta den i halsen när förslaget om att lotta fram en vinnare lades fram. Kvinnorna verkade helt bekväma med idén, medan han själv kände ett behov av att försvinna genom en närliggande vägg.

Trots obehaget insåg han att detta var ytterligare ett steg i den absurda verklighet han befann sig i, och han accepterade arrangemanget med en stel nickning – en gång till. När natten väl kom och vinnaren av lotteriet slog sig till ro i hans sällskap, insåg Cyrus att han helt enkelt inte hade mer energi kvar. Så snart hans huvud nådde kudden föll han i en djup sömn, trots den märkliga närvaron i rummet.

De följande dagarna flöt ihop till en nästan identisk rytm: nya kvinnor, nya ansikten, men samma ritualer. Tjugonio dagar passerade, en suddig följd av möten, samtal och schemalagda måltider. Trots den välstrukturerade vardagen började monotonin tära på honom.

När den trettionde dagen närmade sig brast något inom honom. Han hade försökt prata med Obama och säkerhetsrådet om att få ändra på schemat, men deras svar var lika orubbliga som stenstoder. Camp David, som en gång hade verkat som en trygg plats, kändes nu klaustrofobisk. Tankarna på att vara någon annanstans, var som helst, fyllde honom med en längtan som nästan gjorde ont.

Cyrus kände att han började tappa greppet. Varje natt låg han vaken och försökte hitta någon form av balans. Han tänkte på Linda, varje gång med samma klump i magen. Varje kväll försökte han ringa henne, men samtalen gick alltid till röstbrevlådan. Den tystnad som mötte honom där var värre än vilken utskällning som helst – det kändes som att hon inte bara avvisade hans samtal utan honom som person. Det var som om avståndet mellan dem blev större för varje missat försök. Hur han än vände och vred på tankarna kom han alltid fram till samma sak: detta uppdrag var större än han någonsin föreställt sig, och han var inte säker på hur länge han skulle kunna hålla ihop. Men i sitt inre höll han fast vid en liten gnista hopp – tanken på att en dag bli fri från denna märkliga och pressande verklighet, och kanske, bara kanske, kunna reparera det som hade gått förlorat med Linda.

Han staplade sig igenom de sista dagarna utan någon större plan. Utmattning var nu hans ständiga följeslagare. När den nittionde dagen kom, delade Obama nyheten: nästan alla kvinnor hade blivit gravida. "Du räddar världen, Cyrus," försäkrade presidenten med sitt varumärkessmil, men Cyrus kunde inte skaka av sig bilden av en framtida klassåterträff med hundratals barn.

Nyheten om att han skulle få återvända till Sverige överskuggade allt annat. Han ringde genast sin mamma Farah, som nästan började gråta av lättnad. När han frågade om Linda fick han bara undvikande svar – det gjorde ont, men han orkade inte pressa. Hans tankar rusade i stället till allt han skulle hem och träffa familjen, sina kollegor, och äntligen försöka leva som en människa igen.

Trots glädjen över att komma hem fanns en tomhet han inte kunde ignorera. Han tänkte på kvinnorna han mött, alla som kommit till Camp David för att bli befruktade av honom. För varje graviditet kändes hans möjlighet till en normal relation alltmer avlägsen. Men han påminde sig själv om sitt uppdrag – detta var större än honom själv, och två kvinnor om dagen i Sverige skulle åtminstone vara mindre överväldigande.

Den kvällen la sig Cyrus på sängen med blandade känslor. En del av honom var lättad över att få komma hem; en annan del visste att resan bara börjat. När han slutligen somnade var det med en känsla av att världen alltid skulle vara lite absurd, men att han åtminstone skulle få sova i sin egen säng.

Nyheten kom från Obama med samma avslappnade ton som om han talade om vädret.

– Cyrus, vi kommer att meddela världen att du har blivit noggrant undersökt under de senaste nittio dagarna. Virusets spridning har tyvärr påverkat även dig. Det innebär att du … tja, inte längre kan ha intima relationer.

Cyrus stirrade på skärmen och försökte tolka vad han precis hört. Det här var inte bara en biljett till frihet, det var en direkt uppgradering till första klass. Virusfri, relationsfri och potentiellt överflödig.

– Så jag är liksom … arbetslös? sa han långsamt.

Obama log sitt karakteristiska breda leende, det som kunde få världens största kriser att verka som små missöden.

– Nej, du är en hjälte, Cyrus. Men ja, du är också arbetslös.

Cyrus nickade, och tänkte varför nickar jag hela tiden, men tankarna löpte sedan i väg. Hjälte? Arbetslös? Vad händer om de ändrar sig? Får jag ett tackkort eller en biljett till Guantánamo?

Obama fortsatte, omedveten eller obrydd om Cyrus tankar.

– För att fira ska du få åka hem med Air Force One. Marine One kommer för att hämta dig snart.

Marine One. En riktig helikopter, inte ett metaforiskt svepskäl. Cyrus packade sina tillhörigheter – eller rättare sagt, skrapade ihop resterna av sin självkänsla och några strumpor – och rusade ut för att möta sin flykt från Camp David.

När han satte sig i helikoptern kände han en plötslig våg av eufori. Jag lämnar det här stället! Aldrig mer fem kvinnor om dagen, aldrig mer middagslottningar eller "intima undersökningar".

Ombord på Air Force One bestämde han sig för att testa lyckan och ringa Linda. Ingen svarade, som vanligt. Han stirrade på telefonen och försökte ignorera det välbekanta stinget i bröstet. Hon hatar mig, eller hur? Det här är straffet för att ha räddat världen. Borde ha låtit den brinna.

– Ursäkta, sa han till en agent. Finns det möjlighet att se en tv-serie här? Jag har … halkat efter.

Agenten, som tydligt var tränad i att inte ifrågasätta märkliga förfrågningar, visade honom till en skärm. Snart satt Cyrus och tittade på sin egen serie, den han knappt mindes att han hade skapat.

När Linda dök upp i bild drog han efter andan. Var hon alltid så här vacker? Nej, det är ljuset. Eller kamerorna. Eller nej, det är jag som är ett komplett vrak. Scenerna där de spelade mot varandra skar i honom som ett rostigt rakblad. Han försökte hålla tillbaka tårarna men misslyckades kapitalt.

Agenten bredvid sneglade på honom.

– Pollenallergi? frågade han neutralt.

Cyrus skakade på huvudet.

– Nej, bara ... bara allergisk mot mitt eget liv.

När han sett klart hela serien och tömt hela flygplanets förråd av näsdukar, kände han en märklig blandning av stolthet och melankoli. Maria hade gjort ett fantastiskt jobb. Linda hade gjort varje scen bättre än han förtjänade. Och han? Han hade mest gjort sig själv till världens mest olyckliga hjälte.

När planet landade på Arlanda tackade Cyrus kabinpersonalen som om de just räddat honom från en sjunkande Titanic.

– Tack för att ni inte kastade ut mig på vägen, sa han och drog ett djupt andetag av den kalla svenska luften.

Han kände nästan att han kunde gråta av lättnad. Men i stället plockade han upp telefonen och ringde sin mamma Farah. Hon svarade efter första signalen, och hennes röst var fylld av lättnad.

– Äntligen, min son! Kom hem. Jag gör din favoritmat. Du behöver äta upp dig.

När han frågade om Linda var svaret lika undvikande som alltid.

– Det viktigaste är att du är hemma, sa hon.

Han förstod. Linda svarar inte. Hon kommer inte att svara. Men kanske ... kanske en dag? Eller inte, tänkte han och försökte förtränga klumpen i bröstet.

När han steg ner för trappan från planet, såg han en oväntad syn. Där stod Fredrik Reinfeldt själv, lutad mot en skinande Volvo S80 limousine. Det var som om någon hade förväxlat statsministern med en chaufför i en B-film. Cyrus blinkade, nästan säker på att det var en hallucination från flygresan.

– Välkommen hem, Cyrus, sa Reinfeldt och sträckte fram handen. Jag tänkte att vi kunde köra dig till ditt nya hem.

– Nytt hem? sa Cyrus och försökte låta glad men mest lät misstänksam.

Reinfeldt log, det där märkliga statsministerleendet som kunde få ett ekonomiskt sparpaket att framstå som en julklapp.

– Vi har fixat en villa åt dig i Djursholm. Den tidigare ägaren, en saudisk diplomat, lämnade Sverige och ... skänkte den till oss som ett tack för sin tid här. Vi hade ingen aning om vad vi skulle göra med den, så det kändes självklart att ge den till dig – för allt du har gjort för Sverige och världen.

Cyrus stirrade på honom. En villa i Djursholm? En saudisk diplomat? Och han? Okej, det här är officiellt det konstigaste som hänt idag, tänkte han. Men han tackade artigt, eftersom det kändes som rätt sak att göra när man fick en mångmiljonsvilla av statsministern.

Han följde med in i limousinen, där Reinfeldt började småprata om villans faciliteter: pool, bastu och en vinkällare som ingen riktigt visste vad man skulle göra med. Cyrus nickade och mumlade för sig själv varför han hela tiden nickade så mycket, och tankarna snurrade

– Självklart kommer Säpo att skydda dig dygnet runt, fortsatte Reinfeldt, som om det vore det mest naturliga i världen. Det har varit … viss medial uppståndelse kring din roll, så vi vill att du ska känna dig säker.

Cyrus lutade sig bakåt i sätet och stirrade ut genom fönstret. Säposkydd, en lyxvilla och en statsminister som sällskap. Det är inte direkt vad man förväntar sig när man räddar världen, men jag antar att det är något.

När limousinen körde genom Stockholms gator, började han fundera på vad som väntade i Djursholm. Han hade räddat världen, men frågan kvarstod: Hur i hela friden räddar jag mig själv från allt det här?

Kapitel 54 – Framgång

18 november, Frankfurt

När Karolin steg av planet i Frankfurt kändes världen som en sliten filt som någon glömt i ett dragigt hörn. Resan hade tömt henne på energi – sömn var något hon bara vagt mindes, som en gammal vän hon inte sett på åratal. Ali och Tareq såg inte mycket piggare ut, och deras trötta ansikten påminde henne om att trötthet var det enda de verkligen delade just nu.

Anton väntade vid ankomsthallen, stilig som alltid och med den där outgrundliga blicken som antydde att han visste något viktigt.

– Herrgården, sa han kort, och Karolin höjde ett ögonbryn. Det fanns alltid något i hans ton som fick hennes magkänsla att vackla mellan irritation och förväntan.

– Har något hänt? frågade hon medan de började gå mot bilen.

– Chuck har gjort framsteg. Stora framsteg. Vi måste bestämma oss för hur vi ska hantera det här.

Det var alltid något med Chuck. Hans framgångar var aldrig enkla. De var som presenter inslagna i lager av problem – man visste aldrig vad som väntade längst in.

– Behöver ni verkligen min hjälp för att ta ett beslut? sa hon med en trött suck.

Anton log, ett sådant där irriterande lugnt leende som bara han kunde ge henne.

– Claudia och Bruno har slutat fatta beslut utan dig och mig. Vi är deras kompass nu.

Karolin ville fnysa, men höll tillbaka. Det var lätt att vara kompass när skeppet redan gått på grund. Hon undrade för sig själv om de kanske borde ha lyssnat tidigare.

– Förresten, några nyheter om TMMF? sa hon medan de gick genom den ändlösa parkeringen.

– Nej, ingenting. De verkar ha gått upp i rök, svarade Anton med en suck.

Karolin stannade till och såg på honom.

– Så vi vet fortfarande inte hur påsarna kunde lösas upp i stormen och orsaka allt det här kaoset?

Anton skakade på huvudet.

– Nej, inget nytt. Bara spekulationer.

Karolin suckade djupt och fortsatte gå.

Fantastiskt. Vi jagar spöken med väderproblem och biologiskt nedbrytbara påsar. Det här blir bara bättre och bättre.

Hon hoppade in i bilen och lutade sig tillbaka. Vi kanske borde skicka stormen på en presskonferens. Den verkar ha gjort mer än vi hittills, tänkte hon för sig själv.

Herrgården var lika imponerande som vanligt. Ett monument över Bruno och Claudias visioner – visioner som ibland kändes som galenskap i bättre kläder. Claudia tog emot dem i dörren, elegant som alltid, och Bruno skyndade fram för att skaka hand som om han personligen välkomnade världsfreden.

– Chuck väntar i salongen, sa Claudia.

Salongen var ljus och luftig, men energin där inne var tryckt. Chuck satt i mitten av rummet, och blicken svepte över dem som en lärare inför en svår tentamen. När Karolin slog sig ner kände hon hur kroppen sjönk djupare i fåtöljen än hon ville erkänna och tänkte: Kom igen nu, Karolin. Hög spänning. Ingen tid för mjuka möbler, håll dig vaken nu!

– Vi har fastställt orsaken, började Chuck. Fertilitetsproblemen. Impotensen ... ja ni fattar. Och ... vi har nittionio procents säkerhet på hur vi kan framställa en medicin.

Orden hängde i luften. Det var den typ av mening som kunde ändra historiens riktning – eller åtminstone bli en rubrik i morgondagens tidning. Karolin kände hur rummet stelnade kring Chuck.

– Vi måste testa medicinen, sa han försiktigt. På oss själva.

Först var det tyst, och sedan spred sig en våg av obehag. Karolin såg hur de andra i rummet utbytte blickar. Testa medicinen? På sig själva? Det var som att be om frivilliga för att prova på blixtnedslag.

– Chuck, om något går fel? sa hon sakligt men med en underton av ilska. Vi pratar om experiment här.

Chuck tvekade men höll fast vid sin ståndpunkt.

– Vi har tänkt på det. Det är enda sättet att vara säkra.

Karolin suckade djupt och kände hur frustrationen växte.

– Och hur ska vi förklara för omvärlden att vi har ett hemligt labb? fortsatte hon.

– Vi tänker på mäns hälsa, sa Claudia och la till en svepande gest som om det var svaret på allt.

– Visst, tänk stort, sa Karolin och skakade lätt på huvudet. Detta påverkar alla. Men vad är planen för att visa att vi vet vad vi gör? Vi måste ha tillstånd. En strategi. Det här går inte att leka med.

De andra nickade instämmande. Bruno log stolt, som om hon just sagt att allt var hans idé från början.

– Och när vi har medicinen färdig, sa Karolin, då måste vi vara redo att förklara oss. Hela världen ser på oss.

Chuck såg nöjd ut, men innan han hann svara lutade Anton sig fram.

– Vi måste börja med att söka tillstånd och följa protokollen, sa han. Om det inte finns några sådana protokoll, så skapar vi dem.

Chuck drog ett djupt andetag, och för första gången såg han nästan tveksam ut.

– Jag förstår vad du menar, Anton. Och du har rätt. Vi har följt allt så här långt, men det kanske är dags att ta detta steg för steg nu. Vi ansöker om tillstånd först och säkerställer att allt görs korrekt. När vi fått grönt ljus kan vi gå vidare och göra det officiellt.

Karolin nickade långsamt och såg att de andra i rummet började slappna av. Ett bedrägligt lugn spred sig i rummet, men det var bättre än kaoset de hade lämnat bakom sig. Karolin tog till orda igen.

– Jag tar hand om PR-strategin, sa hon. När vi är redo att släppa nyheten samarbetar vi med en byrå. Vi gör det här på rätt sätt, och när det är dags att testa på människor ser vi till att alla förstår att vi har gjort allt efter konstens alla regler.

De andra nickade instämmande, och en plan började ta form. Karolin kände en viss lättnad – inte för att problemen var lösta, utan för att de åtminstone hade riktlinjer nu.

Hon reste sig, redo att börja arbetet. Och här är vi, som vanligt, de som måste rädda dagen, trots att vi knappt hittar våra egna skor. tänkte hon och försökte ignorera den tunga känslan av ansvar som följde med.

Hon kunde redan se presskonferenserna framför sig. Journalister som letade efter hål i historien, skeptiska blickar. Men just nu fanns inget annat val. Hon drog ett djupt andetag. Världen brinner, och vi har tändstickorna. Perfekt.

Kapitel 55 – Stockholm

16 februari 2013, Stockholm

Säkerheten runt villan var imponerande, nästan överdriven. Kameror, vakter och en grind som såg ut att kunna stoppa en pansarvagn. Det gav trygghet, absolut – men också känslan av att vara en dyr prydnad instängd i en glasmonter. Efter en stunds kallprat och kramar sa han adjö till sina föräldrar, vars omtanke var den enda varma delen av villan. Trots lyxen kändes det som att bo i en IKEA-showroom, vackert men själlöst.

Cyrus hade drömt om att återvända till ett fritt liv i Sverige efter Camp David, men friheten hade visat sig vara en välbevakad illusion. Den sista mannen med förmågan att rädda mänskligheten, hade de kallat honom, som om det var en ära. I verkligheten var det som att bära en sten på hjärtat. Hans tankar kretsade ständigt kring Linda – den enda kvinna han verkligen älskat – och ovissheten om hon ens ville höra av sig gjorde honom tokig.

Han stirrade ut genom fönstret, där trädgården bredde ut sig som ett vykort från en mäklarbroschyr. Till och med ekorrarna såg ut att ha mer socialt liv än han. Naturens skönhet var imponerande, men det hjälpte inte mot ensamheten. Visst, det var bättre än Camp David – men jämförelsen var som att säga att bryta ett ben är bättre än att bli överkörd.

Imorgon skulle han tillbaka till TV5, en tanke som fyllde honom med både hopp och skräck. Skulle Linda vara där? Skulle hon ens vilja prata med honom? Samtalet med Sören hade antytt en nystart, men det osagda hängde kvar: Vad händer om Linda inte längre bryr sig?

President Obamas offentliga tillkännagivande att Cyrus inte längre besatt "förmågan" hade inte dämpat världens fascination. Skeptikerna fanns där, och vissa kvinnor reste fortfarande från alla hörn av världen, övertygade om att det bara var en politisk lögn. Världen kanske inte längre ser mig som en superhjälte, men jag känner mig fortfarande som en zoologisk attraktion, tänkte han och bestämde sig: trots ryktena skulle han försöka leva normalt, även om det innebar att springa för livet från självutnämnda "sanningssökare".

Cyrus hade aldrig längtat så mycket efter att återvända till TV5. Det var inte bara jobbet som manusförfattare och skådespelare – det var hans fristad, där han kunde vara något mer än "mannen som räddade världen." Och innerst inne brann hoppet om att få förklara allt för Linda, att ta upp tråden där den fallit.

När morgonen kom, fylldes han av en nervös energi. Det är bara TV5, tänkte han, inte en rättegång. Men med två Säpopoliser i släptåg var det svårt att känna sig normal. Receptionisten Melinda mötte honom med ett stort leende som antydde att hon hoppades på mer än en artig hälsning. Cyrus log tillbaka och gick snabbt mot hissen, i skydd av Säpos diskreta som två vandrande kylskåp.

Högsta våningen bjöd på en överraskning: Annika var tillbaka. Hon kastade sig i hans famn som om han varit försvunnen i tio år. Strax därefter kom Sören rusande med ett lika entusiastiskt välkomnande, tätt följd av Maria och Viktor. Maria höll fast vid honom som en bläckfisk tills Viktor, med ett skämtsamt ryck, drog bort henne.

Cyrus lät blicken svepa över rummet. Linda? Ingen Linda. Alla andra verkade märka hans diskreta sökande, och Sören, alltid snabb att läsa av en situation, la en hand på hans axel.

– Linda är i filmstudion, sa han. Hon spelar in en scen för en ny serie men kommer snart.

En våg av lättnad sköljde över Cyrus. Hon var fortfarande en del av teamet. Han följde med kollegorna till konferensrummet, där idéer för nya produktioner började flöda. Att vara omgiven av bekanta ansikten och deras kreativa energi fick honom att känna sig som sig själv igen, för första gången på länge. Självförtroendet växte i takt med att han engagerade sig i diskussionerna, och för ett ögonblick glömde han allt annat. Det här, tänkte han, är vad normalt borde kännas som.

Efter några timmar steg Linda in i rummet, och Cyrus hjärta hoppade som om det försökte vinna en olympisk medalj. Hon var lika strålande som han mindes, och han kämpade för att inte stirra som en fånig statist i en romantisk komedi. När hon log mot honom kändes det som att rummet blev tio grader varmare.

Hon hälsade artigt på alla och slog sig ner bredvid honom. Hennes närvaro var överväldigande – på ett bra sätt – och Cyrus insåg att han aldrig ville vara någon annanstans. Han försökte fokusera på arbetsmötet, men tankarna var redan upptagna med hur han skulle dela sin historia och hjärta med henne. Första steget är att inte låta det låta som ett dåligt manus, tänkte han torrt.

Efter mötet korsades deras vägar igen utanför TV5. När deras blickar möttes stannade världen, eller åtminstone hans egen perception av tid och rum.

– Skulle du vilja komma över på middag i Djursholm? sa han, försökte låta avslappnad men lyckades bara låta som någon som sålde dörrknackande dammsugare.

Linda höjde ett ögonbryn, men hennes leende mildrade hennes forskande blick.

– Visst, det vore trevligt.

De steg in i bilen, eskorterade av Säpo som vanligt. Stockholms gator gled förbi, men tystnaden mellan dem var så tät att man kunde skära den med en osthyvel. Efter några sekunder av obeslutsamhet tog Cyrus ett djupt andetag och vände sig mot henne.

– Linda, jag beklagar allt. Stormen, uppmärksamheten, allt. Men jag måste säga det: jag älskar dig.

Hennes leende var kort, nästan vemodigt.

– Cyrus, jag vill känna detsamma. Men allt detta … det är så mycket.

Han kände tyngden i bröstet som en plötslig vinterstorm.

– Jag vet. Men låt mig berätta allt, från början.

Medan bilen rullade genom stadens kalla, grå gator, öppnade Cyrus hjärtat. Han berättade om Camp David, om pressen att rädda mänskligheten och känslan av att vara en fånge i en gyllene bur. Han beskrev kvinnornas ständiga närvaro och hur varje sekund bara förvärrade hans längtan efter henne.

– Men genom allt, sa han och mötte hennes blick, har mitt hjärta alltid varit ditt. Det är för dig jag lever.

Linda lyssnade, och även om hon inte sa mycket, kunde Cyrus känna att en barriär mellan dem började smälta. Eller så var det bara värmen från bilens sätesvärmare, tänkte han, med ett litet hopp som växte i hans bröst.

– Men trots allt, sa Cyrus med en blick som försökte vara både romantisk och fast, är mitt hjärta ditt, Linda. Det har det alltid varit. Jag skulle kunna ha vilken kvinna som helst – ja, tydligen hela världens kvinnor, om jag så ville. Men jag vill inte ha någon annan än dig. Det är för dig jag andas, för dig jag lever. Om du inte förstår det … ja, då är jag osäker på hur jag ens kan andas vidare.

Han höll andan och väntade. Linda såg på honom, hennes uttryck både forskande och mjukt. Cyrus kände hur sekunderna segade sig fram som i en dåligt regisserad romantisk film. Men så lutade hon sig lätt framåt.

– Jag vet att du menar det, Cyrus. Och jag känner samma sak. Men … det här är inte enkelt. All uppmärksamhet, alla förväntningar … Jag behöver tid att förstå hur vi kan få det att fungera.

Orden var som en halv seger för Cyrus. Hon älskade honom – men kunde hon stå ut med kaoset som följde med? Han nickade, tyst för sig själv och undrade åter varför han alltid nickade så mycket.

När de kom fram till villan möttes de av doften av en perfekt middag. Kocken hade inte snålat – bordet var dukat för en romantisk afton som om det var finalen på en realityshow. Cyrus och Linda slog sig ner, pratade och skrattade, och för första gången på länge kände han att det fanns hopp om ett normalt liv. Eller så normalt det nu kunde bli när hela världen verkade ha hans namn på läpparna.

Men så, mitt i deras samtal, hördes ett skrik utifrån. Det började som en avlägsen ton men byggdes snabbt upp till en kakofoni av röster. Cyrus stelnade till, och när han vände sig mot fönstret såg han dem – en svärm av kvinnor med desperation i blicken och en kollektiv intensitet som skulle fått en flock zombies att backa.

– Det här kan inte vara på riktigt, mumlade han.

Säpos radio sprack till liv, fylld av röster som försökte överrösta tumultet. Glas krossades, och ljudet av fotsteg och skrik blev allt högre. En svettig agent stormade in, med blicken hos någon som just insett att deras arbetsbeskrivning inte täcker detta.

– Till sovrummet, nu! ropade han och drog med sig Cyrus och Linda.

De sprang genom korridorerna, jagade av rop och dunsar från kvinnor som inte tänkte ge upp i första taget. Cyrus försökte hålla Lindas hand, men när de nådde sovrummet slängde han upp fönstret och såg ut i natten. Han hann knappt samla tankarna förrän Linda tog hans hand.

– Spring, Cyrus! Gör dig osynlig! skrek hon.

Han tvekade ett ögonblick men insåg snabbt att hon menade allvar. Och med ett sista desperat leende mot henne hoppade han ut i natten, övertygad om att om han överlevde det här, skulle han behöva mer än en romantisk middag för att vinna tillbaka henne på riktigt.

Cyrus sprang som om hans liv hängde på det – vilket det faktiskt gjorde. Bakom honom dånade skrik och fotsteg från hundratals kvinnor, ivriga att göra vad de än hade planerat. Synen av denna desperata jakt genom Djursholms gator var så absurd att Cyrus nästan önskade att någon filmade det, bara för att han skulle kunna sälja rättigheterna till Netflix senare.

Han dök in bakom en villa och höll andan, hjärtat bultade som en techno-bas i bröstet. Kvinnorna rusade förbi, helt ovetande om hans gömställe. I fjärran hörde han sirener, och snart fylldes natten av blinkande blåljus. Polisen och Säpo anlände i full styrka, och kvinnorna – organiserade via en Facebookgrupp med det smått poetiska namnet "Fånga Cyrus" – greps en efter en.

Tillbaka i villan mötte han Linda, som mirakulöst nog var oskadd. De föll in i en omfamning som kunde ha varit en scen ur en romantisk film, om det inte vore för att Säpo fortfarande patrullerade huset med walkie-talkies och svettiga pannor.

– Tror du vi kan få en vanlig kväll någon gång? mumlade Cyrus medan han försökte släppa spänningen.

Under stjärnornas ljus diskuterade de sin framtid. Cyrus frågade försiktigt om Linda ville dela hans liv och hans hem – minus den konstanta faran. De övervägde en paus i hans föräldrars fritidshus i Hamra, men Säpo avrådde. Som om en liten stuga i Hälsingland skulle kunna vara säkrare än ett pansarskyddat palats i Djursholm, tänkte Cyrus.

Senare, när natten lagt sig, tog han upp mobilen för att ringa Hamid Rezapour, taxiföraren som en gång räddat hans liv. Med tacksamhetens värme i rösten erbjöd han att köpa en ny bil åt Hamid.

– Nej, försäkringen täckte redan allt, sa Hamid bestämt.

Cyrus vägrade ge sig.

– Det är inte bara en bil, det är ett tack. Snälla, låt mig göra det.

Efter en kort men intensiv argumentation gav Hamid med sig, med ett villkor: att han fick bjuda Cyrus på middag som tack för gesten. Cyrus skrattade och gick med på det, nyfiken på vilken maträtt Hamid tänkte använda för att sätta punkt för deras osannolika vänskap.

En kall, solig vinterdag i Djursholm – en plats mer känd för stillsamma ekorrar än världsomvälvande händelser – insåg Cyrus vad det innebar att vara centrum för världens blickar. På rekordtid hade nyheten om honom spridit sig från Danderyds lokaltidning till global hysteri.

Det verkade som om varenda kvinna på planeten, från läkare i Buenos Aires till bibliotekarier i Nya Zeeland, hade fått ett gemensamt mål: Cyrus från Djursholm, mannen som mest bara ville dricka sitt kaffe och läsa tidningen i fred.

Medan resten av världen oroade sig över saker som elräkningar och varför grannens katt såg så dömande ut, befann sig Cyrus i en storm av internationell fascination. Det började med en blygsam artikel i Mitti Danderyd, "Djursholms Ensamme Romeo". En gnista som snabbt blev en skogsbrand: The New York Times rapporterade om "Den mystiska mannen från Sverige", medan The Daily Mail körde med den blygsamma rubriken "Svensken som alla kvinnor jagar!" Inte ens Al-Jazeera kunde hålla sig från att analysera fenomenet, och i Indien spekulerade The Times of India om han kanske var en kärleksgud i reinkarnation.

Det gick inte bara hem i nyhetsvärlden. Snart dök det upp talkshow-intervjuer, blogginlägg och till och med en oväntad hiphop-hit från Sydafrika: "Djursholm Dude".

Mitt i denna absurditet satt Cyrus i sitt vardagsrum, med sitt kaffe i handen, stirrandes ut över snön. Och medan världen spekulerade om hans nästa drag, hade han själv bara en fråga i huvudet: Var tusan är mina sockar?

Kapitel 56 – Amanda & Carin II

16 februari 2013, Tyskland

Carin– eller Emma Müller som hon nu kallades – stirrade på sin spegelbild i fönstret till BKA:s kontor i Wiesbaden. Håret var kort och mörkt, ögonen dolde sig bakom bruna linser. Ändå kändes det som att någon annan tittade tillbaka på henne. Hon och Amanda, nu Sophie Keller, hade levt med sina nya identiteter i flera månader, ständigt vakande över axeln. Livet som kommissarie var inte så mycket ett liv som det var en väntan – på rätt tillfälle, rätt beslut eller bara ett slut.

Samtalet kom oväntat. Jörg Ziercke, deras chef på Bundeskriminalamtet, meddelade med sin vanliga korthuggna stil att hoten mot dem var borta. Alla kopplingar till deras tidigare liv var nu säkrade och de kunde återvända till sina riktiga identiteter. Carin kände hur hennes hjärta stannade för en sekund. Kunde det verkligen vara sant?

– Du är fri att vara Carin Lehmann igen, hade han sagt. Enkla ord, men de bar med sig en värld av förändring.

Friheten kändes som en främling. Hon hade drömt om detta ögonblick, men nu när det var här kändes det skrämmande. Carin visste att hon behövde kontakta Rolf. Hans namn hade varit en ständig närvaro i hennes tankar, ett tyst löfte om något mer än det liv hon levt. Hon visste inte hur han skulle reagera. Hur förklarar man för någon att man inte är död trots allt?

Med darrande händer knappade hon in hans nummer. Tystnaden på linjen kändes evig innan den bröts av en röst hon trodde att hon aldrig skulle höra igen.

– Hallå?

– Rolf ... det är jag, Carin.

Det blev tyst igen, men den här gången fylldes tystnaden av känslor. Sedan kom orden, skriket av överraskning, och hon kunde nästan höra hur hans hjärta slog genom telefonen. Tårarna kom ohejdbart, både från hans och hennes sida. Det var som om tiden hade stått still, och allt de förlorat var på väg att hitta tillbaka.

Amanda hade sin egen återförening att hantera, men för Carin fanns bara en sak som betydde något: Rolf. Hon hade överlevt fångenskap, falska identiteter och hot. Men det var först nu, med hans röst i hennes öron, som hon verkligen började känna sig levande igen.

När hon satt med sin nya legitimation i handen på BKA:s kontor, såg hon Amanda kasta en blick på henne. Ett leende spred sig över Amandas ansikte.

– Vad säger du, ska vi fira det här? frågade Amanda.

Carin log tillbaka, för första gången på länge ett äkta leende.

– Definitivt. Det här ögonblicket har vi förtjänat.

Hon visste att deras liv fortfarande var kantade av osäkerhet och att arbetet inte var över. Men just nu kunde hon fira det faktum att de, mot alla odds, hade fått sina namn och sina liv tillbaka.

Kapitel 57 – Bortom frihet, flykten till och från Hamra

Cyrus hade precis börjat drömma om en lugn promenad i en skog, där ekorrar bjöd honom på kaffe och världen verkade glömt hans existens, när han vaknade av ett kraftigt bankande på dörren. Han kisade mot klockan och insåg att det fortfarande var natt – eller i alla fall vad som borde räknas som det.

När han öppnade dörren möttes han av Fredrik Reinfeldt, iklädd en något skrynklig kostym och med en blick som blandade allvar och en liten dos desperation.

– Cyrus, vi har ett problem, började statsministern.

Cyrus lutade sig mot dörrkarmen, fortfarande halvvägs mellan sömn och verklighet.

– Bara ett? frågade han trött. För det känns som jag har en hel skokartong full.

Reinfeldt ignorerade kommentaren och fortsatte:

– Det är en invasion. Kvinnor från hela världen har köpt enkelbiljetter till Sverige. Hotellen i Stockholm är fulla, och vi misstänker att deras slutdestination är … ja, du.

Cyrus suckade djupt och skakade på huvudet.

– Så jag är målet för en global möhippa. Fantastiskt. Vad ska jag göra? Köpa cupcakes?

Reinfeldt drog en hand genom ansiktet och förklarade planen:

– Vi måste flytta dig till en säker plats. Din idé om Hamra verkar bäst. Det är isolerat, och Säpo kan skydda det. Helikopter i beredskap om det blir kris, men Säpo kör dit dig.

Cyrus stirrade på honom, sedan slog han ut med händerna.

– Så jag ska gömma mig i mina föräldrars gamla Televerksbyggnad? Mitt liv har verkligen blivit en högklassig Netflix-serie.

Reinfeldt log svagt, som om han hade hört värre reaktioner.

– Tänk på det som en paus från allt. Packa ihop det nödvändigaste. Vi åker om en timme.

Cyrus satt kvar vid köksbordet och stirrade ut i mörkret. En del av honom ville bara skratta åt absurditeten – världens kvinnor invaderade Sverige för att jaga honom, medan han förberedde sig på att fly till en ödemark.

– Jag borde få royalties för det här, muttrade han och började packa.

Linda steg in i köket, yrvaken och med rufsigt hår, och stannade upp mitt i dörröppningen när hon såg Fredrik Reinfeldt stå där som om det var den mest naturliga saken i världen.

– Vad är det som pågår här? frågade hon och höjde ett ögonbryn.

Cyrus suckade djupt och nickade mot statsministern, som tog på sig rollen som budbärare för dåliga nyheter.

Reinfeldt klargjorde situationen med en ton som nästan var för allvarlig för någon som just hade trängt sig in i en annan mans kök. Linda lyssnade, och när hon förstod omfattningen lade hon snabbt armarna om Cyrus. Han sjönk ihop som en liten hög av självömkan och bröt ut i ett sorgset jämrande.

– Jag orkar inte mer, sa han mellan snyftningarna. Jag är inte gjord för att vara ett internationellt fenomen. Jag vill bara ha kaffe och en vanlig tisdag!

Linda strök honom över håret, och hennes röst var mild men med ett uns av irritation.

– Älskling, du måste försöka se det från den ljusa sidan. Du är fortfarande vid liv. Kan han inte bara röra sig fritt i byn? frågade hon, nu vänd mot Reinfeldt.

Statsministern funderade ett ögonblick och nickade sedan sakta.

– Vi ska göra vårt bästa. Vi behöver hålla en låg profil, men vi hoppas att byborna är lojala mot Cyrus. De har ju känt honom sedan barnsben. Men vi måste också övervaka deras kommunikation, bara för säkerhets skull.

Cyrus ryckte till och stirrade på Reinfeldt med stora ögon.

– Övervaka dem? Ni tänker alltså göra Hamra till ett mini-Stasi? Vad blir nästa steg, konfiskera brevlådor?

Reinfeldt log svagt och lade en hand på Cyrus axel.

– Extrema situationer kräver extrema åtgärder, min vän. Nu, packa det ni behöver. Bilen väntar, och vi måste åka innan dina "fans" får upp spåret.

Linda tog Cyrus hand och ledde honom mot sovrummet.

– Kom, älskling. Vi klarar det här. Och vet du vad? Det kanske till och med finns tid för dig att hitta dina favoritsockar.

Cyrus följde motvilligt med, mumlande något om att byta liv med en anonym bibliotekarie i Kiruna.

– Tack för att du följer med mig, sa Cyrus medan han slängde ner sina sockor i en resväska. Men bara så du vet, mina föräldrars landställe är ... inte direkt ett slott. Det är en gammal Televerksbyggnad. Mysigt, absolut, men vi snackar inte Versailles här. Fast på vintern är det rätt charmigt med snö och is på Hemsjön. Folk kör bil på sjön – för att de kan – och alla är trevliga. Lite för trevliga efter några glas hembränt.

Linda log och pussade honom på kinden.

– Älskling, jag behöver inget slott. Bara jag har dig, klarar jag till och med en gammal Televerksbyggnad. Och ja, jag menar det.

Cyrus skrattade och drog henne nära.

– Du är för bra för mig, vet du det?

Efter en snabb packning stod de redo utanför huset. Statsministern vinkade av dem med en lättnadens suck, och Säpobilen mullrade i gång, omgiven av följeslagare. Snön föll tungt, och Cyrus kommenterade att det kändes som en riktigt dålig spionfilm.

Sex timmar senare nådde de Hamra, och Linda kikade ut genom bilrutan. Skogarna, de snötäckta vägarna, och den tysta omgivningen var som hämtade ur en vintrig saga.

När de klev ur bilen med sina väskor mötte en Säpoagent dem med ett leende.

– Välkomna till Hamra. Vi har redan värmt huset åt er, sa han och pekade mot det gamla Televerkshuset som såg ut som ett charmigt hus av renoveringsbehov.

– Tack, sa Linda och tog Cyrus arm. – Det här är perfekt. Jag älskar det redan.

Cyrus tittade på henne som om hon just hade sagt att hon älskade kylskåpsljus.

– Du är en dröm, sa han lågt. Och vi ska göra det här till vårt lilla paradis, Televerket eller inte.

Agenten harklade sig.

– Det här är ett paradis, men glöm inte att ni är under vår bevakning. Vi håller allt under kontroll.

Cyrus log snett.

– Och jag uppskattar det. Men om ni börjar köra bil på sjön, då har ni blivit en del av byn på riktigt.

De skrattade, och med Säpo som skuggor i bakgrunden tog Cyrus och Linda sina första steg in i sitt nya, något surrealistiska, hem.

Med tunga väskor och kalla näsor klev Cyrus och Linda in i det gamla träklädda huset som byggdes för Televerket på 1800-talet. Huset var en märklig blandning av historisk charm och lite för moderna IKEA-möbler. En stor öppen spis tog över vardagsrummet, och balkongen bjöd på en magnifik vy över den frusna Hemsjön.

Snön föll utanför medan de tände brasan och svepte in sig i filtar. De första dagarna blev en udda kombination av återhämtning och äventyr: Säpo körde dem runt på sjön i fyrhjulsdrift, skotrar brummade genom skogarna, och middagar från Hamra Vild avnjöts i tryggt skydd. Byn försökte låtsas som ingenting, men det var svårt att ignorera den globala sensation som bodde i deras mitt.

Trots idyllen började isolationens tyngd göra sig påmind. Huset var mysigt, men också en påminnelse om det liv de lämnat bakom sig. Tankarna vandrade ofta – kanske tillbaka till Djursholm, kanske till en ö i Söderhavet. Men drömmarna kändes just som det: drömmar.

Cyrus tittade ut över Hemsjön en kväll och suckade. Visst var Hamra vackert, men även vackra fängelser är fortfarande fängelser.

Cyrus satt vid köksbordet i Hamra och stirrade ut genom fönstret, där snön föll som i en överdriven julfilm. Han försökte finna tröst i naturens stillhet, men det var svårt när han visste att hans hem i Djursholm hade förvandlats till något mellan ett gated community och en nöjespark för besatta kvinnor.

Han hade fått höra av Säpo att det numera fanns en Facebookgrupp, "Cyrus är till för oss alla", där kvinnor bytte tips om hur man kunde hitta honom. Någon hade till och med utlovat en miljon kronor för en användbar ledtråd. Det var smickrande, på ett absurt sätt, men mest skrämmande. Cyrus hade aldrig trott att hans liv skulle bli en kombination av dokusåpa och en dålig thriller.

Enligt Säpo var det så illa att boende i Djursholm hade börjat klaga på de ständiga lägren av kvinnor utanför hans hus. Det hade gått så långt att området nu hade vägspärrar som bara släppte in boende och deras gäster. Cyrus kunde inte låta bli att undra om han i slutändan hade uppfyllt en gammal Djursholmsdröm om exklusivitet.

Han skrattade till, men det dog snabbt ut. Situationen var för absurd för att ens vara rolig längre. Och nu, här i Hamra, kände han sig som en exotisk fågel i en bur. Säpo hade förstärkt övervakningen i byn, och varje gång han tittade på Linda visste han att hon förtjänade bättre än detta.

– Vad tänker du på? frågade Linda medan hon plockade undan tallrikarna efter middagen.

– Att jag kanske borde skriva en bok, mumlade Cyrus. "Från man till myt: Min väg från frihet till förföljelse."

Linda skrattade, men det fanns en skugga av oro i hennes blick. Hon visste hur tungt allt vägde på honom, även om han försökte skämta bort det.

Säpo hade till och med börjat misstänka att någon i Hamra kunde läcka information om deras vistelse. Cyrus hade aldrig känt sig så paranoid. Han såg sig själv som en dålig imitation av en konspirationsteoretiker. Var det verkligen fru Pettersson som bakade kanelbullar med så mycket glädje, eller var hon en spion med dolt uppsåt?

En av Säpoagenterna hade försökt trösta honom med att säga att situationen var under kontroll.

– Det är nationell säkerhet, Cyrus. Vi har det här.

Men Cyrus kunde inte låta bli att tänka: Om nationell säkerhet innebär att läsa mina sms och kolla om jag googlat "hur man fejkar sin egen död", då kanske det inte är så lugnt som de påstår.

När kvällen föll över Hamra, satt Cyrus och Linda nära brasan. Hon läste en bok, och han stirrade in i lågorna. Han försökte hitta någon slags mening i allt detta, men det enda som dök upp var tanken att han kanske skulle fråga Säpo om de kunde blockera Facebookgruppen. Eller åtminstone ge honom adminrättigheter så han kunde ändra dess namn till "Låt Cyrus vara i fred."

Säpo hade förvandlat vägarna till Hamra till en högteknologisk labyrint. Varje bil, cykel och förbipasserande granskades som om de försökte smuggla något farligare än surströmming. Deras budskap var enkelt: Ingen kommer nära Cyrus och Linda utan att passera ett berg av säkerhetsprotokoll.

Men den 3 mars 2013 blev deras tålamod testat till bristningsgränsen. Tusentals kvinnor, beväpnade med enkelbiljetter och överflödande förhoppningar, drog genom Sverige som en ostoppbar flodvåg. Motorvägar förvandlades till fotgängarstråk, och småvägar blev överfulla korridorer av desperation. Säpo, som höll ett vaksamt öga från sina övervakningskameror, insåg snabbt att detta inte var en vanlig folkvandring.

– Cyrus, vi måste gå, NU, väste en Säpoagent när han väckte honom och Linda mitt i natten.

Cyrus, fortfarande halvsovande, slängde på sig en tröja medan Linda yrvaket försökte få fram en fråga mellan gäspningarna:

– Vad händer? Är det fler helikopterfläktar som stör grannarna igen?

De fördes snabbt till en väntande helikopter. När den lyfte och Cyrus kikade ner såg han kvinnorna som en glittrande myrstack i mörkret. Det var en surrealistisk syn – nästan komisk om det inte varit för att de ville ha honom.

– Jag tror vi behöver en ny definition av ordet "fanclub", mumlade Cyrus och lutade sig tillbaka.

Helikoptern landade på Säpos kontor i Uppsala där regionchefen Lennart Lundström mötte dem.

– Vi måste diskutera nästa steg, sa Lennart allvarsamt. Många har redan förstått att ni var i helikoptern.

Linda suckade tungt.

– Kan vi inte bara flytta till en ö i Söderhavet? Med paraplydrinkar och inga Facebookgrupper?

Lennart skakade på huvudet.

– Tyvärr, vi kan bara skydda er i Sverige. Men vi har flera alternativ att överväga.

De fördes till ett spartanskt vilrum för att vänta på vidare besked. Cyrus och Linda lade sig på sängen, som visade sig vara obehagligt bekant.

– Den här sängen påminner om din på Sångvägen, sa Linda och nickade mot den trånga madrassen.

– Tänkte precis samma sak, svarade Cyrus och log trött.

Linda såg på honom med en sorgsen glimt i ögonen.

– Minns du när vi trodde vi skulle förändra världen tillsammans?

Cyrus kysste henne på pannan.

– Jag minns. Men det verkar som om världen förändrade oss i stället. Vi har allt, men inte det viktigaste – frihet.

De låg tysta ett ögonblick innan Linda nickade och sa:

– Vi måste hitta ett sätt att få tillbaka den.

Cyrus höll hennes hand och viskade:

– Vi är starkare tillsammans. Och vi kommer klara det här, även om det betyder att jag måste skriva en ny handbok för överlevnad: "Hur man undviker tusentals hängivna fans på landsbygden."

Linda skrattade tyst och lutade huvudet mot hans axel.

Lennart stegade in i rummet med samma pondus som en gymnasielärare med för många prov att rätta. Linda och Cyrus satt hopkrupna på sängen, som om de försökte smälta in i möblemanget.

– Det är dags att prata framtid, började Lennart.

Cyrus tittade upp och suckade djupt.

– Om framtiden innebär fler fans som jagar mig genom skogen, så föreslår jag att vi hoppar över den delen.

Lennart ignorerade kommentaren och fortsatte:

– Vi flyttar er till en ö i Stockholms skärgård. Den är ett militärt skyddsobjekt. Underjordiskt boende, säkrat område. Ni kommer vara trygga där.

Linda höjde ett ögonbryn.

– Underjordiskt? Så vi går från att vara jagade ovan jord till att bli mullvadar?

– Det är inte så illa som det låter, försäkrade Lennart. På sommaren kan ni till och med bada i Östersjön.

Cyrus fnös.

– Perfekt. Precis vad jag har drömt om – ett semesterpaket som innehåller paranoia och frostskador.

Lennart log ansträngt och fortsatte.

– Tyvärr kan vi inte flytta er utanför Sveriges gränser. Det är för riskabelt.

Linda suckade och vände sig mot Cyrus.

– Någon gång måste vi prata med Obama. Han kan säkert fixa en trevlig ö någonstans där det finns palmer.

– Säpo har bestämt att Sverige är säkraste platsen, svarade Lennart. Nu måste vi gå vidare. Helikoptern väntar.

Utanför kontoret svepte en kall vind över parkeringen. Cyrus drog upp jackan och muttrade:

– Om jag inte visste bättre skulle jag tro att vi är på väg till en inspelning för en apokalyptisk film. Allt som saknas är zombier.

Linda kramade hans hand.

– Sluta klaga, älskling. Vi klarar det här. Om inte annat, så kanske vi kan gräva oss en egen flyktväg med skedar.

Helikoptern väntade med rotorerna i gång, vinden fick snön att piska som små isspjut mot ansiktet. När de steg ombord hördes Lennart över bruset:

– Ni är i trygga händer. MUST-säkerheten är toppklass, men vi finns också på plats.

Cyrus kastade en snabb blick mot Linda och lutade sig fram.

– Det känns alltid betryggande när folk använder "trygga händer" i samma mening som "underjordiskt."

Helikoptern lyfte, och medan den svävade över Stockholms skärgård såg Cyrus och Linda ut genom fönstren. Snötäckta öar låg som små diamanter i mörkret, ljusen från vissa hus blinkade varmt. Cyrus lutade sig tillbaka och suckade:

– Ser du det där? Där borta, den lilla ön. Den ser precis lagom klaustrofobisk ut.

Linda log och lutade sig mot honom.

– Det kanske inte är perfekt, men det är i alla fall ett steg mot säkerhet.

När öns ljus närmade sig, kände de en märklig blandning av lättnad och tvekan. Äventyret hade bara börjat, och i Cyrus huvud snurrade tanken: Om detta är frihetens pris, borde jag ha läst det finstilta.

Helikoptern landade med ett tungt dunk, och Cyrus steg ut som om han just blivit förflyttad till en James Bond-film – minus glamouren och med fler lager vinterkläder. Den bitande kylan mötte honom som ett ovälkommet välkomnande.

– Ett underjordiskt boende, alltså? sa han och sneglade mot den ljusa ingången. – Det låter som början på en dystopisk roman. Vad blir nästa steg, att odla potatis i en bunker?

Linda fnissade medan vinden försökte slita av henne halsduken.

– Sluta gnälla, älskling. Vi är här nu. Det är säkert. Det är … nytt?

De närmade sig en massiv betongtrappa som ledde till en stålport av nästan skrattretande storlek. Porten öppnades långsamt med ett djupt gnissel, som om den också hade sina invändningar mot deras ankomst.

– Inbjudande, muttrade Cyrus och trampade in, hans steg ekande genom en gigantisk korridor som kändes som en kärnvapensilo som fått för sig att gå på spa.

Lampor av det klassiska "lysrörs-gröna" slaget kastade sitt platta sken över väggen. Cyrus nickade mot en skylt som pekade mot gymmet.

– Jaha, vi har ett träningsrum också. Perfekt. Inget säger "avkoppling" som att lyfta vikter under lysrör.

De nådde sitt rum och stannade i dörröppningen. Rummet var oväntat stort, med en bekväm säng, en liten soffgrupp och en minimal köksavdelning.

– Det är som ett Ikea-visningsrum, konstaterade Cyrus. – Om Ikea också hade en avdelning för katastrofberedskap.

Linda började packa upp medan Cyrus gick runt och studerade gemensamma utrymmen. Matsalen var stor nog att rymma en liten armé, TV-loungen hade en skärm som kunde få en bioduk att känna sig underlägsen, och det fanns till och med ett kontor.

– Så ... vi ska leva som underjordiska miljonärer? undrade han. – Jag hoppas att det åtminstone finns Netflix.

De fick en snabb genomgång av anläggningens säkerhetssystem. Storbildsskärmarna på väggarna visade live-bilder från ön, så realistiska att Cyrus nästan glömde att de inte hade några fönster.

– Det är ju trevligt, sa han. – Men om jag ska titta på en soluppgång, föredrar jag att den inte sker genom en kamera.

Linda, som alltid hade en förmåga att hitta silverkanter, log mot honom.

– Kom igen, Cyrus. Det här är vårt hem nu. Det kunde vara värre.

Cyrus lutade sig mot henne och suckade djupt.

– Jag antar att det kunde vara värre. Men om vi någonsin får besök av utomjordingar, tänker jag säga att det här var ditt påhitt.

Linda skrattade och kysste honom på kinden. Det var inte perfekt, men det var deras tillflykt. Och för tillfället var det tillräckligt.

Kapitel 58 – Rosenbad

Mars 2013, Stockholm

Fredrik Reinfeldt såg på den stapel av dokument som låg framför honom, som om de själva skulle börja tala och erbjuda en lösning. Ett krismöte hade kallats, och runt bordet satt hans närmaste ministrar. Läget var allt annat än hoppingivande. Trehundratusen kvinnor hade försökt ta sig till Sverige. På något sätt hade Cyrus förvandlats till en global sensation, och Sverige satt nu med Svarte Petter.

– Trehundratusen? sa Carl Bildt och höjde ett ögonbryn. Är det ens möjligt? Jag menar, var hittar de alla flygbiljetter?

Reinfeldt tog ett djupt andetag. Det hade inte varit en fråga på tentamen i statsvetenskap.

– Det här är inte bara en folkmassasituation, sa han till slut. Det är ett diplomatiskt fältminfält. Ukraina, Mellanöstern, Sydamerika – alla kräver svar. Och president Obama ... Ja, han kanske menade det som ett skämt, men världen tog det på blodigt allvar.

– Vilket skämt? frågade Annie Lööf, som försökte låta engagerad, trots att hon hade tappat bort sig i dokumenten framför sig.

– Att Cyrus inte längre ... fungerar, sa Reinfeldt och gjorde en vag gest som ingen missförstod. Och att Sverige på något sätt har bestämt sig för att behålla honom för oss själva.

Beatrice Ask harklade sig, hennes blick vandrade över bordet.

– Om jag får påpeka det uppenbara – världen tycker att vi är giriga. Vi har en "resurs", och vi delar inte med oss. Det här är diplomatiskt självmord.

– Och vad föreslår du? Att vi startar en exportlinje? sa Göran Hägglund, med sin karaktäristiska blandning av sarkasm och allvar.

Det blev tyst en stund. Reinfeldt sträckte sig efter kaffekoppen, men innehållet var redan kallt. Precis som deras idéer.

– Vi måste erbjuda något, sa han till slut. Något som visar att vi inte ignorerar omvärldens behov. FN kommer att kräva en lösning.

– Kan vi inte bara ta emot två kvinnor per dag, som en pilot? sa Carl Bildt och tittade på Reinfeldt med en axelryckning. Det skulle lugna dem. Och samtidigt köpa oss tid.

Det var ett förslag som ingen ville erkänna hade potential, men som alla visste var bättre än inget. Diskussionen tog fart, med argument som kastades fram och tillbaka. Ekonomiska aspekter, moraliska dilemman och Sveriges internationella rykte dissekerades tills luften i rummet var så tung att man kunde skära den med en kniv.

– Vi måste tala med Cyrus och Linda, sa Eskil Erlandsson till slut. De sitter mitt i det här, och vi måste veta var de står.

Reinfeldt höll med. Det var en punkt alla kunde enas om. Han reste sig, la händerna på bordet och såg sina kollegor i ögonen.

– Det här är vår tid att visa världen vad Sverige står för. Jag åker till ön och talar med dem direkt. Carl, förbered dig på att ta över kommunikationen med FN om jag inte är tillbaka i tid.

Bildt nickade, med en nästan teatralisk självsäkerhet. Anders Borg lutade sig tillbaka och började räkna något i huvudet. Ingen vågade fråga vad.

Reinfeldt lämnade rummet med en känsla av att ha en plan, även om den fortfarande var lika tunn som morgondiset utanför Rosenbads fönster.

Kapitel 59 – Kärlekens ofrivillige hjälte

Cyrus lutade sig mot bunkerns kalla betongvägg och stirrade på kaffekoppen framför sig. Den lilla ångstrimman som steg från vätskan fångade uppmärksamheten – en flyktig distraktion från verkligheten. Han kunde inte minnas när kaffet hade blivit kallt, lika lite som han kunde minnas när livet hade gått från att vara en stillsam saga till att bli en ständig, klaustrofobisk thriller.

Bakom sig hörde han Lindas lätta steg. Hon stannade, rörde vid hans axel.

– Cyrus, han är här, sa hon lågt.

Cyrus höjde lätt på huvudet, som om han vägde tankarna innan han återvände till att stirra på den avstängda Tv-skärmen. Ytan reflekterade rummet svagt, men han verkade snarare se något långt bortom det – en tyngd vilade i hållningen, en tyst resignation som talade mer än ord. När rotorljuden från helikoptern steg i volym utanför, märkte han att pulsen matchade rytmen. En man i kostym, som representerade landets mäktigaste, hade landat på en öde ö för att tala om Cyrus kropp. Det var absurt. Om inte världen hade varit så trasig hade det varit komiskt, eller oetiskt.

Fredrik Reinfeldt steg in i bunkern med en stel hållning och en blick som kunde ha frusit en vulkan. Cyrus såg att statsministern försökte skaka av sig den tunga aura av allvar och ansvar som hans position alltid verkade bära med sig. Det var som om han hade gått vilse på en företagskonferens och råkat hamna i en actionfilm.

– Cyrus, Linda, vi måste tala, sa Reinfeldt, hans röst precis så dämpad som om han var på en begravning.

Cyrus höjde ett ögonbryn. Han sträckte sig efter sin kaffekopp bara för att inse att den fortfarande var tom.

– Det här låter lovande, mumlade han och satte sig vid bordet. – Vad är det nu? Har ett land förklarat krig mot Sverige för att jag inte har svarat på deras kärleksbrev?

Reinfeldt såg inte road ut. Han drog handen över ansiktet, som om det var huden själv som bar skulden för hans kaotiska värld.

– Läget är allvarligt, Cyrus. Internationella påtryckningar ökar. Nationer kräver att vi delar med oss av din ... unika förmåga.

Cyrus sneglade på Linda när hon satte sig bredvid, händerna hårt knäppta i knät. Blicken pendlade mellan honom och Reinfeldt, som om hon försökte balansera två olika världar. Spänningen i hållningen var påtaglig, men något mer låg där – en utmattning som han inte kunde ignorera. Det slog honom att hon kanske redan hade spelat upp det här samtalet i huvudet otaliga gånger, varje gång med samma tunga känsla av uppgivenhet.

– Förmåga? upprepade hon, hennes röst tunn men laddad med syrlig ironi. Det låter som om han är en slags magisk artefakt. Något från ett museum.

Cyrus ryckte på axlarna och lutade sig bakåt.

– Om det hjälper världen kanske jag kan bli inramad och utställd i Louvren?

Ingen skrattade. Linda la handen på Cyrus arm, och han märkte hur hennes fingrar darrade. Ögonen mötte hans, och i den korta tystnaden som följde kändes luften i bunkern tjock nog att skära med kniv.

– Jag vet inte om jag klarar mer av det här, sa hon. – Att du måste vara med andra ... kvinnor. Det känns som att hela världen har flyttat in mellan oss.

Reinfeldt suckade och rättade till slipsen.

– Linda, jag förstår att det här är svårt, men vi har inga andra alternativ. Vi har redan försökt att ...

– Har ni verkligen försökt? avbröt Linda, hennes röst plötsligt skarpare. – Eller är det bara bekvämare att låta oss betala priset för det här?

Reinfeldt öppnade munnen för att svara, men Cyrus höjde handen. Hans röst var låg, men det fanns en skärpa i den.

– Hon har rätt. Ni säger att det inte finns några andra lösningar, men det känns som att vi bara är en pjäs i ett spel som ingen av oss ville spela.

Statsministern blev tyst. Ögonen reflekterade ljuset från bunkerns lampa när han långsamt lutade sig framåt. Han såg på Linda först och sedan på Cyrus.

– Vi arbetar på det, sa han till slut. – Forskare undersöker om spermadonation kan vara ett alternativ. Men till dess ...

Reinfeldt lutade sig framåt, händerna vilande på bordet som om han försökte förankra sig själv i rummet.

– Vi förstår att det här är långt ifrån en idealisk lösning, sa han och drog efter andan. – Men om vi begränsar det till en eller två kvinnor i veckan, under strikt kontrollerade förhållanden, kan vi köpa oss tid att hitta en hållbar lösning. Det ger oss en chans att hantera det internationella trycket och skydda er från större intrång.

Linda stelnade till som om någon hade knuffat henne baklänges i stolen. Hon stirrade på Reinfeldt, blicken iskall.

– En eller två kvinnor i veckan? Så det är vad det har blivit nu? sa hon, rösten var spröd men fylld med en skärande sarkasm. – Någon slags ... veckoabonnemang på min kille?

Cyrus, som hade lutat sig tillbaka med armarna korsade, strök sig över hakan och muttrade:

– Låter som att jag borde börja samla stämplar. "Få din tionde natt gratis!" Kanske kan vi till och med köra en Black Friday-kampanj.

Linda blängde på honom, men ögonen glittrade av tårar snarare än ilska.

– Det här är inte roligt, Cyrus, viskade hon och rösten brast på slutet. – Det är jag som får stå ut med att se dig gå i väg, om och om igen, för att göra det här.

Cyrus la handen på hennes arm, men hon drog sig undan och vände sig bort. Han kände hur en knut av skuld växte i magen.

Reinfeldt, som såg ut som om han var fast i en hiss fylld med gråtande barn, försökte räta på ryggen och lät som om han ville vara medkännande men professionell:

– Linda, jag förstår att det här är oerhört svårt. Men jag kan lova att vi arbetar dag och natt för att hitta en långsiktig lösning. Det här är bara tillfälligt.

Linda brast plötsligt ut i ett gråtladdat skratt som inte hade någon värme i sig. Hon begravde ansiktet i händerna, skakade på huvudet och släppte fram en svag, darrig röst.

– Tillfälligt? Som om det betyder något. Jag vet hur sånt här går. Tillfälligt blir permanent innan man ens märker det.

Cyrus lutade sig framåt, strök handen över hennes rygg med en mjukhet som han hoppades skulle tränga igenom hennes sköld av smärta.

– Linda, du vet att det är dig jag älskar. Ingen annan. Ingen i hela världen kan ta din plats, sa han, men det kändes nästan som att orden studsade tillbaka från bunkerns kalla väggar.

Hon lyfte blicken mot honom, och tårarna som rann nedför kinderna fick honom att vilja slå hål på hela världen för att skydda henne. Men han kunde inte. Han var fast. De var fast.

– Jag vet att du älskar mig, Cyrus, men det här ... det är större än oss. Det känns som att jag förlorar oss varje gång du går in i ett annat rum med en av dem.

Cyrus såg henne bryta ihop framför honom, och det knöt sig i bröstet. Han hade aldrig känt sig så maktlös.

– Om du inte går med på det så kommer jag inte att göra det, det vet du va?, sa han lågt. Rösten bar knappt fram, men han tvingade sig att hålla kvar blicken på henne.

Linda torkade tårarna med baksidan av handen, andetagen var hackiga men långsamma. Hon såg på honom, och han kunde se striden inom henne – kärleken som försökte hålla sig flytande i ett hav av förtvivlan.

– Bara ... lova mig att det aldrig blir mer än vad de säger. En eller två. Och bara tills de hittar något annat, sa hon slutligen, rösten var matt.

Cyrus tog hennes händer i sina och kände hur hon pressade tillbaka. Han visste att det inte fanns några ord som kunde göra situationen bättre.

– Jag lovar, sa han. – Det här tar slut så snart det kan.

Reinfeldt, som tills nu hade suttit tyst, lutade sig tillbaka som om han precis hade överlevt en storm.

– Tack, sa han enkelt. – Jag vet att det här är mycket att begära. Men jag lovar att göra allt jag kan för att lösa det här så snabbt som möjligt.

Cyrus sneglade på honom och kunde inte låta bli att slänga in en sista syrlig kommentar.

– Tills dess är jag Sveriges nationella gisslan, va?

Reinfeldt log svagt, men Linda, till Cyrus förvåning, skrattade kort genom tårarna.

När Reinfeldt reste sig och förberedde sig för att gå, la Cyrus till.

– Om det här ska fortsätta behöver jag en sak.

Statsministern såg på honom, och för första gången på hela dagen verkade han förvånad.

– Vad som helst, sa han.

Cyrus log, men det fanns ingen värme i det.

– En bronsstaty. Och jag vill att den ska ha en ordentlig cape.

Linda brast ut i ett skratt, ett som både var en lättnad och en påminnelse om hur absurt deras liv hade blivit. Reinfeldt log också, men bara vagt, som om han inte visste om det var ett skämt eller en förolämpning. Han reste sig och började förbereda sig för att lämna bunkern.

Cyrus såg på Linda. Skrattet hade dämpats, och i stället hade en tystnad tagit över, fylld av tyngden av deras verklighet. Hon stirrade ner i händerna, där fingrarna knäppte upp och ihop som om hon försökte hålla sig själv samman.

Han steg närmare henne, och innan han riktigt visste vad han gjorde, föll orden ur munnen.

– Linda, jag älskar dig. Och jag vet att vi går igenom något som ingen borde behöva gå igenom, men ... vill du gifta dig med mig?

Linda såg upp, först förvånad och sedan misstänksam. Hon rätade på sig och studerade honom, som om hon försökte läsa en dold intention i hans ansikte.

– Friar du till mig för att lugna ner mig? frågade hon.

Cyrus satte sig ner bredvid henne och tog hennes händer i sina. Hans blick sökte hennes.

– Nej, Linda. Jag friar till dig för att jag inte kan föreställa mig att leva utan dig. För att jag älskar dig mer än något annat, och jag vill att du ska veta att oavsett hur världen försöker slita oss isär, så är du mitt hem. Det här är inte en lösning på våra problem, det är ett löfte. Ett jag menar från djupet av mitt hjärta.

Linda stirrade på honom, och i tystnaden som följde rann tårarna över kinderna. Hon la händerna på hans kinder och skakade på huvudet, halvt skrattande, halvt gråtande.

– Cyrus ... Du är så hopplös. Men jag älskar dig också. Och ja. Ja, jag vill gifta mig med dig.

Han log och drog fram ringen ur fickan. Han gled ringen på hennes finger, och när han mötte hennes blick kände han att världen, hur kaotisk den än var, kunde hålla sig samman för en stund.

De kysstes, och det var som om bunkerns kalla väggar försvann. Utanför hördes helikopterns rotorblad, men ljudet kändes avlägset. I detta ögonblick fanns bara de två

Kapitel 60 – Världens ögon

Fredrik Reinfeldt steg in i konferensrummet på Rosenbad, rynkorna i pannan djupare än någonsin. Rummet var fyllt av ministrar som såg lika trötta ut som han själv. Efter mötet med Cyrus och Linda hade han knappt hunnit sova, och trycket från omvärlden kändes som ett konstant mullrande i bakgrunden.

– Mina vänner, vi har en plan, sa Reinfeldt med en ton som försökte balansera hopp och desperation. Han slog sig ner vid bordet och såg på Carl Bildt. – Jag har goda nyheter: Cyrus och Linda går med på att ta emot en eller två kvinnor i veckan tills vi hittar en långsiktig lösning.

Bildt lutade sig fram med händerna knäppta.

– Det låter lovande, men hur ser vi på den långsiktiga lösningen? Vi kan inte förlita oss på en strategi som riskerar att braka samman under press.

Reinfeldt suckade.

– Vi har övervägt möjligheten att låta Cyrus donera spermier. Tidigare avslog vi det på grund av vissa forskares teorier om att det skulle skada eller påverka spermiens kvalitet. Men jag tänkte att det kanske är värt att åter öppna det för diskussion.

Anders Borg tog till orda.

– Men om vi börjar sälja spermier, Fredrik, hur undviker vi att bli kända som världens första statliga spermadonationstjänst? Vad blir nästa steg? En IKEA-manual för insemination? sa Anders Borg med en syrlig ton.

Reinfeldt lutade sig tillbaka i stolen och log trött.

– Kalla det vad du vill, Anders, men vi måste tänka kreativt. Göran Hägglund kommer att leda en snabbutredning för att se om vi kan säkra både etik och säkerhet. Och om det innebär att Sverige blir känt för både ABBA och en avancerad spermadonationstjänst, så får det väl vara så. Därtill, jag har väl aldrig sagt att vi ska sälja det.

Beatrice Ask höjde en hand.

– Vi måste också ta itu med alla kvinnor som redan är här. Just nu har vi hundratals som kräver att få träffa Cyrus. Vad gör vi med dem?

– Vi måste temporärt frihetsberöva dem, svarade Tobias Billström. Skicka tillbaka dem till sina hemländer, men med respekt och så diskret som möjligt. Vi kan överväga att införa undantagstillstånd om situationen förvärras.

En kakofoni av röster fyllde rummet. Annie Lööf, Eskil Erlandsson och Ulf Kristersson kastade fram förslag som krockade med varandra. Reinfeldt höjde en hand och lugnade församlingen.

– Lyssna, vi har två veckor på oss. Vi informerar riksdagen och medierna så fort vi har konkret information. Tills dess fokuserar vi på att stabilisera situationen. Det är vårt ansvar, för Sveriges och världens bästa.

När mötet avslutades stirrade Reinfeldt ut genom fönstret. Världens ögon var på Sverige, och han kunde inte låta bli att känna en viss ironisk stolthet över att en man som Cyrus fått nationen att bli planetens centrum.

*　*　*

I skuggan av persiska drömmar

I Teheran, i ett mörkklätt konferensrum med tunga gardiner och gulddetaljer som antydde rikedom snarare än smak, satt president Mahmoud Ahmadinejad med sina rådgivare. På bordet låg bilder av Cyrus, Sveriges statsminister och en karta över Sverige där någon hade klottrat "UBÅT" över Vänern. Ahmadinejad knackade långsamt med fingrarna mot bordet och tittade upp med ett uttryck som förmedlade att han hade en idé – vilket alltid var oroande för alla närvarande.

– Mina herrar, världen ser Cyrus som svensk. Men hans mor är iransk. Inte hans far, hans mor. Hans sköna frisyr, hans styrka, hans … eh… charm, det är allt vårt. Det är dags att världen förstår att Iran är civilisationens vagga, och Cyrus är vår son, sa Ahmadinejad och slog ut med armarna som om han förväntade sig applåder.

En rådgivare, modigare än förståndig, påpekade försiktigt:

– Men herr president, vi har alltid betonat vikten av fadern i sådana frågor. Är det inte lite motsägelsefullt att nu lägga vikt vid moderns ursprung?

Ahmadinejad spände ögonen i honom.

– Detaljer! Patriarkatet är flexibelt när det tjänar oss. Kyros den Store var vår, och det här är en modern version av honom – Cyrus the Great 2.0, om ni så vill. Och precis som Kyros byggde ett imperium, så har vår Cyrus byggt ett ... eh ... imperium av kärlek! Han är vår present till mänskligheten.

Rådgivarna nickade nervöst, och Ahmadinejad fortsatte:

– Vi ska kräva erkännande från Sverige. De måste offentligt tacka oss för att vi, genom hans mor, har skapat detta mirakel. Och kompensation! Minst två stridsflygplan och en ubåt. En stor ubåt, inte en liten.

På andra sidan bordet satt en parlamentariker från Qom, känd för sina färgstarka och ofta märkliga uttalanden om hur vädret är styrt av moral och inte av klimatförändringar. Han slog handen i bordet och utropade:

– Och vi måste förklara för världen att Cyrus förmågor är ett tecken på vår nations storhet. Det är ingen slump att han heter Cyrus. Kyros den Store var en av våra största kungar, och nu har vi en ny Kyros för vår tid. Det är som om historien själv har valt att påminna världen om Persiens oöverträffade arv!

Ahmadinejad sken upp.

– Exakt! Låt oss starta en kampanj. Iranska kvinnor har skapat denna hjälte. Utan iranskt DNA skulle han bara vara en genomsnittlig svensk med älghorn på väggen. Vi måste framhäva detta.

Samtidigt började iranska statliga nyhetskanaler pumpa ut propagandaprogram. Ett särskilt avsnitt av Irans sanna arv presenterade en montagevideo av Kyros den Store bredvid bilder av Cyrus, komplett med dramatisk musik och en berättarröst som förklarade:

– När världen behöver hopp, ger Iran det. När mänskligheten står på randen till undergång, skapar Iran hjältar. Kyros den Store la grunden, och Cyrus fortsätter verket. Sverige borde tacka oss, inte tvärtom.

På en annan kanal diskuterades Cyrus iranska arv i ett panelsamtal. Höga statliga tjänstemän tävlade om vem som kunde dra de mest långsökta parallellerna. En av dem förklarade med allvar i rösten:

– Det är uppenbart att hans förmåga kommer från saffran och pistagenötter, som hans mor måste ha konsumerat under sin barndom i Iran. Detta är inte bara kultur utan också vetenskap. Sverige må ha IKEA, men vi har skapat mannen som räddar mänskligheten.

En annan tjänsteman, med ett entusiastiskt leende, hakade på:

– Och varför har vi inte krävt att han återbördas till Iran? Han är en av oss, och vi behöver honom här. Han kan leda vår nationella kampanj för kärlek och fertilitet. Vi kan kalla den "Operation Saffran och Pistage".

Nyhetskanalerna följdes av debatter där passionerade talare ropade:

– Om Sverige vägrar erkänna hans iranska arv, borde vi införa sanktioner. Och vi kräver DNA-tester! Om det finns minsta spår av persisk saffran i hans blod, då är det klart – han är en av oss!

I ett annat program, en dokumentär med namnet Cyrus: Den iranska legendens återkomst, intervjuades statliga experter och självutnämnda specialister som med fullständig övertygelse förklarade hur "hans naturliga förmågor måste ha uppstått genom århundraden av persisk vetenskap och poesi." En grönsakshandlare från staden Karaj, utsedd av producenten till "expert på Cyrus-frågor", utropade med eftertryck:

– Det är uppenbart! Hans unika genetik är ett resultat av våra historiska matvanor i Shiraz. Vi har saffran, pistagenötter och dadlar! Det är vetenskap! sa den självutnämnda experten och slog ut med händerna som för att omfamna hela den persiska kulturen.

Han pausade dramatiskt, lutade sig framåt som om han skulle avslöja en stor hemlighet, och lade till:

– Och låt oss inte glömma – granatäpplen. Ingen annan frukt kan frambringa sådan briljans. Cyrus är levande bevis på att det vi äter formar våra öden. Om Sverige vill låna honom, borde de åtminstone erkänna att han är marinerad i persisk perfektion.

Efter en teatralisk tystnad lutade han sig ännu lite längre fram och avslutade triumferande:

– Det är vetenskap – persisk vetenskap ... eller åtminstone min veten... min vetskap.

Samtidigt försökte diplomater vid Sveriges ambassad i Teheran navigera i vad som nu kallades "Cyruskrisen." Under en högtidlig ceremoni överlämnade en iransk tjänsteman en formell begäran där de krävde att Sverige skulle överväga ett kulturutbyte:

1. Två stridsflygplan, gärna med låg bränsleförbrukning.
2. En ubåt, helst utrustad med en inbyggd saffranstång.
3. Officiellt erkännande av Cyrus som en kulturell ambassadör för Iran.

Förresten, stryk den där låga bränsleförbrukningen om det blir en show-stopper. Vi har ju gratis olja

Medan diplomaterna kämpade för att dölja sina leenden, lät det iranska teamet förstå att detta endast var början på ett långsiktigt partnerskap.

Medan världen skrattade och debatterade, hade Iran redan påbörjat produktionen av propagandafilmer om Cyrus som "Den iranska mirakelsonen" och hur han, liksom Kyros, skulle föra Persiens arv till nya höjder – även om det bara innebar spermiedonation och förhandlingar om ubåtar.

* * *

På Australiensk talkshow

Samtidigt, på en helt annan kontinent, hade en australiensisk talkshow fullständigt snöat in på ämnet. Programledaren, känd för sina syrliga kommentarer, presenterade sektionen med en teatralisk inledning:
– Så, mates! Sverige och Iran bråkar om en man. Sverige säger att han är deras hjälte, Iran säger att han är deras förlorade son. Jag säger – varför bråka? Vi lånar honom till världen! Han är som en riktigt bra grillfest – alla borde få en bit.

Publiken brast ut i skratt, och programledaren fortsatte:
– Och Iran kräver en ubåt och två stridsflygplan i kompensation. För vad, undrar ni? Jo, för att hans mamma åt persiska grytor medan hon väntade honom. Det här är diplomati på en nivå som får FN att se ut som en dagisgrupp.

Applåder fyllde studion, och han avslutade med ett bländande leende:
– Kanske ska vi bara ge Iran en ubåt, fast en uppblåsbar. De kan paddla den över Persiska viken medan de planerar hur de ska göra Cyrus till sin nästa kung.

Sedan, som en slug kråka som hittat en glänsande nyckel, lutade programledaren sig fram mot kameran och lade till med en triumferande ton:
– Men om vi tänker efter, mates… Är inte Cyrus egentligen en Aussie? När han försvann från världen, var det HÄR han dök upp först. Och det var HÄR, Down Under, han började befrukta damer. Så, tekniskt sett har vi hans DNA först.

Studion exploderade i skratt och applåder, och programledaren gestikulerade vilt med händerna.
– Så här är vad jag föreslår: Australien borde bli en frizon! Resten av världen kan stå för notan – och vi Aussies får njuta av fördelarna. Och varför inte? Släng in en Volvo till varje familj också!

Det avslutande skämtet fick publiken att jubla, och programledaren nickade nöjt som om han just löst en världskonflikt med humor och sunt förnuft.

Kapitel 61 – Spermadonationens framtid

Fredrik Reinfeldt satt lutad över sitt skrivbord på Rosenbad, med händerna knäppta under hakan och blicken fixerad på ett dokument från Göran Hägglunds utredning. Rubriken löd: "Etiska och logiska överväganden kring spermadonation." Han stirrade på orden som om de höll en hemlighet han inte riktigt kunde få grepp om.

– Hur blev jag statsminister i detta land, och ändå känns det som att jag är med i en Monty Python-sketch? muttrade han för sig själv medan han svepte en klunk kaffe.

Hägglund hade kommit fram till att spermadonation från Cyrus var det mest praktiska sättet att möta världens behov. Ett steriliserat labb skulle eliminera risken för smittspridning, och kvinnor världen över kunde få hjälp utan att ens behöva sätta fot i Sverige. Etik, vetenskap och global välvilja – allt inbakat i en lösning som till och med kom med en självkostnadsprisidé.

Fredrik ställde sig upp och gick fram till fönstret. Där ute låg den svenska våren, lika kylig och oförlåtande som omvärldens frågor om Sveriges hantering av Cyrus. Han drog ett djupt andetag och vände sig mot rummet där hans ministrar samlats för att höra rapporten.

– Okej, Göran, ta det här från början, sa Fredrik med en trött men nästan utmanande blick.

Göran Hägglund ställde sig upp, papper i handen och ett litet leende på läpparna som om han själv inte riktigt trodde på vad han skulle säga.

– Så här ligger det till, mina vänner. Spermadonation är den etiskt och logistiskt bästa vägen framåt. Det är säkrare för Cyrus, enklare för kvinnorna och dessutom potentiellt billigare för oss. Vi kan skicka proverna globalt, ungefär som DHL-paket, förklarade Hägglund.

– Är du seriös nu, Göran? Skickar vi verkligen spermier som om de vore julklappar? inflikade Anders Borg och skakade på huvudet.

– Nej, Anders, inte som julklappar. Som medicinska resurser, svarade Hägglund tålmodigt.

Beatrice Ask såg fundersam ut.

– Och det juridiska? Vi måste navigera allt från gränsöverskridande exportlagar till att se till att Cyrus inte blir föremål för internationella tvister.

Fredrik höjde en hand för att tysta sorlet som började sprida sig runt bordet.

– Lyssna, vi har ingen tid att slösa. Göran, vi går vidare med det här. Starta processen. Och Anders, du får fundera ut hur vi säljer detta till världen utan att det låter som att vi driver en internationell fertilitetsagentur.

Anders Borg skrattade torrt.

– Ska vi skicka med IKEA-katalogen också? Det är ju ändå svensk export vi snackar om.

Fredrik log svagt men viftade bort kommentaren.

– Vi fokuserar på att göra det här rätt, Anders. Linda och Cyrus förtjänar en lösning som inte sliter sönder deras liv.

Några timmar senare satt Fredrik i en helikopter på väg till skärgården för att träffa Cyrus och Linda. När helikoptern svävade över de fortfarande frusna öarna funderade han på hur han skulle lägga fram detta förslag.

Väl framme möttes han av Linda och Cyrus. Linda log nervöst men varmt, medan Cyrus utstrålade en nästan provocerande avslappnad lugn, som om han förberedde sig för att öppna en burk cola snarare än att diskutera världens öde. De slog sig ner i deras lilla bunker, där en känsla av spänning låg i luften.

Fredrik beskrev planen med en omsorgsfull ton, betonade att detta skulle minska pressen på dem båda. Linda lyssnade tålmodigt och sken upp när det blev klart att hon inte längre skulle behöva dela Cyrus med kvinnor från hela världen.

– Så … vi snackar alltså sperma på flaska? sa Cyrus och höjde ett ögonbryn. – Låter som en riktigt konstig produktidé, men jag antar att det är bättre än alternativet.

Linda skrattade.

– Bara vi inte börjar märka flaskorna med "Cyrus: Världens sista älskare." Jag vet hur marketing fungerar.

Fredrik drog på munnen.

– Ni kan ju alltid starta ett souvenirföretag om ni vill. Men jag tror världen är mer intresserad av lösningen än av reklamen.

När mötet avslutades kände Fredrik en ovanlig lättnad. På helikopterresan tillbaka kunde han inte låta bli att tänka att om detta fungerade, så kanske hans arv inte bara skulle handla om budgetbalanser och arbetslinjen. Kanske skulle han bli ihågkommen som statsministern som räddade världen – en spermieflaska i taget..

Kapitel 62 – Ett hjärta i stormen

När helikoptern försvann bort över horisonten och dess ljud blev ett avlägset minne, sjönk Linda ner på bänken utanför deras bunker. Havsbrisen svepte över ansiktet och drog med sig en känsla av lättnad som nästan fick henne att gråta.

Hon tittade på Cyrus, som satt bredvid med sitt vanliga lugn. Hans leende var lätt, men Linda visste att det fanns så mycket mer under ytan – en innerlig styrka som hon älskade honom för, trots allt de hade fått utstå tillsammans. Hon sneglade på hans profil och la märke till käklinjen som var skarpt definierad och alltid utstrålande en tyst styrka, även i hans mest avslappnade stunder. I den stunden kände hon det där bekanta pirret i bröstet – den oförklarliga kärleken som bara växte ju mer kaotiskt deras liv blev.

– Tänk, sa Cyrus med ett roat tonfall, – vi är inte längre mänsklighetens sista hopp via sovrummet. Nu är vi bara ... tja, leverantörer.

Linda kunde inte hålla tillbaka ett skratt.

– Leverantörer? Är det så du ser på det här? Jag skulle vilja säga att vi är pionjärer i ... eh, fertilitetens moderna era. Eller något sådant.

Cyrus lutade sig tillbaka och skrattade med henne. Men Linda såg hur han sneglade på henne, med den där värmen i blicken som alltid fick hjärtat att smälta. Han tog hennes hand, och det var som om världen för en stund blev tyst. Hon visste att han skojade för att lätta på stämningen, men hon kände också djupet av hans tacksamhet.

– Linda, sa han, – du vet att jag aldrig hade klarat det här utan dig, va?

Hon mötte hans blick och kände hur kärleken sköljde över henne som en våg.

– Och du vet att jag skulle gå igenom allt det här igen, för din skull. För oss. Jag älskar dig mer än allt.

Hon mindes alla gånger hon nästan brutit ihop – alla kvinnor som försökte ta sig till Cyrus, alla absurda möten, alla politiker, alla galna nyhetsrubriker. Det hade varit som att leva i en mardröm med öppna ögon, men genom allt hade hon hållit fast vid honom. Vid dem.

– Det känns som om vi kan börja leva igen, sa hon tyst. – Som om vi faktiskt har en framtid som inte handlar om att rädda världen i ... ja, sovrummet.

Cyrus skrattade högt, och Linda kunde inte låta bli att le åt hans lättsamma sätt.

– Tänk, nu behöver jag bara rädda världen i laboratoriet i stället. Det är nästan som att jag blivit en riktigt nischad superhjälte. "Cyrus, mannen som slog tillbaka mänsklighetens undergång – med ett provrör."

Linda brast ut i skratt och torkade bort en tår från ögat.

– Tänk om vi börjar få souvenirförfrågningar. "Jag besökte ön och allt jag fick var en Cyrus-spermieflaska." Eller t-shirts med texten "befruktad av världens sista älskare." Vad tror du?

Cyrus ryckte på axlarna med ett leende.

– Bara om vi får starta en souvenirbutik också. Kanske en liten hydda vid stranden. Muggar, kepsar, magneter – hela paketet. – Men tänk om vi får stämma någon för att sälja piratkopior av mina spermier? Det skulle vara en rättssak för historieböckerna.

Linda kunde inte sluta skratta. Hon lutade huvudet mot hans axel och kände för första gången på länge en lätthet i bröstet. Hon älskade honom så mycket att det ibland gjorde ont, men just nu var allt hon kände en överväldigande glädje.

– Vet du, sa hon, – jag skulle kunna göra vad som helst för dig.

Cyrus la en arm runt henne och höll henne tätt intill sig.

– Jag lovar att göra det här så enkelt som möjligt för oss. Jag gör det här för oss, Linda. Och jag älskar dig – mer än jag kan säga.

De satt där en stund, tysta, medan solens sista strålar speglade sig i havet. Linda kände att deras liv hade förändrats. De hade överlevt stormen, och även om framtiden var osäker, kände hon en styrka inom sig som bara kom från kärlek.

För henne var Cyrus inte bara mannen som räddade världen. Han var mannen som räddade hennes hjärta, om och om igen.

Kapitel 63 – Botemedlet

Senvåren 2013, Tyskland

Claudia satt lutad över bordet, fingrarna trummande på träytan medan hon lyssnade på Karolin som babblade om tillstånd och myndigheter. Det lät som något ur en trist dokumentär om byråkrati, men hon lyckades fånga några detaljer. Tydligen hade myndigheterna först rynkat på näsan men sedan blivit mer, ja ... vad hette det nu igen?

– Mottagna, eller vad det nu heter, sa Claudia med en handviftning.

Karolin stannade upp och höjde ett ögonbryn.

– Mottagliga, Claudia. De blev mer mottagliga.

Claudia skakade på huvudet och suckade.

– Samma sak. Poängen är att de inte kunde säga nej när vi pratade om hela världens impotenskris. Jag menar, vem vill leva i en värld utan ... ja, ni vet.

Chuck lutade sig fram och försökte få tillbaka fokus.

– Medicinen är klar, sa han. Frågan är bara om vi ska testa den nu eller vänta på att alla tillstånd går igenom.

Claudia slängde en blick på honom och höjde ett ögonbryn.

– Vänta? På vadå? Att världen ska kollapsa lite till?

Anton harklade sig och lutade sig framåt som om han skulle hålla en föreläsning.

– Vi måste vara försiktiga, Claudia. Vi är så nära nu. Och vi vill inte... eh, häva upp för mycket uppmärksamhet.

Claudia blinkade och lutade sig mot honom. – Häva upp? Vad snackar du om? Menar du dra till oss uppmärksamhet, eller har du börjat med nån slags lyftkurs på sidan?

Chuck försökte hålla sig för skratt medan Karolin la handen över ansiktet.

– Claudia ... vi fattar vad Anton menar.

Bruno, som satt på andra sidan bordet och såg ut som om han skulle explodera, slog näven i träet så hårt att Claudia hoppade till.

– Öh ... alltså, jag fattar inte varför vi ska hålla på och vänta och sånt där. Jag vill bara att ... öh, liksom ... allt ska bli som förr! Fattar ni?

Claudia log och sneglade på honom.

– Och jag vill ha Bruno tillbaka, om ni fattar vad jag menar.

Karolin himlade med ögonen men kunde inte låta bli att le.

– Claudia, du är omöjlig. Men jag förstår känslan.

Chuck såg fortfarande orolig ut.

– Men tänk om det blir biverkningar? Eller nån slags ... överdos av potens? Det skulle vara en katastrof.

Claudia lutade sig bakåt och flinade.

– En överdos av potens? Är det ens en grej? Det låter som nåt ur en usel romcom.

Anton log och slog ut med händerna.

– Tänk er rubrikerna: "Överdos av potens skapar kaos på herrgård!"

Claudia skakade på huvudet och skrattade.

– Ja, och sen får vi starta en stödförening för alla stackars sängramar som inte klarade trycket.

Karolin skakade på huvudet och log snett.

– Okej, låt oss bara komma ihåg varför vi är här. Vi gör det här rätt, eller inte alls.

Claudia försökte hålla sig seriös, men kunde inte låta bli att fnissa.

– Ja, kanske ska vi ta det lugnt och invänta ... vad heter det nu? Tillståndet! Det vore ju jäkligt pinsamt om vi löste hela den här impotenspandemin och samtidigt råkade skapa något värre. Som typ ... eh ... superpotens!

Hon gjorde en dramatisk gest som fick Anton att skratta högt och Karolin att himla med ögonen. Bruno, som redan såg ut som om han skulle spricka av otålighet, slog teatraliskt ut med armarna.

– Ööööh, okej då, jag fattar. Vi måste vänta och göra allt rätt och bla, bla, bla. Men när vi får grönt ljus från dom där … myndighetsgrejerna, då ska vi köra direkt! Direkt, alltså!

Claudia skrattade åt hans överdrivna tonfall, och såg att även Chuck verkade ha svårt att hålla sig från att le. Stämningen lättade en aning när de återgick till att planera nästa steg.

När telefonen plötsligt ringde, reste sig Karolin snabbt och svarade. Claudia följde henne med blicken och försökte tyda hennes ansiktsuttryck medan hon lyssnade intensivt. När Karolin la på och vände sig mot dem med ett brett leende, höjde Claudia ett ögonbryn.

– Nå?

Karolin log triumferande.

– Det var handläggaren! De har snabbt godkänt vår ansökan på grund av pandemin. Vi har tillstånd för mänskliga försök! Beskedet kommer skriftligt, men vi kan börja direkt.

Rummet exploderade i jubel. Bruno hoppade upp och ner som ett barn som just fått en ny cykel.

– Vi gjorde det, grabbar! Nu är vi officiellt på väg att rädda världen! Och kanske, jag vet inte … får jag en medalj att hänga på väggen? Ja, typ en guldmedalj för … vetenskap, eller nåt?

Claudia kunde inte låta bli att le åt hans entusiasm.

– PR-firman jag anlitade väntar bara på det här beskedet, sa Karolin och såg sig omkring med sin vanliga effektivitet. – De fixar en presskonferens där vi kan berätta om vår upptäckt och söka frivilliga för tester.

Claudia skruvade på sig i stolen och försökte hänga med i diskussionen. Karolin höll precis på att förklara hur de skulle dela upp testpersonerna i grupper – de som skulle få riktig medicin och de som skulle få placebo.

– Placebo … det är väl typ ett fejkpiller? frågade Claudia och sneglade på Chuck.

– Precis. Det har ingen medicinsk effekt, men används för att se skillnaden mellan de som får riktig medicin och de som bara tror att de gör det.

Claudia pekade på Bruno, som såg ut att ha tappat bort sig i tankarna för länge sen.

– Så vad händer om Bruno får placebo? Han kommer säkert gå runt och tro att han är botad ändå. Och sen blir han bara … ja, Bruno. Det är liksom en risk för oss alla.

Gruppen brast ut i skratt, och Bruno såg upp från bordet med en förvirrad min.

– Vänta lite. Placebo? Är det typ … en grej man äter för skojs skull?

Claudia kunde inte låta bli att skratta högt.

– Nej, Bruno. Det är som ett sockerpiller. Det gör ingenting, men folk tror att det gör det. Fattar du?

Bruno rynkade pannan och lutade sig bakåt i stolen.

– Okej, men varför ska vi ge folk sockergrejer? Är inte hela poängen att fixa problemet? Varför inte bara ge medicin till alla direkt?

Karolin suckade och slog ut med händerna.

– Bruno, vi måste följa forskningsprotokoll. Annars kan vi inte bevisa att medicinen fungerar.

Bruno höll upp händerna som för att visa att han inte tänkte argumentera mer.

– Okej, okej. Men det känns lite som fusk, eller hur? Jag menar, folk kommer ju märka skillnaden. Typ: "Oj, jag är botad!" Eller: "Nähä, jag har fortfarande problem." Det blir ju rätt uppenbart.

Claudia slog lätt Bruno på axeln.

– Det är just därför vi testar, Bruno. Men du kanske ska hålla dig till riktig medicin, så slipper vi riskera att du blir placebo-galen.

Alla skrattade igen, och även Bruno log lite, även om det var tydligt att han fortfarande inte riktigt hängde med.

Anton, vände sig mot Chuck med en rynka i pannan.

– Men Chuck, hur ska det här funka i praktiken? Alltså, hur lång tid tar det innan man ser resultat? Och vad exakt är processen?

Chuck, lutade sig framåt och svarade med sin typiskt pedagogiska ton.

– Två tabletter dagligen i fem dagar. Redan efter första dosen borde man märka en skillnad, som en ökad lust. Från andra dagen ska impotensproblemet vara löst. De följande dagarna hjälper till att få i gång spermaproduktionen och fertiliteten på riktigt.

Claudia, som satt bredvid, fnissade och lutade sig framåt med ett flin.

– Så det är som att kickstarta hela systemet på en vecka? Det låter ju nästan för bra för att vara sant. Ska vi börja sälja det med en slogan också? "Från noll till superman på fem dagar!"

Gruppen skrattade, och även Chuck log åt Claudias kommentar.

Claudia såg hur Bruno spärrade upp ögonen och lutade sig framåt som om Chuck just förklarat hemligheten bakom universum.

– Så du menar ... att det här fixar allt? På fem dagar? Det låter ju som fusk! Var har det här varit hela mitt liv?

Ali och Tareq, som suttit tysta och mest observerat, brast ut i skratt. Ali blinkade åt Tareq.

– Tänk dig, Tareq. Snart är vi tillbaka i gamla vanor igen. Kommer du ens ihåg hur man gör?

Tareq skrattade och ryckte på axlarna.

– Jag vet inte, Ali. Men jag hoppas att det är som att cykla – man glömmer det aldrig.

Claudia kunde inte låta bli att skratta åt deras småprat och kastade en servett mot dem.

– Ni snackar som om ni ska ta körkort igen. Det är inte rocket science, grabbar.

De närmaste dagarna var ett virrvarr av planerande och förberedelser. Claudia tyckte att stämningen i herrgården var som en blandning av en avancerad skolresa och ett förväntansfullt bröllop – nervöst, men fyllt av skämt och fniss. Hon älskade hur gruppens dynamik kunde skifta mellan att vara hyperfokuserad och totalt barnslig på bara några sekunder.

När det äntligen var dags för den första tabletten var luften tjock av förväntan. Claudia sneglade på Bruno, som verkade mer fokuserad än vanligt – en ovanlig syn. Men i nästa ögonblick lyckades han förstås tappa sin tablett på golvet. Han gav ifrån sig ett högt "öh" och föll genast ner på knä för att leta efter den.

– Alltså, Bruno, på riktigt? suckade Claudia och korsade armarna över bröstet. – Det är ett piller, inte en försvunnen skattkarta.

Claudia såg hur Bruno, som alltid lyckades göra en scen av minsta lilla, nu kröp runt på golvet och mumlade något otydligt. Hon suckade tyst för sig själv – det var så typiskt honom att få ett enkelt piller att kännas som en jakt på en gömd skatt.

– Jag vet att den är här någonstans … ingen panik … jag har det här under kontroll …

Resten av gruppen brast ut i skratt. Chuck slog sig på knäna, och Karolin försökte dölja sitt fnitter bakom handen.

– Bruno, ta bara en ny, innan vi dör av skratt, sa Claudia med en suck, men hon kunde inte hålla tillbaka sitt eget leende.

Till slut reste Bruno sig upp, triumferande, med tabletten mellan fingrarna som om han just hade återfunnit en försvunnen juvel.

– Jag hittade den! utropade han stolt. – Och vet ni vad? Det här pillret är min biljett tillbaka till livet!

Claudia skakade på huvudet, men ett skratt bubblade upp inom henne ändå. Trots allt var det precis sådana här stunder som gjorde att hon stod ut med hela den galna situationen. Bruno var kanske klumpig och ibland lite korkad, men han hade ett sätt att lätta upp stämningen – och just nu behövde de alla det mer än någonsin.

Efter första dagen märkte Claudia att något verkligen hade förändrats. Anton, Benjamin och Bruno verkade plötsligt ... piggare. Det syntes i deras blickar, deras kroppsspråk – och sättet de såg på sina partners. Speciellt Bruno. Hon kunde knappt tro det själv, men det hände faktiskt.

Claudia lutade sig mot Karolin och viskade, med en glimt i ögat:

– Är det bara jag, eller ser Bruno ut som om han precis fått veta att han vann på lotto? Fast ett väldigt märkligt lotto.

Karolin fnissade och nickade diskret mot Bruno, som nu höll ett litet tal för ingen särskild alls.

– Vi borde kanske kalla den här mirakelmedicinen ”Brunos Befriare”, utropade han med en dramatisk gest.

Claudia brast ut i skratt och kunde inte låta bli att svara:

– Ja, och då ska vi ge dig en mantel också. Du vet, så att du verkligen kan känna dig som en superhjälte.

Gruppen skrattade med, och för första gången på länge kände Claudia att stämningen var lättare. Det var som om den där tunga, osynliga väggen mellan dem och världen utanför hade börjat smälta bort.

De följande dagarna var som att leva i en märklig realityshow. Claudia studerade männen noga, försökte avgöra vem som fått riktig medicin och vem som kanske bara låtsades. Hon kunde inte låta bli att småle åt deras försök att verka naturliga – vissa var verkligen inte subtila.

På den femte dagen, efter att medicineringen var klar, bestämde hon och Karolin att det var dags för något speciellt. De satte ihop en middag i herrgårdens trädgård, komplett med levande ljus och en dukning som kunde få en Instagram-influencer att gråta av avund. När solen sjönk ner bakom träden och himlen blev rosaskimrande, samlades de runt bordet.

Efter maten delade alla sina erfarenheter. Ali lutade sig tillbaka och log brett.

– För första gången på länge känner jag mig som mig själv igen. Jag är så tacksam för det här ... vad ska vi kalla det? Miraklet?

Benjamin, som alltid var mer lågmäld, nickade eftertänksamt.

– Det är en gåva att kunna vara intim med sin partner igen. Det betyder mer än vad ord kan beskriva.

Claudia tittade på dem, och för ett ögonblick kände hon en värme som spred sig i bröstet. Hon reste sitt glas och log brett.

– Tja, om det här är mirakel nummer ett, så vill jag bara säga att jag hoppas vi alla får en lång lista av mirakel framöver. Och Bruno, om du någonsin blir berömd för den där medicinen, glöm inte att ge oss andra ett tack i ditt Oscars-tal, okej?

Kvällen var fylld av skratt, och världen kändes mindre kaotisk.

Under middagen, när stämningen var avslappnad och medicinen verkade göra sitt, lutade Claudia sig fram mot Bruno med en retsam blick.

– Så, Bruno, är du redo att rädda världen nu när du "befriat" så många män?

Bruno kliade sig i huvudet, som om han letade efter ett svar längst inne i hårbotten.

– Öh, rädda världen? Nä, Claudia, men det är ju ... skönt att ha hjälpt till, typ. Eller hur man säger.

Benjamin kunde inte hålla sig.

– Bruno, du är ju som en kärlekens tekniker. Eller, vad säger man, en romantikens rörmokare?

Bruno skrattade osäkert, men lyste snart upp.

– Eller kanske en pillergubbe? Det låter ju ändå lite coolt, va?

Claudia slog sig för knäet av skratt.

– Pillergubbe! Perfekt namn på din egen tv-show: "Bruno – Pillergubben som fixar allt!"

Bruno spärrade upp ögonen, som om han precis upptäckt sin livsdröm.

– En tv-show? Tänk om folk skulle vilja se mig! Fast ... vad skulle jag göra? Prata om ... piller?

Karolin reste sig och höjde sitt glas.

– Jag tror att folk skulle älska att se dig, Bruno. Ditt hjärta är alltid på rätt plats, även om orden ibland tar en liten omväg. Skål för dr Pillergubbe och hans lysande framtid!

Alla skålade, och Claudia tänkte att om någon kunde ta över världen med en burk vitaminer och en oskyldig klumpighet, så var det Bruno.

När de hade skrattat färdigt reste sig Karolin och tog fram ett papper med en teatralisk gest.

– Okej, allihop. Jag har en överraskning. Vi ska spela ett quiz om ... impotens! Tänkte att vi kunde testa våra kunskaper nu när vi är experter.

Claudia kunde inte låta bli att gapskratta. Ett quiz om impotens? Det här skulle bli kvällens höjdpunkt.

Frågorna började rulla in, och skratten ekade genom rummet. När Karolin frågade vilken mytologisk gud som var beskyddare av manlig potens, slog Anton till direkt:

– Potensius Maximus!

Rummet exploderade av skratt.

– Nästan rätt, Anton, sa Karolin och log. Det är Priapos, den grekiska fruktbarhetsguden.

Chuck funderade högt.

– Jag trodde det var Thor. Ni vet, med hans hammare.

Claudia blinkade åt honom.

– Ja, det är ju en ganska mäktig hammare.

När kvällen gick mot sitt slut var stämningen både hoppfull och lättsam. Claudia kände att medicinen inte bara återställt människors potens, utan också gett dem tillbaka något ännu viktigare – deras glädje.

* * *

Claudia stod längst bak i rummet under presskonferensen i Frankfurt, lutad mot en av de moderna glasväggarna. Hon höll ett glas bubbelvatten i handen och betraktade Bruno där framme. Han såg ut som om han verkligen hade funnit sin plats i livet – pratade stort med händerna, skrattade åt sina egna skämt och såg ut som att han ägde hela världen, vilket han kanske gjorde. Åtminstone för en stund.

När han log sitt typiska sneda leende och sa:

– Ni kan kalla det för ett mirakel, eller en ren slump, men faktum är att vi har lösningen, kunde Claudia inte låta bli att fnysa tyst för sig själv. Slump, minsann. Om folk bara visste hur mycket av det här som faktiskt hängde på ren tur – och ett team som hade varit smartare än Bruno själv.

Det var dock svårt att inte känna en viss stolthet. Trots all hans klumpighet och brist på självinsikt, stod han där som världens hjälte. Hon kunde höra mumlet bland journalisterna, se hur kcamerablixtarna fångade hans breda gester. Världshälsoorganisationen hade gett sitt godkännande, och nu var han, den ofrivillige världsräddaren, ansiktet för medicinen som skulle lösa en global kris.

Men, som alltid, Bruno kunde inte låta bli att rikta strålkastarljuset mot någon annan:

– Jag? Nej, nej, det är Chuck som är geniet bakom allt. Jag är bara mannen som råkar vara på rätt plats vid rätt tillfälle, med massa pengar.

Claudia log. Hon visste att han menade det – åtminstone delvis. Han var självmedveten nog för att förstå sina begränsningar, och Chuck hade ju faktiskt varit den som stått för hjärnan bakom allt. Men ändå … Det var något ironiskt över att Bruno, med sitt ständigt distraherade sätt och oförmåga att ta sig själv på för stort allvar, nu var på väg att bli en av historiens mest oväntade hjältar.

När konferensen fortsatte kände Claudia en viss rastlöshet. Hon lutade sig närmare Karolin och viskade:

– Tror du att han fattar hur stort det här är? Eller kommer han bara hem och försöker övertyga oss om att vi ska döpa om medicinen till typ ... "Brunos Bästa"?

Karolin log snett.

–Förmodligen båda.

När applåderna fyllde salen och Bruno avslutade med en överdriven bugning, kände Claudia en våg av värme sprida sig i bröstet. Hon lutade huvudet lite på sned och betraktade honom. Var han ett ekonomiskt orakel, ett geni som såg lösningar där ingen annan gjorde det? Eller var han kanske bara en stor, klumpig man som snubblade över framgångar lika ofta som han tappade sina glasögon?

Hon visste inte riktigt. Men vad hon visste var att han var hennes Bruno – och det var mer än nog. Han kanske inte är den skarpaste kniven i lådan, tänkte hon med ett svagt leende. Men han har ett hjärta av guld, och han bryr sig om människor på ett sätt som ingen annan gör. Och det är därför jag älskar honom.

Claudia skakade lätt på huvudet och kunde inte hålla tillbaka ett leende. Han hade gjort det. På sitt eget sätt, med en blandning av tur, envishet och sin förmåga att få folk att tro på sig själva, hade han lyckats. Och när han stod där, fångad av kcamerablixtar och applåder, såg hon inte bara mannen som världen just nu hyllade som en hjälte. Hon såg mannen hon älskade – hennes Bruno, hennes orakel.

Och där stod hon, lutad mot väggen i en stad känd för sina skyskrapor, och tänkte på hur märkligt livet ändå var. Vem hade trott att hon, Claudia, skulle vara här, se världen jubla över en man som inte ens kunde hålla reda på sina egna skor? Men kanske var det just det som gjorde allt så speciellt. Det behövs inga perfekta hjältar för att förändra världen – bara människor som vågar försöka, även om de snubblar på vägen.

Hon kastade en sista blick på Bruno, som nu glatt poserade för kamerorna. I det ögonblicket kändes det inte som en slump längre. Det kändes som att allt faktiskt hade hänt precis som det skulle.

Samtidigt gnagde en annan känsla i bakhuvudet, som en envis mygga hon inte kunde vifta bort. De hade faktiskt släckt elden de själva hade tänt på. Hon kände hur tanken slingrade sig fram som ett orosmoln. Tänk om någon kommer på det? tänkte hon och svalde hårt. Hon sneglade snabbt mot Bruno, som nu försökte göra en "cool" pose framför mikrofonerna, helt omedveten om hennes bekymmer. Snälla, låt ingen börja ställa för många frågor, bad hon tyst för sig själv, samtidigt som hon försökte fokusera på det positiva – världen hade fått sitt botemedel, och just nu var det allt som spelade någon roll.

Kapitel 64 – En kopp kaffe och världens framtid

Maj 2013, Stockholm, på ön

Cyrus stirrade på skärmen med en intensitet som vanligtvis reserverades för folk som försöker bestämma om de ska köpa ekologisk mjölk eller den som är på extrapris. Vakterna utanför rörde sig som yra höns, vilket inte direkt lugnade honom. Han gnisslade lätt med tänderna, en vana han försökte bryta, men som ofta gjorde comeback i situationer som denna – alltså när han råkade vara världens enda hopp för mänsklighetens fortlevnad.

Linda, som hade förmågan att känna av hans tankar på avstånd, sträckte ut handen och la den över hans med en kärv men vänlig skärpa.

– Cyrus, vad händer? Du ser ut som om du just kom på att du glömde betala elräkningen för bunkern.

Innan han hann svara – något han ändå sällan gjorde i första försöket – öppnades dörren med en dramatik som fick den att verka helt omedveten om att den bara var en dörr och inte en aktör i ett grekiskt drama. In steg en säkerhetsvakt som såg ut som en man som precis hade löst alla världens problem men glömt var han lagt sina bilnycklar.

– Cyrus, Linda – goda nyheter, sa han och pausade för effekt, som om han verkligen ville att de skulle förstå tyngden av vad han bar med sig.

Cyrus höjde ett ögonbryn, vilket i hans värld var som att höja en hel flaggstång. Linda lutade sig framåt, både nyfiken och försiktigt skeptisk.

– Tyskland har hittat ett botemedel! fortsatte vakten med en glädje som var precis på gränsen till opassande för en säkerhetsvakt. Han såg ut som om han hade tänkt ge dem en kram men i sista stund kom på att det skulle vara högst olämpligt.

Cyrus lutade sig tillbaka i stolen och betraktade vakten med en blick som antydde att han förväntade sig en fotnot eller möjligen en klausul i finstil.

– Så ... pandemin är över? frågade han långsamt, som om orden själva skulle explodera om han sa dem för snabbt.

– Nej, inte riktigt än, svarade vakten och drog lite på det. Ni måste fortfarande stanna här. Men ni får tillbaka era mobiltelefoner. Under vissa regler, förstås.

Linda fnittrade till, ett ljud som verkade helt malplacerat men också precis vad som behövdes.

– Så vi är fortfarande isolerade men kan nu bli beroende av Candy Crush igen? Det känns nästan ... mänskligt, sa hon.

Vakten skakade på huvudet, möjligen för att han faktiskt inte visste vad Candy Crush var. Han gjorde en stram honnör – eller möjligen bara justerade sin mössa – och lämnade rummet. Dörren stängdes bakom honom med ett ljud som påminde Cyrus om hans gamla gymnasieskåp.

De satt tysta i en stund, Linda med blicken fäst vid det artificiella fönstret som visade en idyllisk vy av skärgården. Cyrus stirrade på kaffekoppen, som om den också bar en del av mänsklighetens ansvar.

– Vad tror du? sa Linda till slut. Kan vi lämna ön?

Cyrus ryckte på axlarna, en gest som på honom betydde allt från "kanske" till "världen är en absurditet, varför ens försöka förstå den?"

– Tyskland brukar lösa saker, sa han till slut. Men låt oss inte glömma att det här är samma värld som kom på plastförpackningar till bananer.

Linda skrattade, en ren och skär lättnadens melodiska sken genom bunkerns sterilitet.

– Ska vi gå ut en sväng? Det känns som att vi behöver andas lite – lite trött på den här konstiga, filtrerade luften.

De tog på sig jackorna och promenerade ut i det som kallades naturen, även om Cyrus alltid tyckte att det påminde mer om en mycket dyr kuliss. Solnedgången var magnifik – som och ville påminna dem om att universum fortfarande hade sin skönhet, oavsett mänskliga misslyckanden.

Cyrus stannade upp vid strandkanten, stoppade händerna i fickorna och vände sig mot Linda.

– Du vet att jag inte är den känslosamma typen, började han, en mening som alltid följdes av något djupt känslosamt.

Linda såg på honom, hennes ögon var varma och lite roade.

– Men utan dig hade jag varit en katastrof. Jag menar, jag är fortfarande en katastrof, men med dig är jag åtminstone en överlevande katastrof. Det är ... alltid ... nåt.

Linda la armarna om honom och sa inget, vilket var precis rätt sak att säga. Solen sjönk långsamt bakom horisonten, och för första gången på länge kände Cyrus att världen kanske kunde hålla sig ihop – åtminstone tills nästa absurda kris.

Kapitel 65 – Ringen och hemligheten

Senare samma kväll

Linda hade alltid föreställt sig att hon var en kvinna som kunde hantera vad som helst – en sprucken nagel, en dålig dag på jobbet, till och med en global pandemi. Men ingenting i världen hade förberett henne för att hantera en vardag där hennes pojkvän var världens mest eftertraktade man, en nationell resurs och ett logistiskt mardrömsscenario för Sveriges säkerhetstjänst.

Hon hade tänkt att bunkern skulle bli bättre med tiden, som en obekväm soffa man lär sig sitta i. I stället hade den blivit som en väggklocka med trasiga batterier – stillastående och outhärdligt högljudd på samma gång. Den kvällen, när ventilationssystemets monotona surr kändes som en symfoni av ångest, hade hon föreslagit en promenad. Inte för att luften ute var särskilt uppfriskande, men för att hon behövde en paus från känslan av att leva i en förlängd säkerhetsövning.

Stranden mötte dem med en kyla som bet i kinderna, och vinden drog i hennes hår som en överentusiastisk stylist. Cyrus gick bredvid henne med händerna i fickorna, lutad framåt som om han bar hela världens tyngd – vilket han, tekniskt sett, gjorde. Linda kände en viss irritation över detta. Det var hon som fick bära deras gemensamma känsloliv medan han bara behövde stå ut med världens samlade krav.

– Det är märkligt, sa han plötsligt och sparkade på en sten som inte rörde sig särskilt långt. Hur solen och vinden bara fortsätter som vanligt. Som om världen inte har gått igenom en katastrof av episka proportioner.

Linda sneglade på honom och funderade på om det var värt att påpeka att solen, vinden och havet hade viktigare saker för sig än att bry sig om deras existens. Men hon höll tillbaka.

– Det kanske är just det som är grejen, Cyrus. Naturen bryr sig inte. Och det borde inte vi heller göra – om vi ska överleva.

Han såg på henne med en blick som antydde att han antingen funderade över hennes visdom eller om han bara borde gå vidare med en annan observation. Hon lutade sig ner och plockade upp en liten sten som såg ut som ett hjärta och höll upp den för honom.

– Se, universum skickar dig kärlek. Kan du sluta grubbla nu?

Han log, det där sneda leendet som fick honom att se ut som en lite för självsäker valross, och fortsatte gå. Linda följde efter, och vinden försökte nu också ta hennes jacka.

Efter några steg stannade Cyrus och böjde sig ner för att plocka upp en ensam blomma som kämpade för sin existens bland stenarna. Han höll upp den mot henne med en teatralisk gest som fick henne att undra om han övat på det framför spegeln.

– Den här är som oss, sa han med sitt bästa gravallvar. Inte perfekt, men den överlever.

Linda tog emot blomman och andades in dess doft, även om den mest luktade hav och sand. Hon skulle precis tacka honom för hans märkligt poetiska gest när hennes blick föll på ringen på sitt finger. Hon vred på den, kände den kalla metallen mot huden, och en tanke slog henne med full kraft.

– Vänta lite, sa hon, och tonen i rösten fick Cyrus att stanna upp. Varifrån fick du egentligen den här ringen?

Cyrus såg på henne som om hon precis hade bett honom förklara kvantmekanik.

– Eh, det är en fantastisk historia, började han.

Linda korsade armarna över bröstet.

– Jaha, och vad är det? Hittade du den i någon gammal gömma här i bunkern? Eller har du börjat smida smycken av reservdelar från helikoptrarna?

Cyrus skrattade, ett nervöst ljud som fick henne att ana att han inte riktigt hade tänkt igenom den här konversationen.

– Okej, okej. Jag bad Fredrik fixa den åt mig.

Linda stirrade på honom. Hon visste inte om hon skulle börja skratta eller skrika.

– Vänta. Fredrik? Som i Fredrik Reinfeldt? Vår statsminister? Du bad honom fixa din förlovningsring?

Cyrus nickade, nu med ett slags självsäkerhet som om han var stolt över sin kreativitet.

– Ja, han var ändå här. Och han är en bra kille. Tydligen har han kontakter i en riktigt bra juvelbutik.

Linda kunde inte hålla sig längre. Hon började skratta, ett högt, sprittande ljud som ekade längs stranden.

– Du är omöjlig, Cyrus! Har du någon aning om hur absurt det här är? Vi lever i en bunker, du är världens mest jagade man, och statsministern köper vår förlovningsring? Det här är som en parodi på ett kärleksdrama!

Cyrus såg på henne med en blick som var både kärleksfull och lätt retsam.

– Jag tycker det är ganska romantiskt, faktiskt. Vad kan slå en statsminister som bröllopsplanerare?

Linda skakade på huvudet och tog hans hand. Blomman, stenen och ringen glittrade i det bleknande ljuset när de började gå tillbaka mot bunkern. Hon log för sig själv och tänkte att, ja, livet med Cyrus var allt annat än normalt. Men det var deras liv, och det var det som räknades.

Kapitel 66 – Samtal om framtiden

Följande dag

Cyrus stirrade på telefonen som låg framför honom på bordet. Den såg oskyldig ut, som om den inte hade någon aning om att den var på väg att koppla honom till Sveriges statsminister för ännu en konversation om hans framtid – och, för den delen, världens. Det var något nästan löjligt med tanken på att ett föremål av plast och elektronik kunde hålla så mycket makt.

Linda satt bredvid honom, med armbågarna på bordet och hakan vilande i händerna. Hennes blick var fäst på honom som en katt som väntade på att någon skulle råka tappa en köttbulle på golvet.

– Tänk om han inte svarar? sa hon plötsligt.

Cyrus skakade på huvudet och lyfte telefonen som om den var ett magiskt svärd.

– Det är Fredrik. Han svarar. Han har säkert inget bättre för sig än att prata med sitt främsta bidrag till mänsklighetens fortlevnad, mumlade han och tryckte på knappen för att ringa upp.

Signalerna gick fram. En. Två. Tre. Cyrus hann precis börja överväga om statsministrar faktiskt hade telefonsvarare när Fredrik svarade. Rösten i andra änden var så varm och lättsam att Cyrus nästan glömde att mannen bakom den styrde ett land i kris.

– Cyrus! Linda! Det är fantastiskt att höra från er! Hur mår ni där ute?

Cyrus sneglade på Linda, som nu satt upprätt som en kritiker på en obskyr teaterföreställning.

– Jo då, Fredrik. Livet här är … intressant. Vi har funderat på att döpa vår nuvarande situation till "Cyrus och Lindas kärlekskarantän". Vad tycker du? sa han torrt.

Fredrik skrattade, ett ljud som fick Cyrus att föreställa sig att han just nu satt med en kaffekopp i ena handen och en bunt katastrofrapporter i den andra.

– Det låter som en bestseller. Kanske något för en Tv-serie? Men berätta, vad kan jag göra för er?

Cyrus höll telefonen lite närmare, som om det skulle ge hans ord mer tyngd.

– Vi behöver veta, Fredrik. När kan vi lämna den här ön? När kan vi återvända till ... till något som åtminstone liknar ett normalt liv?

Det blev tyst en stund i andra änden, och Cyrus kunde nästan höra Fredriks hjärna arbeta, som om han bläddrade igenom osynliga kalenderblad och försökte förutse världens framtid.

– Ni kan räkna med att vara tillbaka i Djursholm senast i augusti, sa Fredrik till slut, och rösten var lika självsäker som om han just lovat fint väder resten av året.

Cyrus kände en tyngd lyfta från axlarna, och såg på Linda, som log för första gången den dagen – ett riktigt leende som nådde ända till ögonen.

Linda lutade sig närmare telefonen, som om hon plötsligt var på väg att bjuda in Fredrik på fika.

– Så vi kommer att bli dina grannar, Fredrik? sa hon med en röst som balanserade mellan sarkasm och ren glädje. Ska vi bjuda dig på grillkvällar och midsommarfirande?

Fredrik skrattade igen, ett ljud som på något sätt kändes mer äkta än Cyrus hade väntat sig från en man som hade 300 krismöten i veckan.

– Det låter fantastiskt! Men glöm inte att rösta på mig i valet, så jag inte behöver lämna Rosenbad! sa han, och Cyrus kunde inte låta bli att fnissa.

Samtalet avslutades efter några fler skämt, och Cyrus la telefonen på bordet som om den var en trofé från ett särskilt utmanande uppdrag. Han såg på Linda, som fortfarande höll det där leendet.

– Så, vad gör vi när vi är tillbaka? frågade hon.

Cyrus lutade sig tillbaka och lade armarna bakom huvudet, som om han funderade på något djupt – vilket han inte gjorde.

– Vi köper en grill som är så stor att den kan grilla en älg på 20 minuter. Och så skaffar vi en golden retriever som heter Kapten Kaos. Vad tycker du?

Linda skrattade och lutade sig mot honom.

– Jag tycker det låter som en plan. Bara vi slipper mer tång till middag.

De satt kvar en stund, och även om bunkerns väggar fortfarande kändes lika sterila och tråkiga som alltid, var det något som hade förändrats. Äntligen kändes det som om framtiden var något de kunde nå – och skratta på vägen dit.

Kapitel 67 – Drömmar om nästa steg

Senare samma vecka

Cyrus satt vid köksbordet i bunkern och stirrade på skärmen framför sig som om den precis förolämpat honom. Skärmen stirrade tillbaka, blank och tom, och vägrade ge några förslag på hur han skulle börja sitt nästa episka verk. Linda satt mittemot honom med en kopp kaffe i handen och en min som antydde att hon tyckte hela situationen var lika delar underhållande och hopplös

– Har skärmen sagt något än? frågade hon och tog en klunk av kaffet.
– Något inspirerande, kanske?

Cyrus lutade sig bakåt i stolen och suckade djupt, som om han just hade burit upp världens tyngsta flyttlåda.

– Jag försöker skapa konst här, Linda. Mästarklass. Och allt jag har är ... ingenting. Jag skulle behöva en musa. Eller möjligen en mycket stark drink.

Linda lutade sig framåt med ett litet leende.

– Eller så ringer vi Sören. Du vet, mannen som alltid har minst tre vansinniga idéer redo.

Cyrus ryckte på axlarna. Hon hade rätt. Sören var som en mänsklig idéfontän – en som ibland sprutade briljans men oftast mest vatten. Och just nu kunde han behöva både och.

Linda slog numret och högtalaren fylldes snart av Sörens entusiastiska stämma. Det var den sortens röst som kunde sälja både dammsugare och drömmar, oavsett om någon faktiskt behövde dem.

– Cyrus! Linda! Ni ljuvliga människor! Är ni redo att skapa mästerverket som kommer att definiera vår tid? ropade han med sådan energi att det nästan kändes som att han var där i rummet.

Cyrus suckade djupt och lutade sig tillbaka i stolen.

– Jag vet inte, Sören. Jag har ingen aning om vad jag ska skriva om.

Det blev tyst en sekund i andra änden, och sedan hördes Sörens skratt, högt och nästan chockerande uppriktigt.

– Skämtar du, Cyrus? sa han. – Du har varit med om världens mest absurda situationer det senaste året! Maffian jagade dig, du kraschlandade på en öde ö, blev den sista mannen som kunde fortplanta sig, fast på Camp David och nu bor du i en bunker omgiven av Säpo och MUST. Du har material för flera säsonger! Eller har jag fel?

Linda la handen över munnen för att kväva ett skratt, men till slut kunde hon inte hålla sig längre. Hon började skratta högt och slog Cyrus lätt på armen.

– Han har rätt, Cyrus! sa hon. – Hur kan du säga att du inte har något att skriva om? Din dagbok från det här året skulle kunna bli en bästsäljare.

Cyrus försökte se allvarlig ut, men till slut gav han upp och skrattade med dem.

– Okej, okej. Jag erkänner. Jag har material. Men vad ska vi kalla det? Det måste ha ett namn som fångar ... ja, allt.

Sören hummade djupt, som om han just upptäckt en ny planet. Sedan brast han ut i en explosion av idéer:

– Vad sägs om "Mannen som räddade världen och förlorade sin TV-fjärrkontroll"? Eller kanske "Kärlek i pandemins tid"? Nej, vänta! "Operation Spermahopp"!

Cyrus la huvudet i händerna medan Linda brast ut i skratt.

– Sören, det där sista låter som en spionfilm regisserad av någon som verkligen borde ta en paus, sa Cyrus och skakade på huvudet. Men visst, vi är öppna för förslag.

Sören fortsatte obekymrat, som en dirigent över en orkestermareld:

– "Kärlekens sista gräns"? Eller "Mannen som älskade för mycket"? Vänta, jag har det: "Den store befruktaren"!

Linda skrattade så hårt att hon nästan välte sin kopp.

– Cyrus, vad tycker du? Ska vi satsa på "Den store befruktaren" och gå all in på absurditet?

Cyrus lutade sig tillbaka och försökte se tankfull ut, även om han mest kände sig trött.

– Det är bra, men ... är det för uppenbart? Tänk om vi går med något kryptiskt, som "Kärlekens överlevare"?

Linda skakade på huvudet och satte ner sin kopp.

– Nej, det låter som en självbiografi från någon som just hittat tillbaka till dejtingappar.

Hon lutade sig framåt och knackade med fingrarna på bordet, som om hon just kommit på något avgörande.

– Okej, mitt förslag: "Jakten på den sista älskaren".

Det blev tyst på linjen. För en gångs skull hade Sören ingenting att säga, vilket Cyrus misstänkte var det närmaste ett mirakel de någonsin skulle uppleva.

– Det är ... briljant! ropade Sören till slut, som om han precis hade vunnit Nobelpriset i titelförslag. – Det är mystiskt, spännande och precis vad vi behöver. Jag älskar det!

Cyrus lutade sig bakåt och gav Linda en lång blick. Hon höjde sitt kaffe i en triumferande skål.

– Okej, jag erkänner. Det är riktigt bra. Men om någon frågar, så var det min idé, sa han.

Linda skrattade och skakade på huvudet.

– Absolut, Cyrus. Det var helt och hållet din idé. Vi ska sätta upp en staty för att fira det.

När samtalet avslutades och telefonen blev tyst, satt Cyrus kvar med en oväntad känsla av klarhet. Han tittade på skärmen framför sig – den var fortfarande tom, men nu kändes den inte som en tomhet som hånade honom, utan som en inbjudan. Han strök handen över bordet, som om han kunde känna hur idéerna började röra sig under ytan av hans stilla kaos.

– Så ... Jakten på den sista älskaren, mumlade han för sig själv och log svagt. Det var en titel som sa allt utan att behöva förklara någonting, precis som hans liv. Kanske, tänkte han. Det här kunde bli stort.

Linda reste sig och gav honom en lätt klapp på axeln innan hon gick mot köket.

– Kom igen, Cyrus. Det är vår historia. Och vem skulle kunna berätta den bättre än du?

Han log svagt och började skriva. Kanske, bara kanske, skulle det här bli något stort.

Kapitel 68 – Hemkomsten

Augusti 2013

Efter månader på den hemliga ön i Stockholms skärgård, där varje dag hade känts som en märklig blandning av paradis och fängelse, ringde telefonen som ett oväntat fyrverkeri i bunkerns tryckande tystnad. Cyrus lyfte luren med en känsla av att det kunde vara både goda nyheter och en ny katastrof. Men när han hörde statsminister Fredrik Reinfeldts entusiastiska röst, kunde han inte låta bli att rycka till av förvåning.

– Grattis! Pandemin är officiellt över, och det är dags för er att komma hem till Djursholm!

För ett ögonblick var Cyrus säker på att han hade hört fel. Linda, som satt vid köksbordet med en kopp kaffe och läste vad hon kallade "den sista boken i bunkerbiblioteket", höjde ett ögonbryn.

– Vad sa han? frågade hon, och Cyrus lade handen över luren och viskade:

– Han sa ... att vi får åka hem.

Linda stirrade på honom som om han precis föreslagit att de skulle börja odla bananer i skärgårdens klippiga jord, och sedan brast de båda ut i skratt – ett sådant där nervöst, halvt overkligt skratt som bara kommer när man har levt i konstant spänning och någon plötsligt säger att det är över.

Att packa ihop sitt liv på ön visade sig vara svårare än de trott. Linda gick metodiskt igenom varje hörn av bunkern som om hon förväntade sig att hitta en hemlig dörr till ytterligare en hemlig dörr. Cyrus däremot stirrade på sin resväska som om den hade förolämpat honom personligen.

– Hur ska jag få plats med allt det här? mumlade han medan han försökte rulla ihop ett par strumpor och en gammal bok om skärgårdens flora till något som liknade en minimalistisk bomb.

– Du har inte packat någonting viktigt, påpekade Linda och höll upp en plastflamingo som Cyrus envisats med att dekorera bunkern med. – Den här kommer definitivt inte till Djursholm.

– Den är en symbol för motståndskraft, svarade han med en övertygelse som Linda bara kunde möta med ett trött skratt.

När helikoptern äntligen anlände med sitt öronbedövande dån, var de redo – eller åtminstone så redo som man kan bli efter månader av exil på en ö.

Helikoptern lyfte långsamt från marken, och Cyrus lutade sig mot fönstret för att se skärgården breda ut sig under dem. Det var märkligt hur vackert allt såg ut på avstånd – de små öarna, det glittrande vattnet – som om de aldrig hade varit ett fängelse. Men trots skönheten fanns det inget som höll honom kvar. Han ville hem, till något som åtminstone liknade ett normalt liv.

De landade på en militär anläggning i Stockholm där en grupp Säpo-agenter stod uppradade som skyltdockor i svarta kostymer. Cyrus kunde inte låta bli att tänka att det måste vara svårt att rekrytera folk till Säpo – det krävdes en särskild talang för att se så uttryckslös ut under alla omständigheter.

– Välkomna tillbaka, sa en av agenterna kort innan de eskorterades till en svart bil som väntade för att ta dem hem till Djursholm.

Bilen rullade genom Stockholm, och Cyrus försökte koncentrera sig på Lindas leende, men en känsla av déjà vu växte i bröstet. Han hade sett det här förut – i en dröm, en av de där drömmarna som inte bara försvann när man vaknade utan stannade kvar, som en sten i skon. Han skakade av sig tanken och log tillbaka mot Linda, som satt bredvid och log tillbaka.

Väl hemma blev de välkomnade som hjältar av sina nära och kära. De fyllde huset med skratt, berättelser och en ny familjemedlem – en golden retriever de döpte till Bella. Livet i Djursholm var lugnt, nästan idylliskt, men Cyrus kunde inte helt skaka av sig känslan av att något inte.

Några månader senare, när de var på väg till TV5:s entré för att börja arbetet med sin nya serie, slog verkligheten till som en hammare. Journalisterna kom från ingenstans, deras kameror och mikrofoner lika obarmhärtiga som en flock korpar.

Cyrus och Linda försökte hålla sina leenden stadiga, men de förstod snabbt att detta inte var den vanliga sortens frågor.

– Cyrus, kan du fortfarande älska?

Han blinkade till. Vad? Innan han hann svara kom nästa fråga.

– Är det sant att den tyska medicinen förlorar sin effekt efter bara två månader?

Och sedan, det värsta:

– Pandemin verkar vara tillbaka! Kommer du fortsatt vara vår frälsare?

Cyrus stannade mitt i steget, och hans hjärta slog så hårt att han var säker på att det skulle höras genom folkmassan. Linda grep hans hand, hennes fingrar kalla och hårt tryckta mot hans. Det var då han insåg: detta var inte bara likt drömmen. Det var drömmen – varje detalj, varje fråga, varje bländande blixt.

De två stannade upp, ögonen låsta på varandra, känslan av déjà vu tyngde dem som en kall hand runt hjärtat. I kör skrek de ut sin förtvivlan:

– NEEEEJ!

Cyrus vaknade med ett ryck, hjärtat bultande som en trumvirvel. Rummet var mörkt, men han kunde känna Linda röra sig bredvid honom, hennes röst mjuk men bekymrad.

– En mardröm?

Han nickade, fortfarande andfådd. Efter att ha delat detaljerna om drömmen, från de skrikande journalisterna till känslan av hopplöshet, började Linda skratta. Det var inte ett hånfullt skratt, utan en lättnadens glädje som spred sig.

– Cyrus, du är otrolig. Även i dina drömmar hittar folk sätt att irritera dig.

Han kunde inte låta bli att skratta med henne. Kanske var det just det som gjorde att världen fortfarande kändes hanterbar – Lindas förmåga att förvandla hans oro till något de kunde dela och skratta åt.

De gjorde sig i ordning och begav sig till TV5 för att påbörja inspelningarna av Jakten på den sista älskaren. Men när de kom fram till entrén och möttes av journalister, frös Cyrus till. Allt såg exakt ut som i drömmen – från journalisternas viftande mikrofoner till det skarpa ljuset från kcamerablixtarna.

– Älskling, det är exakt denna scen jag såg i drömmen, viskade han till Linda, hans röst låg och spänd.

Cyrus stod sida vid sida med Linda framför journalisterna, men det kändes som om han stod ensam i stormens öga. Hans hjärta dunkade hårt, som om det försökte överrösta sorlet och kamerablixtarna.

När de första frågorna kastades fram, blev varje ord en dolk av déjà vu som borrade sig in i honom. Det här var inte bara likt hans dröm – det var hans dröm, varje detalj spelades upp framför honom.

– Cyrus, kan du fortfarande älska?

– Stämmer det att den tyska potensmedicinen förlorar sin effekt efter bara två månader?

Det var då Linda, med sitt karakteristiska lugn, steg fram. Hon klämde hans hand en sista gång innan hon släppte taget och vände sig mot journalisterna. Med ett djupt andetag och ett leende som kunde smälta isberg inledde hon:

– Mina damer och herrar, jag kan försäkra er att Cyrus fortfarande kan älska. Men huruvida han sköter sig ell… det, mina damer och herrar, är en fråga som jag kommer att hålla för mig själv. Vissa hemligheter är för värdefulla för att delas.

Journalisterna skrattade till, ett ljud som kändes märkligt malplacerat i det kaos som omgav dem. Cyrus stod stilla, nästan paralyserad, medan han såg på Linda. Hon hade precis förvandlat en potentiellt katastrofal situation till något han knappt kunde förstå. Hennes ord, hennes sätt – som om hon hade en nyckel till kaoset som han själv aldrig skulle kunna hitta.

Han kände hennes blick på sig och vände sig mot henne. Hennes ögon mötte hans, fyllda av den där outgrundliga styrkan som alltid gjorde att han kände sig lite lättare, lite tryggare. Ett svagt leende spred sig över hans ansikte, och han klämde hennes hand – en tyst bekräftelse på att han förstod vad hon just hade gjort.

De började röra sig bort från folkmassan, och trots att kamerorna fortfarande klickade som en ihärdig kör i bakgrunden, kändes det som att de hade lämnat en del av tyngden bakom sig. Cyrus såg framåt, men varje steg kändes som en försiktig balansgång över en sprucken is. Han visste att de inte var ute ur stormen än.

Efter några möten med Sören och resten av kollegorna på TV5, där diskussionerna kretsade kring att skjuta upp inspelningarna tills läget var klarare, kände Cyrus en växande tyngd i rummet. Beslutet att pausa var logiskt, men det förstärkte bara känslan av att något stort – något okänt – närmade sig.

När de till slut satte sig i taxin för att åka hem, lutade Cyrus sig bakåt i sätet och lät blicken vandra över Linda. Hon såg trött ut, men ändå fanns det något i hennes hållning som fick honom att känna att de skulle klara det här.

– Linda, sa han, och hans röst var mjuk men allvarlig. Vad som än händer härnäst, kommer vi att klara det.

Hon vände sig mot honom, hennes leende litet men äkta. Hon lutade sig fram och kysste honom lätt på munnen.

– Jag vet, Cyrus. Och jag är så tacksam att ha dig vid min sida. Vi kommer inte bara att klara det, vi kommer att blomstra.

När taxin rullade genom Stockholms gator och stadens ljus speglades i fönstren, bröt Cyrus tystnaden igen.

– Om det blir en ny pandemi, tror du vi kommer behöva skjuta upp filminspelningen tills den är över? frågade han, och hans röst avslöjade en svag ton av oro.

Linda såg ut genom fönstret ett ögonblick innan hon svarade.

– Kanske. Men vi har ju klarat oss hittills, eller hur? Och oavsett vad har vi ju varandra. Jag menar, om allt går överstyr, kan vi ju alltid flytta tillbaka till ön.

Cyrus skrattade.

– Ja, det låter inte så dumt. Men jag hoppas verkligen att vi får stanna i Djursholm denna gång.

Linda log mot honom.

– Vi får se vad framtiden har att erbjuda.

När de anlände hem var Cyrus både utmattad och förväntansfull. Han visste att deras historia långt ifrån var över, men just nu ville han bara känna stillheten, ta in ögonblicket och låta det sjunka in – de var hemma.

Med hunden Bella vid sidan började de att äta middag, skrattade, berättade historier och gjorde planer. De skulle njuta av denna kväll tillsammans, kanske deras sista riktiga kväll sedan allt hade lugnat ner sig. Det var en enkel kväll, men det var deras kväll.

När natten kom och Cyrus låg med Linda i sina armar, kände han hur lugnet sakta lade sig över honom. Tankarna på framtiden kändes mindre överväldigande, och han lät sig för en stund tro på att allt kunde ordna sig.

Men precis när sömnen började dra honom in i sitt grepp, skar telefonens skarpa ringsignal genom mörkret. Cyrus sträckte sig efter den och såg namnet på skärmen: statsminister Fredrik Reinfeldt. Pulsen ökade när han svarade och förde luren till örat, beredd på det värsta.

– Ni måste fortsatt ha personskydd, sa Reinfeldt. Det ser ut som att pandemin är tillbaka, men at...

Rösten på andra sidan tystnade tvärt, och det fanns en paus som tycktes vara en evighet.

– Men vad? frågade Cyrus, pulsen steg.

Jag kan inte säga mer jus... Var försiktiga.

Utan ytterligare förklaring klipptes linjen, och ett pipande ljud följde. Cyrus, med telefonen fortfarande klämd mot örat, sänkte telefonen och stirrade oroligt på displayen. Linda, som nu satt upp i sängen, grep snabbt mobilen och försökte ringa upp statsministern, men mobilen saknade täckning.

Cyrus försökte med sin mobil, fingrarna darrade av frustration när han slog samma nummer igen. Men skärmen visade samma envist kalla budskap: Ingen täckning. Han bet ihop käkarna och svor lågt, innan han gick till fönstret med mobilen i ett krampaktigt grepp. Han lyfte den mot glaset, skakade den som om han kunde tvinga den att ge honom det svar han behövde. Ingenting. Bara det kalla, blåaktiga ljuset från skärmen och de obevekliga orden: Ingen täckning.

Han vände sig mot Linda, som redan satt på sängen med mobilen i handen. Hennes ansikte var stelt, och blicken mötte hans med en oro som fick rummet att kännas tyngre än betongen på ön.

– Det är något fel, Linda, sa han. Rösten var låg, men det låg en elektrisk laddning i orden, som om de förde med sig en föraning han inte vågade sätta ord på.

Hon gav en stillsam gest med huvudet och reste sig. De gick båda mot fönstret. Utanför, där de annars kunde se Djursholms villor stå som tysta vakter i natten, låg allt i kolsvart mörker. Gatlamporna, som brukade sprida sitt varma sken över trädens kronor, var döda. Det var som om någon hade dragit ur kontakten till hela världen.

Och då försvann strömmen.

Det var inte långsamt. Det var inte subtilt. Det var som en käftsmäll från mörkret självt. Rummet förvandlades till ett svart vakuum, där det enda ljuset kom från de svaga sken som mobilerna fortfarande gav ifrån sig.

Cyrus kände hur hans puls ökade, varje andetag en liten kamp för att hålla sig lugn. Han såg på Linda, som stod bredvid honom med ögonen fästa på det som tidigare varit deras säkra kvarter. Hon såg ut som en staty, fastfrusen i en position av skräckblandad förvåning.

– Vad har hänt med världen utanför? viskade hon, och rösten var så tunn att den nästan drunknade i mörkret.

Cyrus släppte inte blicken från mörkret utanför. Han drog ett djupt, skakigt andetag.

– Jag vet inte, min älskling, jag vet inte, sa han lågt. Men rösten bar samma tyngd som natten utanför – en tyngd av något stort, något oåterkalleligt.

De stod kvar vid fönstret, som om svaret kunde finnas där ute i det svarta vakuumet. Kylan från glaset smög sig in i hans hud, men det var inte den som fick honom att rysa. Det var tystnaden, en tystnad så massiv att den tycktes kväva allt hopp.

Epilog – Persisk heder och internationell konspiration

Teheran, september 2013

Mahmoud Ahmadinejad satt i ett rum som hade lika mycket marmor som dåliga idéer. Det svaga ljuset från en gnisslande glödlampa kastade långa skuggor över de tre männen som satt framför honom. En av dem, en mullrande man med ansiktet likt en överkokt potatis, var chef för Irans mycket hemliga underrättelsetjänst, som ironiskt nog hette "Hjärtats skuggor". De två andra var lika ansiktslösa som deras påhittade arbetsuppgifter – en "strategisk rådgivare" och en "chef för internationell saffransdiplomati".

Ahmadinejad dunkade en näve i bordet, men det låga ljudet lät mer som en liten trumma än en maktsymbol.

– Det är en SKYMFL! utropade han. – Sverige, detta kalla, platta, älgfyllda land, har bestulit oss på vår SON! Cyrus är PERSISK! Han är PERSISK, säger jag!

Männen framför honom mumlade instämmande. Den strategiska rådgivaren petade lite förstrött på en karta över Skandinavien som någon hade förstört med klotter. Det stod "UBÅT?!" med stora röda bokstäver över Vänern.

Ahmadinejad fortsatte:

– Vi skickade dem brev, vi erbjöd vänskap, vi erbjöd saffran, pistagenötter och till och med en exklusiv handknuten Isfahan-sidenmatta! Och vad gjorde de? Ignorerade oss! Sverige är fienden! Världen är fienden!

Chef för internationell saffransdiplomati harklade sig.

– Herr president, om jag får föreslå ... kanske vi kan ... kidnappa honom?

Ahmadinejad spärrade upp ögonen, som om denna idé hade träffat honom som en blixt från en klar himmel.

– KIDNAPPA? Det är ... genialt! Vi kidnappar honom och för honom till IRAN! Vi gör honom till vår kung! Våra kvinnor kommer att dyrka honom som Kyros den Store!

En av rådgivarna fortsatte med ett teatraliskt tonfall:

– Vi är ju en islamisk republik, och sådana beslut kan inte tas av oss. Det är upp till den högsta religiösa ledaren.

– Men det är det som är det geniala! Vi behöver inte bry oss om det – vi skapar en symbolisk kung, svarade Ahmadinejad.

Underrättelsechefen lutade sig framåt, hans ansikte spänt.

– En symbolisk kung?

– Ja, en symbolisk kung! Ahmadinejad höjde rösten med en glöd som om han redan hade vunnit debatten. Ja! Inte en riktig kung, förstås. Vi hatar kungar, död åt shahen och allt det där. Men tänk, en kung som Kyros den Store! Något som kan lugna ner folket. Något som får dem att glömma att allt är dyrt och att vi inte kan fixa ekonomin eller ge dem frihet! En symbol!

– Och om det misslyckas? frågade underrättelsechefen, som såg ut som om han nyss fått ett piskrapp av verklighetens hårda svans.

Ahmadinejad stelnade till. Sedan sprack hans ansikte upp i ett illvilligt leende.

– Då tar vi hans hund i stället. Vad heter den? Bella? Ja, vi kidnappar Bella och kräver att Cyrus kommer hit för att hämta henne!

Den strategiska rådgivaren såg tveksam ut.

– Herr president, med all respekt, att kidnappa en hund känns ... lite ...

Ahmadinejad slog näven i bordet igen, denna gång med samma ljud som en fallen apelsin.

– Inga invändningar! Det är briljant! Vi får både Cyrus och hans hund!

För att verkställa denna plan började "Hjärtats skuggor" genast mobilisera sina bästa agenter, som tyvärr mest bestod av Mahmouds svågrar och två överentusiastiska bagare från Shiraz. De fick order att klä ut sig till svenska renskötare, infiltrera Djursholm och lura Bella med ett ben doppat i saffran.

Under tiden började Ahmadinejad planera sitt triumftal.

– Mina herrar, vi ska förklara för världen att detta inte är en kidnappning. Det är en kulturell återförening. Och om de försöker stoppa oss, säger vi att vi bara ville att Bella skulle smaka vår saffransglass. Ingen kan bli arg över saffransglass!

De andra nickade instämmande, om än med en viss tveksamhet.

Planen gick dock inte helt som tänkt. När agenterna anlände till Djursholm insåg de att deras "renskötaruniformer" mest liknade något från en barnpjäs. Bella, å andra sidan, var mycket mer intresserad av Linda än av det saffransdoppade benet.

I ren desperation försökte en av agenterna förföra en brevbärare som kanske visste var Bella befann sig. Brevbäraren, som trodde att han hade hamnat mitt i en ny svensk dokusåpa, svarade:

– Vill ni ha tips om hundar, tala med grannen. Han har en tax.

Ahmadinejad väntade i Teheran, otåligt knackande på sin marmorstaty av sig själv. När nyheten om det misslyckade hundnappningsförsöket nådde honom, exploderade han.

– Sverige har förnedrande lågt säkerhetsmedvetande! skrek han. – Hur i hela friden kunde vi misslyckas? Vad är det nästa? Ska vi skylla på vädret?

Den strategiska rådgivaren försökte lugna honom.

– Herr president, vi kanske kan försöka med diplomati igen? Kanske erbjuda två mattor i stället och lite saffranglass?

Presidenten stirrade på honom som om han precis föreslagit att bygga en igloo i öknen.

– Saffranglass? Är det ett skämt? – Nej ... vi ger inte upp. Nästa gång tar vi både hunden och brevbäraren.

Och så, medan världen skrattade åt ännu en av Ahmadinejads spektakulära misslyckanden, började Iran planera sin nästa stora kupp. Bella var säker – för nu – men spänningen mellan Sverige och Iran skulle leva vidare i historieböckerna som ett mysterium för framtida generationer.

Karaktärslista

A

- **Adam**: Brunos butler. En resursstark och tålmodig person som ofta hjälper till att städa upp i Brunos kaotiska liv.
- **Albert**: Medlem i TMMF. Följer Markus Schmidts miljöaktivistiska agenda.
- **Ali Al-Husseini**: Legosoldat och livvakt som anlitas av Karolin Andersson för att skydda Cyrus.
- **Amanda Herlitz**: Polis som av misstag hamnar mitt i de kaotiska händelserna. Använder senare täcknamnet Sophie Keller.
- **Amélie**: Fransyska som är djupt förälskad i Markus Schmidt och stödjer hans extrema miljöaktivism.
- **Annika Karlsson**: Sofistikerad VD-sekreterare på TV5. Hon fungerar både som en mentor och ett hinder för Cyrus.
- **Anton**: Brunos chaufför och livvakt, som ibland också fungerar som en rådgivare.

B

- **Barack Obama**: Spelar sig själv och levererar humoristiska kommentarer om världens tillstånd.
- **Beatrice Ask**: Spelar sig själv som en politiker som navigerar pandemin.
- **Benjamin Schmidt**: Polischef i Frankfurt och senare Karolins pojkvän.
- **Bruno Schön**: En halvklantig miljardär som orsakar kaos, ofta utan att det är avsiktligt.

C

- **Carin Lehmann**: Under täcknamnet Emma Müller infiltrerar hon Reichsbürgerrörelsen för att störta den inifrån.
- **Carsten**: Carins första kärlek, som skapade hennes initiala hat mot män.
- **Carl Bildt**: Spelar sig själv i de politiska scenerna i boken.

- **Chuck Tyler**: Amerikansk kemist som först skapar impotens-medlet och senare arbetar för att hitta ett motmedel.
- **Claudia Klump**: Före detta supermodell och Brunos assistent. En central figur som delvis orsakar den globala krisen.
- **Cyrus Danielsson**: Huvudkaraktären. En aspirerande manus-författare som navigerar absurda händelser och globala kriser.

D

- **Darius**: Första mannen som Carin verkligen gillade.
- **Dieter**: Professionell livvakt som Hans anlitar för att skydda sig.
- **Dieter, Günther och Wolfgang**. Tyska livvakter som spelar roller i de globala förhandlingarna.

E

- **Emma**: Antons fästmö, nämns kort.
- **Emma Müller**: Carin Lehmanns täcknamn när hon infiltrerar Reichsbürgerrörelsen.
- **Erik Bauer**: Ledare för cellen Frankfurter Kaiser inom Reichsbürgerrörelsen, känd för sitt kompromisslösa sätt.
- **Ernst Wolff**: En av ledarna för Reichsbürgerrörelsen.

F

- **Fredrik Reinfeldt**: Spelar sig själv som statsminister under pandemin, ofta med komiska och absurda inslag.

G

- **Greta**: Medlem i TMMF och en av Markus Schmidts anhängare.
- **Günther**: Professionell livvakt som arbetar för Hans.

H

- **Hans-Georg Maaßen (HG)**: Chef för Bundesamt für Verfassungsschutz och Carins överordnade.
- **Hans Mueller**: IT-säkerhetsexpert som bygger upp Reichsbürgerrörelsens digitala skyddsnät.

I

- **Ingrid**: Brunos hushållschef och Adams fru. Hon har en lågmäld men viktig roll i att hålla ordning.

K

- **Karolin Andersson**: Privatdetektiv och tidigare polis som hjälper till att reda ut de problem Bruno och Claudia skapat. Räddar Cyrus från ön.

- **Maria Björk**: Kreativ chef på TV5 med en passion för film och en dramatisk relation med Viktor Sjölin.

- **Markus Schmidt**: Ledare för den vänsterextrema miljörörelsen TMMF, som ibland går till våldsamma ytterligheter.

L

- **Linda Lindrot**: Cyrus kärlek och en stark stödperson. Receptionist på TV5 och senare hans livspartner.

M

- **Mahmoud Ahmadinejad**: Spelar sig själv och agerar med en stor dos absurditet.

- **Mikael Persbrandt**: Spelar sig själv i en komisk biroll.

- **Maria Björk**: Kreativ chef på TV5 och Viktors hemliga partner.

S

- **Sabine Schultz**: Medicinsk expert i Reichsbürgerrörelsen, men ifrågasätter sin plats i den extrema miljön.

- **Sören Jonasson**: Excentrisk VD på TV5 som ger Cyrus en chans att visa vad han går för.

- **Sophie Keller**: Täcker för Amanda Herlitz när hon arbetar under täckmantel.

T

- **Tariq Al-Nassar**: Legosoldat och livvakt som anlitas av Karolin för att skydda Cyrus.

V

- **Viktor Sjölin**: Programchef på TV5 och Maria Björks hemliga partner.

W

- **Wolfgang Pohl**: En av ledarna för Reichsbürgerrörelsen.

Vi vill påminna om att det i denna berättelse förekommer flera karaktärer, både fiktiva och verkliga, samt namn som kanske dyker upp i förbifarten. Även om vi hoppas att karaktärslistan ger en bra överblick och guidar er genom bokens färgstarka persongalleri, är det viktigt att notera följande:

De personer som "spelar sig själva" i boken – exempelvis politiker, kändisar och andra offentliga figurer – har ingen aning om sin roll och har på inget sätt medgivit sitt deltagande. Vi vill härmed framföra våra ursäkter om någon tar illa vid sig. Detta är en bok fylld av humor, satir och absurditeter, och allt är skapat med glimten i ögat. Vår avsikt har aldrig varit att förolämpa eller såra någon.

Vi hoppas att ni kan se detta för vad det är: en lekfull och fantasifull berättelse, där verklighetens gränser suddas ut till förmån för underhållning. Tack för att ni följer med oss på denna något galna resa!

Made in the USA
Las Vegas, NV
16 December 2024

14461174R00312